新世纪的足迹

——蒋风的儿童文学世界

XIN SHIJI DE ZUJI

——JIANGFENG DE ERTONG WENXUE SHIJIE

蒋　风◎主编

时代出版传媒股份有限公司
安　徽　文　艺　出　版　社

图书在版编目(CIP)数据

新世纪的足迹:蒋风的儿童文学世界/蒋风主编. —合肥:安徽文艺出版社,2014.5

ISBN 978-7-5396-4901-6

Ⅰ. ①新… Ⅱ. ①蒋… Ⅲ. ①儿童文学-文学研究-中国-当代 Ⅳ. ①I207.8

中国版本图书馆CIP数据核字(2014)第056226号

出 版 人:朱寒冬　　策　　划:韩　进　朱寒冬
责任编辑:宋潇婧　王婧婧　　装帧设计:徐　睿

出版发行:时代出版传媒股份有限公司　www.press-mart.com
安徽文艺出版社　www.awpub.com
地　　址:合肥市翡翠路1118号　邮政编码:230071
营 销 部:(0551)63533889
印　　制:合肥杏花印务股份有限公司　(0551)65657625

开本:710×1010　1/16　印张:42.25　字数:700千字
版次:2014年5月第1版　2014年5月第1次印刷
定价:88.00元

蒋风教授

蒋风教授和夫人卢德芳女士

2003年 12 月 29 日，蒋风教授到马来西亚进行第二次全国巡回讲学时，在古井与马来西亚著名诗人吴岸先生重逢时留影。

2003年 10 月，蒋风教授荣获宋庆龄儿童文学特殊贡献奖时上台领奖，发表获奖感言，并代表获奖者接受中央电视台采访。

2004年 8 月 6 日-8 月 9 日，第七届亚洲儿童文学大会期间，蒋风教授与李在彻、鸟越信、砂田弘合影于名古屋。

2005年 5 月，中国原创儿童文学的现状和发展趋势研讨会期间，蒋风教授与部分代表合影。

2006年8月，在第二届世界儿童文学大会上，蒋风教授与国际儿童文学研究会首任会长道特尔教授亲切交谈。

2007年 5 月 31 日，浙江师范大学国际儿童文学馆在红楼举行揭牌典礼，蒋风教授被聘为名誉馆长。

2006年 10 月，浙江师范大学成立儿童文化研究院，蒋风教授被聘为名誉院长。

2008年 3 月 29 日，蒋风教授接待中国小记者站金华分站的小记者们来访，并陪同参观浙江师范大学国际儿童文学馆。

2010年 8 月，全国儿童文学讲习会在金华举行。

蒋风教授与金华市青少年宫蒋风儿童文学社部分社员在一起。

追随蒋风先生30年（代序）

一

从1983年报考蒋风先生的儿童文学硕士研究生至今已经整整30年。30年，弹指一挥间，我也从20岁的懵懂的大学生进入小时作文中描写的——“迎面走来一位两鬓斑白、年过半百的老人”的队列，唯一没有变化的是我对先生的追随，对先生毕生奉献的儿童文学的追求。

我的儿童文学人生是先生给我的，也是先生为我规划的。没有先生对我的用心栽培，就没有我今天的有意义的幸福人生。先生是影响我一生的人，给我人生方向的人，是我一生最尊敬、最崇拜、最感恩的人。我把这感恩深深地埋在心底，努力做好每一件事，努力把儿童文学的事情做好，以儿女一般的心情，默默注视着先生和师母二老，祈祷并祝福他们。我最大的安慰和幸运，是先生和师母的身体都非常健康。今年8月在合肥召开全国师范院校儿童文学研究会第十四届年会期间，我回到先生和师母身边，惊喜地发现，他们走路比我快，吃饭比我多，才思敏捷，幽默风趣，童心来复，让所有与会的人都受到感染，先生却笑曰，是儿童文学让他永远年轻，是来自四面八方、不同职业、不同身份、有着儿童文学梦想的学生们，让他童心永驻。

师范院校儿童文学研究会的前身是师范院校儿童文学教师进修班，是先生1984年亲自创办并领导的，培养了一大批儿童文学教育教学、创作评论、出版推广人才。明年是研究会创办30周年，又正好是先生90大寿，他的学生们正在把“两大庆典”结合起来，策划一系列儿童文学活动来为他祝寿，为他祝福，这本文集的编选，也是其中之一，衷心祝愿我的导师和师母健康、快乐、幸福、美满，带领我们在儿童文学的阳光大道上快乐前行。

二

30年前，我报考先生的儿童文学研究生，有一段偶然又必然的故事。作为1980届桐城中学毕业的文科学生，高考失利，我在录取志愿重点大学一栏填了我国最东、最南、最西、最北的四所国家重点大学，没有一所录取，服从分配到安徽劳动大学（学校前身是安徽革命大学、安徽五七大学）。这所大学远在芜湖市宣城县40公里外的麻姑山下叶家湾，原来是军队的农垦茶场，四面环山，没有围墙，学校广播里经常播放通知：同学们请注意，校园出现大灰狼。其开放荒凉程度，可见一斑。我的师兄师姐们经常步行40公里到宣城爬火车赶往省会合肥上访，最终于1982年春学校撤编，哲学、中文等文科师生分别划到安徽大学、安徽师范大学、安庆师范学院等。

与物质的贫乏相比，学校有一座隐映在苍松翠柏中的堪称当时现代化的新图书馆，外形酷似人民大会堂。我在那里第一次读到《儿童文学》杂志，知道还有一种专门为儿童出版的杂志。特别是读到张天翼童话《宝葫芦的秘密》，勾起我在初中时读这本书的快乐经历，当时没有封面不知道书名。顺着童话这一兴趣，我一口气读完了安徒生童话、格林童话、豪夫童话，以及古希腊罗马神话，对儿童文学产生了极大兴趣，于是按照图书馆借书目录，只要有童话、儿童文学字样的图书，都依次借读，终于进入了一个崭新的苏联儿童文学世界，认识了高尔基、盖达尔、比安基、托尔斯泰、车尔尼雪夫斯基，印象最深的是比安基的《森林报》。我当时给自己取了暗藏远大抱负的笔名：鲁安基——鲁迅、安徒生、高尔基、比安基，四位大家名字的组合，专门刻了藏书图章，将自己此后购买的儿童文学书籍，都在扉页盖上鲜红的“鲁安基”印章。现在回想起当时的癫狂，是自幼缺乏儿童文学的熏陶，饥渴的心田在那时得到了补养，回到童年，在童心世界里，疗治我高考失利的人生第一次刻骨铭心的创伤。

类似刻骨铭心的伤痛，在我之后的儿童文学人生里，还有三次。一次是我连续考了五次蒋风的研究生才于1990年被录取，二是1993年我研究生毕业留在母校的愿望不能实现而被迫自谋职业，三是2000年《中华读书报》连发文章批评我的两部儿童文学著作有抄用他人著作的嫌疑。时过境迁，现在回想起来，我非常感激给我教训、给我历练的人们，因为每一次伤痛都触及灵魂深处，都是置之死地而后重生，也是我儿童文学人生的“三大拐点”，我为有这样的人生磨砺而感到幸运，这些挫折让我学会虚心做人，踏实做事。

我走过人生这“三道坎”，都和先生的影响分不开。

1982年，我从安徽劳动大学被划到安庆师范学院，得知浙江师范学院蒋风教授招收儿童文学研究生，我就冒昧给先生写信询问情况，由此开始了我的“八年考研”。我在一篇文章《我考了五次研究生》①里有详细的记录。为什么没有考取？都因为英语没有达到录取分数线。从18分、32分、43分到65分，我完全在工作之余，靠高中英语的底子自学（因为安徽劳动大学的动荡，被划到安庆师院已经是第二学年下学期，不再开设英语课），直到1990年第五次考研，我背下了当年王安忆编写的《新概念英语词典》，做了大量英语试题，才以英语65分、总分第一的成绩被录取。为什么又能坚持？就是在每一次失败后，先生都不抛弃不放弃，给我寄他新出的著作，在信中安慰并鼓励我：“理想的琴弦只有叩动奋斗的琴键，才能奏出人生美妙动听的乐章！”最让我感动的是1990年，我所在的学校和教育局已经不同意我报考，先生知道后，给校领导写了一封信，大意是韩进同志有志于儿童文学，是个好苗子，将来一定有出息，请学校给予特别支持。领导找我谈心，说堂堂大学校长、著名教授为一个考生给单位领导写信，太感动了，他如果不同意，岂不是埋没了人才，更对不住蒋校长。

1993年上半年，先生正好有半年的时间在日本讲学，我在另一位慈父般的导师韦苇指导下，倾心准备毕业论文和答辩。待到毕业时，因为诸多原因，我不能留在学校儿童文学研究所了，韦苇老师把我介绍给北京师范大学浦漫汀（我的慈母般的导师），浦教授写信给安徽少年儿童出版社吕思贤社长，吕社长风趣地说，她是思贤若渴，浦教授推荐的，一定照办。当我拿着安

① 韩进：《我考了五次研究生》，《社会科学报》，1992年5月7日。

徽省新闻出版局人事函办理离校手续时，浙江省教委却不同意，需要我缴齐3万元的定向培训费，才能出省就业。直到这时我方才知道，当初研究生录取时，先生就有一个想法，希望我能留在他身边，继承他的儿童文学事业，于是在浙江省教委把我算作浙江师范大学儿童文学研究所定向培养的学生，办了毕业留所工作的委培手续。省教委有先生的签名为证，后经浙江师大校长出面协商，韦苇导师替我代缴3000元改派费，才得以离开。先生从日本回国得知情况后，难免惋惜无奈，并告诉我他已托人与浙江尖峰水泥集团协商调我爱人去做财务工作，让我们在金华安心。鼓励我即使不在科研单位，照样可以做科研工作，邀请我参加他主编的《玩具论》①一书的编写。

带领学生写文章、编写教材、合编著作，是先生独创的“师傅带徒弟”提高创作能力、培养学术感觉、扩大业内影响、积累科研经验的好办法，先生认为学生可以跟在导师名下“早出名”，为毕业后就业、科研打下基础。所以，先生主编《中国现代儿童文学史》、《中国当代儿童史》、《儿童文学教程》、《世界儿童文学大事典》等重要学术著作，都带领并指导研究生们一起做，使学生很快就有了科研成就感、行业知名度、专业关注度。

先生对我更是给予很多机会。1990年，我刚到安徽少年儿童出版社工作，先生就策划了一套“儿童文学丛书”，包括《儿童文学原理》、《中国儿童文学史》、《外国儿童文学史》、《中国儿童文学作家作品选》、《外国儿童文学作家作品选》，希望能在安徽出版，以支持我的工作。已经出版过师范院校《儿童文学》教材的安徽教育出版社对此有兴趣，1994年秋，时任安徽教育出版社小学教育编辑室(儿童文学编辑室)主任的朱智润先生和编辑陈龙吟先生一起专程到金华拜访蒋风先生，商定先出《儿童文学原理》、《中国儿童文学史》两种。先生把主要精力放在《儿童文学原理》上，让我主写《中国儿童文学史》，先生说：“我下决心要编写好这部史书。但出版社受选题计划的制约，对书稿的完成有时间的限制，考虑到自己要在9个月的时间内完成一部四、五十万字的学术著作，不是一件易事，因此邀请我已毕业的儿童文学研

① 蒋风：《玩具论》，太原：希望出版社，1996年版。2011年，该书修订版获得了第二届中国出版政府奖。

究生韩进硕士来完成这一重任,他欣然同意。这当中,因我视力衰退而引起书写困难,便由他参酌提纲执笔,除《绪论》、《后记》外,全部是他个人的著作。这是我非常感激的。”①其实我心里明白,是先生特意给我机会,他曾明确对我说,你如果有一部个人的学术专著,那在学术界的影响就会大不一样。

接受先生的任务,我全力以赴,把它当作个人的处女著作来认真写作。说需要9个月交稿,实际是从1994年秋到1995年夏有一整年的写作时间,从交稿到1998年出版,又有3年时间,边校对边修改,倾注了我4年的青春热血。我把工作之外的所有时间和精力都用在这部书稿的写作与修改上,不仅没有了休息日和假期,时常写到凌晨2点或者凌晨2点起床写到天亮,力求拿出一部像样的著作,为先生争光,也为自己打算。该书1998年10月出版后,获得过一些好评和肯定,但也给我带来了巨大的伤痛。

2000年4月30日,《中华读书报》发表了我的师兄王泉根教授的文章《究竟谁抄谁——关于田惠刚、韩进“抄用”本人著作的备忘》,严厉批评我在《中国儿童文学史》里“抄用”了他著作中的学术成果而没有注明。当时我正在参加意大利博洛尼亚国际儿童读物博览会,回国后从友人那里得知并认真拜读全文后,复杂的心情难以言表,但我还是马上给王泉根先生电话道歉,说明情况,感谢批评,于是有了后来王老师的一段话:“2000年5月10日上午,韩进从安徽合肥打来长途电话,再三再四向本人道歉,承认错误,认为我的批评完全是出于对他‘真诚的爱护、关心’,这一教训将‘受用一辈子’。韩进在合肥有‘韩才子’之誉,动笔很快,年轻人急于功利,缺乏学术规范的训练,仓促中做了错事,但能幡然醒悟,回归学术正道,自然难能可贵,本人对此也就一笑了之。当然希望韩进言行一致,好自为之。”②王老师的教诲我一直铭记于心,以后每写一字都汲取这次教训。

但紧接着《中华读书报》2000年6月28日又发表了谭元亨的文章《是“填补空白”还是掩耳盗铃——韩进〈中国儿童文学源流〉源自何处?》,错误

---

① 蒋风:《中国儿童文学史·后记》,合肥:安徽教育出版社,1998年版。

② 王泉根:《铁证如山——关于田惠刚抄袭事件的再备忘》,《中华读书报》,2001年2月21日。

地毫无根据地自认为我的另一部独立完成的著作《中国儿童文学源流》"源自"他的《中国儿童文学:天赋身份的背离》①。对这种牵强附会、落井下石的恶劣做法,我毫不犹豫地给以正面回击,2000 年 8 月 2 日在《中华读书报》发表《我著〈中国儿童文学源流〉——韩进致谭元亨》,有理有据,严词驳斥,并再一次表明我的态度:"作为一个儿童文学爱好者,我始终将自己视作一名小学生,虚心地向我所认识的所有的儿童文学家们请教;同时我也希望能得到包括谭先生在内的老师及同行们的关心、鼓励、理解与爱护,本着'有则改之、无则加勉'的精神,我诚恳地接受来自各方面的批评与帮助。但我要说的是:批评必须实事求是,必须顾及他人的声誉,必须尊重他人的人格,必须与人为善。不知谭先生是否赞同我的浅见。"

那段时间的我可以用"消沉"来形容,很多老师和朋友读到报纸上的文章或相互转告后,打来电话或写信表示同情、安慰和鼓励,面对师长同行我感到无地自容,得到"抄用"的恶名,对所谓的文人,尤其是对文学充满理想的青年学人,此种伤痛是无以疗治的,教训是无以复加的。后来还有人在我提拔副总编辑、申报高级职称时,将这些文章复印送给每位领导、评委,虽然没有得逞,但其险恶用心,依然令我心寒胆战,至今不堪回首。

蒋风先生一定知道并默默关注事情的发展,当时并没有特意说些什么。2002 年 7 月 23 日至 26 日,先生创办的中国儿童文学研究中心非学历研究生班第七次面授暨 2002 年全国儿童文学讲习会在合肥幼儿师范学校举行,先生邀请我讲授中国儿童文学史课程。其间自然说到刚刚发生的事情,先生慈祥地对我说,过去的就过去了,汲取教训,多走出去,不要把自己封闭起来,这次安排在合肥开会,就是来看看你,安排你授课,就是让你活动活动。先生还说他计划把他主编的《儿童文学教程》、《中国儿童文学发展史》、《玩具论》等书进行修订完善,希望我振作起来,邀请我参加修订工作,我点头答应,一股暖流在心头涌起。我明白先生的良苦用心,明白自己应该怎么做,同时更强烈地感受到先生作为大家的大气、导师的宽容、家长的呵护,这也

① 谭元亨:《中国儿童文学:天赋身份的背离》,哈尔滨:北方文艺出版社,1993 年版。

是让我“受用一辈子”的温暖。此后，我用了很长时间和很多精力，受先生之托，修订编著《中国儿童文学发展史》[1]，将先生主编的《中国现代儿童文学史》、《中国当代儿童文学史》压缩改写，并增写了《第一编　中国儿童文学史前足迹》，形成《中国儿童文学发展史》的第一编至第七编，即从史前期到1976年“文革”结束之间的中国儿童文学发展简史（全书共八编，第八编《1977—2000年间的中国儿童文学》），大约27万字。这次写作的过程，无疑更是一次温故知新的过程，它的另一好处，是让我漂浮的心，一下子沉静下来，灵魂从歧路回到正途，对我以后继续儿童文学爱好、继续服务儿童文学，产生了极大的鼓动和推动作用。

三

先生对中国儿童文学的贡献是有目共睹的。我以为主要有四：一是中国儿童文学学科建设的开创、奠基人之一；二是中国现代儿童文学理论的杰出代表；三是培养了一支优秀的中国儿童文学理论队伍；四是中国儿童文学理论走向世界的第一人。

早在20世纪50年代，先生就在浙江师范学院（今浙江师范大学）开设儿童文学课程，以讲稿为基础，于1959年出版了《中国儿童文学讲话》[2]，这是我国第一部具有儿童文学史意义的著作，鲁兵先生称之为“我国儿童文学的‘史略’”，是“整理和编写我国儿童文学史”“一个良好的开端”[3]。“文革”时期被作为“反动学术权威”关进牛棚期间，先生已经完稿的《中国现代儿童文学简史》被抄毁。“文革”一结束，先生重回讲坛的第一件事就是在高校恢复儿童文学课，并于1979年在全国率先招收儿童文学研究生，建立儿童文学研究室（1979—1988，1988年升格为儿童文学研究所，先生任所长至1994年退休）。1982年，湖南少年儿童出版社出版了“文革”后第一部儿童文学教材《儿童文学概论》；1986年，河北少年儿童出版社出版了先生主编的

① 蒋风：《中国儿童文学发展史》，上海：少年儿童出版社，2007年版。
② 蒋风：《中国儿童文学讲话》，南京：江苏文艺出版社，1959年版。
③ 鲁兵：《儿童文学研究》（第2辑），上海：少年儿童出版社，1959年版。

中国第一部儿童文学史《中国现代儿童文学史》;1991 年,河北少年儿童出版社出版了先生主编的《中国当代儿童文学史》;1992 年,希望出版社出版了先生主编的《世界儿童文学事典》。至此,先生基本完成了对中国儿童文学学科的构建:开设儿童文学课程、编写儿童文学教材、培养儿童文学师资。方卫平先生在回顾中国当代儿童文学学科发展历程时曾指出,"儿童文学这一处于学术体制边缘的弱势学科,在被一南一北两个村子夹于其间的浙江师范大学,却得到了一种难得的学术尊重、呵护和培育","获得了中国所有高校中最好的大学文化土壤和体制保障"①,这与蒋风先生在浙江师院的开创之功以及先生担任浙江师范大学校长期间(1984—1988)将儿童文学作为核心学科来建设牢不可分。

先生的儿童文学理论集中体现在他的《儿童文学概论》里,这是"新中国最早一本系统的儿童文学专著,曾多次再版,被各师范院校选作儿童文学课教材"②。该书具有鲜明的中国儿童文学特色,既汲取了苏联儿童文学理论的合理内核,又顺应中国文学发展的时代要求,更有先生儿童文学创作、教学、科研的心得。从文学性、儿童性、方向性三个方面,界定了中国儿童文学的学术概念,是经过近百年中国儿童文学发展的历史经验和教训检验的最具有合理内核的儿童文学观,是中国特色儿童文学理论的奠基石。

先生认为:儿童文学是根据教育儿童的需要,专为广大少年儿童创作或改编,适合他们阅读,能为少年儿童所理解和乐于接受的文学作品。它是文学的一部分,具有文学的一般特性,服从文学的一般规律,但它又是文学的一个独立的部门,具有不同于一般文学的特点,即儿童文学的特点,要求通俗易懂,生动活泼,适应不同年龄少年儿童的智力、兴趣和爱好等,成为向少年儿童进行思想教育、知识教育的工具之一。③

先生强调儿童文学与文学的一致性,儿童文学首先是文学,儿童文学是文学的一个组成部分。它的任务、性质、发展规律,与文学都是一致的,有着

---

① 方卫平:《中国儿童文学发展史 · 总序:论一个可能的儿童文学学派》,上海:少年儿童出版社,2007 年版。

② 张永健:《20 世纪中国儿童文学史》,沈阳:辽宁少年儿童出版社,2006 年版。

③ 参见蒋风:《儿童文学概论》,长沙:湖南少年儿童出版社,1982 年版,第 3 ~4 页。

不可分割的关系。因此我们谈儿童文学时，首先应该认识它与成人文学的共同性，更不要在儿童文学与成人文学之间划出一条绝对的界限。①

先生认为文学与儿童文学是共性与个性的关系，强调研究任何事物既要看到它的共性，更要探索它的个性，因为“无个性即无共性”。我们研究儿童文学也一样，既要看到它和一般文学的共性，也要研究它自己本身的运动形式，研究它的特殊矛盾，研究它不同于一般文学的特殊点。目的是为了更好地发挥它在培养无产阶级革命事业接班人这一战斗任务中的作用，更自觉地执行党的文艺路线。②

先生认为儿童文学的特殊性是由儿童这个特定的读者对象决定的，强调儿童文学要完成它对少年儿童的共产主义教育任务，必须先认真了解它工作对象的特点，研究它的对象的要求、兴趣、爱好、接受能力等。并引用高尔基在《儿童文学主题论》中的忠告：“有志于儿童文学的作家必须考虑到读者年龄的一切特点。违背这些特点，他的著作就会变成没有对象的、对儿童和大人都无用的东西。”③

先生认为要研究儿童文学的特殊性，首先要研究儿童的年龄特征，强调儿童文学的年龄特征，既有生理和心理基础，更要关注在此基础上发展起来的社会性和时代性，全面科学准确地理解儿童年龄特点，关注不同年龄阶段对儿童文学的特殊要求，因为儿童文学的特点是它的对象的特殊要求在文学上的反映。④

先生认为儿童文学的特点，应该在文学性和儿童性完美融合的前提下，强调“明确的方向性”，强调“儿童文学不同于一般文学的第一个明显特点，就在于它具有明确的教育方向性”，在于“儿童文学是教育儿童的工具”。因为儿童的世界观人生观正在形成，可塑性大，儿童文学对他的感染和引导必须是明确的、正确的，“社会主义儿童文学应该具有明确的共产主义教育方

---

① 参见蒋风：《儿童文学概论》，长沙：湖南少年儿童出版社，1982 年版，第 4 页。

② 参见蒋风：《儿童文学概论》，长沙：湖南少年儿童出版社，1982 年版，第 10 页。

③ 参见蒋风：《儿童文学概论》，长沙：湖南少年儿童出版社，1982 年版，第 10 页。

④ 参见蒋风：《儿童文学概论》，长沙：湖南少年儿童出版社，1982 年版，第 9 ~ 17 页。

向性”;“儿童文学的教育方向性,比起一般文学来说,要更明确,更有目的,也更有计划性,也就要对小读者进行有目的的、有计划的共产主义教育”,这是由少年儿童是共产主义革命事业接班人的特殊身份所决定的。[①]

由此可见,先生回答了“为什么要有儿童文学”“什么是儿童文学”“儿童文学为什么人”以及“如何为”这样一些儿童文学的根本问题,明确了“为儿童”是儿童文学之所以存在的核心问题。初步构建了“文学性、儿童性、方向性”辩证统一、“三位一体”的中国特色儿童文学理论架构,文学性是躯体、儿童性是灵魂、方向性是生命,这是那个时代对儿童文学可能做出的最科学、辩证、准确、全面的理论阐释,具有一种与时俱进的开放性,至今仍然没有一种理论可以完全取而代之,这是先生对中国儿童文学的最大贡献。

先生的儿童文学理论是那个时代的产物,自然也有那个时代的局限,譬如认为“儿童文学是教育儿童的有力工具”,从强调“儿童文学的教育方向性”和儿童文学作家的时代使命感,导致实践中的儿童文学片面追求教育性而忽视文学性,这是那个时代的误区,并不是先生个人的错误。尤其在经历了新时期以来否定“教育工具论”、儿童文学过分娱乐化、一味迎合儿童心理、追求无意义无意思的所谓“回归儿童本位”的儿童文学试验以后,我们更加感到,“方向性”必须成为儿童文学最重要的特征,儿童文学对儿童读者必须有正确的引导,必须坚持正面引导,必须提供正能量,激发向上力。这可以说是百年中国儿童文学,特别是新中国成立以来儿童文学发展的经验教训。

四

先生的儿童文学理论的重要内容,是他的中国儿童文学发展史观。今天人们了解到的中国儿童文学发展的历史,基本上就是先生在一系列史学著作中主持讲述的历史,主要有《中国儿童文学讲话》、《中国现代儿童文学史》、《中国当代儿童文学史》、《中国儿童文学史》、《中国儿童文学发展史》、

---

① 参见蒋风:《儿童文学概论》,长沙:湖南少年儿童出版社,1982年版,第18页。

《儿童文学史论》、《蒋风儿童文学论文选》等一系列著作。在当时具有填补空白意义的学术著作里，先生的儿童文学史观客观、全面、辩证、发展地描述了中国儿童文学发展的主流，是关于中国儿童文学发展史研究最有权威性的主流观点，代表了中国儿童文学发展史研究的方向和水平。

先生认为，在中国，从严格的科学意义上说，儿童文学是20世纪初的产物，但它不是在某个良辰吉日突然从天而降，而是在数千年灿烂的中国文化的孕育下，在继承并发扬中国民间文学和古典文学的传统的基础上，形成和发展起来的，走过了从自发到自觉的漫长道路。

先生认为，中国儿童文学伴随着"五四"新文化运动而来，受到人的现代化、语言的现代化、儿童观的进步、普及教育的驱动、外国儿童文学的影响等诸多社会、文化、历史因素的深刻影响，具有源远流长但发展缓慢、起步晚但起点高、一贯注重教化，又具有鲜明民族特色的发展特色，对照《大英百科全书·儿童文学》关于儿童文学发展水平的建议"十大指标"，中国儿童文学几乎在每一个方面都有显著的发展和深刻的教训，为未来的发展奠定了良好基础，提供了成功经验，预留了极大空间，描绘了美好蓝图。[①]

先生为中国儿童文学而生，参与、组织、引导、见证新中国儿童文学的发展，在先生的身上就有中国儿童文学发展的高度缩影，很难想象，没有先生参与建设的中国儿童文学理论史论研究，特别是中国儿童文学的学科建设，中国儿童文学理论与研究的现状一定是另外一番景象。

先生对儿童文学的另一重要贡献是培养了一代又一代儿童文学队伍。从1952年在金华师范学校开设儿童文学课，1979年在浙江师范学院招收儿童文学研究生，1983年创办全国幼师普师儿童文学进修班，1994年退休创办中国儿童文学研究中心并义务免费招收非学历儿童文学研究生至今，先生把毕生精力都放到儿童文学教学、研究和阅读推广上，桃李满天下，五世同堂。他的儿童文学研究生们已经成为中国儿童文学研究与建设的重要力量，受他培养指导帮助的儿童文学教师在各单位都已经成为儿童文学教学的中坚力量，众多儿童文学爱好者（如谢华、汤汤等）在他的引导下走上儿童

① 参见蒋风：《中国儿童文学史》，合肥：安徽教育出版社，1998年版。

文学创作之路，这是业界有目共睹、心悦诚服的，大家都尊敬地称呼先生为“祖师爷”，这是中国儿童文学的幸运。“蒋风的历史，就像一部中国现当代儿童文学研究史。”①

五

先生非常重视中国儿童文学的对外交流，可以说是中国儿童文学理论“走出去”第一人，对中国儿童文学走向并融入世界、世界关注并接纳中国儿童文学做出了突出贡献，可惜这方面的意义还没有得到应该有的重视。10年前，先生获得第六届宋庆龄儿童文学特殊贡献奖（2003年10月19日揭晓），又恰逢先生从事儿童文学创作研究60周年，在接受《浙江师大校报》记者约稿时，先生回顾与儿童文学的不解之缘，总结60年儿童文学教学研究，先生自己非常看重“对中外儿童文学交流的开拓”。先生认为，“任何一门学科的发展，都离不开中外交流，有交流才能进步，有交流才有发展。近20多年来，我致力于儿童文学的中外文化交流，可谓不遗余力”。②

早在1987年，先生成为国际儿童文学学会的第一位中国籍会员，以后又陆续担任亚洲儿童文学研究会共同会长、世界华文文学学会名誉顾问、国际格林奖评委等重要的世界儿童文学学术组织的重要职务。1986年应IBBY（国际儿童读物联盟）邀请参加第20届IBBY东京大会，首开中国儿童文学理论国际交流之旅，至今的30年间，先生几乎每年都出访交流讲学，先后多次在韩国、日本、美国、新加坡、马来西亚（还有法国、德国、英国、丹麦、芬兰等国的国际儿童文学学术会议，都因为经费等问题未能成行，但先生都提供了书面论文共大会交流），以及中国的香港、澳门、台湾地区，宣传中国儿童文学，宣讲儿童文学主张，推介中国作家作品，培养儿童文学新人，从先生演讲的题目就可见一斑：

1986年，应日本儿童文学学会邀请参加儿童文学恳谈会，做《中国儿童

---

① 陈兰村：《蒋风评传》，北京：作家出版社，2010年版。

② 蒋风：《走在光荣的荆棘路上——我和儿童文学》，《儿童文学信息》，2004年1月20日。

文学研究的历史和现状》主题演讲。

1988年,应新加坡歌德学院和新加坡作家协会联合邀请,出席第二届世界华文文学大会,做《中国儿童文学如何走向世界》的主旨发言。

1990年,应日本国际儿童文学馆邀请,出席大阪中日儿童文学交流会,作《1919—1959年:在"光荣的荆棘路上"跋涉——中国现代儿童文学40年的足迹》基调报告。

1991年,应新加坡国立大学邀请参加"汉学研究之回顾与前瞻"国际学术研讨会,做《40年来的中国儿童文学研究》;应新加坡教育部课程发展署邀请,做《谈谈儿童文学》专题报告。

1993年,应邀参加格林颁奖纪念演讲会,做《为了孩子,为了未来》的主题演讲;应邀到日本国际儿童文学馆担任专家级客座研究员,做为期半年的儿童文学研究,做《中国近年来童话创作的创新与突破》等多场介绍中国儿童文学创作现状和态势的学术报告;应韩国儿童文学学会、韩国檀国大学等单位邀请参加首届中韩儿童文学研讨会,做《中国儿童文学的历史与现状》的专题报告。

1994年,应香港大学、香港浸会大学等单位邀请访学,做《中国儿童文学的历史和现状》演讲;应海峡儿童文学研究会邀请赴台交流,做《情·象·境·神——从中国诗艺美学传统看海峡两岸儿童诗》的主题发言;应芬兰儿童文学学会邀请,参加出席芬兰著名童话作家"托芙·杨松作品研讨会",因故未能赴会,提交书面论文《在中国小读者眼中的杨松》。

1995年,再次应香港大学邀请讲学,做《儿童文学与儿童教育》的学术报告;出席上海承办的第三届亚洲儿童文学大会,做《激动人心的期待——经济腾飞给中国儿童文学带来什么?》专题发言。

1996年,在南京召开的第八届世界华文文学研讨会上,做《走向21世纪的香港儿童文学》重点发言。

1997年,在韩国首尔参加世界儿童文学大会暨第四届亚洲儿童文学大会,做《东西方文化撞击下的中国儿童文学》,并应韩国《童话与诗》杂志社之约,做《中国儿童文学的历史发展》演讲。

1998年,应英国加的夫大学邀请,参加"卡洛尔现象研讨会",作题为

《幻想的伟大胜利》大会书面发言。

2001年，应香港中文大学邀请讲学，开设《中西儿童文学之比较》课程讲座。2002—2003年，两次应邀到马来西亚做巡回讲学，并在大连举办的第六届亚洲儿童文学大会上，做《从口水吐向安徒生到哈利波特热》发言。

2006年，先生应邀出席韩国首尔举办的"第二届世界儿童文学大会暨第八届亚洲儿童文学大会"，被授予儿童文学理论贡献奖，颁奖词这样评价："蒋风先生是代表中国儿童文学研究学术界的学者，曾任浙江师范大学教授。已出版了《儿童文学概论》(1980年)、《中国现代儿童文学史》(1987年)、《世界儿童文学事典》(1992年)、《幼儿文学概论》(2005年)等，把中国儿童文学理论提升到了世界级的水平，其贡献获得亚洲儿童文学界之具体肯定，特此给予理论贡献奖。"先生成为中国文学界至今仍然唯一的一位获奖者。

2011年，先生对于儿童文学理论研究的突出贡献，更得到世界儿童文学界的高度肯定，获得国际格林奖。国际格林奖和国际安徒生奖被誉为儿童文学两大世界性最高奖项。与国际安徒生奖着重鼓励儿童文学作家与画家不同，国际格林奖更注重对那些在儿童文学理论与普及等方面做出突出贡献的个人进行奖励。国际格林奖始于1987年，每两年评选一次，24年来只有12人获此殊荣。第十届、十一届国际格林奖评选中，先生曾两次获提名，此前12位获奖得主分别来自德国、法国、美国、日本等，先生是中国获得国际格林奖的第一人。

先生始终致力于中国儿童文学"走出去"的努力，终于让世界更了解中国，中国儿童文学与世界儿童文学"取同一步调"，蒋风无疑是中外儿童文学交流的开拓者、建设者和见证者。

六

回想追随先生30年的每一天，追思发生在先生身边的每一件事，细读先生著作的每一个字，深刻地感悟到应该有一种叫作"蒋风精神"的力量存在，这是我一生前行的动力，也应该成为中国儿童文学界的"一种精神"，成为世界儿童文学了解中国儿童文学的"一种精神",成为中国儿童文学宝贵财富的"一种精神"。"蒋风精神"究竟是什么?我倡议儿童文学界可以开展广泛自由的讨论,首先讨论有没有这样一种精神的"力量与财富",再讨论"蒋风精神"的内涵和意义。作为先生的学生,自愿抛砖引玉,谈谈自己的感受。

蒋风精神是先生一辈子致力于中国儿童文学建设与发展的人生历练中形成的具有蒋风性格、蒋风气质、蒋风特色而又代表了中国儿童文学工作者最可宝贵、最可珍惜、最可弘扬的一种精神动力和业界典范。可以从以下五组辩证关系中窥探一斑。

梦想与奋斗

先生说:"有梦最美,因为有梦往往就有希望相随。"[1]1986 年,先生赴日本参加儿童文学国际研讨会,参观大阪国际儿童文学馆后,就萌生了在中国创建国际儿童文学馆的想法,此后一直为此在全国奔波。1999 年,先生出版了一本文集,名字就叫《未圆的梦》,第一篇《我还有一个未圆的梦——在中国创建一个儿童文学馆》。2007 年 5 月 25 日,浙江师范大学红楼,83 岁的先生,这位浙江师范大学的首任校长,和时任浙江师大校长的梅新林教授一起,亲手揭开了我国第一个国际儿童文学馆牌上的红绸。先生动情地说:"我做了 21 年的梦圆了!"捐献了首批藏书 8000 多册,并欣然出任国际儿童文学馆馆长。梅新林校长说得好,先生喜欢做"梦",也善于圆"梦",大至宏伟理想,小至普通心愿,他都喜欢称之为"梦",然后就是执着于圆"梦"之旅,并最终实现之。(**梅新林教授为陈兰村著《蒋风评传》所作的《序》**)圆梦来自不屈不挠地奋斗,也就是先生 1986 年给学生的信中所教导的:"理想的琴弦只有叩动奋斗的琴键,才能奏出人生美妙动听的乐章!"先生为这样的儿童文学梦想,他的人生梦、中国梦,生命不息,奋斗不止。

信念与毅力

先生说:"从 1943 年在报上发表童话《落水的鸭子》开始,我与儿童文学就结下了不解之缘。1947 年在报上看到三个孩子因受迷信荒诞的小人书的影响,结伴到峨眉山修仙学道的报道,更坚定了我要为中国儿童文学事业贡

---

① 蒋风:《未圆的梦·后记》,北京:国际文化出版公司,1999 年版。

献微末力量的决心，半个世纪来在儿童文学创作、教学、研究岗位上坚持不懈，从不动摇，尽管在人生道路上受尽轻蔑、鄙薄，甚至在‘文革’中还为此被关了三年‘牛棚’，仍义无反顾，终生不悔。今已退休进入古稀之年，又在当地政府关怀下，创建中国儿童文学研究中心，义务招收非学历儿童文学研究生，为培养儿童文学人才、繁荣儿童文学事业贡献余热。”①

先生从事儿童文学至今(2013年)已经整整60年，这一辈子先生只做了一件事：儿童文学。这源于先生对为儿童服务的无比坚定的信念和由此爆发出的无比顽强的毅力，用一生的心力做一件事，把它做到极致、做到完美。

回顾走过的人生，先生百感交集：“我享受过成功的欢乐，我吟味过失败的苦恼；坎坷的道路，曾使我几乎走向绝境，但从未动摇过我的信仰。”②先生认为：“判断人生道路上的这场胜负，在于用毅力换来的成绩，正如判断一棵果树的优劣，要看它结的果子是否丰硕，而不是看它的叶子是否葱郁。成功者常常用毅力写胜利的传奇。”③先生坚信：“有志者，可以在石山种出青松来，也能在深海里抓出鱼来。有志者，再长的路一步一步走，徒步也能到达罗马城；再硬的石头一点一点抠，徒手也能凿出井眼来。无志者，千难万难，来到面前的全是困难。一个缺乏意志的人，好似一条没有罗盘的船，它会随风行驶，不断改变自己的方向。”④

包容与专注

先生说：“该做的事实在太多，即使人有两次生命，也永远做不完。别让自己在我是你非、你短我长的琐事冗论中浪费生命。朝前看，扯起生活的风帆，迎着璀璨的朝霞，驶向自己梦想的明天。”⑤先生经历的三大人生波澜，正是最好的注释。

一是1967年至1970年的三年，先生因为出版了《中国儿童文学讲话》等几本儿童文学理论书，被戴上“反动学术权威”“反动文人”的牌子，成为

---

① 蒋风：《未圆的梦·我还有一个未圆的梦》，北京：国际文化出版公司，1999年版。
② 蒋风：《未圆的梦·生活之歌》，北京：国际文化出版公司，1999年版。
③ 蒋风：《未圆的梦·毅力》，北京：国际文化出版公司，1999年版。
④ 蒋风：《未圆的梦·意志》，北京：国际文化出版公司，1999年版。
⑤ 蒋风：《未圆的梦·人只能活一次》，北京：国际文化出版公司，1999年版。

“文革”中的第一批“牛鬼蛇神”，抄家毁稿，批斗游行。先生实在受不了人格上的莫大侮辱，多次萌发自杀轻生念头，但都因想到心爱的儿童文学，想到决不能让孩子重演上峨眉山学仙跳崖的悲剧，作为家长、教师、儿童文学家的现实责任感，让先生忍辱负重，笑对人生逆境，开始在牛棚里总结自己创作儿童诗、教授儿童诗的体会，构思他的《儿歌论》，待到“文革”一结束，先生就出版了我国“文革”后第一部儿童文学理论著作《儿歌浅谈》①。先生后来在《我的三部曲》中回忆说，“牛棚”三年，精神没有被摧垮，力量来自搞儿童文学，自信来自“我要尽可能为孩子们多做一点工作”的责任心。从“牛棚”出来后，先生对曾经迫害过他的人、批判过他的人、误解过他的人，不仅不记仇，相逢一笑，而且在今后的工作中，在他力所能及的范围内，都给予尽可能的关照和方便。

先生历经的第二次波澜是1984年2月至1987年12月的四年，先生突然由一名普通的教师直接被任命为浙江师范学院院长，1985年学校升格为浙江师范大学，先生担任首任校长。先生提出“唯实”校训，拟定“十大思路”，重视国内外学术交流，培育儿童文学学科，把一所新办大学搞得生机勃勃，特色鲜明，受到尊敬和爱戴。但对先生的治校理念、治学方法，甚至是先生培养研究生的方式，也有不同意见，甚至是刺耳的言论，先生不是不知道，先生不是没有委屈，但他不会因计较这些是非而浪费时间和精力。先生曾经对学生说，每个人看问题的角度不一样，想法自然会不一样，有不同意见，甚至是反对意见很正常，人人都有发表意见的权利，对待各种声音，要有包容的心态，有则改之，无则加勉，不要去辩论，如果事事斤斤计较，就会失去别人提意见这面镜子，把有限的时间用到工作上，不要纠缠于一时一事的纠纷，而忘记今生肩负的重任，只有专注于自己的人生选择，才能不亏每人只有的一次生命。

先生经历的第三次转折是1994年离休，70高龄的先生，感觉自己可以静心、尽心地做好钟爱一生的儿童文学，自我加压，从头开始，继续担负起培养儿童文学新人、推广儿童文学阅读的重任，个人创办了中国儿童文学研究

① 蒋风：《儿歌浅谈》，成都：四川人民出版社，1979年版。

中心，自己担任导师、招生员、资料员、档案保管员、收发员，多职兼于一身，并以中国儿童文学研究中心的名义，招收免费的非学历儿童文学研究生，创办并免费编辑、印刷、出版、邮寄《儿童文学信息》报，至今已经坚持了20年，培养学员近600人。有人对先生的行为不理解，为什么要自找这种吃力破财伤神的“傻事”，甚至几百人的学员也各有自己的想法，先生每每听到些议论，都会抱以会心的一笑，“如果一个人的活动总是以周围的舆论为转移，那么他是什么事情也做不成的”。先生总是把包容放在心里，把责任担在肩上，专注选择，笑对是非，鞠躬尽瘁。

学习与创新

先生说：“没有一个人是带着功勋出世的。”①先生是活到老学到老的典范，退休后不仅开办“免费的大学”，更有时间到孩子之间去，“向孩子学习”，永不满足，即使是快90岁高龄，仍然坚持每年参加由他创办的在全国各地巡回举行的全国师范院校儿童文学研究会，而且每一次都从头到尾，认真上好每一课，认真听每一个同志交流发言，认真记学习笔记，每一次都将学习心得写成文章，在《儿童文学信息》上和学员交流。此境此情，感动激励着每一个人，每每有人向先生表达敬佩的心情，先生总是笑呵呵地说，我们老年人更需要学习，不学习，你们青年人就不带我玩了。

先生认为：“生命最大的意义在于创造。一个人来到这个世界上，总得为这个世界增添点什么。”先生自比平凡的小草、渺小的水珠，勉励自己要“年年萌发新绿”，“保持晶莹、纯洁”，“为美化世界添点什么”；“要不断创新，做一点超越自己能力的工作”。② 先生以敢为天下先的创新精神和勇气，“60年创下10个第一”：创建新中国第一个儿童文学研究所并创建儿童文学学科：“文革”后第一个招收儿童文学硕士研究生；编写新中国第一部系统的《儿童文学概论》及第一套系统儿童文学教材；主编出版中国第一部大型儿童文学研究工具书《世界儿童文学事典》；主编第一本大型儿童玩具理论专著《玩具论》；成为第一位退休后以一人之力创办中国儿童文学研究中心并

---

① 蒋风：《未圆的梦·生命》，北京：国际文化出版公司，1999年版。

② 蒋风：《未圆的梦·我还有一个未圆的梦》，北京：国际文化出版公司，1999年版。

免费招收非学历儿童文学研究生的人；创建我国第一个国际儿童文学馆并任馆长；成为国际儿童文学学会第一位中国籍会员；唯一一位获得国际格林奖的中国儿童文学家；第一位走向世界并具有世界影响的中国儿童文学理论家。① 先生就是这样，不断学习，不断创新。50 多部著作，都是他学习的心得，创新的成果。尤其是先生对中国儿童文学创下"10 个第一"的突出成就，成为中国儿童文学理论建设的一座丰碑。

童心与奉献

先生是天生的儿童文学家，他有一颗纯洁无瑕的童心，做事较真，待人以诚，对事业专心。儿童式的单纯、率性、真诚、善良、透明、阳光，一直伴随着先生。如今快 90 高龄的先生，经常和孩子们一起写诗画画，一起讲听故事，是孩子们的好玩伴，孩子们的好爷爷。先生自己说："我心理上一直很年轻，至今没有年老的感觉。是孩子给我的力量。"②

先生爱生活、爱人生，把一生都奉献给为儿童的文学。先生说："人只能活一次，时间和精力都很有限，只能选择一项最有意义的事业，我选择了儿童文学。面对大千世界，芸芸众生，我从不羡慕他人的荣华富贵，也不为自己的半生清寒而失意感叹。我专注地向往自己的一方蓝天——为孩子们工作，为明天更美好而工作，这就是我应该走的路。这就是我的事业，值得我热爱并为之献身。"③

先生爱儿童，才爱为儿童的文学，把自己的一生奉献给儿童文学事业，自我燃烧，无怨无悔，这种忠诚与奉献的精神是先生最可宝贵的品格。"我向往美好的未来，我热爱儿童，我要为他们工作。在我前进的道路上，我没有注视自己的名字，但我注视着自己所从事的事业。我的名字是微不足道的，但我所献身的事业却是威严壮观，务必瑰丽的。当我为自己献身的事业流血流汗、耗费心机的时候，我从不去考虑个人得失。我想，我也许会失败，

---

① 吴涛：《60 年创下 10 个第一》，《金华日报》，2003 年 11 月 22 日。

② 蒋风：《是孩子给我的力量——我与儿童文学》，北京：国际文化出版公司，1999 年版。

③ 蒋风：《未圆的梦 · 为了孩子，为了未来》，北京：国际文化出版公司，1999 年版。

但失败也是光荣的，或者说是伟大的。”①先生的伟大还在于他无怨无悔：“我虽因自己的选择而过了大半辈子清苦的生活，但我终身无悔，要是能年轻40岁，刚走进生活的大门口，我仍然还会选择儿童文学作为我终生的事业，所不同的，也许是我会更有计划、有步骤地从事这一不朽的事业，可以把工作做得更好一些，更有成效一些。”②

老骥伏枥，童心犹存。我们终于明白先生的儿童文学人生，按先生的年龄，完全是可以不理一切，安享清福的过他退休的日子，但儿童文学是先生一生的梦想，是先生的生命，生命不息，鞠躬尽瘁，发挥余热，感恩儿童。先生说：“人的生命是短暂的。寿命再长也不过百岁左右。儿童就是我们生命的延续。为儿童工作就是为未来工作，也就是延续了我们的生命。‘未来’是一个充满希望的名词，她体现了老一辈对下一代的期望，也蕴含了老一辈对下一代寄予的理想。为了孩子，就是我们老一辈对未来岁月的热望。”③

“蒋风精神”应该有更高度、更凝练、更准确、更易记的科学概括。我想到的是先生为梦想而奋斗的精神、为信仰而坚持的精神，包容他人与专注事业的职业精神，不断学习与敢为人先的创新精神，挚爱儿童与选择儿童文学的奉献精神。“蒋风精神”应该有更丰富的内容和更深刻的内涵，更能体现先生与时俱进的人生观、幼者本位的儿童观、坚持导向的文学观、筑梦未来的事业观，这份重要的中国儿童文学的宝贵财富，应该得到业界的关注、研究、学习与推广，形成中国儿童文学的理论品牌，对中国及世界儿童文学的建设和发展做出贡献。

七

2013年9月1日，是学校开学的日子，先生给我寄来他新世纪以来国内外主要媒体报道他的一大包文章，希望能汇编成册，名为《新世纪的足

---

① 蒋风：《未圆的梦·生活之歌》，北京：国际文化出版公司，1999年版。

② 蒋风：《未圆的梦·唱一首自己的歌》，北京：国际文化出版公司，1999年版。

③ 蒋风：《未圆的梦·明天是我的希望——关于儿童文学的一点思索》，北京：国际文化出版公司，1999年版。

迹——蒋风的儿童文学世界》，作为第二年“两会”(5月在苏州召开的纪念全国师范院校儿童文学研究会30周年，8月在厦门召开的庆祝先生90华诞暨儿童文学研讨会)的材料之一，这也是先生在8月份来合肥出席全国师范院校儿童文学研究会年会时，我们师生一起商量好的事情。先生在信中说，出版《守望的情结——蒋风的儿童文学世界》①时，马力教授写了一篇长长的《蒋风论》，作为该书的“代序”，也希望我为这本记录先生新世纪儿童文学足迹的文集写一篇序文，鼓励我是最合适的人选。

先生布置的作业，学生没有不好好完成的道理，也再一次感到作为先生的学生的那份荣誉和自豪。但说到作序，非常惶恐而不安，学生是没有资格的。但毕业至今已经整整20年，追随先生整整30年，先生的恩德铭刻在心，也一直想写一点文字，一直没有写，是一直没有想好如何写。现在要交一份作业，自然有了机会，我也非常珍惜，不再推辞，没想到提笔就停不下来，一口气写了上面的文字，也是一篇长长的“代序”了，表达学生对老师的崇高敬意和由衷感激。

先生邮寄来的报刊素材有近百万字，先生希望尽可能多的收录，即使是同一件事情的重复报道，也因为媒体、角度、读者、评价、时间的不同而有特殊的含义和解读，也因为内容非常丰富庞杂，先生建议按照时间顺序来编排，并亲自手抄了一份16页的目录，嘱咐我请一位有丰富编辑经验的责编来承担这一重要的任务。

编辑先生这样一部重要的文集，学生只有亲自来做才放心。随着编辑出版技术的进步，很多年轻编辑已经不会按部就班地编辑传统书稿，尤其是汇编文集，需要相当成熟的编辑功底，我很不放心放手让别人去剪裁，这是我的心病，也是我的小气。非常感谢安徽文艺出版社朱寒冬社长，慨然应允出版这本文集，了却我的一桩心愿，并选派宋潇婧这样一位“年轻的老编辑”承担这一重任，我对小宋是了解的，文学硕士，文化文教部副主任，有10年编辑经验，由她来做，我放心。在此谢谢他们为此书出版付出的努力。

---

① 周更武等主编；王嘉良，方卫平，金明生等著：《守望的情结——蒋风的儿童文学世界》，香港：新天出版社，2005年版。

要对先生说抱歉的是，现在这部文集只有近60多万字，是学生自作主张，对书稿做了比较严格的编选，重要的信息没有遗漏，重复的内容认真辨选，在确保内容质量不受影响的前提下，力求主题更突出，内容更清晰，意图更明显，细节更丰富，也尽可能地为出版社减少一些编辑出版的成本，因而，对编选的体例做了变化，分两个重要的专题——“蒋风与儿童文学”研究文论选、“中国儿童文学研究中心·全国儿童文学讲习会”纪实，学生认为这最能体现先生新世纪以来的儿童文学研究评价和创造性的儿童文学教学实践，其余重要的信息采用编年的形式，总分结合，纵横互补，以期较为全面地记录新世纪以来先生的儿童文学足迹，帮助人们了解先生的儿童文学世界。

通读先生的书稿材料，一次次被先生老骥伏枥的奉献精神所震撼，一次次为先生对儿童的热爱和儿童文学的激情所感染，一次次激发起创作一部《蒋风评传》的强烈愿望，以一个学生的眼光，交一份作业，真实记录先生的儿童文学人生，弘扬光大先生的儿童文学精神。

衷心祝愿先生童心永驻，永远年轻；祝先生为之奉献的儿童文学不断繁荣发展；祝先生关爱的孩子们在文学的花园里快乐成长。

是为序。

2013年11月8日，合肥

目录

“中国儿童文学研究中心·全国儿童文学讲习会”纪实

“蒋风与儿童文学”媒体报道编年文选

2003 年

2004 年

2005 年

2006 年

2007 年

2008 年

2009 年

2010 年

“蒋风与儿童文学”
研究文论选

一生在初阳文学里潜心相守

——与儿童文学结缘60年的蒋风先生

韦　苇

儿童文学的初阳性质，不只是说它的接受者是处在初阳年龄段的孩子，也不只是说儿童文学研究同其他文学的研究比较起来相对年轻，而是说，儿童文学是人的一生中最早接触的文学，是将在人的一生中留下不可磨灭的印记的、在人的一生的精神构建中持续发生作用的文学。俄罗斯有崇高名望的成人文学作家鲍里斯·波列伏依就曾用这样富有激情的语言热烈肯定过儿童文学的意义："我们有一个尚不曾研究过的法则，根据这个法则，在少年儿童时代读过的好书，是永远不会忘记，一生都留有印象的，而依我看，这个法则反映出来的是儿童文学的全部重大意义和无比重要性。关于这一点，使我们感到自豪的大作家们知道得很清楚，他们总是带着非凡的爱心，我还要说，他们总是用特别认真的态度来为儿童写作，而且极端关心这种帮助下一代形成他们的意识、观念、性格和理想的文学的发展。"在中国，这样的文学是在几个热心人呼号、奔走下发生、发展起来的，稍有中国儿童文学史常识的人都知道。譬如上海一位儿童文学教授来浙江师范大学儿童文化研究院做客时就说，中国儿童文学研究的行走有时是很寂寞的，在有些段落里甚至只是个把人的行走。这是有感于胶着在儿童文学研究上的人，在有时，在有的历史段落里，似乎只有陈伯吹先生一个人，只有蒋风先生等寥若晨星的几个人。

一门关涉数亿人口的精神建设的文学的研究，是不能只有几个人的！这事关数亿人的人格塑造和素质建设的儿童文学事业的理论性关注，有时确乎只有几个人。可叹的是，这个把几个人也不能正常地按照这块文学自然的质的规定性去研究，在蒋先生风华正茂、年富力强的岁月，正是当局把一切，当然包括本来是意识形态范畴的儿童文学创作和研究，纳入自己的政治意识形态体系，纳入自己没有任何百花齐放和百家争鸣可言的体制，正如蒋先生的首届研究生吴其南先生所说："不仅学术思想、学术规范、学术活动被体制化，就连研究者本人也常常遭受迫害。"但是，研究不能取得合理的应有效果，是不是就应该选择放弃呢？蒋先生没有选择放弃！就因为蒋先生坚持了，所以当人们对儿童文学还非常懵懂，懵懂到连"儿童文学"和"儿童文学研究"这名词也感到陌生的时候，蒋先生刚一从"你死我活"的阶级斗争的昏天黑地里走出来，他作为先知先觉者就毅然决然地揭起儿童文学教学和研究的旗帜。几乎是超越可能，几乎是难以置信，他第一个在没有公权资源在手的状况下，白手起家，在中国破天荒招收儿童文学硕士研究生，他又是招兵买马，从天南海北把有学术研究基础的人召唤并调集到自己的旗帜下，苦心孤诣建起了中国第一个儿童文学研究室，然后以此为根据地四方出击，又是出版或组织出版首先被需要的基础理论研究成果，又是创造条件举办全国儿童文学师资进修班，又是筹措经费建立儿童文学资料室，又是稳定和壮大儿童文学研究队伍，又是到各种会议场合去呼吁以争取把儿童文学研究放到合理的位置上……于是浙江师范大学有了许多第一：中国第一个儿童文学硕士研究生；第一个由中国自己培养的研究生而被破格评为教授、成为博导，被破格评为一级作家的是浙江师大的；第一部儿童文学概论是浙江师大的；第一部《中国现代儿童文学史》是浙江师大的；第一部相当严谨、规范的、获得创作界广泛认可的《中国当代儿童文学史》是浙江师大的；第一本《中国儿童文学理论批评史》是浙江师大的；第一部内容丰富、资料翔实的《世界儿童文学史》是浙江师大的；第一部《世界经典童话鉴赏辞典》是浙江师大的；第一部论评科学合理的《中国童话史》是浙江师大的；第一部观念和材料都新颖、排在全国最前列的《外国童话史》是浙江师大的；第一部完整地研究俄罗斯儿童文学的论著和第一部完整研究法国儿童文学的论著是浙江师大的；第一部开创性的、体系完整的《幼儿文学概论》是浙江师大的；第一部最完备，几乎是无所不包的《世界儿童文学事典》是浙江师大的；第一个中国儿童文化研究院是浙江师大的……而这一切第一，都与蒋风这个名字联系在一起的。

前述有坚挺说服力的罗列已经表明了蒋风先生的远见卓识，而更能说明其具有宏大气魄的是在上世纪80年代初，整个儿童文学还处在苏醒阶段的时候，蒋先生就把全国北到京城南到广州的凡有教授资质的儿童文学作家、学者延揽来浙江师大做儿童文学的特聘教授，不仅如此，还从一衣带水的邻邦请来具有世界名望的儿童文学专家、学者做系列学术讲座，并一开始就注重儿童文学的国际交流，他一直积极参与国际儿童文学的学术活动，把中国作为一个大国的儿童文学影响播扩到了美、日、韩、新、马，还有中国的港、澳、台。这样的活动离休后一点没有减少，反而更频繁了。还必须提到的是，蒋先生始终着心于加宽加深儿童文学的基础，离休后以“中国儿童文学研究中心”的名义招收的非学历儿童文学研究生就有11届达300多人，与之配套出版的《儿童文学信息》报就发行了3500份，这份他一手操办的报纸同时作为一条信息渠道架通了与国内外儿童文学朋友沟通的桥梁。这一切几乎是单枪匹马，以古稀之年，用自己微薄的生活费来支撑的，近十多年来，更在各地近20所小学辅导推广童诗教学，倡导办小诗报，办小诗社，让孩子们受到诗美的熏陶。并且，蒋先生一直以引导者身份（或是教师身份，或是以“浙江省作家协会儿童文学创作委员会主任”的身份）培养儿童文学作者，其中一些已成为名作家了。

今天，中国儿童文学的研究和教学其从业者的人数已经闹哄哄形成了一个界别的规模，但是这个“界”形成的始发地倘溯其源，其相当一个部分（还不只是三分天下有其一）就在浙江，就在浙江师范大学，就与浙江师范大学的蒋风先生有或近或远或疏或密或多或少或大或小的关联。中唐诗人杨巨源有诗云：

诗家清景在新春，
绿柳才黄半未匀。
若待上林花似锦，
出门俱是看花人。

汉代的上林苑纵横三百里。如今的儿童文学界是放眼望去都是“看花人”了，可在“绿柳才黄半未匀”的时候，在这个“界”里栽花、护花的就只有蒋风先生等不多的几个人。亏得蒋风先生当年不是等待，不是等到“上林花似锦”的春意闹猛景象出现时才出门看看花而已，亏得蒋风先生团结同志，持续努力为儿童文学的发展奠立根基，亏得蒋风先生在儿童文学园地里潜心长相厮守60年，浙江师范大学才能为中国的儿童文学事业竭尽奉献之可能。公道自在人心，社会从各个角度纷纷肯定蒋先生的勋绩，授予他全国艺术科学重点研究一等奖，宋庆龄儿童文学首届特殊贡献奖，浙江省人民政府鲁迅文艺奖突出贡献奖，第二次世界儿童文学大会授予唯一一个儿童文学理论贡献奖，浙江省关心下一代先进个人，全国关心下一代先进工作者，第十一届国际格林奖初评组全票通过作为候选人之一……

中国是一个大国，幸在有蒋风先生这样的儿童文学有心人、热心人，在儿童文学理论研究很容易沉沦到一蹶不振的时候没有沉沦到一蹶不振，继而蒋风先生为儿童文学勤勤恳恳做事，真心实意奉献，在中国儿童文学应该崛起的时候终于能够崛起，蒋风先生自己得到了世界性肯定的时候，浙江师范大学的儿童文学研究也得到了世界性的肯定，中国儿童文学理论研究的长足进步也得到了世界性的肯定。

我说蒋风先生创立的儿童文学研究品牌

韦　苇

在今天祝贺蒋风先生儿童文学研究活动60年的座谈会上，主事人要我题一句概括性的话，我就写了这样一句："把金华的儿童文学研究和金华火腿、金华艾青一起作为金华的三块牌子从金华打向全国。"这个意思，我不只是在这个场合说。我希望金华的文化界有这种意识自觉。我是基于浙江师范大学儿童文学研究所已有的、全国性的、不可动摇的影响力、辐射力，而提出的这个希望，金华的儿童文学研究已经是一个做成了的品牌，只是我们的金华朋友还缺少些"打"的意识。

这个已有相当信望的品牌，从无到有的创立者，是蒋风先生。给蒋风先生的文学业绩以这样一种定位，我们对蒋风先生儿童文学60年的全部活动的意义评价才有可能足够接近。

我佩服蒋先生对儿童文学建设、儿童文学活动的不竭热忱和不做成不罢休的坚定决心。

把我从边陲招募到浙江师范大学来，一般人连想象都不敢，我在杭州的一个中学时代的同学，1978—1979年我让他为我到教育厅去旁敲一下，疏通一下，加把火，他大概是压根儿就不信一个在云南边陲待着的人能调回到沿海来工作，所以从没有听说他曾为我去旁敲疏通和加火。沿海人有一种沿海人的优越感。你既然已经从上海流放到云南那个茹毛饮血、穿树皮穿革裙的不毛之地，要回到沿海人中间就是不可思议的，但是蒋先生就铁了心，信了东阳那个卢熙斌的推荐，想法、做法与我的那个同学相反，不惜其精力、麻烦的代价，把当时师院的书记、院长的门槛都踏矮了一层，硬是把我从边陲招募了来。其实，蒋先生的胆魄后来被证明真是没有错。说是边陲，我云南居住的那个小小城，从那里跑出来成长为儿童文学角儿的不只有我，还有中国作家协会书记处常务书记(这种“书记”不是“党委书记”的那种书记)高洪波。

黄云生先生也是这样被费尽周折调进师大的。

这种对人才的发掘和挖掘,没有矢志不移的建设热忱和决心,多半是、往往是会垂成而弃的。

浙江师范大学在全国最早招收儿童文学研究生,拥有全国最完备的儿童文学资料室,为创者,都是蒋先生。我至今都还庆幸我能成为蒋先生最早可支配的人——有蒋先生的信赖,我才成了儿童文学资料室奠基最力、最劲的人,将来追溯浙江师范大学儿童文学资料室的草创辛劳,想来不会少了我韦某一笔。

蒋先生让我敬佩的,还有他做事件件都能做在点子上。上述研究生和资料室两件大事的历史意义和现实意义无须多做赘述,他离休前后坚持做到如今的中国儿童文学研究中心招收非学历儿童文学研究生、策划推动筹建中国儿童文学研究馆两件大事,也非常地做在点子上。后者的吁求我一直很感动(为儿童文学馆点子的深谋远虑和坚持吁求而感动),所以一开始我就表示,我的儿童文学研究用书将全部无保留地捐献给文学馆——如果这个馆终于办成的话。

办事办在点子上这一点之所以特别值得提出来说,是因为不办在点子上,就不是成功的经验,而是失败的教训:北京有个还算有成绩的儿童文学活动家,忽然心血潮涌向了儿童文学以外的什么“建和平墙”筹建活动中去,结果那墙没建成,却留下一大笔烂账,惹得一身骚,怨责之声多年不绝于耳,对比之下,更见了蒋先生的智慧和精力是用得其所,更见了蒋先生之卓识和远见,更见了蒋先生的英明。

以上,我既说了我对蒋先生改写了我的历史的知遇之恩,却又也许是在更高远的视点上评价了蒋先生的儿童文学业绩。

最后我想说的是,接受某个人好的影响实际上就是受惠于某个人。如果这样一种说法赤手空拳以成立,那么我是得积极影响于蒋先生的“热心”、“决心”,和“实做”、“敢做”。我在一部新出的文学史后记中说过,我的生命差不多已燃到了残,这已有残意的生命中,我会继续受惠于这“二心”、“二做”,使我的西天能更飘几朵彤云,以赢得我生命的最后一段美丽。

蒋风先生的贡献

吴其南

中国现代儿童文学从上个世纪初大致自觉以来,已走过了近一个世纪。在这谈不上漫长但也不算太短的时间里,中国儿童文学经历了一段谈不上艰辛但也不能说很平坦的历程。和诞生之初的一本不定期也不纯粹的刊物(《童话》),一两个还兼做其他许多事情的编辑(孙毓修、沈雁冰)、一个由研究文化人类学而兼及儿童文学的理论家(周作人)、几个客串的作者及一群虽然热心但却连真正的儿童文学是什么样子也没怎么见过的儿童读者的状况相比,现在的儿童文学无疑有了当初的人们可能想都没有想到的发展,拥有了那么多的出版社、那么多的作品、那么多的读者。能有今日的成就,许多人都做出了贡献。蒋风先生是其中之一。

这也需要放到中国儿童文学发展的历史中才能说得较为明白。

儿童文学是由于现代教育的普及、印刷术的发展、儿童(童年)作为一个文化消费群体的出现及社会、成人对这个消费群体兴趣、能力等的自觉而逐渐发展起来的。《大英百科全书·儿童文学》列出了一些基本要求,如有一支相对稳定的专业作家队伍,一批专业的画家,一些专门的出版社和专业编辑人员,一批有较高质量的作品等,其中,最后一个重要标准就是一支相对稳定的理论、评论队伍。中国的情况稍有不同,就是早在中国儿童文学自觉之初,就有周作人这样一个理论大家为尚在萌芽状态的儿童文学做了许多重要的论述,一定意义上是理论走到了创作的前面。个中原因,一则是中国儿童文学起步较迟,是在借鉴、翻译外国儿童文学的基础上发展起来的,自然可以不按自然状态的儿童文学发展的秩序;二则,周作人是从文化人类学的角度切入的,他主要是在研究神话学、民俗学、民间文学的过程中旁及儿童文学,他的许多议论虽然宏阔、大气,对中国儿童文学产生了深远的影响，但开始其实并不以儿童文学为出发点。所以周作人之后相当长一段时间无人为继，少有的一些议论也主要是作家、编辑及某些教育工作者发出的。真正以专业的理论工作者的身份进入儿童文学的，蒋风先生是第一人。

蒋风先生是上世纪50年代开始儿童文学理论研究的，至今已整整半个世纪。这段时间，特别是蒋风先生精力最旺盛的那些年，中国的学术环境并不好。由于政治意识形态无所不在的渗入，不仅学术思想、学术规范、学术活动被体制化，就连研究者本人也常常被迫害，要进行一点稍带学术性的研究的困难是可想而知的。就是在这样一个回旋余地并不是很大的空间里，蒋风先生仍在努力寻找自己的学术定位。我以为这种定位主要是基础性、开拓性的。因为那基本上是一个别人很少涉及的领域，从资料到理论，几乎一切都要从头做起。蒋风先生所做的工作很多，比较集中的是这样几个方面：

1. 研究具体的作家作品，写出一些最早的儿童文学作家作品论。蒋风先生最早清理出鲁迅关于儿童文学的有关论述，不仅使人看到中国这位伟大的文化旗手对儿童、儿童文学的关注，也使刚刚起步的儿童文学有了深厚的理论依据。在当时许多人都轻视儿童文学的情况下，这种依据曾起过极重要的作用。较早系统地评论叶圣陶、张天翼等著名作家，不仅对作家个人而且对整个现代儿童文学都做出了中肯的评述。另外，对当代的许多作家作品如管桦的《雨来没有死》，刘真的《我和小荣》，柯岩的儿童诗，鲁兵、圣野等人的低幼文学等都有很好的评述。

2. 研究现当代儿童文学史，为中国现当代儿童文学史勾画出一个大致的轮廓。早在1958年，蒋风先生即出版了《中国儿童文学讲话》，虽然不完全是文学史的形式，但在现代儿童文学发展的大背景下研究具体的作家、作品，又在研究具体作家、作品的同时，描述中国儿童文学发展的轨迹，既有重点，又有贯穿线索，已具有文学史的一般特点。这部著作后来成为许多接近中国现代儿童文学的人的入门书，也是许多以现代儿童文学史为研究对象的论著的基础。这种关注一直贯穿在先生的全部学术活动中，直到2002年，蒋风先生又出版了一本《儿童文学史论》，不仅论及内地近几十年儿童文学的发展，还延及台、港；不仅论述中国儿童文学，还延及整个东亚儿童文学，视野开阔，资料丰富，读后很能给人以启示。

3. 重视儿童文学基本理论的建设。在刚刚起步的儿童文学中，具体的作家、作品研究和史的研究是很重要的。但如果仅仅如此，还无法找到这类作品作为文学中相对独立的一支的文体依据，也无法将自己和其他文学类型区分开来。这应是基本理论的工作。理论在一定程度上要以创作为基础，在中国儿童文学创作尚不很成熟的条件下，理论建设自然更具难度。蒋风先生在这方面仍做了许多启蒙、开拓的工作，尤其是在儿歌理论方面。早在上世纪50年代，他就写下了《漫谈儿歌》、《儿歌的夸张手法》、《儿歌的摹状手法》等论文，后来又写成《儿歌浅谈》的专著，对儿歌的历史、内容及表现手法进行了深入的论述。比之同时代的几本儿歌理论，《儿歌浅谈》更注重现代儿歌的研究，包括一些革命儿歌的研究，这不仅扩大了儿歌的研究范围，也使其更具时代感。

蒋风先生对中国儿童文学发展的另一重要贡献是在教育方面。他是最早在高校开设儿童文学课的教师之一。早在上世纪50年代，他就在当时的杭州大学开设儿童文学课程，自己编教材，自己找资料，很多人就是听了蒋风先生的课后才喜欢上儿童文学或走上儿童文学创作道路的。"十年动乱"刚结束不久，蒋风先生就开始招收儿童文学硕士生，并在浙江师范大学集合了一批学者，创建了全国第一个儿童文学研究所。正是以这个研究所为主要依托，他做了儿童文学教育方面的另一个重要工作——领导编写了几本重要的儿童文学教材（或可以作为儿童文学教材使用的专著），如《中国现代儿童文学史》、《中国当代儿童文学史》、《儿童文学原理》、《儿童文学教程》等。这些教材都是在上世纪80年代以后编写的，所以较少受到极度扭曲了的政治意识形态的影响，无论在搜集整理资料还是在理论探索、作品评论方面，都显得角度新颖、视野开阔，见解较为深入和公允。如周作人，本是一个于儿童文学的产生和发展有重要贡献的人物，可由于一些特定的原因，1949年以后的三十多年中，无论哪篇谈儿童文学的文章都未提及他。《中国现代儿童文学史》不仅重点写到他，而且还给了他很正面的评价；如黎锦晖，其儿童剧曾影响过几代儿童，可新中国成立后也无人提及；如仇重，20 世纪三四十年代的重要作家，写过许多很重要的作品，后来也销声匿迹。《中国现代儿童文学史》不仅将他们从历史尘封中发掘出来，而且肯定了他们在中国文学发展中的重要贡献，实在是很有眼光，很有魄力。《中国现代儿童文学史》主要是年轻人所写，写的又是和自己走上儿童文学道路差不多同时的文学现象，思想新锐，更有时代的气息。这和蒋风先生较为宽容的领导和组织是分不开的。

蒋风先生对中国儿童文学还有一个贡献，就是组织和参加了许多和儿童文学发展有关的活动，到处呼吁，对尚处成长中的儿童文学起了很多推动的作用。上世纪 80 年代初，我就亲眼见到蒋风先生到处开会、讲演，参与策划各种与儿童文学有关的活动，来去匆匆，暇不暖席。当时刚从中世纪般的黑暗中走出来，百废待兴，人们热情也高，到处是讨论、争论，到处是恢复、建设，热气腾腾，蒸蒸日上。虽然从今天的眼光看，许多活动仍然是在旧轨道上运行，于儿童文学自身回归的作用也颇有限，但在当时的情势下，却是无法逾越的一个阶段。以后儿童文学的许多改变，其实是从那儿出发、开始的。以后蒋先生的活动不只局限于国内，而且扩展到东亚及世界各地，现在每两年举办一次的亚洲儿童文学讨论会就包含着蒋风先生的努力。活动促进了对话、交流。儿童文学本是一种边缘性的文学，它与具体时空的联系要比成人文学淡化得多，更适宜表现一些超越具体时代、阶段，甚至国别的主题，如具有普遍性的情感（母爱、童心），具有普遍性的生存状态（自然、异化），具有普遍性的社会生活内容（战争、和平）等，也是中国文学与世界文学接轨的一个较佳的契合点。深入地进行这些交流，对 21 世纪中国儿童文学的发展将会有更重要的作用。

回首半个多世纪的风云变幻，蒋风先生最让人感动的是他对儿童文学的一片热诚。不管是在环境宽松的时候还是险恶的时候，不管是在个人坎坷的时候还是顺利的时候，都诚心不改，全心全意地为儿童文学的发展而奋斗。现在，蒋风先生虽然年事已高，但仍精神矍铄，继续活跃在儿童文学园地里，是后学们一个很好的学习榜样。现在，中国儿童文学正处在其百年发展中一个最好的时期，我们有责任继续努力，使其发展得更好。

《中国儿童文化》,2005 年 12 月第二期

我心目中的蒋风先生

周晓波

1978年3月，我作为“文革”后恢复高考的第一代大学生，有幸进入了浙江师范学院（浙江师范大学前身）中文系读书。父亲（圣野先生）得知我考进了浙师院很高兴，因为那儿有他的两位老朋友：一位是在古典文学上造诣颇深的老教师叶伯村先生，他是我父亲当年在金华一中读书时的学长；一位就是当时已在儿童文学理论界颇有影响的蒋风先生。父亲为我写了推荐信，于是，我到浙师院首先拜访的两位老师就是叶伯村先生和蒋风先生，而且后来这两位老先生都在我大学学习期间对我的生活和专业学习提供了很多帮助，并对我的人生之路产生过很大的影响，特别是两位先生清贫廉洁的处世为人的态度和专注事业的孜孜以求的精神，深深影响着我，使我终身受益。

当然，后来在事业上给我最大影响的还是蒋风先生。大学三年级时，蒋风先生开设了“儿童文学”选修课，为我们系统地讲授了儿童文学的基本原理和历史发展，并且还在参加选修课的同学中组织了“儿童文学兴趣小组”，指定我担任兴趣小组的组长。他让我们课余时间经常到小学和幼儿园去体验儿童生活，组织孩子们搞一些文学兴趣活动，从中积累儿童文学创作的素材和增进对儿童读者的了解。那时候，参加兴趣小组最积极的两位——我和谢华，后来都走上了从事儿童文学的道路（谢华日后成了一位知名的儿童文学作家，我则从事儿童文学的理论研究）。正是在蒋风先生言传身教的深刻影响下，我对儿童文学产生了浓厚的兴趣，由尝试儿童文学创作起步，开始了儿童文学的理论研究。1982年1月我大学毕业时，蒋风先生把我留在了他刚刚创办的全国第一家儿童文学研究所。在蒋先生的指导下，我一边进行儿童文学资料室的建设和管理，一边从事儿童文学的教学与研究，并且跟随蒋先生招收的第二届儿童文学硕士研究生，旁听了他为研究生们开设的所有硕士生课程。日后我又参与了蒋风先生所组织的多项儿童文学研究课题:《中国现代儿童文学史》、《儿童文学原理》、《世界儿童文学事典》等,在蒋先生悉心的指导下,逐步进入了儿童文学研究的领域。可以说我的每一点进步都离不开蒋先生的帮助与指教。二十多年来,无论是作为他的学生,还是与他共事或合作,他宽厚的长者风范与永不知疲倦的创业精神都给我留下了十分深刻的印象。以下我想分几个方面来谈谈我心目中的蒋风先生。

桃李满天下,硕果结千枝

作为一位大学教授,蒋风先生个人的学术地位固然重要,但对他来说最值得骄傲的,恐怕就是他亲手培养的学生日后茁壮成长,在事业上有所建树。因为一个人的生命是有限的,唯有通过学术上不断地繁殖和文化精神的传承才能使人类在这个世界上永葆青春和活力。如今的蒋风先生早已是桃李满天下,他的学生们几乎占据了大陆儿童文学理论研究的半壁江山,吴其南、王泉根、汤锐、方卫平、周晓波……一个个响当当的名字,都已成为知名的学者、教授或编审;还有成为全国知名作家的谢华、汤素兰、盛子潮、何蔚萍、王铨美等;还有多年来活跃在中幼师儿童文学教学研究一线的郑光中、滕毓旭、张永峰、门秀山、马筑生、陈世明……这些学生们的学术贡献和成就,蕴积着导师们的无限心血和情怀,延续着导师们可贵的学术精神和梦想,共同开发着儿童文学理论研究和创作、教学的美好未来。

多年来跟随蒋风先生学习和工作的经历,使我对蒋风先生的治学观念和方法有比较深的了解,蒋风先生带学生的确很有自己的独到之处,否则何以解释他的学生们日后所取得的如此出色的成就?我想概括起来大致有以下几个方面:

一是十分注意引导学生树立牢固的专业思想。蒋风先生以他自己对儿童文学的热爱和执着的精神深深地影响着他的学生们:“既然是学儿童文学专业,就要牢牢植根在这一领域。”蒋风先生常常这样告诫我们。多年来文学领域对儿童文学的偏见造成了儿童文学人才队伍的严重流失,特别是儿童文学研究人才。缺乏使蒋风先生意识到树立弟子牢固的专业思想的重要性。因此,他总是以自己对儿童文学研究的热情和执着,从各方面去影响和带动他们,这使得他的绝大部分弟子后来都能像他那样对儿童文学事业始终保持着深厚的感情和巨大的热情;对儿童文学事业执着的信念也使得他们日后都取得了骄人的业绩,成为儿童文学研究和创作的中坚力量。

二是十分重视宏观研究和在具体研究实践中学习的治学方法。有鉴于此前的儿童文学研究视野较窄,系统性不够,蒋风先生要求他的学生们必须开阔视野,广泛汲取成人文学、外国文学、文艺理论、美学等研究成果与经验,站在理论的制高点上,把儿童文学作为一门完整学科的逻辑起点和理论依据,去研究和建构自己的理论体系和史观体系。为此,他在开课的同时,整理出版了新中国成立后的第一部较为系统的儿童文学理论专著《儿童文学概论》(湖南少年儿童出版社 1982 年 5 月版),又放手带领他的学生们和儿童文学研究所的其他成员开始建构起"中国儿童文学史"的宏伟蓝图。他从不去约束学生的思想,为学生们创造了十分宽松和自由的学术氛围,大胆放手让学生们在边搜集资料边编写的过程中来学习和了解中国丰富的儿童文学历史。经过几年的努力,由蒋风先生主编的中国第一部《中国现代儿童文学史》(河北少年儿童出版社 1987 年 5 月版)和《中国当代儿童文学史》(河北少年儿童出版社 1992 年 1 月版)终于得以面世。学生们也在编写文学史的实践过程中,打下了扎实的史学知识的基础,培养起自己独特的学术个性,为他们以后的儿童文学研究的拓展奠定了深厚的基础。例如他的大弟子吴其南日后写成了《中国童话史》、《转型期少儿文学思潮史》、《童话的诗学》等十分扎实的学术专著;第二届弟子王泉根毕业后不久就出版了根据他的毕业论文拓展的专著《现代儿童文学的先驱》,以后又陆续出版了《中国儿童文学现象研究》、《儿童文学审美指令》、《现代中国儿童文学主潮》等学术专著,成为儿童文学研究的著名学者;同期的弟子汤锐也是成果卓著,《比较儿童文学初探》、《现代儿童文学本体论》、《北欧儿童文学述略》等专著显示出了她宏大的理论视野和良好的艺术感受力;第三届弟子方卫平则被誉为"青年儿童文学理论家的代表",对建构新的儿童文学理论体系做出了出色的贡献,《中国儿童文学理论批评史》、《儿童文学接受之维》、《儿童文学的当代思考》……显示出了他扎实的理论功底和开拓创新的学术勇气。

儿童文学事业杰出的开创者和活动家

蒋风先生作为儿童文学研究的领军人物，为儿童文学事业的开拓与发展做过很多工作，而且很多事情都是在极其困难、别人想都不敢想的境况下做成的，他创造了儿童文学事业的多个第一，如："文革"后在高校第一个招收儿童文学方向的硕士研究生，而且当时由于高校职称评价体系尚未恢复，他是以讲师的身份破格争取招收研究生的；在我国第一个主持设立了高校儿童文学研究室（所），并建立起我国高校最完备的儿童文学资料室，为儿童文学的研究打下了扎实的基础，创造了良好的教学与研究的条件。最近，他又打算日后将自己所珍藏的一万多册图书捐赠给正在筹办的浙师大儿童文学馆，使浙师大儿童文学资料室更为丰富完备；撰写了新中国成立后的第一部较为系统的个人儿童文学理论专著《儿童文学概论》；而后又组织主编了我国第一部《中国现代儿童文学史》、《中国当代儿童文学史》，开创了儿童文学史学研究的新领域；80 年代他又在浙师大第一个创办了全国中幼师儿童文学师资进修班（共招收过两期），日后活跃在中师、幼师儿童文学教学与研究一线的大多都是这个进修班的学员，而且很多人都著书立说，在儿童文学教学研究上成绩卓著，如郑光中、滕毓旭、张永峰、门秀山、马筑生等人。他还是第一位中国籍的国际儿童文学学会会员、国际格林奖的评委、亚洲儿童文学研究会的共同会长……多年来，他凭借他个人的声望与影响，频繁穿梭于世界各国和地区，美国、日本、马来西亚、新加坡、韩国、港澳台……传播着中国儿童文学的影响，搭建起中国与世界儿童文学交流的平台，为中国儿童文学走向世界扩大影响做出了突出的贡献。1994 年离休后，他又不甘寂寞，创建起我国第一个民间性质的中国儿童文学研究中心，不仅个人出资办起了《儿童文学信息》报，而且义务招收非学历儿童文学研究生，培养了一批批儿童文学的爱好者，他们中的很多人也是成果卓著。

儿童文学基础理论和史学研究的建设者和开拓者

当然，作为一位学者，蒋风先生不仅仅是一个儿童文学事业杰出的开创者和活动家，他更以他丰富的著作确立了他在我国儿童文学理论研究领域的突出地位。他一生著述颇丰，先后出版著作三十余种。主要有：《中国儿童文学讲话》（江苏文艺出版社 1958 年 3 月版）、《儿童文学丛谈》（湖南人民出版社 1979 年 12 月版）、《儿歌浅谈》（四川人民出版社 1979 年 12 月版）、《儿童文学概论》（湖南少儿出版社 1982 年 5 月版）、《鲁迅论儿童读物》（与潘颂德合作）（陕西人民出版社 1983 年 3 月版）、《儿童文学漫笔》（贵州人民出版社 1985 年 2 月版）、《中国现代儿童文学史》（主编）（河北少儿出版社 1987 年 6 月版）、《中国儿童文学大系·理论卷》（主编）（希望出版社 1988 年 1 月版）、《中国当代儿童文学史》（主编）（河北少儿出版社 1991 年 7 月版）、《世界儿童文学事典》（主编）（希望出版社 1992 年 6 月版）、《海外鸿爪录》（希望出版社 1998 年 1 月版）、《儿童文学史论》（希望出版社 2002 年 10 月版）等，总计数百万字。这些卓著的成就无疑已使他的名字和我国当代儿童文学研究事业紧密地联系在了一起。

蒋风先生对我国当代儿童文学研究的突出贡献概括起来主要表现为以下几个方面：

（一）对新中国儿童文学基础理论的初步梳理与建构

蒋风先生在 1982 年 5 月出版了他的第一部较为系统的儿童文学基础理论著作《儿童文学概论》（湖南少年儿童出版社 1982 年 5 月版），这部《概论》尽管与另一部由五院校合编（蒋风也是参与者之一）的同名《概论》同期推出，但事实上，蒋风先生这部书早在 1981 年底就交稿了，因此应该说这部书的形成更早些。蒋风先生的这一部作品，可以看成新中国成立之后我国的第一部儿童文学基础理论著作，而且基本上属个人专著，另一部则是多人合著。而且从其写作缘由来看应该更早，据蒋先生在《儿童文学概论·后记》中介绍：这本书的初稿原是 50 年代在老浙师院（原杭州大学前身）讲授儿童文学课的讲稿，早就想把它整理成《儿童文学概论》，但因1958年以后在“学制要缩短，课程要精简”的政策下，儿童文学课程被精简掉了，蒋风先生也不得不改教其他课程，因此一直没有时间和精力来完成这一愿望。直到粉碎“四人帮”之后，才在同行们的促使下和儿童文学课程恢复的背景和条件下，得以重新整理，著成了这部儿童文学理论著作。透过这部儿童文学基础理论专著出版的艰难历史，我们似乎也看到了新中国成立后儿童文学理论发展的艰难历程，也不难理解为什么建国后我国儿童文学理论发展如此滞后。正因为儿童文学研究的严重匮乏，才更会显示出这部现在来看已那么不起眼的《儿童文学概论》的开创价值和奠基意义。它所构建的儿童文学基础理论框架，的确为新中国的儿童文学基本理论的初步建构打下了一定的基础，尽管现在来看，它存在着一定的局限和很多不足，但却为后来人的开拓与发展奠定了基础。

（二）对中国儿童文学发展史研究的初步梳理与建构

如果说在儿童文学基础理论的构筑上还有现代二三十年代的一些先驱者留下的足迹做铺垫（魏寿镛、周侯予和朱鼎元的两部《儿童文学概论》以及张圣瑜的《儿童文学研究》等基础理论专著），那么在中国儿童文学史学的研究上就没有那么幸运了。由于中国儿童文学史学研究长期以来一直处于空白状态，因此对它的开发，蒋风先生无疑是一个最勇敢的开拓者和建设者，在构筑中国儿童文学发展史的宏大构架中立下了汗马功劳。他带领着他的研究生们和儿童文学研究所的研究者们写下的两部中国儿童文学史《中国现代儿童文学史》、《中国当代儿童文学史》，为我国现当代儿童文学的发展历史构建起一个初步的框架，使中国儿童文学研究从对作家、作品的孤立评论，上升到对一个一个阶段、一个一个历史时期的整体性的宏观透视。而作为主编者和基本提纲确立者的蒋风先生无疑有着突出的贡献。从20世纪50年代初编著出版的《中国儿童文学讲话》，到八九十年代主编的两部儿童文学史的出版，蒋风先生不仅持之以恒地完成了他构筑中国儿童文学史的梦想，更为后人的儿童文学史学研究提供了许多十分有价值的研究线索和思路。他为我国儿童文学的发生、发展梳理了一条较为清晰的脉络，并旗帜鲜明地表现了他所坚持的中国儿童文学走的是一条以现实主义为主流的、与时代社会文学潮流紧密联系、与教育不可分割的艺术发展之路的史学观。尽管这样的史学观遭到了一些人的批驳，但联系中国儿童文学的发展史，你不能不承认这就是中国儿童文学的史实，也是中国儿童文学的局限。尽管作为开拓者，蒋风先生的儿童文学史观和研究不乏粗疏和遗漏，但这一研究毕竟为中国儿童文学史的建立和研究做了填补空白的开拓性贡献。

（三）对鲁迅与儿童文学的研究的整理与开拓

如果说蒋风先生的史学研究成果是集中了集体的智慧和研究实力的话，那么蒋风先生的关于鲁迅与儿童文学的研究和整理则表现出了他扎实的基础研究的特色。早在20世纪50年代，蒋风先生就编辑出版了《鲁迅论儿童教育与儿童读物》一书，这本不厚的小册子仍可看成是迄今为止所搜集的有关鲁迅与儿童文学论述最全面、涉及面最广的一本鲁迅论儿童文学的言论集。鲁迅一生并未留下一部儿童文学理论的专著，但我们却从蒋风先生细心搜集整理的这本鲁迅论儿童教育与儿童文学的言论集中看到了在现代儿童文学初创时期鲁迅对儿童教育和儿童文学的关心和重视，其中不乏对儿童文学创作的真知灼见，也使人们更加认识到鲁迅对现代儿童文学理论的突出贡献。当然，蒋先生整理的这本言论集，也为后来人们的鲁迅与儿童文学的研究提供了极大的方便。另一方面，蒋先生的鲁迅研究也未停留在单一的资料搜集与整理上，而是进一步对鲁迅在儿童文学创作、翻译与理论上做了全面的研究与总结，发表了《鲁迅对儿童文学的巨大贡献》等多篇重要论文，并在80年代与潘颂德合作出版了《鲁迅论儿童读物》（陕西人民出版社1983年3月版）一书，全面论述了鲁迅在儿童文学理论上的重要贡献，为鲁迅研究填补了一块鲁迅在儿童文学贡献方面的空白。这从中也反映出蒋风先生在基础研究上的深入细致的研究态度和扎实的功底。

（四）对当代亚洲儿童文学的引介与研究

90年代以后，随着改革开放的进一步打开国门，儿童文学国际间的交流也变得越来越频繁，蒋风先生在致力于促进中国儿童文学与世界各国，特别是与亚洲各国的交流中做出了突出的贡献，他不仅努力将中国儿童文学更多地介绍给各国，而且也将各国的优秀儿童文学介绍到中国来。在频繁的交流中，他写下了大量的介绍论文和在各国考察儿童文学的感观和印象的文章，1998 年 1 月，他将这些文章搜集成册，出版了《海外鸿爪录》（希望出版社）。从这部论文集中，我们可以看到蒋风先生开阔的眼界，他已将研究的视角扩大到了亚洲，甚至更远。其中对日本、韩国和中国香港儿童文学的介绍更为详尽，使我们不仅了解到这些国家和地区的儿童文学发展状况，同时也看到中国儿童文学在这些国家和地区的一些出版和影响。在他 2002 年 10 月出版的《儿童文学史论》一书中，又收录了更多的关于世界儿童文学，特别是东南亚地区华文儿童文学的介绍，为儿童文学的理论研究打开了更大的视野。尽管这些研究大都侧重于介绍性的内容（因这些论文大都为蒋先生在各地的演讲稿），但它对促进儿童文学在国际间的交流的确起到了很大的作用，不仅使世界认识到了中国儿童文学，也使中国更进一步了解到了世界儿童文学。蒋风先生在架起中国儿童文学与世界儿童文学沟通的桥梁上功不可没。

在祝贺蒋风先生诞辰 80 周年的喜庆日子里，认真回顾蒋风先生对我国儿童文学事业所做出的突出贡献，让我们感慨万千。蒋先生一生的追求与拼搏都在努力继承和实践着安徒生所开创的“光荣的荆棘路”，他那生命不息、奋斗不止，为儿童文学事业坚持不懈、永不知疲倦的精神永远值得我们学习和尊敬。让我们由衷地祝愿他永远健康、幸福、快乐、长寿！

《中国儿童文化》，2005 年 12 月第二期

蒋风与儿童文学

李武南

“孩子是人类的未来。儿童文学事业是人类最有希望的事业，我愿为它贡献全部心血。”这是著名的儿童文学理论家、教育家蒋风先生的肺腑之言。曾任浙江师范大学校长的蒋风先生，从1952年开始，一直从事儿童文学教学与研究工作，教了一辈子儿童文学的蒋风说：“我给予孩子的，远不如孩子给予我的多。”

蒋风是怎样与儿童文学结缘的？他取得了哪些成果？让我们一起走近蒋风，去了解这位值得我们金华人骄傲的充满童真和智慧的长者。

走进儿童文学世界

蒋风从小喜欢读书，课余时间爱好写作，常常发表习作，曾做过几家报刊的通讯员和特约记者。《北山游记》是他小学时候的参赛作文，还获得全国小学生作文比赛第十名呢。蒋风说，他与儿童文学结缘，和两个人、一件事有密切的关系。

> 母亲，没有上过学，但识得一些字，酷爱诗词，劳动之余常常带我诵读唐诗，在我幼小的心田里播下了文学的种子。

> 斯老师，是我的小学数学老师，20出头，她上的数学课可都不记得了，但她每周一次的故事课却牢牢记得。她曾用一学期时间为我们讲《爱的教育》中的故事，最后她把那本书送给了我。那是我最心爱的读物。

16 岁考入东南联大。求学期间，我看到《申报》报道："有三个孩子因为读了得道成仙的故事，结伴上四川峨眉山学道，为'升天成仙'跳崖粉身碎骨。"悲剧使我萌生要为孩子们写点健康读物的念头。

阅读链接

12 岁的"私塾先生"

蒋风先生是读着《稻草人》、《我的童年》、《爱的教育》、《寄小读者》、《秃秃大王》走进儿童文学世界的。12 岁那年，日本鬼子入侵，妈妈带着他逃难来到金华北山玲珑岩村，在私塾当了半年的小先生。多亏他读过大量的文学作品，在那段困难时光里，他就给学生讲书上的故事，得到了孩子们的敬佩，连调皮大王也好好念书了，村里人都夸他是个好先生。

拥有多个第一

蒋风先生 60 年如一日，辛勤耕耘，在国内外刊物上发表论文 100 多篇，出版著作 30 多部，在我国儿童文学研究领域拥有了多个第一。有人说他是倾心"小儿科"的老教授，也有人说他是儿童文学快乐的拓荒人。

蒋风是 20 世纪 50 年代第一批走上儿童文学讲台的大学教师之一；

创建了全国第一个儿童文学研究机构——浙师院儿童文学研究室，即现在的浙江师范大学儿童文学研究所；

在全国大专院校中第一个招收儿童文学硕士研究生；

撰写了新中国第一部系统的儿童文学理论著作《儿童文学概论》；

"文革"后，第一个在高校恢复儿童文学课程；

蒋风是国际儿童文学研究会吸收的第一名中国籍会员；

主编出版了第一部中国儿童文学史《中国现代儿童文学史》；

主编出版了中国第一本条目最全、最系统的大型儿童文学工具书《世界儿童文学事典》；

1994 年 8 月，创建了中国第一个民间儿童文学研究机构——中国儿童文学研究中心，免费招收非学历儿童文学研究生，自费印发《儿童文学信息》

达11年之久，坚持至今；

蒋风是国际格林奖九位评委中唯一的一位中国籍评委。

基于他对儿童文学的杰出贡献，浙江省人民政府授予蒋风“优秀少年儿童工作者”称号，并授予他浙江省文艺界最高奖项“鲁迅文艺奖——突出成就奖”。宋庆龄基金会、文化部、中国作家协会等部门授予他“宋庆龄儿童文学奖首届特殊贡献奖”及浙江省“关心下一代先进工作者”称号。

促进国际交流

蒋风先后参加过30多次有关儿童文学的国际交流活动，为中国儿童文学与世界儿童文学的交流做出了较大贡献。

2000年春，蒋风先生应邀参加在香港举行的“迎接儿童文学的春天”的学术研讨会。在完成了会议要求的两个专题讲座后，他又主动介绍内地儿童诗歌创作的情况，其中几首孩子写的诗引起与会代表的强烈共鸣，不少社团机构更是在会后邀请他前往做专题演讲，香港《大公报》对此事做了整版的报道。据了解，蒋风在讲座中列举的儿童诗基本上都是我们金华小朋友创作的。后来，他不仅亲自到学校和社团指导孩子写诗，还把孩子们的诗作带到许多国际交流活动中。

阅读链接

下面是2000年2月21日香港《大公报》刊载的金华小朋友的诗作。让我们来读一读吧。

树叶

一年级　何骁飞

树叶里
有一个很大的城市
城市里

有一座很大的工厂
工厂里
有复杂的机器
机器
制造着绿色和氧气

皱纹

四年级　叶子安

爷爷的脸上
写着许多
我看不懂的字
记载着许多
抹不掉的故事

眼泪

二年级　常昊

悲伤的眼睛
是眼泪的家
当痛苦跳进人的心里
泪就慢慢落下

一个未圆的梦

蒋风先生曾经在心里许下两大愿望：

第一个愿望是编一部世界性的儿童文学工具书。

这个愿望在国内外120位学者、作家的共同编写下已经实现了。1993年，希望出版社出版了190万字的《世界儿童文学事典》。消息振奋了华文儿童文学界。

第二个愿望是创建“中国儿童文学馆”。

蒋风先生藏书超过万册,他一直希望自己的藏书能为中国儿童文学的发展发挥更大的作用。1986年,他应邀参加“儿童文学国际研究会议”,来自17个国家和地区的与会学者一致建议:中国有3亿儿童,应该有一个中国自己的全国性“儿童文学馆”,成为中国儿童文学的资料库和研究中心。此后,创建“中国儿童文学馆”便成了蒋风先生心中最大的愿望,他一直为创建“中国儿童文学馆”而奔波。蒋风先生的这个梦想不知何时能实现。

讨论

创建“中国儿童文学馆”不仅是蒋风先生的愿望,也是我们所有少年儿童的梦想,让我们一起为实现这个“梦”献计献策。

见李武南执行主编《锦绣金华》,金华市地方课程五年级第四课,浙江教育出版社,2006年8月版

蒋风：儿童文学领域立丰碑

潘国钧

2007 年新年刚刚到来，年届八旬的浙江师范大学老教授蒋风，欣喜地收到第 11 届国际格林奖初评组发来的“伊妹儿”（电子邮件），告知他荣幸地被列为第 11 届国际格林奖候选人。

国际格林奖是国际儿童文学界的一项权威奖项，每两年评选一次，每次从全世界范围内评选出一位对儿童文学做出突出贡献的人。格林奖至今已评选过 10 届，已有 10 人获此殊荣。蒋风先生自离休以来，十多年内在儿童文学战线上已先后获得全国艺术科学国家重点研究项目一等奖、宋庆龄儿童文学奖首届特殊贡献奖、亚洲儿童文学学会共同会长推荐奖以及第二次世界儿童文学大会授予的儿童文学理论贡献奖等 10 多个大奖。

蒋风先生是中国儿童文学理论界的大家，他对中国当代儿童文学理论的贡献，无论是在中国当代高等师范院校多层次的儿童文学教材建设方面，还是在中国当代儿童文学庞大的理论体系构建方面，都称得上是开拓者和奠基人之一，他在儿童文学研究领域树起了一座丰碑。

蒋风先生于 1925 年出生在浙江金华一个家境贫寒的小学教员家庭里，在那个兵荒马乱的年代，父亲的收入极其微薄，命运没有让他享受多少童年欢乐，只是在他读小学三年级时，一位姓斯的女教师在每周一节的故事课中，给他们讲过意大利亚米契斯《爱的教育》中的不少动人故事，这让他第一次在美妙的童话世界里找到了许多童年乐趣。这位女教师发现小蒋风特别喜爱童话，后来就把《爱的教育》这本书赠给了他，并在扉页上写下了这样一句话：“要永远记住：让自己那颗平凡的心，时时刻刻闪现出不平凡的光彩来。”从此，这本书成了他最心爱的读物，蒋风每当说起他与儿童文学如何结缘时，总是动情地说：“我常常这样想，如果我身上有值得肯定的一些性格和品德，这或多或少都得益于这本书！”

蒋先生与儿童文学结缘，还有一件具有人生转折意义的事。1947 年他从英士大学毕业不久，在《申报》上看到一则消息，说三个孩子因为看了一本关于宣扬“得道成仙”的荒诞连环画，便结伴到四川峨眉山学道寻仙，后来三人共同跳崖以求“飞升”，结果一个个粉身碎骨，走上了不归路。这一惨剧给蒋风以极大的震撼，使他真切地看到了反动、迷信、荒诞的书刊对儿童心灵所造成的毒害，从而使他萌发了献身于儿童文学事业的心愿。

当他踏上社会，担任《申报》记者和国际新闻社驻浙记者后，一方面做好本职工作，一方面抽出时间尝试进行儿童文学的创作。新中国成立后，蒋风走上了教育岗位，先是在中学和师范学校任教，并由此踏上了系统研究儿童文学的历程。特别是从 1956 年开始，他先后被调到浙江师范学院、杭州大学、浙江师范大学任教后，给他从更高的层面上从事儿童文学的研究提供了新的机缘和广阔平台。

上世纪 50 年代末和 60 年代初，随着教育事业的发展，高等学校开设了儿童文学课程，但在许多人的观念中，总认为在学术研究中搞“古”和“洋”的才算有“大学问”，而搞儿童文学不过是“小儿科”，因而这门课程问津者寥寥。蒋先生顶住这种压力，从青草萋萋的处女地上搭起了儿童文学课的架子，开了个好头。但在“十年浩劫”中，搞儿童文学研究也成了罪名，他横遭批斗，然而这并没有撼动他的执着追求，他满怀信心地等待着儿童文学春天的到来。

改革开放后，蒋风在儿童文学研究上获得了非凡的成就，近 30 年来，他编写了《儿童文学概论》、《中国现代儿童文学史》、《中国当代儿童文学史》、《蒋风儿童文学论文选》以及由他领衔主编的《中国儿童文学大系 · 理论卷》卷一、卷二，《中国儿童文学大系 · 诗歌卷》卷一、卷二等。这些著作在国内外儿童文学界都产生了广泛的影响。在第二届世界儿童文学颁奖大会上，颁奖辞上赞扬他“把中国儿童文学理论提升到世界水平”，他所编著的儿童文学教材，以《儿童文学概论》为题结集出版，成为新中国第一本系统的儿童文学理论专著，被各大学广泛地采用作为教材，并在国内多次获奖。

在蒋风 50 多年的教育生涯中，最令他自豪的是 1978 年在浙江师范学院任教时，创办了我国第一个儿童文学研究所，并成为第一个在国内招收儿童文学硕士研究生的高等学府，先后招了11届，培养了一批出类拔萃的青年学者。

离休后，蒋风不顾自身年事已高，仍奋力创办中国儿童文学研究中心，免费招收非学历儿童文学研究生，又用自己离休所得生活津贴单枪匹马创办《儿童文学信息》报，每期发行3500份，免费赠送国内外儿童文学界的朋友和需要者及相关机构。上个世纪80年代以来，他更热衷于儿童文学国际交流，先后到过美、日、韩、新、马，中国的港、澳、台等地讲学，播撒儿童文学的种子。

“孩子是人类的未来。儿童文学事业是人类最有希望的事业，我愿为它贡献全部心血。”这是蒋风一生的理念。正是这一理念，使他成为中国儿童文学研究的奠基者之一，成为中国儿童文学界的泰斗，成为中国儿童文学界乃至世界儿童文学界的名人。

《文化交流》，2007年第3期

忆往昔，蒋老重走“师大路”

郑 翔

在一个阳光明媚的下午，我和忠源踏上了去拜访蒋风老校长的班车，没过多久，车子在一条两旁有茂木树冠荫护下的柏油马路旁停下。一下车，一种朴实、幽静的氛围一下子包围了我们，仿佛历史的闸门一下子在我们面前打开似的。顺着别有旧韵的楼梯我们来到了四楼的蒋老家，轻声扣开蒋老家的门，迎接我们的是蒋老的微笑，那笑容是那么的和蔼可亲，以至把我们的羞怯冲到九霄云外，蒋老客气地把我们迎进门，叫我们坐下就直奔主题，开始了一次师大辛路历程缩影的漫谈，一次思绪的回眸，更是一次心灵的旅程！

蒋老回忆……

1956—1962，建立初始，怎一个“愁”字了得

对于师大的创办，蒋老似乎有些陌生，因为他是1962年到浙江师范学院任教的，之前他在杭大工作。在老教授的记忆中，当时由于搞“大跃进”，全省高校如雨后春笋纷纷冒出来，1958—1960年间达到了顶峰，全省共有三十几所高校。由于高校多，竞争压力不言而喻，而当时资金拨款很少，一些像杭州师范专科学校（浙师大前身）这样刚创办不久的大学就难以应对巨大的挑战，资金跟不上，因此经常能听到杭师专要搬家的消息。

1962，三校合一，正赶用粮荒，吃小带鱼过节

到了1962年，浙江省教育厅将杭州师范学院、浙江教育学院、浙江体育

学院三院合并，改名为浙江师范学院。蒋老也随之调入了浙师院，当时正值困难时期，像蒋老这样的大学讲师是每月二十七斤口粮。二十七斤口粮对现在的他也许绰绰有余了，因为高龄，而且副食充数，而当时甭说零食，就连菜也是很少的，因此二十七斤对于他这个大个子而言只得勒紧裤带了。后来，全国闹粮荒，许多家庭终年不得温饱，因此上级就要求老师自愿减少口粮，说是自愿其实是有些强制的。但蒋老还是蛮达观的，减成每月二十斤。所以，当时像蒋老这样的大学教师的温饱有时都会出现一点问题。也就是在这样的环境中，蒋老却体验到了人生辛酸中的小惊喜。在蒋老的记忆深处，这可能也是一次难忘的回忆。那一次，不知怎的，偶然供应小带鱼，蒋老在叙述时脸上洋溢着分外满足的表情，"当时知道有带鱼供应，觉得真了不起啊，像是过年过节一样啊！"

1965，校迁金华，学校"瘦身"——为什么都要挤到大城市呢

1965年，由于响应刘少奇同志提出的"半工半读，半农半读"这一号召，学校被要求迁址金华。这对于刚刚步入第一个黄金时期的浙师院分明是个打击。从人间天堂的杭州迁至落后偏僻的金华市郊，落差之大引发了许多老师的不满情绪。迁址金华时还有许多师生分出了浙师院，只有三个系（中文、数学、物理）迁往金华，其他系相继划走。所以这样一来，学校一下子变得阵容不整，元气大伤，在校师生锐减至千把人，在蒋老的口述中不难发现他对当时人才大量外流深深地惋惜，他说："学校迁址金华也未尝不是件好事，我还是比较认同迁校的原因，也不仅仅因为我是金华人，对这方土地有着一种特殊的感情，更重要的是在我看来人为什么一定非要挤到大城市呢，办在农村又有什么不好的呢，看问题要远嘛，现在我们学校地理上反而有优势啦！"的确，现在的师大地理位置处于市郊，土地资源丰富，撇开了闹市区的繁杂。蒋老还提到他有一次到国外一所建在市郊的著名大学考察，发现一个学生正在写论文，就上前问他在写什么，令蒋老奇怪的是他的课题竟是"市区交通的运作"，就问他怎么不做调查就在搞研究，那学生笑了，打开电脑，蒋老马恍然大悟，原来学生所要的信息网上均可查到，从中也不难看出

其实当经济发展到一定阶段时，无论是在市郊还是闹市区，做学问是一样的，因此在蒋老眼里，当时搬迁到金华的师生的目光还是比较远的！

“文革”时期，分合一线间

“文革”期间，广大青年响应号召，纷纷支农、支边、下乡插队，在校学生锐减，教育部决定精简大学，而当时浙江高校相对较多，因此决定将浙江师范学院分为台州、丽水、金华三个师专。到“文革”中期，浙江只有六所高校，没过多久，上级觉察到高校对于浙江这个几千万的人口的大省来说相对较少，因此又决定重组浙江师范学院。浙江师范学院虽然恢复，但正如祖国的经济一样需要一次腾飞。

1978，成功对于我来说，才刚上路呢

“文革”结束，全国掀起了一股拨乱反正的热潮，这一年对于中国是具有转折意义的一年，对浙江师范学院也是全新的开始。这一年对于蒋老来说也具有特殊意义，因为这年秋天，蒋老师是浙江省唯一一位以作家身份出席由国家出版局、文化部、教育部、共青团中央、全国妇联、全国文联、中国作协、全国科协联合在庐山召开的全国首届少儿读物出版工作座谈会的代表。这次会议之后，蒋老的儿童文学之路步入正轨。早在 1952 年他就开始从事儿童文学教学与研究工作，是新中国儿童文学教育工作的拓荒者，是第一批走上儿童文学讲坛的大学教师之一。直到此次会议之后的 1978 年 10 月，在当时学校李书记的支持下，创建了全国第一个儿童文学研究机构儿童文学研究室，建立了全国第一个专业儿童文学资料室。同时，在国内率先招收了儿童文学硕士研究生，培养了一批知名的青年学者。1980 年 6 月，他发起创办的中国儿童文学研究会在北京成立，蒋老被推选为第一副理事长。1982 年 6 月，他出版了专著《儿童文学概论》，这是新中国第一本系统的儿童文学概论。1982 年 9 月，他创办了全国第一期幼师、普师儿童文学师资进修班，培养了一大批儿童文学人才，并成立了全国幼师、普师儿童文学研究会（后

发展成为全国师范院校儿童文学研究会),同时被选为永久会长。虽然这都是他的个人成就,但离不开浙师院这一集体的支持。以上这些点点滴滴在浙江师大辉煌的历史上,只不过是沧海一粟,不值一提,可在它的坎坷道路上,却又被公认为校史的里程碑。1994 年 8 月离休后,他创办了中国第一个民间儿童文学研究机构——中国儿童文学研究中心,首创非学历研究生模式,免费招收非学历儿童文学研究生,学员遍及包括港台地区在内的全国各地,还有新加坡、马来西亚等国。1986 年,蒋风被国际儿童文学研究会吸收为第一位中国籍会员。2004 年,他再次当选为亚洲儿童文学学会共同会长,是国际格林奖评委中唯一一位中国评委。作为著名儿童文学理论家、教育家,蒋老获得了很多重要的奖项,并被《世界名人录》、《国际传记大辞典》等 80 余种国内外辞典、名人录所收录。

1984—1988 年的校长路,难!戴着"镣铐"跳芭蕾舞!
College 到 University

1984 年,蒋风被任命为浙江师范学院院长。蒋老没有当过系主任和系总支书记就直接被提拔到校长的岗位上。因为他是普通教师中走出来的,让老师们觉得更容易亲近。许多老师有问题就经常来找他,有时甚至半夜都会把他的门敲开。

"文革"中断了高校教师的职称评定,因此有高级职称的老师在当时是不多的,有讲师以上职称的教师走到哪都很吃香,所以部分老师就有想法,找蒋老要求调到更为发达的地方去。蒋老深知人才的重要性,因此千方百计把他们留下。可当时学校经济状况远不如现在,偌大一个学校,省里每年的拨款只有三百万(经费包括教师工资及学生助学金),还可申请三百万左右的专项基建费。因此在经济上留人是很困难的,蒋老觉得学校要发展就需要人才,而留人才需要让他们觉得有"奔头",那就得从校名上下文章。在国外,college 与 university 虽然都指大学,可差距很大,同样,学院与大学也有很大的差距。学校要提高办学品位,要使全校师生看到我校发展的潜质,必须把浙江师范学院改名为浙江师范大学。然而当时的浙江师范学院只有六个系，一千多个学生，规模还不如现在一个职高，而且在教育系统有个不成文的规定，大学必须有三个学院，每个学院至少有三个专业，也就是说至少得有九个系才可以成为大学，这样的难度是很大的。但蒋老并没有因此而退缩，一方面积极建立新专业，另一方面经常跑到省教委耐心地争取，终于功夫不负有心人，经过十个月的努力，省教委终于同意。1985 年 1 月，浙江省人民政府正式批复并下达文件将“浙江师范学院”改为“浙江师范大学”。蒋老舒心地笑了……可等待他的是更加艰巨的任务。

突破师范性未了的心愿

时间被拉回到 1985 年，国家教育部第一次组织大学校长去美国考察，共有八个名额，浙江省的唯一一个名额被分派到了浙江师范大学，因此蒋老有幸前往。在考察过程中，他敏锐地发现美国一些办得相对出色的公立大学都是由师范类院校转型而来的，因为师范类院校比较注重基础学科，并且能根据自己的特长充分发挥，所以在转型时具备很强的潜力与竞争力。在回国后教育部组织的总结会议中，蒋老就指出“我们教育主管部门可不可以松松绑，不要管得太死，各地应根据自身实际，当地需要什么人才就培养什么样的人才，这样可以节约许多资源”。当时在浙江省内，师专比较多，蒋老认为这些都应该办成像美国那样的社区大学，而像浙江师范大学应该向综合性大学转型，可当时这一观点没有被接受，蒋老很遗憾。但一直以来他都没有停止努力，早在 1984 年，他就向省里请示，力主增加计算机、美术、生物（生物专业在迁校时划入杭大）、口语四个专业。在提及计算机专业时，当时有人认为，你现在办计算机专业，毕业生叫他往哪里分配，全省没有哪所高中开设计算机课，你培养有啥用啊？蒋老的提议就此搁浅，可到了 1987 年就有很多高中开设了计算机课，到 1988 年已相当普遍了。所以计算机专业在当时没有开设是蒋老的一大遗憾，也是师大发展的遗憾。现在，我校正在向综合性研究型大学转型，蒋老觉得很高兴，觉得我们走对了路！我们应继续努力，真正突破师范性，完成师大人的梦。

错过第一批留学生，换来了第一个外教

1984年4月，从德国汉堡大学来了一封信，汉堡大学当年夏天准备派30个留学生到我校学习中国文化，当时大家讨论要不要接待这些留学生，出现了许多反对意见。因为盛夏的金华酷热难耐，而当时尽管作为一所高校，但是一台空调也没有，所以如何接待呢？但蒋老认为这是一次难得的机遇，没有办法接待，也要想办法创造条件接待，因此他与金华地委联系想把双龙招待所（此处夏天没有空调也很凉爽）包下来以供留学生住宿。更棘手的是，因为金华是非开放性城市，招留学生需要上级领导部门的同意及批示，从人民政府到省公安厅、省教委、安全厅，最后又到军委，前后共花了四个月时间，离留学生来校只剩10天了，仍然无法签约，而无法签约就等于留学生可以不交任何费用。因此，蒋老非常不情愿地向汉堡大学发去电报婉言谢绝，并表示希望来年接待。可第二年，汉堡大学就没一点音讯了。唉，多么遗憾啊，一些了解情况的人开玩笑说蒋老劳民伤财。但在蒋老看来一点也不后悔，一方面了解了流程，积累了经验，另一方面，就是因为这，蒋老从美国引进了一个外教，当时这个外教的工资只有每月500元，比他在美国低很多。外教的引进对师大发展起到很好的促进作用。

九十年代以后，师大路，跨越路，一马平川

师大迎着风雨，踩着泥泞，向着初阳一步一步前进着。经历了半个世纪的洗礼，师大的容光愈加焕发，师大的青春愈加亮眼。见证着师大起起落落的蒋老，心中的滋味复杂交错，曾经的筚路蓝缕和如今的繁荣昌盛，都沉淀成老教授心中美丽的画卷……

其实，这些都是逝去的回忆，重温过去，也许有许多的辛酸，但在蒋老的心中，这些都是浙江师范大学的宝贵财富。不经历风雨，怎能见彩虹。有了几十年磨炼的浙江师范大学敢于面对挑战，迎难而上，师大人

找到了一条路，一条适合自己的路。蒋老认为曾经一些制约师大发展的因素正转变成极其有利的因素；他同时谈到我校向综合性大学转型是明智的选择，现在是我校发展的最好时机，殷切地希望浙师大能再接再厉，朝着更美好的未来前进……

本文为浙江师范大学50周年校庆而作，载《黄金时代》2006年

难以忘却的

——蒋风教授的抗战八年

洛　恒

蒋风教授是著名的儿童文学理论家，曾任浙江师范大学校长，艾青研究学会会长，还是国际儿童文学格林奖的评委，亚洲儿童文学学会共同会长。他一生致力于儿童文学的创作、教学和研究，为儿童文学的发展做出了巨大的贡献。在他丰富的人生阅历中，抗战八年中的青少年时期，至今在他的记忆中仍占据着重要的位置。战时八年不仅给蒋风的生活带来了前所未有的艰苦，也留下了无法磨去的印痕。

逃警报的岁月

蒋风说："如果有人问我抗战八年留下印象最深刻的是什么，我会毫不犹豫地回答是逃警报，是它让我真正地体验了战争之残酷，生活之艰辛。"

警报声第一次在蒋风的耳边响起是1937年9月26日，那天敌机第一次轰炸金华，空袭预警刚结束，紧急警报就接踵而至，随后重磅炸弹的爆炸声此起彼伏。当时他正和同学在家里玩，听到爆炸声，有些手足无措，醒悟过来后才和同学一起惶恐地躲到堂前的大方桌下面，一直到警报解除。这是他逃警报岁月的开始。

随着日本鬼子的侵略气焰越来越嚣张，敌机轰炸越来越频繁，响彻婺城上空的警报声，从早到晚持续不断。自从金华城区第一次被轰炸后，他母亲就考虑到城里不安全，带着蒋风和他姐姐、弟弟四人躲到北郊的后城里，租了一间房子暂住。当时的后城里还是一个小村，离市区不远，周围一大片黄土丘陵。城里逃警报的人都在那里挖了防空洞。所谓的防空洞最早是村里农民冬天用来储藏番薯的。原本很小的番薯洞挖大点刚好可以躲一个人，再挖大点一家两三口人也可以挤进去。蒋风家也找了一个废弃的番薯洞作为全家人躲藏之处，为使洞不感到拥挤，母亲还布置他们姐弟，轮流用小手锄，一锄一锄地将洞挖深挖大，并在靠洞壁处留下一方一方土阶作泥凳。这样，进洞时可以不必像以前那样蹲着，而是可以坐在泥凳上躲避每一次空袭，即便躲在洞里时间久一些，也不至于太累。

在那段时间，蹲防空洞如家常便饭，成了他每天必修的课业，空袭警报、炸弹、防空洞、血肉模糊的尸体也成了蒋风童年时代永远的记忆。

12 岁的小学校长

1937 年底，杭州沦陷。传言日军要过钱塘江，金华将很快沦陷。形势逼迫下的老百姓逃完了警报，又开始了漫长的逃难生活。金华城区的百姓基本上往北向北山、双龙方向，或往南向南山、安地方向躲避。蒋风和母亲一起随着逃难的人群来到北山西边一个叫玲珑岩的地方。

在玲珑岩村，年仅 12 岁的他当上了小学校长。谈及此事，蒋风教授说："那时我既是校长，又是教师，又是工友，上下课打铃也自己打。整个学校的事情都我一个人干。"学校原本是一个外地的老先生教的，杭州沦陷后老先生逃难回家去了，学校从此就没了老师。当时蒋风个子比较高，村长又听说他读过书，就去找他母亲，请求他来学校当教师，一年的薪酬大概两三百斤谷子。他母亲考虑到全家逃在那里一点生活依靠都没有，就没想他能不能胜任，决定让他接手这份工作。12 岁的蒋风就这样开始了人生中的第一份工作，稚嫩的肩膀承担起了家庭的重任。

玲珑岩村的学校大概有五六十个学生，年纪最大的 25 岁，刚好比蒋风大一倍。全部学生都在一个班，有六个年级，刚好一个年级一排，进行六复式教学。每逢上课他先给其他五个年级布置好作业，再给剩下的那个年级上课，上了一段布置好作业，换个年级上课，轮流着教学。这样的日子没过多长时间，由于日本鬼子没过钱塘江，金华暂时无沦陷之虞。半年多后，蒋风结束了一个多学期的教师生活，随母亲回到了金华，继续他艰辛的求学之路。

六年，六个学校

中小学时期的求学经历对蒋风教授来说，记忆是相当深刻的。十二年的中小学，在断断续续的六年中就完成了，而且六年他读了六个学校，根本没有条件进行系统的学习。这一切的原因归结于一点，便是日本的侵略战争，是战争使并不殷实的家境更加困顿，无法顺利地供他读书；是战争，使他始终处于颠沛流离的逃难生活中，无法安定下来继续他的学业。六年小学，他三年多一点就结束了；六年中学，他也只读了不到三年的时间。

成美小学是蒋风最早就读的学校，时间很短。不久，他跟随父亲到义乌稠城绣湖小学上学。那时父亲边教书边在法院里做抄写工作。在义乌读了一年，又回金华，到金师附小（那时叫金中附小）就读。这样，蒋风奔走于金华和义乌之间，读了三所小学。

中学阶段，他在金华一中（那时叫金中）读了一段时间后，金华开始受到日军飞机不停的轰炸，学校迁到乡下，家里经济条件有限，负担不起铺盖、学费，就停了下来。不久，他父亲到绍兴去工作，就带蒋风到绍兴稽山中学读书。在绍兴的那段时间，他和同学一起白天躲警报，晚上上课，度过了一段算是比较安定的求学时光。

1941 年，蒋风在金华市区文明巷的家被日军飞机炸掉，那时他还在绍兴求学。日本鬼子用的是燃烧弹，家里所有的东西全部被烧掉。幸好他的母亲和弟弟当时已经逃出去躲在山区，人没有受伤。

1941 年 4 月，绍兴沦陷。蒋风又回到金华，整个初三就没有去读。下半年，因避战乱，绍兴稽山中学迁至武义明招寺，他考取了稽山中学的高中，继续求学。在稽山中学读了一个学期，为经济条件所困，看到常山临时中学免交学费，就一个人跑到常山临时中学就读，直至几个月后，金华沦陷。

逃难路上，遭遇细菌战

1942 年 5 月，金华沦陷之时，蒋风一家分崩离析，各居一地。蒋风在常山;父亲在衢州工作,躲避到衢州农村;弟弟在江西玉山临时中学读书;母亲和姐姐、最小的弟弟逃难在金华乡下,一家人在四个地方,相互都联系不上。

在金华沦陷前,常山的学校即将解散,蒋风回到了金华。当时金华城内一片混乱,他的家人都已逃难在外。由于兵荒马乱,联系不上家人,而且从小有志的他也不愿意留下来做亡国奴,蒋风又步行两天,回到了常山。经过反复考虑,他决定到福建去,一是闽北多山,日本鬼子进犯的可能性小;二是那里有东南联合大学,他有意要报考该校。于是,他找了五六个同学,把能卖的铺盖、衣服卖给当地农民,凑了一些路费后就出发去福建建阳了。

从6月1日到7月1日,他和同学一起,整整走了一个月,才抵达建阳。因为日本鬼子的飞机在路上看到人就扫射,他们白天不敢走,晚上吃完晚饭等太阳下山后才开始走,沿着公路走到天亮,然后找个农家院子,在地上躺下来休息到太阳下山再走。期间也有几天是白天走的,看到从日本鬼子的飞机上撒下许多白色的粉。进入福建以后,他发现很多烂脚的老百姓。到建阳后,在沦陷区学生收容所里,他亲眼看到五六个人因烂脚被细菌感染而死,其惨状不忍睹。

当时他的左小腿上也生了一个很小的疮,有些痒,他没有在意,以为是被蚊子咬了。后来,疮越来越大,慢慢溃烂。最严重时,烂了一个大洞,可以看到白森森的骨头,烂肉上还蠕动着白色的蛆虫。但是因为没钱治疗,只能随它烂,一直到他考取东南联大后,才有机会到医务室去换换药,到1944年才痊愈,前后大概烂了三年时间。现在疤痕还依稀可见。

在建阳的日子

建阳是福建北部的一座山城,四周重峦叠嶂。抗战时期日本侵略军对建阳进行过数次轰炸,但是没有部队进犯。当时,建阳学校集中,暨南大学整体搬迁到建阳,由上海搬迁过来的大夏、沪江、大同等五六所大学联合组建的东南联合大学也在那里。由于暨南大学办学力量比东南联合大学强,东南联大主要依靠暨南大学,两个学校后来就并在一起,由暨南大学校长何炳松兼任东南联大校长。

蒋风那时准备考东南联合大学，但是因为他在中小学阶段没有系统地学习，考试成绩不理想，只考取了先修班，先修班跟现在的高复班差不多。他在先修班读了半年多，再次参加大学考试，考取了暨南大学。因为他自幼喜欢文学，就在中文系就读。那时大学也是按成绩分为公费、自费录取的，由于暨南大学中文系公费名额太少，他读的是自费。只读了一个学期就因为没有经济来源，读不下去，停了下来。刚好那年浙江省的英士大学，改为国立，到建阳来招生。他一看英士大学的农学院公费名额比较多，占百分之八十左右，如果考上就有可能享受公费待遇，就打算重新参加考试。虽然他热爱着文学，心中的文学之梦从来都没有熄灭过，但是为生计所迫，他考取了英士大学的农学院。这样蒋风就结束了在建阳的日子，来到了英士大学所在地丽水云和。

英士大学的生活

1943年的时候，英士大学在丽水云和。后来因为形势所迫，不断地搬迁，他四年的大学生活是在四个地方度过的。云和读了一年后，又迁到泰顺一年，抗战胜利后的第一年在温州，最后英士大学定点在金华，又回到金华读了一年。

英士大学在丽水云和的那一年，蒋风及和他一起考进去的新生都住在小顺铁工厂的车间里，一个车间里住了三四百个人，一大片高低铺连起来，生活甚是艰苦。

在泰顺的时候，蒋风至今仍记得很清楚，一年到头就吃三样菜。春天吃毛笋，放点盐花就当菜。早上、中午、晚上，三餐都是毛笋。春天过去，毛笋变成毛竹，咬不动了，就开始吃番薯丝，依然放些许盐花当菜吃。番薯丝一直要吃到下半年等芥菜成熟可以吃为止。南方的芥菜一棵有一人多高，砍下来，够十来个人一顿饭吃。芥菜吃到第二年毛笋出。如此循环，一年就三样菜。这样的生活时间长了，由于缺乏维生素和其他微量元素，视力急剧下降，一到下午天色稍暗，眼睛就看不见东西了。

那时没有电灯，也没有煤油灯，每个学生发几两桐油，桐油有一个很不好的缺点，就是点着的时候，表面很快就会结一层皮，灯草要不停地用手拨着才亮。他和同学们就用左手拨灯草，右手翻书，或者拿笔做作业。一年三样菜，点着桐油灯，这段清苦的生活，在他抗战八年时间里，记忆也是非常的深刻。

1944 年的暑假，蒋风冒着生命危险回过一次金华。那年他跟家里联系上了，弟弟还在玉山临中读书，他父亲仍在衢州，逃难到乡下的母亲和姐姐、小弟弟见局势安定，就回到了金华。知道家里人的消息后，蒋风就急切地期盼能回家看看。他和几个在英士大学读书的金华同学结伴走路回家。结果，回来后就被日本鬼子发现，把他带到宪兵队去盘查，既威胁又笼络，对他说："你读大学到日本读书好啊，到日本留学去。"先后问他三四次，他找到机会逃了出来。这样金华就没法再待下去了。当时他的母亲也因为害怕，催他离开金华。金华沦陷后，母子俩已经两年没见面了，哪个母亲不希望儿子在身边，在当时的环境下，却只能催着他走。他在家住了一个星期，又回到了泰顺的学校。

蒋风教授一生的故事讲不完，八年颠沛流离的时光想象起来很长，但在战乱的环境下，总在不断变化的生活中，日子过去还是很快的，只是生活太艰苦，日子太艰难。抗战八年在每个经历者心中积聚起来的回忆也很多很多，所有的一切对于我们后来者，只能在讲述着的历史里体会那份苦难。他总是说，过去这么多年已经回忆不起来，多数记忆已经淡漠了。但是在他并不完整的记忆中，我们已经感受到了那段艰难岁月的清晰印象、受辱被欺的血泪历史，感受到了像蒋风教授那一代爱国青年，不畏艰辛、探知求学的不屈精神。

本文根据蒋风教授口述资料整理，2007 年

当代著名儿童文学理论家蒋风教授

郑振乾

儿童文学领域中的永恒丰碑

蒋风教授之所以于1984年2月被提拔为浙江师范大学校长（开始第一年为浙江师范学院），可能就是因为他在儿童文学学术上的成就，在创作研究和教学上做出的突出贡献。他在儿童文学方面的建树有10个全国第一：

20世纪50年代初第一批走上新中国高校儿童文学教学讲台的开拓者之一。

在中国第一个（1978年10月）在高等院校中建立了儿童文学研究机构浙江师范学院儿童文学研究室。后改为浙江师范大学儿童文学研究所。2006年10月又扩建为浙江师范大学儿童文化研究院，蒋风教授被聘为该院名誉院长。

在全国高校中第一个（1978年10月）开始招收儿童文学硕士研究生。

1982年出版了新中国成立后的第一本系统的儿童文学理论专著《儿童文学概论》。

1986年6月编著出版了第一部中国儿童文学史书《中国现代儿童文学史》。

1988年11月汇编出版了我国"五四"以来第一部作者最多、容量最大、最系统的《中国儿童文学大系·理论类》卷一、卷二，《中国儿童文学大系·诗歌》卷一、卷二。

1992年8月主编出版了我国第一部大型儿童文学工具书《世界儿童文学事典》。

蒋风教授是国际儿童文学研究会在中国吸收的第一名中国籍会员(1987年4月)。

蒋风教授1994年离休后,第一个创建非学历学制招收儿童文学研究生。

1996年主编出版了中国第一部儿童玩具理论著作《玩具论》。

蒋风教授在儿童文学领域中铸造的业绩获得了国际认可,他从1999年第一届起就是国际格林奖评委(国际格林奖是国际儿童文学界的一项权威奖项,每两年评选一次,每次从全球范围内评选出一位对儿童文学做出突出贡献的人。格林奖至今已评选过10届,已有10人获此殊荣)。蒋教授从1994年离休以来,10多年中,在儿童文学上已先后获得中国图书奖、冰心优秀儿童图书奖、儿童文学人才培养一等奖、浙江省人民政府第五届鲁迅文学奖突出成就奖、宋庆龄儿童文学奖首届特殊贡献奖、2004年浙江省关心下一代先进工作者、2005年全国关心下一代先进工作者、亚洲儿童文学学会共同会长推戴奖。在2006年8月21日至25日,在韩国首都首尔市隆重召开的第二届世界儿童文学大会上,蒋风教授获得了唯一的一个儿童文学理论贡献奖,这个儿童文学理论贡献奖由韩国第一个儿童文学博士、亚洲儿童文学大会会长李在彻教授代表世界儿童文学大会颁发,并在大会上宣读了颁发词:"蒋风先生是代表中国儿童文学研究学界的学者,曾任浙江师范大学教授、校长,已出版了《儿童文学概论》(1980)、《中国现代儿童文学史》(1987)、《世界儿童文学事典》(1992)、《幼儿文学概论》(2005)等,把中国儿童文学理论提升到世界级的水平,其贡献获亚洲儿童文学界的具体肯定,特此给予理论贡献奖。"由于蒋风教授在国内外儿童文学界享有较高的声誉和知名度,因此他的照片和名字与其他8位荣获儿童文学研究奖的学者照片、名字一起印在大会的会徽上,大会将会徽悬挂在大会进口处,会后又将这幅会徽专门赠给了蒋风教授作永久纪念(现在这幅具有世界殊荣的会徽陈列在浙江师范大学国际儿童文学馆中),因为蒋风是金华人,因此我们认为这项世界殊荣为中国争了光,这是炎黄子孙的光荣,也是金华人民的光荣!

蒋风教授从20世纪80年代以来,为了传播儿童文学种子,还先后到过美国、日本、韩国、新加坡、马来西亚,中国的港、澳、台等地讲学,以及参加儿童文学会议,进行国际交流,誉满全球。另外蒋风教授又为不少儿童文学家、学生出书写了序。

离而不休　童心永驻

蒋风教授是位高个子、身材魁梧的老顽童，他的“童心”永驻。2008 年，蒋风已 83 岁高龄，但他从 1995 年离休后至今，仍在亲自创办的中国儿童文学研究中心办了一份《儿童文学信息》小报，至今这份小报每年出四期，每期发行 3500 份，到 2008 年 6 月 22 日，已办第 39 期，共 136500 份。办小报所需经费，全部自己掏腰包。小报内容丰富、活跃，有国内外儿童文学研究学习活动及名家作品选登、评价等信息和文章，也有小学生的作品。蒋风、圣野等还亲自对小作者的作品给以点评。因此，这份小报实可谓培育传播儿童文学的摇篮，没有围墙的学校。1994 年蒋风离休后除办《儿童文学信息》外，开始面向全球招收两年制非学历儿童文学研究生，招生对象年龄、国别不限，凡具有大学文化程度而有志于儿童文学事业者均可报考，经初试、复试合格者即可录取，两年修完六门规定的的研究生课程（儿童文学概论、中国儿童文学史、中国儿童文学选读、儿童文学原理、外国儿童文学史、外国儿童文学选读），撰写结业论文，合格者给予结业证书。这个招生信息一传开，报名者十分踊跃。1996 年第一届学员 37 名很快招满。学习方法，按课程计划，自学为主。每年暑假举行一次面授，除蒋风教授亲自授课外，还请国内外知名教授和儿童文学作家讲课，学员相互交流心得体会，通过学员提问、教授回答等种种形式授课，深受学员欢迎。学员来自浙江、北京、河北、江西、广东、新疆等地，几乎遍及全国各省市，每年少则 30—50 人，多则 100—200 人，有的学员已经结业多年，仍每年自付旅费前来参加，有一位新疆学员已参加多达 8 次。学员自发在互联网上开设“蒋风书院”交流切磋。实践证明，蒋风教授的非学历儿童文学研究生的教学工作和效果是非常成功的。

蒋风教授办学严谨，注重质量，严格执行教学计划，对学员的自学情况做一丝不苟的考查，凡不合格者一律不予结业。如 1996 年招生的第一届学员 37 名中，两年后拿到结业证书的只有 8 人。没有结业者给予继续学习，直到合格为止。1996 年招生后，蒋风教授为了满足海峡两岸、亚太地区广大莘莘学子的要求,连续招生,到 2007 年 8 月止,已招生 12 届,共有学员 300 多人(其中海外学员有 35 人),目前已结业学员 40 多人,培养了一批出类拔萃的儿童文学青年学者和作家。这些已结业的儿童文学研究生中,有的已成了儿童文学的骨干力量,如沈阳师范大学文学研究生导师马力教授、香港大学儿童文学教师孙慧玲教授、成都大学学前教育学院党委书记李莹教授、昆明师范学院儿童文学研究所长王昆建教授、包头科技大学教育学院儿童文学副教授叶玉宏、湖州师范学院应玲素副教授;有的已成为儿童读物出版界的领军人物,如《儿童时代》总编陈苏、编辑室主任陈玮,希望出版社副总编曹颖,《作文周刊》执行总编周更武,《新少年》副总编田春辉,《深圳青少年报》总编李青松,《小学生导刊》副总编皮朝晖;有的已成儿童文学创作中坚力量,如童话作家袁银波、野军、谢乐军、皮朝晖,科学文艺作家沈芬,低幼儿童文学作家谭小乔,还有香港的韦娅、马来西亚的佩莱、郑秋萍等,近年还培养了一批儿童文学新秀如汤汤、顾鹰、李姗……

二十多年未圆的梦终于圆矣

蒋风教授从 1986 年来就有一个未圆的梦,梦想在中国建立一个国际儿童文学馆。为此笔者曾以《永恒的"童心"和希望——记中国著名的儿童文学家蒋风教授》为题,发表在香港《中外名牌》杂志 2001 年 7—8 合刊上,向四方呼吁支援在中国建立一座国际儿童文学馆,以圆蒋风教授这个未圆的梦。蒋教授说:"1986 年,我应邀到日本大阪出席一个小型的儿童文学国际研究会议,与会者仅 20 人,却代表了 17 个国家。这次国际学术会议是在风景秀丽的大阪国际儿童文学馆召开的。大阪国际儿童文学馆是经日本早稻田大学儿童文学教授鸟越信先生倡议,并把他一生收藏的数万册图书,以及数以亿计的各种资料捐献给大阪府,大阪府便选定在吹田市的千里万博公园内,出资数亿日元修建。这样一来,不仅鸟越信教授耗费一生心血收集的儿童文学资料得以很好地保存,传之千古,而且公之于世,可以发挥最大的效益,造福于民。当时与会的 17 个国家 20 名代表差不多都向我建议,中国是一个大国,有三亿多儿童,也应该建立一个这样的儿童文学馆,作为儿童文学研究中心，开展国际交流，促进这一关系下一代健康成长的儿童文学事业的繁荣发展。这给了我很好的启示。1986 年从日本回来后，我便为此奔波，想在中国也成立一个国际儿童文学馆。这样不用担心我毕生搜集的图书资料当废纸处理掉，更可使这些资料发挥最大的作用。”如今这个二十多年的美梦怎样了呢？2007 年 5 月，在浙江师范大学终于挂出了“浙江师范大学国际儿童文学馆”的牌子，蒋风教授的美梦终于实现了。2008 年 8 月 6 日上午，《品味金华》杂志社副社长王永鸿同志与我一起驾车来到浙师大丽泽花园蒋风教授家（蒋教授刚刚被聘为《品味金华》杂志社的顾问），将 1—6 期的杂志送给他，同时拟参观一下他的国际儿童文学馆，由于放暑假期间，具体管理国际儿童文学馆的同志是外省人，要待浙师大开学后，蒋教授才能陪我们去参观国际儿童文学馆。王永鸿副社长和我在蒋风家受到热情接待，并由王永鸿拍了一些有关照片后，我们又驾车来到浙师大，找到了浙师大国际儿童文学馆的馆址，在文学馆牌子下我们拍了照片，参观国际儿童文学馆只好以后抽时间了。

一生缘何与儿童文学结缘

蒋风教授缘何与儿童文学结了不解之缘，则在 20 世纪 90 年代笔者采访他时写了一篇题为《执着追求伟大事业的人——当代著名儿童文学家蒋风访谈录》，先后刊登在《金华共青团》杂志 1995 年 3 月和 1995 年 5 月上，我提出“您为什么全身心地致力于儿童文学的研究和创作？”他真诚坦率地叙述了对儿童文学的认识并谈了亲身经历的生动故事，发人深省，启迪人生。他说：“儿童是人类的花朵，世界的未来，儿童的素质好坏决定一个国家、一个民族的前途命运，一本优秀的儿童文学作品，是孩子们的一位好朋友，也是孩子们的一位好老师，它在孩子眼前，展开了一个五彩缤纷的世界，教会他们认识生活的现象和本质，帮助他们懂得人生的真谛。这一点我是亲身体会到的。我因家境贫困，小时候没能按部就班地上学，跟着父亲学了一点语、算知识，插班上了三年级时，教我班数学的是一位 20 多岁的斯紫辉老师，她脸上时时漾着笑容，给人一种亲切的感觉，说起话来，悦耳动听，同学们非常喜欢她,也很尊敬她。斯老师教我们数学课,但给我们印象最深的却是每周一节的故事课,她用了整整一个学期给我们讲意大利亚米契斯的《心》(中译本叫《爱的教育》)中的故事,如《佛罗伦萨小抄写匠》中的裘里亚、《高尚的行为》中的卡隆、《万里寻母记》中的马尔柯、《爸爸的看护者》中的西西洛,还有《小石匠》中的拉勃柯……至今仍栩栩如生地印在我的脑海中,当这些人物形象在我脑海中活动起来的时候,我又会自然而然地想起这本书中的《我的女老师》,那位衣着朴素,一心扑在学生身上的女老师,也会想起那位我永远不会忘怀的斯老师。记得那个学期结束,斯老师把《爱的教育》里的主要内容讲完了,她就把全班学习好、表现好的同学,分别用书中人物的名字来给命名,激励同学好好学习,做个正直、善良、有道德的人。不知什么原因,我没有被斯老师用书中人物的名字命名。当时我小小的心灵感到十分委屈,两眼噙着泪水,差点滚出来,但一个男孩的倔强性格,又使我硬吞下这份委屈的感情,没有哭出声来,其实细心敏感的斯老师早已发现我感情上的细微变化,等命名班会一结束,便把我叫到她办公室,以满怀柔情并带点自责的口吻说:'斯老师太粗心了,竟把你给忘了,其实你比裘里亚勤劳、比西西洛善良,比卡隆正直、比马尔柯勇敢,你将来一定会成为一个有用的人。现在老师把自己心爱的书《爱的教育》送给你吧!'斯老师还在书的扉页上写着这样一段话:'不要怕做一个平凡的人,但要永远记住:让自己那颗平凡的心,随时闪现出不平凡的光彩来。'当我从斯老师手里接过她的赠书时,一股暖流涌上心头。从此,这本书成了我最心爱的书、受益最大的书。如果今天我身上有点好的品德的话,都与《爱的教育》影响分不开的!"

蒋风教授还以两个真实的故事,来充分说明文学作品的艺术感染力,常常会产生一种难以估量的强大力量。一个是"我听到过一个真实的故事:有一个12岁的孩子,在一次不幸的车祸中失去了双腿,锯去了膝盖以下的部分,成了一个小残疾人。这个沉重的打击,曾一度使孩子心情万分苦闷,失去了生活的信心和勇气,他叹息流泪,感到前途茫然。正当孩子灰心丧气时,他哥哥给他送来了两本书,一本是安徒生的《海的女儿》,一本是奥斯特洛夫斯基的《钢铁是怎样炼成的》。他一打开安徒生的童话,就被书中感人的故事所吸引,忘记了自己的伤痛,忘了自己的不幸,安徒生笔下那个美丽的人鱼公主，为了求得一个人的灵魂，她不惜牺牲自己的一切幸福，哪怕是自己宝贵的生命。这个没有双腿的孩子想，自己虽然失去了双腿，但凭自己的智慧和劳动，仍能为人类创造美好的生活，童话中那种热爱生活的美好情操，驱散了他心灵上的阴影。当他读了奥斯特洛夫斯基的自传体的小说后，更是整个心灵都被书中的艺术形象所吸引住了。他读了一遍又一遍，他想保尔·柯察金在残酷的战争中失去了健康，全身瘫痪，双目失明，却仍以顽强的意志生活下来，并且为人民、为社会做出了出色的贡献，而自己身心的伤痛，远远不及保尔·柯察金的严重，为什么那么悲观失望呢？这位残疾的小读者被书中的艺术形象深深地感动了，在他那本来迷雾茫茫的眼前，顿时阳光灿烂，生意盎然。保尔·柯察金的动人形象给了他一种莫大的鼓舞和精神力量，使他对生活重新充满了信心。于是他选择了自学的道路，下决心学好外语来为社会服务，经过六年刻苦自学，终于成为一名熟练的文学翻译工作者。”另一个从报上看到的惨剧，使蒋风教授心灵震撼，深感儿童读物的重要性，那是1947年蒋风从国立英士大学毕业不久，见《申报》报道的一个消息，说是有三个孩子因看了一本宣扬“得道成仙”的荒诞连环画后，就结伴到四川峨眉山学道求仙，后来三人为求“飞升”成仙，结伴跳崖，结果一起粉身碎骨，成了迷信的牺牲者，悲哉！惨哉！

天下没有无缘无故的爱，蒋风教授与儿童文学结下深厚的不解之缘，这不仅是蒋风教授对孩子们的爱，也是对人类的爱！

从蒋风教授走上儿童文学光辉大道来看，儿童文学是人类进步的先导。蒋教授的实践经验表明，不管哪种文学创作形式（如故事、连环画、诗歌、小说等）的儿童文学，其内容必须真实健康，文明向上，促进和谐团结，向真善美奋进，坚决反对那些专以赚钱为目的、低级趣味、胡编乱造的坏书。坏书会毒害下一代。

“您一生对儿童文学做出了很大的贡献，20多年来未圆的梦——国际儿童文学馆，已于2007年5月在浙师大挂牌实现了，您的美梦已成真，今后有什么打算？您当前中国儿童文学有什么想法，请简要谈谈。”蒋风教授满怀激情地回答了笔者的提问，他说：“我是一个平凡的人，我所做的事，也是平凡的。只是想为下一代的健康成长做一点应该做的事。我把一生积累而成的一二万册书，还有许多资料，找到妥当的出路，如今美梦成真，是一件值得欣慰的事。我清醒地认识到，儿童文学事业是关系到一代又一代年幼者成长的大事，绝不是我一个人的力量所能做成做好的事，我希望大家都来关心这件大事。今后我仍将一如既往地在此领域做一点力所能及的事。”

我们对蒋风教授的祝愿

追求真善美，为人类造福，是人类的骄傲。蒋风教授缘何一生执着地追求驰骋在儿童文学领域之中，因为他有一个坚定的理念：“孩子是人类的未来，儿童文学事业是人类最有希望的事业，我愿为它贡献全部心血。”正由于他认定儿童文学绝不是“小儿科”而是人类最伟大的事业这个理念，因而他脚踏实地、与时俱进、勇于开拓创新，为儿童文学事业做出了突出的贡献，赢得了国内外崇高的荣誉。2008 年 8 月，在中国北京举办的 29 届奥运会是开得最棒、最精彩的奥运会，特别是北京奥运会开幕式之精彩震撼了中国、震撼了世界，展示了中国的强大和伟大，开幕式为中国赢得了赞誉，北京奥运会中国运动员的精彩表现和场馆设施的完备，使人们震撼了，有的连连高呼，北京奥运万岁。笔者认为，蒋教授在儿童文学领域中的贡献也获得了赞誉。

古语云：“有崇高理想者其寿长。”2005 年，蒋风教授八十寿辰时，我国著名儿童诗人圣野从上海发来的贺电说：“蒋风先生是一棵枝繁叶茂的大树，遮荫着我国儿童文学的春天。”

我们真诚祝愿蒋风教授健康长寿！

《品味金华》，2008 年 12 月

让健康优秀的儿童文学作品陪伴儿童成长

——访浙江师范大学原校长、著名儿童文学作家、理论家蒋风

郭利萍

摘要:儿童文学与儿童成长有着密切关系。优秀的儿童文学对儿童成长有着积极作用,儿童的知识层面与接受能力都决定了其自主阅读书籍的最好选择是儿童文学作品。因此,成人与教育工作者当然要肩负起为儿童提供优秀儿童文学作品和引导儿童进行儿童文学阅读的责任。儿童文学是引领儿童进入阅读佳境的最好门径,它可以让儿童在轻松愉悦的氛围中学习语言、驰骋想象、领悟内涵、增强思辨,学会听话说话,学会爱憎分明。在儿童文学阅读上要争取做到:全社会关心支持儿童阅读,社会和出版社要向学校和家庭提供足够可供日常消费的儿童文学作品,学校要切实进行儿童文学阅读的指导,要让学生有足够多的时间进行儿童文学阅读。

关键词:儿童;儿童文学;阅读引领

蒋风(1925—),浙江金华人。浙江师范大学原校长、教授、研究生导师,国际儿童文学格林奖评委,亚洲儿童文学学会共同会长,中国儿童文学研究会创始人、顾问,全国师范院校儿童文学研究会名誉会长,中国作家协会会员,浙江省金华市作家协会名誉主席。从事儿童文学创作、研究、教学50余年,为我国培养了一大批儿童文学作家与理论家。出版专著有《中国儿童文学讲话》、《儿童文学丛谈》、《儿歌浅谈》、《儿童文学概论》、《海外鸿爪录》、《未圆的梦》、《蒋风儿童文学论文选》等,主编有《中国现代儿童文学史》、《中国当代儿童文学史》、《中国儿童文学史》、《世界著名童话鉴赏辞典》、《儿童文学事典》、《儿童文学原理》、《儿童文学教程》、《玩具论》、《儿童文学概论》、《儿童文学理论与实践》等50余种,曾获国家图书奖、冰心优秀儿童图书奖、儿童人才培养一等奖、全国艺术科学国家重点研究项目一等奖、杨唤儿童文学特殊贡献奖、宋庆龄儿童文学特殊贡献奖、浙江省人民政

府鲁迅文学艺术突出贡献奖、浙江省关心下一代工作先进个人、全国关心下一代先进工作者、世界儿童文学理论贡献奖等国家级、省级十多项奖项，曾多次应邀赴美、日、韩、新加坡、马来西亚等国家及我国的港、澳、台地区讲学与出席国际学术会议。

两件事可折射出儿童文学对儿童成长的重要

记者（以下简称“记”）：蒋老师，您是我国当代著名的儿童文学作家、理论家、教育家，20 世纪 70 年代末我在浙江师院（浙江师大前身）中文系学习时，您已是当时我国为数不多的几个儿童文学教育家和儿童文学理论研究家，请您说说儿童文学对儿童成长到底有多重要？

蒋风（以下简称“蒋”）：我只是一名儿童文学工作者，你的这些称谓使我汗颜。儿童文学对儿童成长的关系有多重要，可以从引导我走上儿童文学之路的两件事说起：第一件发生在我念小学时。我的祖父蒋莲僧是当地有名的画家，与黄宾虹、张大千、徐悲鸿都有交谊。但到了父亲辈上，家道中落，我到了学龄却上不了学。记得第一次进学校就插班到了三年级，教语文、算术的是一对夫妇，教语文的是徐德春老师，教算术的是他的妻子斯紫辉老师（斯霞的堂姐）。斯老师虽然教算术，却每周给我们上一堂故事课，故事课讲的是《爱的教育》一书中的内容。学期结束时，斯老师专门召开命名主题班会，用书中人物的名字来命名班上的学生，想用这种独特的方法为这一学期学《爱的教育》一书做总结。命名活动开始了，勤劳的裘里亚产生了，正直的卡隆、善良的西西洛、勇敢的马尔柯也接连诞生了……我那颗期盼被命名的心越揪越紧，由于没有得到老师的命名，心里感到十分委屈。命名终于结束了，我心理上这点细微变化被斯老师捕捉到了。斯老师不动声色地把我叫到了她的住处，诚恳地对我说：“老师实在太粗心了，我怎么把你给忘了呢，其实，你比裘里亚更勤劳，比卡隆更正直，比西西洛更善良，比马尔柯更勇敢……这样吧，老师今天就把这本老师最心爱的书《爱的教育》送给你，以弥补老师的过失吧。”说着，她掏出笔，在书的扉页上端正地题写了一行字：“不要怕做平凡的人，但要永远记住：让自己那颗平凡的心，随时闪现出不平凡的光彩来。”刹那间，我所有的委屈情绪一扫而光，后来，老师的这本书成了我的毕生珍藏，我也由此爱上了儿童文学。第二件事发生在我的青年时代。当时社会上武侠、神怪之类的荒诞迷信连环画盛行。一天，我从《申报》上看到一则消息：三个少年看了荒诞的连环画，结伴到四川峨眉山修仙学道，最后跳崖身亡。这两件事，一件发生在我身上，另一件发生在其他少年身上，它使我认识和感受到文学作品对少年儿童成长的重要性，好的文学作品可以引导儿童健康地成长，而不健康的文学作品则有可能把儿童推向深渊。因此，在儿童成长的过程中，成人和教育工作者肩负着为儿童创造一个好的阅读环境的责任，让健康优秀的儿童文学作品伴随着孩子一起成长。

责任驱使我行走在“光荣的荆棘路”上

记：您是我国儿童文学领域杰出的开创者和活动家，儿童文学基础理论和史学研究的建设者和开拓者。可您在《蒋风儿童文学论文选》一书的序言中说自己是走在“光荣的荆棘路上”，为什么这么说？

蒋：儿童文学事业是光荣而崇高的事业，我已经在被安徒生称为“光荣的荆棘路”上走过了 60 年。这是条光荣的路，但同时又是一条充满坎坷、布满荆棘的路。这个领域多少年很少人去开垦、耕种，我是这个领域里的一个拓荒者，前面没有现成的路可走，要走必定就是一条满是坎坷、困难的荆棘路。我们是在一无人力、二无资金、三无资料设备的情况下坚持儿童文学研究的，所以，我说自己是行走在“光荣的荆棘路”上。

记：20 世纪 70 年代以后，您在儿童文学领域所做的工作创造了多个“中国第一”，有人说您是我国儿童文学界的“祖师爷”，您的学生已占据了中国儿童文学领域的半壁江山。您是怎么做到这一切的？

蒋：70 年代以来，我在浙江师范大学这块黄土地上的确创造了几个后来为大家所称道的“第一”。儿童文学课程并不是我最早在大学开设的，在 20 世纪 50 年代初期，我国的部分师范院校就已经开设儿童文学课程，那时我就在老浙师（原杭州大学的前身）讲授儿童文学，但 1958 年后儿童文学课程被精简掉了。直到1978年,儿童文学课程才有了复出的机缘。那年,我出席了教育部、文化部、全国作协、中国文联、共青团中央、全国妇联、科协、出版总署联合在江西庐山召开的“全国儿童读物出版工作会议”。会上,与会代表建议尽快在大学恢复儿童文学课程教学,招收儿童文学专业研究生,出版系统的儿童文学理论书。会后,我回到浙江师范学院(浙江师范大学的前身),得到了当时学院党委书记李子正的大力支持。1979年我开始为恢复高考后的77、78级本科生开设儿童文学选修课,并成立“儿童文学兴趣小组”,同年开始招收儿童文学硕士研究生。这也就是大家所说的第一个在我国高校恢复儿童文学课程,全国高校第一个招收儿童文学硕士研究生,全国第一个建立“儿童文学兴趣小组”。1978年成立的“儿童文学研究室”是全国第一个儿童文学研究机构。1982年出版的《儿童文学概论》被业内人士认为是新中国第一部儿童文学理论研究著作。1987年出版了新中国第一部儿童文学史书——《中国现代儿童文学史》,1988年主持编选了“五四”以来第一部系统的《中国儿童文学大系·理论卷》。

“祖师爷”这个称呼我担当不起。应该说浙江师大的儿童文学研究工作起步比较早,也培养了一批青年学者,如吴其南、王泉根、汤锐、方卫平、邹亮、潘延、汤素兰、韩进、杨佃青……他们都非常优秀。如今有的成了人文学院院长,如吴其南;有的成了博导,如王泉根;有的成了总编,如汤锐、邹亮、韩进;有的成了教授,如潘延、汤素兰,都活跃在儿童文学的各个领域,并做出了令人瞩目的成绩,而且他们的学生也很出色……于是就有人戏称我为“祖师爷”。这一方面是大家对我的尊重,但更重要的一方面说明我的学生和我学生的学生都在中国儿童文学领域承担起了重担。看到他们的成长,看到他们取得的卓越成绩,我感到很欣慰,这也是我一生最大的快乐。

儿童文学在大学里被人视为“小儿科”,普遍得不到重视。儿童文学课程怎么上?谁都不知道。没有人力,也没有资金、教材和资料,但我们却一直在这条“光荣的荆棘路”上坚持走了下来。要问我为什么会在这么艰难的条件下坚持走到现在?很简单,就是一种责任,是一种对中华民族、对下一代前途命运和走向的强烈责任感驱使着我一直不停地走了下来。有人说我更像一个“麦田的守望者”,时刻站在“混账的悬崖边”,防止在“麦田里游戏”的孩子朝“悬崖边”奔来。

儿童文学是引领儿童进入阅读佳境的最好门径

记:蒋老师,您认为儿童文学与儿童发展的关系是怎样的?

蒋:教育的价值在于能让儿童在德智体美等方面得到全面的发展,能帮助他们在身心愉悦的状态下健康地学习与生活,最后走向成功。也就是说,教育不仅应使儿童身心健康地成长,而且应使儿童在轻松欢乐的氛围中发展、成长。儿童文学正好就是这样一条能够便捷地帮助儿童在欢乐中接受教育并健康成长的理想之路。“书是人类进步的阶梯”,高尔基这句名言说明了阅读书籍是关系到人类能否进步的大事。他还说:“差不多任何一本书都告诉了我许多我所不知道的和未曾见过的人物、感情、思想和关系等等,好像在我眼前打开了一扇通向未知世界的窗子。”

记:这也就是说,儿童文学本质上是美的体现,兼具教育与愉悦功能,能使儿童在轻松愉快的环境中学习并受益?那么,儿童文学又是如何做到这一切的呢?

蒋:对!这涉及文学对儿童成长的作用与教育意义问题。文学是一个民族精神文明和物质文明的产物。一部优秀的、健康向上的文学作品除了给人带来精神的愉悦享受,还可以影响几代人的心灵世界。如《爱的教育》对我的影响,《铁流》、《青春之歌》给中国革命青年的影响,《钢铁是怎样炼成的》给一个小偷的影响(见下例),儿童文学也是一样。儿童文学作品除了能满足儿童的娱乐游戏心理需求外,还有利于儿童语言的学习和积累、儿童思维的发展、想象力的丰富和提升以及儿童审美观的形成和健全的人格的养成。儿童文学自身的功能大致有:

1. 认知功能。儿童文学作品中包含的知识范围广泛,不仅有自然科学和人文科学的知识,还包括人类语言、行为和经验、价值观、世界观、人生观以及解决问题的能力等。试想,一部安徒生童话可以给孩子带来多少有益的知识与启迪啊!

2. 语言功能。文学是语言的艺术。儿童文学也不例外。优秀的儿童文学作品语言都是作家再三锤炼的结果。语言不仅准确、鲜明、生动，而且简洁、明白、精炼、儿童化。许多优秀的儿童文学作品入选语文教材作为语言学习的范例就是很好的例证。

3. 娱乐功能。高尔基曾经说过："游戏是儿童认识世界的方法，也是他认识世界的工具。"活泼快乐是儿童的天性，他们喜欢笑，因此诙谐幽默、风趣机智、滑稽可笑的极富游戏精神的儿童文学作品最受儿童的欢迎。近年，J. K. 罗琳系列儿童科幻小说《哈利·波特》全球热销，以其丰富的想象力征服了数以亿计的小读者，正好也印证了作品的游戏精神契合了儿童的审美心理。游戏精神是娱乐功能的内核，儿童需要有快乐的东西来娱乐自己，儿童文学正好是这样的一种快乐的东西，是一种快乐的文学。

4. 德育功能。美国黑人作家莱斯特说："儿童文学作品应具有道德观念。"这里所说的道德并不是像列一张清单那样，举出哪些是正当的，哪些是不正当的，而是指作家赋予文学作品并在文学作品中表现出来的一种精神力量，"真正的艺术就是对价值形成的追求"。在俄罗斯奥斯特洛夫斯基纪念馆里，陈列着一个小偷寄给馆长的信，信中描述了他是如何在一次偷得一本《钢铁是怎样炼成的》书后被书中人物吸引，心灵受到感动、震撼后才反省自己、决定重新做人。仅此例就足以说明文学作品的德育功能。

5. 审美功能。儿童文学是专门写给孩子们的文学，美是文学的本质特征，儿童文学是作家通过塑造艺术形象来表现与反映一般事物的本质特征的。上述各项功能都是通过审美功能才得以体现。而且，儿童时期是儿童接受各种印象最为敏感并能留下深刻记忆的时期，这一时期艺术形象对其的感化与影响力比任何一个时期都要更加明显、突出、深刻。优秀的儿童文学对培养儿童认识美、追求美、创造美和在生活中体现美的激情和能力，有着不可忽视的意义。

以上所说的几项儿童文学的功能，是为了叙述方便才这么分述的，其实它们往往是同时发挥作用的，几项功能大都是同时存在，并且通过审美得以体现的。

记：儿童文学可能给儿童的成长带来正面或负面的影响，这也是您走向儿童文学之路的动因，但儿童文学对儿童的语文学习究竟有多大的影响？

为什么说在语文学习中要重视并引领学生进行儿童文学阅读？只有弄清了这些，才有可能让大家明白儿童文学阅读的重要性。

蒋：儿童时期是人类个体生命周期中的一个重要阶段。这个阶段的儿童无论是智力还是体力都还未成熟，尚不能独立地应对来自各方面的困难与问题，需要成年人的关照、爱护和引导。这一时期，儿童的可塑性特别大，容易近朱者赤，近墨者黑，因此，引导和教育对于儿童今后的生活道路有着极大的影响与作用。然而，这时儿童的知识层面与接受能力都决定了他们自主阅读书籍的最好选择是儿童文学作品。儿童文学作品文字浅显，说理深入浅出，寓情理于趣味之中，将原本艰深的道理用简单的图文展现了出来，为儿童所喜闻乐见。儿童一旦愿意接受，就为阅读打开了快乐之门。语文学习最重要的一点是多读乐读，只有乐读，才会去多读；只有多读了，语感才会出来，语义才能领悟，语文能力才有可能得以提高。我们大家都知道，儿童时期是最欢迎故事的，喜欢听人讲故事，喜欢读故事书，喜欢看故事书，也喜欢试着去编故事，这里的“故事”其实可以理解成儿童文学，包括口头的和书面的。儿童文学就是讲不完的“故事”。儿童在故事里学会了听话、说话、写话，学会了理解、思考、表达，学会了驰骋想象，也学会了爱憎分明。

为什么说我们在语文学习中要重视并引导学生进行儿童文学阅读？我想，这主要是由于儿童文学的特性与功能所致。它语言简洁、精练，图文并茂，说理浅显易懂，较易让儿童接受，比较符合儿童的生理要求和认知能力。我们可以利用儿童文学为先导，导引儿童轻松地进入阅读佳境。学生乐于阅读了，读懂了，这在无形中多识了字，锻炼了阅读理解能力；读懂了，有想法了，他就会想说出来，想与人交流，这实际上又锻炼了思维和口头表达能力；他的想法、意见得到认可，又会激励他的阅读、理解和思维，如果得不到认可，他就会争辩或者进一步思考，这又会使认识、思辨进一步深化，口头表达能力进一步提高；如果他再想及时地把他的想法写出来，将故事或其中的人物介绍给大家，就会自然而然地提高其书面表达能力。这些不正是我们的语文学习、语文训练所想达到的目标吗？在课文教学中，教师一味地让学生学学学，练练练，学生未必领情，未必愿意照办，但是，在儿童文学作品的阅读过程中，这一切都是学生在心甘情愿的状态下完成的，如饥似渴、废寝忘食也在所不惜。儿童文学对于儿童既然有那么大的吸引力，作为教育工作者——我们为什么不因势利导地促进其正向发展呢？因此，我说语文教师和教育工作者都要重视对儿童文学阅读的引导，全社会也要重视儿童文学事业的发展，这对于年轻一代的成长很关键，对儿童顺利地进行语文学习也很重要。说到底，儿童文学是引领学生顺利进入阅读佳境的最好门径。

当今儿童文学阅读状况喜忧参半

记：蒋老师，您说过去儿童文学没有受到足够的重视，儿童文学学科也被人视为“小儿科”，那么，现在您认为这一学科有没有得到应有的重视？

蒋：客观地说，这一学科在近20年间得到了长足的发展，尤其是2001年新课程改革以来，主要体现在以下几方面：(1)在新一轮课程改革中，儿童文学作品被大量地选进了课程标准实验教材；(2)涌现出了一大批年轻有为的儿童文学作家、理论研究家和推广儿童文学阅读的有识之士；(3)社会、学校、家长对儿童文学阅读的认识与投入正在日益提高；(4)儿童文学阅读活动正大张旗鼓地在各地展开，如“书香校园”活动；(5)儿童文学不再仅仅是学生的课外读物，儿童文学进课堂实验正在有序地进行；(6)学生通过儿童文学阅读，语文能力，尤其是理解能力与读写水平有了显著的提高；(7)儿童文学阅读成效正在各地日益显现。由于阅读是一切学习的基础，所以，如果把儿童文学阅读抓好了，学生的各科学习能力都会得到相应的提高。

记：儿童文学阅读状况有了很大改观是大家共同努力的结果，您认为当前儿童文学的阅读现状还存在哪些不足？

蒋：这些年来大家虽然做了不少努力，也取得了不少成绩。这些成绩也越来越受到了国际社会的关注。但客观地说，我们做得还很不够，我们只是自己与自己比，向前走出了一大步，并且还马不停蹄地在向前赶。

存在的主要问题有：(1)我国自主创作的儿童文学作品与国际同类作品比，总体上尚有一定的距离，从而制约了儿童文学阅读市场；(2)儿童文学阅读虽然在各地有序地进行着，但从学校规模和学生人数来看，面还不够广，参与的人数也还不够多，尚处于起步阶段；(3)由于受认识水平和经济状况制约，各地儿童文学阅读状况也不平衡，现在这项工作开展得比较好的学校基本都在经济较为发达的地区，经济状况较差的地区的学校基本无力开展教科书以外的阅读；(4)国外装帧精美的图画书虽然能得到多数阅读者的喜爱，但价格昂贵，即使是经济条件较好的家庭也只能是偶尔购入，不利于成为大众普及读本；(5)学校在开展儿童文学阅读指导上常缺少切实、有效的指导与引领……

如果要我用一个词来概括评价当前的儿童文学阅读状况的话就是：喜忧参半。

儿童文学事业需要全社会的支持参与

记：面对我国当前的儿童文学阅读状况，蒋老师，您有什么想法与建议？

蒋：我的意见是，第一，我们的儿童文学事业需要得到全社会的理解、支持与参与。大家知道，儿童的事就是全社会的事。因此，儿童文学事业要发展，儿童文学阅读要重视，首先也应该得到全社会的认同与支持，只有社会、学校、家庭都重视儿童文学的阅读了，这项工作才有可能得到持续的发展。第二，我们要从源头上重视儿童文学作品的编制与出版，要在引进各国优秀儿童文学作品的同时，积极开发和创作出具有高水准的自己的儿童文学品牌作品，确保儿童有足够数量和质量的高水准儿童文学作品可供阅读选择。第三，增加优秀儿童文学作品在现行小学语文教科书中的比重与篇目，以加大学生课内儿童文学作品的阅读量，保证优秀儿童文学作品阅读的质量与效果。第四，出版社要实事求是地根据我国的经济状态向我们的教育工作者和低龄读者推出价廉质优的儿童文学读本，要让足够多的学校和家庭能负担得起儿童读物的日常消费。现在许多从国外引进的儿童读物其内容与印制质量均受到业内人士与小读者及家长的首肯，但其价格昂贵，不是学校与家庭可以经常消费得起的，要研究此类读物的出版定位与产品的功能效用，要在其使用功能够用的前提下，实现优质低价的可持续发展目标。第五，我们还需要重视教师素质的提高，只有我们的事业拥有了一大批可以有效指导或引导孩子们阅读的教师，我们的儿童文学阅读成效才会得到切实的保障。因此,希望各级教育行政部门都能在假期举办一些儿童文学研习营,借此提高语文教师的儿童文学素养。第六,要想方设法保证学生有足够的时间(包括课内与课外)用于儿童文学作品的阅读,还要重视其阅读过程中的生成,促进读写结合,激励学生的阅读兴趣,引导持续阅读,养成好的阅读习惯。我希望健康优秀的儿童文学作品能陪伴孩子们健康成长!

记:近期,我听说蒋老师正在全国招募100名小学语文老师进行儿童诗推广实验,其目的是什么?

蒋:我在80年代中期从浙江师大所在地金华起步推广儿童诗教育,并逐步扩及省内、国内,远至我国香港、马来西亚,实验证明这一举措对孩子的健康成长有着不可估量的意义。但过去多采取兴趣班形式进行,范围较窄,且不易持久,易半途而废。为弥补上述不足,我在今年9月公开向全国召请百位小学语文教师(或班主任)开展儿童诗教育实验,目的在于使每个儿童从小受到诗美的熏陶。近几年,我在全国的20多所小学指导小学教师开展诗歌教学,并倡导办小诗报,成立小诗社,义务担任他们的顾问,取得了令人欣喜的成绩。如金华环城小学的“鲁兵诗社”、金华师范附小的《彩虹鱼小诗报》、东阳巍山小学的《风铃草小诗报》、永康龙川小学的《小脚丫小诗报》……

记:为什么要让孩子学写诗?它与儿童文学是何种关系?

蒋:同样的问题两年前我曾在一家地方报刊上公开回答过。2005年1月5日,浙江师大所在地金华的一家报馆记者发表了一篇题为《小女孩黎黎的困惑:写诗真的没用吗》的采访记,于是,我在接下来的一个多月时间里不断接到来函来电咨询,让我回答“为什么要让孩子学诗?”2005年2月22日,我在《金华晚报》上对这个问题做了一个公开答复。在此,我将这一问题重新做一简单回应。我认为学诗至少有几点好处:

第一,学诗可以让孩子发现美,提高他们的审美能力。2003年春天,我在市少年宫指导孩子写诗时,正是全国“非典”肆虐之时,我希望孩子们能从阴沉的精神世界走出来,去发现大自然的美。结果每个孩子都写出了春天的美。一个五年级的学生这样写道:“春姑娘来了/她摸摸小草/说小草,小草/醒一醒/她摇摇柳枝/说柳枝,柳枝/醒一醒/她拍拍小河/说小河,小河/

醒一醒/小草醒了/柳枝醒了/河醒了/大地苏醒了/一双好奇的眼睛/笑了。”

第二,学诗可以发展孩子的想象和创造力。孩子的想象力是要靠我们去激发的,离开了想象,诗也就不成其为诗了。我曾做过一个“小黑点”想象实验,在一张白纸上画上一个小黑点,让孩子们想象这是什么,说什么的都有,小黑痣、眼珠子、小黑虫、污点、小蝌蚪、烤焦的小馅饼、飞碟……最后有一位小学生把这个黑点想象成历史的窗口,从这个窗口他看到了中华五千年的文明史,写出了一首70多行的长诗《从一个小黑点看到的》,很有气势。

第三,学诗可以让孩子的感情更加丰富。情感不仅是诗歌创作的原动力,也是诗存在价值的必要条件之一。感情对于诗的重要,好比水之于鱼。就在上面的“小黑点”想象实验中,有一位学生写道:“老师在白纸上/画上一个小黑点/让我展开想象的翅膀——/黑点像一颗痣/黑点像一只小黑虫/黑点像天外来客UFO……/都像,都不是/我说:黑点像伊拉克儿童/那渴望和平的眼珠。”这是小诗人情感的自然流露,多么感人的同情心啊!别看最后仅一句话,那是怎样的倾情表达啊!在不经意间,在他人司空见惯的事物里,发现美和诗意,用朴素的语言把人们的心灵点亮。

第四,学诗可以让孩子们的语言更加精练、多彩。诗的语言是最为精练和最富感染力、表现力的。诗的语言要求用最概括、最富表现力的语言将最丰富的情感、思想准确地传达出来,它像一颗小小炸弹,蕴含着强大的爆发力;它像一颗种子,孕育着无限生机和生命力。

第五,学诗可以让孩子在美的熏陶下健康成长。这其实是学诗的一个最为重要的目的。让孩子们在发现美、感受美,继而在表现美、反映美的过程中变得纯净、美丽、健康;让孩子们在读诗、写诗的过程中变得智慧、深邃、坚强。

记:这次,我在金华的一所学校看见一位青年教师正在进行儿童诗教学实验,她在儿童诗教学中将一些比喻、拟人等语文知识有机地融了进去,在不经意间,让学生触摸和感受到了一些语文知识,不用多,常常让孩子感受一些,日积月累,孩子们就会拥有一个知识的海洋。您说对吗?

蒋:对!儿童诗看起来简单,但如果要教,教什么、怎么教是个值得好好研究的问题。它与语文课本内容如何协调?语文知识如何渗透?渗透到什么程度？其中的诗意要去感受，那么，其中的字、词、句该怎么讲？音韵如何处理，要不要讲？这些问题都有待于我们去摸索、探讨。

记：那么，儿童诗教育与儿童文学有怎样的关联？教师应怎样看待儿童诗教育？

蒋：儿童文学概念应包括儿童诗，儿童诗应是儿童文学的一个重要组成部分。这从上面我说的关于儿童学诗的几点好处也可看出，儿童诗除在语言上不同于其他文学形式而有一些特殊要求外，在许多方面与儿童文学的特点、特征是吻合的，它同样有拓展思维、发展想象，同样有德育功能、美育功能，同样是为了儿童健康人格的养成。教师在把握儿童诗教学时，只要把握好诗的这种特殊的文学样式就行了，并不需要生硬地去刻意区分两者之间的不同。

记：今天，从与您的交谈中，我得到了不少关于儿童文学与儿童诗教学方面的知识，在我们即将结束访谈的时候，我想替我的读者问问，您在全国招募100名小学语文教师开展儿童诗教学的实验是否已经结束？如果尚未结束，您能否将这一活动的联系方式在此告诉我的读者？

蒋：可以。这项招募志愿者参加儿童诗教学实验活动的报名工作原计划在今年10月底结束，但是由于这个消息是刊登在我创办的《儿童文学信息》报上的，由于刊物刊印量与发行区域的关系，许多地区的老师还不知道这一信息，所以，今天，我很高兴有这个机会借助贵刊向全国小学语文教师告知这一信息。如果有志愿参加儿童诗教学实验的小学一、二年级的语文教师请按以下地址与我们联系：浙江省金华市浙江师大丽泽花园22－401中国儿童文学研究中心，邮编：321004。

《课程·教材·教法》，2008年2月第28卷第2期

儿童文学教育家思想家蒋风

眉　睫

蒋风生平履历

蒋风(1925.10.21—　),浙江金华人。生于一个小知识分子家庭,幼承母教,熟读诗书,并深受亚米契斯《爱的教育》影响。12岁时曾在一所村小学任教,历时半年之久。抗日战争之初,与活跃在金华的革命文艺界人士交游颇多,从此参加革命。1942年考取东南联大,并成为东南沦陷区小有名气的诗人,处女作是童话诗《落水的鸭子》。不久改入英士大学,1947年毕业。1946年以后因迫于生计从事新闻报道工作,后被聘为《申报》驻金华记者。新中国成立后从事文化、教育工作多年,业余从事文学创作,并关注儿童文学。1956年因爱好儿童文学,改任浙江师范学院教师,成为新中国第一批走上儿童文学讲坛的拓荒者之一。1959年、1961年先后出版《中国儿童文学讲话》、《鲁迅论儿童教育和儿童文学》等书,这些著作成为我国最早的一批儿童文学理论书籍。“文革”期间被关入牛棚,失去人身自由达三年之久。在“牛棚”中思索儿歌问题,“文革”结束后即出版《儿歌浅谈》一书。1978年在浙江师范大学建立我国第一个儿童文学研究室(不久改为研究所),并以讲师身份最早在全国招收儿童文学研究生,总共招收十二届二十三名,这些研究生如吴其南、汤锐、王泉根、方卫平等现在都是中国儿童文学理论界的中坚力量。1982年出版《儿童文学概论》,被日本学界选为世界《儿童文学论》的五本代表作之一。为了普及儿童文艺教育,还举办儿童文学教师进修班。其间曾任浙江师范大学校长,并主编《中国现当代儿童文学史》、《世界儿童文学事典》、《儿童文学原理》、《儿童文学教程》、《中国儿童文学大系》

等经典著作。1994 年离休以后，成立“中国儿童文学研究中心”，免费招收儿童文学非学历研究生，迄今已是第十届。蒋风一生为中国儿童文学学科体系的建立、中外儿童文学交流和普及儿童文学教育花费了毕生心血，是一代儿童文学理论大家，堪称“一代宗师”。他有一个未圆的梦是建立在中国建立“国际儿童文学馆”。

儿童文学是教育儿童的工具？

蒋风在他具有开拓性的儿童文学理论名著《儿童文学概论》中对《儿童文学》作了如下阐释：

> 儿童文学是根据教育儿童的需要，专为广大少年儿童创作或改编，适合他们阅读，能为少年儿童所理解或乐于接受的文学作品。它是文学的一部分，具有文学的一般特性，服从文学一般规律，但它又是文学的一个独立部门，具有不同于一般文学的本身特点，即儿童文学的特点。它要求通俗易懂，生动活泼，适应不同年龄少年儿童的智力、兴趣和爱好等，成为向少年儿童进行思想教育和知识教育的工具之一。

有人据此说“蒋风的儿童文学观，首先在于儿童文学的教育作用。儿童文学是进行思想教育和知识教育的工具”。这是武断地、粗浅地理解蒋风的儿童文学观的。在与“儿童文学是教育儿童的工具”这一著名的片面论断的斗争中，蒋风又明确指出文学性是儿童文学的第一性，而教育性次之。这说明，蒋风的儿童文学观中的儿童文学教育思想是从根本上与“儿童文学工具论”不同的。蒋风儿童文学教育思想的卓越的先进性、创造性，至于以往的“儿童文学说教观”、“儿童本位（中心）主义”、“娃娃文学观”等蒋风都做了深刻地批判，并从中吸收其教育、游戏的因素，构成蒋风的文学性、教育性、游戏性三位一体的综合型儿童文学观。蒋风从来没有忽视儿童文学的教育性，他甚至明确地把教育性上升到一个高度来论述：“儿童文学是根据教育儿童的需要……”在《儿童文学漫笔》等专著名文中，蒋风一再强调儿童文学的教育性，并指出把儿童文学的教育性摆在重要位置，是符合中国传统和国情的；而文学性是儿童文学作为文学的一部分应有的艺术追求，游戏性则是因读者对象的特殊性而必需的。可以说，蒋风的儿童文学观是先进的、卓越的，同时也是建立在中国传统和国情基础上的。其中关于儿童文学的教育性的定位及相关论述，是蒋风教育思想的重要资源之一。

就目前来说，蒋风在二十年前提出的儿童文学教育思想，在当今中国仍未过时。但文学总是受政治、经济、文化、心理等诸多方面因素影响而不断发展的。“哈利·波特热”就在一定层面上反映出游戏性对于儿童文学创作的重要性，国外儿童文学观对中国固有的儿童文学观进行了猛烈的思想冲击，儿童文学的教育性再一次受到质疑，甚至与“说教”的关系纠缠不清，儿童本位（中心）主义一度抬头，安徒生的童话也受到一些人的怀疑。凡此种种，都说明儿童文学的文学性、教育性、游戏性三者的位置在悄悄地发生戏剧性的变化。蒋风在《从口水吐向安徒生到哈利·波特热》一文中就哈利·波特热谈了新的体会和看法，在一定程度上更加重视游戏性的时代艺术手法和形象，这是一个很有趣的现象，但蒋风从未停止对儿童文学审美、诗教功能的宣扬。

非学历儿童文学研究生

为了培养儿童文学研究人才和普及儿童文学教育，蒋风在他的晚年免费招收非学历儿童文学研究生。这是蒋风教育思想的一个亮点和特色。它远承先秦时期孔子开创的民间讲学的风气，近袭蔡元培的兼收并蓄的开放学风。这对于中国教育制度起到一个反省、借鉴的作用。

这个教育制度第一个特色是宽进严出。蒋风欢迎任何一个有志于儿童文学的人来学习，不论国别、年龄、学历等外在因素，而强调学习的过程、目的，这对于普及儿童文学教育无疑起到重大作用。迄今就读非学历儿童文学研究生已达五百人，但拿到结业证书的却不足五十人，这说明蒋风对学源的要求是较为严格的，他培养出来的都是合格研究生人才。

第二个特色是因材施教。参加非学历儿童文学研究班的学员，并非都是立志做儿童文学理论人才的，有的是因为兴趣，本着了解的意图；有的是为了更好地进行儿童文学创作；有的则是试图将小学语文教育与儿童文学相结合。蒋风本着自愿原则，以自学为主、面授为辅的方法对学员进行教育。学员根据不同爱好、目的，可以各自得到相应的收获。

第三个特色是学术性浓厚。因为蒋风始终认为，办中国儿童文学研究中心，培养理论人才是宗旨。因此，他要求学员多读书，并按时交读书笔记，学年论文与毕业论文要有一定深度。否则，很难拿到结业证书。为了提高学员的理论素质，每年暑期的面授，蒋风都邀请许多著名学者、作家为学员讲授相关知识。面授当中有一个环节是讨论课，这大大活跃了课堂气氛，也使得学员的学术思想得到很好的交流。

蒋风开办非学历儿童文学研究生班，是对传统教育的某种精神认同，同时具有鲜明时代特色。这是一个大创举，其成功得失，需要很好地总结。在非学历研究生当中，出现马力这样优秀的理论人才，是其获得成功的一个例证。

结束语

因资料的严重阙如，以及笔者的能力有限，关于蒋风的教育思想只能点到为止，希望有志者能够广泛搜集有关蒋风教育思想的材料，并做一整理归纳，让世人能够更清晰全面地了解蒋风的文学理论贡献及其教育贡献。

2005 年 9 月

浙江新时期儿童文学研究的实力与地位

徐　可

浙江儿童文学理论研究在新时期取得了丰硕的成果，在全国处于领先地位，这主要表现在以下几个方面：

首先，是具有一支高水准的研究队伍。

浙江儿童文学理论研究队伍以成立于1979年的浙江师范大学儿童文学研究所为核心。早在20世纪70年代末，浙师大就在蒋风教授的带领下，在全国高校第一个恢复儿童文学课程，创建了第一个儿童文学研究室，第一个开始招收儿童文学研究生，并组织编写出版了一批学术专著和教材。几十年来，浙师大先后培养了吴其南、王泉根、汤锐、方卫平、潘延、汤素兰、韩进等一批专事儿童文学研究的学者，目前已成为我国儿童文学理论研究和人才培养的重要基地。日本学者认为，浙江师范大学儿童文学研究所“实际上已成为中国儿童文学研究中心”。2006年10月，浙江师范大学儿童文化研究院正式宣告成立，该研究院是在依托学校自身学科传统和优势的基础上，整合学校教育、艺术、心理等学科资源，正式成立的国内首个儿童文化研究院，成为吸纳国内优势儿童文学研究力量的学术重地，同时也有效地扩大了浙江儿童文学在全国的影响。

新时期以来，浙江儿童文学研究队伍一直保持着活跃的研究态势，取得了累累硕果。如在全国颇具规模和影响的五套丛书：“中国当代中青年学者儿童文学论丛”、“中华当代儿童文学理论丛书”、“世界儿童文学研究丛书”、“跨世纪儿童文学理论丛书”、“儿童文学新论丛书”，共计三十四本理论著作，浙江占了十六本，显示出浙江儿童文学理论研究的整体实力。其中，1994年由甘肃少儿出版社推出的“中国当代中青年学者儿童文学论丛”收入了《代际冲突与文化选择——吴其南儿童文学文论》、《流浪与梦寻——

方卫平儿童文学文论》、《文化的启蒙与传承——孙建江儿童文学文论》。江苏少儿出版社 1992—1996 年陆续推出的“中华当代儿童文学理论丛书”，包含了方卫平的《中国儿童文学理论批评史》和孙建江的《二十世纪中国儿童文学导论》。湖南少儿出版社自 1992 年分批出版的“世界儿童文学研究丛书”中，囊括了吴其南的《德国儿童文学纵横》、方卫平的《法国儿童文学导论》和孙建江的《意大利儿童文学概述》。湖北少儿出版社 1990—1996 年推出的“儿童文学新论丛书”收入了方卫平的《儿童文学接受之维》和孙建江的《童话艺术空间论》。这几套丛书均集结了一批当时最有实力的学者的最新研究成果，是新时期以来颇具影响力的儿童文学理论丛书，在儿童文学理论发展史上具有举足轻重的地位，由此可见浙江儿童文学研究在全国的地位和影响。

浙江儿童文学理论研究队伍中，青年学者也在不断成长，取得了不俗的成绩，使得浙江儿童文学理论研究队伍后继有人。如王宜清的专著《陈伯吹论》以陈伯吹先生的重要著作、思想上的转变和重要的社会活动为主线，全面记述了其人生历程，分析了陈伯吹在中国儿童文学史上的贡献和成就，做出了颇有新意的解读和阐释。周晓波的论文《新时期儿童文学女作家的时代意识与情感经历》、《严肃性与娱乐性的成功融合——评中篇小说〈异域兄弟〉兼论少年通俗小说的品格》，在女性儿童文学和儿童文学通俗品格研究方面提出了新的见解。周晓波 2001 年出版了专著《现代童话美学》，“以美学为基础，以童话观念的演进及审美形成为背景，以古今中外著名童话创作作为研究对象，将童话理论从美学的角度做了科学的概括，不仅试图在宏阔的童话发展史的视野中观照和把握童话美的本质，而且把握创作主体的审美过程以及剖析童话作家的审美感受、审美想象、审美情感，从而进一步分析童话形象、童话叙事、童话结构、童话类型的美学特征，将童话审美构成概括为荒诞美、象征美、喜剧美、悲剧美等四大基本形态，并对童话创作的艺术流派和艺术个性做了相应分析。最后以西方接受美学的观点，对童话审美价值的实现，作了简要阐析。全书为童话美学构建了一个较为系统的学科体系”①。

其次，是研究范围几乎涵盖儿童文学的所有领域。

浙江儿童文学理论研究队伍的研究范围包括儿童文学基本理论研究、中外儿童文学史研究、当代儿童文学思潮和作家作品研究，多项成果填补了我国儿童文学研究的空白。

蒋风是我国新时期高校儿童文学学科的开拓者，1998 年成为世界上最具权威的儿童文学研究奖——国际格林奖的九名评委之一。2003 年，蒋风教授因其五十多年来在儿童文学领域内的突出贡献，获冰心特殊贡献奖。蒋风教授著有《儿童文学概论》(1982)、《中国现代儿童文学史》(1986)、《中国当代儿童文学史》(1991)，主编《中国儿童文学大系·理论卷》(卷一)、《中国儿童文学大系·理论卷》(卷二)。

韦苇自 20 世纪 80 年代初开始投入儿童文学史学科的建设，出版《世界儿童文学史概述》(1986)、《外国童话史》(1991)、《西方儿童文学史》(1994)、《俄罗斯儿童文学论谭》(1994)等专著，是我国儿童文学界从文学史角度介绍外国儿童文学成果最多的学者之一。他所著的《西方儿童文学史》完整地描述了欧美儿童文学的全貌；《俄罗斯儿童文学论谭》显示了作者在儿童文学史论著作方面一些新的构架和处理方式，特别是在整体把握和阐述方面做了较大的加强。他的《世界童话史》尝试纯粹以童话自身的艺术形式来建立叙述童话发展历程的体系，以人所共知的几位童话大师来划分童话的发展阶段，而放弃以国别、世纪、年代为童话史叙述框架的惯常做法。全书以史为线索，串起了文学地位不等的全部童话名著，并且一直写到 20 世纪 80 年代中期。该书在台湾出版后受到了台湾文学界的欢迎。

幼儿文学研究历来是一个相对冷清的领域。黄云生的《幼儿文学原理》(1995)是作者多年来在幼儿文学研究方面的一次系统的总结。著作在理论体系的独创性、理论观点的新鲜感、理论思考的深刻性等方面，都显示了新

---

① 孙建江、方卫平：《稳步发展，凸现强项——2001 年浙江儿童文学述评》，《浙江文坛》(2001 年卷)，第 245—246 页。

的学术水准,[①]是新时期以来我国幼儿文学研究的一项宝贵收获。黄云生的另一部专著《人之初文学解析》(1997)为我国屈指可数的幼儿文学专著之一。专著探讨了中外幼儿文学的发展轨迹、幼儿文学的发生与形成以及幼儿文学的文体类型。作者从生命之象和文化之源两个角度对幼儿文学的发生与形成进行论述,认为幼儿文学是“最本质、最正宗”的儿童文学。这种对幼儿文学进行生命文化角度的研究,表明了作者对儿童文学的整体把握,体现了作者的独特思考。

方卫平是20世纪80年代以来我国儿童文学研究领域具有代表性的中青年学者之一。其主要成果见于《方卫平儿童文学理论文集》。文集共四卷:第一卷《中国儿童文学理论批评史》(1993),是目前国内唯一一部系统梳理和论述中国儿童文学理论发展脉络的专著,曾被专家认为是“提升了新时期儿童文学理论研究水平的少数几部学术著作之一”;第二卷《思想的边界》(2006),包括专著《儿童文学接受之维》(1995)和作者在儿童文学基本理论方面研究的论文;第三卷《文本与阐释》(2006),主要选辑了作者在儿童文学思潮及作家、作品方面的研究和评论文章;第四卷《法国儿童文学导论》(1999),系作者在外国儿童文学研究方面的著作。其中《中国儿童文学理论批评史》、《儿童文学接受之维》和《法国儿童文学导论》最具学术价值。

吴其南是我国第一个儿童文学硕士研究生。1995年出版《中国童话史》,1997年又推出《转型期少儿文学思潮史》,显现出“很强的反思力度和思辨色彩。作者十分强调从哲学、人性等人类文化的共有层面来把握各种少儿文学现象,无意做孤立的研究,很注重西方当代文化思潮的参照利用”[②]。1996年出版的《德国儿童文学纵横》也很有特点。该书前四章从纵向梳理德国儿童文学历程,最后一章则将其置于德国美学、哲学、文化学的大背景下来阐释德国儿童文学的发生基础及其彼此的关系。他的另一部著作《童话的诗学》,将童话定位于以非生活本身形式塑造艺术形象的假定性

---

① 方卫平:《风景又一年——1995年浙江儿童文学述评》,《浙江文坛》(1995年卷),第247页。

② 孙建江、方卫平:《且待钱江潮更涌——1997年浙江儿童文学述评》,《浙江文坛》(1997年卷),第272页。

艺术，虽可商榷，但却很有自己独特的见解。2006 年，又出版《当代少儿文学作家作品研究》等。吴其南是一位勤勉踏实的学者。

孙建江是一位儿童文学作家、编辑出版家和理论家。他不仅创作了寓言集《雨雨寓言集》、《美食家狩猎》，童话集《冬天的童话》、《老和尚·小和尚》等儿童文学作品，而且在儿童文学研究领域也取得了丰硕成果，著有理论专著《童话艺术空间论》、《文化的启蒙与传承》、《20 世纪中国儿童文学导论》、《意大利儿童文学概述》、《光荣与梦想——孙建江华文儿童文学论集》等。其中专著《20 世纪中国儿童文学导论》，将现代中国儿童文学放在 20 世纪东西方文化大碰撞的背景下和儿童文学发展的总格局中进行评价把握，这使该专著较好地超越了以往儿童文学史著述往往被史料陈述所局限的不足，而进入一种以扎实的史料解读为基础，以独特的理论发现和创造为旨趣的新的学术境界。同时，该专著从 20 世纪中国儿童文学的整体价值取向上，对 20 世纪特别是新时期以来的中国儿童文学做了新的理论梳理和概括，具有相当的理论涵盖力。因而 1995 年出版后，在儿童文学界引起了较好的反响。另外，还有两部论著《飞翔的灵魂——解读安徒生的童话世界》、《童年的文化坐标》，也是颇有创意和学术内涵的，值得重视。前者，2005 年在台湾出版，著作经丹麦方严格审核，获得 HCA2005LOGO 使用授权。这也是安徒生诞辰二百周年全球庆典中，唯一一部获 HCA2005LOGO 使用授权的华文安徒生童话研究的学术著作。后者，辑录了孙建江近年来对儿童文学创作、出版，以及市场现状和相应对策的思考，是一部很有分量的学术著作。可贵的是，作者把学术论文写得如同散文一样好读。

载吴秀明主编《浙江新时期文学三十年》，浙江文艺出版社，2011 年 4 月

彩虹桥上的先锋使者

——蒋风先生对外交流30年历程

孙 昱

蒋风先生是中国儿童文学学科的奠基人、浙江师范大学原校长、国际格林奖评委，他还三次被提名国际格林奖，这是为大多数人所熟知的。他对国内的儿童文学学科的建立贡献卓越，在海峡两岸和与海外的儿童文学的对外交流方面，也具有开拓性的贡献，可称得上是中国儿童文学界对外交流之路上的开路先锋。

破冰之旅：海峡两岸交流

也许很少有人知道，大陆和台湾之间第一次民间的文化交流，开始于儿童文学界，蒋风先生从一开始就参与了海峡两岸的交流。1989年8月11日，台湾“大陆儿童文学研究会”会长林焕彰等一行七人抵达合肥，12—13日，在合肥举行“皖台儿童文学交流座谈会”，当时蒋风先生应邀出席了座谈会，大陆与会者还有叶君健、洪汛涛、王一地、刘先平等，会后两岸儿童文学人士携手共游黄山。这是海峡两岸儿童文学界的首次历史性聚会，也是这次安徽之行，打开了海峡两岸交流的局面。

这次聚会后，台湾的儿童文学人士对大陆儿童文学界有了初步的了解，他们认为应该礼尚往来。1994年，台湾儿童文学界向大陆儿童文学界正式发出了热诚的邀请。由于考虑到大陆尚是低工资，台湾方还提供了路费。1994年5月28日—6月7日，应台湾“海峡两岸儿童文学研究会”的邀请，大陆儿童文学界包括蒋风先生在内一行十四人飞赴台湾进行两岸儿童文学系列交流活动。大陆儿童文学界人士参加了海峡两岸儿童文学学术研讨会，研讨会的主要内容是童诗，大会上由蒋风先生和林良先生做两个童诗主题的基调发言。蒋风先生的发言题目是《从中国诗艺美学传统看海峡两岸的儿童诗》。

谈起这次台湾之行给蒋风先生的感受,他说:“以前,两岸那么紧张,其实真正见面一交流,发现儿童文学界人士之间是那么亲密无间,有那么多共同话题,大家很谈得来,要是没有人为的阻碍,这个讨论会对儿童文学合作与学术发展作用会更大。”

儿童文学作为纽带,沟通了海峡两岸儿童文学人士的情感。

从那次以后,海峡两岸儿童文学界的交流就多了。大陆每年都有儿童文学界的人去台湾,台湾每年也都有人过来访问,林焕彰先生、林文宝先生、桂文亚女士,几乎每年都会来大陆。浙江师范大学的国际儿童文学馆还专设了一个台湾书库,可见海峡两岸儿童文学界目前交流的密切程度。而这都与当初蒋风先生、林焕彰先生等人充满勇气和魄力的破冰之旅有关。提到这段往事,蒋风先生以一种神秘的口气压低声音说:“我们到达台北的那天晚上,美国的‘美国之音’报道了,还提到了我的名字。”然后,他换了一种骄傲的语气:“更不为人知的是,这是大陆第一次到台湾的文化交流,可以说,海峡两岸的文化交流,从儿童文学开始。”

向海之路:与海外的交流

中国儿童文学界与海外的交流,也从蒋风先生开始。1986 年,IBBY(国际儿童读物联盟)第一次在亚洲召开大会,地点是日本东京,蒋风先生也得到了东道主大会会长永井道雄先生、执行委员长渡边茂男先生的邀请。这是蒋风先生的第一次独自出国,但是他办手续的时候被卡住了,等办完手续到东京那夜,已经是会议的尾声。第二天就要举行闭幕式了。日本的儿童文学学者鸟越信先生到成田机场接机,以前两人只通过信件,却从未见过面,此刻两个人都不认识对方。蒋风先生在出口处找了一个多小时,也没有找到鸟越信先生。无奈地只得在出口处找一显眼的地方坐下等候,后来忽然听到耳边有人用日语叫“蒋风”,他抬起头,原来是鸟越信先生来了。鸟越信先生说:“东京大会明天上午闭幕,你现在是跟我去大阪,还是先去东京大会报到?”

原来 IBBY 的东京大会是个千人大会,日本大阪国际儿童文学馆馆长菅泰男先生从中邀请了二十个人,代表十七个国家(日本三个、美国两个),在大会结束后到大阪开一个小型的儿童文学国际研讨会,蒋风先生就是其中之一,他跟鸟越信先生第二天早上坐新干线直接到了大阪。

就在这次大阪会议上,蒋风先生认识了其他国家的儿童文学界权威人士,如国际儿童文学研究会第一任会长道特尔先生(德国)。亚洲儿童文学大会的创始人李在彻先生(韩国)也是其中之一。

1990 年,李在彻先生筹备召开“韩日儿童文学讨论会”,邀请蒋风先生以观察员身份参加大会。蒋风先生回信说:“既然你们邀请了我这个中国人,不如把这个会改成‘亚洲儿童文学大会’或‘东亚儿童文学大会’。”于是李在彻先生就把这个会改成了“亚洲儿童文学大会”。当时中韩还未建交,为了拿到签证,蒋风先生奔波了一个暑假,摔了一跤,肋骨跌断,最后还是没有去成。但是,蒋风先生的论文却印在大会会议手册上,以书面论文形式发表了。1990 年 10 月,日中儿童文学学术研讨会在大阪召开,会议的主题是“日中儿童文学的昨天、今天和明天”。蒋风先生以中方首席代表的身份出席会议,在会上做了《1919—1959:中国现代儿童文学四十年的足迹》的基调报告。

1993 年,蒋风先生在日本做了半年研究工作,正值第二次亚洲儿童文学大会在日本召开,蒋风先生、李在彻先生都出席了会议。李在彻先生代表韩国儿童文学学会热情邀请蒋风先生去韩国,特地为蒋风先生召开了“韩中儿童文学研讨会”。会前,还带蒋风先生去韩国转了一圈。这次韩国之行,蒋风先生碰到了一件趣事。当时,韩国拿出一亿韩元招待中国的朝鲜族人到韩国访问,有些朝鲜族的客人溜出去打工了,当时带队的团长问蒋风先生:“你要参加吗?”蒋风先生欣然答应,于是就在团长的带领下在韩国又转了一圈,看的都是韩国最大的企业,比如三星电器和现代汽车企业。

1997 年 8 月 4 日至 8 月 9 日,第一届世界儿童文学大会暨第四次亚洲儿童文学大会在韩国汉城(今首尔)召开。会议的主题是:世界儿童文学之现在与未来。

在会上还成立了亚洲儿童文学学会，蒋风先生被推选为副会长之一。

蒋风先生似乎与韩国有着不解之缘，他说："我 80 岁以后还去过韩国呢。"那是 2006 年第二届世界儿童文学大会上，蒋风先生被授予唯一的儿童文学理论贡献奖。81 岁的蒋风先生去韩国领奖，这是他难忘的记忆之一。

在日本工作半年，蒋风先生曾应邀到各地讲学，如 1993 年 2 月 25 日就曾应邀在日本中国儿童文学研究会在关西的例会上主讲《中国童话创作的发展和创新》，还积极参加日本儿童文学界的重大活动，如 1993 年 5 月 1 日，日本著名儿童文学作家《窗边的小豆豆》的作者黑柳彻子在京都举办特别公开讲座，他就从大阪专程赶去参加又如 1993 年鸟越信先生荣获第四届国际格林奖，7 月 18 日举行颁奖典礼，他应邀在会上做题为《为了孩子，为了未来》的纪念演说。

2003 年，蒋风先生应邀赴马来西亚，进行第二次全国巡回讲学，这次活动由彭亨佛教会主办，《星洲日报》协办。在吉隆坡、关丹、新山、诗巫、古晋、槟城分别讲了六场《儿童文学：开启儿童心灵的钥匙》，在关丹的清凉社会大学主讲《儿童文学的理论与实践》课程，在关丹的儿童诗歌写作营主讲《给孩子一双想象的翅膀》。

当时，来自马来西亚全国各地的教师在参加了"清凉社会大学系列课程（九）：儿童文学理论与实践课程"，听了蒋风教授的言论后，才恍然大悟："要掌握儿童文学并不难，最重要的是要亲身去实践，才得以完全明白当中的奥妙。"马来西亚儿童文学学会筹委会正式成立，蒋风教授被大家的诚意给打动，出任该会的顾问。在儿童创作营里，小营员们在蒋风教授的引导下，认识了"诗"这个小精灵，一个小营员诗情大发，十五分钟创作了三首诗。蒋风教授在 23 日彭亨佛教会清凉大学举办的"蒋爷爷教你学写诗"儿童诗歌创作营主讲时，有来自各地的 70 多位小学员参与。儿童诗歌创作营没有桌子，小学员就伏在地面上，天马行空似的写诗。有位七岁的小诗人写了一首诗《蒋爷爷笑了》："蒋爷爷来了，小朋友来了，蒋爷爷春风化雨教小朋友写诗，小朋友聚精会神地学诗，小朋友学会写了，蒋爷爷笑了。"另一首诗《蒋爷爷》："蒋爷爷，像一本会说话的书，向我们讲解什么是诗，增添了我们聪明和才智。"蒋风先生在彭亨万佛殿为儿童诗歌写作营总结时说："我相信所有参

蒋风:60载播撒儿童文学火种

徐维欣

2011年12月11日,渐起的西北风带来冬天的气息,不过这个平常的冬日,对我国儿童文学界而言,足以铭记——我国著名儿童文学理论家、浙江师范大学原校长蒋风在日本接过国际格林奖,成为该奖项第13届获奖人,也是首位获此殊荣的中国人。

国际格林奖与国际安徒生奖是当今世界儿童文学界两项最权威的奖项。国际格林奖于1987年,也就是格林兄弟200周年诞辰之后创设。与安徒生奖一样,每两年评选一次。不同的是,安徒生奖着重奖励儿童文学作家和画家,而国际格林奖注重奖励那些在儿童文学理论研究与普及推广方面做出突出贡献的个人,奖项不颁给团体,并且每年只有一名获奖者。国际格林奖由日本大阪国际儿童文学馆主办。

在前往日本领奖前,蒋风在家中接受了本报记者采访。他鹤发童颜,和蔼可亲,挺拔的腰板让老人显得精神矍铄。也许因为与儿童文学打了一辈子交道,蒋风依然童心未泯,且不失长者风范。

对于获奖,蒋风坦言已经期待很久——因为这个奖项已两次与他擦肩而过:"2005年、2007年连续两届奖项我都被提名为候选人,可惜在最后时刻没能成为获奖人。"

此次获奖,一了夙愿。"这次我能获奖,说明国际上不仅认可了我个人的儿童文学研究,更是认可了中国在这个领域所做出的贡献。"

回顾60余年儿童文学研究历程,老人一开口便滔滔不绝,饱含深情。

《爱的教育》播下文学种子

1925年,蒋风出生在浙江金华一个书香门第,祖父是当地有名的画家,与黄宾虹、张大千、徐悲鸿都有交谊。外祖父是前清举人。只是到了其父亲这一代,家境转为穷困。

贫寒的小学生活磨砺出蒋风不屈不挠的个性,同时对儿童文学热爱的种子也在那时播散在他心里。“关于儿童文学,我的启蒙老师就是当时教数学的斯紫辉老师。”岁月流逝没有磨灭当年的记忆,可见其在蒋风心中的重要地位。

蒋风当年的班主任徐德春十分热爱文学,而他就是斯老师的丈夫,因此尽管教授的是数学课,但是斯紫辉同样非常钟爱文学。“当时每周有一节故事课,斯老师就给我们讲《爱的故事》,一篇接着一篇。一个学期结束,整本书也就讲完了。”一袭旗袍,满脸笑意,当美丽温婉的老师用她甜美的声音开始讲课时,蒋风已经深深被文学所吸引。

学期结束时,斯紫辉老师专门召开一堂以《爱的教育》为主题的班会。在班会上,斯老师用书中的人物来命名学生。“勤劳的就叫裘里亚,正直的就命名卡隆,如果平时表现勇敢的,老师就叫他马尔柯……”蒋风扳着手指一一道来。

不过,书中的人物毕竟没有那么多,班级中还有许多学生没有被老师命名,这其中就包括蒋风。“当时别提有多委屈了,我觉得自己平时表现也很好,老师怎么着都会给我一个人物名字。”深深的委屈带着泪水涌上眼眶,但是倔强的他觉得“男儿有泪不轻弹”,硬生生憋回去了。

“我因为个子高,坐在教室最后一排,没想到,这么一个小细节斯老师都注意到了,但主题班会已快结束,不可能重新再命名。”

斯紫辉在班会过后,把蒋风叫到办公室:“老师实在太粗心了,怎么把你给忘了呢?其实你比裘里亚更勤劳,比卡隆更正直,比马尔柯更勇敢。”一连串的道歉让蒋风心中充满暖意,委屈早已烟消云散。他没有想到,斯老师为了弥补自己的“过失”,拉开抽屉,拿出自己最心爱的那本《爱的教育》送给蒋风,并在扉页上写下:“不要怕做平凡的人,但要永远记住:让自己那颗平凡的心,随时闪现出不平凡的光彩来。”

如今想起,蒋风依然饱含深情:“这本书是我毕生的珍宝,老师的留言也成为我一直坚守的信条。”从《爱的教育》开始,蒋风与儿童文学结下不解之缘。

少年时代，蒋风便参加了“中华民族解放先锋队”，并成了地下小交通员；1942年，他考上暨南大学中文系，却因无力承担学费而不得不于次年改考公费的英士大学。1943年，他的儿童文学处女作《落水的鸭子》发表。

惨剧促他投身儿童文学创作

因为投身进步运动，蒋风被国民党当局列入黑名单。就在象山解放前一天，他的一位同学被捕后被国民党杀害。

新中国成立后，在清理敌伪档案时，发现了4封国民党浙江省主席沈鸿烈与警保处调查室关于调查蒋风的来往密电。此时蒋风才得知，他不仅被列入浙江省76名进步人士的黑名单，而且还被军统特务追踪。如果不解放，他的结果也将与那位进步同学一样。

因为上了黑名单，大学毕业后，蒋风在浙江一直找不到工作。“当时只能给上海的《申报》、《新闻报》等投稿，有些敏感稿件，就直接寄往香港，甚至寄给国际通讯社，以此赚点稿费。”

没想到他写的通讯很受报社重视，不久《申报》聘请他为驻金华记者。“其实工资也没有多少，一月25块钱，吃饭紧巴巴的，想要另外存一点，就必须不断地写报道。”

1947年，《申报》上的一篇报道触动了蒋风，并让他下定决心开始投身儿童文学事业。当时的消息称：3个小学生看了荒诞连环画，结伴到四川峨眉山修仙学道，最后相继跳崖自杀身亡。

惨剧震撼了蒋风的心，他深感儿童文学对塑造儿童的人格和心灵极其重要。“当时就想，我应该写一点东西让孩子们看，让他们从中受到好的影响。”于是，蒋风开始琢磨儿童文学创作，慢慢地从幼稚走向成熟。

新中国成立初期，蒋风便开始讲授儿童文学课。“当时，开设这门课程的院校屈指可数，儿童文学在大学里是‘小儿科’。”因为早年有创作儿童文学的经验，浙江省教育厅邀请蒋风与任明耀先生合作在浙江师院（后来的杭州大学）开设儿童文学课。

就这样，蒋风成为新中国第一批走上大学儿童文学讲坛的拓荒者之一。而由于儿童文学没有任何现成教材，蒋风便由此从儿童文学创作转向理论研究。

“除了从苏联翻译过来的点滴资料外，什么参考书也没有。我白手起家，从中外文学遗产中点点滴滴搜寻、整理、积累，整整花了两年时间完成了一本十分粗糙的‘儿童文学教材’。其中关于中国儿童文学部分，整理成《中国儿童文学讲话》。”该书出版后连印四次，一上架就售罄，被学术界认为是“中国儿童文学史的雏形”。

教书育人，拓荒理论研究领域

“文革”劫难，儿童文学这门刚抽出嫩芽的年轻学科遭到扼杀。浩劫过后，这片本不肥沃的园地更是一片荒芜。面对这一情形，全国首届少年儿童出版工作座谈会在庐山召开，提出师范院校应恢复开设儿童文学课，有条件的学校可以招收儿童文学硕士研究生等建议，从而拉开儿童文学新一轮发展的序幕。

于是，蒋风在一无人力、二无资金、三无设备的情况下，在浙江师院中文系恢复开设了儿童文学课，并以讲师的身份开始招收儿童文学硕士生。

“从 1978 年起，我带了 10 届 20 余名儿童文学研究生，毕业后他们都成为国内的儿童文学理论骨干，如吴其南、王泉根、汤锐、方卫乎、潘延、韩进等。1988 年首次全国儿童文学理论评奖，6 名获奖者中有 4 名是我的学生；第 10 届国际儿童文学学术会议上，我有 5 名学生的论文入选交流。沈芬是我退休后招收的非学历儿童文学研究生，在参加学习后开始科学童话写作，如今已出了一套科学童话集，不久前还在全国科普创作评奖中获得大奖。看到年轻的儿童文学家一步步成长，余心甚慰啊！”谈起学生，蒋风眼睛一亮，桃李满园是他最骄傲的成就。

此外，当时的人民文学社社长严文井，专门召集陈伯吹、鲁兵、贺宜、金近和蒋风开了个小会，商议编写系统的《儿童文学概论》。“这一任务最终落到了我的头上。”

就这样，蒋风在课余积极筹建全国第一个儿童文学研究室和儿童文学专业资料室，并着手编写新中国第一本《儿童文学概论》。

“当时我还发动并组织北师大、华中师大等合作编写儿童文学教材，并亲自主持编写了儿童文学硕士研究生系列教材——《儿童文学教程》、《儿童文学原理》、《中国现代儿童文学史》、《中国当代儿童文学史》等，特别是后两部文学史影响较大，至今仍被不少院校选作教材。”回忆当初的奋斗岁月，蒋风仍旧豪情不减。

不过，蒋风也坦言，当时的儿童文学很大程度上仍旧把“教育”作为首要任务，导致其真正读者——儿童提不起兴趣。“到了20世纪90年代初，这个领域才有了一次飞跃。”

蒋风对于当时的转折记忆犹新。1986年，儿童文学理论工作研讨会在石家庄举行。当时发着高烧的蒋风原本不准备参加，却架不住主办方盛情邀请，于是抱病参会。“我到的时候，发现鲁兵已经走了，四下打听才知，他是被气跑的。”原来鲁兵此前发表了一篇文章，主题为《儿童文学是教育儿童的文学》，在会议期间引来不少年轻作家的质疑，认为这一“教育工具论”束缚了儿童文学的发展，主题先行的理念让故事受到极大的局限。

几经讨论，大家终于开始认识到儿童文学应该是文学的一个独立分支，文学应该是第一性，其他功能次之。“重新回归文学，继而再回归儿童，于是新的局面从20世纪90年代逐渐开启了。”

身退心不休，一人办起“大学”

1994年，到了离休年龄，对于刚摸索出一套培育儿童文学人才经验的蒋风而言，明显“心有不甘”。“我觉得自己身体健康，思维不减当年，不想就此终老家中，有生之年，希望再为儿童文学事业奉献一点余热。”于是，在外人看来早就应该“享受成功琼浆、颐养天年”的蒋风比以前更忙了，他一个人单枪匹马办起了一座“大学”——中国儿童文学研究中心，专门招收免费的非学历儿童文学研究生，因此吸引了世界各地不少热爱儿童文学的人士。

在这个“学校”，他是导师、招生员，又是资料员、档案保管员，唯一一个助手，就是他相濡以沫的老伴。

研究班宽进严出。无论什么国籍、年龄、职业，只要能通过考核标准，都可以来读研究生。研究班不收学费，只收区区200多元（后随着物价上涨改为400多元）书费和邮费。学制两年，以自学为主，面授为辅，每年集中面授一次。学员修完六门专业课程，完成导师布置的24篇作业和3篇论文，通过结业论文答辩，方可获得结业证书。

开办中国儿童文学研究中心的消息传开后，各地慕名而来者络绎不绝，第一届就招收了39人。从1995年至今，已招生16届，500多人被录取。不过由于“蒋校长”的严格要求，能够顺利通过考核最终毕业的只有50多人。“他们之中，最长的一个学员用了八年时间才完成所有论文，最后毕业，我对他的坚持感到非常佩服。”

随着学员越来越多，来电写信求教让老人感到有些吃力，于是蒋校长拿出自己的退休金创办了每季一期的《儿童文学信息》。他一人身兼组稿、选稿、编辑、画版、送印、校对、清样所有工作，然后一份份封好，写好信封，再送邮局寄出。后来他的夫人卢德芳主动分担了校对和邮寄工作。这份报纸每期印3000到3500份，不仅是学员们的函授教材，而且给全国各地儿童文学研究者、工作者和爱好者们提供了儿童文学动态、作家作品及评论文章。其中有500份寄往国外和港台地区，成为儿童文学对外交流的一个窗口。

办学近20年来，通过培养人才，蒋风教授将儿童文学的火种播撒到全国各地，同时也收获了学员“成名”的喜悦。

汤汤，原名汤宏英，原是武义实验小学教师，读了蒋教授的研究班后，试着写童话，结果一发而不可收。她的童话获得冰心儿童文学奖佳作奖、陈伯吹儿童文学奖优秀作品奖、《儿童文学》擂台赛铜奖……用蒋教授的话说，几乎所有儿童文学大奖她都拿了。

学员阿甲，在网上建起一个童话部落——红泥巴网站，成为首家最受孩子们喜爱、家长教师信任、儿童文学专家和出版者关注的儿童阅读网站……

这样的例子还有很多。正因为教授的严格和学员的“出息”，这个“非学历儿童文学研究生”教育具有了较高的含金量。

设立儿童文学馆，了却多年心愿

除了一个人办起了“大学”，蒋风在耄耋之年还完成了多年的夙愿——中国国际儿童文学馆在他的奔走下于2005年成立。

这个念头源于1986年的一次国际会议。当时来自17个国家的20位代表在日本参加儿童文学国际研究会议，举办地正是位于大阪的国际儿童文学馆。“那里环境真是没得说，文学馆位于大阪千里万博纪念公园中，旁边就是‘梦之池’，让我很震撼。”

同时，来自其他国家的代表也纷纷问蒋风，中国是否也有这样的文学馆。得知这仍属空白的时候，他们又强烈建议应该在中国建立一个。

于是，蒋风下决心着手准备。呼吁很快就得到了回应——苏州、扬州等十多个城市很快就向他发出邀请，表示可以商量设立这样的机构。不过，奔波于这些城市之间后，蒋风却犹豫了，原因很简单，这些地方都表示儿童文学馆需设立在儿童图书馆里，这与蒋风的设想存在着差距，他认为文学馆主要作用是收藏儿童文学文献，对象以儿童文学研究工作者为主，虽然也有部分可以对孩子开放，但与图书馆明显有区别。就这样，文学馆的设立耽搁下来。

“其实，我还有另外一个担心，因为不懂或不重视儿童文学书刊，珍贵的儿童文学图书资料很容易被当作废品处理掉，这样的例子并不是没有发生过。”蒋风举例说，他的收藏中，有光绪末年孙毓修编纂的我国第一本童话《无猫国》，如今纸页都已经发黄变脆，不搞儿童文学这一行，确实当废纸都不值，但对研究者来说，它却是一份十分珍贵的资料。

经过多年努力和协商，蒋风的老东家——浙江师范大学终于助他夙愿得偿。2005年，中国第一个高校儿童文化研究院设在浙江师范大学城里，师资力量和经费的保障让文学馆设立的条件渐趋成熟。

“蒋风教授是中国儿童文学事业杰出的开创者和活动家，他建立国际儿童文学馆的倡议应该付诸实施。”浙江师范大学校长梅新林当时这样说道。于是，浙师大腾出红楼，开设国际儿童文学馆，并由蒋风担任首任馆长。

说到这里，老人笑得很开心。

让中国儿童文学走得更远

国际格林奖的设立是为了促进儿童文学发展，并为儿童文学研究提供切实有效的帮助。作为对儿童文学研究领域做出卓越贡献的专家和学者的奖励，获奖者将获得一笔丰厚的奖金。

蒋风拿到奖项后很激动，在电话中他告诉记者："因为我不仅是代表我个人，还代表中国人站上了国际儿童文学奖的最高领奖台。这说明中国在儿童文学研究领域有了发言权。"而对于100万日元的奖金，他表示将全部捐出作为启动资金，希望能设立一个儿童文学奖基金，让我国的儿童文学走得更深更远。

三次被提名，今朝终圆梦

赴日领奖前，蒋风向记者介绍了国际格林奖最终获得者出炉的整个过程。在每一次评选的前一年，组委会在全球范围向500位儿童文学专家发函征询提名。"这些专家都是他们认可的，当然收集上来的提名可能五花八门，然后由组委会进行筛选，选出6名左右候选人。"

此后，在评选年度，再由来自各国权威学者组成评委会，用无记名投票方式选出最终的获奖者。"我在此之前已经两次被提名，而且每次都在候选人中排名第二，最后与奖项擦肩而过。"

而2009年那一届格林奖，蒋风甚至没有出现在候选人名单中。"说实话，格林奖自设立以来，除了两名日本人，其他获奖者都来自欧美，影响力不在一个等级上啊。"所以，蒋风逐渐从原先的期盼，转入一种淡定的境界。

今年接到组委会的Email，蒋风获知自己再次获得提名。"不过，还是第二。"其他五位候选人分别是加拿大的桑德拉·贝尔特、英国的金伯利·凯·雷诺兹、韩国的李在彻、加拿大的朱迪斯·斯特曼和美国的罗伯塔·特瑞兹。老人爽朗地一笑，因为之前的"经验"，这次他没放心上。

直到最终得知自己终于拿到了第十三届国际格林奖，蒋风反而有些意外："我以为这次和之前一样呢，没想到评委会最终肯定了我。"评委会的意见显示，今年87岁的蒋风教授是中国儿童文学界的先行者和集大成者，还是一名具有开创性的活动家，他的许多创新性举措以及所取得的成就，不仅填补了中国在这一学科上的空白，使得中国的儿童文学理论研究跻身世界一流水平，并且推动了中国儿童文学整体的进步。

儿童文学需现实与想象结合

作为儿童文学理论界的先行者和权威，蒋风对当今我国儿童文学的发展有着自己的认识。"'文革'前，研究儿童文学理论的人最多不过十来人，创作队伍也算不上庞大，而现在单就在作家协会中从事儿童文学理论研究和创作的就有3000多人。"

人数急剧增多，为何没能再出陈伯吹一样"如雷贯耳"的名家？蒋风坦言，很大程度上因为儿童文学不被人重视。"当年我在大学中文系工作的时候，就有这样的倾向，认为搞古典文学才有深度，儿童文学不过是小猫小狗，太小儿科了。"

同时，也有不少人认为中国儿童文学还存在很大缺陷，想象力远远不够。"这和我们的传统有关，西方儿童文学偏向幻想型，而我们则是现实型。"蒋老对于前者的指责也不避讳，"以前我们过多地注重讲道理，而忽视对孩子们想象力的培养。"

他认为，现在的小学生普遍存在害怕写作文、讨厌写作文的情况，究其根源，是因为写不出东西，而写不出东西恰恰是由于想象力没有被调动起来。

幸好，这个状况近几年得到很大改善，大家终于开始意识到这一领域同样有着相同的重要性，同时很多年轻作家也开始在作品中注入想象力。儿童文学作家郑渊洁的《皮皮鲁总动员》总共54册，发行量达1050万单册。杨红樱的"淘气包马小跳"和"笑猫日记"两大系列发行3000多万册，销售额达4亿元人民币。在国内文学富豪排行榜上，郑渊洁和杨红樱高居榜首。

对于我国儿童文学的未来，蒋风十分乐观并且信心满满。他表示，无论是现实型或是幻想型，应该像鸟的两个翅膀，“只有两者都羽翼丰满，才能振翅高飞”。这一点，在他此次获奖演讲《从慢慢的觉醒之路走向梦想的明天》中多次被提及。

载《文汇报》2012年1月4日，转载自《新华文摘》2012年第5期

“中国儿童文学研究中心·全国儿童文学讲习会”纪实

在全国师范院校儿童文学研究会第十二届年会上的讲话

蒋　风

尊敬的各位领导和专家，亲爱的会员朋友们：

大家好！

本届会议主办方要我在会上发个言，我想这是义不容辞的事，首先让我代表顾问团祝贺第12届年会在武汉胜利召开，并预祝它圆满成功！还要感谢为本次年会召开的理事会成员和承办方武汉城市职业技术学院的领导和朋友为此付出大量心血和辛劳。

作为创会倡议人的我，此时此刻心情非常激动。我们这个会从1984年10月下旬在浙江师大成立，到今天已经走过25个年头。25年在历史的长河中是短暂的一瞬，真是一刹那的事，可是在任何人的身上，25年可是个沉甸甸的时间概念，25年是1/4个世纪，人生几何？有几个25年啊！我们这个研究会却迈开坚定的步伐走过1/4个世纪，而且越办越好，越办越显示出她强大、旺盛的生命力。

年轻的后来入会的会员朋友对她的历史也许不了解，或者说了解不多，我想在这里花几分钟时间回顾一下她走过的25个春秋岁月。

人们常说"往事如烟"，但往事是令人眷恋的，回忆往事总是十分美丽的。我在这里也带着十分美好的眷恋的感情来回顾一下走过来的美好而有意义的历史。

上个世纪80年代初，浙师大和北师大差不多同时举办了儿童文学教师进修班。北师大的儿童文学教师进修班是高校的。当年高校开儿童文学课的不到十所，且大多是选修课。而幼师普师在全国多达几百所，更需要开儿童文学课，且是必修的，大多由语文教师兼任。这些语文教师又多数没有学过儿童文学，他们进修儿童文学的需求更强烈、更迫切。因此我向我所在的浙江师院（后来的浙江师大）领导提出建议，在80年代初开办全国幼师、普师儿童文学教师进修班。招生消息一传出去，全国20多个省市都要求派教师来进修，当时限于人力、物力又不可能多招，福州省教育厅就要求我们全班人马开到泉州利用暑假为该省办了一次班。在浙师大校内一连办了三期。当第三期学员进校时，我建议召开过一次全国中师儿童文学教学研讨会。当时又考虑研讨会毕竟是短暂的，为了增强研讨的效果，应该把研讨会常态化，我就在会议期间建议成立个全国幼师普师儿童文学教学研究会，并得到与会者一致的赞同。于是就在1986年10月在浙江师大成立了全国幼师普师儿童文学教学研究会。当时大家推我当会长，我坚决辞去这个职务，因为1984年我刚刚从一个普通教师的岗位上提上来当校长，既缺少行政经验，一校之长，头绪纷繁，且在当年浙江师院人心动荡，物力财力也十分困难，我面对的本职工作就像带脚镣跳芭蕾舞，心力交瘁，一年中病倒两次。我想再要我当这个会长，必然只能挂挂名，于人于己都不利，还是从学员中选个能人来承担，更能成就事业。大家都理解我的难处，也可怜我，不再勉强，所以从学员中，选出郑光中同学当第一任理事长。今天我们这个会有如此强大的生命力，与历届理事长和理事们的努力和辛劳是分不开的。这也印证了我的分析和想法是正确的。

遗憾的，这个会从1984年成立之后，我因校务和俗务繁冗，实在关心不够，从第二届到第六届年会，我都因事不能参加。为此我深感内疚。为了赎罪，也为了弥补过去的内疚所以从第七届年会开始，因为这时我已离休，我有自由安排时间的自由，一连六届，再忙我也要出席，苏州年会还选我为名誉会长，我也没有推辞了。

这次来武汉之前，朋友、家人都劝我，这么大的年纪，这种会能不参加就不参加，我知道他们是好意，我也领情，但他们却不了解我的心情。因为我和全国师范院校儿童文学研究会的诞生与成长，有着一份特殊的情缘，或者说有一份特殊的感情。我想我还能行动，我怎好不参加。我不考虑自己是个耄耋之年的老人，我还是千里迢迢赶来了。我相信在座的朋友也会为这份激情所感染，鼓掌欢迎我与会的。这是发自我内心的话，心里出来的话也会落进心里。我深信，我发自内心的话，一定会落在在座朋友们的心里。让我们共同努力,把这个会办得更好。因为路只有在前进者的足下才会缩短,前途永远属于那些不屈不挠不达目的誓不罢休的人,而且单个儿,谁也算不了什么,大家在一起,劲往一处使,我们就是无敌的力量。让我们的全国师范院校儿童文学研究会在大家共同努力下万古长青,永葆青春。

《教学信息》,2009 年 10 月 30 日第 44 期

一 棵 树

石飞沙

日前，中国儿童文学研究中心来自全国各地的部分非学历研究生和儿童文学工作者自发组织汇聚金华，庆祝该中心成立五周年暨蒋风先生75寿辰。作为蒋风先生的学生，我愿以此诗表达我对至今仍在为中国儿童文学事业默默奉献的蒋先生的敬意。

一棵树高高地高出它们
它的名字就是一朵云
我不知道它来自何处
像这样已经站立了多久
我只听得风转述它的话语——
做一棵树就是在土地上坚守
并且往高处生长
因为阳光在高处

它从没有移动过它的脚跟
它与时间有约
把它的年轮连接起来
会是多么长的一条河流
把它所有的落叶都缀起来
该是一片多么大的天空

你可曾见过这样的小鸟天堂

每当清晨所有的歌喉都不闲着
这棵像天穹一样撑开的树
被装点成了一个音响的火炬
在一个失明的孩子眼中闪闪发光

它心中只有和平　没有仇恨
甚至当一些虫豸在它身上抬头
它也只祈求风带走它们
希望雨把它们赶走
既然这是一棵树逃不了的命运
它说　那就咬吧　吃剩下的嫩叶吧
只要我能养肥你们

我也曾在它怀下奔跑追赶鸟鸣
在它的枝丫间入梦　孵育幻想
多少年后的一个晚上　我又来到
这棵苍老的树下仰望天空
感到有雨点落上额头
我忽然浑身颤抖了一下——
我明白了　当它发现它还是
　　一个数星星的地方
就止不住幸福得流泪

《金华日报》,2000 年 8 月 18 日

快乐的朝圣

——中国儿童文学研究中心桐乡讲习散记

王忠华

8月6日至12日，蒋风先生“非学历儿童文学研究生班”的学员风尘仆仆地前往桐乡梧桐镇，参加一年一次的讲习会。

桐乡印象

梧桐镇并没有我想象中的那么大，街道两旁梧桐树一棵挨着一棵，树枝经过修剪，都往街道中间伸展，茂密的树叶似乎给街道搭起了一个绿色的帐篷，倒也名副其实。

梧桐镇教委的陈志农老师具体负责这次会务工作。整整一个星期，他是最忙碌的。他爱人也整天乐呵呵地为大家服务。有一天上午讲课结束，天突然下起雨来，我们正准备冒雨回宾馆，陈师母抱了一大堆雨伞赶到了。因为有他们夫妇俩，我们对桐乡的感觉也似乎亲切了许多。

广州作家肖存玉带来了自己的获奖著作《冬冬的故事》，里面有一篇文章写了冬冬在梧桐树下捡“调羹”粒粒的故事。我们就问她：“肖阿姨，‘调羹’是什么东西?”第二天，肖阿姨就特意带来了。我们惊喜地发现，这东西说不上是叶片还是果实，竟真的酷似调羹，根部边沿上有三到四颗绿色的粒粒。肖阿姨说：“这些粒粒还可以当豆豆吃呢!”有了肖阿姨的指点，我们在桐乡第一实验小学门前的河边，终于发现了梧桐树枝头上倒挂着的一大串一大串的“调羹”粒粒。原来这树才是当地人所说的真正的梧桐树，街道上看到的法国梧桐当然就没有“调羹”粒粒了。

在桐乡，我们还参观了乌镇茅盾故居、石门丰子恺故居、君曹艺术院、金仲华故居等。但分别赠言上，大家都没有提到这些。肖阿姨写了一句：“来到桐乡，想起小时候，我们在梧桐树下捡‘调羹’粒粒的情景……”看来，这“调羹”粒粒倒给大家留下了相当深刻的印象。

这确实是一群执着于儿童文学的人。

感动深深

这次桐乡聚会，学员并不算多，但却来自五湖四海——重庆、新疆、山东、安徽、广东……讲课的老师也来自天南地北，张锦贻老师就是从呼和浩特特意赶来的。作家夏辇生母亲生病住院，刚过了危险期，就匆匆如约赶到。这一切，都使大家感慨不已。“为了一个/美化人生的大目标/竟梦一般地/游到了/同一个美丽的地方/来到缘缘堂的故乡开会/这有点儿像/子恺先生生前的召唤”，圣野先生激动地写下了《召唤》的诗句，还把这次聚会形象地称为“朝圣”，恰如其分地表达了大家的心情。

山东栖霞市范家完小的范淑红老师给我留下了深刻的印象。她经济上可能并不宽裕，住的是最简陋的只需10元一个晚上的房间，平时也非常省吃俭用。为了不使她孤单寂寞，肖阿姨陪着她住。肖阿姨动情地对我们说：“范老师从来没有坐过火车卧铺，包括这次来。但是在丰子恺故居，她买书却一下子花掉了60多元。”我还看了范老师交给蒋风先生的《儿童文学教程》作业，厚厚的两大本写满了字，几乎找不到涂改的地方。想想自己却没有按时完成作业，不禁惭愧不已。

据蒋先生讲，这次从新疆赶来参加讲习会的黄锡忠，去年就已经结业了。肖阿姨是广州文学创作研究所特聘作家。在六届学员中，年龄最大的是广州的曹盛苏同志，参加学习时就已经有75岁了。沈阳师院的马力先生，是早就取得硕士学位的大学教授，但他们的学习都非常认真。

讲习会结束时，金华的程丽萍老师深有感触地说：“讲习会与古代的书院有某些相通之处。在这里学习，与参加任何培训比，收获都是不一样的。知识都是活的，裹着人的热情和某种精神朝气。”确实，师生之间、生生之间因有了这份深深的感动，所以大家都有了全新的收获。

走近蒋风

以前接触蒋风先生都只在书上，知道先生是国际格林奖评委、亚洲儿童文学学会副会长。我是先生的第五届学员，才有幸参加了这次讲习会，终于见到了先生，而且与先生同住一室，获得了许多教导。

先生告诉我说，离休后，他主要做了三件事：尽力在中国筹建一个儿童文学馆；创办《儿童文学信息》报；免费招收非学历儿童文学研究生。《儿童文学信息》报创办于1995年，每印一期3500份，得花去先生一个月的离休工资。报纸既无固定的订户，也不能刊登广告，全部免费分赠海内外同好。3000多份报纸邮费又得花去先生一个月的离休工资。从组稿、改稿、编辑、送印、发排、校对、清样，一直到一份份装进信封，投入邮箱，全部是老人一双手，往往要忙上两三个星期时间。令先生振奋的是，最近在杭州筹建儿童文学馆有了一些眉目。先生高兴地说："如果这个梦终于圆了，明年的讲习会就放在杭州开，要把六届学员全部请来，那将是一个盛大的庆典。"讲起这些，先生喜悦之情溢于言表。

因为请了多位名作家讲课等原因，蒋风先生为举办这次讲习会贴了1000多元钱。大家知道后，心里都不好受。肖阿姨主动捐了300元，但被蒋先生婉言谢绝了。先生说："做自己想做的事，我高兴。"先生还坚定地表示："只要我不丧失工作能力，这项事业就要坚持下去！"先生为儿童文学鞠躬尽瘁的精神，不由得使人肃然起敬。

《儿童文学信息》，2001年9月20日第19期

桐乡讲习会学员座谈纪要

王忠华

8月11日晚，浙江桐乡云龙阁宾馆，在蒋风老师的提议下，与会全体学员欢聚一堂，召开了一次别开生面的座谈会，畅谈这次参加讲习会的体会，展望中国儿童文学研究中心美好的未来。千里迢迢应邀前来讲课的张锦贻老师也参加了这次座谈。

座谈会上，学员对蒋风老师创办儿童文学研究中心，为中国儿童文学的发展不遗余力表示了由衷的钦佩。桐乡陈志农老师说，在蒋老师的旗下，我们才有机会听到那么多著名的专家、学者的讲课。重庆幼儿师范张朝东老师说，圣野先生说来参加这次讲习会是朝圣，讲得非常贴切，大家都不是为了文凭而来，而是为了一个共同的事业，那就是中国儿童文学的发展与繁荣。山东赵晓红老师说，在大学学习时也学了一些儿童文学理论，当时也觉得自己学得还可以，但听了老师的报告后，觉得还有很大的距离，理论和实际没有联系起来，很有启发，以后学习要更加认真一些。金华程丽萍老师说，从某种程度上讲，讲习会跟古代书院有某些共同点，在这里学习，和任何培训的收获都是不一样的，所有的知识都是活的，裹着人的热情、精神向你迎面扑来，带有一种生命的朝气，所以每次参加讲习会，收获都是全新的，很愿意来。合肥幼儿师范的吴星老师除了对蒋先生为培养儿童文学人才不辞辛劳表示感动外，还对陈志农老师夫妇为这次讲习会付出的辛勤劳动以及对与会学员无微不至的关心表示真诚地感谢，“无私奉献这个词用在这里才是最恰当的，这种感动将成为一种强大的动力，促使自己完成学业，为儿童文学尽一点微薄才力”。

座谈会的另一具重要议题是对今后儿童文学研究中心工作献计献策。合肥幼儿师范江兆炜老师建议，每次讲习会前，学员可以向研究中心提交一些自己在学习、创作过程中遇到的问题,研究中心经过选择,确定几个带有一定普遍性的问题,事先与讲课的专家沟通。这样,学员带着问题来参加讲习会,专家也针对学员的问题来讲课,收获会更大一些。新疆幼儿师范黄锡忠老师等纷纷表示赞同,蒋风老师也称赞这是一项富有建设性的建议。陈志农老师认为,参加讲习会的同志事先应向研究中心寄上回执,中心还可以预收部分会务费,召开讲习会的通知可以更具体一点,如要求学员带上一些资料参加有关的交流等。程丽萍等老师提出这次讲习会期间还召开了全国中小学文学社工作研讨会,效果很好,值得提倡。幼儿师范的几位老师还提议研究中心要加强与全国幼儿师范的联系,向幼儿师范发展,召开讲习会的通知除了在《儿童文学信息》上发布外,还应在一些幼教杂志上刊登,加大宣传力度。另外,大家还就研究中心如何更好地发挥骨干力量的作用,招收非学历研究生,如何更好地坚持"宽进严出"的标准等发表了自己的看法。蒋风老师总结发言说:"这次讲习会期间,大家听课非常认真,自始至终没有一个人随便离开会场,大家的勤奋好学对我是一种很大的激励。这项工作,只要自己不丧失工作能力,就要坚持下去。大家对我的工作提出了许多建设性的意见,表示愿意为我承担一些工作,我非常感谢。"蒋风老师还就明年的讲习会谈了初步设想。在杭州建儿童文学馆的工作现在有了一些眉目,如果能成功的话,讲习会准备在杭州开,要把研究中心的六届学员全部请来,那将是一个十分隆重的庆典。如果不成功的话,可能考虑在合肥召开。合肥幼儿师范的几位老师纷纷表示,如果讲习会在合肥召开,非常欢迎大家到合肥来,自己也愿意为讲习会的成功召开做出努力。

《儿童文学信息》,2001 年 9 月 20 日第 19 期

桐乡盛会诗草

圣　野

召唤

我认识丰子恺
我认识丰一吟
我终于走进了子恺先生的故乡
这是一个多大的缘分啊
让天南地北的朋友
为了一个
美化人生的大目标
竟梦一般地
游到了
同一个美丽的地方
来缘缘堂的故园开会
这有点儿像
子恺先生生前的
伟大的召唤

冲凉

讲课讲得我
头上大汗淋漓
是陈志农老校长的
一把把冷毛巾
冲凉了

我的诗

风正一帆悬

——喜见《帆》作者张朝东

风正
一帆悬
我听见了一股
奔跑在江上的
会唱歌的
好大的风啊

喜遇冬冬的妈妈肖存玉

冬冬长大了
你的书
和冬冬一起长大
冬冬长大了
你的记忆
却依然缩小在
一本小小的书上
一个不再顽皮的冬冬
却画出了
一个顽皮的冬冬
让自己笑笑、看看、玩玩
冬冬长大了
他的童心
一点也没有长大

一炷香

蒋风先生的脊柱

就像一炷香
笔直地走在
人生大道上

袒露的诗

——听雪野老师讲课

你的心态
可用国画画出来
可用书法写出来
像一首
袒露的诗

香圆村之夜

王忠华的脸
像花一样
渐渐地红了
忠实地喝下了
一杯杯
加深友谊的美酒

写给程丽萍

做了十年
母亲的人
出现在
一起学习的同学的面前
想不到会变成
一个天真活泼的女孩子

蒋风老师

蒋风老师
在床上
接连不断地翻身
他睡着了吗
好像又没睡着
翻了一个身
他又想出了
一个崭新的主意
中国的儿童文学
会在他的
不断翻身中
出现一个大翻身

千里诗缘一线牵

永结喜缘
永结良缘
永结善缘
永结诗缘
千里诗缘一线牵
把我们的第三代
推上真善美的
绿色的乐园

2001.8.8 晚
在桐乡香园村之夜祝酒
载《儿童文学信息》第19期,2001年9月20日

为儿童文学欲罢不能

——中国儿童文学研究中心主任蒋风教授访谈录

黄　玮

蒋风，1925年10月生于浙江金华，1947年毕业于英士大学，曾任《申报》记者；新中国成立后长期在大学从事儿童文学的教学和研究，一生致力于中国儿童文学的建设，成就卓著，其专著《儿童文学概论》被日本儿童文学学会主编的《儿童文学事典》列为儿童文学发展史上的五本代表性著作之一；现任中国儿童文学研究中心主任、全国师范院校儿童文学研究会名誉会长、亚洲儿童文学学会副会长、“国际格林奖”评委，尽心于中国儿童文学人才的培养，和中国儿童文学与世界儿童文学之间的交流。蒋风的名字已列入《世界名人录》（伦敦剑桥世界传记中心）等二十多种辞书中。蒋风教授是《山东教育》（幼教刊）的热心读者，一直关注着我刊的《幼儿文艺》栏目，给了我们很多有益的建议。今年7月在合肥召开的儿童文学讲习会上，记者又一次见到了蒋风教授，并对他进行了一次愉快的采访。

记者：您搞了一辈子儿童文学，是什么原因促使您走上了儿童文学？

蒋风：有三件事对我的影响特别大。第一件事，1935年我上小学三年级时，参加了上海《儿童杂志》举办的“全国儿童作文比赛”，我的作文《北山游记》得了第十名，我受到很大的鼓励。

第二件事，我小学有个特别好的老师斯紫辉，她是教数学的，但每周都给我们开一节故事课，用一年的时间给我们讲完了亚米契斯的《爱的教育》，讲完后开主题班会。斯老师用故事中的主要人物的名字为班里的同学命名，我没有被命名到，委屈得几乎掉泪。斯老师看到了，忙把我叫到一边，“检讨”自己太粗心，又给我戴了一大串高帽子，之后，斯老师在她的《爱的教育》上题了字，郑重地把书送给了我。

这件事影响了我一生，如果说我身上有一些值得肯定的东西，还有我一生对儿童文学的追求，那都离不开那本《爱的教育》和斯紫辉老师。

第三件事，我在《申报》当记者期间，曾经看到报上有一则消息，说三个小孩因为看了求仙访道的小人书，私自结伴跑到了峨眉山去想当神仙，当时我就想，书对小孩子的影响太大了，应该尽力给小孩子做点工作。

记者：您一生的经历几乎都与儿童文学有关，请简单介绍一下。

蒋风：我念大学时学的是农学，但我的兴趣在文科，因此大部分时间都是在图书馆里看喜欢的跟文学有关的书。

50 年代学苏联，师范院校要开儿童文学课，因为我以前写过一些儿童文学作品，就让我来开这门课，没有现成教材，就自己编。我就是从那时起由搞创作转向了搞理论。

1958 年儿童文学课从大学被“精简”掉了，这种状况一直持续到了 1978 年，这 20 年间我虽然没有教儿童文学，但一直在留心积累有关的资料和信息。

1978 年我参加了第一次全国少儿读物出版工作会议，大家都觉得应该编一本系统的儿童文学理论的书，这个任务落在了我的身上。会上也提出有条件的师范院校要尽快恢复开儿童文学课，招收儿童文学的硕士研究生。回来后，我所在的浙江师范学院（后更名为浙江师范大学）中文系首先于当年恢复了开儿童文学课，首先成立儿童文学研究室，又首先招了儿童文学硕士研究生（至今已招了 19 届），1982 年我编著的《儿童文学概论》出版，它是新中国成立后中国第一本系统的有关儿童文学理论的书。

记者：您为新中国儿童文学的建设，做了许多开拓性的工作。

蒋风：我喜欢做人家没做过的，想新点子，比如我带硕士生，是以科研带教学，我的硕士生在读期间都出书、发表论文，他们中的不少人在今天的儿童文学界成了很有影响的出类拔萃者。再比如我当年主持儿童文学研究室，每年都要在浙师大学报上出一期儿童文学专期，深入探讨儿童文学的理论，在外面逐渐造成了影响。我还组织了一个全校的儿童文学兴趣小组，对外系对儿童文学感兴趣的同学也都欢迎参加，这个小组里也出了一些儿童文学的人才。

记者:您主编的二百万字的《世界儿童文学事典》是中国第一部涵盖中外古今儿童文学专业知识的工具书,更是一项大工程。

蒋风:出一本儿童文学事典,是受日本和韩国的影响,它们都有自己的儿童文学事典。我搞了多年儿童文学研究,一直在为缺少必要的工具书苦恼,70 年代我就萌生了搞一本完备的儿童文学工具书的想法,也一直在做这方面的资料搜集工作。

这本书我组织了国内外 120 多位长期从事儿童文学研究的专家,仅仅用了 10 个月就完成了,而日本的鸟越信教授编《日本儿童文学事典》用了近 10 年。

记者:1994 年您退休后,成立了中国儿童文学研究中心,开始招非学历儿童文学研究生,不收一分钱学费,又自费办《儿童文学信息》报,凡事事必躬亲。您完全可以像许多学者那样,选择另一种生活方式,比如写写自己的理论著述,写自传。您为什么要选择更辛苦和清苦的这条路?

蒋风:还是觉得想给社会多做些工作。我带了多年研究生,积累了一些经验,招非学历研究生就是想把这些经验好好地利用起来。从离休到现在,已前后招收了 180 多名学员,没有国籍和年龄的限制。但我是"宽进严出",至今只发出 16 张结业证书。最近到马来西亚又招了十几名,欲罢不能了。

虽然辛苦但我很欣慰,居然有那么多人能不计一切地献身儿童文学,这是对我最大的回报。办《儿童文学信息》报是我拿离休工资一个人办,每年出 4 期,从组编稿件到排版校对都是我自己一个人,每期 3500 份也是我自己包封寄出去,这份报纸是想叫学员们有交流的平台。有人说我这么大年纪何苦呢,可我就是觉得这样做有益。

记者:我们《山东教育》(幼教刊)的读者大部分是幼儿教师,幼儿教师与儿童文学有怎样的关系?

蒋风:幼儿教师与儿童文学的关系应该是非常密切的,儿童文学能够极大地提高幼儿教师的素养,特别是文学素养。如果一个老师分辨不出作品的好坏,面对一篇文学作品,说不出它好在什么地方,怎么能指望他很好地教孩子呢?儿童文学提高老师的素质的同时,也能间接地通过老师的教育提高幼儿的文学等各种素养。幼儿文学是"人生最早的教科书",老师通过让幼儿从小受到文学的熏陶，进而影响了他一生的成长。可以说，除了幼儿的妈妈，孩子最早的文学启蒙者就是幼儿教师了，这个责任多么巨大呀！

记者：如何提高幼儿教师的儿童文学素养？幼儿教师工作都非常繁重忙碌，怎么有时间来顾儿童文学呢？

蒋风：提高文学素养，最重要的就是要多读优秀的儿童文学作品，提高自己的审美水平。所谓优秀的，并不一定是书店里卖的那些，而是经过了时间的筛选，有定评的那些真正的佳作。（蒋风教授已答应为我刊读者拟一份“幼儿教师必读的儿童文学精品书目”。）

不应该把忙当成理由，“兴趣是最好的老师”，只要有兴趣，再忙，时间总是有的，就看自己有没有心了。

记者：从我刊《幼儿文艺》栏目的来稿中我发现，有许多幼儿教师很喜欢创作儿童文学，请给他们一点建议。

蒋风：两点最重要——了解孩子，发现孩子；多读好作品。

记者：您为即将出席的第六届亚洲儿童文学大会，准备的论文的题目是《从口水吐向安徒生到哈利·波特热》，我看了论文的提纲，看得出来安徒生在您心中的崇高地位。我们的读者比较熟悉安徒生，请简单谈谈您对安徒生的评价。

蒋风：安徒生一生写了168篇童话，几乎被所有的国家译成所有的语言，被所有受过教育的人阅读，读者群之庞大，很难举出第二人。法国权威的儿童文学史家保尔·海扎曾说：“如果某一天，因为某种时尚，需要选举儿童文学作家的皇位，那么我的票，决不会投给拉丁语系的作家，而会毫不犹豫地送给汉斯·克利斯特·安徒生。”

安徒生的作品受到如此广泛而热烈的欢迎，原因在于，他在“童话”这样小小的框框内容纳了宇宙的所有舞台；没有人能像他那样，在有生命与无生命的灵魂之间进进出出；作品中充满的人道主义精神打动了每个读者的心。

安徒生童话的艺术成就和历史地位至今无人能及。安徒生是童话之王，这是毋庸置疑的。

记者：您是“国际格林奖”的评委，我们听说过“安徒生奖”，但对格林奖比较陌生，能给我们介绍一下吗？

蒋风:先说说“安徒生奖”吧。安徒生奖是最著名的国际性儿童文学奖,有“小诺贝尔奖”之称。1956 年创设,每两年颁发一次,表彰对国际性儿童文学有杰出贡献的一位作家和一位画家,获奖者必须是对国际儿童文学做出杰出贡献而仍然在世者。由设在瑞士的国际儿童读物联盟(IBBY)主办。遗憾的是,中国的儿童文学作家和画家至今还没有人拿到过这个奖。

“国际格林奖”是由日本大阪国际儿童文学馆设立的儿童文学研究奖,用以奖励从事儿童文学研究,对促进国际儿童文学事业做出了杰出贡献的人。每两年颁发一次,奖金一万美元,我是这个奖的九名评委(评委分别来自美、英、法、德、日等九个国家)之一。

记者:您今年已 76 岁了,对今后是怎么打算的呢?

蒋风:我现在过得非常充实,身体健康,今后还是尽我所能为儿童文学多做工作,直到丧失工作能力那天为止。

记者:非常感谢您接受我们的采访。

《山东教育》,2002 年

蒋风，升起我事业之船风帆的恩师

李　美

曾读过一首小诗，有几句记得格外清晰：

让我怎样感谢你
当我走向你的时候
我原想收获一缕春风
你却给了我整个春天

诗人的这些诗句，恰好表达了我对蒋风先生的感激之情。不夸张地讲，因为有了蒋风先生的引领，我才成为儿童文学教苑里一名快乐的耕耘者，我和我的学生们才得以在自觉的意义上沐浴儿童文学的阳光，并且我们的心灵因此而纯净、美好。同时，我也因这快乐的耕耘获得了曾宪梓教育基金会颁发的1998年中师教师奖二等奖。这一切均缘于蒋风先生创办的第三期全国儿童文学教师进修班。

我原是一名普通的中学语文教师，1986年2月调入贵州省唯一的一所幼儿师范学校，教授《语文基础知识》、《文选和写作》。不久，学校接收到一个信息：浙江师范大学将于1987年2月至7月举办第三期全国儿童文学教师进修班。于是我便被指派赴浙江师范大学参加进修学习，我愉快地接受了任务，因为在那时，我虽然曾在大学的《现代文学》里接触过一点儿童文学知识，但它们犹如一株不起眼的小树，被现代文学这棵大树的繁枝密叶遮掩了，教材上原本就比较单薄的儿童文学这一章节，只是雾里看花般地在眼前一闪而过。尽管我的天性中活跃着喜欢儿童文学的细胞，但所学到的儿童文学知识只是一鳞半爪。因此，我想通过进修，适应幼师对我的要求，搞好本职工作。然而，当我来到金华，来到浙江师范大学，走进第三期儿童文学教师进修班的课堂后，一个“具有主权和法则的独立国”的大门向我洞开了，我欣喜地、急切地朝这个迷人的王国走去。

引领我走进这个迷人王国的恩师自然首推蒋风先生，当时，蒋风先生任浙江师范大学校长，也是全国知名的儿童文学教授。他以校长和儿童文学教授的双重身份，在粉碎“四人帮”之后，率先在全国招收了儿童文学研究生，率先建立了浙江师范大学儿童文学研究室，又率先举办了全国儿童文学教师进修班。有了这些富有远见卓识的举措，我才有机会来到浙江师范大学美丽的校园，才有可能专心地研习儿童文学，才有可能在日后的儿童文学教学中取得一定的成绩。人们常说，在人生的路上，最关键的往往只有几步，是蒋风先生引领我迈出了其中关键的一步，对于他给予我的这种大帮助，我怎能不满怀感激呢？

当时，在蒋风先生的麾下，聚集着一批事业心、责任心强并且才华横溢的教师，他们犹如蒋风先生的有力臂膀，协助蒋风先生把儿童文学的种子以及相关知识的甘露撒播到我们的心田。在执教者中给我印象最深的有：韦苇先生、黄云生先生、楼飞甫先生、周晓波老师、武珍老师。作为一校之长的蒋风先生，在百忙之中也曾亲自给我们上过两次课。他不仅线索分明地为我们勾勒了中国儿童文学的发展史，还语重心长地激励我们要坚定地踏上儿童文学的荆棘路、光荣路。为了使我们的学习更有实效，更加有味儿，在蒋风先生的关心、支持下，进修班还采取了“请进来，走出去”的形式，特别邀请了著名儿童诗人圣野先生、儿童文学理论研究学者周晓先生、陈子君先生给我们讲学，并组织安排我们同杭州大学中文系教授、儿童文学作家张光昌先生以及绍兴儿童文学作家张彦先生见面、交流，加深了我们对儿童文学的认识。

正是在蒋风先生以及他周围一批高素质教师的影响教育下，我获得了有关儿童文学史、论、作家、作品的较系统的知识，并对儿童文学产生了超越个人喜好的理性热爱。

特别值得一提的是，在进修班期间，蒋风先生以一种不拘一格用人才的崭新理念，安排他当时所带的研究生方卫平先生给我们上课，讲授儿童文学原理。他独特的学术锋芒以及广览群书、善于思辨的个性都潜在地影响了我和进修班的同学们。

1987年7月，当我依依不舍地告别浙江师范大学，告别引领我走进儿童文学迷人王国的恩师蒋风先生以及其他老师时，心中已升腾起一股献身儿童文学教学事业的激情，并且拥有了上好儿童文学课、把更多的学生带进儿童文学王国的自信。从此，我便在儿童文学教学的航道上扬帆起航了。

此后，我便一直在贵阳幼师的儿童文学讲台上开开心心地耕耘，既积累了一定的教学经验，同时也深感只有不断“充电”、不断丰富提高自己，才能适应社会发展的需要，于是萌发了在儿童文学领域继续深造的强烈愿望。但是由于肩上的教学担子很重，不可能丢下学生去脱产学习，因此，内心常处于一种焦灼状态。就在我处于渴望提高学力与学历而不可得的矛盾困惑之中时，传来了一个令人欣喜的消息：离休之后的蒋风先生，自费创办了中国儿童文学研究中心，并决定于1996年元月在全国范围内免费招收第一届非学历儿童文学研究生，以函授的形式进行儿童文学研究生课程的教学，以吸纳更多的人来关心儿童文学事业，培养更多的研究人才。这一顺应时代潮流的创新性举措，对我而言，不啻为一场难得的及时雨。我立即报了名，经提交论文审核后，我被录取为第一届非学历儿童文学研究生班的随研学员。蒋风先生用他燃烧的生命之火，带给了我新的希望与力量。

在两年的函授学习期间，蒋风先生精心为我们设计了自学指导方案，开列了作品选读书单，印发了他特别撰写的讲义《中国幼儿文学的历史发展》和《世界幼儿文学的历史发展》，提供了《儿童文学评论的标准》、《儿童文学评论的态度》等学习资料。尤其令人感动的是，蒋风先生还将他当年是如何培养研究生独立工作能力的宝贵经验寄赠给我们，让我们从吴其南、王泉根、方卫平、赵志英等研究生的身上，看到了应该怎样去吸吮知识，怎样去思索、研究，从蒋风先生的良苦用心中，我真切地感受到了他对中国儿童文学事业执着的爱。这正如他所说的：“孩子是人类的未来，明天世界的主人，儿童文学是他们人生中最早的教科书。因此，儿童文学事业是人类最有希望的事业。我愿为她贡献全部心血。”甘为中国儿童文学事业奉献一生的蒋风先生，不仅以他的著述留芳于世，更以一颗滚烫的心昭示于我：何谓热爱，何谓奉献。

在蒋风先生的言传身教下，我克服了工作繁重等多种困难，成为首届结业的八名非学历研究生中的一员。更为系统、深入的学习，使我的儿童文学修养得到新的发展，能够站在一个新的高度来审视儿童文学，并应邀参加了由著名儿童文学学者、教授韦苇先生主编的全国幼儿师范学校大专教学用书《儿童文学》的撰写工作。同时，使我站在儿童文学讲台上时，感到底气更足、眼界更开了，我的教学也因此得到了学生的肯定："感谢您为我们带来了一片充满童真的天地，它正不断净化我们曾不纯净的心灵，让我们感到一切像儿时躺在妈妈怀里看月亮般美好。"听到学生这样评价我的儿童文学教学，看到我的事业之船正与不断变化发展的社会一道前行，一种自豪感、幸福感便油然而生。而每当此时，我总是在心底里说：谢谢您！蒋风先生，是您引领我推开了通往快乐、幸福的儿童文学之门，是您为我升起事业之船的风帆。

小草把它的绿色献给了大地，浪花把它的洁白献给了海洋。这册肯定存在许多不足却倾注着我的热情与努力的集子，就算作我交给恩师的又一次作业吧。

2001 年 3 月于贵阳幼师

德高望重的“蒋导”

——我所认识的蒋风先生

蒋国富

我的导师——蒋风先生，浙江师范大学原校长、教授。他毕生致力于中国儿童文学事业，近半个世纪来，从事儿童文学的创作、教学、研究，锲而不舍。即使离休，还念念不忘“在中国创建一个儿童文学馆”之宏愿，创办“中国儿童文学研究中心”免费培养儿童文学研究生……深得人们敬仰，是一位德高望重的导师。

我是一位乡村的小学教师，与大名鼎鼎的蒋风先生并未曾谋面，只通过两次电话，读过两本他的著作和看过两篇关于蒋风教授的报道及两幅照片。他和蔼的语言、严肃认真的治学精神给了我非常深刻的印象，我深深地被导师那潜心儿童文学研究和为创建中国儿童文学馆奔走之精神所感动，敬而佩之，导师是我终身学习之楷模。

我是去年秋才参加“中国儿童文学研究中心”学习的，认识“蒋导”还有一段奇缘呢！原来我有一个堂舅，叫“江风”，是他的艺名，大概是生活在一条小溪边，常散步溪边，一受风吹就来创作灵感因而取名为“江风”罢！他也是一位乡村小学教师，毕生从事小学教育事业，为儿童事业贡献了一生。他有一个业余爱好，就是画画。一有空闲，不是养花就是画画。有趣的是，他还养了一大群鸡，每天天未亮，就挑着两笼鸡到学校（学校离家十多里路）。放学后，又挑着两笼鸡回家，一直挑了十数年。不明事因的人们还以为他“疯”了，不好好教书，以养鸡搞副业，发财致富不成？其实都错了。他是为了画画，为画好《百鸡图》，他仔细观察小鸡的成长过程，各种动作、形态。田边、沙滩、山坡上都留下了他和鸡的足迹，这样不懈坚持数年，有志者事竟成，后来的《百鸡图》一举成名，并在东阳市文化馆开了个人画展，他的学生也遍布省、地、市美术界。这种锲而不舍之精神确是难能可贵！1997 年春，

80 高龄的堂舅还亲笔执画送给我这慕名前往的小辈。时过不久，不想他却匆匆走了，他用画笔画完了人生的春秋，而送我的《春华秋实图》竟成了绝笔！我珍藏之，我悲痛不已。“江风精神”永存！

我业余爱好文学，空闲时常辅导学生的习作，发表于各报刊上。一天，打开省少年儿童故事报社寄来的样报，偶尔发现了蒋风教授的招收非学历中国儿童文学研究生的广告，我眼睛一亮，又是一个“蒋风”先生，且同宗、同乡，敬佩之心油然而生，又是搞儿童文学的，正合我意。我就迫不及待地拨通了蒋导的电话。正好是蒋导亲自接的电话，我询问了报名的条件、报名的程序，并针对我的情况，询问是否可以报读。蒋导仔细听了我的情况后，亲切地对我说：“行啊，只要你有志气，有信心，有时间学习，就行！”他的话语，坚定了我的信心，我参加儿童文学研究中心学习的目的不是为了学历，而是为了多学点有关儿童文学及儿童教育的理论知识，可以运用到教育教学实践中来，也可走向社会，结识更多的朋友！后来我终于成了蒋导的一名学生。近一年时间来，虽然学校教学工作很忙，自己的业务培训接踵而至，但我总抽点时间，看看《中国儿童文学史》，读读《儿童文学教程和原理》，得益匪浅，并根据教育教学实际，结合儿童年龄特征，尽力完成每月的作业，颇有收获。我辅导的学生佳作屡屡在全国、省级征文比赛中获奖，并入编《全国小学生快速作文佳作欣赏》和《成功少年》等书中，自己的教学论文《德育是学校的生命线》与《学校教师心理教育的探索与实践》分别入编《教海探骊》和《二十一世纪教育论坛》两书中，并被特邀为湖南省文联主办的“徐特立教育研究所”特约研究员……这应感谢我敬爱的导师蒋风先生。

适逢蒋导创办“中国儿童文学研究中心”五周年，发表第一篇童话诗 60 周年及蒋导的 75 华诞之际，我们——蒋导的学子们欢聚一堂，由衷地感谢我们敬爱的导师——蒋风先生，并祝他生日快乐，生命长青！蒋导的梦想，就是我们的梦想！我们坚信：“在中国创建一个儿童文学馆”的理想一定能实现，这是因为“任何事情不经过本身的努力，就永远达不到自己的目的”。现在我们大家努力，“集合众人的力量，对儿童文学做一次新的探索。只要怀着一颗真诚的心，朝着一个理想的目标，总会有收获的”！“何况我们是一个志同道合的集体，我们一定可以为建立有中国特色的儿童文学馆添上一片瓦，加一块砖……"这就是"蒋导精神"之所在，为了一个美好而理想的奋斗目标，不惜用尽毕生之精力，孜孜以求。我相信"精诚所至，金石为开"。

"孩子是祖国的未来，明天世界的主人。儿童文学是人类最有希望的事业。我乐此不疲，愿为她贡献全部心血。"多么感人的语言，这是蒋导的心愿，也是我的心愿，我将在我已干了二十七年的教育教学工作岗位上坚定不移地干下去，为培养更多美好的祖国花朵而不懈努力！

《华夏文学》，2003年7月1日第42期

2002 年全国儿童文学讲习会圆满结束

余礼政

中国儿童文学研究中心非学历研究生班第七次面授暨2002年全国儿童文学讲习会于7月23日至26日如期在安徽合肥幼儿师范学校举行。来自新疆、宁夏、四川、山东、广州、福建、江苏、安徽等地的学员和师范、幼师以及幼儿园的教师30余人，先后聆听了蒋风、孙毅、野军、夏辇生、刘先平、韩进等全国著名儿童文学作家、学者的辅导讲座，并与专家们进行面对面的讨论交流。参加合肥市第四期幼儿园园长培训班和2002年幼儿园教师继续教育的四百多名学员参加了有关讲座，合肥幼师心湖文学社部分同学也列席旁听了专家们的讲座。

中国儿童文学研究中心是蒋风先生离休后自费创办的一个民间学术团体，先后免费招收非学历研究生共200多名，学员遍布全国及东南亚一带。中心每年组织一次面授暨全国儿童文学讲习会，由蒋风先生亲自聘请一些全国著名的作家、学者授课辅导。2002年讲习会得到合肥幼师的鼎力相助，在学校领导的高度重视下，有关部门尽心协力，精心组织，活动取得圆满成功。

本次讲习会虽然只有四五天时间，但是活动安排紧凑，内容丰富多彩。儿童文学史专家、安徽少儿出版社总编室主任、青年学者韩进先生以翔实的资料概述百年中国儿童文学发展史，并客观而辩证地阐述了儿童文学与政治、与教育的关系；我国第一个招收儿童文学硕士研究生的教授、中国儿童文学研究中心创始人蒋风先生结合当前的“哈利·波特热”，从中外专家的评介入手，积极引导大家正确评价作品，思考我国儿童文学创作应该从“哈利·波特热”中得到怎样的启迪；著名幼儿散文、幼儿童话作家夏辇生先生用自己大量创作实践充分证明幻想在幼儿散文、幼儿童话创作构思以及提升作品品位中的意义和作用；"东方之子"——大自然文学开拓者、安徽省文联副主席刘先平先生别开生面地讲述自己在野外探险考查的经历体验；著名低幼童话作家野军先生反复强调民间文学对自己创作道路的影响，开拓了大家的视野；上海少年文学院名誉院长、儿童戏剧作家孙毅老先生从戏剧基础知识讲到课本剧的改编，严谨而生动的讲解为学员尝试戏剧创作打下较为坚实的基础。许多学员都惊喜道：没想到这次来收获会这么大！

《儿童文学信息》，2002 年 10 月 20 日第 22 期

合肥归来漫话儿童文学

黄 玮

一定要“用儿童的眼睛看”吗

野军老师说，陈伯吹老师曾讲写儿童文学要“用儿童的眼睛看，用儿童的耳朵听”。没错，对于有志于儿童文学的人来说，“用儿童的眼睛看，用儿童的耳朵听”是必备的训练。但我相信仍然有一些天才的作家，比如安徒生，比如圣艾修伯里，他们压根没有存这根弦，他们是天生的儿童文学作家，他们成年后较之其他人更少地被社会同化（为此他们在一般人眼里显得古怪与异类，他们看周围的人也同样），因此，尽管他们没有做那番向儿童靠拢的努力，但仍然做得很好。当然并不是说，安徒生们在艺术上就不需要千锤百炼了，这是另一回事。

课后讨论时，我问到野军老师这个问题，我很想知道他是怎样看自己的，他是如此勤奋，我很想知道他是如何看待其他的儿童文学作家的。有点遗憾，他最终也没有给我一个明确的答复。

给儿童文学作家画像

作家、艺术家如何与世界发生联系，这是一直萦绕在我心头的一个问题。我想，儿童文学作家应该有社会责任感，但不应该太重，更不应该把“责任感”挂在嘴头。“做自己想做的艺术，做出成就来，这是艺术家唯一能做的事。”“为自己活着，就是为人类活着。”我很信服一位画家说的这两句话。

我给心目中的儿童文学作家画的像是这样的：他或者快乐或者容易伤

感,他天真无邪,他对社会和人情洞察入微,但依旧纯真自然,没有心机;他在写作中找到了最大的快乐,并且沉浸在这种快乐中,不愿拔出;他不为了什么而写,他只是想写,在写作儿童文学中他感到他的生命得到了最好的表达,他为了自己的"心"而写,而客观上也达到了"为了孩子"的效应;他谨慎地和媒体保持着距离,他深知媒体在带给他名利的同时,也带给他纷扰,他需要沉静和清醒,来锤炼艺术的和其他方面的功力;他从来不跟人说"儿童文学太简单了",他不会轻易鼓动别人搞儿童文学,他很清楚他的每一次创作都是战战兢兢,如履薄冰,好像第一次;他涉猎广博,悟性极强,但他永远看这个世界和万物像一个小孩子,他懵懂无知,好像行走在浓雾弥漫的沼泽。

我不会拿这幅画像去套我遇到的儿童文学作家,但我会在心里清晰地存着它。

幼儿文学作家与"无名"的幸福

因为读者对象的原因,幼儿文学作家的名字格外不为人所知。野军老师谈到没有多少读过他童话的小孩会记住他的名字,但他们喜欢那些童话,这就是幼儿文学作家最大的欣慰。我真的感动了。

写作能扬名,写作为了扬名,我想大凡作家都不能讳言此点。但在作家的群体中,却真有一些只能把名字隐在作品后面的幼儿文学作家。他们内心里多少有点遗憾吗?他们一定像野军老师那样,充分地体验到了那种"无名"的幸福。"真正重要的东西是眼睛无法看到的。"这是《小王子》中那只狐狸告诉小王子的"秘密",我猜想,这个秘密在幼儿文学作家那里早就已经众所周知了,因为他们一直在做的,就是创作"真正重要的东西"。

还是不用"洞洞"

野军老师的童话《牛奶将军》里用到了"洞洞"这个儿童语言。问了才知道,野军老师原作并没有"洞洞",是一位编辑改的。要不要在幼儿文学作品里严格规范类似“洞洞”这样的儿童语言，我提出这个问题后，学员们展开了热烈的讨论。

我是编幼教杂志的，因此有机会看一些幼教理论方面的书。明确的建议是，不要跟小孩说任何不规范的话，尽量说完整的、有逻辑的、符合语法的话；跟小孩说所谓的娃娃话，是对他的智力的浪费，他将来还要花时间改正。我看到太多周围的人带孩子，都跟小孩说“娃娃话”，“鸟鸟”“水水”“饼饼”，以为这样说话小孩才听得懂，才觉得亲切。应该讲，这是一种误区，但是这个误区的影响面非常之大，其中也包括幼儿文学的作家和编辑。

不应该把它看成小事，尤其是作家和编辑，印成文字的东西就会流传，而一般的百姓会认为“书上都是这么说话的，为什么我们不能”？童心童趣和讲小孩子的话，并不等于说不规范的话，要把这两者区分开来。也许，所有从事幼儿文学的作家和编辑，都应该稍微看一些幼儿教育的书。既然幼儿文学是人生最早的教科书，是不是应该拿出一点对教科书的慎重态度对待幼儿文学？

声名狼藉的“教育性”

蒋风老师提到，“教育性”曾经一度在儿童文学界成为众矢之的，几乎达到“臭名昭著”的程度。

我老是想，这个世界如此纷扰嘈杂，如此容易生起是非和争端，是因为太多的人不想静静地坐下来，把他想争论的东西本身是什么搞清楚。每个人都从自己对“教育性”的理解来批判它，可怜的“教育性”，它到底是什么，它的内涵和外延有多大，却没有多少人真正来关心和研究。也有清醒的智者知道它纯属无辜，但是湮没了一切的往往是那些喧哗和骚动的声音。

“教育性”要从最宽泛的意义上来理解，有人说“生活即教育”，有人说“艺术即教育”，野军老师说得好，教育性是“让小孩子有一种体验”。我想，教育性就是拓展人的生活空间，用各种方式使人变得丰富，教育性就是令人成长。

一位电视台的编导曾经为我的栏目写过一组名为《美的启蒙》的文章，

我对其中一段话印象特别深刻:“谁若在幼年时没有体验过遨游梦境,没有过孩子式的神经错乱,他的童年恐怕是缺少色彩的;谁若是从来不相信,现实中不存在的世界和看得见的东西一样能够给人实实在在的感受,他的生活一定非常枯涩无味。”毫无疑问,丰富人的色彩和感受(哪怕是孩子式的神经错乱的感受)也是教育性!

如果教育性是这些,那教育性哪里有一点点错处?

但教育界确实把“教育性”搞糟了。他们非常简单地理解教育性,非常粗暴地对待教育性,把一个有着丰富内容和情感世界的教育性,硬是歪曲成了说教和训诫,搞得大家一提教育性就逆反,你要提教育性吗,拜托,还是免开尊口吧,你那些条条框框我背都背得出来,简单粗暴,没有“人味儿”。

我想,教育界的人不要老以教育专家和行家自居,自我感觉不要太好,我们要教育别人,首先就要自我教育,而且一辈子都要知己之不足,树立终身教育的观念。把“教育性”理解得那样狭隘,这不正是暴露出自己在一些大的问题上的无知吗?

遥远的“大树杜鹃”和我们有什么关系

写“大自然文学”的刘先平老师经历了常人难以想象的困境、危境,也看到了常人无法看到的“奇伟瑰怪非常景观”。课后好几个学员提出要跟刘老师一起去探险,我跟大家一样,羡慕刘老师的经历,可是,没有几个人能有这样的条件和机会,刘老师的举动可钦可羡但难以效仿,毕竟我们都活在有限制的现实里。

我们听到刘老师那样执着地找寻“大树杜鹃”时不会不被感动,那是“一个生命对另一个生命的追索”。他为什么要追索一棵我们连名字都是第一次听说的植物?遥远陌生的大树杜鹃与我们有什么关系?这是我最想知道的。我们每一个生命的存在都不是孤立的,我们肯定以各种方式和地球上其他的各式各样的生命形式发生着联系,许多我们也许一辈子都没有察觉的东西,早远就存在着,不断地与我们发生着作用,而我们对此昏昧不知……

刘先生的大自然文学的最大要旨,不是要我们都跟他一样去探险,也不是简单意义上的“环保”，而是想激活我们麻木的神经，让我们的心灵苏醒，让我们用一种更加清净的心眼去关照我们自己和我们借以生存的世界。这个世界急功近利，纷扰不断，没有了期，如果我们不虔诚地重新审视和更正我们的生命观、世界观，如果我们不明白所有的人、所有的生命，原本都是共生的一体，我们是“一损俱损，一荣俱荣”的，人类就永远逃脱不了周而复始地制造悲剧的宿命。

我从这个角度理解刘先生的举动和作品。

《儿童文学信息》，2002 年 10 月 20 日第 22 期

让心中的甘泉常涌

——儿童文学专家蒋风先生印象记

牟奇平

从小到大，经历的老师还真不少。不少老师的音容笑貌还时时回荡在耳边，浮现在眼前。但唯有一位老师，既没有见过面，也没有听过他的授课，但印象还颇深。他，就是我国著名的儿童文学专家——蒋风先生。

说起和蒋风先生的缘分，还得从1986年说起。那时我还在西南师大中文系读大学，其中的一门选修课就是儿童文学。那是第一次“接触”蒋风先生。不过，那时候他和其他未见过面的大作家一样，仿佛就是一种抽象的符号，只有书本上的一些简单介绍而已。

参加工作以后，因为从事的是师范教育，教学中又涉及不少儿童文学。我因此有机会对蒋风先生有了更多的了解，不过更多是作品方面的了解。

1998年，四川省教委师范处组织在四川省的一些从事儿童文学教学的幼儿师范学校教师编写一本适合幼师教学的《幼儿文学教程》。我因工作和对儿童文学的喜爱，曾在《四川幼教》等刊物上发表一些有关的文章。于是也被选入“编写者”之列，从而使我有机会接触到当时在川的一些著名的儿童文学专家——诸如当时在西南师大任教的王泉根教授，在重庆师院任教的彭斯远教授，在成都幼师任教的郑光中、重庆幼师的张云峰等高级讲师。这些儿童文学专家对蒋风先生非常了解，有些还是蒋先生的弟子（如郑光中、张云峰等），相聚一起自然少不了对蒋先生的回忆和思念之情。这使我对蒋风先生有了更切身的一些了解。

出于对儿童文学的爱好和工作的需要，也许冥冥之中也有对蒋风先生的敬重，2000年11月我参加了由蒋风先生招收的非学历儿童文学研究生班的学习。尽管先生身居金华，但学员人数众多，东南西北，遍及海内外；尽管先生德高望重，但很是平易近人。招收学员自己不收取一分钱的学费，与现在不少忙着“致富”的人可谓背道而驰；学员每有疑问，先生总是亲自执笔回信，与现在不少人自恃“高雅”差别甚大；作业绝不流于形式，对于完成较好的作业，他会在《儿童文学信息》报上刊出，这与现在不少人忙着搞有奖征文又大为不同。

仅就这些先生就已经严重“得不偿失”了。但先生对学员的要求是严格的，要想“结业”还颇不容易。不仅要完成大量的作业，而且必须完成结业论文并达到一定学术水准。

先生每年都要举行一次的儿童文学讲习班，邀请一些著名的儿童文学专家讲学，以提高学员的儿童文学水平。但由于多种原因，我始终没有机会与蒋先生见上一面。先生在不少人都在安度晚年的时候，仍然孜孜不倦地耕耘在儿童文学园地里，他是把儿童文学作为自己的生命了！每每在书上看到先生的相片，就仿佛看到一位慈祥的老者在我前面默默耕耘的情景——他是那么专注，那么兴奋，分明就是一个浑身充满朝气的年轻人。有这样一位年轻的老船长为我们领航，时时引起我们对先生本人的思念和敬重。心中的甘泉常涌，时时泛起我们对儿童文学的热爱，鼓舞着我们在各自的岗位上为儿童文学多做一份贡献！

什么时候才能见到先生一面呢？

2003 年

留在武义城的翠绿的梦(组诗)

圣　野

向远道而来的

诗歌朝圣者致敬

年年八月
有一批远道而来的
诗歌朝圣者
到蒋风先生组织的
全国儿童文学讲习班报到
他们是一批
雷打不动的
诗歌朝圣者
他们心中的
那首无比灿烂
无比华美的诗
就是真善美的化身
就是向我们滚动而来的
那个人与人之间
互相关爱互相尊重的
快活的黎明

我们的中国
这个以诗教
作为立国之本的中国

这个越来越重视
以诗育人的中国
将会越来越受到
全世界人民的尊敬

走了一个潘漠华
又走来了
千千万万个
呼唤晨光的潘漠华
湖畔诗人潘漠华
启蒙了中华大地
五千年的文明
启蒙了这个文明古国
永远的黎明

晨起读《永远的晨光》

潘漠华
在很年轻的时候
就在西子湖畔
参加了晨光社
他用生命和鲜血
谱写了一曲
中华大地上
最壮丽的诗
他的诗
是我们心中
永远的晨光

＊纪念潘漠华《永远的晨光》已由中共武义县委宣传部隆

重出版，以纪念潘漠华100周年诞辰。

扶手

熟溪小学新造了一幢七层楼高的教学大楼，我搀着大楼的扶手，登楼去讲学，感受到一份新鲜感，一首小诗，已在我登楼时脱口而出。

搀着扶手
上高楼
扶手是我
好朋友

赠主席台上的
应副县长

诗人的心中
没有白发

诗

诗
是文学中的文学
梦中的梦
用诗来启蒙
开始学步的小朋友
真是太好了
它洗亮了每个人
心中的眼睛

大飞车

蒋风老师
坐在中国儿童文学的中心

让一批批
乘上大飞车的诗孩子
乐得团团转

写给肖存玉老师

只有迷上了诗
才能让学生写出
最好的作文
一篇作文
开放在作业本上
像一朵花很美

这是一首诗呢
还是一篇作文

套路

作文写了
一篇又一篇
学生一学
成了套中人
吊死了
文学的生命

活的诗

把诗写好了
有眉毛
有眼睛
眼睛
骨碌碌地转着

妈妈说
这是一首
活的诗

礼物

——写赠胡晓芳老师

妈妈的鼻子上
有一颗
黑黑的痣
那颗痣
是妈妈的妈妈
赠送给她的
最珍贵的礼物

梦乡的梦

爷爷装着
一船梦
一船诗
到水汪汪的梦乡
睡觉觉去了

没有人
会到爷爷的梦乡
偷爷爷的诗
因为梦乡里
没有小偷

住的都是
用诗致富的

快活的公民

手抄本

爷爷的诗
变成手抄本
在老师中间
传开了

爷爷说
只要你喜欢
我乐意让出
自己的版权

捻亮灯盏等天亮

天还没亮
奶奶就穿好一身
回家的衣裳
坐在床上等呀等

奶奶的这份新鲜感
也牵动了
爱她的女儿和外甥
捻亮了灯盏等天亮

家是永远甜美的
家乡里住着
老是在想念着她的
年轻的女儿和外甥

童心

童心打成
蝴蝶结
拍拍翅翅
飞上了天

诗心

有诗
在小本本跳动
应副县长
快活地坐在
老爷爷身边
斜着眼睛看一眼
看到了一颗
老小孩的心

写于2003年8月6日至8月7日晨于浙江武义县——诗人潘漠华的故乡

敬以这组小诗,献给蒋风先生组织的第八届中国儿童文学培训中心暑期面授班

《儿童文学信息》,2003年10月20日第25期

停不下来的快乐列车

——中国儿童文学研究中心武义讲习会散记

王忠华

8月6日至11日，蒋风先生非学历儿童文学研究生班的学员又如潮来到武义，参加一年一次的讲习会。

我到达武义，一下车就往沁园大酒店赶。没走几步路，我突然眼前一亮，街道旁迈着稳健的步伐，慢慢地散着步的那位老人，不就是蒋先生吗？和以往不同的是，蒋先生的边上，还有他的老伴。蒋先生78岁了，这么热的天，老伴不放心，就陪着来了。听这次承办讲习会的武义熟溪小学徐志扬老师讲，蒋先生5日就早早地到达了武义，为这次讲习会不停地操劳着。目送着两位可敬的老人慢慢地向前走去，我强忍着没有上前打招呼，两位老人为我们，为儿童文学付出太多了，就让他们好好地散步吧。那么多您的弟子都到武义来了，到您的身边来了，青山绿水的武义，清新的空气中，儿童文学的气息越来越浓了，先生在这样的空气中散步，一定会感到非常愉快的。

到了沁园大酒店，我又见到了敬爱的圣野先生。有趣的是，这次圣野先生也是在老伴的护送下到武义来的。去年夏天，老先生曾经想在武义召开全国第四次小诗人夏令营，为了落实这项工作，他风尘仆仆地来到武义，不料在回上海上车时摔了一跤，因为骨折住了17天医院，100多天后才重新获得自由。为此，家里的人都千方百计阻止82岁高龄的圣野再到武义来，但是，这位为儿童诗痴迷了一辈子的老人，在老伴的支持下，居然又克服千难万险，来到了武义，雷打不动地第一个为学员讲课，使所有的学员肃然起敬。

第二天一早，讲习会正式开始。我见到来参加讲习会的，除了来自全国各地的学员，还有武义县160余位老师，把偌大的会场坐得满满的。开班仪式上，蒋风先生兴奋地介绍了自己离休后创办的儿童文学研究中心的主要工作。蒋先生说，自己原来打算到20世纪结束，就不再招收非学历儿童文学研究生。但是，报名参加学习的每年都很踊跃，学员来自五湖四海，甚至有马来西亚、新加坡的学员。这些学员绝对不是为了学历而读书，这种精神也深深地感动着先生，招收非学历儿童文学研究生这件事也成了“停不下来的快乐列车”。从1996年开始，蒋先生一共招收了200多名学员，并且有20多名学员拿到了先生颁发的结业证书。“我要坚持到丧失工作能力为止！”说这话的时候，蒋先生显得非常自信、非常高兴。

这些年，为了儿童文学，蒋先生不但经常到各地巡回讲课，一个人创办了《儿童文学信息》小报。去年，还亲自垂范，在金华青少年宫办起了“学诗班”，亲自辅导23名小学生写诗。上学期结束时，蒋先生要求孩子们写一篇学习总结，结果有18名学生用了“诗歌”的形式来写，而且写得像模像样。在蒋先生的辅导下，有1名孩子居然写出了81行的长诗。先生说这些的时候，如数家珍，像孩子一般充满着自豪和喜悦。

“年年八月/有一批远道而来的/诗歌朝圣者/到蒋风先生组织的全国儿童文学讲习班报到/他们是一批/雷打不动的/诗歌朝圣者”，开班仪式上，圣野先生充满激情地朗诵了自己创作的《向远道而来的诗歌朝圣者致敬》。在圣野先生快活的笑声中，我们热烈地鼓掌。我们的心里也无比地激动。是蒋风先生、圣野先生的高风亮节，激励着、引领着我们，为了儿童文学这个无比灿烂、无比华美的梦，才走到一起来的呀！

讲习会取得了圆满的成功。圣野、肖存玉、程丽萍、黄锡忠、夏辇生、谢华、蒋风等老师不同风格、不同侧重的讲课，使与会的学员受益匪浅。讲习会结束的时候，来听课的老师纷纷要求报名参加蒋先生的非学历研究生班学习。蒋先生收到了厚厚的一沓报名表，乐得满脸笑容。

《儿童文学信息》，2003年10月20日第25期

让理想展开翅膀

——2005年全国儿童文学讲习会讨论纪要

前言

蒋风老师主持的全国儿童文学讲习会已经举办了九届，今年是第十届。会议在浙江金华金师附小举行。“让理想展开翅膀”，是艾青为金师附小的题词。

今年参加全国儿童文学讲习会的人员有来自内蒙古社科院的张锦贻老师，有来自浙师大的儿童文学研究所所长、中国作家协会儿童文学委员会委员方卫平教授，有来自陕西省文联和艺术研究所的袁银波先生，有来自上海已83岁高龄还在从事儿童文学剧本研究与创作的孙毅老师，及来自广东的儿童文学作家肖存玉等。这次参与讲习会听课的共有65人，其中学员23人，这次与会的人员年纪最大的有83岁，最小的只有21岁，整整相差62年，但他们为了儿童文学这个共同的理想和追求，走到了一起。

讲习会最后阶段的讨论内容纪要

时间：2005年8月13日上午

地点：金华师范附属小学（著名诗人艾青的母校）

蒋风（以下简称“蒋”）：

今天让大家讨论的问题主要有四个方面：一是你听了七位老师的讲座，你最喜欢谁的讲座？即认为谁讲得好，好在哪里？二是听了讲座，对你有什么启发？三是如果让你来安排讲习会，怎么安排最好？应该邀请什么样的讲师？四是明年如何安排讲习会，时间、地点、内容？

最后我希望大家用笔写一篇短文，谈谈你在这次讲习会中感受最深的几点体会，三言两语也可。

下面大家自由讨论，自由发言，谈谈自己的看法。

肖存玉（以下简称“肖”）：

我先说吧。方卫平老师的课讲得很好，从他举例的优秀儿童文学作品来看，说明他是一个观点鲜明、思想活跃的儿童文学理论家。他的演讲很精彩，我觉得从幼儿园小朋友到研究生都会喜欢听他讲课。

他的文学理论与我的创作实践是相吻合的，我将更努力地从孩子们身上找到亮点，像方老师说的那样，从一件小事中，反映出深层的含义与哲理。

梅杰（21岁，儿童文学爱好者，自称尚在湖北武汉的科技大学法学系学习，因为写儿童文学评论文章需要这方面的专业知识，所以这次特意赶来参加讲习班学习）：

我也认为方卫平老师讲的课好，很生动，还带了很多我们以前从未见过的书，如布书。他把中国儿童文学放在世界儿童文学的背景中去展开，触摸到一些学术前沿问题，如“文学会不会消失”等。杨明明老师是小学老师，是小学语文贯彻儿童文学教育的实践者。他们的讲座让我受益匪浅。

程亦平（东阳市巍山镇校老师）（以下简称“程”）：

（语音哽咽）昨晚我看蒋风老师《未圆的梦》后哭了，蒋老师这么大年纪还坚持为儿童文学事业做贡献，我太感动了。但我原以为是个盛会，会有很多人来参加，可是来的人并不很多，我心里不好受，我想蒋老师更不好受，可能大家都不好受。（大家沉默）

蒋：我很好受呀，有什么不好受的？（大家笑）

程：看来我这个人头脑简单。（学员们笑）

孙毅（儿童文学戏剧创作与研究的前辈，出生于1923年，现年83岁，曾经给学员讲课，自称“老顽童”，是本次会议中年纪最大的学员）（以下简称“孙”）：

（接着程亦平的话）我的头脑跟你一样简单。（大家再笑）

程（转向孙毅）：

也许无知者无畏,我说你这个老顽童,你不要生气。我认为你讲课有些拘束,没有生活中来得风趣,来得幽默,所以我喜欢生活中的孙老师,不喜欢讲课时的你。

楼向东(全国青年语文教师教学研究委员会和全国中学语文教学研究委员会委员、作协会员、教师)(以下简称"楼"):

是啊,我也觉得孙老师讲课时太拘束,放不开,甚至有照本宣科的嫌疑。但我佩服已是古稀之年的张锦贻和83岁的孙毅老师,佩服他们对儿童文学的那种敬业的精神。我在张锦贻老师离开前与谢老师一起采访过她,张老师至今已著有《张天翼评传》等十多本书。我觉得他们讲课之所以不能与杨明明和方卫平老师比不仅仅是因为年纪大了,少了激情,还因为各自的阅历不同,调动听众的方法也不相同。当然,我认为今年已经80周岁的蒋风老师讲课,讲得非常好,不仅条理清楚,富有激情,而且举的亲身经历的例子形象生动,深深地吸引了下面听课的老师。

孙:我喜欢说笑话,说笑话不是一件容易的事。我在前面讲课时,最好有个惊堂木,(做动作)啪!在桌子上一拍,下面就安静了。(大家笑)

(忽然)你们怎么针对我了,不是说好要对蒋风老师"开炮"的吗?(大家笑)(稍停说)我讲课讲得不太好,因为我不是靠讲课吃饭的。

蒋(笑着接下去):你是靠演戏吃饭。(大家笑)

谢之峰(来自安徽合肥,全国师范院校儿童文学研究会理事,安徽省儿童文艺家协会幼儿文学委员会办公室主任)(以下简称"谢"):

我觉得孙老师的讲课比起上次在合肥时好多了,有比较大的进步了。因为他不是讲师也不是教授出身,讲不好我们也不怪他。(大家笑)

程:我觉得来一趟有很多的收获,没有白来。我也很佩服蒋老师的讲课。我说蒋老师编《儿童文学信息》要花很多时间,包括贴邮票,为什么不找一个秘书呢?我就是在校长室当秘书的,因此我认为蒋老师应该找一个秘书。比如找一个研究生。蒋老师这么大年纪,什么事都自己做,我们学生都很心痛啊。

谢:应该找一个人,一个大教授做这些杂事,确实浪费。

蔡凡(金师附小老师)(以下简称"蔡"):我们附小的老师都很愿意帮

忙啊。

楼：你们金师附小的老师在金华，离蒋老师近，真的应该多多帮忙啊。

蒋：帮忙做事，说说是容易的，但要坚持下去难呀。而且我也没有那么多钱来付报酬，没有钱让人家帮忙，不是一件容易的事。拿发报纸来说，我与青少年宫说好让他们帮忙发500份，但我自己都发了2000份了，他们的500份还放在那里呢。

找研究生做事，他们可能会想，蒋老师的成果都是我们搞出来的。其实，不自己经历，谁能感受到那种难言之痛呢？事实上，带研究生，让研究生做一些事也是一种教学方法，是为了培养提高他们的学术能力和工作能力。

楼：我赞同蒋老师的观点。让研究生帮忙做事，不仅是一种教学方法，而且确实是一种能力的培养，对研究生今后可能当导师将起到很大的作用。

蒋：我现在最能抓的是老伴（学员们笑），比如半夜三更要校对好准备第二天用的文章清样，还有写信封，贴邮票等，现在她也能帮我做一下。以前她也是想不通，因为我搞儿童文学研究工作，包括印刷这份报纸，常常要贴钱。

谢：我来的目的有两个：一是了解儿童文学研究的信息，二是因为自己搞儿童文学创作，所以希望提高自己。比如上次在武义开会时，见到大诗人圣野，写好的诗请他改一改，收获很大。所以每次讲习班我都愿意来，无论天南海北，也不论有多远。

（顿了顿）去年是因为身体不好，但那是特殊情况。我不会不来参加的，况且来了可以报销有关费用呢。当然，有的人可以报销也不愿意来，因为怕辛苦。还有的是借这个机会出来玩的，反正可以回单位报销，这样的人每年都有。方卫平讲得好，其他人讲得也不错，因为我对每个老师的讲课都很认真听。

怎样办更好，我觉得经济社会，最重要的一点是不能亏本。上次在我们合肥组织了一次讲习会，是我们学校承办的，会后不但让与会人员到黄山玩了一圈子，还给每一位参加会议的学员准备了纪念品。当然，为了不亏本，事先我们跟当地媒体（电台报纸）的记者都打过招呼，让他们报道这件事。那一次我们组织了三百多人。

蔡:我们金师附小请了浙江师大的老师辅导,获得了好成绩。比如我们班的几位同学是请师大的赵世炎(音)辅导的,数学提高较快,有人还在金华地区获奖,(面向蒋风老师)不知蒋老师是否带学生?

蒋:我不带学生,但我帮助推荐学生作文,上次我推荐的你们附小的十多位学生的作文都在全国性的作文比赛中获奖了,其中一等奖和二等奖都有好几个,你不知道吗?

蔡:(摇头)我不知道。

这次会议我的收获很大。我听了张锦贻老师的课有一种顿悟:原来这就是好的文章呀。

我们班有一位学生在上完《小萝卜头》这篇课文后,写了这样的话:你(指老师)叫我帮忙我就帮忙,我叫你(也指老师)帮忙,你就说自己的事自己做。读了觉得挺深刻的。也许是个写寓言的人才吧。这个学生有一次数学考试,他认为老师把一道题目出错了,就写上"这题目出错了"然后自己出了一道题目,把它做好上交。结果也没有受到批评。这两件事给我的影响很大。

方卫平老师的讲课很生动,杨明明老师的讲课的语言则很亲切。孙毅老师今年83岁,蒋风老师今年80岁,张锦贻老师今年70岁,这么大的年纪还来给我们讲课,我真的很感动,孙爷爷讲课时我本来要离开的,因为听不懂。但想到他那么大年纪不辞辛劳,走了太不人道了。所以还是留了下来。听老师(指袁银波)的课,我觉得一个家庭中父亲与母亲的教育必须是一致的,不一样的教育对孩子会产生不同的影响。因为我已有孩子。

我本来也想参加蒋老师的非学历儿童文学研究生学习,但一则怕自己拿不到文凭,二则我现在还有很多事要做。而上次听方方老师(笔者注:可能指永康教师进修学校搞教师心理课题研究的方方老师)的讲课,其中有一句话影响很深,那就是:"做一件事就要先把它做好,如果一件事没做好就想着另一件事,那一定什么事都做不好了。"

谢:也不完全是这样。因为有些事情要同时去做。但做事情有个轻重缓急是对的。

王胜燕(永康龙川学校教师):

我认为方卫平老师讲得好，孙毅爷爷讲得也不错。杨明明老师说的"要唤醒学生的心灵"的话让我感触很深。我认为小学老师应该不断地提高自己的文学素养，不断学习，不断思考。我明年还会来，我愿意做永远的学员，但也要争取早日领到结业证书。

胡月园（永康龙川学校教师）：

我已经第三次参加儿童文学讲习班的学习了，但蒋老师布置的作业都没有完成。我知道任何的借口都不是理由，所以我就不说原因了。我觉得杨明明和张锦贻两位老师上课时都很认真投入，而孙毅老师平时讲话也很风趣幽默、妙趣横生。我愿意做儿童文学的追随者、宣传者。这一次我不仅知道了儿童文学的样式很多，并第一次知道了戏剧文学。我们聚在一起讨论是心与心的交流，灵与灵的碰撞。

蒋老师的那本《未圆的梦》我两年前就看过了，看了以后我觉得我应该做点什么，我们应该做点什么，因为让蒋老师在诸如写信封贴邮票之类机械的劳动中耗费心血，我们于心不忍啊。在此我说一句："蒋老师，只要我能做的，我一定帮忙，虽然社会是功利的，但我的心不是功利的。"（大家鼓掌）

楼：（接着胡月园的话）我们都听到了，也记住了，以后蒋老师有事找你帮忙时不要推三托四啊。（大家笑）

孙：（面向胡月园）你不是功利的，我是功利的。（大家笑）

我来这儿是有目的的，我是来学习的，虽然我愿意把经验介绍给大家，但不会讲，讲不好。但胡乱的扯是会的，因为能活跃会场的气氛，使大家心情舒畅、愉快。

（稍顿）讲课不是一件容易的事，观众的不同反应会影响讲课的。口味不同，众口难调嘛。这就好比把一批不吃辣椒的人带到川味馆或湘味馆去吃饭，出来肯定不高兴。因为每个人的爱好、需要不同，比如与我同年的任溶溶，他就不吃蔬菜，喜欢红烧猪肉。因为以前生活太艰苦了要补回去嘛。（大家笑）

我建议蒋风老师在每次会议前搞个"筹委会"，3500 份报纸只要寄 350 份就可以了。（忽然改变话题）非学历研究生的文凭也不是好拿的，平时不交作业的"袁大头"（老顽童孙毅私下对袁银波老师的称呼）想用五十万字的创作（指袁老师创作的长篇小说《后三国演义》）来“炸”蒋老师，来代替作业和论文，以便拿到文凭，我不同意。蒋老师，你不能给他。要不我也出了几十万字的书了，是不是也能给我一张文凭呢。社会上现在出书的多得很啊。

（转向梅杰）“书呆子”梅杰，总是拿别人的文章来分析，人家没创作，就只有喝西北风了。我曾经在一次会上说过“搞理论的人就像跳蚤，这本书好就站在这本书上，那本书好就跳到那本书上”。（放低声音）当然我这样说会得罪人，因为会后有人找我说，你把搞理论的人比成跳蚤，那是不行的，因为像浦漫汀、张美妮这样有名的人也是儿童文学理论家呀。当然我们的蒋老师也是著名的儿童文学理论家，所以我收回我说过的话。当然梅杰除外。（学员们笑）

我还有建议：对于作业，一个月交一次太多了，我认为一年交两篇论文，两年四篇也就够了。论文中有自己的见解，有创新的见解，老师就应该通过。而且人云亦云的文章，也应该给他个60分，因为人云亦云也要看书的嘛。（大家笑）

我认为用创作来代替作业是不行的，所以再次向蒋老师建议：“袁大头”的证书是不能给他的。（我们大家都笑着看蒋老师，等他表态。但蒋老师只是笑着看我们，没有说话）

肖：我建议每期讲习班都能发几个结业证书，四百多个研究生，只发了四十多个，太少了。还有最好让学员的结业论文与大家见面。

楼：是的，最好有一个发文凭仪式。但我建议在发文凭前再搞个论文答辩会，那样会更好。让已经写好论文要领取结业证书的人在讲习会上面向全体与会的学员进行答辩。让每一个与会者都能从中受益。

孙：我反对。我这么大年纪了还答辩什么呀？

蒋：我倒是赞成楼向东的建议。认为搞个论文答辩会有好处。

（面向孙毅）你还不是我学员中年纪最大的。我有两位学员，最大的今年已经88岁。年纪最大学习也最认真，他们都能按时完成作业，现在都已领到结业证书。当然，对不同的学员，能照顾的也要照顾一下。（蒋老师说服了还在嘟嘟囔囔的老顽童孙毅）

孙：那我以后也要向他们学习，认真一点。（笑）

谢：我也赞成进行论文答辩。因为论文答辩有这样两个好处：一是让每个学员都知道谁要结业了，谁能领到证书。二是进行论文答辩时，我们能学到不少知识，包括怎么样写论文与如何答辩等。

蒋：就这样确定下来，今后要领取证书的学员必须进行论文答辩。（与会者没人提出异议，于是通过）

楼：其实，对于蒋老师提了讨论的四个问题，我本想说我比较喜欢杨明明和方卫平两位老师的讲课，因为他们的讲座风趣生动，能以他们丰富的学识调动听众的积极性，甚至创造性思维。但从前面蔡凡老师发言中谈到的听张锦贻老师讲课时的顿悟，使我忽然觉得我的观点是一家之言。因为不同的听众，感受也一定不同。因此，我现在认为七个搞讲座的老师都各有长处，关键在于听的人。

第二点是，我这次来参加讲习会，更坚定了我对从事儿童文学创作与研究的信心。这也是我的收获吧！第三点是，如果我来安排讲习会，我赞同孙毅老师提出的事先搞个筹委会。安排专门的人员接待，有专门的财务会计，也就是蒋老师的经纪人。凡事不必蒋老师这样大年纪的人亲历亲为。第四点是，我赞成孙毅老师在我们私下谈论时说的明年把会议办到上海，可以邀请包括圣野、梅子涵、任溶溶等在内的上海的名人、作家来搞讲座。（学员们表示赞同）

我来自东阳，十五年前浙江师大毕业后参加工作，几乎一直在中学教书，也在中专和大专院校工作过。我教语文，与方卫平老师应该说是师兄弟吧。

第一天杨明明老师要求来听讲座的小学老师举手，结果有一大半的人举手了。她说她的讲座主要是针对小学老师的。我想，一切为了孩子，只要有孩子的家庭，听听也会有益。

我对孙毅老师说的“应试教育是魔鬼”的话印象很深。确实，在以前的应试教育大环境中，像孙毅老师搞的儿童课本剧，往往被认为是浪费时间，在课堂教学中是不受欢迎的。这甚至包括很多的中小学校长在内。

儿童文学作家与理论家应当开阔眼界，不要只局限于为孩子写东西。而且儿童文学的种类、样式很多，寓言、童话、诗歌、小说都可以。我个人认为，写儿童文学不一定专搞儿童文学。

此外，儿童文学也可以干预生活，反映社会生活中存在的问题。这与方卫平老师的观点有些相同。比如郑渊洁的童话，我来之前还看过他的童话《犬人》，就是以童话的形式反映生活的好作品。文章写到了学生中以强凌弱、敲诈勒索，学校领导作风不正以及社会上阴谋抢劫银行等现实生活中存在的问题，其实就是希望引起社会的关注，从而让整个社会向善的方面发展。

还有，我认为儿童文学的创作几乎渗透在百分之九十以上的优秀文学作品中。比如《红楼梦》中写到的那块小小的通灵宝玉，是贾宝玉生下来时就含在口中的，而薛宝钗生下来时口中居然含有一把小小的金锁，我认为这些都是一种童话的创作方法。《红楼梦》尚且如此，《西游记》就更不必说了。至于《三国演义》中能"掐指一算"的诸葛亮，《水浒传》中能在水底伏三天甚至七天的阮小二、阮小五、阮小七，以及《封神榜》中大闹东海龙宫的哪吒等，无一不是孩子们喜欢的。

而《伊索寓言》中的《狼和小羊》、《乌鸦和狐狸》，甚至安徒生童话中的《皇帝的新装》、《海的女儿》等，其实并不完全是给孩子看的，成年人看了照样可以从中得到启发与智慧。

谢：今年是安徒生诞辰两百周年，我们那儿搞了个征文活动。

孙：学会生存，学会做人。我认为马克思说的"社会是人与人之间的关系"说得有道理，但我对什么是"审美"至今不懂什么意思。

蒋：儿童文学工作者真正要提高，必须培养自己的欣赏能力，而提高欣赏能力，阅读是基础。熟能生巧嘛！叶圣陶先生说的"阅读是写作的基础"，我认为很有道理。

我现在有个很深的体会，那就是：你要做的很多事情，只要能坚持下去就会胜利，就会成功。我办非学历儿童文学研究生讲习班，其实是一个诱饵，因为我的非学历儿童文学研究生结业证书，说有用也有用，因为有人用它评职称，说没用也没用，因为国家不承认。当然我办儿童文学研究生讲习班的目的是为了让更多的人来关心儿童文学，从事儿童文学的创作与研究。很多来参加的人其实也不只是为了拿证书，而是为了学习提高。这是值得高兴的。

我办的《儿童文学信息》报，现在已经有三十多期，有一个叫马力的人写信来说想要全部拿去研究。我的儿童文学研究生在我离休前招了11届，但总共只有二十多个人。因为那是省招办规定每一届只能招一个两个，最多只能招三个。而我离休后招的十届非学历儿童文学研究生已有四百多位学员，拿到结业证书的也已有四十多位。所以，我还是感到很高兴。我愿意为儿童文学奉献我的一生，只要有工作的能力，只要一息尚存，我就要奋斗不已。最后，我非常感谢大家对我的支持，对儿童文学的支持。特别是像孙毅这样80多岁的人也来参加我们的讲习班，也要报名参加我的非学历儿童文学研究生学习，我认为这不仅是对我的支持，也是对全体学员的一种鼓励。

讨论从上午九点到中午十二点多钟，时间长达三个多小时，与会的人员绝大部分都发了言。学员们畅所欲言，气氛相当融洽。

会谈讨论结束前，被“老孙”（学员们私下的称呼）称作“袁大头”的袁银波老师带了一位愿意为蒋老师装修新居的名叫俞伟阳的年轻老板过来了，同时还带来了一个大大的蛋糕，来庆祝蒋老师的80周岁生日。

让学员们高兴的是蒋师母也应邀参加了我们为蒋老师举办的生日聚会，聚会时自称“孙老头”的孙毅老师还语惊四座。具体细节留待下回分解。

附袁银波老师的观点：我认为蒋老师发结业证书应尽量放宽，至少有三分之一的人过关。学员们能来参加讲习班已很不容易，如果连结业证都拿不到就毫无意义了。而且人数会越来越少，队伍会越来越小。请蒋老师考虑。

《儿童文学信息》，2005年8月

南国寻梦

——中国儿童文学研究中心第十届儿童文学研究生课程班学习纪事

陶　会

梦开始的时候

我小时候是在农村长大的。回想自己的童年，印象中依稀记起“木匣子”里的“小喇叭开始广播啦！”的少儿节目；偶尔搬着小板凳跟在大人后面跑十几里路才看到的露天电影；几本翻了又翻的小人书；再就是向别人借阅的已被传得面目全非的《少年文艺》，就构成了我童年的课余生活。那时我只有一个梦，那就是有一天能拥有一橱属于自己的书。

后来，遵循父母要我“跳出农门”的厚望，我考入了师范学校。在师范的三年，是我这个农村娃大开眼界的三年，在这三年我学会了拉二胡，在这三年我知道了《安徒生童话》，知道了丑小鸭变成白天鹅的故事，我常常为那美妙的故事所陶醉。也就是在这三年里，我做起了文学梦，梦想自己写的文章有一天也能发表。

激发梦想的人

带着幼稚的文学梦，我踏上了教育这块播种希望的土地。在教学之余我对文学创作痴心不改，偶尔也写一两篇巴掌大的“豆腐块”，凑巧也能在一些报刊上登上一两次。就是这些“豆腐块”在膨胀着我的文学梦。于是2001年我在校领导的支持下成立了“春蕾文学社”。也就是在这年，我初次认识了激发我儿童文学梦的导师、儿童文学界的泰斗——蒋风先生。当时因为我们“春蕾文学社”刚加入“全国校园文学社联谊会”，而蒋先生正是联谊会的副会长。那次与蒋先生谋面，只觉得这位老人家和蔼可亲、平易近人，向他请教问题，他能给你详细的解答。只知道他是中国儿童文学研究中心主任，在此前做过浙江师范大学的校长。会议结束后，我惊奇地接二连三地收到蒋先生寄来的《中国儿童文学信息》报，报中还常常夹着短信，询问近期文学社的开展情况。随着交往的增加，以及从各种儿童文学书籍、报刊中的了解，对蒋先生也越来越肃然起敬！他在中国儿童文学领域竟然创造了那么多的“第一”！

他1952年开始从事儿童文学教学与研究工作，是新中国儿童文学教育工作的拓荒者，是第一批走上儿童文学讲坛的大学教师之一。1978年10月，他在浙江师院创建了全国第一个儿童文学研究机构——儿童文学研究室，建立了全国第一个专业儿童文学资料室，同时，在全国第一个招收儿童文学硕士研究生，培养了一批知名的青年学者。

1980年6月，他第一个发起创办的中国儿童文学研究会，在北京成立，他被推选为第一副理事长。1982年9月，他创办了第一期全国幼师、普师儿童文学师资进修班，培养了一大批儿童文学教师，成立了全国幼师、普师儿童文学研究会，后发展成为全国师范院校儿童文学研究会，被选为永久会长。

1986年，他被国际儿童文学研究会吸收为第一位中国籍会员，2004年，又当选为亚洲儿童文学学会共同会长，是国际格林奖评委中唯一一位中国评委。

1994年8月离休后，他创办中国第一个民间儿童文学研究机构——中国儿童文学研究中心，首创非学历研究生模式，免费招收非学历儿童文学研究生，学员遍及包括港澳、台地区在内的全国各地和新加坡、马来西亚等国。

也正是从《中国儿童文学信息》报中，我了解了中国儿童文学研究中心招收非学历儿童文学研究生的信息，于是抱着试试看的心理，踏上了南国寻梦的旅程。

金华印象

第一次了解金华，是在学习叶圣陶先生的《记金华的双龙洞》这篇课文时，那时金华成了我心驰神往的地方。今天，我终于踏上了这块神奇的土地。一路上，只见河谷纵横，丘陵连绵，层峦叠嶂，使人觉得仿佛置身于仙境一般。这是一座钟灵毓秀、文化璀璨、名胜古迹众多，有着3000余年历史的名城，秀丽的山川和深厚的文化相结合，使自然美和人文美完美地融为一体，交相辉映。这里岩洞奇特，尤以“一水穿开岩底石，片槎引入洞中天”的双龙洞和“一瀑垂空下，洞中冰雪飞”的冰壶洞最为著名。历代文人墨客慕名而来，仅李白、王安石、孟浩然、苏东坡、李清照等历代名人佳作就有2000余篇，现代文学家、诗人郁达夫、叶圣陶、郭沫若、艾青等都为双龙洞写过脍炙人口的名作。在这里举办全国儿童文学研究生课程班讲习会，既能进行学术研讨，又能接受自然与人文的熏陶，真是让人神清气爽！

当我在暮色中踏上这片神奇的土地，当我在热情的的士司机的指引下，来到诗人艾青的母校——金师附小（*也是蒋风教授的母校*）时已是万家灯火。就在我不知所措时，参加讲习会的师哥、师姐们帮我安排了宿舍，拿了毛巾被、空调遥控器、蚊香等，一切安排妥当，已是晚上九点多了，可我们睡意全无，大家一见如故，聊得很投机，好像有谈不完的话题。但大家谈得最多的是儿童文学这朵永不凋谢的花。啊，金华——我寻梦的地方！

不老的情怀

一觉醒来已是早餐时间，虽没有丰盛的美味佳肴，只有简单清淡的早点，和着十分融洽和谐的谈话氛围。不分职务高低，不论年纪大小，从儿童文学研究中心主任蒋风先生，到青年大学生梅杰，从浙江师范大学儿童文学研究所的方卫平教授到广州专业作家肖存玉，大家吃着同样简朴的饭菜，脸上挂着一样灿烂的笑容。

今天，天空格外的蓝，空气分外的新鲜。来到这里人人显得开朗，个个变得年轻，静静的会场似乎能听到他们充满童真的心跳。

不信你听，杭州特级教师杨明明女士《儿童文学作品、小学语文课堂和我》的精彩讲座，一次次赢得了热烈的掌声。她那抑扬顿挫的声调、充满童趣的课件无不显示出她那颗永远年轻的心！

每一个参加会议的人，都似一个好奇的孩子瞪大了双眼在倾听、在思考，在心中编织那美好的梦！

你看，来自上海的著名儿童剧作家孙毅先生，虽已至耄耋之年，但做起报告来，仍是侃侃而谈，滔滔不绝，席间幽默的话语，带着几分调皮的玩笑，无不透露出"老顽童"的秉性。

浙师大儿童文学研究所所长方卫平教授，不愧是儿童文学的专家，他谈起儿童文学来，站的高度就不一样，他说的是世界背景下的中国儿童文学，他谈的更多的是，对儿童文学现状的担忧，对孩子们所接触的读物的担忧，话语中无不饱含着对祖国下一代的关爱。

望着那一位位满头花白的老人，看着他们如孩童般入神地倾听，我想：凡是心中激荡着那股儿童文学的激情，胸腔中跳动着那颗童心的人，他就永远有着不老的情怀，他将永远年轻！

"老顽童"孙毅

第一眼见到孙老先生，就觉得分外亲切，他风趣地说："称我老顽童好了！"说着将他的"儿童剧快活丛书"递给我谦虚地说："请指正！"我拿着那一套《儿童相声集》、《儿童剧集》、《小学课本剧》、《木偶剧集》等共5本书，如获至宝。看着书面上印着孙老先生骑着单车乐呵呵的卡通画，我想真不愧是"老顽童"！对孙先生的进一步了解，是与他共游双龙洞的旅途中。一路上，乘车买票孙老师都是与我们抢着付钱，还学着范伟的语调："缘分啦！三人中我年纪最大，当然应该听我的！"在上山的时候，我们一开始准备搀扶他，可哪知他跑得比我们年轻人还快呢！我们真是惊慕不已！下山途中我忍不住向他请教长寿秘诀，他笑着说："长寿秘诀第一要心情开朗，生活中遇事要冷静，不与别人斤斤计较、怄气，胸襟坦荡则延年益寿。第二嘛，就是活动，活动活动要想活就得动，要经常运动，经常走进社会，走进自然！"一路上，我们边走边谈，老顽童风趣幽默的话语，常常逗得我们哈哈大笑。带着几分童真的欢笑，伴着清凉的山风和着淙淙的溪水声在山林中回荡，传得很远很远……

审问“袁大头”

“袁大头”是孙毅老先生给陕西省艺术研究所专业作家袁银波起的“名号”。“袁大头”1951年出生，当过空降兵，1976年任《陕西日报》副刊编辑，与贾平凹、路遥等著名作家都是同事。之所以称他为“袁大头”，孙老师说：一是因为他头大，二是因为在讲习班中他著作等身，仅中、长篇小说就50余部，像《乱世英雄吕不韦》、《秦宫秘史》等都被搬上了银幕，特别是最近刚出版的《后三国演义》更是令人瞩目。还有就是他有着常人做不到的本领，他能为写一部长篇，与外界中断联系十个月，一人躲进上海，甚至年三十都在写！审问“袁大头”的目的就是想了解他是如何练就这一身本领的，这“袁大头”还真老实“交代”了。他真不同寻常，到哪儿游玩，他总喜欢一个人静静地看着，一看就是半天。在我们看来，湖中一块普通的石头而已，他竟然能从中看到了一个少女到少妇到老太婆的传奇一生。看来“袁大头”这细心的观察、丰富的想象、深入的思考，才是他写作素材的源泉哪！

心中的遗憾

会议的第二天，老顽童孙毅就瞒着蒋风先生，在我们学员中策划为蒋先生庆祝80寿辰的事。我们热情很高，利用中午会议休息时，我与孙先生、谢之峰老师在街上买了红酒，预订了蛋糕，让厨房师傅买了只鸡，备了几样菜。就在大家秘密策划如何为蒋老过寿时，我却接到通知说要参加县里的演讲活动，必须提前一天离开金华。我心里真是矛盾，后来蒋教授听说我要提前走，专门到宿舍来看看，和我聊了聊，并嘱咐我路上小心。我心里想说：“对不起，蒋老师，没能为您过生日！”可是却不能说出口，因为一说，就破坏了老顽童孙毅的密谋活动，最后我只好写了几句祝福的话语，悄悄地请梅杰到时转交给他。就这样，我带着遗憾，在蒋教授的目送下，提前离开了金华。那天的生日宴会应该是简朴但充满真情而又很温馨的，但我却未能亲眼目睹，这应该是我一生中水远的遗憾了！

远方的蒋教授,您会原谅这早退的学生吗?

《春蕾》,2005年9月30日第10期

非常精彩、非常新鲜、非常丰富

——2006年全国儿童文学讲习会活动纪实

阿 甲

8月12日，金华。多云，26—36度。

非常闷热的一天。我带着女儿中午到金华，在饭店安顿好后，来到金师附小，校名标牌旁写着“中国名校”。蒋风老先生已经在这里等候半天了，我由几位早到了的热心学员帮忙，办理了报到手续，然后在教工餐厅吃了顿饺子。

大多数学员是下午到的，吃晚饭的时候数了数，大概有30位。晚饭后，陆续还有学员赶来。大家住在学校的学生宿舍，4人一间，有空调和独立卫生间，虽然简单，但也宽敞干净。

大家相互聊了一下，有从浙江、北京、河北、江西、广东、新疆等地来的朋友，最远的是从乌鲁木齐来的，大多数人是第一次来，但也有参加过多次的，最多的大概参加了6—8次。

快到8点了，蒋风先生仍然坐镇金师附小，等着报到的学员，后来连老伴也来了。筱音觉得这对爷爷奶奶真亲切，欣然上前合影。她虽然听爸爸说过，这位蒋风先生是一位了不起的爷爷，但她肯定不清楚，这位老先生是中国儿童文学学科的创建人之一，他已81岁的高龄，仍然活跃着，为一生的理想而奋斗。

8月13日，金华。晴转多云，干打雷不下雨，27—38度。

比昨天更加炎热。今天真是有点难为筱音了，整整一天在教室里陪我，她自己读书、画画，倒也不算太闷。最近她最爱读法国漫画《淘气包谢得意》，读着读着，常常自己乐得咯咯直笑。我总想让她到外面去玩，可外面太热，没法出去玩。

上午的讲座对大人来说也有一点沉闷。作为作家的孙建江先生曾经专攻寓言写作，笔名雨雨。作为理论家，他也有多部理论专著，如《意大利儿童文学概述》（湖南少年儿童出版社 1999）、《光荣与梦想》（明天出版社 1999）、《二十世纪中国儿童文学导论》（江苏少年儿童出版社 1995）、《文化的启蒙与传承》（甘肃少年儿童出版社 1994）、《童话艺术空间论》（湖北少年儿童出版社 1990）等。不过他是位相当理性（或者说过于理性）的演讲者，今天要完成一个不太容易的命题：寓言专题。

讲座大致分两大部分：寓言文学总体状况和寓言的写作，重点在第二部分。从创作的角度，孙先生强调寓言创作的“出人意料”的效果，围绕人物、动物、植物或非生物的“物性”，从看似不可能处看到人的生活；从相同的叙述对象中提炼出不同的主题；如何营造氛围（当代寓言的创新），如何制造幽默和反讽。在讲座的后半部分，进入交流，孙先生也谈到当下寓言的不景气，寓言创作需要创新，寓言创作结合其他文体的可能性；后面还谈到他进入儿童文学创作的一些经历，那是一些更为有趣的小故事。

下午的交流活动相对活跃一些，活动也大致分两大部分。前半部分到场的学员自我介绍身份、来历，为什么对儿童文学感兴趣，为什么来到金华参加活动。不过最精彩的部分还是蒋风老先生的自述，他主要介绍自己从离休以后操持非学历儿童文学研究生活动的经历，说得非常朴实，但令大家非常感动。老先生反复感谢大家冒此酷暑来参加这一活动，其实整个活动中最辛苦的是他老人家，毕竟 81 岁高龄了。我偷偷想，自己到了这么大年纪时，还能像蒋风先生这样充满精力和热情吗？后半部分是自由讨论，主题是上午的寓言专题、寓言在语文教学中的应用和儿童阅读的推广，这部分由我来主持。大家发言很踊跃，场面还是相当地热闹。详情还是看后来整理的笔记吧。

晚饭后，大家意犹未尽，三三两两相约去逛江边的公园或去后街逛商店。

夜幕降临，我带着筱音回房间，又有朋友上门来聊天。等把大家送走，给筱音洗完澡，自己也赶紧去冲个痛快。等出来看时，女儿已经酣然入睡了。

8 月 14 日，金华。老天！比昨天还热。

上午的讲座由著名童话作家冰波来讲，精彩而且热闹。冰波先生的演讲非常有魅力，其间讲故事的时候，连在座的几个孩子也在专心地听。冰波主要谈到两大话题：对童话想象力的理解，故事情节的构想。讨论主要集中在第一个话题上。

说来话长，不过晚上查冰波的博客，发现这正是他最近着力思考的问题，不少话题在网上也讨论过了，有兴趣的可以到网上看关于想象力的讨论。这个问题确实很值得深入讨论、思考。不过今天最大的收获还是找到了一篇冰波的母亲讲述儿子故事的文章，据说这位母亲只有小学文化程度，但写出来的文章让我非常感动。好，实在是好！

8 月 15 日，金华。比昨天更热。

今天上午的讲座由浙师大的郑欢欢老师主讲，她正在北师大攻读博士。今天的主题是图画书。第一部分她选择了“后现代图画书”的主题，主要从 David Wiesner（大卫·威斯纳）的 *Three Pigs*（《三只小猪》）讲起，介绍后现代图画书的叙述特点、意义和存在价值。《三只小猪》的故事讲得非常好，在场的大人和孩子都很开心。不过听讲座的大多数学员对图画书没怎么接触过，所以对“后现代图画书”的概念感应不强。

讲座的后半部分，讲到“寓言的审美价值”和“儿童文学（特别是图画书）在语文教学中的应用”两个主题。特别是后面的主题引起了普遍兴趣，其中穿插《失落的一角》的阅读，听众也非常感兴趣，大多数人以前都没有读过。

因为许多学员以前基本没接触过图画书，下午的交流活动变得有点困难，于是改由我来主持讲一些图画书故事，主要通过投影的方式，我们一起阅读了《小老鼠无字书》之《颜色》，David Wiesner 的 *Tuesday*（《星期二》）和 *Sector7*（《7 号梦工厂》），这是“无字书”部分；还有《狮描捉老鼠》（借用了若橘的图片，特此感谢！）、《有色人种》、《子儿，吐吐》、“艾特熊 & 赛娜鼠”之《一起去野餐》、《花婆婆》。与这么多好玩的书打交道，自然是一个很好玩的下午，现场有三个孩子，都听得很开心。

8 月 16 日，金华。照旧高温天气，但似乎多了一点点风，人也感觉凉爽了一点点。

今天是活动非常丰富的一天，上午旅游，下午讲座，晚上联欢。

早上5点半就起了，到金师附小吃过早餐，大家乘车去金华的双龙洞。我已经是今年第二次去了，不过又是一群新朋友，而且带筱音去，自然又有了一些新趣味。爬山、探洞并不新鲜，但有孩子在身边，却感觉到新鲜的味道。筱音特别喜欢躺在小船上过洞底的那一段，就是觉得太短了一点，还不过瘾。她中午回来后念叨这件事，晚上临睡前又念叨了一次，看来真是感觉还"遗憾"着呢。洞里为了制造气氛，用了各种颜色的灯照到洞壁上，在我看来挺俗气的，但筱音却觉得很好玩。她在洞底觉得很冷，我们就一路快步向前走，一路爬上冰壶洞，然后爬出洞口，又回到热空气里。不过山上再热也还是感觉有些凉爽的，更何况时不时可以找到泉水洗洗脸、洗洗脚，感觉特冰爽。

中午回来稍事休整，下午两点继续讲座活动。下午由浙师大的钱淑英老师来讲，她正在上师大攻读儿童文学博士。讲座前后我们拜读了她带去的几本图画书，特别好玩：《灰王子》、《顽皮公主不出嫁》，还有一本英文书，讲一个骷髅人治打嗝毛病的图画书，非常搞笑。下午讲座的题目比较长，大概是"从公主、王子到怪物，从形象的变迁看现代童话形态的走向"。这是个很有趣的话题，钱淑英先从童话的阅读价值在一些领域被质疑谈起，引入童话对于孩子的情感需要、现实需求的关照，从现代童话的现实意义和现代价值入手，引出当代西方童话在形态上的变迁。例证从梦工厂的动画片《怪物史瑞克》谈起，比较传统的迪斯尼动画片，引向童话的现代性回应，谈到童话形象在观念和艺术形式上的转型，后现代的颠覆和解构。

在图画书故事方面，她同样用《三只小猪》的传统故事来切入。昨天大家看了一个后现代版本的《三只小猪》，她今天又讲述了另外三个后现代版本的类似故事：《三只小猪的真实故事》、《三只小狼和大坏猪》、"*Wait, no paint*"（《等等，没颜料了》），展示了另外几种颠覆这个传统故事的后现代表现方式。然后引向童话的"后现代精神"的探讨，中国童话向现代性转型的一些思考。再后面，还谈到了不少关于"幻想文学"发展的一些状况，内容很多，以后看看笔记的整理情况吧。

总体来说，今天的讲座非常精彩，两个多小时为我们带来了非常新鲜也非常丰富的信息，大家听得也很认真。不过从后面的讨论上看，有些学员还是表现出了一些困惑，主要表现在对“后现代”表现方法上的困惑。我非常能理解这种困惑，也谈了自己的一点看法。我认为，今天的这个论题还是相当前卫的，讨论这个话题需要有相当的基础。特别是当我们关照中国儿童文学的状况时，会发现我们先不谈“后现代”的问题，我们在“现代”的问题上就已经相当的薄弱，无论是从创作、研究到阅读方面，那种还属于浪漫主义的“现代”阶段，我们还相当匮乏，在这样的基础上直奔作为当代西方潮流的“后现代”，显得相当苍白而且底气不足。大体是这样的想法。另外，我觉得今天在讲座中听故事还不太“过瘾”，钱淑英老师选的书很好，讲得也不错，但在讲述的过程中没有把书面向听众，大部分情况下听众看不到画面，有点遗憾。

晚上 7 点，举行了一场学员的联欢活动，因“地主”程丽萍老师提供了大量的西瓜，所以活动被命名为“西瓜会”。联欢活动由石家庄的秦青老师主持，一上来石家庄“方面军”就给大家来了一段即兴创作的快板书，令人惊叹。在此高水准的表演引领下，各地学友纷纷献宝，拿出具有地方特色的绝活儿，一个高潮接着一个高潮。小朋友也很活跃，筱音表演了一首英文歌，还跟我一起表演了图画书故事《鳄鱼怕怕牙医怕怕》。蒋风先生偕夫人一起来参加，在学员们的盛情邀请下，师母还为大家唱了一首常唱常新的《我爱北京天安门》，赢得满堂喝彩。几位老学员先后深情致辞，表达对蒋先生与夫人的谢意和敬意。想想看，那是多么不容易，80 多岁的高龄，以一人之力为那么多热爱儿童文学的朋友提供了如此有益的阶梯和平台，而且已经坚持了这么多年！与他携手相伴的夫人又为此付出了多少？

晚上 9 点半左右散场，我和筱音陪着这对老人离开金师附小，目送他们携手回家的背影，深深地感动着……

8 月 17 日，金华。多云，有风，让人感觉比较凉快。

今天是儿童文学讲习会最后一天了。今天来演讲的是女作家毛芦芦，主题是儿童小说的创作。毛芦芦是一位两栖的作家，既创作成年人的小说、散文，又创作儿童小说，主要是少年小说，这类小说的主人公常常是少女，她的《芦花小旗》曾获冰心儿童文学新作奖。

这是位看起来有些腼腆，但始终带着微笑的女作家，一开始还不是很适应，以飞快的速度讲了一大段早晨来金华的"遭遇"，原来她是从衢州赶来的，一早5点坐火车，正常情况下一个多小时能到金华，但在半路火车却停下来，说是因为铁路电气化改造要临时停车，至于停多长时间没准，停几个小时也是很"正常"的。她当时非常着急，向列车员反复解释自己要赶去上课，一定要中途下车。列车员只好放她下车。她就沿铁路走，翻过几个丘陵，找到一条马路，然后再上正式的公路。在这个过程中她遇到一个好心的男孩，骑车搭她到了公路边，然后又遇到一个同样很好心的司机，把她一路带到了金华。其间还有许多细节，历历在目。等她赶到教室来喘口气时，才发现原来这一大早的经历，恰好是一个非常好的小说素材。

在学员们的掌声鼓励下，她渐渐放松下来，开始讲一个个的案例，如何从生活中挖掘素材，演变成一部一部的小说。有的小说故事是从亲身经历中来的，有的小说故事是从听来的故事中来的，有的故事是从奇特的人名中联想出来的，有的故事则是从某个特殊的地点中来的，她讲了自己创作的一部部小说，介绍创作的体会，谈到多读作品，带着学习的视角读别人的小说，同时带着对孩子的关怀进行创作。

整个上午的时间，几乎都是在这些"真实的故事"和"小说的故事"中度过的，虽然毛芦芦讲得很琐碎，但还是很精彩，让我们感受到作为小说创作者的独特的视角和创作心路，对于希望从事创作的朋友非常有启发。她擅长讲的故事，大部分是"小人物"的故事，而且那种优雅、细腻的趣味贯穿始终，用大家的话说"带有茉莉花串的香味"。总之，这是一个相当愉快的上午。

下午的讨论活动，主要围绕着对这次整体讲习活动的回顾和建议。大家的整体评价很高，也提出了一些建议，总体上说，大家认为这样宝贵的学习活动要想长期坚持下去，需要再相对规范一些，学员们可以更多以自助的方式担负起大量的事务性工作，让蒋风老先生能多一些时间和精力去做更有意义的更有价值的事情。于是大家投票选举产生了一个常设的秘书处，第一期由安徽的谢老师、新疆的黄老师、河北的秦老师和我，四个人组成，多负责一些日常的联系工作和讲习会的组织服务工作。

讲习会正式结束了,大家都有一点依依不舍。

在下午交流时,我对大家说,这次能来金华特别要感谢筱音的支持,如果她不“同意”我来,我可真不能来。然后大家问筱音,明年能否“同意”爸爸再来,她很得意地说:“看看情况吧。”

8 月 18 日,金华的天气还比较凉爽。

讲习会已经全部结束了,学员们纷纷离开。与蒋风先生告别,依依不舍,相约明年再见。上午,几位同学相约到蒋风先生家拜访。老先生的家离金师附小不远,大概 4 站路,在他亲自带领下,一行人来到了一幢坐落在金华胜利街的老式楼房,蒋先生夫妇就住在 4 楼。

这是建于 80 年代初的旧楼,蒋先生一家在这里居住了 20 多年,这里曾经接待过许多中外文坛的名人,主要是儿童文学界的名人,包括贺敬之老先生,还有日本的大理论家鸟越信先生。不过进入房来,才发现实在是简朴,三间房,一个六七平方米的小客厅,刚好摆下一套旧沙发和茶几。我们一行六人加上主人夫妇,正好就坐满了。师母忙着切西瓜、削梨,热情接待。大家都有点惴惴不安,只有筱音特别自在,很快就到主人房间发现了好玩的东西,她琢磨上了主人卧室里的一架电子琴。师母奶奶高兴地过去和她一起弹,奶奶演奏,她跟着唱了几段熟悉的英文歌谣。我则对老先生的书房向往已久,征得同意,进去翻书。这个十分拥挤的书房,书从地上堆到天花板上,两壁的大书架上,分里外两层塞满了书,主要是理论书。窗边有一张书桌,已经很旧了,蒋风先生的许多论著就是在这张旧书桌上完成的。

《儿童文学信息》,2006 年 10 月 1 日第 34 期

五湖四海结益友，万水千山拜恩师

——2007年全国儿童文学讲习会活动纪实

尚云波

8月5日，到金华。

上午十一点半左右，阿甲、筱音、丁丁和我一行四人抵达金师附小。站在这所心仪已久的中国名校门前，心里陡然升起一股敬仰之情。

下午，同学们陆续到来，既有老友重逢，也有网友初见，欢声笑语，亲热非凡。

下午三点多钟，我的室友郭永军同学游览双龙洞归来。他赠送了我一本由他亲自主编的《飞翔》文学社刊，看得出郭永军同学是个踏实而能干的人。傍晚下了一场雷阵雨，闷热的天气一下子凉爽了许多。

晚饭时，我初次见到了蒋风老师。在这位德高望重的老前辈面前，我觉得自己一下子变成了稚气未脱的小学生，崇敬之心油然而生。这顿饭我是坐在蒋先生身边吃的，边吃边聊，感觉非常亲切。

8月6日，彭懿教授上第一课。

上午开课前，蒋先生致简短的开班词。

彭懿老师讲了第一课：宫泽贤治《银河铁道之夜》。

原定的题目是讲图画书的，彭懿老师临时改变了授课内容。在课上他用一本由原著改编的图画书《银河铁道之夜》和动漫电影《银河铁道之夜》互相穿插着讲述了宫泽贤治的这部幻想故事、宫泽贤治的生平以及对这部作品的评述。感觉得到彭懿老师对这部著作进行了很深入的研究，对这次备课也下了一番功夫。只是展开的话题因时间不够而略显仓促，让人觉得有些意犹未尽。彭懿老师的课为我们开启了一个阅读和研究经典儿童文学的新领域，使我们很受启发，很开眼界。

下午的讨论，蒋老师让阿甲主持。阿甲采取了灵活的讨论方式，搞成了图画书的饕餮大餐——把他和丁丁远道带来的图画书和大家共赏。

丁丁讲了《袋鼠也有妈妈?》的英文绘本。为了再现原文的韵味,丁丁用英文朗读,听起来很是新颖别致。后来又与孩子和家长做互动游戏,更是让人觉得趣味盎然,别开生面。

阿甲对《野兽出没的地方》一书进行了导读。一边看图画,一边讲故事,有问有答,有唱有和,场面十分生动活泼。

阿甲还向大家展示并讲述了约克·米勒的由 7 幅单张画组成的《挖土机年年作响——乡村变了》的图画书。这本书的作者以精妙的构思、独特的手法和新奇的装帧样式,把图画书形式和内容之间的有机结合做到了珠联璧合、完美无缺的地步。令人耳目一新,为之叫绝!

马莉丽同学讲述了图画书《菲菲生气了》,虽是初次上课,却讲得有滋有味、相当精彩。

真是不谋而合,阿甲和丁丁带来的图画书中居然凑齐了精装原版桑达克的三部曲《野兽出没的地方》、《厨房之夜》和《在那遥远的地方》,这真是一个意外的惊喜!在大家的强烈要求下,阿甲一连串讲了这三本书。并提出了许多解读图画书的思路。展现了一个顶级阅读推广人的水准和风采,令人折服。

晚饭后,与马启标、丁丁、胡月圆及她的学生一起去婺江边游玩、拍照。江风吹过,顿觉浑身清爽。一路走下来,对金华这座城市的印象真好。

8 月 7 日,郑欢欢博士上第二课。

上午,郑欢欢老师给我们授课的内容是《儿童电影与儿童媒介素养》。主要讲了"媒介童年"概念的提出,儿童的媒介素养以及儿童电影,儿童媒介素养教育的利器这样几个问题,这是她的博士论文的一部分。最后讲到了儿童电影被作为课程资源,利用"电影课"实践作为教育延伸的手段。这立刻在同学中引起了反响,原来,在同学中早就已经有人这样做了。还有的同学向郑欢欢老师咨询有关信息,准备着手做起。郑欢欢老师的授课从儿童电影的层面,给了我们很多有益的启示。

下午讨论,请每位同学做了一下自我介绍。在一位同学颇有些难为情地说自己是老学员了,但到现在八年了还没有毕业时,大家都会心地笑了。

蒋先生幽默地说:我希望大家的作业都写得慢一点,这样我们就有机会更多地见面了。大家笑着鼓起掌来。当汤宏英同学自我介绍时,蒋先生插话如数家珍地介绍了这位文学新秀连续发表儿童文学作品的情况,赞赏之情溢于言表,饱含了对大家的殷切期望。

在接下来大约一个小时的时间里,阿甲安排了刘丽赏、胡月圆等几位同学做了关于小学阅读教育的主题发言。其中珠海的梁伟明同学讲到他给班级攒图书的方法很是独特,听来颇有一点儿童游戏的味道,不时引起大家的欢笑。

8月8日,钱淑英博士上第三课。

上午,钱淑英老师授课的题目为《现代人如何看童话》。主要从现代人观念中的童话和现代人如何解读童话两方面进行论述。从家长担心故事内容会使儿童耽于幻想,担心故事中残酷的描写等,分析了孩子六个道德观念发展阶段。同时指出了童话故事中存在的如千篇一律的固定程式、文学童话的成人立场等现象。又讲到了童话与文化的共生,教育、社会、心理学的意义,儿童与成人的交集等几个方面。中间穿插了课例《青蛙和蛤蟆》的图画书故事,放了一部《幼儿园》纪录专题片,引起了同学们的广泛兴趣。

下午还是自由讨论,仍由阿甲主持。秦青、吕群芳、王昌荣、郭永军等同学发了言,从不同方面交流了自己在教学实践中的收获和体会。讲得既具体又真实,真情实感,很有趣也很感人。

我们的小"老"同学筱音小朋友几天来精心设计的100条裙子大功告成。款式不同,图案各异,很有创意。

晚上准备了一些西瓜和葡萄,举行了一场联欢晚会。蒋先生及夫人卢老师、王一梅老师和儿子也出席,秦青同学主持。在吃西瓜比赛中,阿甲故意搞笑,把一块小小的西瓜有模有样地吃了老半天,逗得大家笑声不断。老兵还贡献了一个写纸条的互动小游戏,每个被点到的同学都要上台表演纸条上的内容,幽默的内容和风趣的表演把大家逗得前仰后合,笑得像孩子一样。在大家的热烈掌声中,王一梅老师落落大方地上台,把一段越剧唱得韵味十足,令人倾倒。阿甲父女双簧式的表演唱,要不是爸爸忘词,女儿一定会表演得更好。平时不爱说话的吕群芳的越剧清唱地道极了。陈巧莉的诗朗诵声情并茂，才华横溢。热闹的场面把孩子们的兴趣也调动起来了，赵秀丽的女儿和刘丽赏的儿子分别为大家唱了歌曲。金良贞的儿子笛子独奏够得上准专业水平。就连年龄最小的赵健的小儿子还上台打了一趟猴拳呢！

8 月 9 日，王一梅女士上第四课。

上午，王一梅老师给我们讲了《童话创作经验谈》。她先介绍了自己的童话创作之路，又概括了自己对童话创作的反思，归纳为几个关键词：童话是故事→儿童文学是文学→想象→情感→儿童情趣→语言→主题这样一个循环的圆圈，并逐一对这些关键词进行了分析和讲解。指出当前童话创作的几个问题如重复、情趣低下、盲目学习外国图画书等。最后讲了本土化创作。王一梅老师热情、坦诚、率真的治学态度感染和带动了听课的同学们，大家踊跃举手提问、讨教，各抒己见，畅所欲言。使大家受益良多。

下午同学们到浙江师范大学齐聚红楼，共拜师门，参观这座大家心目中的儿童文学圣殿。略感遗憾的是尽管蒋先生尽了最大努力，最终还是因为学校放假未能拿到资料室钥匙，无法参观那里的藏书。幸好方卫平教授恰巧及时到来，亲自为我们做了包括擦地、准备饮料等全部的接待工作。在蒋先生的主持下，方卫平教授为我们介绍了红楼的历史和儿童文化研究院成立的经过，给我们观看了院里珍藏的包括林海音、林良、林焕彰、孙幼军、三毛、余光中、金波等一些文学大家的手稿原件。蒋先生和方教授领大家到二楼看了“这里，留下过我们生命的痕迹……”的浙师大儿童文学研究所工作人员和研究生手印和签名。大家怀着崇敬的心情去抚摸那些手印，在蒋先生的手印前与蒋先生合影留念，流连忘返。最后，蒋先生和方教授与大家在红楼前合影，留住了这次难忘的经历。

随后，大家跟随蒋先生参观了浙师大这座美丽的校园。蒋先生带领着大家一路走一路讲，无处不透露出这位当年曾经为建校舍搬砖运瓦的老人家对学校一草一木、一砖一瓦的无限深情。

蒋先生热情地邀请全体同学到他家去做客，蒋先生的新居宽大敞亮，视野开阔，环境优美。蒋先生、卢师母和他们的女儿、外孙一家人热情地接待了大家，切西瓜、拿饮料、沏茶倒水，忙得不亦乐乎。大家也都像到了家一般，随意而放松。蒋先生数了一下人数，高兴地说：“这是我家搬过来以后第一次接待这么多客人!”随后又兴致很高地讲起了搬家过程的前前后后,讲得很详细又很风趣,不仅把同学们逗乐了,连卢师母都被逗笑了。宽大的客厅里欢声笑语,亲如家人。稍坐片刻,大家还是担心两位老人家接待这么多人太累了,恋恋不舍地告辞而去。大家下楼后,蒋先生还从窗子里探出头来为大家指示回金师附小的路线,殷殷之情如同慈父。想到这一别就要明年再见了,心里升起一片惆怅。

没想到晚上蒋先生又带着他的儿子来到了金师附小,还带来了整整三大包曾涛学长特快专递来的《快乐行动令》一书给同学们分发。因为赴湖南凤凰城的同学当晚就要启程,蒋先生怕晚了赶不上,恐怕也是要特地来送一送大家。连续几天没日没夜地操劳,作为一个 82 岁高龄的老人家应该有多么劳累我们都可以想见,此时我们的心情不仅仅是感动,而是有些心痛了!

在这个依依惜别的晚上,尽管天色已晚,梁伟明、周丽芳两位小学弟学妹还准备了一个小小的告别酒会,大家浅酌慢饮,小坐话别,去年筹备西瓜会的学长程丽萍同学当晚也来看望同学们,很是重情重义。

把去凤凰城这批同学送走后,热闹了几天的金师附小一下子安静了许多。心里也一下子觉得有些空落落的,躺在床上辗转反侧,被这几天来的经历激动着。

我在想蒋风先生严谨的师风和人格的魅力,几天来的接触让我领略了这位儿童文学大家清晰睿智的头脑和兼容并包的大家风范,深为自己有机会投师蒋先生门下感到荣幸!

我在想一次偶然看到蒋先生伏案写字的情景,联想到先生就是这样看我们的作业时,心里无比感动。

我在想藏龙卧虎、人才济济的同学们。他们在不同的地方从事着育才树人的神圣工作,功德无量,令我尊重。我在想随父母前来参加讲习会的这些聪明可爱的孩子们。我在想金师附小为我们操劳的领导和师傅们……

8 月 10 日,回程。

今天是我们回京的日子,吃过早饭,丁丁和我就赶去金华长途汽车西站和阿甲、筱音会合去了。

黄锡忠学长还要负责把我们用过的物品交学校,并妥善送走每一位同学，坚持到最后离开。想到几天来几位老同学热情周到的服务，心里真有些感动。

我们是晚上的火车，这一天戚阿康同学热情款待了我们。吃饭、喝茶、游览雷峰塔，上火车前吃到了杭州最著名的老字号“老奎元馆”的“片儿川”。名不虚传，果然非常好吃。谢谢地主阿康。

再见！敬爱的蒋先生。

再见！我的同学们。

让我们共同期待着明年的相逢！

《儿童文学信息》，2007 年 9 月 30 日第 37 期

携手共赴金华，向着明亮那方歌唱

——2007 年全国儿童文学讲习会回顾

丁志英

今年 6 月初，在非学历儿童文学研究生网上论坛“蒋风书院”里，学友妞咪妈发了个热贴：“同学们，8 月去金华的请举手！”许多学员呼应，我也不甘落后。自去年报名参加蒋风先生的课程以来，我日思夜想着要去金华看看一个人主办的大学到底是什么样，也想会一会支撑起这一片天的同道中人，心中陡生华山论剑的豪情。

8 月 4 日晚，我们一行四人顺利登上了南去的列车，阿甲和尚老师都非常健谈，各自说了许多过往的经历，说得最多的还是阿甲介绍蒋老师办学的经历，以及别的学员的近况。一路虽是夜车，我们倒也插空分享了几本书：先是筱音带来的阿根廷季诺著、三毛译的《玛法达的世界》，王叔晖的工笔白描连环画《梁山伯与祝英台》，然后是我前不久买的台版书《好绘本如何好》和图画书《在彼此的地图相遇》。我们的行李都不少，里面还有好多书静静地等着到讨论会上亮相。

8 月 5 日中午，我们来到了金师附小，校门口的报到处，锡兵、秦青、马启标、徐超这几个先到的同学自发组成了会务组，各项事务管理得有条不紊。下午 4 点左右，蒋老师冒着酷暑赶到报到处，他从住处坐车赶到金师附小两边都要走好长的路，上衣被汗水湿透了，汗滴沿着发梢一个劲地往下淌，我们看着真心疼。蒋老师刚坐定不久，一阵狂风骤雨横扫过来，附小门口的过堂风很猛烈，雨水直劈在我们身上，我们个个眼前一片模糊，全身湿透。还好，这些天在金华，不像往年那么闷热了。

8 月 6 日上午，第一节课是彭懿老师讲幻想文学。内容是日本作家宫泽贤治的《银河铁道之夜》。他运用多维的教学方式：文字领读、看图翻页、插播音像作品、解析作品结构等引领我们一起游历了梦幻中的银河。我已经是第三次听彭老师的讲座了,他的讲座信息量很大,内容老少皆宜,深入浅出。我在几次国外的图画书名家座谈会上,见到他作为嘉宾出席,讨论发言妙趣横生,常被绘本爱好者转引。

下午的图画书讨论会是由阿甲和我主持的。阿甲用简短的开场白介绍了台湾读书会影响比较大的林真美主办的“小大读书会”和杨茂秀主办的“毛毛虫儿童哲学基金会”的两种说故事模式。最近一年来红泥巴读书俱乐部和北京的几个大型的图书馆联合在开展培养“种子说故事人”活动,他们致力于寻找适合本土特色的阅读推广理念,为此阿甲写了一本新书《帮助孩子爱上阅读(儿童阅读推广手册)》,也可说这是他参加蒋风老师倡导儿童文学学习和推广后的一份沉甸甸的作业。

我接过阿甲的话题,试图用不同的书和不同的方式现场实践阿甲介绍的几种模式。我分别用两种方式讲了 Eric Carle(艾瑞克·卡乐)的 *Does a Kangaroo have a mother, too?* (《袋鼠有妈妈吗?》)这本书没有故事情节,只有一遍一遍重复了 12 次的问与答。这是一本语言学习和动物认知的书,为了增加现场的趣味性我邀请了几个大小学员们进行互动,并在结尾设计了一个用书名做口令的集体转圈游戏,孩子们很喜欢。我还选择了一本浪漫而诗情画意的英文图画书 Leo Lionni(李欧·李奥尼)的 *Frederick*(台湾版译为《田鼠阿佛》)邀请与我同住一室的同学胡月圆来朗读。我一边翻页,她一边静静朗读,甜美清亮的嗓音为故事增添了许多的情趣。

阿甲现场培训的一位“故事人”马莉丽讲了台译本《菲菲生气了——非常非常地生气》,效果也很好。随后阿甲讲了英文图画书《生气的亚瑟》,这两本书都是帮助儿童识别情绪和自我释放的好书,成人阅读后,会体会到当今早教界常提的一个词:与孩子“共情”。难得一见的经典原版作品单页分装的大书约克·米勒的《挖土机年年作响——乡村变了》和桑达克的三部曲精装本《野兽出没的地方》、《厨夜梦幻》以及《在那遥远的地方》一一展现在同学们面前,阿甲用电台播音般的声音把几本书简洁地过了一遍。

8 月 7 日上午,第二节课是郑欢欢博士讲“儿童电影与儿童媒介素养教育”。关于电影是人文教学的利器,我是深有体会。在 90 年代的学生时代,我们学校紧邻北京影协,每周都有小剧场的经典电影低票价播放,而高校每年的电影节期间是最浪漫和充实的,从海报、宣传文稿到影评,都是学生独立去做的。学校时常邀请名导演来给学生讲座,讲述影片背后的创作过程。2003 年,我常常在留学生云集的“牛过”和“汉风影视论坛”中与网友交流,网友中不乏影评高手。《成长的烦恼》、《小鞋子》、《红气球》、《本本里美丽的传说》等一些以儿童视角为基点的优秀影片也都是可以下载的。网友们看过电影后,又寻找原著来读,讨论的气氛很热烈。在网络和论坛大行其道的今天,影视下载论坛的优势和热度甚至可以与网络游戏抗衡。

郑欢欢博士提到的媒介素养(media literacy)我理解为是由一个模糊系统来支持的,是由职业传播者制作,由机械来复制信息,然后在一部分要求较高的受众群中产生影响并随时进入传播系统中为下一级受众服务的一个模糊系统。儿童是大众的一部分,而儿童的社会地位和儿童权益日益受到重视,那么郑欢欢博士研究的课题“用全世界最好的电影来丰富儿童的视野”将是未来教育工作中的重要领域。2005 年是中国儿童电影的井喷期,我们期待着优秀儿童电影作品早日来到孩子们的身边。

8 月 7 日下午同学们轮流自我介绍,这可能是历次讲习会中的保留节目。最精彩的当数两位年轻的小学老师胡月圆和梁伟明各自在开展班级阅读中的经验,我在课下和他们聊得比较多,收获很大。胡老师在引导学生写诗方面花了很多心思,她带来的班级诗报《小喜鹊》受到蒋风先生的鼓励和赞赏,上面还有先生的题词呢。她带来的三年级学生徐彬乔在参加讲习会的两天内写了十几首短诗,其中的两首《一路风影》和《古井》我非常喜欢。梁老师在管理班级方面有很多行之有效的办法,他把学生当宝贝,无时无刻不在动脑筋为孩子们寻找新鲜有趣的读物。在课下我和同学们聊得最多的就是他们带的班里的事情,每每令我回忆起自己小学时的老师,除了父母,他们在我的成长中影响最大了。

8 月 8 日上午是钱淑英博士的关于“现代人如何看童话”讲座。钱博士长于理性分析评论,将庞杂的信息进行条理化、明晰化地解析。她的演示稿做得很漂亮,重点介绍了带有寓言、哲思、异国幻想色彩以及颠覆传统民间故事的现代童话作品,而且列举了大量的参考书目。课上我频频被陌生人的名字打乱了头绪,深恨自己孤陋寡闻。劳伦斯·科尔伯格、麦克斯·品蒂、贝尔特海姆、弗里达·戴维森、勃拉盖妮、盖尔·卡森·乐文……或许未来的某一天，我在图书馆的书架上发现了这些人的名字后，我会有似曾相识的感觉。有老师引导学习就是不一样，我一回到北京，就开始寻找课上提到的一些书籍。

在课上探讨的现代人对于童话的接受问题，也使我兴趣浓厚。人们已不满足于传统童话故事里千篇一律的“王子和公主从此幸福地生活在一起”这样带有逃避现实的概念化结局，而更关注于反映现实主义观点的作品，在童话中探讨的是真实的人生，而不是乌托邦式的遐想。1984 年安徒生奖获得者奥地利作家克里斯蒂娜·诺斯特林格说：“我写书的‘办法’很简单，既然他们生长于斯的环境不鼓励他们建立自己的乌托邦，那么就挽起他们的手，向他们展示这个世界我可以变得如何美好、快活、正义和人道。”在无望中发现希望，而又不歪曲事实，这样的现代童话作品给读者传递的信息可以说是更符合人类社会发展的需求。

8 月 8 日下午的讨论会主题“图画书、作文的教学以及儿童文学在校内的推广交流”。吕群芳、秦青、刘丽赏这三位经常活跃在网上的一线老师各自介绍了一年来引导学生开展阅读课的经历。秦青、刘丽赏老师在经济环境较差、客观问题较多的城乡结合地区，将活动开展起来，可以说是惊人之举，她们趟出一条崎岖的阅读文学之路。吕群芳和王昌荣、郭志军三位老师都处在吴越之地，在文学、诗歌教学上都有独到的方法，吕老师润物细无声般的“品读”，王老师调动情感、孵化诗意的“拓展”，郭老师的与名家面对面、读书与读人并重的大胆追求，都给人以深刻印象。

8 月 9 日上午是著名童话作家王一梅的关于“童话创作经验谈”的讲座。她既长于儿童文学创作，又非常热心于阅读推广，对待人、对待作品都相当的真诚。她一来金华，就表示欢迎大家明年把全国儿童文学讲习班开办到苏州去，并由她来负责联络具体会务。

在课上她深情地讲述了自己如何一步一步走上儿童文学创作的道路，写童话需要天赋，更需要勤学多练。王一梅老师重点提到创作中情感的抒发、想象力的释放和语言修辞的精雕细琢。对于创作资源的积累，这些都和阅读有关，带着敏感的心来读书、读生活。读者的阅读能力提高了，对创作者的期待值也在提高，反过来，创作者也在不断提供更优秀更耐读的作品。一个好的循环圈就这样产生并向前推移。

下午烈日当头，蒋先生不辞辛苦抱着一线希望徘徊在位于浙师大红楼的国际儿童文学馆周围。同学们想进去看一看，这个愿望说小也不小，此时正值假期，管理员都出远门了。碰巧方卫平老师来红楼办事，一听到蒋先生的呼唤，连忙亲自打扫会议室，准备接待我们这些学员。虽然我们没能进入阅览室，但参观了整体建筑，聆听了方老师介绍的儿童文学研究工作艰难的历程，还意外地传阅了馆里收藏的几位名家的手稿，台湾的三毛、余光中、林焕彰、林良、林海音，大陆的孙幼军、金波。一股血浓于水的亲切扑面而来，似乎很久以前就来过这座小楼，在楼里与熟悉的师长同学们谈笑风生，畅游文学园地。

从红楼出来后，我们一行二十多人穿过师大长长的南北路，跟随蒋老师去"家访"。我长期生活在北京高楼林立的小区里，久违了那种视野宽广的地平线。我惊诧于浙师大旷野般的新园区，沉浸在远离城市喧闹的宁静里，放眼望去天空云层涌动，压低处似有千军万马，高耸处又似凛洗过的湖面。快到蒋先生家时，忽见天空裂开一条缝，齐刷刷的光束从上层射下来，与我的视线相撞，惊喜之余，我手上的相机对准那一览无余的自然景观一通猛拍，内心深处震撼激荡。

我们挤满了蒋老师家的客厅，这里的热闹与屋外的安静形成鲜明对比。这正应了蒋老师的一句话，安安静静沉下心思去学习，热热闹闹放松情绪来聚会。

蒋先生夫妇风雨同舟几十年，相濡以沫，携手并肩为中国的儿童文学而苦苦求索，不拘一格指导培育年轻人，时时保持清醒而活跃的思维，学习劲头不亚于童生。相信从不停歇的人们会一直向着明亮那方靠近靠近……

《儿童文学信息》，2007 年 9 月 30 日第 37 期

婺城何处不飞花

——2007 年全国儿童文学讲习会散记

吕群芳　栀　子

笑问"客"从何处来

8 月 5 日下午三点,我顶着火辣辣的太阳又一次站在了金师附小的校门口,今年是第三次来到这里了,可心情仍旧是那样激动。

刚走进门厅,就看见秦大姐、锡兵还有两位我不认识的朋友在那儿做接待工作。秦大姐还是那样热情:"来了,累了吧?"可咱们的锡兵师兄好像有点不认识我了。(真有那么一点点的失望哦!)幸好,他还是很快就想起我来了。我填好登记表,发现旁边那位穿蓝色衣服的女孩正在看着我,我就问:"这位是……"哪知,她立刻站起来,向我伸出友好的手:"吕老师,我是园中三叶草!"我一听,那个激动就别提了:"真的,你就是三叶草!见到你,太好了!"

秦大姐可真好,她硬是从我手中接过行李包,并把我送到寝室去休息。

寝室里,一位个儿高挑的女孩子正斜靠着床栏看书,她对秦大姐说:"我妈妈正在洗澡。"不知这两位"客人"又是从哪里来的?我心里暗暗想着。

浴室门开了,出来一位披着长发的女子,我笑着说:"您好!我姓吕,来自嵊州。"她也笑了笑说:"您好!我姓赵,湖北的。"

很快,我们就开始聊天了,赵老师问我:"你常去萤火虫读书会吗?"

"去过几次。"我回答。

"我也去的,我在那里的网名叫栀子。"

"不好意思,我好像没印象。"瞧,我的记性可真不太好。

"我在那里发过一个帖子——《油娃成长……》。"

“这个我知道，我读过好几次呢！”没等她说完，我就抢着说了，这次，我可记起来了。

啊，原来我和赵老师也是未曾谋面的“老朋友”啊！

傍晚时分，下了一场大雨，天气变得凉爽多了。

晚上，我又见到了老朋友阿甲、刘丽赏、胡月圆等，那么多朋友聚在一起，不亦乐乎？

如今直上银河去

因了三叶草的那句“彭老师的图画书讲座真是精彩”，昨晚睡觉前，一直和赵老师谈论着彭懿老师。早上醒来，还一直在心里猜测，彭老师会给我们带来怎样的惊喜。

的确，彭老师给我们带来的是“惊喜”，惊的是——彭老师忽然决定不讲图画书了；喜的是——给我们讲了宫泽贤治的幻想小说。

彭老师开讲前的那段引言，为宫泽贤治的出场做了一个很好的铺垫，记得他是这样说的：

> 1933年9月，日本有一个人与世长辞了。
>
> 这是一个孤高的人，如果说他是一位童话作家的话，但这个人生前仅仅是自费出版了一部童话集，而且连一本也没有卖出去。他留下来的绝大多数是没有发表过的手稿。
>
> 然而，这个人在死后获得了意想不到的巨大声誉。如果说出来，可能会让人瞠目结舌，不要说一套全集了，仅仅是关于他个人及作品的研究专著，就是几百部之多。
>
> 这个人名叫宫泽贤治。
>
> 有人说，宫泽贤治的死，意味着巨大的“诞生”。也就是说，其文学被他的肉体的生命之火点燃，得到了诞生。

早就听人提起过宫泽贤治的作品，说是：“有一个宁静的心灵就会喜欢他的书。”

说来也是惭愧，我的阅读面真的不够广，《银河铁路之夜》我没有看过。但当彭老师在屏幕上打出书名及画面时，我却被吸引住了。银河，这是一个美丽而遥远的地方，我们的古人很喜欢在晴朗的夜晚仰望它，还为它取了那么多好听的名字“天河”“云汉”“银湾”……在我们的古典文学中，银河往往与爱情有关，与思念相连。那么，在宫泽贤治的笔下，银河将会给我们带来什么？

> 乔伴尼转头一看，只见清凌凌的银河岸边，整片都是银白色的天上芒草，随着微风沙沙地摇曳着，晃荡出层层波浪……然后紧接着一丛又一丛，数不清的黄底杯子形状的龙胆花，不停涌现出来，像雨一般，从眼前飘过。三角形路标的行列，愈发烟蒙蒙地、火辣辣地闪闪伫立着……

也许，仅凭着文字，我无法想象出他笔下的世界，可当我看着那部动画片时，我却被深深地吸了进去。那用蓝色和紫色为主色调营造的画面给人以梦幻的感觉，那青光粼粼的河水，随风摇曳的芒草，不停涌现的龙胆花……让人仿佛来到仙境，美得让人感到迷离，甚至害怕。尤其是那贯穿整部片子的音乐，更是给我一种说不出来的感觉，“此曲只应天上有”吗？

片子早就放完了，可我还“沉醉不知归路”，以至于彭老师后面对作品主题的解读，我都没有心思去听。但我并不觉得遗憾，因为作品的主题是什么，这个问题对我来说并不重要，我需要的只是这部作品对我的呼唤，以及我与它的应答。泰戈尔说：“生时丽似夏花，死时美如秋叶！”而宫泽贤治给我的感觉却是：“生前如秋叶般静美，死后却如夏花般绚丽。”这对他来说，是幸还是不幸？

乱花渐欲迷人眼

第二天和第三天的主讲是两位年轻的女博士——郑欢欢和钱淑英。这两位美貌与知识兼得的老师为我们带来了一股新鲜的风。郑欢欢博士讲述了《儿童电影与儿童媒介素养教育》。说老实话，我已经不记得我上一次进电影院看电影是什么时候了，似乎对于电影的印象还是七八岁为看露天电影而和小伙伴们争抢地盘的记忆，更不用说什么儿童电影了。博士讲述了许多媒介的理论，依照我目前的水平，理解起来有些困难。但博士提出的"儿童电影"的概念在我的脑海里深深地扎根。这不是我回学校以后要怎么带领孩子们看儿童电影，毕竟那牵扯到的人力物力不是我个人能解决的，不是像给孩子读书那么简单，而是我可以影响我周围的朋友同事，至少我的孩子是最受益的。在条件允许情况下，我要争取带孩子去电影院看儿童电影，通过电视、网络开始关注儿童电影。我要给孩子的儿童期补上儿童电影这一课。

钱淑英博士和我们一起探讨了现代人对待童话的看法。这个话题似乎不大新鲜。但是在座的学员们还是比较认真地在听课。博士以"我们是如何寻找来洛尼亚"的故事开始了讲座，中间还给我们看了一部《幼儿园》的纪录片。看着纪录片里孩子们从小班到幼儿园毕业，我似乎在重温自己孩子的成长历程。后来她还提到一些儿童文学如《百变小红帽》、《魔法戒指》等。这位博士的演示文稿做得很漂亮，和她的人一样。讲座结束之后，她竟然慷慨地将那段纪录片和讲座演示文稿让我们下载。

最后一天讲课的是王一梅老师，她给我们讲《童话创作经验谈》。正如蒋风先生所评价的那样，王老师的讲座"简明、坦率、深厚"。

王老师结合自己的创作经历对童话创作进行了深刻的反思，大致有这么几个反思点：童话是故事→儿童文学是文学→想象→情感→儿童情趣→语言→主题，其中，她认为童话最关键的是"故事"。

听着老师们各具风格的讲演，恍惚间，有一种"游春"的感觉，更有一种"乱花渐欲迷人眼"的幸福与快乐！

草草杯盘共笑语

8 月 9 日晚上，我们全体学员在教室里举行联欢会。蒋先生及其夫人，还有王一梅老师和她的儿子都出席了我们晚会。大家边吃西瓜边看节目，笑声、歌声时时飞扬，其乐融融，其情亦浓浓。

老兵不愧是搞美术的，瞧，“联欢晚会”这几个字写得那么飘逸，那么有韵味，真称得上是龙飞凤舞啊！

老兵想出的点子也是绝对精彩的，为晚会增添了许多乐趣。纷飞的儿子活泼可爱，胆子大，居然敢和杭州的美眉载歌载舞，同台演出；阿甲的打坐功夫可谓一流，而且他打坐的地点也是常人无法想到的——“在彼得潘的永无岛上”；丁丁的拍手游戏更是吸引了大家的目光，后来大家干脆就一起打起节奏来了；胡老师的古诗吟唱清丽温婉，自有江南小女子的风韵……

我还真没想到王一梅老师的越剧唱得那么好！吴语侬言，婉转低吟，如若穿上水袖罗裙，那定是衣袂飘飘，风情万种！

欢快的场景太多太多，以我拙笔总是描虎变成猫，所以还是省略了。只记几个小小的花絮以作甜美的回忆。

共话巴山夜雨时

这几天，我睡得都比较迟，几乎每天晚上都在和秦姐、赵老师“秉烛夜谈”。有时我们会聊聊白天听课的收获，有时我们也会说说自己的工作与生活。但我们谈得最多的却是——在这个炎热的季节，我们像燕子一样从远方赶来，为的是什么？

这个问题说难吧，并不难，回答很简单，几个字而已，“热爱”或者“喜欢”，说简单吧，却也不简单。我们到底热爱着什么：热爱孩子？热爱儿童文学？还是其他？

我常常想，自己到底在喜欢着什么或者留恋着什么呢？毫无疑问，我热爱文字，我喜欢文字背后所蕴藏着的故事；我也喜欢儿童文学，那里有一片纯真的芳草地；其实，我更是在怀念童年，想留住童年，珍藏起一个不老的春天。

也许，从时间上来说，这是不可能的，但我觉得在心底里留住童年，却不是不可能的。

微雨的早晨，伫立在庭院间，静听花开。忽然明白原来自己就是美好自然中的一个细节，或许就是——

那朵悠闲的流云；
那缕如丝的细雨；
那片荡漾的绿水；
那瓣洁白的丁香；
……

我忽然明白，也许我热爱的原来是自然！

一片冰心在玉壶

每次见到蒋风老先生，总令我想起两个字——感动。是的，在生活中，我并不是一个善于表达情感的人。也不是一个易于激动的人，我喜欢安静。我甚至害怕在人多的场合说话。但我知道，我的内心并不缺乏感情。

看着他那满头的白发，我总觉得我们该做的还有很多很多。

这是第二次遇见阿甲了，不知为什么，我总是被他的激情所感染。我想，一个如此醉心于儿童阅读的人，一定是一个纯洁而纯粹的人。

秦姐、锡兵、纷飞……也都是老朋友了，虽然，我们交谈的也许不算多，但我相信我们其实还是互相了解的。

我与三叶草、栀子是第一次相见，但我们彼此却并不感到陌生，因为我们的心灵有相通的地方。

我们是一群热爱生命，热爱自然，热爱儿童文学的人，不管世事是如何的纷繁变幻我们依旧是：

“一片冰心在玉壶”。

2007 年 8 月 12 日修改整理

《儿童文学信息》，2007 年 9 月 30 日第 37 期

苏 州 行

——应着儿童文学的召唤

潘晓明

我们来了,应着蒋风老师的召唤,应着儿童文学的召唤,我们踏着轻盈的步子,带着快乐的心思,我们又来了!

怎么样的抒情是高境界的?——平淡的语言,简单的故事。怎么样的想象力是高境界的?——有内在的逻辑,有弹性有张力。怎么样的构思是高境界的?——要把主题藏起来……在前年冰波老师已经和大家探讨过这些,但是这样的谆谆教诲,于台下这些新手,这些牙牙学语者,是有必要反复反复在耳边叮咛的,只是平时要想常听到却不易。243,单纯的数字并不能说明什么。但是具体到这个人带给中国儿童文学的243本单行本,其中的高度、厚度、广度都能体现一些吧!正如樊发稼先生在第二天的座谈中也提到这个243,因为这243,樊先生要提请文学界的人士重视这个人和他的贡献。除了关于创作的漫谈,冰波老师就中国儿童文学现状和对其发展的展望,传达了自己的观点。其中关于图画书的看法,是很有鲜明的个人特色的。在大江南北一片对图画书的歌颂中有些许的冷静的反思、探讨、争议,对图画书的发展应该说是一件好事,使得它能够成长得更健康些吧。在对中国儿童文学的发展展望时,冰波老师用说小秘密的俏皮表情,半开玩笑地告诉大家:"注意!今后作者可能要取悦的不是家长,而是老师咯。"这样的说法,断章取义地听无疑又会引起误会了。正像冰波老师强调作品要有个性一样,他个人也的确蛮有个性的。时时主动地引出一些争议,不正是严谨的学术之风吗?这是7月15日上午冰波老师带给我们的一场讲座。下午去了甪直。迎接我们的是那尊甪直镇的镇标——甪端。"甪端,传说中是一种神异之兽,吉祥之兽,日行一万八千里,懂得四方语言,知道远方之事。形如狻猊,专蹲风水宝地。"碑文上的文字告诉人们它的古老来历,雕塑却是新的,没有一点历史的旧痕，于是也无法在我心里激起一丝感觉。古桥驳岸、黛瓦粉墙、木门木窗、青砖翘脊，才是古镇的灵魂。特别是古街深巷里那些斑斑驳驳的老墙垣，叶圣陶纪念馆边上的古银杏更让我深深呼吸到久远的时间的气息。镇上三位女子的形象印在我的脑子里。第一位是保圣寺前一家小铺子里画扇的画姑。她微笑着说是为了女儿而在这里一边以画扇为生，一边陪女儿读书。我们喜欢她的每一把都各不相同的水乡扇画，纷纷求画，可她铺子的成品不多。她还是慢条斯理地描画着小桥流水，摇头说画不快，并不愿意急着做成生意，似乎画扇的过程、与顾客的闲聊比卖扇子更重要。一位是绣娘，她的绣线比别家的细，她的绣品比别家的精致。我女儿妞咪呆看着针线飞快上下穿梭，着了迷，我建议她低头看看绣板下针线是如何行走，没想到被绣娘喝止："不能看！不能看！"我问其缘故，她说这是老辈人的规矩："看到板底，绣到年底。"看到板底，绣到年底——饱含多少过去江南女人们的血泪啊。还有一位是为几位外国游客摇橹游览水乡的船娘。那几位老外会选择她为他们摇船，一定是看中了她的地道。她的穿着很地道，扎包头巾，以梳髻髻头，穿着蓝花布的拼接衫。嘴里哼着绵软的吴语小调，轻轻柔柔，像她摇的橹一样平稳温柔。看见她，我立刻想起了小时候每年三四月拥挤在杭州街头的苏州农村妇女，那醒目的服饰，像江南的少数民族。现在我突然明白，她们当中有许多就是来自于甪直。甪直的女人的缓慢、规矩、地道，建构了她们的美。

晚上，存菊堂的联欢活动开始不久，进来了数位白发苍苍的老人。人们惊呼：儿童文学界的泰斗都来了！大家不由得都起立鼓掌欢迎，久久不息。蒋风！金波！樊发稼！热闹的气氛，更欢乐了。跳起来，唱起来，尽情为儿童文学释放活力！

16 日上午，顾鹰、汤宏英两位走在年轻学员的前面，已经初尝儿童文学甜味的师姐，给我们带了两场清新的报告。"丝丝缕缕，滋润我的生命"，两位的成长之路带给我们启示和鼓舞，也滋润了我们的生命。

下午，坐在我们的面前的是那三位泰斗。和这样的人座谈，是何等荣幸。金波先生，讲的是儿童文学的三重境界。由萌发兴趣到写作实践，变成爱好，然后把儿童文学当成一种修养去从事。"从创作的角度看，我们是孩子的学生。”这和毕加索说的“我花了终生的时间去学习如何画得像这些孩子画的一样”，是同样的意思吧。那樊发稼先生“写作是我的生存”的境界恐怕是极高处了吧？蒋风老师，我们亲爱的导师。有同学说，只要有他在那儿，就是像一轮太阳，照亮了我们。和他们在一起，时间就显得太短了，但是内容很凝练。关于儿童文学研究的方法论，如何教孩子写诗，关于幻想文学、杨红樱现象、成人的儿童文学创作教育、十四行诗花环……我们觉得收获巨大，真的。

17 日上午，安武林先生作为著名的书评人，为我们带来关于书评方面的知识。以旁观者的角度，去审视文学、评判书，这样的角度对我们既熟悉又陌生，值得研究。

下午，一老一少重量级的人物——蒋风老师和王一梅老师带给我们讲座。“让每个孩子心里有诗”，为了这个美丽的愿望，从六十年前开始，蒋老师辛勤耕耘，所付出的是所有热爱儿童文学的人有目共睹的，是巨大的，他是名副其实的令人敬仰的蒋爷爷。“美无处不在，但是只有在会发现美的人眼中才会看得到”，“如果错失了这个机会，以后就是花上 10 倍、100 倍的代价也换不回”。我们当然都不想后悔，我们正好都很幸运，触碰到了儿童文学的甘甜，见到了蒋老师那天真的微笑，我们的人生有机会比别人的更美。

王一梅老师，这次的东道主，务实地给大家讲了如何写作，对大家是颇有帮助的。艺术真是相通的。王一梅老师所提到的写作需观察、想象力、速度、时间、构思等问题，和美术创作有多么相似的地方。我特别喜欢她提到的埃米莉·狄金生的一句话：“想象应该轻得像鸟，而不是像羽毛。”同样是飞的感觉，鸟的飞是有目的、有方向，就是有风有雨也阻止不了它高飞的理想；而羽毛飘飘荡荡，漫无目标，最终要坠入无名之地的尘埃。做人又何尝不是这样呢？

18 日，迎来了梅子涵老师为我们讲童话。我的女儿妞咪去年在北京曾见过梅爷爷，我想着让她去和这位忘年的老朋友打个招呼。望着她噔噔噔跑上去的身影，我突然觉得要出岔子了。果然，她跑到讲台边，站在梅爷爷的面前，却转头向着讲台外的蒋爷爷，说：“梅子涵爷爷好……”声音又甜美又响亮，窘得我要找个地洞钻。

听说梅爷爷其实不喜欢别人叫他“爷爷”（是彭懿先生说的），这还真让我这老实人在让妞咪对他的称呼上为难了一番。这是个很懂得生活、很优雅的男人，也是我见过的最会讲故事的男人。每次听他说故事、讲童话，真是享受啊！我总觉得像吃了顿大餐的感觉。《月亮的味道》、《月亮，生日快乐》、《爷爷变成了幽灵》、《马提和爷爷》……再一次在童话里感受干净、浪漫的气息，再一次品味那高度和深刻，再一次让我们的幸福来得更完美。好开胃，好饿哦，就像那条毛毛虫一样哎。于是，课间妞咪又一次噔噔噔跑上去，这回她学聪明了——她不叫，就直接把山楂片，梅爷爷一片，蒋爷爷一片，塞进他们的嘴里。祝二位胃口常开，永远健康年轻！

下午又去苏州图书馆赶场子，再次聆听梅子涵老师的童话。大大满满的一个放映厅里，孩子来的比大人多，但是没有吵闹和顽皮，大人小孩的心随着故事起伏跌宕，洗得干净而浪漫。

目送着梅老师上小车，心想但愿早日再次聆听。

傍晚回来，学员们已经纷纷离去。还是有十来个蒋老师的学生，依依不舍。于是我们聚拢到蒋老师的房间，再聊一聊，叙一叙。瞧着蒋老师和卢老师两张亲切的笑脸，大家都感到学习的使命感和要为他们做点儿什么的心思。为了他们，更是为了我们自己。好好学习吧，我们来年再见！

《儿童文学信息》，2008 年 9 月 30 日第 40 期

感受诗的熏陶

孙 锟

期待已久的蒋风老师的讲座，终于出场了！他的讲题是——《让每个孩子心中有诗》，整个讲座都是围绕诗，或者更严谨地说是儿童诗展开的。讲座层次分明：第一，童年是培养儿童诗意最重要的年龄阶段（说实话，自己的这个阶段总感觉被无形地耽搁了）；第二，为什么要让孩子学诗；第三，如何让孩子接触诗、热爱诗。其实，世界和生活是最美好的，而童年正是感受、认识这种美好的重要阶段。诗便是美的一个缩影，因此童年也成为人感受诗、认识诗的重要阶段。蒋老师提到，一个人若在童年时期受到诗的熏陶，那么他便获得了培育美感的机会，接受了上天一份美好的馈赠。而对于一个纯洁的小孩，若在他心中播下了诗的种子，那么他一定可以健康、茁壮地成长。在讲到此时，蒋老提到了一本极为引起我共鸣的书，让我异常兴奋，因为这之前自己大学文学理论课的周义老师就曾向我们热心推荐过这本文学理论的美文著作——《金蔷薇》，它当时就躺在我天津的书架上！因此，培养儿童感受、欣赏，甚至创作儿童诗，在童年这个阶段便显得尤为重要。那么学诗究竟对孩子有哪些好处呢？蒋老师又分四点展开：1. 学诗可以使孩子发现美，提高审美能力；2. 学诗可以使孩子发挥想象力和创造力；3. 学诗可以使孩子的情感更加丰富；4. 学诗可以使语言更凝练、更美好、更有色彩。蒋老师罗列了很多很有趣的孩子们学诗的真实事例，令人赞叹的是，孩子们竟真的可以完成很多很棒的作品，比如那首《真是个笨蛋》，内容大概是，爸爸因为某事生气地骂“我”是个大笨蛋，结果小诗人一句“那是谁生下我这个大笨蛋？……（爸爸无语）爸爸真是个笨蛋！”多聪明的反诘，多让人忍俊不禁的可爱主题啊……孩子学诗，真的是一件于人于己都很快乐的事情。只可惜，现实工作中面临教学压力的我们，如何稀释压力、减轻负担，做有益于孩子心灵成长的事，真的是需要边做边琢磨。最后，蒋老师谈到从学校、家庭和社会方方面面都可以使孩子接触并渐渐热爱上诗。由此不得不结合自己的状况小谈一下，自己对诗的接触实在不早，而且感觉相当麻木。第一次认真完成自己的诗的作业，就被批评没有诗味、语言很啰唆，那就是在半年前，已经步入大四的自己了。因此，我想我应该和孩子们一起，接受启蒙，感受诗的熏陶。我想这也是我下一步急需学习的。

《儿童文学信息》，2008 年 9 月 30 日第 40 期

青岛笔会圆满结束

本报讯　由中国儿童文学研究中心和青岛出版集团主办的中国儿童文学作家青岛笔会于4月10日上午在青岛中国气象度假村召开。青岛出版集团总经理吴宝安，青岛出版集团少儿期刊中心总编辑李茗茗，儿童文学家蒋风、朱自强，儿童文学作家汤素兰、谢华、刘保法、安武林、薛涛、常星儿、夏辇生、皮朝晖、郝月梅、田毅、沈芬、毛芦芦、汤汤、孙昱、陶丽、叶雅、滕婧、王刚，青岛出版集团少儿期刊中心、教育分社和第二编辑室的编辑出席了会议。

上午会议于9点30正式开始。青岛出版集团吴宝安总经理热情洋溢地欢迎来自全国各地的作家并介绍了青岛的历史，青岛出版集团的发展历史。少儿期刊中心总编辑李茗茗女士介绍了少儿期刊中心的情况。李茗茗女士说：期刊中心共有12种期刊，每月出版发行超出30个品种的期刊，加上衍生产品，形成40种期刊的规模，为青岛出版社赢得了声誉。儿童文学家、国际格林奖评委蒋风先生讲话，希望通过自己的努力促进中国儿童文学的发展，并表达了通过招收非学历研究生的形式培养年轻编辑，借以提高书刊质量的心愿。

儿童文学家朱自强先生讲话，介绍了从20世纪80年代到90年代中国儿童文学的发展历程和儿童文学的分化。朱自强先生说，80年代，中国儿童文学向文学回归。90年代，中国儿童文学开始追求儿童性。当前，儿童文学写作越来越向市场靠拢，这样的分化使作家的作品越来越向通俗的方向发展，通俗儿童文学的批评标准没有建立起来，总体而言，分化对中国的儿童文学作家是一个好事，使得作品类型更丰富。中国儿童文学正面临着走向成熟的更好机会。儿童文学作家兼编辑安武林先生，儿童文学作家夏辇生女士，儿童文学作家汤汤女士分别讲话，畅谈自己的儿童文学创作观。

蒋风先生主持了下午的会议，与与会的儿童文学作家交流创作心得，会诊青岛版少儿期刊的优缺点。

儿童文学作家郝月梅说：“我嫁给科研，文学是我的情人。第一次出书是在青岛出版社，幸运的是碰到了好编辑。”儿童文学作家薛涛说：“儿童观决定作家写出什么样的作品。”儿童文学作家刘保法说：“儿童文学创作要切入儿童生活，事实证明要进入儿童文学是不容易的事，真正的儿童文学不是作家学孩子说话，而是作家代儿童说话，进入儿童文学，首先要成为一个孩子，而不是装扮成一个孩子。”儿童文学作家谢华会诊期刊，建议新创《快乐法庭》期刊，刊登学校里不公正的事情，让学生的冤假错案得到申诉。儿童文学作家沈芬说：“写作的时候把自己的童年勾了出来。”儿童文学作家汤素兰说：“虽然市面上儿童文学书很多，但是孩子记住的还是安徒生的三个作品，因为安徒生的作品贴近孩子的心灵，比如所有的孩子都有丑小鸭情结。我们的儿童文学作品贴近孩子的心灵不够。中国原创儿童文学缺乏独特的思想价值、艺术价值。我们儿童文学的批评非常缺乏，批评园地非常缺乏。”儿童文学作家夏辇生说：“读图时代用写电影写电视的方式写童话，把张扬的想象力更加视觉化。作家和编辑要共同打造图书品牌。做种子才有永久生命力。”儿童文学作家田毅会诊期刊，认为青版期刊编辑质量中上等，建议期刊更好地处理难与易的关系，建立核心作者队伍。儿童理财作家叶雅，儿童文学作家滕婧，儿童文学作家孙昱，儿童文学作家毛芦芦，儿童文学作家皮朝晖，儿童文学作家常星儿，儿童文学作家王刚分别谈了自己的创作经历、创作心得。

4 月 12 日，与会代表游览海上名山崂山和青岛海滨一线，4 月 13 日，与会代表离青，中国儿童文学作家青岛笔会圆满结束。

《儿童文学信息》，2009 年 4 月 30 日第 42 期

我的儿童文学观

——青岛笔会发言选辑之一

郝月梅

我认为，优秀的儿童文学作品应该是文本与小读者和谐统一。即文本应该满足小读者的审美期待，吸引他们阅读，只有在儿童读了，才能体现文本的价值。否则，作品的艺术含量再高，思想再厚重，对儿童读者的作用也是个零。所以，优秀的儿童文学作品首先应该具有可读性。

具有可读性的儿童文学，应该是故事、趣味、幻想三位一体的文字。故事是内容的载体，趣味是故事追求的效果，而幻想是营造故事的重要思维方式，或先可以简单的归结为一句：有趣的故事。

总之，我们的原创儿童文学，没有儿童读者的喝彩是不行的，仅有儿童读者的喝彩又是不够的。所以，儿童文学应该尊重儿童读者。只有儿童读者喜欢这个尺度之上谈儿童文学，才是真正意义上的儿童文学，只有这个尺度之上的超越，才是耐读的真正有魅力的儿童文学。

我的创作追求是：写出小读者喜欢的高品质的作品。当前国内原创的儿童文学的现状是“叫座的不叫好，叫好的不叫座”，即受孩子欢迎的畅销书往往文学性不强，而文学性较强的书又较难被孩子们欢迎。我认为小读者的阅读接受与高品质的儿童文学之间并非水火不容，我将为二者的和谐统一做出自己的努力。

我与青岛出版社有着特殊缘分。我的第一本小说《小人儿由由》就是1997年由青岛出版社出版的，编辑是现在的期刊中心副主任连建军。当时连建军的一句话让我至今难忘：“我在这里当了十年编辑，这是我看到的文学作品中最好的一本书稿。”这话让我备受鼓舞，因为之前这本书出版颇费周折，曾两次被退稿。小说出版后不仅深受小读者喜爱，也得到许多专家的好评，我国著名儿童文学研究专家蒋风先生评价《小人儿由由》：“以成功的小说创作实践否定了‘幼儿文学不能有小说这种形式’的理论，在幼儿文学史上具有里程碑的意义。”

人生经历过的第一次是难忘的。《小人儿由由》是我的第一本儿童小说，所以，在此我感谢青岛出版社，感谢连建军，也相信连建军带领下的期刊中心年轻的编辑队伍，一定会创造出很好的业绩。

《儿童文学信息》，2009 年 4 月 30 日第 42 期

骄阳之下播种太阳

——第二届中国童诗年会与2009全国儿童文学讲习会侧记

妞咪妈

2009年7月13日至16日，在浙江金华武义县隆重召开第二届中国童诗年会与2009全国儿童文学讲习会。这一次，结结实实地让我们感受到这是一次诗的盛会。与会的有各路童诗诗人、儿童文学创作者、评论家、小诗人童诗教学教师、童诗爱好者等，济济一堂，说的聊的碰撞的尽是诗歌童谣了。更叫人激动的，是诸位大师的出席。圣野、金波、蒋风、韦苇……白发苍苍的老人们全程参与，那鹤发童颜的面容，那精神矍铄的状态，无不令人振奋、感慨！喜好童诗的彼得·潘们有福了！

7月13日早上，是童诗夏令营的开幕式。上午，大会的中心是向大家传达一个“春的消息”，88岁的圣野先生获得了陈伯吹中国儿童诗杰出贡献奖。这是真正的众望所归，所以在场的人们纷纷向老先生表达他们的情谊：钦佩、祝贺、感激、激动……我喜欢金波先生的一席话：“与圣野有半个世纪的交往，觉得圣野的生命就是诗的生命，说话的方式是诗的方式。诗就是圣野，圣野就是诗……写诗是寂寞的，而圣野不寂寞。有1小时时间，圣野50分钟在谈诗，40分钟在朗读自己的诗……”“圣野融化了，化作了祖国的一滴快乐的眼泪。”（引自圣野自己的诗。）

后面的几天里，基本是这样的形式——首先由优秀老师带领童诗夏令营的小朋友们上一堂童诗的欣赏课（前后几天里共6位老师讲课）。然后，由专家点评、讲座结合现场问答。参与点评和讲座的，有金波先生、王宜振、安武林、朱自强、吴永军。其中，我对周益民老师的《绕口令》一课，顾敏老师的《音符》一课和雪野老师的《爱》一课，留下比较深刻的印象。

绕口令，也是童谣的一支，作为训练发音的准确和思维敏捷的好手段，应该受到老师的重视和孩子的喜爱。不过要教得好，教得孩子们欲罢不能，流连忘返，却是要好好琢磨的。周老师的教学特点有三：一是充分调动了学生的竞技意识,加强学习的游戏性;二是融入了民间相关艺术类型,如评书、快板,开拓学生的思路;三是启发学生进行简单绕口令创作,深化了教学目标。我觉得,他的课上得挺完整,也比较自然。没有很多说理和解析,完全是让学生浸润在绕口令的语境中充分体会这种民间文学体裁的艺术魅力。

让诗走进课堂,走进各种学科里与之有机结合,使我们的课变得诗情画意起来,更能体会到美的气质。顾敏老师的一堂诗的音乐课,就给我们足足过了把瘾。她的侧重点在音乐的教学上,但当诗的韵味添加到里面时,这个滋味肯定会更醇厚。听,顾老师现场弹着吉他在学生间缓缓吟唱着,这课堂俨然似搬到了鸟语花香的大自然里了,怎么不叫人陶醉呢?!

雪野老师的课没有教案、课件,就是粉笔字在黑板上简单的几个提示词。所有的内容在他的脑子里,设计在他的肚子里,这就叫厚积薄发。他用两个一组的字、词,启发学生现场创作关于"爱"的诗作,这两个词往往有互不相干的两个词义。而孩子们的确给出了出色的答卷,如:"当太阳需要云时,云来了;当大地需要太阳时,云走了。"很简练,却体现了"爱"。

这三位老师有个共同特点,就是分析解说得少,这我喜欢。就像朱自强老师说:"诗不应该说那么多,还是要诵读体会多些才好。"我同意。

我自己还有一个收获,就是认识了一位有趣的老爷子——韦苇先生。呵呵,很有个性。把我的诗批得一塌糊涂,不过我开心得要命。我喜欢他。因为这是一位不仅肚子里有货,而且敢讲真话的老学者。

其间,还去武义的风景区玩了一下。没有机会泡那著名的温泉,集体去的是寿仙谷和俞源。私下去走了走武义的八百年廊桥。寿仙谷很凉快,俞源因为刘伯温的关系显得很神秘,而廊桥很古老很美。对武义的印象不错,值得专程游历一番。

最后,还是说说讲习会。因为是以童诗会为主吧,这次的讲习会就显得非常冷清了,总共不超过20人。蒋老师的精神面貌比去年强,愿他永远健康长寿!

又是一次,又是一年。感觉自己像老长不大。心灵永远童真是好的,学识老不长进,参加这样的活动,最大的作用就是鞭策自己吧。

《儿童文学信息》,2009年10月30日第44期

令我印象最深的两节课

——儿童文学讲习会

孙　锟

这次南行，讲习会与中国童诗年会的合并举行，让我领略到，真正浸润在童心、诗情和快乐之中的美妙课堂。其间不仅展现了颇多气韵不凡的童诗欣赏、创作指导课，更有浑然天成的音乐欣赏课和以绕口令为主题的语言基础训练课，让我着实感到耳目一新，真的有如炎炎夏日迎面扑来丝丝清凉。

这里主要想谈谈令自己感触最深的两堂课——周益民老师的《绕绕复绕绕》和顾敏老师的《诗意音乐》。

首先，主持人用“人称‘小王子’，具有诗人气质的小学语文特级教师”引出周益民老师。听到这句话，我瞪大了眼睛想好好瞅瞅，也许是之前在食堂碰见过，再见到这个“感觉面熟”、文质彬彬、典型的眼镜书生后我并没有大为诧异。但之后的一切，却十足令我备感惊“艳”。先是一口标准流利的普通话，“我们在熟溪开始熟悉……”，课堂开篇便点明了主题：“我们在寻找一样东西……”后来孩子们纷纷热闹起来，说在寻找童诗、灵感、童心还有快乐，“因为诗歌带给我们快乐”。之后，孩子们便尽情享受着作为“儿童诗歌形式之一的绕口令”带给大家的快乐。

《口腔操》如同给舌头热身，可以让孩子们的兴奋点逐步提升，“噼里啪啦、叽叽喳喳”以及从一到十再从十到一的数数游戏，节奏感极强。之后，一个故事性极强的绕口令又生动地展现在孩子们面前，大家有说有笑间便进入了课堂的状态。周老师抓住时机，向孩子们揭示说好绕口令的要诀，即说清“关键字”，脱口而出便是一条“法则”——关键字单独练，由慢到快有序练，合辙押韵，让人一下子就记住了。“教”“练”不分家，接下来，他便以“扁担长，板凳宽……”那句大家耳熟能详的绕口令为例，让大家根据法则，抓住关键字，先单个词练，再整句练，很快大家便都水平了得！孩子有很多闪光点，只是对此大人们缺乏深刻的感受，在我看来，“喜欢挑战”便是颇具童心的体现。周老师正深切地了解这一点，因而给全班的孩子们机会，向他提出挑战，比如说绕口令。老师必然通过备课，将绕口令说得炉火纯青，但孩子们也带给大家非常多的惊喜。此时，一个在我看来既有头脑又具勇气的女孩子提出，因为接触、练习绕口令的时间长短不同，所以这个比试并不公平。孩子说的确实在理，只是话太直了，若换作我，实在会极不好接受，至少脸色会比较难看，陷入窘境。可也许周老师生来就是一个非常温和的人吧，他用极委婉的语调，肯定了那个孩子的看法，一句“确实不太公平”淡淡带过，让人油然产生一种温润之感。之后的教学环节，便是大量“绕绕复绕绕”的口头操练。孩子所喜欢的课堂，必然是充斥着自由和个性选择的。孩子们从周老师准备的大量有意思的绕口令中选出自己最喜欢的反复朗读，课堂又是一派沸腾景象。针对学生的朗读，教师的点评正应了那句“诗人气质”，书卷气是内在的意蕴弥散，流露在表达中便是自然流畅毫无凿斧之痕。如：她几乎是一气呵成呐，你有一双音乐的耳朵，等等。在大量练习之后，让孩子们口头暂时休息，周老师根据孩子们刚刚练习的不同绕口令，引入了关于绕口令种类的几个概念，比如：数数令、对偶令等。接着，一段西河大鼓的视频欣赏，让孩子们安静、专注地欣赏起来。同样是“扁担长，板凳宽”的绕口令，放到戏曲中感觉全然不同，由此周老师引导学生体会，可以用节奏把绕口令编起来，这样会更有意思、更好玩，绕口令也可有很美的韵律感。欣赏放松后，他又引入介绍了绕口令的一种门类：比比令。创作练笔是语文课不可缺少的环节，周老师用他的课告诉我，低年级也可借这样的形式进行小练笔。以（船撞床）为例：“对河过来一只船，这边漂去一张床，行到河中相互撞。__ ______，________。”要求很简单，根据内容把绕口令补充完整即可。至少，这在我看来，是一件十分有意思的事。语文和数学相比最大的魅力就是没有“唯一解”，答案总可以丰富多彩，只要你不出格，尽可发挥想象力，大肆描写。他还依据学生填写的内容分开了高低难度，使绞尽脑汁的学生产生较强的优越感，鼓励孩子向更高的水平挑战。并借此创作练习，让大家明白，把绕口令用到了写作里，就会更有趣！

一堂真正的优质课，在于它的灵魂，灵魂由文化内涵而生，以纷繁的方式展现，但这种文化必须是有深度的。谁说绕口令只是小孩子的玩意儿，周老师引入了两千多年前庄子极富哲理的一席话：“方生/方死，方死/方生。方可/方不可，方不可/方可。因是/因非，因非/因是。”周老师用简单的语言略作翻译，最终还是重在朗读，而非理解。接下来，不同难度水平的绕口令练习继续展开，颇具武侠味道的档次划分再次激起了学生的挑战欲。看你能达到哪个水平：初入江湖——化肥会挥发；小有名气——黑化肥会发灰，灰化肥会发黑；名动一方——黑化肥发灰会挥发，灰化肥挥发会发黑；天下闻名——黑化肥挥发发灰会花飞，灰化肥挥发发黑会飞花。事实证明，无论孩子们水平如何，他们都直接朝最高的水平进军，大胆挑战，至少，这样的高心气儿还是很值得鼓励的。课程的最后，一段非常受学生欢迎的 pop music《中国话》又带着孩子们，用手脚打着拍子，嘴里转着绕口令，动感的背景音乐中，你隐约可以听到“好聪明的中国人，好优美的中国话，让世界都来说中国话……”作为一个中国人的自豪感不言自明！

如果说周益民老师的《绕绕复绕绕》给人的感觉如惊鸿一瞥，那么顾敏老师的《诗意音乐》课实在如天籁一般，美妙得令人感动。其实，这堂音乐课教学目标很明确，就是教会孩子演唱卡侬《D 大调》的一段旋律，而歌词则是一句很美的小诗：春天美好，鸟语花香。啊……啦……在上课前，顾老师背着她的民谣吉他，即兴弹唱起这首歌，我清楚记得当时震惊四座，全场熙熙攘攘的状态立刻转为宁静。我突然便想到了那部法国影片《放牛班的春天》，故事很感人，讲述的是一位音乐创作大师，用音乐重塑一帮“不良少年”的灵魂，让他们重新积极地面对生活和学习，对自己的未来充满希望。音乐真的可以涤荡人的心灵，而在顾老师的课上，我真的被那股清新幽静所感染。美声的唱功，在我看来并非每一个音乐老师，甚至是歌者，都能达到的。惭愧的自己也只好在一边低声吟唱，原因很简单：高声部我实在是上不去啊。后来，有位教授认为，顾老师的课上应该用更多的语言准确、清晰地表达出诗之美，生活之美。但我在心底却大不认同，如果换做语文课，这个要求自不待言，但这是一节音乐课，课程的性质不同，其表达的方式也不同。诗之美、生活之美、生命之美，都在美妙的音符中传达，不仅仅学生，连在座的老师、教授、专家们，都已透过音乐感受到了这种美，何需赘言呢？在我看来，用音乐来表现美和诗韵，是这节音乐课最大的成功！再说顾老师对学生的鼓励、点评，亦颇具诗韵！“我争取模仿你，争取唱得和你朗读得一样”，“你想把你的休止符放在哪里？它可以放在吉他上，可以放在手上、脚上”，“当你的声音与周围不同的时候，请你调整”，“顾老师的音乐会发芽，你们也试试，让你们的音乐发芽”，“我发现我的树叶，时而小，时而大，都是不一样的，它们一点点发芽——长枝丫——长树叶……细细长长，跳跃着，茁壮地长出一棵小树”，“你们的歌声让我想起一个故事：一只小熊出生在山洞，熊妈妈给它讲述春天是如何美妙，小熊连做梦都在想——春天是什么样子。我们想象一下，它看到春天后会是怎样的？我们一起唱”。这一句句简洁而甜美的语言怎能不令人心生向往……直到课程结束，我已完全记住了这首曲子的旋律，而且气定神闲，内心安详，脑海中一片绿色。童诗带给人以美的享受，虽说童诗的音韵美和吉他所弹奏出的旋律无法相比，但它们都是柔和的、清新的，给人很舒服的感觉，可以让孩子沉醉，让成人安宁。这不正是大家追寻的乐趣所在吗？

《儿童文学信息》，2009 年 10 月 30 日第 44 期

一位八旬翁的“私家大学”

——儿童文学泰斗蒋风15年培育“非学历儿童文学研究生”的故事

赵如芳　赵　佳

15年前，一位教授从浙江师范大学离休后，单枪匹马地办起了一所没有地址、没有名称的“大学”，面向全球免费培养非学历儿童文学研究生。

15年来，这位老人自己招生、自己批改作业、自己审读论文、自己办报、自己贴钱，向分布在新加坡、马来西亚以及我国台湾、香港地区和内地的400多名儿童文学爱好者提供精神食粮。

15年来，老人的头发稀少了、身体衰老了，但他依然乐此不疲，因为，不少前来求学的学者，变成了儿童文学专家，不少前来求学的爱好者，变成了儿童文学作家，还有更多的求学者，在儿童文学的教育之路上走得更加从容、自信……

这位老人叫蒋风，今年84岁。

黑头发钻进儿童文学

熟悉蒋风的人，不会对他晚年办“大学”的行为感到意外，因为在儿童文学这条路上，蒋风向来敢想敢做。

上世纪50年代，儿童文学被视为“小儿科”，没什么人愿意研究，在浙江一高校任教的蒋风，却投身这片没有教材、没有参考资料的荒原，从黑发到白发，从青年到老年。

近半个世纪以来，蒋风在儿童文学理论、创作、教学上获得了全国7个第一：在全国高校第一个建立儿童文学研究机构；在全国高校中第一个招收儿童文学硕士研究生；出版了新中国成立后第一本系统的儿童文学专著；编著出版了第一部中国儿童文学史……

白头发不舍儿童文学

1994 年,蒋风离休了,考虑到自己的身体还健康,思维还敏捷,就想再为儿童文学做点什么。做什么呢?

蒋风想起了他带研究生的两个遗憾:一个遗憾是,一个专业课成绩都在 90 分以上的学生,因为英语不过关而被挡在门外,令人扼腕的是,这件事的过错在蒋风,因为他不知道对方学的外语是俄语。另一个遗憾是,蒋风带了 10 届研究生,但一共只培养了 20 多名研究生,“数量太少了,想多招几个都不行,上面有规定”。

这两个遗憾给了蒋风一个灵感——离休后,何不办一个不受任何条条框框限制的培训机构呢?管他是什么国籍、什么年龄、什么职业、人数多少,只要热爱儿童文学,都可以来学!只要能通过考核标准,都是研究生!

只是,这样的培训机构,以前从来没有人办过,这样的学生,应该怎么命名?考虑到这些学生没有学历证书,蒋风就借鉴了非农业户口这一提法,给他们命名为非学历儿童文学研究生。

在授课上,蒋风要求学生以自学为主,面授为辅。学习时间一般为两年,超过两年也可以,只要能完成他布置的任务并达到他的要求,就可以拿到非学历儿童文学研究生的结业证书。为最大范围地调动学员的积极性,蒋风决定不向学员收取学费,只收取书费和邮费。

退休老人和国外学者都来报名

从 1995 年到现在,一共有 400 多名学员被蒋风录取。

这 400 多名学员中,有退休老人、有大学教授、有已经在进行儿童文学创作的作家、有中小学和幼儿园教师、有关爱孩子阅读的家长……不仅有内地的学员,还有港台地区的大学老师、马来西亚的作家、新加坡的老师。

这些年龄不一、职业不一、国籍不一的学员,为什么要来参加不被国家认可的非学历教育?蒋风说:“他们不为钱财,只是想进一步提高自己对儿童文学的认识。”

这些学员中，最小的20多岁，最大的比蒋风还大。那3个年纪比蒋风还大的学员，给蒋风留下了深刻的印象：“他们3个规规矩矩，按时交作业、论文，质量都能达标，两年后，都顺利拿到了结业证书，比一般年轻人做得还好。广州那个80岁的学员拿到结业证书后，当地媒体还对他进行了采访报道。”

达不到要求，就是不发结业证书

一个人主办的“大学”，尽管不是严格意义上的大学，但它是一所严谨的“大学”。15年来，有400多名学员向蒋风求教问计，但只有40多人拿到了结业证书。“我这所大学是宽进严出的。”蒋风说。

学员要想拿到结业证书，必须自学完6门课程、完成24篇作业和3篇论文，而且，作业和论文的质量要达到研究生的标准，这三个条件，缺一不可。青岛幼儿师范学校的教导处主任，花8年时间完成了蒋风的三个条件，才拿到结业证书，他戏言这是“8年抗战”。

有的学员当面向蒋风提意见：“你这个大学的结业率只有10%，太低了，起码应该达到30%，因为学员们能来学习已经很不容易了，如果连结业证书都拿不到，那就毫无意义。”蒋风不听：“这个证书你拿去也没用，国家又不承认，你要拿，得达到我的要求。”

有些学员私下来讨，蒋风也不网开一面，他说：“我没向学员收费，不欠他们什么东西，我可以坚持自己的原则。”

办讲习班，出力还贴钱

蒋风的“大学”以自学为主，面授为辅，面授一般一年一次，放在每年的七八月份举行，地点不定。蒋风把这种面授称为“全国儿童文学讲习会”。

每届讲习会，不管在省内还是省外，蒋风都亲自参加，给学员们讲课。此外，他还邀请圣野、金波、梅子涵、方卫平、孙毅、钱淑英、雪野等儿童文学领域的专家来讲课。

这种洋溢着浓浓学术氛围的讲习会，受到了很多学员的追捧。黄锡忠，新疆幼儿师范学校的老师，非学历儿童文学研究生班的第二届学员，每年的讲习会他都不愿落下，即便学校不给他报销路费、学费，他也要来参加。上世纪 90 年代，从新疆到上海要 5 天 5 夜，他也不辞辛劳。

参加这样的讲习会，学员们是自费的。为节约成本，蒋风一切从简，但有时候还是难免亏损。1996 年，蒋风第一次举办讲习会，没经验，亏了一万多元，结果，蒋风和协办单位各自贴了几千元。

贴钱办报，亲自邮寄

为了便于和学员联系、让学员知道儿童文学的动态，蒋风在办学之余，还办了一份报纸《儿童文学信息》，每期发行 3500 份。

这份报纸的主编是他、组稿是他，送去印刷是他、校对是他、清样是他、邮寄也是他——从头到尾都是他一人参与，有时，老伴会来帮忙。办一期报纸，要花费蒋风一个月的时间，一年四期，就是四个月。

很多人不解地问他："蒋老师，你年纪这么大了，这么细碎的工作，何不交给学生去办？别忘了，你还是老校长呢。"蒋风笑笑："学生也忙啊。"其实，蒋风很清楚，他这份报纸是贴钱印刷的，请人来帮忙，他不可能付报酬，这样，人家来帮一次两次还可以，时间长了，就坚持不了了。

在办报的前几年，蒋风的离休工资还不高，一期报纸要花费他两个月的工资。现在，工资涨了，但一期报纸还是要花去他一个月的工资。

15 年心血，换来硕果累累

15 年来，蒋风在培养非学历儿童文学研究生上花费了多少财力、精力，难以计算。他也不愿计算。他最愿意计算的，是哪个学员出书了，哪个学员获奖了，哪个学员成专家了。让我们看看以下几位学员的成长：

沈芬，原来是石家庄一退休老太太，在向蒋风求学期间，她写了《绿色家园科学童话》一书，该书获冰心儿童图书奖，2007 年，她被中国科普作家协会第五次代表大会授予“有突出贡献的科普作家”。

汤宏英，武义实验小学老师，2003 年参加蒋风的讲习班，后报名参加非学历儿童文学研究生，之后，她试着写童话，结果获奖不断：冰心儿童文学奖佳作奖、陈伯吹儿童文学奖优秀作品奖、《儿童文学》擂台赛铜奖、冰心儿童文学新作奖……用蒋风的话说，所有的大奖她都拿了。不但如此，汤宏英还成了金华儿童文学的希望。“金华的儿童文学曾经不错，有圣野、鲁兵、洪汛涛等一批名人，但后起之秀比较少，汤宏英的出现，让我们看到了希望。”蒋风说。

马力，沈阳师范大学文学院教授，从蒋风的“大学”结业后，她在儿童文学领域的成就越来越突出，1999 年，她写的《童话学通论》荣获第 10 届全国冰心儿童图书奖；2007 年，她还被评为“辽宁教育年度人物”。

……

除了培养了一批儿童文学作家、专家外，蒋风的“大学”还培养了一大批儿童文学教育工作者。徐志扬，武义实验小学老师，参加完蒋风的培训班后，在辅导学生参加作文兴趣小组时，更加从容、自信，孩子们也更加喜欢……

2000 年的时候，蒋风曾想把“大学”停掉，无奈报名的学员一批批找上门来，“想停也停不了，那就继续办吧”。至于要办到什么时候，蒋风觉得，只要自己的身体还允许，“大学”就会继续办下去。

一个耄耋老人贴钱办“大学”，引起了儿童文学界的赞扬。马来西亚作家爱薇在信中这样对蒋风说：“一直很敬佩您这种培育后人的精神，本来以您的条件，大可以不理一切，但基于对儿童文学的热忱，你不惜拨出宝贵时间为学子们的进修而辛勤操心。”诗人圣野用一首诗来赞扬蒋风：

我们的蒋风先生
是一个当代的
带有童话色彩的追日的夸父
他一路风尘仆仆

从没有感觉到疲倦
离开了浙江师范大学
面向中国
面向东南亚
面向一切华人讲华语的地方
他又办起了第二个更大的大学

《金华晚报》,2009 年 7 月 16 日

盛夏相聚金华　激情点燃生命

张玲芳

还没有来得及细细品味教授们的讲话，还没有来得及和初识的朋友们尽情畅谈……五天的培训生活一转眼就结束了，离别的愁绪便涌上心头。几天的学习，我的心装满了感动，一次次的落泪，心一次次被温暖着。这是一个特殊的团队，在这个团队，没有年龄的差距，上至87岁的老学员孙毅，下至11岁的李鸣谦小朋友；没有距离的阻隔，从西北的新疆乌鲁木齐，到东南的广东江门；没有职业的界限，大学生、幼儿老师、小学老师、幼儿师范的老师，甚至是画家、作家……因为儿童文学，我们相识；因为儿童文学，我们相知。这样的学习经历对我来说，是一笔多么珍贵的财富。

会场上四位白发苍苍的老先生，格外引人注目。85岁的蒋风老师、87岁的孙毅老师、77岁的韦苇老师、75岁的吴章法老师，他们对儿童文学的那份热爱着实令我们佩服。他们是会场上一道美丽的风景，他们用生命的激情诠释了自己对儿童文学的热爱，谱写出一曲曲动人的生命乐章。

蒋风老师是一面旗帜，是儿童文学的“志愿者”，在这条道路上，默默付出了一生。自离休以来，一个人筹办非学历儿童文学研究生班，在他的引领下，400多名学员紧随其后，前进中留下了一串串或大或小、或浅或深的足迹。今年是非学历儿童文学研究生班创立15周年，一个孩子成长到15岁，父母付出多少的心血，不为名利，不为金钱，而是一份使命感，一种责任的担当。几天里，蒋老师一直与我们一起听课、吃饭、交流，原来总感觉蒋老师不苟谈笑、严肃刻板，但是同他近距离交流时，才发现他是一个多么睿智、多么善解人意的长者！炎炎烈日下，亲自跑到旅行社联系一日游……怎么能让我们不感动？他的博爱来自他的这份使命感，对儿童文学他倾尽了太多的情感，如同养育自己的孩子，在他的引领下，我们走在理想的大路上。

会场上最年长的学员便是87岁的孙毅老师了。10日报到那天我们是一起登记的,我丝毫没有察觉到这个胸前挎着小背包,俨然革命"老战士"的长者居然有87岁高龄,精神抖擞,谈吐幽默,思维敏捷,为人豪爽……令我们年轻人汗颜。会场上,孙老师慷慨激昂地朗诵了他创作的诗作,特别是《给青年作家的几句话》,他声情并茂,激情昂扬,非常有感染力,不愧是搞戏剧文学的,表情丰富夸张,评议辛辣又不失幽默。语言的艺术和舞台上表演的张力完美地融合,场上响起雷鸣般的掌声。他坦言,90岁前要学会电脑,我此刻除了讶异更多的是震撼,一个87岁的老人,在我们看来,是迟暮之年了,喝喝茶、晒晒太阳、唠唠嗑似乎是他们生活的样板。可是他却激情满怀地走在创作和推广戏剧文学的道路上。炎炎夏日里,他本应该在上海的家中享受冰凉一夏,却和我们一样睡在学生的硬板床上。当他捧着鲜艳的结业证书和蒋风老师一同站在讲台上,看着两位白发苍苍的老师,我的眼泪止不住地往下流,这是我见过的最年长的毕业生,是我见过的最有分量的结业证,那是一颗火热的心,那是生命无悔的答卷。

这几位长者,在儿童文学的道路上引领我们成长,他们生命的价值也得到最大限度地发挥。我很疑惑:是什么魔力让他们如此健康长寿?又是什么力量让他们有如此大的热情?一切都是因为理想。人活着是有目标的,他们内心充满对儿童文学的热爱,因为爱才有了执着追求。在这个物欲横流的时代,文学成了城市的边缘产品,变成了一种奢侈品。功利心让人人背负着各种各样生存的压力,某种程度上,人们成了物质的"富翁",精神上的"乞丐"。而他们有一个属于自己的心灵家园,因为他们有儿童文学的滋养,文学是拯救洗涤人的心灵的。所以他们健康,他们长寿,他们快乐,他们徜徉在心灵花园里,步态怡然,神色安详,充实而满足。

我觉得自己非常幸运,能与儿童文学结缘,我们所有的学员能够走在一起,是因为不带任何功利心,在做为儿童服务的工作。作家也好、儿童文学研究者也好、幼儿教师也好……最重要的是一份非功利性的坚守,单纯地追求自己的理想。从蒋老师到孙老师,从雪野老师到夏辇生老师,从汤汤的成长到丁志英、贾为老师,在他们身上我看到的最可贵的是都有一种执着、专注的精神。人最幸福的便是能够做自己喜欢的事情,因为喜欢,所以纯粹,不求回报,用心去做一件事,总归是会有回报的。不管是搞儿童文学的理论研究或是创作,抑或是阅读的推广,他们都有自己的目标。目标就是指路明灯,没有目标的人生,彷徨一生,有目标的人生,奋斗一生。前者暗淡而平静,温饱而平庸;后者艰辛而充实,折磨而璀璨。人活着就要努力使自己的人生闪着独特的光辉。

《儿童文学信息》,2010 年 10 月 31 日第 48 期

初识庐山真面目

肖灿先

带着对蒋风先生的仰慕，带着对儿童文学事业的虔诚，带着对非学历儿童文学研究生班的好奇，在2010年的炎炎夏日，我不远千里，从井冈山下来到金华，参加该班讲习会的活动。

这里有一面高扬的旗帜——蒋风先生，一位85岁的老人。他是国际格林奖评委、亚洲儿童文学研究会共同会长、著名儿童文学理论家、浙江师范大学原校长、教授。他获得过众多荣誉，享誉海内外。他有足够的理由为此生的辉煌成就而自豪。离休了，完全可以喝喝茶、看看书、打打牌、钓钓鱼，安享晚年。或者利用自己的声望，到处走走，讲学兼旅游，还可赚点钞票。而他偏不，承接离休前的那份事业，从1995年开始，创办非学历儿童文学研究生班，不收学费，只收几百元教材费，自己不仅不赚钱，每年还要拿出自己的工资，编印资料，出版《儿童文学信息》报，发给学员和全国各地的儿童文学爱好者。15年了，蒋老仍然乐此不疲。中国现代教育史上有两个特殊人物名垂青史，那就是陈鹤琴和陶行知，蒋风先生是新时代的陈鹤琴、陶行知！

在他的旗帜下，集合了一批国内知名的儿童文学专家学者和作家。老一辈的有韦苇、圣野、金波等，中年的有赵冰波、彭懿、夏辇生、周晓波、方卫平、王泉根等，他们中有的还是蒋老的学生，年轻的有雪野、汤汤等，形成强大的师资阵营，为研究生班的教学质量奠定了雄厚的基础。

这里的学员有点复杂，论年龄，最大的孙毅87岁，最小的张佩佩、卢莹平、杨静波才20出头。还有一位非正式的特殊学员叫李鸣谦，这位11岁的漂亮女孩竟有耐心天天和妈妈一起听课，参加多种活动。这是典型的四世同堂。论身份，有专业作家、报刊编辑、从幼儿园到大学的教师，有在读大学生和研究生，还有商业个体户，而77岁的吴章法本来是一名画家，年轻帅气的崔勇在大学里是教法律的。论学历，从大专、本科到硕士毕业生都有。儿童文学把成分如此复杂的一群人集合到一起，对儿童文学的虔诚使大家心灵相通，互敬互学，亲如一家。结业证书可能对谁都不能带来名和利，因为它是非学历的，然而大家依然那样执着。87 岁的孙毅是老地下党员，年龄比蒋老还大两岁，全国知名的儿童戏剧作家，仍然认认真真地听课、做作业，结业时认真答辩。当他从蒋老手中接过结业证书时，高兴得像个孩子。三位美女作家汤汤、贾为、姗姗在国内已有名气，汤汤甚至被《儿童时代》杂志社称为金牌作家，而在课堂上仍然像小学生一样认真。

这里的生活条件比较艰苦，住在金华师范附属小学的学生宿舍，睡的是木板上加一条草席，吃饭就在学校的教工食堂。大家都不愿住到宾馆去，因为都不是来享受的。真难为一批学员志愿者，一直勤勤恳恳地为大家服务。金华东阳的楼向东，全力尽地主之谊，开自己的车接送老师，送学员上街、去车站，资料的事他全包了，安徽的谢之峰负责所有活动的安排，浙江师大幼儿园的陈永红则是生活上的管家婆，最难能可贵的是新疆的黄锡忠，2000 年就获得了结业证书，此后仍每年参加讲习会，一边认认真真地学习，一边做着为大家服务性的工作。

别以为非学历的文凭很容易拿，殊不知这里宽进严出，有大学文化水平，愿意学习，交一篇论文经审查合格就可以入学，但要拿到结业证书可得在蒋老指导下完成 24 次作业，最后还得做结业论文进行答辩，平常的学习在蒋老指导下进行。每年暑假都举行讲习会。讲习会有国内知名教授、专家讲课，有成就卓越的儿童文学作家的经验介绍，还有教授、专家、作家与学员的双向交流，学员之间的学习体会交流。可谓内容丰富、形式活泼，让你乘兴而去，满意而归。

参加了 2010 年暑期的讲习会，对非学历研究生班有了如上的初步认识，于是，在讲习会结束的最后一天，我郑重地填写了学员报名登记表，交到了蒋老的手上……

《儿童文学信息》，2010 年 10 月 31 日第 48 期

跟随蒋风先生学习儿童文学

——我读非学历儿童文学研究生的一点儿体会

锡　兵

虽然是中文系科班出身,然而至少在1996年以前,我没有多少儿童文学方面的修养,甚至不知道它作为一门二级学科存在着。

1996年暑假,我应邀参加了在青岛幼师举办的"全国儿童文学讲习会",感到耳目一新,又经河北定兴幼师王东师兄的介绍,才知道讲习会是由中国儿童文学研究中心的蒋风教授发起的(彼时他已经离休了),而且他正在招收非学历的儿童文学研究生。我不揣浅陋,向蒋老师投寄了一篇入学论文,申请参加非学历的研究生课程。

那是1998年的事了。论文的题目是《浅谈寓言的儿童化倾向》。文章的预设前提是,寓言作为人类的文学文体之一种,并非特意为儿童准备,她之用于儿童启蒙,走了一条从不自觉到自觉的道路,即逐步地贴近儿童的审美视野——儿童化。研究的方法,一是比较经典寓言原作及其针对儿童的改编版,二是分析为儿童创作的寓言,从两个方面归纳出"儿童化"的规律来。现在看来,这是一篇既乏深度又无概括力的粗文,不过,所幸的是我获得了参加研究生课程的机会。

蒋老师每年举办一届"全国儿童文学讲习会",邀请专家讲学,而讲习会也是非学历儿童文学研究生的面授课程。在整个学习其间,讲习会对我来说是最精彩、最美好的部分。

讲习会让与会学员享受到精神上的自由。蒋老师的学员来自全国各地,出身各种行业,在其原来所处的社会角色、身份的规定下,很难有机会汇集同好自由地涉及一个非功利的领域或话题。蒋老师的讲习会做到了。它提供了这样一个非功利的机会,话题是大家都热爱的儿童文学。我们也不再是干部、教师、学生或者商人,只是儿童文学的追求者。每每我都要忘记

"我是谁",直到背起行囊踏上返乡之路时,才猛醒自己不过是生活之网中的一员罢了。

自由的空间为思想交流提供了润滑与催化,自由的精神让与会者敞开心扉享受思想之美。这里没有绝对的权威,因此,在青岛会议上,作家夏辇生老师敢于在理论家蒋风老师、金燕玉老师面前畅谈她的"歪把子理论";在桐乡会议上,就"韩寒现象",文学社的小学生们挑战了老专家,向他们阐述自己不同的见解。

讲习会也让与会学员获得了丰富的审美体验。这得感谢蒋老师的巧妙安排,受邀的专家里,作家的数量占绝对优势。作家不迷信理论、概念,甚至视之为大敌,也不谋求共性,喜欢而且擅长以个人的创作经验说话,处处流露出感性的、个性的审美情致。

老诗人圣野是一个典型例子。他的儿童诗歌讲座不讲诗歌理论,只是朗诵,热情洋溢的"本色"表演。他不朗诵的时候,或声音喑哑,或默然无声,而一旦他朗诵起来,他就要爆发,就成了纯粹的诗人,或者说就是诗歌本身。圣野老师的例子说明,一旦"诗"了,就没有男女老少之分,只有诗人或者诗歌本身。他的讲座以朗诵的形式启发我们,诗歌不是躺在文本里的符号,诗歌是声音,是激情,是生命的喷发与升华,像利剑一样有穿透力。圣野老师的儿童诗歌讲座让我更直接地逼近和理解了儿童诗。

讲习会还给予学员以思想上的启发。作家搞讲座往往能收到一加一大于二的效果。即使不善讲课的作家,他们的未经规范的思维也时时闪烁出睿智、特异和新奇。他们敏感的触角为我们推开一扇扇或陌生或我们曾熟视无睹的门扉,每一扇门背后都有一个完整的新天地。就是说,他们能传达的远远大于他们所传达的。这些"言外之意"浓缩了他们的人生与艺术经验,对我们的启发性远远优于理论说教的效果。于是,我的笔记里就不光是他们话语"内"的内容了,更多由这些话语启发而产生的领悟、引申、触类旁通以及反思留在了字里行间。

他们怎么会给予我们思想这么大的启发呢?首先,理论家可能在宏观上归纳、预测创作的规律,但是在微观上作家往往处于最前沿、最敏感,也最具有实验精神。他们无私给予我们的艺术、人生经验是未定型的,原汁原味的，因而往往具有前瞻性和启发性。

譬如，青岛会议上，夏辇生老师提出了她的所谓“歪把子理论”。她认为，幻想是有层次、水平或境界之分的，从低级到高级分别为模拟、夸张和奇思。我听了心里一惊，因为虽然理论上有“拟人”“夸张”等方法之分，但仅指范畴不同而没有高下之分，况且我从未听说以构成幻想的水平来考察表现方法的。夏老师接着论述说，“模拟”幻想是一种“假性幻想”，可以用常人体的形象置换拟人体的形象的方式来检验，如果没有超现实的情节存在或者干脆变成了儿童生活故事，那么它实际上就没有幻想，即假性幻想。我这才茅塞顿开，豁然开朗。

其次，理论家思维表达的方式是逻辑性的，作家思维表达的方式则是直觉性的，即通过对事物的整体把握来关照世界，而且往往是瞬间领悟整个世界（这是个丰富、光鲜、未经理论抽象和肢解的世界）。因此，我们从作家那里体验到了某个特定的（依据作家的个人经验）完整的世界，他们的话语只是为我们推开了通往那个世界的大门，我们得靠自己的经验去捕捉、贴近那个世界。这就是所谓的一加一大于二的效果。

谢华老师曾是蒋老师的学生，不显山露水，很内秀。她的创作体会让我们领略到她独特的艺术世界。她的艺术视角不在生活激昂、飞扬的一面，而在低沉郁闷、平凡的一面，善于挖掘普通人、小人物的生活滋味。作为读者，生活中那些典型的小人物自然会从谢老师的作品里得到共鸣，然而不仅如此，法国哲学家萨特以为人的生存处于一种尴尬之中，即不管每个“我”如何是自己生活的主体、中心，却总是以同样的逻辑成为“他人”的客体、边缘人，如此说来，生活中的每一个人都能从谢老师的作品里找到自己类似的尴尬境遇的体验。此外，谢老师的“小人物”创作的价值还在于：其一，欧洲的文学经典中塑造了典型的小人物形象，那是定型的、成熟的、有思想倾向性的，而谢老师为之贡献了他们的“前传”——小人物成长的心路历程；其二，在儿童文学里，青春的典型形象是英雄形象，谢老师的小人物与之构成了可贵的补充和对应，使文学园地里浮现出了另一类被忽视的人生“原型”，让我们洞见了人生、世界可贵的多样性，以及另一个视域中的人性美。

最后，能不能给予启发是各位专家的事，而能不能捕捉到这些启发则要靠我们学员的造化。说是造化，其实是要求学员也必须有准备，包括生活积累、审美经验的积累和儿童文学的阅读积累等等。不过，更重要的是做一个有心人，带有“问题”意识，渴望弄明白横在头脑中的各种困惑。果能如此，那么我们收获会更大。不仅能被他们的艺术经验所唤起，或单方面地受其启发、影响，更能够在思想交锋上与他们处于平等位置，拥有反思、质疑的主动性以及随之不断深入交流的清醒头脑。

蒋老师的非学历儿童文学研究生课程提供了一整套学习的方法。上述的“讲习会”暨面授课程是其中一个方面，它让学员跟踪专业的前沿发展，进行思想交流，是老师点拨和学业精进的好机会。另一个方面是课程的函授部分，也是整个学习过程中最艰难的部分，它要求学员们针对《儿童文学教程》、《儿童文学原理》、《中国儿童文学史》、《世界儿童文学史》等教材，独立完成一定量的阅读和写作作业。

我后来知道，有许多学员没有按时完成函授作业。对此，我想说，我非常理解，因为我也有与他们极其相似的心理体会。讲习会有一种“场效应”，凝聚人气(爱好儿童文学的人们汇聚一堂)，很容易形成一种高度专注和高效率地进行思想交流、学习的气氛，也很容易激发、提升学员的学习积极性。然而函授课程则属于业余自修性质，没有什么“场”，只有靠自己冷冷地去一点一点地做起。相反，你的注意力往往被工作、生活里其他的“场”滞留，于是便借口没有时间。我所幸忝列蒋老师少数完成学业的学员之中，若说心得，很是寻常。

其一是敬畏之心。蒋风老师为中国儿童文学的教育、研究事业奉献了大半生，离休以后又开始第二次创业——创办中国儿童文学研究中心并招收非学历儿童文学研究生，他的精神品格卓尔不群、感昭人心，因此有人称之为“中国儿童文学的一面旗帜”。作为他门下的学生，我不敢辱没门风，于是，除了一点爱好以外，敬畏之心促使我一点一点地完成了大量的作业。

其二，苦中作乐也收获。对我来说，工作、生活牵扯精力是有的，提笔就头痛、开卷就犯困也是有的，可又不敢过分地耽误课业，于是，前半月的惰性总会逼得我在后半月捏住笔、展开书。就这样硬着头皮挨了近一个学年，居然尝到了甜头。起初做文，我的思路栓塞、了无新意，文笔也生涩，要么无话可说,要么说不到点上。一个学年下来,我的思路逐渐打开了,精熟的时候第一次阅读就可以捕捉到作品的内在形式;手也练熟了,往往文从句顺,绕弯子的话少了,表达日益准确、到位。我这才发现作业的好处和蒋老师的良苦用心。

在上述两种精神的鞭策下,我算是老老实实地按着蒋老师的规定做完了函授作业。

如今,我早已学业有成(我于2000年获得结业证书),然而只要条件允许,我依然争取每一次参加讲习会的机会,听讲座、会师友、求新知、图发展。因为我心里清楚,自己的那一点儿学养是非常浅薄的,如果不做持续学习的打算,根本追不上中国儿童文学日新月异的发展,也有违蒋风老师身上所体现出的不断开拓、创新的师风。

如果说,我在非学历儿童文学研究生课程上的收获超越了这个专业本身,那么,这应该感谢我的导师蒋风先生。

《儿童文学信息》,2010年

爱的花园

——献给蒋风老师

孙　毅

有个学校在金华。
他的学生遍天下，
年小的是十岁娃，
年长的超过八十八，
不少的学生还要比那
校长的年纪大。
说出来你不相信，
金华你找不到它。
学校它在哪儿？
在一位老爷爷心里呀。
他年年都培养出
一朵朵一朵朵一朵朵……
爱的花。

2010 年

比酒还陶醉

吴章法

天涯海角来，
南腔北调话。
蒋老膝下沐春雨，
师恩情无价！

耄耋八十七，
少嫩二十一，
四世同堂同专业，
世界创奇迹！

年庚七十七，
注册一年级，
古稀翁聆讲习会，
幸做小师弟！

传经传真经，
点石成之金，
文人相敬弃相轻，
融合同胞情。

播种不计费，
只盼树成果。

呕心沥血女成凤，
金牌数看涨！

秘书长添饭，
大书记续水，
师兄师姐包会场，
奉献跑酸腿！

教授播百花，
学子蜂酿蜜。
儿童文学讲习会，
比酒还陶醉！

2010 年

金华六日　见证菩提

方先义

这是金华最炎热的一段日子，连金师附小绿池中的红鱼也中暑了几条。

这是一段满怀感动的黄金般的日子。鹤发的蒋风先生与蔻蔻餐厅陈经理就学员暑期食谱的细节交谈，让我见证了这位中国儿童文学之父的拳拳爱意，也让我在后来的会务及学习中更加细心，生怕有负先生重托。

这是生命中承接甘霖聆听菩提妙音的一段诗样年华。五位学者以半生研修一朝悟道的智慧浇灌了讲习会学员的心田。

一

“80后文学了不起！”喊出这句话，是需要勇气和眼光的。高玉教授是位随和的学人，但绝不是乡愿。从其阅读《三重门》等作品的会心赞誉，可以看到他务实、开放的心胸。

汤汤着一袭墨绿长裙从童话国度翩然而至，谦和中略显拘束，一个守住自己内心的人往往如此。她坦然接受批评闻过则喜的超凡心态，让我止不住向往着她的未来。

而科幻界的“凯兰崔尔”赵海虹博士则完全是另一种尊贵气度，俊俏的眼角常挂着一丝温润的笑意。她高蹈于科幻的舞台，面对学员的提问，语速流泻如风，言辞敏锐犀利，让听众折服倾倒。

胡丽娜博士善于在互动中散播读书疗法的因子，一系列治愈系的绘本清单让讲习会的小学教师在育人困局中看到明媚的曙光。

钱淑英博士嗓音富于激情，学术眼界宽广，将她心中豢养的一尾野兽——对童话与电影狂野的热爱袒露无遗，她于瞬间记住了我课前和她交流的每一个句子，并在讲授时巧妙穿插，一一回应，这种妙手轻弹艳惊天下的教学功力着实让人称羡。授课名单中，梅杰是唯一出席却没有开坛授业的师兄，他声称准备不足，却依然应诏而来，为讲习会护航两天，又于某一个深夜悄然离去。他有着海豚一样的单纯敏感，对金华的古玩字画呈现出一种孩童的痴迷。

在五位学者的课堂里，我的心灵快乐而自得。随着80后文学和中国科幻文学两扇窗户打开，阳光敞亮地照进当下，我的创作视野变得更加明晰；而童话与电影的互文解读，让我的研究触角探得更远；汤汤在平凡生活中捕捉灵感的案例鲜活且富于启迪；读书疗法对于我正在关注的儿童戏剧疗法更是大有裨益。感谢蒋先生的精心编排，让我这六天的金华之行盆满钵满！

二

六天来，我常怀羡慕，常怀嫉妒。

我羡慕金华及其周边的同人，能经常沐浴蒋风先生儿童文学的雨露；我嫉妒金华小街的天空也流动着童诗般的云朵。我羡慕讲习班提前修炼成精的汤汤，她的锦心绣口吐出了多少美妙的故事；我嫉妒在她心里躲过的那些精怪赠给了她多少绝妙的灵感！我羡慕向东等早期学员，当他们缅怀追忆往昔，我看到令人惊艳的学术风景一闪一闪，我惋惜于我的错过。

在金华，每一天醒来，我都带着《水晶的天空》（赵海虹最新长篇科幻力作）中蒋南枝的惶惑：我还在方A的世界吗，抑或是我闯入了另一个更完美的自我的平行宇宙？岁月竟如此静美地降临铺展在我面前，在无挂无碍满怀期待中开始，在心灵碰撞的铿锵跫音中成长行进，在充实甜美的梦里结出青果。

九峰山永续大师在达摩洞的禅语仍散着梵香；附小公寓的夜读卧谈，将东阳与岳阳两个文学坐标紧紧相连。金西开发区的沧桑巨变、伊利雪糕的甜甜奶香、蒋风剧团的盈盈笑语、西瓜晚会的泪眼相看……这一切都将定格在我童年的日历上！

三

金师附小的夏夜很美，婆娑的竹影如水墨卷轴，棕榈摇曳而多情；校园的夏夜很静，静得可闻到池鱼夜巡时水滑过鳞片的金属之声。在这样的夏夜，甚至完美得遇不见一只蚊虫。

讲习会行将结束的那个晚上，我听见春林同学发出幽怨的感叹：唉，这样的日子真美，真不想就这样结束。我知道，类似的声音很久以前在浮士德与魔鬼梅菲斯特的赌约中曾经响起："多美啊，请你停留！"浮士德为此付出了性命的代价，我们却以生命中精彩的六天，换来了一种沉甸甸的重生感动。

金华西站，我殷勤回望。红尘中往来忙碌的生命，有多少能如我等，千里奔波只是为了一个单纯的梦想？

别了，出语飘忽不定的向东兄、乖巧好学的"卡门妹妹"！别了，鬓角如霜、笑意如婴孩的香港同学滕先生夫妇！别了，一同分享文学梦的春林、《七彩语文》的三位"狐兄"、巧手的化妆师陈姐和程妹！别了，夕阳里站成一尊守望雕塑的蒋先生和师母！

别了，我的金华六日！

2010 年

2011年盛夏，激情燃烧的诗意聚会

张玲芳

在满心期待中，我们再次迎来相聚的时光，这里有老朋友的温暖重逢，也有新朋友的意外相识。每每回忆相逢的时刻，我的心总是被感动着。因为儿童文学，所以来自天南地北、五湖四海的我们才有缘相聚在这里。这里有一片诗意的花园，有一群热爱儿童文学、心中有梦想的园丁，我们渴望在每个孩子的心中播下儿童文学的种子，让它和孩子的梦想一起长大。

忘不了白发苍苍的圣野爷爷在会场激情朗诵，忘不了敬爱的蒋风老师带病坚持听课，忘不了风趣睿智的孙毅老师在联欢会上的精彩主持，忘不了吴章法老师的诗意迸发……一幕幕温暖的画面、一个个动人的镜头在我脑中闪过，好像还是在昨天，却没有想到第四届中国童诗金华年会及讲习会已闭幕一个多月。记忆里时时浮现出这样难忘的镜头：

镜头一：诗意课堂　精彩纷呈

本届年会上，四位语文老师为我们送上一道道丰富的课堂大餐，课型丰富，风格迥然不同，有阅读创作课、阅读欣赏课、诗意语文课、诗意美术课。四位老师都有很深的文学素养、丰富的教学经验、娴熟的课堂技巧，给我们的启发很多。擅长写诗的任晓霞老师亲和力强，课如其人，朴实、真实，你看不到一点做作的影子，她给我们一线老师呈现的是最真实、可以触摸到的课堂。在课堂上，她耐心地倾听每一个孩子的发言，温柔地呵护每一个孩子的童心，没有高高在上的姿态，她的心和孩子的心在同一个高度。才华横溢的长辫子——任晓霞老师文学功底强，语言很有感染力。她善于用语言渲染、营造情境，能敏锐捕捉学生的发言，并巧妙点拨推动。于是，学生的诗心一个个被唤醒，学生的诗情一次次被点燃，课堂充满悬念和动感，每个学生如小池里的鱼儿，在诗歌的海洋里蹦跳、欢腾。有着丰富教学经验的特级教师王春燕老师课堂含金量丰厚，带领学生穿越时空，引领学生触摸中国五千年诗歌发展的脉络，感受诗歌的节奏美和韵律美，把传统音乐与诗歌完美融合，学生沉浸于此，不仅感受到诗歌的魅力，更是惊叹传统文化的丰富内涵。而特级教师李启云老师带领我们所领略的是另一种艺术的风景。他的切入点很独特，所传递给学生的艺术是有独创性的，大道至简。在独特性上，艺术与童诗有着相通之处。作为一线的语文老师，我也多年从事儿童诗的教学探索，我从每一个老师身上吸取闪光点，教学观念、课堂技巧、教师语言、应变机智等，集他人之长补己之短，以促进我在以后的童诗教学中不断提升。

镜头二：童心未眠　温暖相聚

每一年的童诗年会和讲习会，我都满心期待，像守望两个重大的节日，而本届年会与讲习会两个活动合二为一，更是一次规模巨大的文学盛会。当看到白发苍苍的儿童文学的老前辈圣野爷爷、蒋风老师、金波老师等又一次神采奕奕地出现在会场时，我的心总被温暖着。我总在想，这么多年了，这些可爱的老人用自己非功利性的坚守，为儿童文学保驾护航。岁月带走的是他们容颜的衰老，带不走的是内心如孩童般的纯净，还有对儿童文学的那份浓厚的感情。圣野爷爷一如既往地沉浸在他的诗歌创作里，他欣喜地与我分享我写的诗评《可爱的“诗娃娃”》，一次次发表的喜悦，又像孩子一样炫耀着这几天小本子上写得满满的诗歌。我很讶异，在他不泯的童心世界里，难道是有一个诗歌的喷头吗？活得这般纯粹、快乐的人，世上唯有圣野爷爷也。

会场上还有一个可爱的老人，那就是孙毅老师。我最爱看孙毅老师背着小挎包，精神抖擞地上楼梯，与他并肩而走的我总是落在他的后面，以至于我常忘记他 89 岁的高龄，觉得在我前面疾走的是一个年轻的革命战士。讲习会的联欢会上，孙老师客串当起了主持人，那幽默睿智的语言、孩童般夸张的表情、随机应变的能力丝毫不亚于央视名嘴，一会儿是高歌朗诵，一会儿又跳起舞蹈，一会儿又唱起京剧……多才多艺的孙老令我们年轻人汗颜，联欢会气氛轻松，充满欢乐。

让我最感动的是蒋风老师，我一直站在会场最后面摄像，每次拍到蒋老师时，他总是那么专注地听课，以至于我都忘记前几日的他还是躺在床上调养病体。当我意外得知蒋老师喜获国际格林奖时，我激动万分，要知道国际格林奖同国际安徒生奖一度被誉为两大世界性儿童文学的最高奖项，而蒋老师是首次获得此殊荣的中国人，对此蒋老师却很低调，我们学员都不知情。我很敬佩老师的这份淡定与平静，名利、财富、鲜花与掌声都毫无所求。蒋老师一生都在为儿童文学的事业努力，创办了第一个儿童文学研究所，编写了一系列儿童文学理论著作，一次次筹办儿童文学师资进修班，已开设16届非学历儿童文学研究生班……他为我国儿童文学研究领域树起了一座丰碑。这份特殊的荣誉是对他一生不懈追求的最好诠释，在他身上，我看到的是执着，一生孜孜不倦地追求自己所热爱的事业，用激情点燃生命，这份坚持和执着的精神是对我们年轻一代莫大的精神激励。

在物欲横流、喧嚣世俗的现代社会，文学变成一种精神奢侈品，我们总抱怨生活的压力，在迷茫、纠结中行走。而每当看到这些老前辈们，我的心总是特别安定。那一张张慈爱的笑容，如同孩子一样灿烂；那一颗颗心，如同孩子一样纯真。课间，这些老前辈们不厌其烦地给每一个老师、每一个孩子签名，丝毫没有大师的架子。有些可爱的孩子甚至拿着一张拇指大小的纸片来签名，也未见老人们有一丝恼怒，那份对孩子的宽容和呵护，让我为之动容。在讲座中，面对学术交流，大师们依旧个性鲜明、语言犀利、思维敏捷。在他们的眉宇间，你丝毫看不出年老的影子，因为有了儿童文学的滋养，他们都有一颗蓬勃年轻的心。

五天的诗意相聚、激情碰撞，我封闭许久的心又被打开了一扇新窗，儿童文学是我心灵的一块净土，也是我在忙碌的工作中可以休憩的精神家园。我心底蕴藏着一个小小的文学梦，每一次的讲习会总会点燃我的激情，我看见理想的种子在阳光下发芽，我听见布谷鸟和种子一起歌唱的声音。

《儿童文学信息》，2011年9月22日第52期

蒋老校长种太阳

吴章法

蒋风老校长，
十六年一如既往，
将研究生，
免费招进儿童文学殿堂。
蒋老德高望重，
吸引大师大家成行：
圣野、孙毅来自上海，
韦苇、周晓波来自浙江，
金波来自北京，
韦娅来自香港……
哪一所大学有如此众多教授学者，
轮番主讲？
蒋老的威望，
不同凡响。
学员如溪流江河，
兴冲冲投奔海洋。
戏剧家、画家、作家，
喜当小学生
冒酷暑前来听讲。
讲习会，
成了儿童文学的黄埔讲堂。
十六个冬去春来，

正为不少天鹅——新作家插上翅膀，
放飞的金凤凰已带来蒲松龄的影响！
蒋老种太阳，
东到辽宁、黑龙江，
南到广东、广西，
北到新疆，
种到了全国全世界小朋友的心坎上！
蒋老种太阳，
远涉重洋。
将学者仁爱的光辉，
传到了安徒生的故里，
送到了格林的故乡。
听，全世界学者正抱以热烈鼓掌！
众望所归的蒋老校长，
喜获国际格林奖！
沉甸甸的国际格林奖，
颁给蒋老校长。
因为蒋老推广儿童文学，
不为美元、英镑，
为的是播种太阳——
将全世界小朋友真善美的心灵，照得更亮堂！

《儿童文学信息》，2011 年 9 月 22 日第 52 期

收　获

沈　芬

我是中国儿童文学研究中心非学历研究生班1998级即第三届毕业生。当时我正担任河北教育报刊社一种学生刊物的编辑，要经常审阅、编辑稿件。当缺少合适的稿子时，就试着自己来写，主要是科学、童话之类的稿子。在自己的刊物上发表自己的稿子，这不是近水楼台吗？自觉心中不安。稿子的水平究竟怎么样，自己也没有底，于是就写了几篇寄往外地一些报刊。后来寄出的稿子陆续被采用，这对自己是很大的鼓励，于是鼓足勇气继续写。这就是我最初接近写作道路的情况。

写着写着，发现自己写的东西很难提高，更无法突破自己。就在这时来了及时雨，蒋风教授招收非学历儿童文学研究生。入学条件比较宽松，但是蒋教授郑重声明：他带的研究生“宽进严出”，完不成正式研究生的课程和作业、论文与答辩，是拿不到证书的。

当领到儿童文学研究生六门功课的教材和阅读提要、作业要求等资料时，说实在的，我先是出了一身冷汗，是下狠心学呢，还是凑合呢，想一想，自己是不是真心要学、真心要提高自己。没有人强迫，没有人邀请，完全发自内心。既然是发自内心要学，我选择了前者，决心下一番苦功夫。两年，要工作，除了读书、写笔记、写作业，要参加面授，还有做家务……但是，我相信一些朴素的哲理：天上不会掉馅饼，也没有免费的午餐；而且功夫不负有心人。真的两年多以后，我们这届只有三名合格，我是其中之一。

“搞儿童文学的人，必须把自己当作一位母亲、一名教师，要对儿童充满爱心，否则不容易出成果。”这是入学时蒋风教授的教诲。而且第一本必读的参考书即《爱的教育》。

当我学了《儿童文学教程》、《儿童文学原理》这两门课后，就有了如同拨开云雾见青天的感觉。这就是说，做任何一件事情要想成功，都必须要有先进的理论做指导，都必须遵循客观事物的内在规律，这是方向。儿童文学也不例外。如同现在大家广泛关注的人类是大自然的一部分，人人都应该关爱大自然，人类是地球之子，儿子应该像爱自己的母亲一样去爱护地球，这些都是一个道理。

有了正确的方向，还必须得有正确的方法、技巧。

参加了儿童文学研究生班学习以后，有了导师指导，自己才开始走向儿童文学的创作道路。在这之前只是为了工作，写篇稿子。既缺少灵感，更谈不上什么方法与技巧。但是这个道路是漫长的，会遇到坎坷和荆棘。从事儿童文学创作首先自己要有一颗清净的心，还要不断学习新知识、新理念，因为时代在前进、在变化。客观环境很复杂并有不同程度的污染，这个污染既有环境的污染也有人们心灵的污染。创作什么样的作品给孩子们看？是随波逐流还是出淤泥而不染？这是摆在自己面前的一个十分严峻又必须做出抉择的问题。有人曾经把少年儿童比喻为一张白纸，这张白纸可以画最美好的图画，当然也最容易被污染。作为一个有良知的真正的儿童文学作者，必然会选择前者。

在导师的指引下，我一边学习，一边开始了创作实践。每个人都生活在客观的自然环境与社会环境之中，少年儿童当然也不例外。文学首先是人学，而人类生存是离不开自然环境的。于是我选择了保护生态环境这一大主题，先主编了一套《七色花丛书》，又创作了《绿色家园科学童话》（两册），先后由河北科学技术出版社出版。蒋教授看了《绿色家园科学童话》文稿后，鼓励我抓住这个大主题，坚持下去，并注意防止出现“知识硬块”。这个大主题内容太广泛了，什么时候也不会过时，只是必须要与时俱进。

导师的指导、读者的鼓励给了我莫大的力量。一有灵感马上记下来，能写短小的就写短小的，适合写长一点的就写长一点的。写完之后经过反复修改，再提供给各少年儿童报刊选用。几年下来，河北、山东、山西、浙江、湖南、广西、安徽、青岛等多个省区、市的如《儿童大世界》、《少年素质教育报》、《快乐作文》、《少年智力开发报》、《读写天地》、《拼读写》、《小学生必读》、《初中生周报》、《青少年科学探究》、《科海探秘》、《小小说月刊》、《当代小学生》、《少年天地》、《小学生之友》、《小学生》、《小学生时代》、《小学生导读》、《科学启蒙》、《儿童创造》、《少儿科技》、《开心学堂》等二十余种报刊都有园地登载我的作品。有的作品还改编为连环画脚本，颇受孩子们喜爱。

报刊上发表的作品不断被一些著名作家主编的儿童读物收选，有的还被选为教材。如《惊蛰》一文先被选入王蒙、刘心武主编，辽宁人民出版社2000年6月出版的《课外语文》（小学二年级）一书，后被选入全国中小学教材审定委员会于2002年初审通过、河北教育出版社出版的义务教育课程标准实验教材《语文》（一年级下册）一书。孩子们现在正在使用。《春姑娘》一文被选入吴珹主编的小智童金世纪版、中国幼儿文学优秀作品年编、中国儿童文学研究会儿歌委员会编的《新新好童诗》一书，2004年4月由内蒙古少年儿童出版社出版。《小雪花》一文被选入曹文轩主编的北大基础教育文库为中国教育提供良好的人性基础《新人文读本》（小学卷3）一书，2005年6月北京大学出版社出版。《白露》一文被主编金波、佟乐泉选入义务教育课程标准语文课外阅读丛书《快乐阅读》（二年级）一书，2005年9月河北教育出版社出版。《小叶公的奇遇》一文被北京师范大学“师慧网”转载……上述被收选的作品都是朋友发现后告诉我的。

2001年，科学童话《电池妈妈训孩子》一文获由中宣部、中国科协、科技部、中国广电总局、中国新闻出版总署、中国作家协会等七部委颁发的“第五届全国优秀科普作品奖”。科学童话连环画脚本——《瘟疫肆虐的春天》、《我们不会飞不是因为懒》等亦不断获全国期刊、动漫奖项……没有想到的是，2003年《绿色家园科学童话》（两册）获冰心儿童图书奖。这更鼓励了我的创作激情。

2004年绿色星球科学童话集《神秘的水晶球》和《给妈妈过生日》（地球妈妈）两卷本，由河北少年儿童出版社出版，远销广东、浙江、江苏、上海、重庆等省、市，受到孩子、家长、教师等各方面读者的积极评价……一位叫杜清利的河北家长以《儿童世界里一盏闪亮的启明灯——读沈芬“绿色星球科学童话系列丛书”》为题投稿《河北日报》“读书”栏目与《河北教育》杂志。一位叫张晓蓉、开小书店的老板，因为她的孩子正读小学，因此写信给《燕赵晚报》称“孩子们需要这样的书——读‘绿色家园科学童话’系列丛书”。还有一位广州市海珠区瑞宝花园小学五年级的小朋友蔡倩瑜在安徽省的《少儿科技》2004 年第 6 期发表了《爱护我们的绿色星球吧——读〈给妈妈过生日〉有感》，记述了她每天乘渡船过珠江上学，亲眼看到有的船工及岸上的清洁工向江里倾倒垃圾，另一些清污船又打捞垃圾的恶性循环情景……可见河北少儿出版社出版的这套书的社会效应。这套书由蒋风教授为其作跋（本来是蒋教授作序，因为当时先生在外地讲学，一时联系不上，所以改由吴珹先生作序）。

“绿色星球科学童话丛书”交稿后，我没有搁笔，一直为有关少儿报刊提供稿件。2007 年被中国科普作家第五次全国代表大会授予“有突出贡献的科普作家”荣誉称号。其实荣誉称号对我来说并不重要，重要的是作品有人看，并能唤起读者的共鸣。

2009 年，河北科学技术出版社又推出了《弹拨月亮琴——绿色家园科学童话》集，这本童话集是蒋教授作序，获得当年的冰心儿童图书奖。9 月我被邀请做客河北省人民广播电台、“读来读去”栏目，向广大听众介绍我的创作体会和作品的相关内容，受到听众的好评，不少听众当场询问这些科学童话书在哪里能够买到以及如何指导孩子阅读等。

河北科协、河北作协知道我是以文学的笔法给未成年人进行科普创作的，对我的创作非常地支持和重视，称我为“儿童文学科普作家”。2005 年河北作协曾经推荐我去帮助河北省图书馆少儿部到书店为孩子们挑选图书，并把《神秘的水晶球》和《给妈妈过生日》作为推荐书目，推荐给全省的孩子们。

2009 年河北科协还给我评了“科普贡献奖”，并当选为河北科普作家协会第 2 届理事会的副理事长。我在会上做了“文学与科学‘嫁接’”理念的发言。这一发言被整理成文稿发表在《河北科协》2010 年第 2 期上，并在全国进行了交流。

创作的实践，使我深深地体会到，科学和文学不能截然分开，文学是很美的，科学同样是很美的。他们你中有我，我中有你，完全可以统一。譬如，经典作品《寂静的春天》、《昆虫记》、《夜莺》、《小蝌蚪找妈妈》……应该是既属科学又属文学。这大概就是科学文艺的魅力。而科学童话是科学文艺的一种，这个文种有着庞大的读者群。

眼下，毒奶粉、毒蘑菇、毒饮料、瘦肉精、氢化油、塑化剂……水污染、土壤污染、空气污染……它们不仅毒害大人，更毒害孩子，不仅毒害了孩子们的身体，同时毒害孩子们的心灵。另外社会上泛滥的坑蒙拐骗偷、吃喝嫖赌抢等十毒，难道不毒害孩子吗？搞儿童文学的不能漠视这些负面现象。文学是心灵的科学，好的文学可以净化人的心灵，同样科学也可以净化人的身心。关键是如何把负面的转化为正面的，作品中如何渗透大爱之心、大善之心。

目前国家重视科学的发展、科学的普及，作为生产力的科学，力量是巨大的。掌握了科学，沙漠可以变绿洲，秃山可以变绿山，飞船飞上天等人间奇迹出现了。这需要人们付出艰辛的劳动，需要人们相互帮助。《树魂》、《嫦娥和美利坚的凤凰》等科学童话就渗透了上述的理念。

正如蒋风教授为我的书作的《序》中总结出的写作特点是“似真却幻，似幻却真”和“知而获智，智达高远”的目标。孩子们在获得科学知识中学会做人做事，而且发善心、做好事。这些好心好事是发自内心的，是出自大爱的。像“小雪花”“小枯叶”，她们非常柔弱却都有一颗爱心。总之读者从中培养了爱心又学到科学知识。一举多得，一举全得。

我创作的主人公有“常人体”“拟人体”，小孩、大人、精灵、动物、植物、山水、石头……爷爷奶奶、爸爸妈妈、叔叔阿姨、老师学生……各行各业应有尽有，是个大群体，可以说适合各种读者的口味，当然孩子是主体。

写到现在，我也没有停笔。但是我也没有详细的计划，只有一个大目标，就是一切为了孩子们。因为孩子是民族的希望，是祖国的未来。少年强则祖国强。大话好说，小事难做，必须一切从身边小事做起，从我做起。比如我最近写了一篇《马三儿和久西——汽车和自行车的对话》，关于提倡低碳生活的，已经有两种报刊相继刊登。还写了一篇《孙悟空拜祖》，乍一看题目可能以为是拜如来佛的，其实不然，而是拜水、拜土石山、拜空气……孙悟空说佛祖也是人，上述“祖”谁都离不了，寓意就是要爱护大自然。这篇文章刊登在《少年素质教育报》上，很受孩子们青睐。结合西安世界园艺博览会构思了一篇《长安花的呼唤》，渗透了“城市与自然和谐共生”的理念，让那些不起眼的野生植物跟懂得“物语”的劳拉和阿姣在游世园会时，进行了奇妙的交流，故事妙趣横生。

在创作中既要发扬优秀的中华传统文化，摒弃陈腐的东西；同时要吸收世界先进的文化，在吸收时也要防止不健康的东西流入。我觉得这样才能保护儿童文学的纯洁性，保护儿童的身心健康。说到底，其实文学与科学的内涵是相通的。

若问我创作的动力哪来的，俗话说榜样的力量是无穷的，爱的力量是无限的。参加研究生学习入学时第一本必读书目就是《爱的教育》，导师说他就是由于这本书才走向儿童文学研究之路的。八十好几岁的高龄仍然不歇息，并于2009年春天还约请有关专家，召集他散在全国各地的学生们在青岛举行笔会，而且继续培养有志从事儿童文学的人来参加研究生的学习。从招生通知看出，“规矩、标准”没有变。是蒋教授高高举着献身儿童文学事业的这盏明灯，照亮了我的童心，使它永不泯灭。我将按照老教授的教导，一步一个脚印、一步一个脚印地向前走下去……

《儿童文学信息》，2012年4月30日第54期

这不再只是梦了

罗华嶽

回到重庆已近半月，天气也连晴了半月。和在金华一样，清晨大约5点，黑暗便被驱逐出境，不睁眼看看时间，恐怕自己又做不成早起的鸟儿了。然而毕竟是两座不同的城市，有相似之处不足为奇，若是处处让人似曾相识却要使各自的市民不安了。就是这天气，尽管难以辨别得出每日的开端从属何处，耐心等到黄昏时候，自然而然也就见了分晓。

我是黄昏时候到金华的，夜色里还依稀辨得出些白天的晴好，空气中却全无暑热。而重庆是热腾腾地炙烤了一天，好容易等到暮色沉淀，地里又腾腾地释放出热气来。我便真正明白过来，我到金华了。几个月前，刚接到蒋风教授的信件时，来金华参加儿童文学讲习会还只是一个遥远的计划。可是现在，我在这片土地上了，为着一个梦来了。什么在等着我呢？而我又要为这个梦做些什么呢？我不太清楚，莽莽撞撞地就这样来了。

按着牌子上的联系方式在谢老师和楼老师的指引下，在营区内总算安顿下来。尽管那些问题仍然萦绕在心，然而同来的各位前辈都和蔼可亲，加之旅途劳顿，于是暂且安心歇下来，停止烦恼，只等着明天的到来。

第一天是冰波老师讲课。以前经常在《儿童文学》上看到冰波老师的作品，当时印象特别深的是，童话也可以写得这么诡谲。讲座中冰波老师谈到写作的层次：先是模仿，然后四处寻找题材，而最高境界则是不再注重题材，信手拈来的题材也可妙笔生花。而事实上，很多作者往往在第二重境界便入了魔，一心追寻着不同寻常的题材，一心想着为这样的题材服务，却在这样的追寻过程中迷失了写作初衷，难以脱离，也就无从知晓“无招胜有招”的高妙之处了。比起追求题材的新颖，在写作中更为重要的是找到一个新的角度，一个常被人忽略的切入点。过于宽泛的表达往往使人不知所云，从小处着眼反而容易切中要害。原来这才是所谓的写作中的创意。冰波老师还谈到了想象力的张力，在这一节，他主要采取了引导的方式，给我们举了几个关于想象力在实际生活中的例子，感触颇丰。一句“请摸一摸月亮”，顿时使普普通通的陨石展成为一个梦幻之地，这就是参展者们与主办方互补的一个想象空间。空白是必需的，这就是为什么在欣赏国画时我们得注意留白。这让我想到，为何提到“想象”这个词总是伴随着“空间”，想象的魅力大概就是来源于空间吧！而儿童拥有丰富的想象力大概也是因为：在他们的世界里，肆无忌惮与天真烂漫为其创造了一个最为广阔的空间吧！

午后是王一梅老师的讲座。上午冰波老师刚刚提出一个观点：写作和作文最大的不同就在于，写作是无法教授、无法复制的。而王一梅老师一站上讲台，就微笑着告诉大家，如何创作长篇幻想小说的构架。两种观点的交锋很有趣，难得的是这种自由的讨论氛围。王一梅老师主要通过一个“水孩子”的故事，把创作构架的大致过程展现了一遍。王老师的讲座彻底剥离了小说创作的神秘感，让我们看到在一部长篇小说的背后，作者是怎样有条不紊地把握好整个故事。有头有尾，收放自如。听完之后，实在很有提笔一试的愿望。不过尽管构架的创作听来很程式化，放之实践却并不见得这般轻松。王一梅老师能为我们提炼出这么一套创作理论，必然功力不浅。因此，我们还是得踏踏实实地来先循着这个路子走走练练再付诸实践。讲座之后蒋风老师来了一个总结，说这次讲习会主要以讲授实践创作为主。听到这里，教室里的气氛一下子就活跃起来，很多同学提出了平时在创作过程中的疑难和一些想法，王一梅老师都细心地记下了问题，做出了解答。其中一些问题还引起了热烈的讨论。看到这样的场景，泛起些许感动。因为明白了在座的每一位都有一颗同样的热爱儿童文学的赤诚之心，心与心的汇聚才激荡起了这番融洽的探讨。而这，仅仅是大家为儿童文学做出的努力的一部分。

第二天则是由韦苇老师给我们讲授童诗。韦苇老师是上外出身，在翻译引进外国儿童文学方面颇有建树。令人惊喜的是，他对童诗方面的把握也很有自己的风格。尽管讲课风格颇似一位老顽童，讲到精彩处更是笑声爽朗，可以看得出是一位性情中人，对儿童文学是真正投注了心血，是真心热爱儿童文学的人。韦苇老师对童诗的研究十分缜密细致，很成体系，富有逻辑性，散发着理性的光辉。他提出一个观点："我不相信不掺理性会出好诗。"是的，尽管诗的语言感性而富有张力，然而要形成一首诗的骨架，我们必须拥有足够的理性，唯有理性的力量才能使诗歌具有长久的生命力。而童诗既然归属于诗歌的大范畴，必然要符合诗歌的本质要求。因此，在童诗中，我们也要大量掺入成人的理性。就这一点，我们也不可将儿童习作的诗歌与成人所创作的童诗混为一谈。当然，这并不是说童诗必然将儿童习作的诗歌排除在外，我们只是要认清在所有诗歌背后的理性光芒。韦苇老师讲座中给我触动很深的第二点是，他告诉我们："儿童文学作品不可降格以求。"这一点源于，儿童文学首先是文学，而文学作品阅读的本质任务是培养审美。对于童诗教育的目的，韦苇老师提到，并不是培养小诗人，而是培育他们对母语的感受力，艺术的本质是非功利性的。这一点在当代尤其显得难能可贵，很多人在儿童文学中加入了很多，使其承载了各种各样的附加价值。而事实上，我们不如放手，让艺术真正只是艺术，让其本真的一面去回馈我们以真、善、美。关于这一点，韦苇老师还强调："不教孩子伪善是为文者、教育者的底线。"这也令我触动颇深，至今仍在思索之中。

后来的时间里，还有小爱老师为我们展示，在实际操作中怎样在游戏中让孩子们感受童谣。程丽萍老师通过她多年当小学老师的丰富经验，让我们看到，童诗也是可以被教授的。袁银波老师诙谐地叙述了自己作品的写作过程，并忠告我们"不要把自己限定为儿童作家"。常立老师加入自身经验，理论与实践并重，有关童话创作的一堂课赢得了满堂喝彩。篇幅有限，我就不一一赘述其中精彩。

这五天时间，我有过很多感触，接触到了一个和以前全然不同的世界。在这个世界里，有很多人在为儿童文学不懈努力，他们有的年近半百，有的年逾古稀，但是，他们中的每一个人都在坚持。刚来金华时的迷茫也渐渐褪去，这也渐渐不再只是梦了，在这五天时间里我看到，它早已是众人脚下的路。而因为有这么多同行之人，这路也就不那么孤单了。

《儿童文学信息》，2012 年 10 月 28 日第 56 期

米寿椿寿仁架桥

——第十七届讲习会有感诗七首

吴章法

西泠印社执行社长87岁刘江老用红宣纸篆书“寿比南山”为蒋风老校长贺寿

刘老寿星喜挥毫，力透红宣篆墨宝。
寿比南山蒋校长，米寿椿寿仁架桥。

救场献丑

蒋老米寿八十八，贺寿献演数小鸭。
救场充当赶鸭佬，乐得寿星笑哈哈。

教授播种

寓言破茧指便道，童话创新点诀窍。
感谢教授送花籽，开花结果当喜报。

蜜蜂追花

大暑日头红胜火，左右喜见新同桌。
没有书院甲天下，哪有蜜蜂追花朵？

赞师兄

北雁南飞袁银波，巨笔重写《后三国》。
斗胆翻写吕不韦，更添《鹰魂》——伞兵歌。

赞师姐

童话新秀汤宏英，语言清秀架构新。

鬼的童话逗人爱，人称浙江蒲松龄。

演双簧

鹤发童颜并肩走，戏演双簧当帮手。上虞腔翻普通话，笑得老少难合口。联欢会上上场笑口伴酒窝，发言铿锵赛诗歌，切莫小看丑小鸭，早晚展翅成天鹅。

《儿童文学信息》，2012 年 10 月 28 日第 56 期

我眼中的蒋风先生

万修芬

我想，没有哪一种文学样式，比儿童文学更能给读者愉悦、轻松、希望、正能量、瑰丽的想象、浓浓的爱意、意味深长的哲思……可是和成人文学相比，儿童文学在世界上都发展得较晚，更不必说国内儿童文学起步更晚、更稚嫩了。所以对于一生致力于儿童文学的研究和推广的蒋风先生，我心里有很多的敬佩和仰慕。

在接触到蒋风先生之前，这些敬佩、仰慕仅仅限于网络上的了解。比如，他著作等身，是世界儿童文学理论的最高奖——国际格林奖的获得者，第一名中国籍的国际儿童文学研究会会员，国际格林奖评委会委员，亚洲儿童文学学会副会长，中国儿童文学研究会创建人，中国第一个儿童文学硕士研究生导师，浙江师范大学的校长，培养了一批国内儿童文学研究的领军人物比如王泉根、方卫平、彭懿、汤锐……从 1995 年开始义务招收非学历儿童文学研究生，每年举办全国儿童文学讲习班，无门槛地为所有爱好儿童文学的人提供指导……

这些荣誉和事迹闪闪发光，让我感觉蒋风先生仿佛是站在神坛上戴着光环高不可攀的形象。可是，当我第一次打电话咨询讲习班的事，发现竟然是蒋风先生亲自接电话时，我猛然意识到，他把自己家的电话公布给了所有人。电话里的声音亲切随和，如叙家常。我在浙江金华参加了 2013 年全国儿童文学讲习班，和 89 岁高龄的蒋风先生一起上完一周课之后，蒋风先生在我心里已经是一个和蔼可亲的老爷爷了。

这一周据当地老师说，是金华最热的时候，气温高达 40℃，蒋风先生一直和讲习班的学员们同吃同住，早出晚归，中午就睡在学生宿舍的木板床上休息。上课和我们一起听课，下课和学员交流，亲自安排行程，联系讲师……当了解到有的学员时间紧张,不能听完所有的课,他亲自打电话联系各位讲师调整上课时间,对学员的要求几乎有求必应。

我很想让杂志的小读者们了解这位可敬可亲的老人,就送了2本杂志给蒋风先生,跟他求题词,希望他能为我们杂志的小读者写几句寄语,原本我拿了纸笔,想现场就可以写完,也怕之后老先生事多忙忘了。蒋风先生却说,他要晚上回家写。第二天,蒋风先生把一张题词给我,上面还按了他的印鉴,又给我一个大信封,里面装了很多学生作文。也许是老先生太亲和,我胆子大起来,希望老先生能为小读者写一封信,说说自己多年来研究儿童文学的感悟或对小读者们的一些期许。

"像汤素兰写的那封信一样吗?"蒋老师问。我才知道我第一天给老先生的杂志他都一一读过了。其中有一本正好刊登了对童话作家汤素兰的访谈,有2封写给孩子和家长的信。

"汤素兰写的是长信,您可以写短一点,比如一页……"当时汤素兰老师写的是四页,我怕老先生觉得长,赶紧说写个短信就可以。

"一页那可说不了什么,要给孩子写信的话,我得讲讲我的童年……"

"好啊好啊,那更好啦……"我一听大喜过望,原本我怕造成老先生的负担,才忍痛说可以只写一页的。既然老先生想展开来写,那可真是求芝麻得西瓜啦!

回到自己的座位上,我忍不住小小反思了一下——蒋老师那么忙,我要了题词又求稿子,会不会太得寸进尺呢?希望蒋老师原谅我的冒昧吧。

讲习班的最后一晚是西瓜晚会,这也是历届讲习班的传统。讲习班的一位学员方老师提出除了自备节目外,大家一起演一个儿童剧,让蒋风先生一乐。原本我是很打怵上台的,以前在人前讲话我都会手发抖腿发软,更不必说演儿童剧了,何况一个晚上能排出什么剧来呢?可是想到89岁高龄的蒋风先生为讲习班忙前忙后,事无巨细,一一垂询,甚至还亲手提来一大袋沉重的书给我们,我就想:"豁出去了!"如果我们演一出剧能逗老先生一乐,又何必顾忌什么形象?古人还有彩衣娱亲呢。于是,只排练了一晚的业余演员们笑闹着登场了。尽管大家忘词、生涩、笨拙甚至搞笑,但蒋风先生说,这是最好的一届西瓜晚会,因为所有人都参与互动了。

蒋风先生评价联欢的标准是有多少人参与，我想，这和他一直以来对儿童文学的态度是一样的吧：有多少人参与，推动更多人参与，帮助更多人参与……

我和同事也报名参加了蒋风先生的非学历儿童文学研究生班，能得到老先生的督促和指导，就算我们不能成为什么“家”，也是此生之幸运了。至少我们对儿童文学上了心，也会带动周围的人关注儿童文学，薪火相传，这应该是蒋风老先生如此高龄一直致力于此的原因吧。

他明明可以种花养鱼、逗鸟遛狗，安享晚年，他却不这样。他选择每天看书稿、编书，每年带几十个非学历研究生，接无数个求指导的电话，义务办《儿童文学信息》报，每期免费赠寄给所有需要的人……我想正是这样的人格魅力，一批批爱好儿童文学的人才聚集到他的身边，他才会培养出一批批中国儿童文学研究界的中坚力量。89 岁高龄，仍然思维敏捷、行动自如、听力良好，也未尝不是他一直勤于动脑、乐于行动的福泽吧。

当今童书市场的空前繁荣，预示着儿童文学正向最好的时代迈进，越来越多的人在关注儿童文学、创作儿童文学、研究儿童文学。毫无疑问，这其中也有蒋风先生的一份力量。“只要我有思维能力，只要我有行动力，这个讲习班我就一直办下去。”蒋风先生如是说。

2013 年 7 月 23 日—28 日讲习班感悟

《儿童文学信息》，2013 年 9 月 30 日第 60 期

“蒋风与儿童文学”
媒体报道编年文选

2000 年

倾心“小儿科”的老教授

桑士达

“在中国创建一个儿童文学馆是我未圆的一个梦，希望能在有生之年得以实现。”这是我国著名儿童文学教育家、浙江师范大学原校长蒋风先生在今年六一国际儿童节前夕与笔者再次聊起的话题。

说起蒋风先生，在国内儿童文学界可谓是久负盛名的人物，早年他就当选为亚洲儿童文学学会副会长；去年，他又被推选为国际儿童文学格林奖九位评委中的唯一一位中国评委。

蒋风先生在儿童文学事业上走过了一条漫长的道路。在做中学生时，他就很爱读冰心的《我的童年》、《寄小读者》等儿童文学读本，从中寻找乐趣。渐渐地，他从迷恋到涉足儿童文学创作，1943 年 18 岁时，他首次发表了童话诗《落水的鸭子》。但真正坚定他专注于儿童文学的是一则报道，1947 年他在一篇新闻中看到，3 个孩子因看了一本宣传迷信的神怪连环画，受了“得道可成仙”的邪说影响，竟一起结伴到峨眉山修仙学道，结果三人一同跳崖“飞升”而命赴黄泉！这一惨痛事件对他触动很深，他立志要写好儿童文学作品去引导和教化少年儿童。但在天下苦为“民生民主”呻吟的旧社会，有着大学毕业文凭的蒋风也得靠卖文为生，不可能在心爱的事业上有所建树。

新中国成立后，蒋风先后执教于金华师范、浙江师范和杭州大学，一边教授儿童文学课程，一边创作儿童文学作品。同时，他有意收集大量散佚的儿童文学方面的图书资料，系统地研究中外儿童文学史。他教中学、教中研，满腹“童”纶，在这块被人戏称为“小儿科”且又显得寂寞的园地里不懈地躬耕开拓。即使在“十年动乱”期间，有人批他“只小不大”、“只专不红”，他也淡淡一笑了之。1984 年至 1988 年,他被推上浙江师范大学校长的位置,既要做好大量繁琐的行政工作,又要教好他专长专爱的儿童文学课程。他说,那时真是忙得不可开交,有时只好与 5 里外的家庭暂时“脱钩”,以校为家。教学之余,他还要研究,还要创作,有好几个春节假期都是在写作中度过的。

有一分耕耘,便有一分收获。半个世纪来,他在儿童文学的园圃里,创作、教学、研究“三花齐放”,迄今已著述洋洋 200 多万字的各类儿童文学作品,为嗷嗷待哺的少年儿童送上了一份份丰盛的精神食粮;他著书立说,先后独编、主编出版了 30 多部儿童文学教育方面的专著和 3 卷大辞典,有《中国儿童文学讲话》、《中国当代儿童文学史》、《儿童文学概论》、《儿童文学教程》、《外国儿童文学史》、《世界著名童话鉴赏辞典》、《世界儿童文学事典》,等等。这些作品和著作,也为全国各地开展儿童文学教学工作提供了难得的教材。

在 50 多年教育生涯中,最令他自豪的是,1978 年任教于浙江师范学院时,他力主创办了我国第一个儿童文学研究所,以后改为浙江师范大学,在他主政时,他在国内高等学府中又第一个开始招收儿童文学硕士研究生。

“小儿科”文章他做得有声有色,其荣誉亦接踵而至,至今蒋风已获得省级以上文学奖和教育奖 10 多次。同时,他也在国内外儿童文学界赢得一片赞誉,同人称赞他“对新中国儿童文学事业有开山之功,不少研究成果和著述填补了中国儿童文学史上的空白”;日本一家杂志评价他在浙师大创建的儿童文学研究机构“是研究和发展中国儿童文学的大本营”。由于在儿童文学研究和教学上做了许多开创性的工作,他被国际儿童文学学会吸收为第一位中国会员,曾 10 多次出席国际儿童文学学术会议,并先后赴美、日、韩等国开课授学。

蒋风告诉笔者:“孩子是祖国的未来,儿童文学是人生最早的教科书,所以我乐此不疲,愿为它贡献全部心血。”1995 年他离休了,古稀之年,“童”心不移,为儿童文学事业发挥余热。离休 5 年来主要专于两事:一是义务培养儿童文学人才。1995 年他在金华办起了被人称为“中国教育史上一个创举”的“中国儿童文学研究中心”,专门招收免费的非学历儿童文学研究生。消息一传出，各地求学者纷纷慕名而至，学生有老有少，其中有两位老者已78岁高龄。迄今招收5届近100人，其中已结业20人。

二是他一直在为创建“中国（国际）儿童文学馆”而奔波着。这念头起始于1986年8月，他应邀出席在日本大阪举行的“儿童文学国际研究会议”，其间参观了大阪国际儿童文学馆。经介绍，这个2000平方米的儿童文学馆的创建，是日本早稻田大学教授鸟越信先生倡议，并把他一生收藏的数万册图书以及上亿种资料捐献出来，由政府斥巨资修建的。当时，与会的17个国家的20位代表都向蒋风建议：中国是一个大国，也该有这样一个儿童文学馆。回国后几经酝酿，大家都认为这是一个很好的主意。当时，他在省政协会议上提出了《关于在中国建立国际儿童文学馆的建议》，认为在有3亿多儿童的中国，建立一个儿童文学馆，对发展中国的儿童文学事业和与国际间进行儿童文学交流，很有意义。

蒋风多次表示，此馆建成后，首先捐献自己靠省吃俭用积攒的10多万元、陆续购买和收集珍藏的10000余册儿童文学书籍，以及数以万计的有关资料和他与国内外知名儿童文学学者的来往信件。他说，这些书籍资料非常珍贵，其中有一些图书资料在国内外已很难找得到了，如光绪末年孙毓编纂的我国第一本童话《无猫国》。

现在，浙中之地的金华已建有“艾青纪念馆”“黄宾虹纪念馆”，如再建有“中国儿童文学馆”，可谓三馆鼎立，相得益彰，这对提升金华的城市品位，乃至浙江的文化地位，都颇为有益。年逾七旬的蒋风坚信：“有志者事竟成。”

《浙江日报》，2000年6月16日

阅读蒋风先生

——祝贺蒋风先生75岁大寿

圣　野

蒋风先生的弟子
从阿里山下走来
从塔里木盆地走来
从珠江入海口走来
从盛开着牡丹花的洛阳市一批批走来
他们是来朝圣的
把蒋风先生办全国儿童文学讲习班的地方
当作一块纯洁无瑕的圣地来进行朝拜
弟子们一路走
一路在心中祝祷着
中国儿童文学
无比昌盛、空前繁荣的一天
将迎来一个
真正的创造世纪辉煌的春天

我们的蒋风先生
是一个当代的
带有童话色彩的追日的夸父
他一路风尘仆仆
从没有感觉到疲倦
离开了浙江师范大学
面向中国，面向东南亚

面向一切华人讲华语的地方
他又办起了第二个更大的大学
他把漫天飞扬的电波
当作充分施展才能的
最最广阔的讲堂
只要听到亲切的电话响
他的一颗快活的心
就要跳出了胸膛
在求知若渴的弟子们面前
他的一颗专讲奉献的爱心
谆谆的知心话儿永远讲不完
二十多本扎扎实实的
为儿童文学做奠基工作的著作的出版
就是弟子们对他的真诚的回报

一人办一份报纸
一人办一个中心
《文学史》、《文学概论》、《作家评传》……
他亲手主持编写的
一排排辉煌的著作
已经成为
一个个辉煌的系列
不断地充实着
中国儿童文学世界儿童文学的宝库

我们走近蒋风先生
不断地享受着、阅读着
他一生创造的业绩
我觉得

受人尊敬的蒋风先生
弟子们阅读他
也像阅读着一座
永远也读不完的图书馆一样
他那颗诲人不倦的
崇高的心灵
就是一座世界上
最美丽最丰富最伟大的图书馆！

2000 年 8 月

请各界关注儿童诗

——一封致蒋风先生的信

圣　野

尊敬的蒋风先生：

《文汇读书周报》(2000.7.1)上刊出顾燕龙的呼吁文章《儿童诗选难觅》。想主要的问题，是发行渠道阻隔，彼此缺乏沟通，这么大的一个新华书店，不肯发行一本《儿童诗》(主要嫌书价太低，只卖3元，赢利太少，不值一顾)，我们只好走"大搞诗社活动，自办发行"这条路。《儿童诗》自1995年复刊出了《希望号》之后，已先后出了八期，每期印1~2万册。通过到各地指导成立诗社，把诗送到"望诗若渴"的小读者手中，基本上已卖得所剩无几。如果社会各界(包括新华书店、各邮局报刊亭)能玉成此事，印数远可大大上升。

这些年，儿童诗虽步履艰难，仍然得到了关注。除《诗刊》特别重视，每年要在5月份出一个"儿童诗"专辑外，上海少儿、上海教育、上海辞书社、汉语大词典、远东出版社、浙江少儿、四川少儿、湖北少儿、安徽少儿、希望出版社等都出了不少好的儿童诗选和诗丛，可惜新闻媒介介绍得太少了。这方面，你主编的《儿童文学信息》是做了大量工作的，不仅及时地刊出大量的信息，而且推出一批批新人近作，非常值得感谢。

祝

夏健！

圣野

2000.7.4　上海

附：

儿童诗选难觅

笔者进行业余诗歌写作已有10余年了，对“儿童诗”这一诗歌类型中的“小弟弟”颇感兴趣。遗憾的是，笔者想找几册有分量的儿童诗选做参考，却遍寻不着。手头上仅有的是《台湾儿童诗选》（安徽文艺出版社1991年版）、《幼儿文学教程》（蒋风教授著，东南大学出版社1999年版）。

笔者不解的是，堂堂的一个诗歌大国，据说每年自费、公费出版的诗集有成千上万种，像模像样的儿童诗选却如此难觅。笔者查阅了最近几年的《诗刊》，发觉刊登的“儿童诗”质量并不差，而且创作“儿童诗”的作者也不少。但仅在每年的“六一”时应景，显然是个缺陷，其他诗刊基本不用儿童诗。

顾燕龙

（《文汇读书周报》2000.7.1）

《诗刊》，2000年第10期

致 蒋 风

赵善灿

蒋教授勋启：

昨收视北京电视台英文节目，结果，我看到了特刊介绍您的节目，内心感到十分兴奋，叫我内人一起观赏。节目时间甚长，且连续重播三次，分别是下午 4 点半、午夜 11 点半及零点半，所以我看了三次，且全程录影。

您说您自 1986 年从日本回国，那时就想成立一所儿童文学图书馆，我想您一定会成功的。您说《无猫国》是一本最早出版的儿童文学书籍，且您有藏书数几万册，实在了不起，令人钦佩。贵研究单位成立于 1976 年，恐为开中国儿童文学之先河。记得儿时在诸暨，也见过《儿童文学报》，是向同学借来看的，记得当时我看过后很喜欢，吵着要父母订，上面有一首诗歌是这样写的，我背得很熟：

槐槐杨！槐槐杨！
有钱不可有后娘，
前娘杀鸡留鸡腿，
后娘杀鸡留鸡肠，
鸡肠挂在杨树上，
抹把眼泪哭一场。

您给我的信都已收到，我都装订成册归档存阅。4—5 月我去了东欧，畅游了 6 个国家，我看到波兰对儿童教育非常认真，匈牙利也是，我常看到老师带着学生在博物馆、美术馆分组讨论讲解，令我感动。祝康安！

友：赵善灿　敬上

2000 年 9 月

老骥伏枥　童心犹存

——访儿童文学研究专家蒋风教授

方　悟

在新世纪曙光来临之际，记者采访了我国著名儿童文学研究专家、浙江师范大学前任校长蒋风教授。

蒋风教授是一位桃李满天下、学术建树颇丰的老一辈知识分子。由于长期从事儿童文学的创作和研究工作，铸就了他那一颗永恒的“童心”。现年 75 岁的蒋教授说：“我心理上一直很年轻，至今没有年老的感觉。”

蒋风教授认为，儿童文学是培养国民素质的重要基石，值得人们一辈子去追求、去付出。他至今仍为创建中国儿童文学馆而四处奔走呼喊。

离休后，蒋风教授虽然已经辞去了国内的全部行政、学术职务，但现在还肩挑国际上的两个重要学术职务：一个是国际格林儿童文学奖 9 位评委之一。国际格林儿童文学奖，是目前世界上最具权威的儿童文学研究奖项，用来奖励世界上从事儿童文学研究、对促进国际儿童文学事业做出杰出贡献者。评委由日本、中国、俄罗斯、德国、法国、英国和瑞典七国的儿童文学研究专家组成。每两年评选、颁奖一次。

蒋风教授的另一个国际学术职务便是亚洲儿童文学学会副会长。他多次出访日本、美国、韩国、新加坡等国，并曾主持过国际学术研讨会。

“请您谈一谈对新世纪的企盼。”记者的话音刚落，蒋风教授的喜悦之情宛若稚童少年。他说：“21 世纪，无疑是属于我们中国的世纪。我跟现在的少年儿童一样，对 21 世纪的美好未来，充满无限梦幻憧憬。”

《信息参考报》，2001 年 1 月 4 日

蒋风至今梦难圆

——15年奔波为建“中国儿童文学馆”

石 磊

“在中国创建一个儿童文学馆是我未圆的一个梦，如今是欲罢不能，希望能在有生之年得以实现。”这是我国著名儿童文学教育家、浙江师范大学原校长蒋风教授日前与本报记者再次聊起的话题。

3月30日，当记者叩开蒋风的家门时，77岁高龄的蒋风因发烧刚输完液卧床休息，得知记者来意立即起身。他说，儿童文学是孩子人生最早的教科书，请社会各界支持创建一个中国儿童文学馆。

说起蒋风先生，在国内儿童文学界可谓是久负盛名的人物。早年他就当选为亚洲儿童文学学会副会长。1999年，他又被推选为国际儿童文学格林奖九位评委中的唯一一位中国评委。2000年他应邀去香港中文大学讲学，当时《大公报》做了一个版的专访，引发港岛一阵儿童文学热。他曾十多次出席国际儿童文学学术会议，并先后赴美、日、韩等国开课授学。

在多年的教育生涯中，最令他自豪的是，1978年任教于浙江师范学院时，他自主创办了我国第一个儿童文学研究所。以后他任浙江师范大学校长时，他在国内高等学府中又第一个开始招收儿童文学硕士研究生。

1995年，蒋风离休了。古稀“童”心不移，为儿童文学事业发挥余热，离休5年来主要致力于两件事。一是义务培养儿童文学人才。1995年，他在金华办起了被人称为“中国教育史上一个创举”的“中国儿童文学研究中心”，专门免费招收非学历儿童文学研究生。消息传出，各地求学者纷纷慕名而至，学生有老有少，其中有两位老者已78岁高龄。今年蒋风还将自费前往香港亲自给他的20多名弟子授课。

再是他一直在为创建“中国国际儿童文学馆”而奔波着。这念头起始于1986年8月，蒋风应邀赴日本参加“国际儿童文学研究会议”，会议在大阪国际儿童文学馆举行。这个馆是经日本早稻田大学儿童文学教授鸟越信先生倡议并把他所有的藏书、资料捐献出来,由当地政府斥巨资修建的。当时与会者都向蒋风建议,中国有3亿多儿童,应该建一个中国儿童文学馆。自此,蒋风便开始了奔波。15年来,他先后在杭州、金华、绍兴、上海、台州、合肥、西安、福州等地做过努力,但最后皆因种种原因未果。

蒋风多次表示,此馆建成后,首先捐献自己靠省吃俭用积攒的10多万元、陆续购买和收集珍藏的10000余册儿童文学书籍,以及数以万计的有关资料和他与国内外知名儿童文学学者的来往信件。他说,这些书籍资料非常珍贵,其中有一些图书资料在国内外已很难找得到了,如光绪末年孙毓修编纂的我国第一本童话《无猫国》。蒋风说,他曾想把他所有的资料送给一家图书馆,但又怕一般图书馆日后会把它作为没有收藏价值的"小人书",当废纸处理掉。就像《无猫国》,纸已经发黄,对不搞儿童文学这一行的人,确实当废纸都不值,但对研究中国儿童文学史却是一份十分珍贵的资料。所以,独立建馆是蒋风教授最后的"底线"。

当记者问道,为何50多年的心血、15年的奔波,至今未能如愿。蒋风教授一脸无奈而又固执地憧憬着:"虽然总是没有下文,但如果有实现的一天,只要我还能自理,我都愿意义务为它工作。"

蒋风心想,悉尼有个歌剧院举世闻名,本来就被国人视为儿童文学研究中心的金华如建有"中国儿童文学馆",这对提升金华的城市品位,乃至浙江的文化地位,均大有裨益。

《信息参考报》,2001年4月2日

中国儿童文学研究第一人

彦　辉

一位大学老教授，毕生从事儿童文学研究，在我国儿童文学事业方面创造了多个第一：第一个主持设立高等院校儿童文学研究室；第一个招收儿童文学硕士研究生；第一个撰写中国第一部系统的儿童文学理论书籍；第一个创办幼师儿童文学师资进修班；第一个成立我国民间性质的“中国儿童文学研究中心”；第一位中国籍国际儿童文学学会会员及国际格林奖评委……

一位充满爱心的女教师让他第一次体味到了读书的乐趣

1925年10月的一天，浙江金华一个本就贫寒的小学教员之家又增添了一个男婴。由于家境贫寒，营养不良的小蒋风长到8岁时，还比同龄的孩子矮了半头。但穷人的孩子早当家，他那时已学会帮妈妈干些力所能及的活了。

一天，看到比他还小的邻居家的小男孩背着妈妈亲手缝制的小书包去上学，他也央求爸爸妈妈：“我也想去上学。”父亲无助地叹着气，妈妈扭过头回到灶间去了。看到父母难过的样子，小蒋风从此不再提上学的事了。几年后，家境总算有些起色，小蒋风终于可以背着妈妈亲手缝制的小书包迈向他心仪已久的课堂了。由于年龄偏大，在家又学过点语算常识，所以小蒋风就直接插班上了三年级。班主任是位姓斯的女教师，她教数学课，同时每周为孩子们上一节故事课。她用整整一个学期给孩子们讲述了意大利亚米契斯的《爱的教育》中的故事。后来又断断续续地讲述了《佛罗伦萨小抄写匠》、《万里寻母亲》、《爸爸的看护者》、《小石匠》等。裘里亚、马尔柯、西西洛、拉勃柯等一个个鲜明生动的人物形象在年幼的小蒋风心里深深地扎下了根，让他第一次在美妙的童话世界里找到了欢乐，第一次体味到了读书的乐趣。

三个无知孩子跳崖的惨剧，萌发了他献身儿童文学事业的心愿

为了糊口，蒋风读完初中一年级，就到金华北山顶上的一所乡村小学当教师。这年他只有12岁。当时，他所教的学生中，最大的已有24岁。兵荒马乱的战争年代，使他过早地品尝了生活的艰辛。后来他用6年的时间断断续续地完成了别人8年的学业，并于1942年考入东南联大，后又分别就读于暨南大学、英士大学。他十分珍惜来之不易的学习机会，如饥似渴地阅读了古今中外的文学名著；并利用课余时间与同学们自发地组织文学社，进行创作，排演进步戏剧。1943年他的处女作、童话诗《落水的鸭子》在报上公开发表，至此，一颗希望的种子在他心灵中播下。他惊喜地发现，儿童文学的天地是块无瑕透明的珍宝，是个让人神往的新境界。自此他与儿童文学结缘。

1947年，蒋风大学毕业。一天，他在《申报》上看到了这样一则消息：3个孩子因为看了一本关于宣扬“得道成仙”的神怪连环画，便结伴到四川峨眉山学道，结果三人共同跳崖“飞升”，粉身碎骨。这一惨剧，对蒋风的震撼很大，使他真切地看到了反动、迷信、荒诞书刊对儿童心灵的毒害，使他萌发了献身儿童文学事业的心愿。

创办全国首家高等院校儿童文学研究室；开创招收儿童文学硕士研究生先河

新中国成立初期，蒋风任金华人民文化馆图书部主任。1952年，因为工作需要，他被调到金华师范任教，教授儿童文学课，从此踏上了系统研究儿童文学的历程。1955年，他到浙江师院任教，对儿童文学的研究更为勤奋，平时注重各种儿童诗歌的收集、整理和汇编。1958年，因大学课程“精简”，

儿童文学课首当其冲。从此他离开了心爱的儿童文学课堂。但他一天也没间断过对儿童文学的关注与研究。1978年,文化部、教育部等几个单位在庐山召开全国第一次儿童读物出版工作座谈会,旨在重振儿童文学雄风。蒋风应邀参加,备受鼓舞。回来后,他便积极向院领导提出建议,恢复开设儿童文学课程。不久,由蒋风惨淡经营的儿童文学研究室终于诞生,这是全国首家创办儿童文学研究室的高等院校。当时他一人要同时做几个人的工作,光杆司令一个。经过大量的研究、论证,他于同年在全国开始招收这一专业的研究生,开创了招收儿童文学硕士研究生的先河。

中国第一部系统的儿童文学理论书籍问世;
创办全国首家幼师儿童文学师资进修班

从40年代初爱上儿童文学,经过几十年儿童文学的教授与研究,到1982年,一部凝聚着蒋风教授多年心血的儿童专著《儿童文学概论》问世。这是中国第一部比较系统地研究儿童文学的理论书籍。该书一问世便被评为"全国首届儿童文学理论评奖会优秀专著奖",并被华南师大等十所院校作为儿童文学教材。紧接不久,学院就不断收到兄弟院校的来信,有的要求支援教材,有的要求派教师前来向蒋风学习、取经、进修。面对兄弟学校热爱儿童文学的高涨热情,蒋风向院领导提出了创办全国幼师儿童文学师资进修班的设想。在教育部普教司幼教处、浙江省文教局和浙江师范学院领导的支持下,1982年下半年,第一期全国幼师儿童文学师资进修班顺利开班。消息传出,受到了全国各地幼儿教师的热烈欢迎,纷纷来信要求参加。由于进修班办得生动活泼,内容丰富,受到了学员的普遍好评。学员茹建刚在进修小结中动情地写道:"除了掌握了儿童文学的基本理论外,我觉得最使我自己吃惊的是,我发现了我认为早已失去的童心。"

第一位中国籍国际儿童文学学会会员、国际格林奖评委;
鸟越信先生的义举使他深受启发

1984年,蒋风担任了浙江师范大学校长,事务繁忙,在行政工作和教学

工作的闲暇之余,仍潜心徜徉于心爱的儿童文学园地,坚持笔耕不辍。对他人儿童文学乃“小儿科”、难登大雅之堂的说法置之不理。不久,由他主持编写的、被评论界誉为儿童文学研究史中“一块厚重的碑石”的经典著作《中国现代儿童文学史》正式出版,填补了我国儿童文学研究的一项空白。正是这种“咬定青山不放松”的精神,使他赢得了国内外同行的肯定和敬重。1986年,他成为第一位具有中国国籍的国际儿童文学学会会员,并荣幸地成为国际格林奖评委。同年,他被邀请到日本大阪参加儿童文学国际研究会议。会议在风景秀丽的大阪国际儿童文学馆召开。文学馆是由格林奖第四届获奖者、日本早稻田大学儿童文学教授鸟越信先生倡议,并把自己数十年珍藏的价值数亿日元的全部儿童文学书刊、资料捐给大阪府,在千里万博公园斥资数亿日元修成的。鸟越信先生的义举不仅使他花费一生心血收集的儿童文学资料得以保存,造福后世子孙,更重要的是使蒋风教授从他身上看到:对一个国家来说,儿童教育和儿童文学是密不可分的。儿童文学馆作为儿童文学研究中心,是开展国际交流繁荣发展儿童文学事业、培养儿童健康成长的大事业。作为拥有近4亿儿童的中国也应该有这样一个儿童文学馆。

我愿把自己一生最珍贵的积蓄献给孩子,这是我对儿童文学献出的一颗心

从日本回来后,蒋风便向有关部门大声疾呼,创办中国儿童文学馆。同时,他对儿童文学的热爱也几乎达到了痴迷的程度。1991年,他主持编写的《中国当代儿童文学史》、《中国古代儿童文学史》相继出版。1992年,他主编的《中国儿童文学事典》作为我国第一部儿童文学专业工具书,获得第三届冰心儿童文学奖。随后,他又主编出版了中国第一本儿童玩具理论书籍《玩具论》,这些成为一整套的儿童文学专业系列教材,构成了我国较全面的儿童文学理论体系。作为大学校长,他一直过着俭朴的生活,衣食住行处处精打细算,可对儿童文学书籍资料却不惜一买就是几十本,然后转送给小朋友们。遇到对自己有帮助的珍贵的儿童书刊资料更是不惜重金买到手。几十年来,他唯一珍贵的积蓄,就是一万多册关于儿童文学的书刊和数以万计

的有关资料，以及与国内外著名儿童文学作家的书信。他在向有关部门游说创建中国儿童文学馆时曾动情地说："孩子是人类的未来，儿童文学是人生最早的教科书。我愿把自己一生最珍贵的积蓄献给孩子，这是我对儿童文学献出的一颗心。"

创办我国首家民间性质的"中国儿童文学研究中心"，自费创办《儿童文学信息》报

1994年，离休后的蒋风教授不是留在家里颐养天年，而仍痴迷于儿童文学事业，记挂着近4亿的孩子们。他对当前的儿童读物市场，尤其是儿童进游戏厅和逛网吧深表忧虑。粗制滥造、低级庸俗的儿童读物，黄色恐怖的游戏软件以及不健康的网页制作、网上聊天，已经严重地伤害了少年儿童的身心健康。作为一名长期从事儿童文学研究的教育工作者，努力争取建座中国儿童文学馆，把全国儿童文学作者的优秀作品集中起来，管好、用好，充分发挥其作用，为全国近4亿少年儿童的健康成长做出贡献，是他义不容辞的责任，更是他今生最大的夙愿。为此，他于同年积极创办了我国第一家民间性质的"中国儿童文学研究中心"。他还自费创办了《儿童文学信息》报，不定期出版，无偿送给国内外的儿童文学爱好者。他的义举为将来创办儿童文学馆献出了自己的一点微薄之力。

《黄山日报》，2001年5月26日

给孩子一双想象的翅膀

蒋　风

我一生与儿童文学结下了不解之缘，深深地体会到诗的熏陶对一个孩子的成长有一种不可替代的作用，孩子可以得到情操上的陶冶、心灵的净化、意志的磨炼、创造力的激发，使孩子们全面发展，拥有健全的人格。一个人如果从小受到诗的熏陶，长大后，一定能成为一个有用的人才。

基于以上认识，1995年我离休后，便在各地的孩子心中播撒一些诗的种子，希望他们热爱诗，先从金华各小学展开，慢慢扩及全省，近年还远及香港。今年到马来西亚讲学，也在播撒诗的种子，希望在当地孩子们心中发芽开花。

今夏应邀来苍南小作家班，为23名一至三年级小学生上课，教他们学写诗，取得了意想不到的效果。

为了解除孩子对诗的神秘感和写诗的畏难心理，我先举了唐代诗人骆宾王7岁时写的优秀习作，让孩子懂得“诗”并不神秘，也不是高不可攀，只要发挥自己的想象，都能写出好诗来。全班23名小朋友在我的鼓励下，都写出了生平的第一首诗。例如二年级的李宇翔写了一首《水》：“水啊，水啊/你会变成水汽/你会变成白云/为什么不能变成玩具/让我玩个痛快?”我在他的诗作最后两句旁边画了一串红圈圈，并在评语中点出：“这是一个独特的想象，祝贺你第一首诗就是成功的。”一年级的林鑫小朋友写了一首《花》，虽仅两句，但有他的想象，也有他的感情，我也作了最热情的鼓励。

第一次写诗，当然不可能写得很精彩，我就是想激励孩子发挥自己丰富的想象。例如二年级的杨夏馨写了一首《我陷入童话世界中》，我只给她加了一个剥豆荚的细节，文字稍加润饰，并将题目改为《我已沉醉在童话世界中》。

我玩娃娃时，
　　想和白雪公主跳舞；
我剥豆荚时，
　　就跟豌豆姑娘聊天；
我点灯时，
　　眼前出现宝莲灯；
我想睡时，
　　身边躺着睡美人……
我已深深地
　　沉醉在童话世界中。

这首诗写得很美，想象力也很丰富，成了第一次写诗练习中最好的一首。

在讲评中，我反复强调诗离不开想象，没有想象就没有诗。让孩子们懂得，写诗就要充分发挥自己的想象力，聪明的林鑫小朋友在写第二首诗时，写了一首《小山泉》："小山泉要去外婆家/走过小溪去小河/经过小河去大河/路过大河去大江/到了大江入大海/啊，外婆家到了。"把大海比作小山泉的外婆家，这个想象很美，比喻用得十分贴切，用词也富有变化，没有呆板的感觉，最后这个"啊"写出了小山泉到达外婆家那份高兴劲儿，很富有感情。

当孩子展开想象的双翅在捕捉诗美的时候，我及时地提出，写诗不仅要有想象，而且还要倾注自己的感情，才能把诗写得更美更动人。例如二年级的李宇翔第二次写了首《山》："你是一个威严的武士/穿着硬邦邦的盔甲/不怕雷劈，不怕雨打/每个人都对你刮目相看。"我就在评语中点出："这首诗写得很有气势，用带感情的文字写出了对山的赞美。"孩子们慢慢地就领会了，有了独特的想象，并倾注进自己的感情，就能写出好诗来。在第二次命题写诗时，我就针对近两周连续阴雨的现实，孩子们对雨有了切身的感受，要孩子们写《雨》；并且告诉他们，"人类社会是一个有情的世界，如果把人类有情世界扩展到人类以外的一切事物,就有写不完的诗”。于是孩子有的把雨写成一个可爱的娃娃,有的把雨写成淘气鬼,都能运用拟人化的手法,将雨写得出神入化。例如三年级黄婉婉的《雨娃娃》:

雨娃娃很不乖,
雷姑姑大声说:
乖孩子,别乱跑。
雨娃娃不听劝告,
争先恐后跌下凡间。
风阿姨想把雨娃娃抓回天庭,
雨娃娃却东倒西歪,
躲过风阿姨的追捕,
飘下来……

过了好久,
太阳公公出来了,它用金色的天网,
把雨娃娃一个个收回天庭。
西天出现了一道七彩的天桥,
你看,
雨娃娃一个个从那座桥上走过,
是不是桥的那一头
就是天牢?

诗是语言的艺术。总的来说,孩子们毕竟都只是一、二、三年级小学生,掌握的词汇不够丰富,写诗要写“美”有一定的难度。但如引导得法,还是可以在有限的词汇中变化出多彩的语言的。例如二(4)班黄祖品写了一首《喇叭花》:“喇叭花真有趣/吹起喇叭嘀嘀哒/喇叭花你真行/像一列小红军在进军。”我把它每两句后面都加上一组摹声词“嗒嘀嗒,嗒嘀嗒”,并且告诉孩子们:语言会有“意义”,会有“颜色”,也会有“声音”。“声音”就是“音响”,懂得运用“音响”，就可以给诗“增色”。《喇叭花》这首小诗虽然写得一般，但加了两句摹声词后，读起来有一种音乐感，很悦耳，而且也突出了一种气氛。

经过以上写诗练习，我给孩子们进一步提出，要写好诗，第一要学会发现，学会观察；第二要发挥丰富的想象力；第三要学会构筑意象；第四要加强语言的磨炼，提高自己的表达能力。当孩子们写以《梦》为题的诗时，大部分都能按照上述要求写出好诗来。

在这里，第一次写诗练习，23 名小朋友的习作中，我只选了两首，第二次就选了四首，第三次选了八首，每次都翻了一番，到第四次筛选出十八首，在第三次的基础上又翻了一番还多，令我兴奋不已，更使我感到欣慰的是，许多小朋友都爱上了诗。李宇翔小朋友说：“我从一个诗盲，变成了一个诗王。”尽管他要成“诗王”还有漫长的路要走，但从他充满自信的口吻中，我想“给孩子们一双想象的翅膀”的愿望已初步实现。想象力是创造力的基础，这当中产生一两个“诗王”也不是神话。

我教孩子学写诗

蒋　风

1994年离休后，我想应该做点有益的事回报社会，除了当年义务招收非学历儿童文学研究生，延续至今招了七届外，我想还应该做点更有意义的实践性工作。

我想到了诗对一个人成长的重大意义，尤其是让孩子们从小接触诗、认识诗，并在诗之美的熏陶下健康成长。近七八年来，我从金华市起步，先后在金师附小、环城小学、新世纪学校、江滨小学、西苑小学等校，继而扩大到省内、全国直至马来西亚的华人孩子中，播种诗的种子。同时，我还在《少年大世界》、《作文周刊》等少儿报刊上开辟《蒋爷爷教你学诗》专栏常年连载，想让更多的少年儿童热爱诗、学习写诗，从而在诗的熏陶下成长。

我认为：教孩子读诗、写诗，首先可以帮助他们提高运用语言文字的能力。学习写诗，能锻炼他们用词遣句，提升语文修养，这是无可置疑的。金华环城小学四年级学生叶子安小朋友参加鲁兵诗社后，曾写过一首《皱纹》：

爷爷的脸上/写着许多/我看不懂的字/记载着许多/抹不掉的故事

小诗人发挥自己丰富的想象力，把爷爷脸上的皱纹比喻为他“看不懂的字”，这是一个新奇的想象，进而把这些“我看不懂的字”想象成记载着“许多”抹不掉的故事，不仅言简意赅，而且落笔含蓄、意味无穷。前年我到香港中文大学讲学时，曾举例谈到这首小诗出自一个10岁小朋友笔下，几乎倾倒全场听众。我想，像叶子安这样的小朋友经过诗的语言锤炼后，对文字的形音义有更深的了解，写起散文来定能得心应手、简洁流畅。

教孩子读诗、写诗，当然不以提高孩子运用文字的能力为满足，更重要的是让孩子抒发自己的情感。孩子们在成长过程中，不时也会有情绪的起伏，内心常会有情感的波动和冲击，有苦闷，有烦恼，有矛盾，当然也有喜悦，有欢乐。当孩子们遇到情感的冲击波时，需要抒发，如能及时让它宣泄，肯定有利于他们心理的健康。

例如金华环城小学五年级胡阳小朋友写过一首《分数》：

分数是我的命根/分数指挥爸爸的手/妈妈的嘴/分数/调整着我在人们眼里的高度/分数/决定大家对我的爱恶/分数带来的欢乐中夹着恐慌/分数——痛苦中见不到快乐的光/可恶的分数/我要把你踢出地球！

小诗人对以应试为中心的分数制度表示切齿的痛恨，倾吐了他内心的闷气和怨愤，他甚至想把分数一脚踢出地球。感情在这里有了正当的发泄，相信他在尽情倾吐以后，对于他的心理健康会有好处的。

比抒发感情更重要的是陶冶情操。这是我教孩子们读诗、写诗的最主要目的。请看吴一静小朋友写的《心愿》：

在酷热的夏天/我愿意变作一台电扇/为厨房里烧饭的妈妈/送去飕飕的凉意/在寒冷的冬天/我愿意变作一盆炭火/为正在工作的妈妈/送去暖暖的温情

这位小诗人对妈妈的那份深情厚谊，溢于言表。这能不能说是诗陶冶了他的情操？要是说母子情深是血缘关系，是平常的事，那么我再举一例。金华环城小学何骁飞二年级时写的一篇题为《礼物》的小诗：

崭新的鸟笼/美丽的鸟/是妈妈送给我的礼物/打开鸟笼/放出鸟儿/是我送给鸟的礼物/看着鸟叽叽喳喳/欢快地飞回大自然/是我收到的最好的礼物

这首小诗里蕴含着一颗晶莹剔透的善心,是每位读者都能感受得到的,能写出这样美的诗的孩子,他那优美情操真的要比诗还美呢!

陶冶情操的最终目的是健全儿童的品格。孩子的身心发展是持续不断的。为了让他们健康成长,有赖于孩子在成长中的自觉。我认为引导孩子读诗、写诗,让他用情感来导引自己,沿着美好、正确的道路成长,这是培养他们健全人格的最佳途径。二(1)班李梦兰小朋友的《我想长大》:

妈妈,请你/别替我穿衣/别喂我吃饭/别抱我睡觉/因为/我想长大

小诗人只用了15个字,就写出了孩子健全自己独立人格的第一心声。二(3)班徐东写了一首《走路》:

我走起路来/有时快,有时慢/快的时候/像救火/慢的时候/像蜗牛/该怎么走/就怎么走

这首小诗看似大白话,好像没有多少诗意。但要是从走路快慢的反差中,仔细体会一下最后两句:"该怎么走,就怎么走。"其中蕴含着多少意味深长的哲理啊!一个七八岁的孩子就能咀嚼出这样意味深长的哲理,他的品格也定能健全发展、成长,这是毋庸置疑的。

从教育的观点看,教孩子们写诗,还能激发孩子们创造力的发展。儿童创造力的培养,关系着一个民族的未来。我在教孩子们写诗时,开始让他们有一个短暂的仿写阶段,但我还是提醒孩子尽量发挥自己的想象力,最好能跳过模仿的阶段,不要踩着别人的脚印走路,不要做跟屁虫,也不要人云亦云,依样画葫芦,一开始就能开启自己心灵的窗户,写出别具一格的诗来,这才值得人们赞美。我的实践经验证明,只要适当加以引导,鼓励孩子努力创新,孩子们还是做得到的。今年我在金华市少年宫举办了《捕捉诗这个美丽的精灵》讲座,第一讲讲完,金师附小四年级的徐雨雯小朋友就给我寄来三首写得很好的诗。其中一首《灵感》:

灵感,来自心灵/只有心体会到了,了解到了/才有了灵感的诞生/每一个人/每时每刻都有灵感在滋生、发芽/要看你有没有珍惜它/请打开心灵的窗户/放飞灵感

读完徐雨雯这首小诗,我感到欣喜,我想自己做的正是在打开孩子心灵的窗户,在放飞他们的灵感。我脑海里浮现了一句黎巴嫩谚语:“每粒种子都是一个渴望。”

《金华日报》,2002 年 12 月 13 日

金华将出现中国首个儿童文学馆

石 磊

本报讯 3月27日召开的妇女儿童活动广场方案评审会传出消息，总建筑面积6000平方米的活动广场将包括一座儿童文学馆，这意味着中国第一个儿童文学馆将在金华市区樱花公园出现。昨天，记者采访了建设儿童文学馆的首倡者蒋风教授。

亚洲儿童文学学会副会长、原浙江师范大学校长蒋风拥有中国多个儿童文学的“第一”称号。如今，金华要建的中国第一个儿童文学馆也是蒋风教授在16年前第一个倡导的。

“这个梦我足足做了16年！此间，我与扬州、杭州、台州等许多城市的有关部门也联系过，甚至找过台、港、澳等地热心公益事业的知名人士，希望找到捐资的渠道。有时候差不多就可行了，又因为种种变数不了了之。当然，作为金华人，我还是希望儿童文学馆能够属于金华。”眼前这位76岁的老教授已是满头白发，虽然社会活动频频，但仍旧神采奕奕。

蒋风教授回忆道：“1986年，我应邀到日本大阪出席一个小型的儿童文学研讨会，与会者仅20人，却代表17个国家。我们参观了大阪的府立国际儿童文学馆，那是世界上唯一一座儿童文学馆，收集了有关儿童文学的各种图书、杂志和国际性资料。当时与会代表差不多都向我建议：中国是一个大国，有3亿多儿童，应该建立一个儿童文学馆作为儿童文学研究中心，开展国际交流，繁荣、发展儿童文学关系到下一代健康成长。这给了我很好的启发。1998年从日本归来后，我便为此奔波，要在中国成立一个儿童文学馆。这样，日后我毕生搜集的图书资料就能发挥最大的作用。”

记者曾在他的书房里看到据说是中国出版的第一本童话《无猫国》，纸已经发黄，封面已经破旧，对于研究中国儿童文学史却是一份弥足珍贵的资料。

原金华市国土局总工程师洪铁城昨晚透露，经过广泛征求意见以及多方论证修改，儿童文学馆作为妇女儿童活动广场一个重要组成部分，将设藏书书库、报告厅等设施，整个设计方案将于4月底最终审议。

《信息参考报》，2002年3月29日

蒋风为儿童文学呕心沥血

李远荣

1996年4月，我应邀参加在南京举办的第8届世界华文文学研讨会，认识了来参加大会的浙江省师范大学中文系教授蒋风，后来我们时有联系，他还经常把他自费创办的《儿童文学报》寄来香港给我，使我在儿童文学研究的领域获益良多，我十分感谢他。

蒋风1925年10月出生于一个贫苦的小学教员之家。他念小学时，班主任是位姓斯的女教师，每周给孩子们上一节故事课，用整整一个学期给大家讲述了意大利作家亚米契斯的《爱的教育》中的故事；后来又断断续续讲述了《佛罗伦萨小抄写匠》、《万里寻母亲》、《爸爸的看护者》、《小石匠》等。裘里亚、马尔柯、西西洛、拉勃柯等一个个鲜明生动的人物形象在年幼的小蒋风心里深深地扎下了根，让他第一次在美妙的童话世界里找到了欢乐，第一次体味到了孩子的乐趣。

为了糊口，他读完初中一年级，就到金华北山顶上的一所乡村小学当教师。这一年他只有12岁。当时，他所教的学生中，最大的已有24岁。后来他用6年时间完成了8年的学业，并于1942年考入东南联大，后又分别就读于暨南大学、英士大学。

1943年，蒋风的处女作——童话诗《落水的鸭子》在报上公开发表，自此他与儿童文学结缘。

1947年，他大学毕业。一天，他在《申报》上看到了这样一则消息：3个孩子因为看了一本关于宣扬“得道成仙”的神怪连环书，便结伴到四川峨眉山学道，结果三人共同跳崖“飞升”，粉身碎骨。这一惨剧，对蒋风的震撼很大，使他真切地看到了反动、迷信、荒诞书刊对儿童心灵的毒害，使他萌发了献身儿童文学事业的心愿。

解放初期，蒋风任金华人民文化馆图书部主任。1952 年被调到金华师范任教，教授儿童文学课，从此踏上了系统研究儿童文学的历程。1955 年到浙江师院任教，他对儿童文学的研究更为勤奋，平时注重各种儿童诗歌的收集、整理和汇编。

1982 年，一部凝聚着蒋风教授多年心血的儿童专著《儿童文学概论》问世。这是中国第一部比较系统地研究儿童文学的理论书籍。该书一问世便被评为“全国首届儿童文学理论评奖会优秀专著奖”，并被华南师大等数十所院校作为儿童文学教材。

1984 年，蒋风担任浙江师范大学校长。他主持编写的、被评论界誉为儿童文学研究史中“一块厚重的碑石”的经典著作《中国现代儿童文学史》正式出版，填补了我国儿童文学研究的一项空白。

1991 年，他主持编写的《中国当代儿童文学史》、《中国古代儿童文学史》相继出版。1992 年，他主编的《中国儿童文学事典》作为我国第一部儿童文学专业工具书，获得第 3 届冰心儿童文学奖。随后又主编出版了中国第一本儿童玩具理论书籍《玩具论》。这些成为一整套的儿童文学专业系列教材，构成了我国较为完整的儿童文学理论体系。

蒋风教授不仅是中国著名儿童文学家，而且扬威国际。1986 年，他成为第一位具有中国国籍的国际儿童文学学会会员，并荣幸地成为国际格林奖评委。同年，他被邀请到日本大阪参加“儿童文学国际研究会议”。

1995 年离休后的蒋风不是留在家里颐养天年，而是积极创办了我国第一家民间性质的“中国儿童文学研究中心”。他还自费创办《儿童文学信息》报，不定期出版，无偿送给海内外的儿童文学爱好者。蒋风教授就是这样，毕生为中国的儿童文学呕心沥血。

写于 2002 年 5 月 15 日

载李远荣《名流雅士逸闻》，香港中国文化艺术出版社，2003 年 10 月版

儿童文学要百花齐放

黄宗仁

"儿童文学"这个名词对一般家长来说是相当陌生,即使执教鞭的教育工作者,对它的认识可能也不深入。

然而,"儿童文学"对一个孩子的成长来说,扮演着很重要的角色;而且,优秀的儿童文学作品还能潜移默化,寓教于乐,可以缓解儿童学习上的压力,让他们快乐地成长。

尚需积极推动提升

马华儿童文学发展得缓慢,在我国文坛上参与创作和推动的作家也不多。

根据资深儿童文学家年红(张发校长)所作的评论指出,我国的儿童文学目前仍处在"发展期",尚需积极推动和提升。

难得的是,享誉国际的中国儿童文学家也是浙江师范大学前任校长的蒋风教授,应我国著名儿童文学家年红的邀请来马讲学。

这两位献身儿童文学数十年的作家,专程到本报东甲办事处,与记者畅谈本地儿童文学的发展与前景。

为什么教育要从小开始?

年红认为,"3 岁定终身"是有教育根据的。他说,通过潜移默化,幼儿将受幼时教育的影响,从而确定了未来的方向。

蒋风补充说,人类事业中,教育排第一位,越是幼小,越是重要;人类儿童期可塑性特别大,孩子的世界观、人生观尚未定型,容易"近朱者赤,近墨者黑",不得不加以注意。

儿童文学在小学教育中占有什么地位?

提升教学水平推动力

蒋风说,儿童文学在华文教学中扮演重要的角色,不只是阅读教学,甚至是作文教学,儿童文学都是提升教学水平的要素。

年红说,爱好儿童文学作品的学童,不论在阅读或写作方面都会有突出的表现,反而是小六检定考试范围,却只会扼杀儿童的想象和创作空间,不值得重视和提倡,所以鼓励学童多看儿童文学丛书,积极创作,才是可行的教育方式。

创作童诗,有什么好处?

年红指出,他在东甲启明一小当校长时,曾经指导学生写童诗,并出版选集,间接地提升了学生在小学会考的华文作文水平,当中一些学生相信会成为马华文坛的生力军。

蒋风坚定地认为,儿童文学(包括童诗)是阅读和写作的基础,也是学生最好的作文助手。

写童诗开拓思维

"写童诗,有助于开拓思维,畅所欲言。"

他说,优秀的儿童文学作品值得孩子好好学习,对提升孩子作文水平的影响,是不言而喻的。

电子媒体会不会完全取代儿童文学书本?

蒋风由衷地表示,有人说,儿童文学即将死亡,其实是危言耸听!因为童话、寓言、童诗,一直都是孩子们的最爱。

"不过,为了儿童文学的常青,作家就必须写出好的作品。"

儿童文学著作逐年增加

年红认为,上述现象不可能出现!因为诺贝尔文学奖评委郑树森教授曾说过，当全球出版物数量下降时，儿童文学著作却仍一枝独秀，而且逐年增加。由此可见，儿童文学书刊是经得起考验的。

他也赞同蒋教授的看法，并透露他的儿童文学作品是印刷最多的单行本，《海鸥沙沙》和《一把大雨伞》在香港、台湾和中国内地备受欢迎，一印再印。

《哈利·波特》旋风，为孩子带来了什么？

年红指出，罗琳的《哈利·波特》是儿童科幻小说中特具商业价值的儿童文学作品，作者的权税收益并不能代表作品的成就。或许，这只是一本畅销书，一本牢牢吸引了孩子内心的作品。

蒋风认为，这是商业操作的成果，《哈利·波特》要成为儿童文学的经典，仍须经得起时间的考验。

对于时下小学课本，有什么意见？

小学课本内容平淡无味

蒋风说，马来西亚的情况他并不太了解。不过，在中国，最近出版的小学语文读物，多半选用的儿童文学作品，同时也深受校方的欢迎。

曾经受委为教育课本著作的张发则叹息说，马来西亚华校小学课本实在太无味了，并认为这是小学生的不幸。不过，如果教师能用儿童文学作品加以辅助，学童就能在快乐中学习。

对马华儿童文学的进展有什么期望？

蒋风说："从年红的著作《儿童文学40年》中，我知道马华文学界有一批勤于耕耘的儿童文学作家，其中像马汉、爱薇、艾斯、灵子、韦佩、舒颖、方理等，我都认识。"

年红、马汉打先锋

"尤其是年红和马汉，四十年如一日，在完成繁忙的本职的同时，不辞艰辛地奔走呼号，担任儿童文学发展重任，期待社会、华社关系深入，十分难得。”

蒋氏指出，只要这群作家继续努力，相信马华儿童文学水平是会不断提升的。

“其中，年红更是多面手，从他赠送给我的《少女图》、《悲欢往年》等看来，他在小说和散文方面也都有成就；在马华儿童文学方面，由于他精心创作、刻苦研究，并通过南马文艺研究会出版丛书、举办赛事、讲座会等，已为马华儿童文学发展交出了一份不朽的成绩。年红是只领头雁，功不可没。”

马来西亚《星洲时报》，2002 年 7 月 28 日

蒋风散文《给，永远比拿愉快》被日本、新加坡选入教科书

夏积山

浙江师范大学蒋风教授最近接到中国作家权益保障委员会的通知，通知说："随着我国加入 WTO（世界贸易姐织），开拓、发展了国际文艺的交往与繁荣，各国中小学课本都出现了选用中国作者作品的现象，现日本好文出版社、新加坡泛太平洋出版公司均选用您的作品《花》，又名《给，永远比拿愉快》。"

据了解，日本好文出版社将《花》选入中级汉语课本，当作朗读教科书教材出版，认为"此类教科书在日本从未出版过，这是汉语教学法中的一种新的创举"。新加坡泛太平洋出版公司则将这篇散文编入中学作文课本，作为范文出版。

《给，永远比拿愉快》，原题《花》，最早发表在 1980 年《中国儿童》第七期上。1994 年 9 月 7 日，被台湾《国语日报》选载，改题为《做好事，美回忆》。

作品文笔流畅、文字优美，娓娓道来，循循善诱，让读者从阅读中得到享受。

附：

蒋风原作，以飨读者。

给，永远比拿愉快

有一年，俄国作家高尔基在意大利的一个岛上休养。他十岁的儿子跟

着妈妈来看望爸爸。儿子在爸爸住的院子里栽了好些花。不久，就跟着妈妈回俄国了。

春天，儿子栽下的花盛开了。高尔基看着窗下怒放的鲜花，心里很高兴，就给儿子写了一封信，意思是这样的：

你走了，可是你栽的花留了下来。我望着它们，心里想，我的好儿子在岛上留下了一样美好的东西——鲜花。

要是你不管在什么时候、什么地方，留给人们的都是美好的东西，像鲜花啦，好的思想啦，还有对你的非常好的回忆啦，那你的生活该是多么愉快啊！

那时候，你会感到所有的人都需要你，要知道，给，永远比拿愉快。

小朋友，你喜欢这封信吗？我愿意每个小朋友都能随时随地做好事，给别人留下像花一样美好的回忆。

《金华日报》，2002 年 12 月 1 日

致 蒋 风

潘明珠

蒋风教授:

十分感谢您答允为本会主办之“儿童诗歌创作比赛”担任评审顾问,谨附上有关之章程给您参考,初评(由本港评判负责)将于12月初举行,之后将会把选出来的寄给您评分和写评语。本会备薄酬,敬请接纳。(您明年来港时交给您,好吗?)再次感谢您对本会活动的支持!

香港儿童文艺协会会长

潘明珠　谨上

2002年9月11日

致蒋风信

汤浩坚

亲爱的蒋风教授：

诚邀作"儿童文学与语文教育研讨会"演讲嘉宾

本人谨代表"儿童文学与语文教育研讨会"筹委会，诚邀阁下为大会演讲嘉宾。"儿童文学与语文教育研讨会"订于2003年1月17日至2003年1月18日在香港教育学院大埔校园举行。此次研讨会由香港教育学院中文系主办，语文教育中心与儿童文学研究学会协办，大会主题为"回应课程改革：新世纪的儿童文学教学"，下分四个子题：一、儿童文学与教学；二、儿童文学与创作；三、儿童文学与教材编选；四、儿童文学与资讯科技。研讨会期聚合中国内地、香港、台湾三地儿童文学专家学者、师资培训人员、创作人与教师，交流意见，讨论在新世纪课程改革中，儿童文学理论研究及其与教学教材、与创作等方面的配应发展，发挥文学与语文的互动作用。

素仰蒋教授在儿童文学研究理论方面成就卓越，我们诚意邀请担任"儿童文学与语文教育研讨会"专题演讲，专题为"历史与评论"。

本人亦代表香港教育学院语文教育中心，诚邀阁下为本中心学员主持演讲(2003年1月15日)，介绍儿童文学，并为本中心教员主持研讨会(2003年1月16日)，讨论儿童文学的研究发展。

主办单位将负责蒋教授来回香港、杭州火车票、住宿(包括1月14日至1月19日)及每日津贴(每天港币800元整)等费用。如蒙蒋教授亲临指导，不胜感谢！若有任何疑问，请随时赐电(852)2948 7344联络霍玉英博士("儿童文学与语文教育研讨会"筹委会主席)，或(852)2948 7363联络本人。

本会祈盼阁下能应邀参与是届研讨会。敬候

钧安

香港教育学院语文教育中心副主任

汤浩坚谨上

2002 年 11 月 29 日

理想和追求与年龄无关*

——获奖感言

蒋　风

我感谢评委会授予我这项以伟大的宋庆龄的名字命名的儿童文学特殊贡献奖。

这项崇高的奖项今年第一次颁奖，就落在我这个丑小鸭的身上，我感到惊喜，也感到幸福，内心充满感激之情。但我也感到有点受之有愧，因为我只不过做了点我应该做的事。

我一直想，要有追求，活着才有意义。我的理想是要为孩子们做点力所能及的事，开始想为孩子们写点既有益又有趣的作品，可是到了上个世纪50年代前期，因为学习前苏联，要在师范院校开设儿童文学课，一个误会改变了我想成为一名儿童文学作家的道路，使我走上了大学儿童文学课的讲坛。但我为孩子们做点事、为繁荣儿童文学事业出点力的理想没有变，而且成为我一生的追求，一直奋战到我离休。我早逾古稀之年，离休也有8年了，我仍孜孜不倦地工作着。离休后又单枪匹马地办了个民办的研究中心，义务招了一批非学历儿童文学研究生，还用离休津贴办了一份《儿童文学信息》报。我没有用日历计算自己的年龄，这会让你越算越老，我常常忘记了自己的年龄。我想，理想和追求与年龄无关，我每天都有自己的梦、自己的追求。

儿童是人类的未来，儿童文学是人生最早的教科书。我就是基于这一理念毕生从事儿童文学工作的。我认为在这世界上再没有比儿童文学事业更有希望、更有意义的了。

我们都有一个共同的梦，相信未来的世界一定会比今天更美好，而那个更美好的未来世界是依靠一代又一代的儿童成长后建造的，因此通往那个美好世界的重要途径之一就是儿童文学。

因此，宋庆龄儿童文学奖这份荣誉是崇高的。它的真正含义就是义务为孩子的健康成长贡献心血。

今天我获得这份荣誉，意味着过去数十年所做的那点平凡的工作，得到了社会的承认和尊重。我会珍惜这种认可，绝不会因这项荣誉而沾沾自喜。我会把它当作新的起点，作为攀登的台阶，尽自己最大努力，在有生之年为儿童文学事业再做一点工作。

＊宋庆龄儿童文学奖设立于1986年，每两年至三年评选一次，由宋庆龄基金会和文化部、教育部、广电总局、团中央、全国妇联、中国作协、中国科协等单位共同主办。本届增设的特殊贡献奖，评选对象是70岁以上，在儿童文学的组织领导、翻译、理论研究、评论、教学等方面做出卓越贡献者，本届共评选出4人。

《浙江师大报》，2002年10月31日

2003 年

引导孩子走进诗园

蒋 风

诗是真善美的结合。

读诗、写诗可以从中得到美感，启发孩子的智慧，陶冶孩子的情操，净化孩子的心灵，磨砺孩子的意志，激发孩子的想象力和创造力。更不用说，诗是语言的艺术，多读诗，多写诗，可以帮助孩子提高运用语言文字的能力了。

在我们的生活中，美是无处不在的，关键在于要有一双能发现美的慧眼。

培养观察力是学习写作的基本功，写诗也不例外。因此，我在让孩子欣赏优秀的童诗的同时，要求孩子们培养敏锐的观察力。正当姹紫嫣红、春光明媚的季节，于是，我以《春天》为题，要求孩子们细心观察春天的景色，努力去发现别人没有发现的东西，有的小朋友在习见的景色中，发现了美，发现了诗意。如五(1)班的黄靖也的《春天》写得很美：

春姑娘来了
她摸摸小草
说
小草，小草
醒一醒
她摇摇柳枝
说
柳枝，柳枝
醒一醒

她拍拍小河
说
小河，小河
醒一醒
小草醒了
柳枝醒了
小河醒了
大地苏醒了
睁开了一双好奇的眼睛
笑了

小诗人用自己敏锐的感觉，发现了春天的美，写得轻盈、明媚，让读者也感受到春天就在自己的身边。

在捕捉诗美的创作过程中，我要求孩子把自己全身的感官都调动起来，用画家的眼睛去看，用音乐家的耳朵去听，用猎狗般的鼻子去嗅，用美食家的舌头去品味，用全身的触觉去感受，有的小朋友就用诗的感觉去感觉，体验感官在童诗创作中的作用，用诗的语言写下了自己的感悟。如四(4)班刘一磊的《该不该珍惜》：

看得到天，
看得到地，
看得到眼前所有一切，
这就是眼睛。
如果没有视觉，
将成为一位盲民。
听得到轻声，
听得到强音，
请你竖起耳朵谛听，
美妙的乐音在召唤。

如果没有听觉，
将会失去一切灵敏。
有了视听感觉，
才能捕捉到美的小精灵，
你说该不该好好珍惜？

敏锐的体察是必要的，但学习写诗，丰富的想象力是更重要的。诗是想象的表现，没有想象，便没有诗。为了训练孩子的想象力，我曾在一张白纸上画上一个小黑点，问孩子看到了些什么。有的说一个小黑点，有的说一颗黑痣，有的说一只小黑虫，有的说一颗黑眼珠……我进一步追问，如果发挥你的想象力，还能看到些什么？于是孩子们展开了想象的翅膀，有的说如果加上一条尾巴就是可爱的小蝌蚪，如果加一点香味就成烤焦了的馅饼；有的想象得更美，说是天外来客乘坐的飞碟；还有一位盛云扬小朋友把这个黑点想象成为历史的窗口，看到中华五千年的古文明，写出了一首70多行的长诗《从一个小黑点看到的》，很有气势。

在实践中，孩子们都慢慢体会到在诗中，想象是最主要的活动。他们凭借着想象，从自己有限的生活积累中和记忆的库存中，选取着诗的形象和画面，有时会在不经意间写出令人惊喜，甚至用朴素语言写出把人们的心灵点亮的诗句来。例如五(1)班的黄靖也在小黑点联想的游戏活动中写的《黑色的联想》：

老师在白纸上
画了一个小黑点
让我展开想象的翅膀——
黑点像一颗痣，
黑点像一只小黑虫，
黑点像一粒黑宝石，
黑点像天外来客的UFO……
都像，都不是。

我说：
黑点像伊拉克儿童
那渴望和平的眼珠。

这是小诗人情感的自然流露，多么感人的同情心啊，仅仅一句话就作了倾情的表达，用自己的眼睛去看别人见过的东西，在别人司空见惯的东西上发现美和诗意。

我的引导仅仅是开始，只不过做了十来次创作练习，已经收到了意想不到的效果。不久前，我要求孩子们写一篇《学诗小结》，我并不曾要求孩子用诗的形式来写小结，全班24名小学员却有一半多小朋友用了诗的形式来进行小结。例如五(2)班的叶歆韵："一个学期过去了/回想一下过去/优点与不足/清清楚楚地展现出来/尝一尝/尝到了浓浓的诗味/看一看/看到世上美丽的东西/闻一闻/闻到了空中诗的气息/听一听/听到了无数孩子的心声/想一想/想到了诗那美丽的笑容"，多么简洁的概括，多么准确的总结！

有的小朋友就用诗的形式、诗的语言写下自己的学诗的感受，请看11岁的郑赛君小朋友的《学诗小结》：

诗，一个美丽的殿堂，
一个神奇的世界
只要你拥有一把想象的钥匙，
就可以领会她的奥妙。

诗是一个可爱的天使，
一个快乐的小孩，
只要你懂得她的脾气，
就能与她成为一对好朋友。

诗是一首优美的乐曲，
一个快乐的音符，

只要你掌握她的旋律，
就能乖乖地听你的话。

啊，朋友，爱她吧。
爱这个美丽的小精灵，
爱这个调皮的小天使，
让诗飞进每一个人的心田！

另一位王睿华（12岁）的《学诗小结》是这样写的：

诗就像那浩瀚的大海，
蒋风爷爷给了我一叶小舟，
迎着那汹涌的大海探索。
那诗的营养就像海浪，
不时溅入我的嘴中，
滋润着我的心灵。

诗就像那广阔无际的天空，
蒋风爷爷给了我一双翅膀，
让我迎着风雨翱翔。
那诗的营养就像空气，
我悄悄地把它吸收，
陶冶了我的心灵。

诗有着无边无际的境界，
我摸不到边，也摸不到际，
我乘着蒋风爷爷给的知识之舟，
航行在诗美的天地里，
不倦地前进，前进！

在诗情画意中神游。

也许我成不了一名诗人，
但是，
诗美成了我永远的追求。
蒋风爷爷的指引，
活着，就要用生命撑一片绿荫，
像诗一样美丽。

诗给孩子们带来了不尽的智慧和感动，而我又为孩子们的诗所感动，为孩子学诗的收获而感动，我愿以自己的微末力量引导更多的孩子走进诗园，在美的陶冶下，快乐、健康地成长。

《儿童文学信息》，2003 年 6 月 3 日第 24 期

童心在歌唱

——读盖尚铎的儿歌、童诗

蒋　风

诗人的一颗童心
跃然于纸上
仿佛在尽情地歌唱

——题记

我和盖尚铎同志仅仅是一面之缘，记得是1982年6月，文化部少儿司在沈阳举办东北片儿童文学讲习会，我有幸作为讲师受邀参与那次盛会，当年的小盖还真是个十来岁的小盖呢！说实话，他留给我的印象，仅是个东北农民模样的小伙子，跟诗人这个称号好似不大联系得起来。当年的小盖也确曾下放当农民，接受贫下中农再教育回城不久。此后，我虽没有机缘再见到他，但他发表在各地儿童报刊上的儿歌和童诗，帮助我慢慢地认识他，感受到他那颗纯洁的童心，并且逐渐地跟他那朴实的外貌吻合起来，最近重读他收在《会唱歌的绿叶》和《幽默趣味儿歌100首》中的作品，仿佛听到他那颗纯朴的童心在歌唱。

童真的意境

意境，是诗歌创作和欣赏的重要审美标尺。有人认为写儿歌、童诗，用不着讲究什么意境，孩子们领悟不了深奥的意境。这实在是一种误解。其实儿歌、童诗也是诗，也要把它当作诗来创作来欣赏。既然是诗就得讲究意境，从某种意义上说，比一般诗的意境更高一层，它应该是儿童能领会的童真的意境。

从尚铎同志的儿歌、童诗创作看，诗人深谙意境在儿歌、童诗创作中的重要地位，善于从儿童心理出发，全力追踪，使自己的每首儿童诗中都创造出一个符合小读者欣赏的美的意境。例如《小雪花》：

小雪花，
满天飞，
飞累了，
歇一歇，
落在妞妞辫梢上，
好像一只白蝴蝶。

这本来是一首很简单的儿歌，短短六句，而且雪花这一习见的题材也不知有多少诗人描绘过，可是诗人在这里用了一个比喻"好像一只白蝴蝶"，把自己的感情形象化了，并且把生活画面和心象画面融会在一起，把读者带进了一个宁静的、优美的意境中，获得一种美的享受。

王国维说成功的意境一定要有"言外之味"，《文心雕龙》也有"文外之旨"的说法。这就是说，诗要从有限的形象反映无限的生活，给小读者以无穷联想的广阔天地。文学作品都具有这样的审美要求。儿歌、童诗是儿童的文学，就更要求它照顾儿童的心理特点。诗人要善于捕捉儿童所熟悉的生活场面，采取以小见大、以少概多等手法，用浅显简明的语言达到"含不尽之意见于言外"。请看尚铎的《小鸟的梦》：

笼子里的小鸟，
叽叽喳喳，
吵醒了早晨。

爸爸，您听，
小鸟在说，
它梦见了大森林……

短短六句小诗，确已达到言有尽而意无穷的艺术效果。一颗童心，跃然纸上。诗人表现孩子的童真，选取了一个孩子在早晨被笼中的小鸟吵醒的镜头，只用了他一句蕴有代小鸟祈求自由的童言，把天下所有儿童的纯洁的童真都抒发无遗。“爸爸，您听/小鸟在说/它梦见了大森林……”这是一句白而又白的童言，但又是一句意味无限深长的诗句。只要稍加咀嚼，就会深深拨动着每位读者的心弦。

从尚铎的创作实践充分说明写儿歌、童诗也要与写诗一样，努力追求意境，并且让“意”融在“境”中，创造出具有童真的有“意”之“境”。当然，这是诗人的一种较高的美学修养，需要经过刻苦修炼才能获取的。

童趣的构思

写儿歌、作童诗都要求创造优美的意境，而作品的意境能否达到审美的要求，关键的一步在于下笔前的构思。优秀的儿歌、童诗总要求有新颖别致的构思。出色的儿歌、童诗的作者也总是力求对自己的作品构思做到从平凡的生活中捕捉到意新思深的题材，并将掌握的素材进行一番去粗取精、去伪存真、由此及彼、由表及里的精雕细琢，选择儿童能接受的最富典型意义的生活片断或最富表现力的事物，生动地反映并深刻地揭示儿童们所能理解的生活底蕴。

读尚铎同志的儿歌、童诗创作，深感作者善于把自己的心贴在孩子的心窝上写诗，他能以儿童的特有的那份天真的情趣去构思并表现儿童特有的世界，一再被人称道的《小兔想小猪》就是这样一首充满童趣的童诗：

小兔子，住木屋，
有个邻居叫小猪，
兔子夜里睡不着，
都怪小猪打呼噜。

小猪做客去姥家，

兔子夜里呜呜哭，
你猜兔子哭什么，
想听小猪打呼噜。

这是诗人童心的真情流露。儿童文学评论家汪习麟在《会唱歌的绿叶》序中说："这真把孩子的心理、感情写活了。"当孩子们平时相处在一起时，也许在相聚欢乐之余，又会感到太厌腻，甚至吵架，但当他们日常相处的小伙伴一旦离开了，又会感到寂寞难耐，若有所失。汪习麟还说："作者把这样一种复杂感情以小猪打噜这么一个有趣的细节，作为反映小兔不同心态的手段，这就和孩子的生活贴近，使之易于接受、易于理解；诗的末了，犹如相声'包袱'抖出，一下子可以激起哄堂大笑，取得预置的效果。然而，笑后又不能不予以咀嚼，这里面似乎告诉我们一些别的什么。"这就是诗人构思的巧妙之处。

充满童趣的构思是尚铎的儿歌、童诗创作的一大特色。诗人是用童心去拥抱孩子这个独特的儿童世界，所以才能构思出如《编狸猫》这样洋溢着诙谐的童趣的诗篇来：

小毛毛，
手灵巧，
狗尾草，
编狸猫，
编好狸猫去看谷，
田鼠碰见吓一跳。

尚铎笔下构思出来的世界，完完全全是一个儿童的世界，一个充满童趣的世界。

诗人圣野说："诗像电波和空气一样，无处不在，要用诗人的心灵去感知。"尚铎同志就是这样一位诗人，他以诗人敏锐的感受，在生活中捕捉自己需要的素材，然后按儿童的思维方式匠心独运地进行构思，唱出孩子的心底的歌，拨动了孩子水晶般晶莹的感情。

童味的语言

儿歌、童诗的巧妙构思最后还得靠语言表现出来。因为儿歌、童诗都是文学体裁的一种，而文学是语言的艺术。诗的语言比一般文学语言要求更富情感、更精练、更富音乐性。儿歌和童诗，都是以诗人的语言创造的形象去帮助儿童认识社会、认识自然，而且还担负着儿童的语文教育的任务。小读者既通过作品去感受并认识生活，也从作品中学习语言、丰富语言。因此儿歌、童诗的语言要求准确、鲜明、生动，具有浓郁的童味。尚铎同志的儿歌、童诗，语言明快、流畅，可以吟，可以唱，也可朗诵。请看《山泉水》：

山泉水，
清亮亮，
淌着葡萄味，
飘着苹果香……
我说它是果子露，
不信请你尝一尝。

这些经过锤炼的诗句，不仅纯净，而且亮丽，真好像山泉一样明快、流畅，朗朗上口。诗人圣野说："给幼儿看的诗，是个立体声的形象的艺术。"尚铎同志从儿童口头上提炼语言，从他笔下流出的儿歌、童诗的语言，好似珍珠，句句圆熟，字字闪亮。他写的幼儿诗，让孩子们在诗里，听得到声音，看得到色彩，感受得到孩子们喜悦的跳动的节奏。山泉水本来是没有颜色、没有味道的，可是这首《山泉水》里的山泉，清亮亮地画出山泉清丽的色彩，"淌着葡萄味，飘着苹果香"，不仅衬出山泉水清丽的亮色，而且传递出山泉浓郁的香味和甜味，能勾引起小读者掬一手来喝的强烈愿望。

尚铎的小诗总是色彩斑斓，常常像一支魔笛，借助自己极富童味的语言，把小读者带进一个迷人的童话王国。请看《烤面包》：

有只小花猫，
爱吃烤面包。

围着电烤箱，
馋得喵喵喵。

拉开门儿瞧，
还是生面包。

小猫傻了眼，
忘了插插销。

整首儿歌，没有一句说教，却让孩子笑中受到感染，得到教育。诗人抓住孩子的心理特点，写得充满儿童情趣。而这情趣更多地来自诗人的童味语言。

儿歌、童诗，都是诗。这本来是常识，可是读完尚铎的两本诗集，却变成我坚定的信念。诗人用自己的心为孩子们歌唱。

我仿佛看见诗人那心的蔚蓝的天空上，有一只小鸟在飞翔、在歌唱。

那鸟，就是童心。

《儿童文学信息》，2003 年 6 月 3 日第 24 期

围绕着《契诃夫手记》的故事

竹潜民

1996年年底，我回母校——浙江师范大学参加纪念鲁迅逝世60周年国际学术讨论会时，拜访了浙师大老校长、著名作家蒋风教授，我向他讲了一段关于《契诃夫手记》的故事，他听了后连声说："太有意思了，太有意思了！"

一

故事的开头是35年前的春天。当时我刚进浙师大中文系，蒋风老师是我的写作课老师。现在回想起来，他那时也不过三十六七岁，但在学生心目心中，已经是一位谈吐风雅、学识渊博、经常在报刊上发表文章的资深教师了。他为我们讲散文、杂文、小品的写作，最大的特点是常常举自己的作品为例。因个子高，蒋风老师站在讲台上，给人以鹤立鸡群的感觉，开场白往往是：

"最近我写了一篇散文……"

接着便讲自己的写作由头、灵感产生、构思过程、谋篇立意，等等，虽说调皮的学生背后也伸长了脖子，在学蒋老师的腔调："最近我写了一篇散文"，可是说心里话，当时大家就感到这种教学方法实实在在，丝丝入扣，远比讲一些空洞的概念理论要好；甚至同分析名家名篇相比，更有其独到之处。因名篇我们只看得到作品，不知构思过程，同时名家离学生太远，不如自己老师的文章亲近、好学。

印象最深的是，蒋老师讲《契诃夫手记》了。记得那是1963年2月底，蒋老师进了课堂，照例腰板笔挺，把头昂得高高的，环顾了一下课堂：

“说到写作材料积累的问题，我给大家推荐一本书……”

说着从讲义夹中拿出一本封面发黄的书，即1954年版、贾植芳译的《契诃夫手记》。蒋老师说，这本书是契诃夫去世后，由他夫人根据笔记整理而成的，是契诃夫随手记下来的瞬间的感受、读书心得、观察生活的记录，以及将来作品的腹稿、速写。他的手记，每条都很短，甚至有些只有一句话，是所谓的“比麻雀鼻子还短的东西”，但正如高尔基所形容的，它们是些美丽而精致的花边。然后，蒋老师就列举了多条《契诃夫手记》中的例子，几乎每条都引起学生的哄堂大笑。

这些脸色通红的妇人和老太太们，健康得几乎会冒出热气来。

有一位小姐，她的笑声，简直是像把她的全身浸在冷水中而发出来一般。

男女结婚，是因为彼此没有了别的办法。

有的则引起了学生的沉思：

一个爱国者说：“你知道我们俄国的通心面条要比意大利的好吗？我给你证据，我有一次在意大利吃到俄国菜时，不禁哭了起来。”这位爱国者并没有注意到，爱国的只是他的肠胃而已。

越是有教养，就越是不幸。

凡是老年人不能享受的东西，不是受到禁止便是被认为是危险的。

人们总是说，让将来的一代得到幸福吧！不过他们一定得问问自己：他们的父辈和祖辈为什么活着？为什么受苦？

蒋老师又说:《契诃夫手记》里所记的东西,不仅是他看到和听到的事物,还有他所感受到和思考到的东西,这是手记中最有价值之处。接着,他就布置大家记手记,说这是锻炼我们观察能力的极好方法,也是积累写作材料的必要过程。他一再强调:这是作业,这一两个月要检查的。

于是,我们这些刚刚入门的一年级大学生也开始记手记了。我至今还保存着35年前的手记,第一页是这样写的:

手记

今天开始记手记。

感到奇怪的是,我进了大学以后,对文艺创作的兴趣不大了,却把主要精力放到文艺理论方面,因此,当蒋风老师规定我们要记手记时,还有一点不愿意。但转念一想,这是一件好事,为什么不做呢?感到犹豫的是今后手记和日记会不会混淆。我以前不是感到自己的日记太枯燥无味了吗?那么就让手记来代替和改变日记中的不活跃吧!

三月三日立(1963)

以上算是序文。

现在看来,此文充满了大一学生的幼稚,但也显示了年轻人的真诚。以后从3月到7月,16开本子上记了50余页,有400条左右,有人物肖像描绘、幽默故事、生活琐记、名人名言,有对《昆仑山上一棵草》、《女理发师》、《裸岛》等电影的评议,有对胡万春、汪浙成、温小钰作品的分析,也有《安娜·卡列尼娜》、《汤姆·索亚历险记》等名著精彩片断的摘录。有些内容至今看来还有一定的价值:

写作老师在课堂上讲了一段鲁迅杂文中的话:有个人如此地自私,最好世界上的人都死完,只剩下一个好看的姑娘和一个卖大饼的。

课堂里哄然大笑。

我深思:为什么讽刺效果如此地好?对了,妙就妙在"一个卖大饼的”。如果说这人自私得只愿世界上只有两个人，那讽刺效果就减弱了。

我似乎感觉到作品“退一步，进两步”或“先抑后扬”的道理。写人物的性格不必写到极点，退几步却把人物的本质更神似地体现出来了。

三月七日记

昨天看《雷锋》的杭剧，比想象中的要好，总的感觉是，作为一个宣传教育的杭剧是成功的。

看了以后有以下感触：

1. 英雄人物的内心世界不够丰满；

2. 为了突出英雄，有没有把英雄周围的人物降低到小丑的必要，我看大可不必。

三月十六日记

刘（少奇）主席和夫人抵达雅加达，在机场上。

苏加诺：“我们国家的天气很热。”

刘夫人：“我们不怕热，重要的是我们的心比天气还热。”

苏加诺：“我们分别已经有一年了……”

刘夫人：“总统看起来仍然很年轻。”

多么精彩的外交辞令！

四月十六日记

过了两个月后，蒋老师要求大家将手记上交，5 月 26 日蒋老师批了手记并签了名。作文中出现了错别字，我将它们订正在手记上。蒋老师写了批语：“这样做很好。”过了几天，他就在课堂上讲评作业，将同学们手记中的精彩片断介绍给大家，其中一条我至今还记得：“吸烟的人善于在大风中把火柴点旺。”蒋老师说这个细节捕捉得很精彩，说明这位同学观察生活很细致。他还举了我的手记中鲁迅讽刺自私自利的人和刘主席夫人两句话的例子，说：“有的同学在手记中只摘一些名人名言，这是不够的，摘了名言名句后，一定要加上自己的分析，就像分析鲁迅讽刺自私自利的人为什么效果特别好那样，哪怕是加一句‘多么精彩的外交辞令’的评语也是好的，写上自己的感觉和评语，文字的东西就转化为自己的东西了。”整堂课妙语连珠、生动活泼，至今记忆犹新。

徐迟在《哥德巴赫猜想》中写到抗战期间流亡在福建的清华大学教授第一次向陈景润讲到哥德巴赫猜想时，有这样一段话：

> 第二年，老师又回清华去了。他现在是北京航空学院副院长，全国航空学会的理事长沈元。他早该忘记这两堂数学课了。他怎能知道他被多么深刻地铭刻在学生陈景润的记忆中。老师因为同学多，容易忘记，学生却常常记着自己青年时代的老师。

我每次读这段话，都会引起强烈的共鸣，徐迟确实写出了师生关系中看似平淡但实际上是非常深刻的一页。当然，我无意同沈元、陈景润类比，但蒋风先生这堂关于如何积累写作材料的课给我留下的印象，犹如陈景润听沈元讲哥德巴赫猜想，是一点也不夸张的。

可是好景不长。从当年7月初起，手记就记得不正常了，虽说零零落落还有一些，但到年底也不过只有几十条。1964年就一条也没有了，后面的本子除抄了一些毛主席诗词外，至今还空在那里。原因是蒋老师暑假后就没有我们班的课了，缺少了督促；更重要的是1963年下半年起阶级斗争的弦越拉越紧，大学里也是搞“四清”“小四清”不断，学习风气一天不如一天，这种活泼主动的学习空气和方法荡然无存。以后到“文革”开始，蒋老师竟然成了众矢之的。想来十分奇怪，凡是同学生接触多、越受学生欢迎的老师，“文革”开始往往越容易被打成“牛鬼蛇神”，大约是同学生接触多，“放毒”也越多的缘故，所以看似古怪，其实也是“顺理成章”之事。于是，“批判蒋风贩卖封资修黑化”的大字报铺天盖地，鼓吹“资产阶级作家”的《契诃夫手记》自然也成了一条罪状。当时作为学生，我在“批判”蒋风老师的大字报中也签过名，以后想来简直是恩将仇报之事了。可是历史就是如此，也无可掩饰，相信蒋老师也会谅解我的。

二

风雨已尽，时过境迁。到了80年代，一切都开始解冻，所有被戴上“封资修”帽子的均重见了天日。蒋风老师已经出任浙江师大校长，成为浙江省高师教育的顶梁柱了。1983年初，《契诃夫手记》也在书店出现，我立即买了一本，是1982年浙江人民出版社出版，仍是贾植芳译。以前虽听过蒋老师讲《契诃夫手记》，但因图书馆书少，这本书只是翻翻，并未仔细读过。这次买到，就像是见到久违的朋友一样，20多年前蒋老师讲过的一条一条又在眼前浮现，我爱不释手，还在上面陆续作了不少记号……

隔了2年，我被调到宁波的一所高等专科学校任教，开的是文秘专业的写作课。我原本没在大学教过课，报到时间又仓促，来不及充分准备，就匆匆忙忙上讲台了。第一、二次课就像方鸿渐在三闾大学一样，自以为准备的材料不少，可是下课时间未到，却已经讲完了，连头也不敢抬，只好匆匆宣布“下面自修”，引起了学生们的窃窃私语。第三次课讲“材料”，我决意改变现状，搜肠刮肚将自己已有的“仓库”调动一遍，立即冒出了蒋老师当年讲《契诃夫手记》的情景。对！讲契诃夫再好不过了，我拿出书，又翻出当年自己的“手记”，现成的材料历历在目，我一下子就增添了信心。第二天上课，我从包里拿出一本书，挺直腰板，环顾了一下学生：

“说到写作材料积累的问题，我向大家介绍一本书……”

接下来的内容可想而知，我讲了什么是手记，《契诃夫手记》的来历、主要内容，如何记手记。我讲到抄录名人名言应注意什么时，几乎是依样画葫芦了，例子也是现成的，即是鲁迅讽刺自私自利的人和刘主席夫人的外交辞令。说着说着我渐渐地找到了感觉，课堂效果出奇地好，我消除了紧张心理，甚至有了大学里教课也没有多少难的想法，准备的内容还没有全讲完，下课铃就响了。以后我还学习蒋老师的教学方法，将自己的文章作为材料，开场白也来一个“最近我在××报刊发表了一篇文章”，比30年前条件好的是现在可以将文章复印给大家，人手一张，讲起来更方便。因自己不断有文章发表，不断有新材料，课堂内容也常讲常新。我知道这种上课方法学生背后可能会有议论，但我亲身体会到这是一种好方法，也就不避嫌，后来索性就在绪论课上讲我的教学方法之一就是讲自己文章的写作过程，预先就给学生打招呼："侬勿要在背后讲迭格先生课堂上介会吹牛皮。"不过我的敬业精神同蒋老师相比还有很大距离，我虽也要求学生记手记，却至今未要学生交上来检查过。

几届学生下来，每届都有人问我借《契诃夫手记》看。可是我有个坏脾气，上课用的书一律不外借，以防丢失。每遇到这种情况，我总是微微一点头："对不起，上课用的书我不外借，你如果要看，可到我家来翻阅。"刚进大学的学生同教师总有点隔膜，至今还未有一个学生到我家专门来看《契诃夫手记》。

想不到，就是在这些向我借书的学生中，又延续了一段新的故事。

三

1993 年 8 月，我在《宁波日报》副刊上看到了一篇署名王梅的散文《想念契诃夫》。王梅是 1987 级的学生，当时已毕业三四年，近年常在《宁波日报》上发表一些短小的散文。因是学生的文章，又是写契诃夫的，我就一口气读了下来。为了保持原汁原味，我在此一字不漏将全文照录下来：

想念契诃夫

王　梅

我很早就想买一本叫《契诃夫手记》的小册子：译本的扉页里印着契诃夫的头像，深邃的目光透出这位"无与伦比的艺术家"的睿智。我是 5 年前在一个朋友家里看到它的。当时，只是随手翻翻，手记每条都很短；甚至只有一句话："人应当头脑清楚、道德纯洁、身体干净。"从那以后，我就奢望在某个只闻天籁的子夜，夜灯伴着我，桌上的清茶袅袅飘香，我摊开它，欣赏一个艺术家的智慧杰作。

以后，每到一处书店，我都要站在柜台前问："有《契诃夫手记》吗？"

知道契诃夫的说没有，不知道的看我急切的样子，以为是武侠书的

"发烧友",不耐烦地朝书架一指:"到那去找找。"

这样问了不知有多少遍,也问过出版社,出版社说你要的集子是老版本,早没了。

于是,我给中国比较文学专家贾植芳先生写起信来,《契诃夫手记》是他译的。一星期后,贾老来信了:

"来信收到,谢谢你对我的关怀。《契诃夫手记》一书,是我解放初期的译品,1982 年又由浙江文艺出版社出过修订本,现在说来,也快 10 多年了。我这里已无存书可赠,十分遗憾,你不妨给浙江文艺出版社写信问问,看他们是否还有存书。一般说来,出版社对自己的出版物总保存一些的。"

有朋友不解地问我:"读这些书有用吗?能挣钱发财?"一想,真的,挣不了钱、发不了财。我和贾老从未晤面,他是文艺学术界几乎无人不知的老前辈,我从心底里敬仰他的文品和人品。"一个人没有什么要求,他没有爱,也没有憎,这样的人是成不了一个作家的。"这位受尽劫难的贾植芳先生把契诃夫这句话当作金玉良言,"它启发了我,又支持了我,使我从漫长而坎坷的人生道路走了过来,像一个人那样活了起来,我是多么感激他啊"!

也正是这段铭心的往事打动了我,使我更加想得到一本叫《契诃夫手记》的小册子。或许会在某个夜里,有人梦里托书于我。

如果有一天,我能干我喜欢干的事,我一定要开个书店,让爱契诃夫的人不再为无书而惆怅,让囊中羞涩的人在我这里能开怀畅读,让那些把书当作永远朋友的人能在我这里找到他们心灵的栖息地,不再劳顿。在我的书店里,有《股票市场沉浮录》、《商战谋略》,也有孔孟老庄、巴尔扎克、马尔克斯,而后者将是我精心守护的财富,因为我们永远需要它,这比得上世间所有的珍宝。

(《宁波日报》,1993 年 8 月 11 日)

……读着读着,我的心似乎凝固起来了。我依稀记得,王梅是曾向我借书中的一个,我记起来了,当我谢绝她时她白皙的脸上渐泛出了一丝红晕,眼睛中流露出了失望的神情；我记起来了，每一次上课她总是坐在第一排，清澈的眼睛中有一种强烈的求知渴望；她后来没有在我面前提到过契诃夫，只是有一次说过一句“你上课讲《红楼梦》，我觉得很好听的”。毕业以后，她到了大型国有企业——镇海炼化公司，开始在机修分厂当秘书，后来调到董事会秘书室，每天同金融、信贷、定金、上市公司、海外股市之类的东西打交道。这样一位几乎天天是在商海里沉浮的年轻女孩，竟然对100年前的一位俄国作家一往情深，我不禁被感动了。

于是我打听她的电话号码，终于听到了她的声音，我说：“《想念契诃夫》我看到了，写得很好。”

“对了，竹老师，我第一次知道《契诃夫手记》是在你那里听到的……”

“可是你向我借书我没有借给你。把我这本拿去吧，看完后复印一本……”

“不用了，不用了，我已经有了。”

这是怎么回事呢？王梅在电话里卖了个“关子”：“过几天《宁波日报》将发一篇文章，你看了就知道了。”

果然，到9月29日，《宁波日报》上赫然又是一篇：

求之不得　得之不求

王　梅

“人应当头脑清楚、道德纯洁、身体干净。”这句话是100年前的俄国作家契诃夫说的。我当时被这句话深深打动，从此迷恋一本叫《契诃夫手记》的小册子。我寻了它整整5年，就在我不再抱任何希望的时候，有一天一个陌生人突然敲响了我的房门。

“我找王梅，她在家吗？”

“我就是。”找我？一个不相识的人找来，我僵立在门口，疑惑地打量他，不知道是让他进来还是……

“你很想看《契诃夫手记》，是吧？”他的眼睛闪亮着微笑的光，“我有这本书，送给你。”

我被这突如其来的馈赠惊住了。我万万没有想到在这么一个偏僻的角落会有这本书，没有想到陌生人之间有的时候其实只隔着一张纸，点破它，是可以彼此相识、相交相知的。

那本书正是浙江人民出版社的1982年版本。它四角平贴，包着封皮，显然被主人精心珍藏着。

仅仅相隔半个月，我收到一本从慈溪邮寄来的书，打开一看，又是一本《契诃夫手记》的小册子，1982年版，浙江人民出版社出版。书的扉页的空白处写着三行小字："读了报上《想念契诃夫》文很让我感动，虽然我也喜欢契诃夫，但我觉得你更有资格拥有这本书，我很高兴它找到了最忠诚的读者。"

我本以为世上除我不会再有第二个人——在长夜灯光里读100年前一个俄国作家留下的文字。他们都是我的兄长。就因这本书，我也会感激他们一辈子，感激这一份共鸣和真挚。暖暖的晴空照着我，我无法抗拒地触摸着它的存在。

父母打来电话，听筒里传来声音说，人应当头脑清楚、道德纯洁、身体干净，你写得很好，感动了我们。他们说这是我所有文章里写得最好的一篇，我其实并没有把它写得最好。就在这刹那间，我想起我出生的时候，很小，像只猫。母亲生我时是难产，当时医生给我父亲一个残忍的选择，要大人还是要孩子？我不知道母亲为什么要用生命做赌注，在钻心剥裂的痛苦中生下了我，然而为我，为我的病，我的读书，我的就业，就让他们操透了心。有生第一次让他们感动却是那一篇小文，或许是那句话触动了他们，触动了他们那一代人的良知和尊严，因为他们一生就是这样做人的。

现在我已长大成人。

5年前，为了寻一本叫《契诃夫手记》的小册子，我几乎跑遍我所知道的所有书店。得到一件东西是那么难，又是那么容易，在这拥有的瞬间，我感觉我从来没有这样激动、这样透彻、这样珍视地读一本书。

（原载《宁波日报》1993年9月29日）

读了这篇文章，我还能说什么呢？我只能说：是契诃夫，孕育了我们一代又一代人；而我们每一个人，又是这一代一代人中的一个环节。“头脑清楚，道德纯洁，身体干净”，并不是每一个人任何时候都能做到的，但是我们至少也应该是高山仰止、心向往之吧！

以后我一直注意王梅的文章，她除在《宁波日报》副刊发表大量文章外，又陆续在《浙江日报》、《文汇报》、《散文》、《美文》等报刊上发表了散文，以后又参加了浙江省作家协会，在宁波也算是散文界令人瞩目的新秀了。

四

当我将上述故事讲给蒋风先生听时，他非常兴奋，说：“有意思，有意思！这真是人生中一件值得记忆的事！”过了一年多，他仍念念不忘此事，写信给我，一定要我将这段佳话写出来。我终于动笔了，先同王梅取得联系，请她将那两篇关于契诃夫的文章寄给我。回信中她寄了厚厚一叠近年发表的自己较为满意的文章，还写了一封长信：

> 遵嘱寄上有关契诃夫两稿，现在看看，既为当时有那份心境、经历而欣慰，亦为文章其实还可以写得再好些而遗憾，不过这是后话了。几年前的东西今天来看，觉得“太嫩”了，若你不提起此事，我极少翻以前的东西，——只是以后的文章也写不好，想找一种“话语”，至今未得。平日涂墨几句，也全是凭性情，高兴起来来几句，无兴时避而远之，放任自流，自知不好。不过，我一向以为文章出彩大都凭悟性和灵性，若没有是不可强求的。从毕业到现在，回头一看，快十年了，十年如一瞬，浮生如梦，若能，以后定要把几年来的文章结成集，成本书，也算对自己的交代……
>
> 很想找一个专题，穷一生之力研究下去，就像你选择一个课题研究一样。前几年在收集张爱玲的东西，现在看市面上研究她的不少，我已中止了这件事。读了杨绛的几本集子，想读懂她，但不知有没有选准。去年突然对宁波乡贤翁文灏感兴趣，收集了不少资料，已写了一篇文章，日前北京《读书》杂志已通知我录用了，若上帝助我，我想写一本翁

文灏的评传……

我还想在另外的领域开阔一下，我对"心理医生"这个新兴的行业感兴趣，文学即人学，两者极为相通；近十年在社会上的过程，确让我感到物质极大丰富，精神极度匮乏，人没有信用，人性恶的一面覆盖了善的一面，在人心的改造上，应该做些事情。所以我觉得心理医生挺好，听说大学也有这科目，出研究生、博士，很想去读读。

毕竟是年轻人，思路挺活跃。毕竟迈出生活的步子还不远，对未来有很多的设法，虽然实现这些设想将有一个相当长的过程。刚读完这封信，1998年第8期《读书》也收到了，赫然一篇《翁文灏的六十年》，署名王梅，从91页到98页，7000余字，在学术品位高、读者面又广的刊物上这样一篇论文，称得上是沉甸甸的了。不到一个月，学术界对此文就有了反应，上海影响很大的《文汇读书周报》发表了一篇文章，将《翁文灏的六十年》与同一专栏里刊登在下一篇的北京大学资深教授钱理群的《"遗忘"背后的历史观与伦理观》作了对比，说前一篇体现的学者的"严谨"，后一文显示了学者的"激情"……

我在想，王梅还不足30岁，刚刚做了母亲，这篇关于翁文灏的"严谨"文章，是她在儿子不满周岁时写出来的，其困难可想而知。她在追求什么呢？她的作品同本职工作是毫不搭界的。若在大专院校或科研机关，以《读书》上这篇论文为起点，还可评个副教授、副研究员什么的，但是在她的企业里，这类文章全无用处。就像当年有人问王梅读《契诃夫手记》有什么用一样，现在也可问："写这些文章有用吗？能挣钱发财吗？"她的追求，确实是凡夫俗子很难理解的。我带着疑问，在电话里向她提出了这个问题，她沉吟了一下，说："你提出了一个很有意思的话题。怎么说呢？本性使然吧。"

是的，人的不少追求，都是可意味而不可言传的。就说蒋风先生，现在已70高龄了，功成名就、德高望重，早就可歇歇了，可不久前我还在《文汇读书周报》上看到他在为创办一个儿童文学馆到处奔走、大声疾呼，激动之时，大有老泪纵横之态。蒋老师在追求什么呢？唯一的解释也是"本性使然"吧。

我立即拨通了远在金华的蒋老师的电话，把王梅的近况和我的感受告诉了他。在电话里可以听出，老先生有点激动，说："太有意思了，太有意思了，你那位学生我一定要见见，一定要见见！"

三代师生的故事讲完了，我期待着很快有这么一天，我同王梅一起去金华拜访浙师大的老校长、著名作家蒋风教授。

蒋风:儿童文学塑造健全人格

诗　巫

《儿童文学——开启儿童心灵的钥匙》讲座会主讲人蒋风教授指出,儿童文学若从群体来看关乎着国家、民族、人类的兴衰。而从个体来看,其是决定一个人是否能健康成长、获得幸福和光明前途的关键点。

他于2003年12月28日在诗巫华团文教组所主办的上述儿童文学讲座会上说,人之所以成为万物之灵是因为他在进化过程中有着许多复杂因素,而且人类比较早地认识到教育的重要性,并且在儿童期就施以种种教育。

他认为,三岁看老,所以教育要从小抓起,而人类儿童期不同于其他动物,具有三个明显特点,即人类的儿童期特别长、可塑性特别大及游戏和娱乐有明显教育性。

“人出生后就得准备掌握知识、技能,以过群体生活,而这些条件应在儿童时期就开始学习、逐步扩充,一般来说儿童期概括人出生后十六七年。”

对儿童成长影响深远

他强调,儿童期是人生中一个很重要阶段,所以众人应重视儿童期的教育。文学对儿童的成长影响深远,因为文学是满蕴感情的读物,有一种特别的魅人力量,其中尤以儿童文学为甚,相信以儿童文学艺术形象可以感化儿童,进而引起儿童的心灵共鸣。

他称,一些儿童文学是经由成人文学中精挑细选而出,其最适宜、受儿童喜爱及乐意被他们所接受的文学,举凡《鲁滨孙漂流记》、《西游记》。另外尚有一些儿童文学是专门为少年儿童创作,举凡《木偶奇遇记》;一些则是由儿童、少年本身所创作,举凡《花季雨季》。

儿童文学也可根据年龄特征来分为婴儿文学、幼儿文学、儿童文学和少年文学。

他披露，儿童文学可扩大儿童视野、增长儿童知识、活跃儿童思维、拓展儿童想象、启迪儿童心智、发展儿童语言、丰富儿童情感、陶冶儿童情操、培养儿童个性，并且健全儿童人格。

“这一切都是通过儿童文学作品的美感来作用来完成，量子力学的创始人丹麦科学家玻尔就曾向人说过，瑞典儿童文学作家塞尔玛·拉格洛芙《骑鹅旅行记》对其走上科研道路有着深刻的影响。”

儿童文化娱乐生活提升

他说，儿童文学若想成为开启儿童心灵钥匙，其须有生动、有趣的故事，要能以心情感人，要有哲学内涵和韵味（哲学可提供孩子智慧，营造一种情怀），另外文学应用优美的语言、文字来表达。

与此同时，蒋风表示，随着时代的迅速发展，人们生活方式也加剧改变，这意味着现代儿童文化娱乐生活在提升、变化。他们由于沉迷于电子媒体如电视机、电子游戏机前，与书本逐渐疏远。而一些有阅读习惯的儿童，也只会取连环图书和卡通漫画而舍文学作品。

“在此前提下，儿童读物出版受到市场制约，面临困境：出版社减少出版，而文学作家也不愿意再出书。如此，儿童文学发展面对严峻挑战。”

据悉，中华人民共和国拥有 3 亿少年儿童，可是一本儿童读物印上 3000 - 5000 本已算不错。

《哈利·波特》创造神话

他称，《哈利·波特》为何能如此打动儿童心灵值得大家深思。《哈利·波特》迎合儿童心理，从儿童本位出发，为孩子们创造一个开放、自由、受到尊重的空间。另外，该书籍有惊心动魄的故事情节，借以牢牢抓住小读者的心，且为儿童营造一个似真似幻的幻想王国，更把魔幻、校园、成长融于一体。

“儿童文学应符合时代发展需求，不应受局限于单一表现手法，反之善用多种高新技术的媒体，可借以有效发展儿童文学。另外，儿童文学也应努力创造时代艺术形象，用精练文学，擦出想象火花。”

马来西亚《新里程》，2003 年第 4 期

视野开阔　臧否现状

——简评蒋风《儿童文学史论》

潘颂德

国际格林奖评委、亚洲儿童文学学会副会长、我国儿童文学领域老一辈的开拓者，至今仍在奋斗不息的学术带头人、著名儿童文学史家、儿童文学理论批评家蒋风教授从事儿童文学创作、研究、教学 50 余年，累计出版著作 50 余种。去年，他又出版了《儿童文学史论》(希望出版社 2002 年 10 月第一版)。这是作者长期从事中外儿童文学史教学与研究所写论文的一本选集。

视野开阔，厚重扎实，揭示中外儿童文学史发展轨迹与发展规律，是本书的一个显著特点。作者长期从事儿童文学史的教学与研究，既博搜厚积，又善于提炼。本书是作者在经过长期的儿童文学史料积累，淘洗钩稽，集腋成裘的。全书 23 万字，收入 16 篇史论文章，全面论述了中外儿童文学的发展史，评述论述了中外儿童文学的发展史，涉及欧美各国以及日本、韩国、新加坡、马来西亚、泰国、菲律宾等国儿童文学的历史和现状。

作者叙写、评述世界与中国儿童文学的历史，由于篇幅限制，采用的方法基本上是略小存大、举重弃轻，以便突出世界与中国儿童文学史上主要的作家与作品，揭示世界与中国儿童文学历史嬗变的规律。作者不满足于作平面、历史叙述，而致力于对重要作家、作品的评论，较好地处理微观与宏观、古与今、中与西、点与面以及纵与横之间的关系，借鉴新材料、新方法，从而揭示儿童文学文心的规律。

史、论、评三者结合是本书的又一特点。作为儿童文学史家、儿童文学理论批评家的蒋风，既有史家的博识与深沉，又有理论批评家的敏锐与勇气，因此本书实现了史、论、评三者有机、和谐的统一。蒋风在写作本书中这些史论文章时，取径广，史述、理论、评论三者兼及。《中国儿童文学：四十年艰难曲折的道路》不但评述了 1949 年至 1989 年间中国当代儿童文学的历史轨迹，而且论述了这40年间中国儿童文学所受到的我国当代社会时代、政治、经济、文化等种种外部条件的影响与制约，在评论当代儿童文学的实绩与成就的同时，也指出其不足和存在问题，准确、全面地总结了我国当代儿童文学的历史经验和教训，从中可见蒋风作为儿童文学史家的史德、史识、史才与史学，作为儿童文学理论批评家的理论勇气和精湛的理论学养。

紧密关注创作现状，对当代儿童文学创作与研究的倾向性问题予以理论的评析，是本书的第三个特点。这就使本书的史论文章历史感与现实感互相渗透、和谐统一。《中国儿童诗歌发展七十年的脚印》既肯定了自五四至上世纪90年代儿童诗歌值得肯定的成绩，同时也从历史的高度，实事求是地指出当前我国儿童诗歌创作存在“诗人对创作的创新意识有待进一步强化”“题材、内容、形式、风格不够丰富多彩”“儿童诗歌的社会功能没有得到充分发挥”“儿童诗歌理论建设的科学、系统性不够”等五个方面的不足和问题。《方法论也是理论——中国儿童文学理论建设的一环》表明作者方法论的自觉，文章指出我国当前儿童文学理论建设存在着视野狭窄、观点陈旧和方法单一等不足，以及由于它们的相互交错作用，造成了我国儿童文学研究落后的定势和格局。这是符合实际情况的。正是由于作者密切关注儿童文学创作和理论研究的现状，注重对当代文学创作和理论研究的倾向性问题和不足之处提出批评，因此本书的不少文章不但有助于儿童文学史的学科建设，而且对当前的儿童文学创作、评论和理论研究也有着现实的指导意义。

《江海晚报》，2003年9月17日

蒋风获宋庆龄儿童文学特殊贡献奖

中国最具影响的儿童文学奖项——宋庆龄儿童文学奖评选结果揭晓。四位资深儿童文学家荣获特殊贡献奖，我市儿童文学家蒋风教授名列其中。10 月 21 日，蒋风从北京载誉归来。

宋庆龄儿童文学奖是由宋庆龄基金会、文化部、教育部、广播电影电视总局、共青团中央、全国妇联、中国作协和中国科协联合主办的权威奖项，今年已经是第 6 届。这届共有 3 部作品获大奖，16 部作品获佳作奖，3 位青年作家获新人奖。特殊贡献奖是今年新设的奖项，评选对象是 70 岁以上，在儿童文学领域（组织领导、翻译、理论研究、评论、教学等方面，不包括创作）做出卓越贡献者。蒋风是我省唯一获此殊荣者。为此中央电视台还采访了蒋风，并于 19 日晚在一套晚间新闻中做了报道。

此前在 10 月 8 日浙江省首届作家节的开幕式上，蒋风教授因几十年来对儿童文学事业的杰出贡献而与另十名老作家一起受到表彰。

《金华日报》，2003 年 10 月 26 日

繁华里寂寞行走的老人

——访儿童文学理论家蒋风

于呐洋　张智敏

当代文坛热闹繁荣，各种流派各种声音七彩纷呈，各种创作风格创作方式方法竞相登场。然而，在越来越多的新新作家轰轰烈烈地奉献力作时，却很少能听到有关儿童文学的一点声音，只有在繁华过后，寂寞冷落的一角里或许才会听到儿童文学微弱的声音。从事儿童文学研究半个多世纪的蒋老，一直在努力地唱响这个声音，可他遗憾地表示，这么多年来，我国儿童文学的创作、理论和研究一直没有地位，没能引起人们足够的关注，儿童文学总被认为是“小儿科”而无法登上大雅之堂，以致作家也不愿承认自己是儿童文学作家。有些作家在刚出道时写儿童文学作品，有了名气后就不再从事这方面创作了，甚至羞于提及，这种现象值得深思。

蒋老先生是位瘦高、矍铄、平易、和善的老人，他从50年代就开始致力于儿童文学的创作和研究，至今已过了半个多世纪，在刚刚结束的第6届宋庆龄儿童文学奖评选中，蒋风与任溶溶、束沛德、浦漫汀四位年龄在70岁以上的儿童文学前辈荣膺特殊贡献奖，这份迟来的然而厚重的荣誉让蒋老先生孩子般地笑了。

60多年前，16岁的蒋风发表的第一篇文章就是童话故事，正是这篇童话使他与儿童文学结下了不解之缘。之后他在浙江师范大学任教，编写了我国新中国成立后第一本儿童文学理论书籍，于1978年在我国第一次招收儿童文学硕士研究生，连续招收了11届，直至蒋老离休，并于1978年创办了我国第一个儿童文学研究机构。现在很多活跃在儿童文学领域里的精英都是蒋老当年的学生，提起他们，蒋老的脸上露出欣慰的表情。

历经半个多世纪的风雨，在儿童文学领域里执着前行的蒋老应该是最有资格评论儿童文学发展和地位的人之一。他说：“在五四时期，儿童文学的创作也比较活跃，但总体水平较低，现在儿童文学的起点高了，很多青年作家自身的水平也很高，但从总体上看缺乏称得上经典的作品，真正能够流传下去的不多。”

记者问蒋老：“现代社会科技迅猛发展，传统的阅读方式受到挑战，电子媒体吸引了更多儿童的关注，现在的孩子喜欢看动画片、喜欢漫画，这也是读图时代无法抗拒的，那么还要求孩子读名著读经典作品吗？”蒋老认为无论社会如何发展，文字是不会消亡的，这是文化传承的一项不可或缺的传媒手段，要鼓励引导并要求孩子读经典，这是非常必要的，因为一些意识是在孩提时代阅读经典时不知不觉形成的。同时蒋老强调尽管时代在发展、科技在进步，但是儿童文学的教育性是始终客观存在的，因为少年儿童时期正是形成世界观、人生观的重要时期，如果不在儿童文学作品中加以引导是不负责任的。但是教育性不等于说教，不等于干巴巴的耳提面命，也不是图解道德内涵，儿童文学是任何教育性都是通过审美来体现的。在从事儿童文学这项事业时更应把握好这一尺度，把握好文学的本质特征是审美。

蒋老从 1994 年离休后并没有真正离开儿童文学这块阵地，相反他更忙碌了。他创办了中国儿童文学研究中心、招收非学历儿童文学研究生，无偿地为儿童文学爱好者进行函授上课，义务地为学员们审阅作业，就这样，从浙江金华蒋老先生的函授培训班里走出了许多年轻的儿童文学作家和爱好者。蒋老还自费办了一份《儿童文学信息》报，定期介绍一些新人新作和有关儿童文学的各种信息，报纸的组稿、审稿、校对、排版以至最后邮寄报纸……这所有的一切都是蒋老先生一个人在操办。

蒋老很忙碌，记者从认识他至今只一个多月的时间，他已辗转 4 个城市，并计划 12 月赴马来西亚巡回讲学。他以瘦弱之躯、以耄耋之龄义无反顾地投身于儿童文学事业之中，从没想过回报。他说：“我热爱儿童文学，我一直认为儿童文学是最有希望的事业，因为儿童就是未来的希望。”

晚年的蒋老最大的心愿就是建一个中国儿童文学馆，把他保存的万余册儿童文学方面的书籍全部捐赠出来。已有十几个城市的代表同他谈过了，但蒋老不太满意，他仍在选择。蒋老希望中国儿童文学馆能独立建馆，有专门的人保管这些图书，而不是依附于其他机构管理。我们祝愿蒋老早日为他的藏书找到一个满意的家！

《法制日报》,2003 年 11 月 14 日

60年创下10个第一

吴 涛

昨天上午，我国著名的儿童文学家、儿童文学研究学者、理论家，浙江师范大学原校长蒋风教授从事儿童文学创作、研究60周年纪念座谈会，在市总工会二楼会议室召开。蒋风教授、浙江师范大学有关领导，以及在金华的部分作家、诗人，蒋风的学生等近20人出席了座谈会，市委常委、宣传部部长杨守春出席座谈会并讲话。

蒋风教授从1947年开始儿童文学创作，即使在人生最困难时期也没有停止过对儿童文学创作和理论研究的孜孜追求。60年来，蒋风教授创下了10个中国第一：创建了中国第一个儿童文学研究所，第一个招收儿童文学硕士研究生，第一个在中国高等学府创建儿童文学兴趣小组，编写了中国第一本系统的《儿童文学概论》，主编出版了中国第一本大型儿童文学研究工具书《世界儿童文学事典》，主编出版了中国第一套儿童文学专业研究生系列教材和第一本大型儿童玩具理论专著《玩具论》，第一个成为国际格林奖的中国籍评委，第一个被国际儿童文学研究会吸收为会员的中国籍人，中国第一位走向世界的儿童文学理论家。

《金华晚报》，2003年11月22日

他是一部中国儿童文学史

——“蒋风教授文学创作与研究60年”座谈会侧记

王　健　胡国洪

蒋风，1925年10月出生，浙江金华人，国际格林奖评委，国际儿童文学研究会第一位中国籍会员，亚洲儿童文学学会共同会长，中国儿童文学研究中心主任，中国儿童文学研究会创会人、顾问，全国师范院校儿童文学研究会名誉会长。

1984年至1988年任浙江师范大学校长，退居二线后，任浙江师大儿童文学研究所所长。1994年离休后创建中国儿童文学研究中心，任主任，义务招收非学历儿童文学研究生，主编《儿童文学信息》至今。1978年，在浙江师院创建了全国第一个儿童文学研究机构，同年开始率先在全国招收儿童文学硕士研究生，先后招了11届，培养了吴其南、王泉根、汤锐、方卫平、潘延、汤素兰、韩进等一批著名青年学者，受到同行们的关注，浙江师大因此被国际儿童文学界誉为“中国儿童文学研究之重镇”。

60年来，蒋风一直致力于儿童文学创作、教学、研究，发表论文百余篇，出版专著多种，曾获得中国图书奖、冰心优秀儿童图书奖、儿童文学人才培养一等奖等全国、省级奖10多项，并被浙江省人民政府授予“优秀少年儿童工作者”荣誉称号，享受国务院发给的特殊津贴。今年10月，获得宋庆龄儿童文学首届特殊贡献奖。

已故的浦江籍著名儿童文学作家洪讯涛先生在上海曾深情地谈论自己的家乡金华，说金华有两样宝贝世界闻名，一样是具有千年传统的金华火腿，一样是60年来势头越来越猛的儿童文学研究。这儿童文学研究的开创者，就是浙师大的离休老校长、老教授，今年已78岁的蒋风。

11月21日，金华市文联和作协联合举行“蒋风教授文学创作与研究60

年”座谈会，市委常委、宣传部部长杨守春，浙师大党委副书记梅新林到会祝贺。座谈会上，我市的作家和浙师大的学者从各个角度对蒋风教授60年来从事儿童文学创作与研究的成就给予了高度评价，大家一致认为，蒋风教授是中国儿童文学界的泰斗级专家，他开创的儿童文学研究道路，不仅是浙师大的骄傲，也是金华的一张名片。

蒋风教授16岁上福建东南联大，18岁时看到国统区大量反动、迷信、淫秽书刊毒害着青少年的心灵，非常痛心。有一次，他在《申报》上看到3个孩子读“得道成仙”的神鬼连环画后，结伴去四川峨眉山学道，结果跳崖“升天”以致粉身碎骨的报道，内心受到强烈震撼，并萌生了献身教育、献身儿童文学的念头。听了座谈会上大家的发言，不论你是否了解中国的儿童文学，都会为蒋风教授坚定地开创儿童文学道路的执着所折服，为他创造的多个“中国第一”所激动，为他在离休之后仍然不遗余力地为争取儿童文学应有的地位呕心沥血、奔走呼号所感动。

杨守春部长说，蒋教授是国际儿童文学研究会第一个中国会员，60年来硕果累累，桃李满天下，就在上个月，还获得了中国最具影响力的宋庆龄儿童文学奖首次颁发的特殊贡献奖，而获得这个奖项的全国只有四位。因此，他特地赶来祝贺，并希望金华的文学艺术能继承和发扬蒋风教授的光荣传统，弘扬先进文化，把金华建设成浙江中西部的文化大市。

浙师大党委副书记梅新林教授说，蒋风教授开创的儿童文学事业是浙师大也是金华的宝贵财富，他的努力工作在儿童文学界开创了好几个“中国第一”，使浙师大成为中国的儿童文学研究中心，他给人们很多启示，值得好好总结。

市文联副主席、市作协主席王槐荣在会上说，金华文学界很多作家是蒋风教授一手培养起来的，他自己也是听了蒋教授的一句话，才在文学道路上一直奋斗到今天的。

蒋风教授的老同事、浙师大的退休教授韦苇说，蒋风不但是儿童文学作家、研究家，更是儿童文学的建设家、活动家。他的儿童文学研究几乎是与中国儿童文学同步的，他在中国首开了儿童文学硕士招生，创办了儿童文学研究所，自1982年开始连续多次开办了中国儿童文学教师进修班。可以说，

1947 年，他从报纸上看到一则新闻，内容是指 3 个孩子受到一些内容荒诞的“公仔书”的影响，一同跑到峨眉山上去修仙学道。那时候，他已经开始从事儿童文学创作，明白儿童读物对于儿童的影响是很大的。这则新闻让他更深切地体会到儿童文学的价值，认定创作内容健康的儿童文学作品，能够协助儿童健全地成长。

蒋风经常与国外的儿童文学学者交流。1998 年，他更被邀请成为国际格林奖评审委员会的其中一位评委。国际格林奖由日本大阪国际儿童文学馆和金兰会于 1987 年设立，每两年颁发一次，主要奖励在儿童文学研究方面有杰出贡献的研究者。这是个非常重要的奖项。蒋风说：“成为评委后，我有更多机会看到各国出色的儿童文学作品，这能够帮助我比较中国儿童文学作品和别国的有什么不同，也能让我看到中国儿童文学作品的优点和不足之处。”

蒋风教授从事儿童文学研究多年，很了解中国内地、香港、台湾三地的儿童文学发展情况。

他认为三地用的都是相同的语言，但是由于文化和社会背景各异，所以儿童文学发展的情况并不相同。他认为中国的儿童文学创作队伍较强大，而且他们有较丰富的文化内涵，作品内容较有深度，其中不少能够反映中国的民族特性。台湾也有不少人从事儿童文学创作，而且也有丰富的文化内涵。值得一提的是台湾的儿童文学研究工作做得相当好，很多学者都出版有关的学术研究专书。香港的商业文化较浓，较少人进行纯文学的创作和学术的研究。香港的儿童文学作品多为短篇，文字较浅白，内容以描述儿童的生活为主。

蒋风曾经担任过浙江师范大学的校长以及儿童文学研究所所长，工作十分繁重。现在，他已经离休了。可是，他却没有让自己闲着，仍然积极地从事儿童文学的教学和研究。

他成立了中国儿童文学研究中心，义务招收非学历的儿童文学研究生。目前，跟随他学习的人十分多，学生来自中国内地、香港、台湾及东南亚等地方。

收藏万余册儿童书

蒋风的家，收藏了超过一万册儿童文学的书。

蒋风说："我这么多年来，收集了很多珍贵的儿童文学资料，其中包括剪报和与各地著名儿童文学学者联系的书信。我现在很想找个地方，把这些资料放进去，让更多人，尤其是有志于从事儿童文学研究者，可以看到。"

蒋风目前最大的心愿，就是在中国建立一个儿童文学馆。他认为，社会给予他的实在太多了。他很希望能够以他最宝贵的积蓄——他房间里所有儿童文学资料来回馈社会。

"是的，我这个梦是一个美好的梦，是为几亿中国孩子们做的梦，是为孩子们的未来做的梦，我的梦就是要在中国创建一个儿童文学馆。"

"我一生过着俭朴的生活，唯一珍贵的积蓄，就是一万多册关于儿童文学的书，数以万计的剪报资料，还有与国内外著名儿童文学家来往的信件，这些耗费毕生精力、辛辛苦苦积累起来的资料，我不忍心再让它散失，一直想为他找一个妥善的出路，回馈社会。"

"我曾想过把它送给一家图书馆，但我又怕一般图书馆日后会把这些珍贵的资料当作没有收藏价值的废纸处理掉，因为我有过一次沉痛的教训。"

各国奔走觅知音人

为了这个未圆的梦想，蒋风四处奔波，先后到过日本、新加坡、中国香港等地，跟热心公益、热爱儿童文学的人接触，希望能够得到他们的帮助。虽然他碰过不少困难，但是至今仍然没有放弃。

蒋风把一生的时间都贡献给儿童文学，现在已经77岁了，但是仍然追求梦想，实在很叫人感动。

访问活动结束前，蒋风坚定地说："孩子是人类的未来，明天世界的主人，儿童文学是他们人生最早的教科书。因此，儿童文学事业是人类最有希望的事业，我愿为它贡献全部心血。在中国建立一个儿童文学馆是我一个最美好的梦。我深信,我的梦一定会实现!”

有梦想,已经不简单;坚定不移地追求梦想,就更难能可贵了。

蒋风在关丹除了主持儿童文学课程及儿童诗歌写作营之外,也将于12月19日晚上8时在关丹彭亨佛教会会所主讲“开启儿童心灵的钥匙”,入场免费。

若参加课程和写作营的话则须事先报名。

询问电话:彭亨佛教会 5739644

余碧音 5139557或013-9010125

马来西亚《星洲日报》,2003年11月27日

他的微笑是天真的

——贺蒋风先生文学创作与研究60周年

飞　沙

蒋风先生　是一个
把一生献给未来的人
从立志的那一天起
他就一直坚持他的方向
他是一位播种者
不知疲倦地抛撒
希望和爱的种子
我没有见过
比他更纯洁的人
他的微笑是天真的
来自他深爱的孩子们的脸庞
他以一生的道德文章
树立了一座丰碑
上面刻有两行字
一行是小学生稚拙的笔迹
“蒋风爷爷,我们爱您”
一行是大人有力的书法
“儿童文学泰斗”

我是不习惯为人写赞歌的,但在11月21日金华市文联、作协举办的蒋风儿童文学创作与研究60周年座谈会上,我却即席写下了这首献给蒋先生的赞歌。因为,他是一位值得赞美的文化名人。

1999年,《文汇读书周刊》刊发了蒋风先生的长文《我还有一个未圆的梦——在中国创建一个儿童文学馆》,他在文章的结尾写道:“孩子是人类的未来,明天世界的主人,儿童文学是他们人生最早的教科书。因此,儿童文学事业是人类最有希望的事业。我愿为它贡献全部心血。在中国建立一个儿童文学馆是我一个最美好的梦。我深信,我的梦一定会实现。”一晃4年又过去了,最近听说浙师大已决定修建儿童文学馆,并已落实了地基。那么,蒋先生离美梦成真的日子应该不远了。这真是一个大好消息!我相信,在这个世界上,从一切因素来衡量,没有比将蒋风的中国儿童文学馆建在金华、建在我的母校更好的地方了。

蒋先生是天真的,也是高瞻远瞩的。这从他的散文集《未圆的梦》就能看出。目录的编排把《我还有一个未圆的梦》放在第一篇。最后一篇则是《我期待着故乡有一所名牌大学》,谈金华大学建设的几个问题,纵横古今中外,可谓有理有据、有情有道(方法)。这篇文章最早见于1998年秋季号的《东方视角》,便是时隔5年后的今天读来,还是倍感新鲜,富有指导意义。这样的句子依旧灼热烫人:“我期待着自己的家乡有一所名牌大学。我愿意为办好金华大学贡献余热。我这一生追求的就是生命的燃烧。我希望我的燃烧,能够得到一些结晶,而不是一堆灰烬。我的生命如能为金华大学再燃烧一阵,也许还能得到一颗两颗结晶。”目前,金华大学还处于“括号筹”阶段,与蒋先生的期待相比也是一个“未圆的梦”,是全体金华人民的一个梦。这个梦什么时候能圆呢?

蒋先生1995年离休后创建了中国儿童文学研究中心,义务招收非学历研究生。蒋先生的授课方式十分灵活,不仅自己讲学,请圣野、金波等名家上课,还让在写作或研究方面有专长的学员上台作专题报告,可谓教学相长,气氛轻松活泼,即便下课了也还在讨论,俨然古代书院的再现。我想,半个世纪以来,蒋先生一直致力于儿童文学的创作、教学、研究,发表了100余篇论文,有50多种著作问世,多次获得国家级荣誉,是国际格林奖评委、国际儿童文学研究会第一名中国会员,应该到了出版一套《蒋风全集》的时候了。我把这个念头跟蒋风先生说了,他小孩一样天真地笑了,一边摇着头说:“我想都不去想。”出版一套全集,首先遇到的是资金问题,而且这不会是一个小的数目。出学术著作赚不了钱，多数还要亏本，所以没大笔资金注入出版社是不会干，这是个市场经济时代。以我估计，《蒋风全集》至少可以编十大卷，没有十数万根本印不了。蒋先生是知道出版行情的，所以他说“想都不去想”。可是我觉得，这事应该有人想，应该有一个有能力的人来想。这个人会在哪里呢？

然而，蒋先生不会为这个去费神，他还在燃烧生命，为了得到一颗两颗结晶。

《金华广播电视报》，2003 年 11 月 27 日

分享蒋风的儿童文学世界

梁光辉

中国著名儿童文学家蒋风教授于本月来到大马主讲一系列的演讲活动。到底这位享誉国际的儿童文学家对推行儿童文学有什么见解及心得呢?

本报记者通过轻松的访谈与读者分享蒋教授的儿童文学世界。

记:本报记者;蒋:蒋风教授

记:蒋教授推行儿童文学多年,与西方国家相比,东方国家的儿童文学是否不够普及?

蒋:在西方国家,尤其是在发展中国家的人们对儿童文学认识并不多,而社会对推行儿童文学的重要性亦不够重视。就以中国来说,中国是一个大国,儿童人数超过3亿人,但是市场上却只印发3000到5000本儿童文学书籍,这是非常不足的。

再者,随着时代的发展及电子传媒的进步,儿童比较容易接触到诸如电视、电脑游戏等新奇的事物,漫画及连环画更是非常容易被孩子接受。相比之下,儿童诗歌、儿童散文等这类文学作品较难引起儿童的兴趣。

有读者更表示,如今社会已进入了“读图的时代”,并不是“读书的时代”,所以,要培养一个健全的、拥有文学修养的儿童是非常艰难的。为此,我希望通过推行儿童文学,去让更多的人认识儿童文学,去让更多的儿童喜欢儿童文学。

这五至六年来,我也积极在各地巡回开办儿童诗歌写作营等活动,专门教导儿童如何写诗歌,让他们接触文学这美丽的世界。

记:儿童文学有多重要? 儿童平时接触的儿童读物是儿童文学吗?

蒋:当然重要! 儿童文学其实对一个儿童的成长有着决定性的影响力。

每一位儿童所接触的第一本儿童文学,可以影响着他未来的成长路线,如果一位儿童在幼儿时期接触了不良的读物或书籍,亦会对他的成长造成负面的影响。

儿童读物非儿童文学

其实,儿童读物并不是儿童文学,许多人亦为此感到混淆。在狭义来说,儿童文学可以是诗歌、儿童散文或童话故事;广义来说,它是具有文学性、艺术性等可引导人们去思考的文学作品。

而儿童读物则是把自然科学及人文科学等儿童较难理解及吸收的知识,通过简易的文学手法去编写及出版的儿童读物,并不完全是一本儿童文学作品。

记:身为家长如何为孩子选择最适当的人生第一本儿童文学?

蒋:这个问题可问倒我了。你看看,社会上有许多父母的文学修养并不同,教育水平亦有异。而且目前的儿童文学书籍就如汪洋般何其多,如何从中选择适合自己孩子的儿童文学书籍呢?

昨天有一位电台听众亦询问了同样的问题,而我给了他一个较取巧的答案。我建议家长们选择一些有专业思想的人做过选本的儿童文学,例如《格林童话》及《安徒生童话》精选本,这是较简单的办法。

记:儿童文学需具备什么特质才可算得上是上好的儿童文学作品?

蒋:一部有品质的儿童文学作品,首先是拥有生动及吸引人的故事。爱听生动的故事是儿童的天性,当他们被生动有趣的内容吸引时,自然会看得有味道。第二是有感情,而且必须有思想内涵,带有哲学的韵味。这是儿童文学的精华,将来当儿童长大后,再回头看看这本作品时,其感受又不同了。

附：

蒋风为你开启儿童心灵

关丹19日讯 中国著名儿童文学家蒋风于12月应彭亨佛教会的邀请，来马主持一系列的巡回演讲。同时他将于本月20至21日（星期六及星期日），在关丹彭亨佛教会会所主办的讲座会主讲“儿童文学理论与实践”。

蒋风教授来马演讲的活动，是由《星洲日报》协办。蒋风这次应彭亨佛教会诚意邀请，莅临大马主持推动大马儿童文学的一系列活动。

蒋风于今晚8时在关丹彭亨佛教会一站主持“儿童文学——开启儿童心灵的钥匙”讲座，亦分别主持“儿童文学理论与实践”讲座以及儿童诗歌写作营等活动。同时，他也将在吉隆坡、新山、槟城、诗巫、古晋展开为期一周的巡回演讲。

蒋风教授除了于本月20日至21日为彭亨佛教会清凉社会大学主办的“儿童文学的理论及实践”课程主讲外，亦首次在国外为9～12年岁的儿童开办“蒋爷爷教你学写诗”的儿童写作营。

这项“蒋爷爷教你学写诗”儿童诗歌写作营，于本月22日至23日举行，欢迎有意让孩子接触美丽的诗歌世界的家长踊跃报名参加。

以上两项课程同是彭亨佛教会会所举行，欢迎公众及子女踊跃报名参加。

马来西亚《星洲日报》，2003年12月20日

儿童文学须具四条件

关丹 20 日讯 中国著名儿童文学家蒋风表示，文学是满蕴情感的读物，有一种魅人的力量，儿童文学也一样，它通过艺术形象感化儿童，有着一种难以抗拒的力量。

“儿童文学基本上是由 3 个部分所组成，适合儿童阅读的成人文学，如《鲁滨孙漂流记》；专门为少年儿童创作的文学作品；儿童、少年自己创作的作品。”

“由于，从 1 岁至 16 岁都可以归纳为儿童期，因此，儿童文学也因读者的年龄特征分为婴儿文学、幼儿文学、儿童文学和少年文学。”

他指出，儿童文学必须具备的功能，分别为扩大儿童的视野、增长儿童的知识、活跃儿童的思维、拓展儿童的想象、启迪儿童的心智、发展儿童的语言、丰富儿童的情感、陶冶儿童的情操、培养儿童的个性及培养儿童健全的人格。

他表示，儿童文学必须具备 4 个条件，才能成为开启儿童心灵的钥匙，分别为要有生动有趣的故事、要能以情感人、要有哲学的内涵及韵味、要有优美的语言文字来表达。

他是昨日在此间彭亨佛教会万佛殿主讲“文学是开启儿童心灵钥匙”讲座时，如此表示。

在讲座会上，蒋氏也以许多著名的儿童文学故事来进一步说明各项要点，包括《爱的教育》及《五卷书》，等等。

蒋氏说，儿童期是人生一个很重要的阶段，从群体角度来说，儿童的童年将关系着国家、民族、人类的兴亡；从个人角度而言，儿童的童年是关系着一个人是否能健康成长、获得幸福和前途的重要时期。

“因此，大家应该特别重视儿童期的教育，而在教育的过程中使用儿童文学则是其中一个好的方式。”

中国著名儿童文学家蒋风说，正当文学界人士担心“文学已死”“图书将亡”，而儿童文学也将难以生存之际，《哈利·波特》的出现令大家的思维受到冲击，说明了过去儿童远离书本，这是因为这些孩子们还没有遇到更生动更有趣，能令他们乐于接受的读物。

“《哈利·波特》带给大家的启迪和思考，应该是儿童文学不能死守印刷媒体，要善于利用新科技的媒体发展儿童文学，并打破儿童文学狭隘的题材视野和单一的表现手法，努力创造时代的艺术形象，用精练的文学，擦出想象的火花。”

不过，他认为虽然这本书创造了电子时代的阅读神话，然而，这本书是否可以继其他的儿童文学作品，如《安徒生童话》、《格林童话》，成为经典，则有待进一步的探讨。

“这本书固然十分的成功，不过，其成功的背后却有浓厚的商业炒作，及一些负面的内容。”

蒋氏也说，随着时代的进步，家长们也可以让儿童接触以动画或漫画形式呈现的儿童文学作品。

如今是读图时代

“如今的时代已经是‘读图’的时代，因此，如何善用新科技，丰富儿童的精神内涵，非常的重要。”

不过，他表示，动画及漫画应该只是一个初步的开始，要真正接触文学，应该是以文学的方式。

“在阅读的过程中，文学将在脑海里进行分析、想象，是一种思想及思维上的锻炼，而这是动画及漫画无法做到的。”

“动画及漫画将令大家单一的接受所呈现的画面，使大家无须思考，缺少思维锻炼。”

他表示，因此，文学回归到最后，还是应该以阅读文学作品来接触。

中国著名儿童文学家蒋风表示，由于儿童的性格各异，因此大家必须先了解孩子的性格，再从市面上的林林总总的儿童文学作品中，挑选出最适当的作品让孩子去阅读或接触。

“我可以向大家介绍各种儿童文学作品，该作品并不一定适合家中的孩子，这个问题的最大关键是大家先走一步，去了解孩子的性格及作品的内容，再决定是否选购该作品。”

他表示，在让孩子阅读儿童文学作品时，大家可以以陪读及分享的方式来进行。

引导孩子阅读

“所谓的陪读指的是家长们与孩子一同阅读该作品，并给予正面的引导，淡化书中的负面思想；而分享的方式则是家长让孩子自行阅读该作品，并在事后，以平等的方式与孩子讨论书中的内容，给予孩子正确的引导。”

经典作品不会被时代所淘汰，然而在让孩子阅读经典作品的同时，大家也应该让孩子接触新时代，特别是为孩子而写的作品。

“两者应该双管齐下，互相辅助，而不是忽略其中一方。”

另一方面，蒋氏也感叹儿童文学作品至今在东方国家依然不受重视，许多西方国家的作者或学者以写过儿童文学作品为荣，然而，许多曾经写过儿童文学的东方国家作者及学者却从来不承认自己是儿童文学作家。

“东方国家的儿童文学作品的出现比西方国家的儿童文学作品迟了两个世纪，相应地受重视程度也不同。”

“因此，我一直都在努力地推广儿童文学作品，并期望有朝一日，这情况在东方国家将有所改变。”

马来西亚《星洲日报》，2003 年 12 月 21 日

三件事改变一生:蒋风畅谈儿童文学路

关丹21日讯 在中国著名儿童文学家蒋风教授风尘仆仆地来关丹主讲系列的演讲前,主办当局的彭亨佛教会的清凉大学代表黄先柄专访了蒋教授,以下是访问的摘要内容。

问:是什么原因促使教授走上了儿童文学的创作道路?

答:有三件事对我的影响特别大。第一,1935年我上小学三年级时,参加了上海《儿童杂志》举办的"全国儿童作文比赛",我的作品得了第10名,使我受到很大的鼓舞。

第二,我小学有一个特别好的老师斯紫辉,她教数学,但每周都给我们开一节故事课,用一年的时间讲完了亚米契斯的《爱的教育》,讲完后,老师开主题班会,并用故事的主要人物的名字为同学命名,我并没有被命名到,委屈得几乎掉泪。老师知道后,不但向我道歉,检讨自己的粗心,还将一本题了字的《爱的教育》送给我,这件事的发生影响了我的一生。

第三,40年代我出任记者时,曾看到一则新闻,说3个小孩因为看了求仙访道的书,私自结伴到峨眉山求道,并从山崖跳下来。当时,我就想书本对小孩子影响太大了,应该尽力给小孩子做点工作。

问:离休后,教授您在忙什么?

答:因为孩子给我的力量,使得我欲罢不能,在离休后办了"中国儿童文学研究中心",义务收非学历研究生,从离休至今,已经招收了180名学员,包括来自大马的学生。我采取的方式是"宽进严出",至今只发出16张结业证书,学生若要结业,一定要按时交功课,忙不是理由。

另外,我也自资出版《儿童文学信息》报,每年4期,每期3000份,从组编稿件至排版,到包封寄出,全由我一人包办。这份报纸是想让学员们有一个交流的平台。有人说，你年纪已大，何苦如此？可是，看着那么多人喜欢儿童文学，为它做出奉献，心里就是乐，我的付出，不过是对大家热忱的一种回报。

问：儿童文学的推动是否应该是教师的责任？

答：儿童文学是"人生最早的教科书"，除了教师外，父母是孩子最早的文学启蒙者，责任重大，自幼受到文学的陶冶，将影响到他一生的成长，现代人时常以忙碌为借口推卸责任。

扮演好儿童文学中介角色

兴趣是最好的老师，只要有兴趣，再忙，时间总是会有的，就看自己有没有心，要扮演好儿童文学中的中介角色，我认为两点很重要：了解孩子及多读好作品。所谓的好作品，不一定是在书店里买到的"豪华"包装书本，而是经过时间遴选，有定评的作品。当然，要能分辨好作品，个人文学素养就必须不断地提高。如果分辨不出作品的好坏，面对一篇文学作品，说不出好在什么地方，如何指望他很好地引导孩子呢？唯有多读优秀的作品，才可以提高自己的审美水平，儿童是十分精细的鉴赏者，我们要用真情去熏陶他们，而不是拿粗制滥造的、空洞贫乏的作品敷衍他们。

问：儿童文学要如何才能在一个社会中发展？

答：要发展就要做许多扎实的工作，社会普遍的真正重视，作家的自觉和激励，出版业的扶持，三者缺一不可。

大马有不少的作家在儿童文学方面从事开垦工作，当然队伍有待壮大，社会的觉醒则有待民间团体如彭亨佛教会等组织去推动；而出版业的扶持，如《星洲日报》主办"花踪"文学奖、设立"儿童文学奖"都有激励的作用。

问：当今音像电子读物、动画片等充斥市场，对儿童文化市场构成很大的挑战，教授如何看这问题？

答：对这个问题，我持乐观的态度，随着电子时代的到来，对于音像制品的挑战是世界性问题。但我认为，书籍与电子读物二者不能相互代替，认字、阅读、写作是必不可少的，这就使我们的作家面临挑战，要更努力写好作品，把儿童吸引到书本上。与其消极看待，不如积极面对，视这种挑战为时代赋予作家们的使命。

问：老师是兼顾儿童文学创作与理论研究的学者，您认为，儿童文学理论研究对于促进儿童文学产生怎样的影响？跟创作比较，目前儿童文学理论研究的现状如何？

答：理论是导航，不重视它，创作必然受到限制与制约，一定的创作实践总是要求和呼唤相应的理论建设。没有理论、否定理论，创作就难以发展，创作发展到一定的阶段，存在一个得失的问题。对得失的评价，将成为理论，而理论起导向和推进的作用，能省却许多摸索过程。

然而，由于目前从事理论研究的人数与创作人数不成比例，因此，目前这阶段，理论研究还不能超越创作，还只限于总结得失，帮助作家掌握规律性的东西，还不能指点作家的创作，指导作用不明显，这是过去不重视理论研究所造成的。

马来西亚《星洲日报》，2003 年 12 月 22 日

蒋风:写作营只是小起步　要写好诗须多练习

关丹 24 日讯　中国著名儿童文学家蒋风表示,要写好诗,必须不断地练习,观察四周的环境及不断地尝试。

“我相信所有参与诗歌营的小营员们,经过 2 天的上课,已经不再是‘诗盲’,只要大家再继续努力,有朝一日成为‘诗王’也说不定。”

他昨晚在彭亨万佛殿为儿童诗歌写作营总结时,如此表示。

营员创作百首诗

总共有 70 多位来自全国的儿童参加了这次的写作营,在 2 天的写作营中,小营员们创作了百余首诗,而大会精选当中的 70 多首由创作者亲自出来朗读。

也许是年纪小的缘故,许多小诗人上阵时都显得十分怯场,害羞到不敢抬起头来面对营员们及家长们。

不过,在大家的鼓励之下,小诗人们成功地在现场朗诵了一首又一首的好诗,并赢得满场如雷的掌声。

蒋风也表示,参与创作营只是一个小起步,未来的路依然很长,因此希望营员们继续努力。

与此同时,蒋氏的太太卢德芳也在现场为小诗人所创作的作品一一给予评解及赏析,并在会上表示,营员基本上都已经掌握了写诗的秘诀,包括拟人法、对比法,同时也成功地捕捉及表达了诗的美。

附：

“蒋爷爷教你写诗”
10首小诗供欣赏

关丹24日讯 由彭亨佛教会主办，中国著名儿童文学家蒋风主持的“蒋爷爷教你写诗”儿童诗歌写作营已经于昨晚圆满结束。

总共有70多位小诗人参加了这次的写作营，小诗人所创作的作品有百余首，兹遴选部分小诗供大家欣赏。

肥皂

肥皂啊肥皂，
你真顽皮，
当我捉住你时，
你却像泥鳅一样，
从我手中溜走了。
肥皂啊肥皂，
你真是顽皮。

彩虹

你是一个美丽的女孩子，
有时小雨后才会出来，
如果没有出门，躲在家里做什么？
你是否在裁缝那七彩的衣裳？

妈妈的爱

停电的晚上，
妈妈用扇子，

使我凉快起来。
啊，
妈妈的爱，
是清凉的风。
我发高烧时，
妈妈无微不至地照顾我，
使我康复了。
啊，
妈妈的爱，
是温暖的阳光。

绿山

绿山绿山我问你，
你为什么那么绿，
绿山愉快地回答，
因为绿叶包围我。

下雨了

下雨了，
我在窗里看，
一滴，
两滴，
三滴，
四滴，
五滴，
我想把雨点串成项链，
送给我妈妈。

风筝

风筝啊！风筝啊！
你是一位魔术师，
一会儿变成小鸟，
在天上大鹏展翅地飞翔，
一会儿变成鱼儿，
在水里自由地游。
风筝啊！风筝啊！
没有了你，我的童年就不会那么精彩了！

风筝(二)

风婆婆来，
风婆婆把我抱起来，
哇，好高啊！
我比小鸟儿飞得更高，
风婆婆悄悄走了，
我摔伤了。

蒋爷爷笑了

蒋爷爷来了，
小朋友来了，
蒋爷爷春风化雨教小朋友写诗，
小朋友聚精会神地学诗，
小朋友学会写了，
蒋爷爷笑了。

蒋爷爷

蒋爷爷，

像一本会说话的书，
向我们讲解什么是诗，
增添了我们聪明和才智。

梦

梦，
是一个很奇怪的东西。
有时候使我陷入危险境地，
把我吓得满头大汗，
有时候又让我掉入甜滋滋的蜜罐，
太阳晒屁股也不想起来。

马来西亚《星洲日报》,2003 年 12 月 25 日

儿童创作应觅新方向

新山28日讯 中国儿童文学研究者蒋风教授认为,“哈利·波特现象”创造了一个电子时代的阅读神话,在儿童文学写作界十分低迷的时候,《哈利·波特》却风行全球,这使我们想到,书籍也可以借着电子的传播而为更多人所阅读。

蒋风今日在南院畅谈儿童文学时,抛出一个问题——日本在中国之先,曾出现过这样一种情形:文学已死,图书将亡,儿童文学还能活多久?

他说,在电子媒体泛滥的情况下,许多作家都非常苦恼,包括儿童文学作家,他们写了书没人读,出版社因为无人读也不要出版,因而引起一连串的问题,“哈利·波特现象”就在这个时候忽然出现。

创作思路不宜狭窄

他说,《哈利·波特》制造了8亿美元的票房,这是促进人们大量买这本书的一个推动力,也许未来的创作应思考这个问题。

他说,这个现象也突显出中国作家在创作上往往过于狭窄,少了一份浪漫,想象力不够丰富。

蒋风认为,电子媒体并不能取代印刷媒体,因为电子荧幕上的图像一眼明了,而书能引起人们思考。

他说,儿童文学是文学的一个支流,本身又因儿童的生理和心理之差异,分为婴儿、幼儿、儿童及少年4种儿童文学,给16岁以下的儿童阅读。

他说,有一个小偷读了奥斯特洛夫斯基的《钢铁是怎样炼成的》一书之后，非常感动，决定不再当小偷，并写了一封信给奥斯特洛夫斯基表明他的决定，这封信还存在奥氏的纪念馆里。这说明一本书可以改变一个人的命运。

蒋风说，儿童文学作为文学的一种，必须要有文学性，必须是有美感的东西，它的趣味性可以吸引儿童阅读。而以他本人之意见，也必须要有教育性，给予稚龄的读者以人生的指导，同时，含有哲理的作品使内容深刻。

他说，儿童文学作品始于安徒生，在他之后才有人专门为儿童而写作，今天的儿童文学作品也包括儿童本身的创作，例如由一位中学生所写的《花季雨季》就卖了百万本，我们不应忽略儿童的创作能力。

故事须生动有趣

蒋教授说，生动有趣的故事，以带有美感的文字写出来，是开启儿童心灵的一把钥匙。

蒋风说，他的一位小学老师当年跟他们讲了《爱的教育》里的故事，还以这部作品中的人物给班上的同学取名，他在不知不觉中受了这部作品的深远的影响，并且踏上了文学之路。

蒋风讲座是由南方学院、彭亨佛教会及《星洲日报》主办，主持人为南院中文系副教授许文荣。作家马汉、马仑和南院师生上百人出席并与蒋教授交流。

蒋风 1925 年出生于中国浙江省，曾任多所大学教授及讲师，1988 年任浙江师大儿童文学研究所所长，1994 年离休后自创中国儿童文学研究中心，主要作品 30 多种，获得多种奖项。

马来西亚《星洲日报》，2003 年 12 月 29 日

知音难寻

——蒋风爷爷说儿童文学

张丽霞

77岁、慈爱、努力与孩子沟通的中国儿童文学家蒋风教授，前晚在主讲“儿童文学开启心灵的钥匙”时，尝试安抚聆听讲座的儿童，让他们静静地坐在座位上聆听。

蒋风还像慈祥的爷爷般笑言：“小朋友们请不要说话，如果你们说话的话，我就不讲故事给你们听了。”可是台下的小朋友依然在高谈阔论，你追我逐的，蒋爷爷也只好一笑置之地继续他的故事了。

这一幕恰好激发了笔者对此讲题和蒋风讲座会开场白的思考。他说，儿童是一个很重要的课题，中国一直把儿童问题看得很重，儿童是人类的命脉、人类的未来和希望。儿童能不能受到良好的教育，关系着孩子能不能健康的成长。

的确，现代的儿童在物质享受方面比以前的孩子更丰富了，而且也非常得宠，因此往往造成他们无法在良好的教育下长大成人。

为此，蒋风教授的课题是要探讨儿童的教育，以及文学如何为儿童带来良好的教育和陪伴他们走过童年的岁月。为此，讲题共分为3个部分，即儿童的教育、文学的魅力及困惑、思考。最后一个部分的课题，由蒋风与来宾以互相交流的方式进行，遗憾现场无一听众上台发问，所以历时约1小时的讲座会就此宣告结束。

儿童的教育

“儿童教育决定了孩子的一生，人的教育很重要。”这是蒋风分析儿童教育课题的一句重要话语。他认为，人类不能受到良好的教育，就无法成为一个有用的人。

就如发生在印度的一个故事，话说一个小孩被狼叼走了，并在狼的哺育下活了下来，后来孩子被救了回来，却很难改变他的狼性。孩子离开了健康的教育，就很难成为一个人。

人类的儿童期比其他动物长，儿童长大为独立的人，约需要 16 年的时间，这是其他动物所办不到的事。

人类社会在进化过程中，渐渐形成了文明社会和团体生活，他们要做许多准备，因为人类的语言、情感、行为等很复杂。一个人来到了社会如要做合格的成人，在行为、感情和个性上需要慢慢培养，这也是人类儿童的特殊特点，因此可塑性特别强。

蒋风认为，人类是复杂的动物，他们相互影响，来到了社会后受外界影响，所谓“近朱者赤，近墨者黑”，儿童必须从小就开始受教育，在步入 3 岁时才开始教育已经太晚了。

整个社会都在关心孩子的生活，越来越重视孩子的教育，他们为孩子创造机会接受教育，提前让儿童受教育。蒋风再度强调人类的教育越早越好，儿童一出世就能受到良好的教育，才能健康成长，成为对社会有用的人才，为社会做出贡献。

人类在实践的过程中之所以能成为万物之灵，主要是因为在最早期就认识到了教育的重要性。蒋风认为，文学是一个很好的教育起步手段，比如印度的《五卷书》、希腊的《伊索寓言》、意大利的《爱的教育》，这些文学作品是专门为儿童创作的东西，是一种很好的教材，有吸引人的魅力。

文学的魅力

一般而言，针对小孩的需要而创作的文学作品，往往能在儿童心灵上引起共鸣。蒋风形容文学有不可抗拒的魅力，能触动人的心灵和影响人的思想。

何谓儿童文学作品？

什么是儿童文学作品呢？蒋风解释说，只要是容易被儿童接受的文学作品，就是儿童文学作品。儿童文学作品可分为民间文学、专门为儿童创作的文学和孩子们自己创作的文学。

民间文学，是指一些容易被人接受的成人文学，如果孩子也能接受的话，就成为了儿童文学，比如《鲁滨孙漂流记》、《大人国，小人国》、《西游记》和《聊斋》等。

人类发现儿童其实不小，而且拥有独立的人格，所以应该拥有独立的文学作品，以期能在精神上得到美的赏识，因此一些专门为儿童量身定做的文学作品就此出炉了，如《爱丽丝奇境漫游记》和《木偶奇遇记》。

另一种儿童文学作品，是孩子们自己创作的，也是大人们所写不出来的文学。比如一部由中学生创作的《花季雨季》小说，这部小说拥有它的文学价值，深受小读者欢迎，后来还改编成了电影。

儿童文学不能缺乏趣味性和教育性

儿童文学不能缺乏趣味性和教育性。比如《木偶奇遇记》的故事中，木偶每说一次谎话，鼻子就会变长，小孩看了有趣，也无形中为他们灌输了教育成分，所以这本书得到大家的认同，也成了经典的儿童文学。

蒋风认为，儿童文学有很大的教育功能，可以开拓孩子的视野，增加他们的知识和想象力，帮助培养孩子的心智、语言能力、情感、情操、个性及健全的人格。

总而言之，儿童文学是开启儿童心灵的钥匙。提到此，蒋风已进入了讲座会最令人关注和期待的课题了。

要给孩子写作品和讲故事，必须要有生动和有趣的情节。而为儿童写小说和诗，也要有动人故事才能被孩子接受。以情节感人的内容，包括有丰富的情感，小孩子听得很感动，在心灵上已得到了启示。

另外，这些作品也必须要有哲学的内涵和韵味。蒋风举出了一些简单的诗句作为例子，然后再分析这些诗句将如何影响着孩子的未来。

举例说《进城怎么走》的诗，里面有几句是说“进城该怎么走？/左脚提起/右脚放下/右脚提起/左脚放下/进城就是这么走”。

孩子在读了这诗句后，未必能理解其中的意义，不过随着年龄的增长，他们会回头想，领悟人生的道路其实也是这么走，左脚提起，右脚放下……在童诗中获得启示。

困惑、思考

蒋风剖析，在经济和科技发达的今日，电子传媒遍布家家户户。在这新时代中，小孩不一定要看书，他们只要打开电视机，就有看不尽的信息，而通过电子游戏、电脑和互联网所得到的信息会更多。

小孩子不读书，出版商认为儿童文学书本的销路欠佳，就开始不出版儿童文学作品了。擅长写儿童文学作品的作者，也因为写了没人看，而放弃写书。

文学已死，图书将亡，儿童文学还能活多久？

马来西亚《星洲日报》，2003 年 12 月 31 日

为什么要为儿童写作

蒋　风

编者按：中国著名儿童文学家蒋风在上周五开始应彭亨佛教会的邀请在关丹演讲，同时将在关丹主持关丹清凉社会大学系列课程之“儿童诗写作营”。

“给孩子一双诗的翅膀”儿童诗写作营将于今明两天在彭亨佛教会会所举行，配合这项儿童文学活动，《年轻人》也刊载了蒋风教授的文章，以飨读者。

儿童是祖国的花朵、人才的宝藏、民族的命脉、人类的未来。

一个国家对儿童的重视程度，往往反映了该国的文明水平，也反映了该国社会发展的程度。因此，作为儿童的重要精神食粮之一的儿童文学读物，应该是最足以体现出某一社会及政府对它下一代的爱护和关心的。

一位有社会责任感的作家，当他拿起笔来时，他不能不想到自己是人类灵魂工程师，该不该为儿童写作？为什么要为儿童写作？从儿童的角度看，作家有义务为他们写作。

1970 年，国际安徒生儿童文学奖的获得者、意大利著名儿童文学作家姜尼·罗大里最初从事儿童文学创作，仅仅是写点东西娱乐自己的女儿鲍娜。后来他之所以坚持不懈地为儿童写作，并把儿童文学当作自己毕生的事业，是因为他在创作实践中逐渐地明白儿童文学是孩子们最早认识世界的工具，又是激发孩子们想象力和创造力的手段，是儿童健康成长所必需的教科书。

人类儿童期不同于其他动物

姜尼·罗大里说:“我们的目的是建立新的、公正的社会,而达到这个目的的必要条件是培育新人。”培育新人必须从儿童做起。因为,人类的儿童期不同于其他动物,它有三个明显的特点:

一、人类的儿童期特别长。人类是有悠久历史的集体生活的社会群体,适应社会生活所必需的知识和技能,大都是在儿童期逐渐地增长、扩大和掌握的。一个人从他呱呱坠地之时到成为能独立生活的成年人,一般需要长达16年左右的时间,比任何一种动物都要长。在这漫长的儿童期内,孩子们的身心均未成熟,而人类复杂的语言、智慧、情感、行为、兴趣、个性等,都是在成年人的特别关心和照料下成熟起来,这样才能适应今后独立生活的需要。

二、人类儿童期的可塑性特别强。这也是其他动物所不能及的。孩子们来到这个世界上不久,他们的世界观和人生观尚未确立,正处于形成阶段,加上人类社会比任何动物界都要复杂多彩,各种思想、各种行为缤纷杂陈,容易“近朱者赤,近墨者黑”。因此,引导和教育对于他们今后的生活道路有着极大的影响。人类不同于其他动物之处,就是很早就懂得儿童教育的重要意义。而且由于人类生来就有兴趣和个性的差异,往往在儿童期就潜伏着将来适宜于从事科学、文学、政治、经济、军事、美术、音乐等各种不同事业的潜在的素质。这种内在素质有待于通过引导和教育使它显露发展。

三、人类儿童期的游戏和娱乐有明显的教育目的。不仅每个孩子的父母有意与无意之间给自己孩子以快乐时,总带有一定的教育或教养的目的,社会更是大力提倡儿童的文化生活要“寓教于乐”。其他动物虽也给自己的孩子创造游戏与娱乐的机会,但它们仅仅限于给孩子以快乐,而人类则不仅为儿童创造良好的游戏与娱乐的环境和条件,而且总是要求达到一定的教育目的。

好书的影响无可估量

基于以上的特点和认识，人类的儿童于他出生的前后，均受到优于一般动物的保护和照料。我们应当给孩子以必要的条件和便利，使他们能在全社会的共同关怀下获得身体、心智、道德、精神以及其他方面健康的正常发展。在这一切必要的条件和便利中，图书是一个不可忽视的条件。好书对于一个孩子的影响力是无可估量的，尤其是图文并茂的儿童文学读物。为孩子们提供好书，有利于他们身心和人格的充分、和谐的发展。因此，从儿童需要健康成长的角度看，为儿童提供他们乐于接受的好书，是儿童文学作家义不容辞的神圣职责。

从社会的角度看，作家也有义务和必要为儿童写作。

人们越来越明确地认识到，人类有一个和平的生态环境，才能使大家生活得幸福；要创造一个和平的生态环境，就需要让孩子们从小受到爱和理解的熏陶，培养他们的和平博爱精神，懂得在人与人相处中友谊与理解的重要性，使他们的个性和人格得到充分的、和谐的发展。

而儿童文学就是人类儿童期塑造他们灵魂与性格的伟大事业。

人类需要和平，社会需要安定。每位有良心的作家都关注着这关系人类未来的大问题，他们用自己的笔在护卫着人类和平。

在一次中日儿童文学学术讨论会中，战争与儿童文学成了讨论的热门话题。大家比较一致的认识：为了儿童的健康成长，就应该在世界范围内消弭战争，让全球保持一个和平的良好生态环境。这是全世界儿童文学工作者的共同心愿。但是，要消灭战争不等于说不再提战争。儿童图书是人类的最早教科书，在小读者面前我们不能也没有必要掩饰战争曾经给人类带来严重的心灵创伤，更不能忘记第二次世界大战带给各国人民的灾难，过去战争造成的悲剧，已成为无法抹去的历史事实，这是不能回避的。如果掩盖过去的谬误，让下一代忘记战争的创痛，就有可能导致战争悲剧的重演。对昨天的战争的诅咒，就是希望明天不再有战争。儿童们需要的是能帮助他们了解世界的书，而不是让他们逃避尘世的书。

滤去战争凶暴的一面

当然，随着时代的发展，人们对战争的认识越来越明确，今天我们要站在时代的高度来反思过去的战争。我们给孩子们描写战争，当然要严格区分战争的性质，但也大可不必用成年人的经验去体验战争的残酷，描绘它对人性的摧残、对死亡的恐怖、对生命的毁灭，不妨以儿童的心态滤去残酷凶暴的一面，从儿童的视角撷取战争的一个侧面，把你死我活的生死搏斗描绘得有如少年的探险活动，深蕴一种富于快感的童趣，也可多一点幽默味。但必须让孩子们了解过去战争的惨痛，使他们随着年龄的增长而理解他们的先辈经历过的悲惨遭遇。

在这里，我仅仅从全社会构筑一个美好幸福的和平环境来说明作家们有必要和义务为儿童写作。如果从全方位的社会角度看，作家为儿童写作的意义就更明显、更突出了。

我相信，全世界的儿童文学作家都会怀着神圣的使命感为儿童写作，用自己的彩笔给孩子们描绘那个全人类共同向往的美。

马来西亚《星洲日报》，2003 年 12 月 22 日

蒋风获鲁迅文学艺术奖突出成就奖

王夏斐

第五届浙江鲁迅文学艺术奖于5月23日在西子湖畔颁奖，长期在艺术领域里辛勤耕耘的浙江省文艺工作者们得到了他们在省内的“最高荣誉”。省委副书记梁平波，省委常委、宣传部部长陈敏尔，副省长盛昌黎出席颁奖典礼，并为获奖者颁奖。

浙江鲁迅文学艺术奖是列入省政府表彰项目的全省文学艺术界最高荣誉奖，两年一度的评奖活动从上个世纪90年代启动以来，至今已成功举办了四届，此奖项汇集文学、戏剧、电影、电视剧、美术、书法、摄影、音乐、舞蹈、曲艺、杂技、民间文艺等诸多门类。

第五届鲁迅文学艺术奖评奖活动面向2001年至2002年度在国内和省内有突出贡献的文艺工作者以及产生重大影响的文学艺术作品，包括黄亚洲、许江、茅威涛、朱关田等4位全国文学艺术专业协会副主席在内的18位全省各艺术门类著名专家参加了终评。他们一致认为，这次获奖的作品大多面向基层，贴近群众，保持了较高的艺术水准，较好地体现了思想性、艺术性与观赏性的统一。不少作品在省内外产生过重大影响，并且经受了时间与市场的检验，为广大人民群众所喜闻乐见。

浙江鲁迅文学艺术奖共设荣誉奖、突出成就奖、优秀成果奖和提名作品4类奖项，其中荣誉奖和突出成就奖终身只授予一次。我市蒋风获突出成就奖。这次获得优秀成果奖的分别是《至高利益》、《天下粮仓》、《日出东方》、《典妻》、《敦煌守护神——常书鸿》、《张协状元》、《阿笨猫全传》、《长河东去》、《转型时期的当代中国文学思潮》、《相见恨晚》、《古诗六首》、《鲍照拟古诗》、《香香花为媒》等13部作品，另有《山海情》、《红色恋人》等8部作品入选。

在本届鲁迅文艺奖的获奖作品中，既有代表了浙江文化形象的"阳春白雪"式的精品力作，也有许多深受群众欢迎、两个效益突出的"下里巴人"式的大众文化精品。这是鲁迅文艺奖评奖始终强调的一个原则，也是本届得奖作品的一个普遍特点。比如获得本届"优秀成果奖"的长篇电视连续剧《至高利益》（其原著小说本报正在连载中），既真实地揭示了我们党内政治生活及政权建设中的一些深层次问题，又艺术地塑造了一批有血有肉的优秀共产党员形象。全剧具有较强的可看性和艺术感染力。

更多的获奖作品涉及现实题材，关注普通百姓，贴近群众生活。它们中有以先进的扶贫典型张祖安为原型创作的《山海情》，艺术地展现浙江精神的《我从山中来》，体现江南水乡特色的创新年画《女儿红》，反映百姓日常工作与多彩生活的《香香花为媒》。为广大人民群众所喜闻乐见的作品在获奖名单上比比皆是，如充满了幻想和童趣、深受未成年人欢迎的《阿笨猫全传》，具有浓厚乡土气息的戏曲电视剧《大年三十》及小品《汇报咏叹调》等。

"钱江浪花"艺术团、"感受越风"大型采风团和浙江戏剧家采风辅导团的授旗出征仪式在 23 日的颁奖仪式后进行，一种很清晰的面貌呈现在我们面前——在着力于精品创作的同时，面向群众、面向基层、面向未成年人，浙江文艺界已经形成了良好的态势。我省有关部门表示，对于面向基层、服务群众的大众文化产品的创作，将给予充分的重视和关注，就像这次增加获奖者的奖金数量一样。

26 日，第二届浙江作家节将在鲁迅故里绍兴开幕，"感受越风"大型采风就是其中一项重要内容。届时，10 多位省外著名作家和 60 多位本省作家将重走鲁迅笔下的鲁镇，并分赴上虞、嵊州等地采风。"作家贴近生活，社会关注文学"，省作协长期坚持的大型采风活动，不仅在扩大文学的社会影响力上起到了很大的作用，还为作家们深入生活、了解社会、开阔视野提供了难得的机会。

定在近日开拔的浙江戏剧家采风辅导团，第一站就到越剧之乡嵊州。浙江省戏剧家协会计划组织剧作家走遍基层，为群众创作出真正贴近生活的好戏。事实上，参与这样的采风并进行创作，可以帮助地方院团和戏剧家们建立长期的联系，对民间职业剧团来说是一种很有利的导向。

《金华日报》，2004 年 5 月 24 日

开拓乐土

——访儿童文学理论家蒋风

曾　涛

浙江省第十九次儿童文学年会报到的那天，高温久旱的西湖迎来凉爽的甘霖。在花欢树笑的玉泉饭店前，我与著名儿童文学理论学家蒋风又见面了。我惊叹道："蒋老，您还像20年前一样矫健！真令人高兴！"

他，77岁高龄，身材高大，背脊笔挺；戴着一副无框眼镜，灰白的头发整齐地分梳两边；瘦长的脸庞刮得光光的，线条分明。他额头轩朗，鼻子又高又直，一双深邃的眼睛，炯炯闪亮，满蕴着自信、刚毅和乐观。他笑声爽朗，行动稳健，神采奕奕，显示出一代名师风范。

"人哪能不老啊！"蒋老笑着，诙谐地答，"儿童文学理论这片乐土，还有许多事等着我去做，形势逼得我不能叫老、养老啊！"

已经难以用"人老心不老"这句话来形容蒋老。他于1995年离休之后，一个人成立了中国儿童文学研究中心，运作至今，在国内外颇具影响。

蒋风老师是国际格林奖评委，亚洲儿童文学学会共同会会长，浙江省儿童文学队伍的元勋。早在1958年，著名儿童文学作家金近下放到浙江，与同好沈虎根、蒋风、倪树根、江波等人在省文联成立了儿童文学小组，由金近担任组长。后来金近被调回北京，便由蒋风继任组长，着重抓儿童文学作品创作。

1962年蒋老被调进新浙师院，1978年参加了国家召开的儿童读物出版工作的庐山会议——全国首届少儿读物出版工作座谈会。会上，决定由严文井、陈伯吹、包蕾、鲁兵、金近、贺宜、蒋风编写一本《儿童文学概论》，因为前面几位都是大师级的儿童文学作家，是搞创作的，所以，具体的编书任务由蒋风负责完成。

蒋老告诉我："哲学家卢梭说，'爱惜才华吧，保护那些才华修美的人物吧，文明的民族啊，培养他们吧。’所以，我一回浙师院，就呼吁倡导儿童文学，得到校党委的支持。当年在全国高校中最早恢复开设了儿童文学课，数年来，培养出谢华、周晓波、盛子潮、何蔚萍、王铨美等一批儿童文学作家，其中不少已经成为全国著名作家。”

紧接着，蒋老又筹建了儿童文学资料室，并在浙师院率先成立了全国第一个儿童文学研究室。为了抽调教师，他亲自四处奔波，磨破嘴皮，历时2年之久，终于打通层层级级的关卡，调进黄云生、韦苇两位理想人选，为培养儿童文学人才打下了坚实的基石。

如今，蒋老带出的研究生已成为中国儿童文学理论队伍的中坚力量，如温州师院中文系主任吴其南，北师大中文系主任、博士生导师王泉根，朝花少儿出版社副总编辑汤锐，浙师院教授方卫平、周晓波，童话作家汤素兰，等等，个个出类拔萃。世界各国介绍中国儿童文学时都会提到这些名字。所以，日本的一个学术刊物是这样评述的：“在蒋风的领导下，带出一批英才，浙师大因此而成为中国儿童文学研究的重镇。”

蒋老告诉我，他创办的《儿童文学信息》报，每期3500份全部免费赠送；他从1995年开始，一直免费招收非学历儿童文学研究生，他亲自备教材、改作业，每年请来数位名家举办一期面授讲习班。

“呀，这个‘非学历儿童文学研究生’办得真好！”我惊叹道，“世界上有许许多多儿童作家都是给孩子讲故事讲出来的。你给那些没法上正规学校读书的人赐予学习机会，功德无量啊！”

“还真的出人才呢！”蒋老笑道，“第一、二届我招的学生中有两个80岁老翁。他俩毕业后，抚顺的姚云鹏出了一本儿童文学小说，广州的曹盛苏已经出了五本书了。”

在他招收的历届非学历研究生中，有沈阳师范大学教授马力，有海外学子如香港大学高级讲师孙慧玲、香港教育学院高级讲师黄洁贞等。我相信这一批批结业的非学历研究生与正规学校出炉的硕士一样，有着同样强大的热力，为孩子们开拓乐园。

当我知道蒋老已出刊的24期《儿童文学信息》报，全部是用他有限的离休工资办的时候，不由得目瞪口呆，连连赞叹：“伟大，真伟大”。

在商品经济大潮中，中国也需要梦想者，这种人醉心于一种事业的大公无私的发展，因而不顾自身的物质利益。蒋老正是这样的，从组稿、改稿、编辑、送印、发排、校对、清校，一直到邮寄，全部由他一个人操劳。

“幸亏老伴支持！能陪我过清淡生活，无怨无悔！”蒋老动情地说。

“蒋老，”我唐突地问，“您那么辛苦，就不能找个年轻人帮帮忙吗？”

“搞儿童文学的人都有着自己的事业，要写作，要教学，要做研究，忙得很哪，我不想劳动他们。雇工嘛，我开不起工资。”蒋老慈祥地笑着，幽默地说道，“我从年轻时就喜欢做人家没有做过的事。当年我是第一个以讲师的职称招研究生的；担任浙师院校长时，又是第一个力主招聘外籍教师的；现在，我第一个创办公益性质的‘中国儿童文学研究中心’；我还想第一个在中国筹建一个儿童文学馆！罗素曾说‘伟大的事业根源于坚韧不断地工作，以全副的精神去从事，不避艰苦’，我是乐此不疲，虽苦犹甜啊！”

我泪光闪烁，仰望着这位当代儿童文学理论大师，我突然感觉到自己很渺小，渺小得像一颗随风而飘的沙砾。我想，我应该沉淀下来了，扎根在这片儿童文学的乐土上；也希望有更多的沙土聚集在前辈们奠定的基石之上，让树更绿、花更艳、水更碧、天更蓝、阳光更灿烂。

《绍兴人》，2004年1月总第5期

常　青　树

——记著名儿童文学教育家、理论家蒋风教授

黄　颀

蒋风教授，我与他仅见过两次面，真正的接触只有一次。在我的感觉里，他就像一棵"常青树"。这不是因为他个子高，站起来活像一棵挺拔的青松，而是因为他在儿童文学研究这块"贫瘠"的土地上，顽强地生长着，永远保持一股旺盛的生命力。这树，而今枝繁叶茂，硕果累累。

1994 年 11 月 24 日，省、县联办的"邝金鼻作品研讨会"在斗门县风光旖旎的白藤湖农民度假村召开。当时我是大会的工作人员，会议召开前夕，我坐在报到处为与会者办理报到手续。当我看到纪念册出现"蒋风"的大名时，眼睛突然一亮。这次研讨会有点独特，是先出版评论集，然后再召开会议。邝金鼻文学作品评论集《金鼻·寓言·童话》，新世纪出版社已在 10 月份出版了。我得天独厚，先睹为快。我印象最深的是主编王俊康写的《主编絮语——代后记》。这篇短文提到著名儿童文学家、理论家蒋风先生，文中写道："不久前不慎从山上摔下，跌破颅骨，半日之间竟二次手术，开颅取碎骨片。病榻之上不忘约稿，忍着伤痛，铺开稿纸……"蒋老就是这样写下《给孩子以智慧和欢乐——读邝金鼻的寓言和童话》的，这件事使我肃然起敬，感动不已。时隔不久，他又风尘仆仆地从浙江金华赶来，参加这次盛会。这位可敬的教授，年近古稀，身高腰直，精神矍铄；白皙的长脸，笑容可掬；高高的鼻梁上，架着一副深度近视镜，镜片后那双不大的眼睛，显示着一个学者的睿智和深沉……

那时，因为会务工作繁忙，开幕式上蒋老教授的精彩发言，我顾不上洗耳恭听；座谈会上，我作为记录员，大可一饱耳福，可他为了让别人有更多的机会发言，他说的话不多；晚上，我又事务缠身，未能到他房间拜访……这确实是一大憾事。

26日早上，吃过早餐，我和邝老师跟蒋老依依惜别，他语重心长地叮嘱邝老师要以此作为新的起点，创作更多更好的寓言和童话，为繁荣我国的儿童文学事业多做贡献。

2000年11月14日，我随丈夫邝金鼻抵长沙，参加“中国寓言文学研究会第8届年会”。事前，我们知道这次大会特邀蒋风先生做学术报告。下榻湖南宾馆后，我们盼望早些与蒋老见面。直到中午，大家坐在芙蓉厅准备就餐，才见他和金江老师等浙江寓言作家到来。此次，蒋老由夫人卢德芳陪伴随行，大家纷纷站起来跟他们一一握手问好。

饭后，我们与蒋老夫妇、金江老师一起散步，顺道游览湖南烈士陵园。在烈士纪念碑前，蒋老问邝老师：“上一次我参加你的作品研讨会，会后一别，该有多少年没见面了？”邝老师说：“研讨会是在1994年11月26日早上结束的，准确算来，还差几天我们足足阔别6年啦！”蒋老嗟叹时光过得太快，深有感触地对我们说：“在我的一生中，感觉时间过得最慢最难受的是八年抗战和‘十年浩劫’这两个时期。这两个时期，正是我人生最美好的时光，都白白给糟蹋掉啦！而今我七十五了，还能有几个十年八载呀？！”他举起右手推了推下滑的眼镜，举头望着直指苍穹的烈士纪念碑，像是对我们又像是对自己坚定地说：“只要脑袋还管用，我要尽我个人的一切努力，推动儿童文学事业的发展！”

他的话深深地感动着我。我知道他离休后，自筹资金，于1995年独力办起一所史无前例的中国儿童文学研究中心（以下简称“中心”），出版一份《儿童文学信息》报（以下简称《信息》）。“中心”是不收学费，只收书籍、资料及邮寄费的专门培养研究人才的“圣地”，以自学为主，函授为辅，每年集中面授一次；《信息》也是蒋老自掏腰包创办的免费赠阅的小报，分别寄送学员、儿童文学作家、评论家及与儿童文学有关的单位等。蒋老这一壮举，需要多大的勇气与毅力，需要投入多大的智力、物力、财力和人力呀！

“蒋老，我真不明白，您年纪这么大，怎么还有这么旺盛的精力，应付那么繁重的工作呀？”我不禁发问。蒋夫人笑道：“他是头牛，干起来就不知道休息！”蒋老拍拍夫人的肩膀，然后对我说：“我呀，奋斗目标一旦看准，就锲而不舍地干下去。做学问的人，永远不会老的！”是呀，蒋老还是6年前那样，精神矍铄，银发没添多少根。

晚上，蒋老和夫人下到三楼，亲临我们的房间。我觉得很不好意思，说："该我们去拜访您老人家！"蒋老答道："我们的住房常挤满客人，还是到你们这里来好，谈话方便得多。"蒋老虽是一位大师级人物，却如此平易近人，我也毫不拘束地跟他闲聊。当他知道邝老师自作品研讨会后，陆续又出版了5本书，连同以前出的5本，一共10本，同时又获奖多项，曾被评为广东省优秀业余作家，很是欣慰。他称赞邝老师刻苦进取，成绩不少，谆谆嘱咐要注意保重身体。蒋老很健谈，似乎忘却了旅途上的劳顿，直到有客来我们房间造访，他俩才告辞。

第二天上午，年会开幕，为了不让蒋夫人和我寂寞，会务组特安排车辆，送我们参观马王堆古墓，见识见识千年女尸。下午，为了聆听蒋老的学术报告，我放弃这种"特殊待遇"，不再外出活动。

蒋老的学术报告，题目别开生面，命名为"孩子们眼中的寓言"。蒋老旁征博引，就寓言创作的走向和振兴方面，提出自家的见解：一、要从丰富作家的想象力上下功夫，让奇幻的童话风格进入寓言创作；二、运用幽默的表现技巧，让读者在笑声中获得教益；三、寓言的选材要创新，构思要奇幻，寓意要深刻；四、寓言要贴近时代，贴近儿童的生活……蒋老为这篇学术报告，在浙江金华选择了三所基础较好的小学，挑出六个班级做了问卷调查。经过深入的调研，他列举具体的事例，生动活泼地阐述出自己的观点。对蒋老精辟的学术报告，寓言作家们的反响很强烈，评价很好，纷纷盛赞蒋老治学严谨，注重调查研究，言之有物，发人深思，启迪心扉……

11月16日下午，大会安排前往岳麓书院、岳麓公园和橘子洲游览参观。来到橘子洲的时候，日已西斜，江风飒飒，寒气袭人。蒋老发觉邝老师衣着单薄，硬要脱下自己的绒大衣给他御寒。几经解释，他终于知道邝老师与一般人不同，冬天也穿衣不多，这才作罢。待邝老师跑去拍摄，蒋老很认真地对我说："邝金鼻多才多艺，这样的作家很难得。他的事业如日中天，前途无量。作为妻子，你不但要照顾好他，还要管好他，尽量让他少喝点酒、少抽点烟……"我很感激，连连点头道谢。

长沙一别，迄今已有3年多了，春风秋月，寒来暑往，我常常思念蒋老这棵“常青树”。蒋老呢，他在儿童文学领域里仍不断地铸造人生的辉煌：他的“中心”已开办了8届，今年又开始招收第9届学员了；他的《信息》已出版了26期；2003年10月，他与任溶溶、束沛德、浦漫汀3位资深儿童文学家一道，荣获宋庆龄儿童文学特殊贡献奖……

蒋老于1925年出生，浙江金华人，曾任浙江师范大学校长、儿童文学研究所所长。他，又是国际格林奖评委、国际儿童文学研究会首名中国籍会员、亚洲儿童文学会会共同会长、世界华文文学学会名誉顾问、中国儿童文学研究会创会人及顾问。他，著作等身，出版有《中国儿童文学讲话》、《儿童文学教程》、《中国当代儿童文学史》等50多种书。他，先后荣获“中国图书奖”“冰心优秀儿童图书奖”“儿童文学人才培养一等奖”“中国艺术科学国家重点研究一等奖”“杨唤儿童文学特殊贡献奖”，等等。

蒋风教授即将迎来79岁华诞。尊敬的蒋老，我衷心祝愿您老人家生命之树常青！

2004年5月31日初稿成

6月17日改毕

他醉心于祖国的未来

——儿童文学研究专家蒋风关心下一代先进事迹

浙江师范大学离退休工作处

蒋风，原浙江师范大学教授、校长。1925 年 10 月生于浙江金华，1947 年毕业于英士大学，曾任《申报》记者；新中国成立后长期在高校从事儿童文学的教学和研究，一生致力于中国儿童文学学科的建设和发展，成就卓著。主要职务有国际格林奖评委，亚洲儿童文学研究会共同会长，世界华文文学学会名誉顾问，中国儿童文学研究中心主任，中国儿童文学研究会创始人、顾问，全国师范院校儿童文学研究会名誉会长，中国教育家协会理事，中国作家协会会员，金华市作家协会名誉主席，安徽师大、湖南师大客座教授，广州师院、暨南大学客座研究员。2003 年获宋庆龄儿童文学奖首届特殊贡献奖，2004 年获浙江省人民政府鲁迅文艺奖突出贡献奖。虽近耄耋，却“童”心未泯，仍然活跃于今日中国儿童文学界。他的主要事迹大致概括为如下几个方面：

一、为下一代事业殚精竭虑，义务培养儿童文学人才，自费创办《儿童文学信息》报

离休后的蒋风教授不是留在家里颐养天年，而是仍痴迷于儿童文学事业，记挂着近 4 亿少年儿童。他对当前的儿童读物市场，尤其是儿童进游戏厅和逛网吧深感忧虑。粗制滥造、低级庸俗的儿童读物，黄色恐怖的游戏软件以及不健康的网页、网上聊天，已经严重地伤害了少年儿童的身心健康。为此 1995 年他自费创办《儿童文学信息》报，单枪匹马（导师、招生员、资料员、档案保管员全由他一人承担）创办了以培养儿童文学研究专门人才为目标的我国首家民间性质的中国儿童文学研究中心。

自费出版的《儿童文学信息》报，每年出4期左右，至今已出至第28期，从组稿、选稿、编辑、画版、送印、校对、清样，到一份份封好，写好信封再送到邮局，除在写信封和校对时找老伴帮忙，几乎全由他一人完成。每期3000－3500份，全部免费赠送给学员以及与儿童文学有关的单位和个人。从印刷费到邮资每期要花去他一至两个月的离休工资。

中国儿童文学研究中心是一所特殊意义上的大学，打破了许多高校招收研究生的条条框框，专门免费招收非学历儿童文学研究生，学员以自学为主、面授为辅，修完六门课程，完成作业，通过结业论文答辩颁发结业证书。消息传开，各地慕名而来者络绎不绝。第1届就招了39人，1995年起至今招收9届近300名学员，分别来自中国内地、中国香港、中国台湾以及新加坡、马来西亚和日本等不同国家和地区。香港大学儿童文学高级讲师兼作家孙慧玲、香港某幼儿园园长叶俊声，也穿越千山万水，借鸿雁传送求学之愿望；在他的书房里珍藏着30多本书籍，都是他的非学历研究生在读研时期或毕业以后的成果，这一本本散发出墨香的书籍，不仅仅丰富了儿童文学领域的知识殿堂，更是一位离休老校长、一位儿童文学教育家著述和教育生命的有力延续。

二、为建立国际儿童文学馆四处奔波，准备把自己一生最珍贵的积蓄无偿献给孩子

作为一名长期从事儿童文学研究的教育工作者，努力争取创建“中国（国际）儿童文学馆”，把全国儿童文学作者的优秀作品集中起来，管好用好，充分发挥其作用，为全国近4亿少年儿童的健康成长做出贡献，是蒋风今生最大的夙愿。这个念头起始于他1986年8月应邀出席日本大阪举办的儿童文学国际研究会议的时候，这个小型的国际会议就在大阪国际儿童文学馆举行，这个2000平方米的儿童文学馆是以日本早稻田大学儿童文学教授鸟越信先生捐赠的图书为基础建立起来的，鸟越信教授把他一生收藏的数万册图书捐献给大阪府，大阪府遂建立了这座精美的儿童文学馆。自开馆以来，蒋风为孩子们做了大量工作。当时，与会的17个国家的20位代表都向

他建议：中国是个大国，也该有这样一个儿童文学馆。回国后他为筹建国际儿童文学馆而四处奔波。当时，他在省政协会议上提出了《关于在中国建立国际儿童文学馆的建议》，认为在有3亿多儿童的中国，建立一个儿童文学馆，对发展中国的儿童文学事业和与国际间进行儿童文学交流，很有意义。

儿童教育和儿童文学是密不可分的，儿童文学馆作为儿童文学研究中心，是开展国际交流、繁荣发展儿童文学事业、培养儿童健康成长的大事业。作为拥有近4亿儿童的中国也应该有这样一个儿童文学馆，以促进我国儿童文学事业的繁荣昌盛，推动国际儿童文学学术交流。蒋风同志还多次表示，此馆建成后，首先捐献自己靠省吃俭用积攒的10000余册儿童文学书籍、数以万计的有关资料和他与国内外知名儿童文学学者的来往信件。他说，这些书籍、资料非常珍贵，其中有一些图书资料在国内外已很难找到了，并向媒体致函，向全国发出倡议"在我国建立一个国际儿童文学馆"。

三、在孩子心中播撒诗歌的种子

如何使小朋友在接受文学熏陶的同时，健康地发展情感，是蒋风同志离休后关注的课题。从上个世纪90年代开始，他从金华起步，先后在金华少儿图书馆、金师附小、解放西路小学、江滨小学、西苑小学、新世纪学校、胜利小学、金华市青少年宫，继而扩大到省内、国内，直至马来西亚的华人孩子中播撒诗歌的种子。同时，他还在20多家儿童报刊开辟了《蒋爷爷教你学写诗》、《儿童诗点评》等专栏，让更多的孩子热爱诗、学习写诗，并在诗歌艺术美的影响下成为一个德、智、体、美全面发展的人才。2002年，他在金华市青少年宫举办了"蒋风爷爷教你学写诗"系列讲座，极大地激发了孩子们热爱文学的情感，他们既学会了如何欣赏儿童诗，也大胆地用简洁、生动的语言表达着自己那被激活的诗心。经他推荐发表的作品已达200多篇。

四、关心儿童读物和儿童文学社团

蒋风认为儿童读物是人生中最早的教科书，儿童时代接触的第一本书，往往成为人一生的向导。因此,他十分关注儿童的课外阅读,关心小学生的文学社团活动,离休后先从在当地的胜利小学辅导花瓣文学社活动开始,慢慢扩及各地,现为全国小学文学社团联谊会的会长。

五、关心儿童报刊发展和工作

儿童报刊直接关系到青少年的思想道德建设,蒋风教授也十分关注儿童报刊的发展,经常与儿童报刊取得联系,因此被《少年儿童故事》报等各小学内部刊物和香港的《木棉树》、《萤火虫》、《获益之友》以及马来西亚《小作家》等百余家儿童报刊聘为顾问。

六、助困难学生,济贫帮困

1998—2002 年,每月一次,这位年近耄耋的老校长都会不辞劳苦,前来师大校园看望他结对资助的特困生吴爱萍。

1998 年,来自江山市农村的吴爱萍考上浙师大外语系,瘦削的面容透着难言的哀伤和无奈。由于父母病弱,无力自顾,而两个弟妹尚年幼,因此烧饭洗衣、割稻插秧、喂猪割草,她的双肩便一直扛着这份沉重的生活担子。问及其父母病况,吴爱萍总是黯然不语。蒋风同志得知这一消息后,投入了大量的时间、精力和财力。除每月定时给她 100 元生活费外,还常送她食品、衣物、书籍,询问其学习情况等,帮助她完成 4 年大学学业。他送来的不仅仅是一份充满着爱和希望的浓浓情怀,还不时地引导她树立科学的人生观,鼓起她克服困难的勇气,在逆境中奋发成才,以优异的成绩报效祖国、服务社会。

他说:“赞美祖国的现在,更赞美祖国的未来。”蒋风童心未泯,他要把全部感情都献给儿童文学,他要把一生全部献给属于“祖国未来”的事业。

2004 年 9 月 8 日

走在光荣的荆棘路上

——国际知名儿童文学家蒋风不同寻常的晚年生活

钟 扬

老人节前两天，记者来到浙江金华，走进国际知名儿童文学家蒋风教授的家，采访这位不同寻常的老人。说他不同寻常，不仅仅因为他几十年来在我国儿童文学事业上所做的巨大贡献和如日中天的名气，更是因为他离休以后所做的非同寻常的一切。他用自己的行动告诉大家这样一个事实：一个人，一个老人，单枪匹马，照样可以干大事。

蒋风教授今年 79 岁，浙江金华人，浙江师范大学前任校长，现任国际格林奖评委、亚洲儿童文学学会共同会长、世界华文文学学会名誉顾问。去年他荣获第六届宋庆龄儿童文学特殊贡献奖。60 多年来，蒋风教授一直致力于儿童文学创作、教学、研究，发表论文百余篇，出版专著 50 多种；他主持编写的儿童文学硕士研究生系列教材，至今仍被不少院校选作教材。

1994 年蒋风教授于浙江师范大学离休，至今已整整十年。这十年，虽说已离休，但他比许多在职的人还忙碌，他的生活与离休前几乎没有什么两样。（出录音）：

我总的一个感觉啊，人的一生非常短促，现在这种感觉越来越强烈了。正因为感到短促呢，我觉得越应该珍惜时间，所以我离休之后，基本上和在职的时候一样工作。

69 岁离休，对一般的人来讲已经够晚了。可对还想干事业的蒋风教授来说，这是一种很无奈的选择。儿童文学是一门年轻的学科，至今还处于拓荒阶段。蒋风教授：觉得自己还有很多事可以做，应该做。（出录音）：

离休之后我就想，我到底该做些什么，我想总不能像正常的上班工作一样干，但我自己总得有些工作。我觉得一个人活在这个世界上，总该为这个世界留点什么。所以我不赞成老是伸手，去享受人家的劳动成果。当然我也享受人家的劳动成果，但是我也要为人家创造点劳动成果。

1994 年办完离休之后，蒋风先生当年就单枪匹马开始筹建中国儿童文学研究中心。在有关部门领导的支持下，研究中心于 1995 年就开始运转，专门免费招收非学历儿童文学研究生。因为缺乏经费来源，这个民办的中国儿童文学研究中心事实上只有蒋风教授一个人，办公地点就是他的家。虽然面临许多常人难以想象的困难，但在蒋风教授的努力下，研究中心至今已正常运作 9 年，为我国儿童文学事业的发展做了许多杰出的贡献。（出录音）：

我培养研究生积累了一点经验，就继续着手培养研究生。培养研究生因为我是个人行为，又不可能给他硕士、博士的学位，我就自己想了个名字，叫作"非学历儿童文学研究生"，这个名字是我创造的，是根据"非农业户口"创造出来的。哈……

消息一传，报名者纷至沓来，第一届就招了 39 名，至今已招了 9 届，学员共 300 多人，他们分别来自中国内地、中国香港、中国台湾以及新加坡、马来西亚和日本等不同国家和地区。其中包括香港大学儿童文学高级讲师兼作家孙慧玲、辽宁沈阳师范大学的副教授马力等。还有石家庄退休教师沈芳，她在参加非学历儿童文学研究生学习后开始科学童话写作，如今已出了一套科学童话集，不久前还在全国科普创作评奖中获得大奖。看到一代代儿童文学学者的成长，蒋风老教授感到莫大的快乐。

为了方便联系函授学员，蒋风教授又自费办了一份《儿童文学信息》报，免费赠送给学员与有关单位和个人，至今已出 28 期。说到这份报纸，蒋风教授感叹，如果当年可以晚几年退休，或者有一个单位支撑，就可以干更多的

工作了。(出录音):

我现在很困难,我为了办研究生班,我办了一张报纸,办了一张《儿童文学信息》报。这报纸我又不愿伸手去讨钱,那就要依靠我的工资来运行。毕竟我的这点工资是很有限的,做不了很多工作。那么假如让国家来做,让学校来做,那么就可以做得好一点。我现在很忙,很想有一个人帮帮忙,但是我又没有能力去雇个人。

为出一期《儿童文学信息》报,70多岁的蒋风教授单枪匹马至少得忙一个半月,常常为一些简单劳动而浪费许多的精力。(出录音):

从组稿、编稿、送印刷厂、校对、清样,都是一个人。这还在其次,3500份报纸,一个信封一个信封写出来,套起来,寄出去……3500份啊,你可以想象,多少工作量。

像这样出一期报纸就要花费蒋风教授整整一个半月的时间和整整两个月的工资。而这份报纸至今已出了28期。(出录音):

因为他来学儿童文学,他应该掌握一些儿童文学信息。有这个报纸可以交流。那么交流呢,我想既然花那么大的力气,那我无非多印几份,多印几份我这个发挥作用就大了。所以慢慢、慢慢增加到现在的3500份,还有五六百份是寄到国外去的。

凭着对儿童文学几近痴迷的热爱,加上敢于想人之所未想、做人之所未做的勇气和魄力,蒋风在自己的晚年做了一桩又一桩大事:离休后的10年中,他30多次应邀奔赴国内外,参加各种中外文学交流;10年中,他热心地在报刊上、在孩子中开展"蒋风爷爷教你学写诗"活动,在孩子心中播撒诗歌的种子;10年中,他在报刊上发表各类文章500多篇,主编出版《玩具论》等儿童文学专著达13部!(出录音):

我觉得做任何事情最重要的就是两个字:坚持。做任何事业你一定要坚持,坚持到最后就是胜利。我这些年辛苦不寻常,但是我得出了一个哲理,坚持就是胜利。

79 岁的蒋风老教授动情地说:“人的一生是很短的,短暂的岁月要求我们好好领会生活的进程。走在儿童文学创作、教学、研究光荣的荆棘路上,我将一步一步奋然前行,尽一个人所能尽的最大努力,不折不挠地为自己也为儿童文学事业开拓道路。”

2004 年 10 月 22 日

飞翔的童心

竺大文　徐晓恩

蒋风是浙江省第五届鲁迅文学奖突出成就奖的获得者，儿童文学理论家。虽然已离休了，但他对儿童仍充满着深切的爱。

一位诗人曾给蒋风写了一首诗，诗中写道："他的微笑是天真的，来自他深爱的孩子们的脸庞。"我们问，教了一辈子儿童文学，是不是至今还能保持着一颗童心？78 岁的蒋风大笑，他说，我给予孩子的，远不如孩子给予我的多。

5 月 15 日，星期六。春雨淅沥的下午，我们赴金华采访了蒋风。窗外树色葱郁，蒋风的思绪拉得很长、很远。

我在争取未来的一代

蒋风的书房里到处都是儿童文学的书籍，但说起他最珍爱的一本，则是意大利作家亚米契斯的《爱的教育》了。

蒋风因为家里经济拮据，小学三年级的时候才直接插班开始上课。教算术的是一位姓斯的女老师，常穿着一件长旗袍，面带微笑，她是后来闻名全国的斯霞老师的堂姐。她本人的课也上得很好，虽然是教算术的，但有一个学期，她还在故事课上给同学们讲《爱的教育》。

学期结束的时候，她把班上的许多同学都用书中的人物来命名。勤劳的就叫裘里亚，正直的就叫卡隆，善良的就叫西西洛，勇敢的就叫马尔柯。不知道是因为蒋风那个学期成绩不好，还是表现不突出，一个个名字报过去，老师却没有用书中的人物来给蒋风起名，当时蒋风的眼泪委屈得差点就要掉下来了。

斯老师捕捉到了他感情上的细微变化。班会一结束,她就把蒋风叫到她的办公室里。斯老师用满含感情的口吻对他说:“老师太粗心了,竟然把你给忘了。可是,也没法再给你开一个班会啊!这样吧,老师就把最心爱的这本《爱的教育》送给你吧。”

说完,她又在扉页上写了这样一句话:不要怕做平凡的人,但要永远记住:让自己那颗平凡的心,随时闪现出不平凡的光彩来。

这本斯老师赠送的书,从此成了蒋风的宝物,一直珍藏到1940年。那年,蒋风家的房子毁于日寇的一次空袭,熊熊火焰吞食了蒋风这本心爱的书。后来,蒋风虽然又购买了一册《爱的教育》,但失去这本老师送的书,仍然是他难以抹去的遗憾。

蒋风说,我常常这样想,今生我身上所有值得肯定的一些性格和品德,或多或少都得益于这本书,也离不开斯老师循循善诱的教诲。

但说起自己怎么写起儿童文学来的,蒋风则说,这是一条消息的召唤。

那是1947年,蒋风在《申报》上看到一条消息,3个孩子看了荒诞的儿童神怪读物,偷偷溜出家门,到峨眉山去学仙求道,结果3人共同跳崖,粉身碎骨。这个惨剧对蒋风的震撼极大。那个时候,蒋风已经在报刊上发表过一些儿童文学作品,但还没有意识到,他一辈子都要从事这项工作。

时间已经过去了57年,想起那一刻,蒋风觉得还只是一瞬间的事情。蒋风说,童年时代读的书,往往成了人生的生活教科书,儿童正处在一生的成长阶段,他们生活经验少,世界观尚未定型,可塑性强,特别容易接受形象化的教育。我想起了安徒生在给朋友的信中的话:“我现在要开始写小孩子们看的童话了,你要知道,我在争取未来的一代。”

就这样,一本好书,几本坏书,正面和反面的例子,使蒋风从一个儿童文学爱好者变成了为儿童文学献身的教育工作者。

为孩子做一些有益的工作就是幸福

问:我们知道,您是在1994年离休的。离休前,您曾是浙江师范大学的校长、权威的儿童文学研究者。您所著的《儿童文学概论》是各大院校普遍采用的教材。您是怎么安排自己离休后的生活呢?

蒋风:这确实是一个问题。那个时候,我就想,身体尚健康、思维尚敏捷的我,难道就在家里坐享清福了吗? 不! 所以,在当年下半年,我就单枪匹马筹建了一个民办研究机构——中国儿童文学研究中心,专门免费招收非学历儿童文学研究生。没想到,消息一传开,报名的人纷至沓来,第1届就收了39名。现在已经招了8届学生,一共300多人,学生来自中国内地、中国香港、中国台湾以及新加坡、马来西亚和日本等不同国家和地区。

问:这样做,对于已经离休的您,是不是会太累了?

蒋风:别人是有这样的顾虑,但我觉得乐在其中。我还自费办了一份《儿童文学信息》,免费赠送给学员和有关单位、个人,已经出了20多期。从编稿、出报到邮寄,几乎都是我一个人承担。每期3000多份,要花费我1到2个月的离休工资。很多时候,大智和大愚,相距咫尺。能够为孩子做一些有益的工作就是幸福,而且一旦得到它,就够受用一辈子了。

问:现在的家庭大多数是独生子女,家长都很重视子女的教育。书店里的儿童读物很多,像《哈利·波特》已经成了最畅销的图书。不知道您有什么看法?

蒋风:《哈利·波特》当然写得还好,但商业炒作的味道稍微重了一些。现在的儿童读物也是这样,好的有,但不多。关键还是原创的作品太少了。前年亚洲儿童文学大会在大连召开,我提交了一篇论文,题目就是《从口水吐向安徒生到哈利·波特热》。有人提出安徒生已经过时了,我不这样认为。只要儿童文学能抓住儿童的心理,儿童就会爱读儿童文学。

问:以前国内的童话作家,像张天翼、严文井,都是一流的大作家,现在这样的作家好像少了。

蒋风:是啊,问题还在于儿童文学的地位。就连冰心、严文井他们也不愿意承认自己是儿童文学作家。许多作家开始都写过儿童文学,现在也放下了。比如王安忆以前就写过。专门写儿童文学的郑渊洁是非常有才气的,他一个人的作品就可以出一本杂志,但现在忙于开公司,也不怎么写了。

去年12月,我到马来西亚去做第二次全国巡回讲学,当地最大的华文报纸《星洲日报》报道了近一个月,还曾连续用了5个整版来报道,这种对儿童文学的重视是我们这里现在不可能做到的。

问:您现在和孩子们接触还多吗?

蒋风:我常常给孩子们开讲座,教他们写诗。现在的作文教学在许多方面限制了孩子的想象力。写诗是一个好方法。我在许多地方开过"蒋风爷爷教你学写诗"的讲座。首先要小朋友打破诗的神秘感。诗就是发现生活中的美,再表现出来,而生活中的美是无所不在的。

孩子们的悟性很高,比如说,我在金华市青少年宫做了四次讲座。第一次从百余篇作业中只找出两首比较认可的作品,第二次也只选出六七篇,第三次、第四次就出乎意料地收到一大堆好诗。后来青少年宫还选编出版了诗集《童心在这里飞翔》。

问:和儿童文学打了一辈子交道,有什么未了的心愿吗?

蒋风:有啊,我还有一个未圆的梦。我家里唯一珍贵的积蓄,就是一万多册儿童读物和相关的资料,包括和国内外著名的儿童文学作家来往的信件。平时的收入几乎都是在这里面了。我不忍心这些收藏散失了,一直想给它找一个妥善的出路。

我曾经想把它送给一家图书馆,但又怕一般的图书馆日后会把它当作没有收藏价值的"小人书"处理掉。比如我有一本中国出版的第一本童话《无猫国》,薄薄的一本,纸已经发黄,不搞儿童文学这一行,确实当废纸都不值,但研究儿童文学历史,它却是一份十分珍贵的资料。

我到日本大阪参观的时候,看到早稻田大学的儿童文学教授鸟越信在政府的帮助下,用他收藏的数万册图书和数以亿计的各种资料建立了儿童文学馆。我也想用我的这些书籍作为基础,在国内建一个儿童文学馆。由于种种原因,这个愿望还没有实现,但我深信,我的梦一定会实现。

《浙江日报》,2004 年 5 月 21 日

蒋风的婆罗洲之旅

石　磊

也许有许多读者朋友并不知道婆罗洲在哪里，其实婆罗洲是世界上第三大岛屿，目前仍是地球上重要的一片“绿肺”。婆罗洲分属于印度尼西亚、马来西亚和文莱三个国家。婆罗洲的西北部沿南中国海延伸的绿色狭长地带就是马来西亚的沙巴州和沙捞越州，浩瀚的海洋将它与马来半岛的繁华喧嚣隔离开来，独葆自然与宁静。

“婆罗洲，这是个充满神秘色彩的地方。早在童年时代，我便在地图上寻找过这片谜一样的土地。那时我只知道南中国海碧波翻腾的海浪中有座神奇的岛屿叫婆罗洲，一直向往着有一天能踏上这片土地。”

“天天在云上飞”

著名儿童文学理论家蒋风教授虽已年逾古稀，但仍喜爱云游天下，到过美国、日本、韩国、新加坡、马来西亚等国家。

日前，刚刚获得第5届鲁迅文学奖突出成就奖的蒋风教授从绍兴载誉归来，这回他向记者讲述了他在沙捞越的见闻。

曾多次去马来西亚讲学的蒋风特别钟爱婆罗洲，最近一次到访婆罗洲是2003年圣诞节期间，他几乎天天从这个城市飞到另一个城市。老先生用了一句很有诗意的话来描述婆罗洲之旅——“天天在云上飞”。

很多老友都说蒋风童心未泯，和他言谈中，记者也多次在他爽朗的笑声里感受到他的自信与快乐：“有童心就会永远年轻。”蒋风教授毕生从事教育工作，教过小学，也教过中学，更长时间是在大学任教，离休后还是千方百计找有关教育的事情做。他说：“我特别愿意教孩子们学写诗，希望孩子们都能在诗的陶冶下健康成长。”

“探险家的王国”

沙捞越州位于婆罗洲西北角，是马来西亚联邦十三州当中面积最大的一州，有“探险家的王国”之美誉。沙捞越人口150万，有许多不同的种族，可以说是一个人文博物馆。

虽然阅书无数，蒋风教授到沙捞越之前还是找了一些相关的书籍和资料来了解它的历史，熟悉它的风土人情。

英国在1841年便统治沙捞越，沙捞越是英国探险家詹姆士·布洛克和文莱苏丹协议下建立起来的白人拉惹（地位相当于国王）布洛克王朝的天下。于是布洛克控制沙捞越直到第二次世界大战后交给英国殖民政府为止。准确地说，从1840年至1942年，它都由布洛克家族所控制。1946年，沙巴及沙捞越正式成为英国殖民地。1957年，沙捞越人民摆脱殖民统治，1963年经过全民投票加入马来西亚联邦。

“大红花”的故乡

中午时分，蒋风教授结束了在马来半岛各大城市的讲学活动，从马来西亚最南端的城市新山（柔佛州的首府）途经古晋（沙捞越第一大城市）机场飞往诗巫（沙捞越第二大城市）。

因为机场离诗巫较远，诗巫省华人社团联合会负责人之一江宗渺先生驾车前往迎接。听江宗渺先生介绍婆罗洲，蒋风最感兴趣的是这里的一种花卉，它叫莱佛士花（也叫“大红花”，马来西亚的国花），是沙捞越森林中的“王者之花”，最长的直径达100厘米。据说只有苏门答腊和沙捞越才能看见。不过，其花期只有5天，并且没有固定的开花季节，因此只有非常幸运的游客才能一睹其芳容。

沼泽地建“福州”

诗巫地处马来西亚沙捞越州的中部，是一座拥有20万人口的现代化城市。走在街上，让蒋风教授备感亲切的是这里的居民竟然都讲福建话，而且他们身穿福州的服饰，住在福州式的民居，保留着福州的风俗习惯。原来，这里有3/4人口都是华人，而大多数华人的祖辈都是福州人！

诗巫又被称为马来西亚的“新福州”。100多年前，福州闽清人黄乃裳率领千名福州乡亲漂洋过海来到这里，他们在一片蛮荒之地上创立了“新福州”垦场。福州垦民在曾是一片荆天棘地沼泽地的诗巫，胼手胝足用辛勤的汗水换来青翠的蕉林，诗巫已发展成为繁荣富庶的花园城市和工业城市，又称“新福州”。以后，成千上万的中国垦民又越洋来到新福州，造就了诗巫今日的繁荣，使之成了一片令世人倾迷的神奇之地。

探访“猫城”古晋

第二天上午，蒋风从诗巫飞回古晋。古晋是沙捞越州的首府，城市不大，从机场到市区不到半小时的车程。人口达50万的古晋市一分为二，由南市、北市各一位市长管理，南市最早开发，重要商业、金融和政教中心都在此地。南市是“华人城”，由早年福建、广东移民建立，华人城多说华语，福建话、客家话、广东话，大家都说得通。而北市则是多为马来人聚居，kuching是马来语“猫”的意思，古晋又名“猫城”；北市里多猫，故“猫”成了古晋的象征。行走在古晋的街道上，随处可见大大小小猫的雕塑，从那或娇憨或妩媚的造型就可看出古晋人爱猫的程度之深。“猫城”的来历还有一种说法：话说19世纪中叶，英国探险家詹姆士·布洛克来婆罗洲岛的南方小城，登岸时居民怯生生地站在岸边看热闹，布洛克手指着地上，以浓重的苏格兰口音询问其中一位当地人：“这个地方叫什么名字？”当时一只猫正好在人们脚边磨蹭，布洛克再次用手指着地上时，当地人恍然有所悟，以马来语言喜悦地答道：“古晋（猫）！”

为鼓励公众对猫咪多加爱护，也为推广古晋的旅游业，“猫城”每年都要举办古晋国际猫展。除了来自全国各地的世界名猫参加展出，当地政府还举办了模仿猫叫比赛、猫化妆比赛等。

沙捞越州的中小学教育是免费的，在公立的医院看病也只需一马币的费用。生活在这样舒适而宽松的城市里，过着虽不奢华但是富足而安逸的生活，古晋人真令人艳羡。

因为行程紧张，蒋风匆匆离开沙捞越州，经吉隆坡转机飞回上海。蒋风在飞机上喃喃自语：“美丽的沙捞越，再见。我会再来揭开你神秘的面纱！”

《信息参考报》，2004年5月27日。蒋风口述，石磊整理。

在檀香寺上大课

蒋 风

去年(2003 年)12 月 24 日上午 10 时,我从彭亨州首府关丹起飞,经吉隆坡转机,不一会便到达檀香寺,并在寺内客房住下。

檀香寺的住持和尚唯悟法师是位具有传奇色彩的人物。他留学英国,攻读工商管理专业,毕业后进惠普公司工作 12 年,一直受到公司的器重。他把一套成功的企业管理经验引进槟城,使槟城州各企业普遍受惠。离开惠普公司后,他仍被老板聘为顾问 3 年。由此可见,他在专业上的成就。后来究竟为什么遁入空门,至今仍是当地人们谈论的一个谜。但一走进檀香寺便可感受到这位当家人的管理理念,即“少有所学,壮有所用,老有所依,终有所归”。

接机的小黄陪我们参观寺内各项组织和设施时。目前檀香幼儿园正开展“走向自己,走向成长”的教学活动,这不就是“少有所学”宗旨的执行吗?又如寺内日常开展各类活动,包括心理咨询、赠医施药,大多是以义工为主体,正是“壮有所用”的体现。再如寺内还设有养老的晚晴苑和临终关怀处,就是“老有所依,终有所归”的实施。寺内处处都使人感到井井有条,这一切无不说明当家人的管理才能。

晚上就由我在梵音缭绕的檀香佛堂里上了一堂“儿童文学”课。其实,儿童文学就与檀香寺的“少有所学”的“檀香信念”十分切合。我的讲题《儿童文学:开启儿童心灵的钥匙》也符合佛家所倡导的“禅心”。儿童文学能扩大儿童视野、增长儿童知识、活跃儿童思维、拓展儿童想象、发展儿童语言、丰富儿童情感、陶冶儿童情操、培养儿童个性、健全儿童人格,无不是为了启迪儿童心智,正是为了“少有所学”。其主旨也和一位佛教信徒所说的很近似。他说:“以慈心,愿我的付出,能让自己及他人的生活过得更幸福、更美满！以悲心，愿我的付出，能减少自己及他人在生活上的烦恼及痛苦！以喜心，愿我在助人的道路上，常常以一颗欣赏及赞叹的心念，肯定自己及他人的付出！以舍心，愿我在助人的道路上，常常以一颗平常心，不因他人的否定而退缩，不因他人的称赞而自满！”从教育目的而论，真可谓殊途同归。

在佛堂里不仅坐满了孩子，还有孩子的家长、教师。当地佛教信徒来了，寺里的义工来了，连寺里的法师也来了。这场面使我有点感动。事后檀香寺的电子报的报道中有这样一段话：“在槟州檀香寺12月25日的圣诞节当晚的讲座会，蒋风教授做了一场精彩的演说，并得到了听众们热烈的回应，在双方的互动与交流中，大家相互探讨如何为现今儿童寻找一个有效且富有创意的教学方案。”这至少反映了我的讲座得到了法师们的认可，也说明了檀香寺住持法师的远见，让我这个凡夫俗子在庄严的佛堂弘“法”。这是我一个难以忘怀的夜晚。

第二天一早，惊醒了我一个未完的梦，我又匆匆地离开槟城。

《信息参考报》，2004年5月27日

是孩子们给我的力量

——我与儿童文学

蒋　风

我与儿童文学结下的因缘，可以回溯到我的童年时代。每个人都有童年，童年的经历是令人难忘的。每当我回忆过去的时候，便会记起那些早已逝去的黯淡岁月。我出生在一个贫苦的小学教师家庭，半饥饿的生活使我过早地尝到了人间的辛酸。未识字之前，常常跟随妈妈吟诵一首一首的唐诗，在我心田里埋下了最早的文学种子。等我稍识字后，我便贪婪地阅读《稻草人》、《秃秃大王》、《寄小读者》、《爱的教育》。在那蕴含着情感的字里行间寻找慰藉，弥补我那缺少欢乐的童年。每当我一拿起书时，就忘掉了生活的艰难。

真正引起我对儿童文学的关心和注意，是20世纪40年代的事。那时在我的生活圈子里，常看到大量的淫秽、荒诞的少年儿童读物，毒害了不少纯洁的孩子的心灵。有一次，在报上看到3个孩子因读神怪、迷信的小人书，受到坏的影响，结伴到四川峨眉山求仙学道的消息，使我进一步认识到儿童读物对下一代的深远影响，引起了我对儿童文学的重视，开始学着提笔为小读者写点东西，并且萌发了献身儿童文学事业的心愿。

20世纪50年代初，有师范院校提出要开儿童文学课的建议，我就主动要求承担开这门新课的任务；以后，又在浙江师范学院、杭州大学担任这门课的教学工作。在开课的3年多时间内，曾结合教学工作编写了一份讲稿，1985年，从中抽出一部分，由江苏文艺出版社出了我的第一本关于儿童文学的书——《中国儿童文学讲话》。在边学习边写作的情况下，后来又出版了《儿童文学丛谈》和《儿童文学漫笔》。

1985年，政府提出了“学制要缩短，课程要精简”，儿童文学课被精简掉了。我也不得不改教别的课程。但对儿童文学，我仍保持了一份业余的爱好。即使在“文革”十年动乱之中，我也没有动摇。“四人帮”干的那些近乎野蛮的蠢事，令人作呕。它虽然窒息着人们，把无数美好的灵魂压扁，但是从这层土壤里仍然胜利地长出鲜明、健康，具有创造性的东西——富有人性的东西。这些东西中最有生命力的，就是孩子们的声音。它唤起了我对生活的信心和勇气。

这时候，过去记忆中留下的儿童歌谣就像新生活的钟声一样，不断地在我心里回响着。于是我便常常默诵记忆中的儿童歌谣，排遣那些噩梦般的岁月。在漫长的一千多个日日夜夜里，我常常在默念中学习儿歌，日积月累，略有所得，便想要写一本有关儿歌的小书。1970 年，刚从“牛棚”出来，我便把它写成初稿，断断续续地修改了三次，就成了《儿歌浅谈》(1979 年四川人民出版社出版)。

“四人帮”的被粉碎，带来了儿童文学的春天。1978 年 10 月，我应邀参加了在庐山召开的全国少年儿童读物工作座谈会。在会上听到很多精彩的发言，其中不少同志提到要加强儿童文学的理论研究和评论工作，希望有条件的学校尽快恢复儿童文学课，招收儿童文学研究生；希望出版界早日出版系统的儿童文学理论书籍。这次会议，不仅开拓了眼界、解放了思想，也鼓舞了斗志，使我更加坚定自己的信念，要在已经走过来的道路上继续走下去。3 年多来，除了参加五院校协作的儿童文学教材编写工作外，我还把历年讲授儿童文学课的讲稿重新修订成一本《儿童文学概论》。开了 2 届选修课，招了 2 届研究生后，研究室也由原来一个人唱独角戏发展到五人工作的小单位。为了培养更多的人来参加这块园地的垦殖，我又不自量力地举办了全国幼师儿童文学进修班。我跟伙伴们有一个共同的想法——用鲁迅的一句话来表达:“寄希望于未来耳”。

在儿童文学这条并不平坦的道路上，我已走了 50 余年，走得很不顺当，脚步至今还带着稚气。是什么力量鞭策我走呀走呀，不停地向前走去的呢？我的回答很简单，是孩子们给我的力量。

在祝贺蒋风教授八十诞辰暨蒋风学术思想研讨会上的讲话

梅新林

各位来宾、各位老师、各位同学们：

大家好！

在此金秋十月的收获季节，我们迎来了儿童文学界的老前辈、我们的老校长蒋风教授的八十诞辰。在此，我谨代表学校党委、行政，向蒋风先生表示热烈的祝贺！对各位校友的到来表示诚挚的欢迎！对蒋风先生几十年来为我们的儿童文学事业和学校发展所做出的突出贡献表示衷心的感谢！正是他多年来不遗余力的努力，才使儿童文学作为我校学术研究与人才培养的一个特色与亮点，奠定了在全国高校与学术界的突出地位，被国际儿童文学界誉为“中国儿童文学研究之重镇”。

蒋风先生1947年于国立英士大学毕业，曾任《申报》记者，国新社特约记者；浙江师院、杭州大学、浙江师范大学讲师、副教授、教授；日本大阪国际儿童文学馆客座研究员。他为中国儿童文学研究会创会人，历任中国儿童文学研究会副会长顾问；全国师范院校儿童文学研究会名誉会长；中国教育家协会理事；中国作家协会会员；金华市作家协会名誉主席；浙江省老教授协会名誉副会长；国际儿童文学研究会第一名中国籍会员；亚洲儿童文学研究会共同会长；世界华文文学学会名誉顾问；国际格林奖评委。

1978年，蒋风先生在浙江师院创建了全国第一个儿童文学研究机构——浙江师范学院儿童文学研究所，同年开始在全国第一个招收儿童文学硕士研究生，先后培养了吴其南、王泉根、汤锐、方卫平、汤素兰、韩进、杨佃青等一批著名的青年学者、作家，活跃于国内外儿童文学界，受到同行们的关注。他所领导的儿童文学研究所成为中国儿童文学研究的重镇，填补了多项我国儿童文学研究的空白。

1984年至1988年，蒋风先生担任了浙江师范大学校长，在任浙江师大校长期间，为了改变学校落后的面貌，尽心尽责，提出“唯实”的校训和切实可行的10条办学设想，使浙江师范学院升级为浙江师范大学，成为一所系科齐全的省属重点师大，为今天师大的发展奠定了良好的基础。1994年离休后又创建了“中国儿童文学研究中心”，并担任主任，义务招收非学历儿童文学研究生，主编《儿童文学信息》报，继续为我国的儿童文学事业发挥余热。

50余年来，蒋风先生一直致力于儿童文学创作、教学、研究，发表论文百余篇，出版《儿童文学概论》、《儿童文学漫笔》、《海外鸿爪录》、《未圆的梦》、《儿童文学史论》、《儿童诗谭》等；另主编有《中国现代儿童文学史》、《中国当代儿童文学史》、《中国儿童文学史》、《中国儿童文学大系》(理论卷、诗歌卷)、《世界著名童话鉴赏辞典》、《世界儿童文学事典》、《儿童文学原理》、《儿童文学教程》、《幼儿文学教程》、《玩具论》、《中国儿童文学作家评传丛书》等多种。曾获得中国图书奖、冰心优秀儿童图书奖、儿童文学人才培养与建设一等奖、全国艺术科学国家重点研究一等奖、浙江省社会科学优秀专著一等奖、曾宪梓奖、杨唤儿童文学特殊贡献奖、宋庆龄儿童文学特殊贡献奖、浙江省人民政府鲁迅文艺奖突出贡献奖、浙江省关心下一代先进个人等全国、省级奖10多项，并获得浙江省人民政府颁发的“优秀少年儿童工作者”荣誉称号，享受国务院发给的特殊津贴。曾多次应邀赴美、日、韩、新、马以及我国的港、澳、台等地讲学，参加过很多国际学术会议。小传及著作先后被100余种中外名人录、辞典所收录。

蒋风先生在儿童文学领域和浙江师范大学发展历程中的辛勤耕耘，不仅留给我们丰硕的学术成果、优异的办学成绩，而且他对事业始终不变的热情和无私奉献更为后学树立了光辉的榜样。今天我们一方面庆贺蒋风先生八十诞辰；另一方面也借欢迎蒋风先生的历届弟子回归母校之际，对蒋风先生的办学思想和学术贡献做一次认真的总结与深入的探讨，希望大家能继承和发扬蒋风先生对事业的执着精神和勇于开拓的创业精神，为我国儿童文学事业的发展继续做出贡献，母校会以你们的出色成就为荣。

儿童是国家的未来与希望，儿童研究是面向未来、充满希望的阳光事业。目前，全国儿童总量已近4亿，对于这一庞大群体展开系统和深入的学术研究，促进他们的茁壮成长与社会的和谐发展，是时代的迫切需要，也是学界的重大使命。为此，学校决定组建浙江师范大学儿童研究院，并划出红楼专供研究院使用。目的是通过重组学术资源，拓展研究领域、推出系列精品、培养优秀人才，使之成为浙江师范大学最具特色优势、最具学术影响力与知名度的学术品牌，为中国儿童研究事业做出更大贡献。希望各位校友为我们母校的儿童文学以及整个儿童研究事业的未来发展献计献策，多提宝贵意见和建议。

最后，让我们再次向蒋风先生表示崇高的敬意，并共同祝愿蒋风先生童心永驻，健康、快乐、长寿！

谢谢！

2005 年 10 月 21 日

附：

中国儿童文学学科发展的历史、现状与未来

——庆贺蒋风先生八十华诞学术研讨会

通知

女士、先生：

为了庆贺我校儿童文学学科创始人蒋风先生八十华诞，我们将于今年10 月 21 日举办"中国儿童文学学科发展的历史、现状与未来——庆贺蒋风先生八十华诞学术研讨会"，敬请您拨冗出席。

一、研讨会议题

1. 蒋风先生对儿童文学学科建设的历史贡献。

2. 浙江师范大学儿童文学学科建设的历史与经验。

3. 中国儿童文学学科发展的历史、现状与未来。

请您准备在会议座谈时发言。

二、会议报到地点

浙江师范大学专家楼

三、会议安排

10月20日(周四,全天报到)

10月21日(周五,会议)

10月22日(周六,参观)

10月23日(周日,返程)

四、会议费用

1. 往返路费请由您的工作单位报销。

2. 会议期间,食宿、资料、礼品、参观等费用由我校儿童文学研究所、儿童文学系等承担。

五、会议筹备组成员

方卫平、周晓波、张嘉骅、陈华文、郑欢欢、钱淑英、赵霞

六、会议联系方式

方卫平(0579－2283352、13516964523)

周晓波(0579－2432160)

张嘉骅(0579－2291072)

由于会议筹备工作的需要,在收到预备通知后尚未与我们联系过的朋友,敬请告知您是否能够出席,以便会议做出相应安排。对返程有何要求,请您直接和我们联系。谢谢!

我们真诚地期待着您的到来。

浙江师范大学儿童文学研究所

浙江师范大学人文学院儿童文学系

2005年9月15日

恭贺蒋风先生八十华诞
暨儿童文学学科发展学术研讨会日程

2005.10.20　全天报到(师大专家楼)

2005.10.21　8:30~9:20

开幕式(张先亮院长主持)

1. 院长宣布会议开始,并代表学院和儿研所系致欢迎词。

2. 书记或校长致辞。

3. 梅新林副书记兼院长致辞。

4. 校友代表致辞(吴其南校友)。

5. 向蒋风先生献花(汤锐校友)。

6. 蒋风先生致辞。

7. 合影。

9:30~11:30

学术研讨

议题:

1. 蒋风先生对儿童文学学科建设的历史贡献。

2. 浙江师范大学儿童文学学科建设的历史与经验。

3. 中国儿童文学学科发展的历史、现状与未来。

11:40

中餐

14:30~17:00

学术研讨

议题同上

17:30

学校宴请

晚上

自由活动(或安排娱乐活动)

2005.10.22 7:30

出发,参观龙游石窟

11:00

在衢州市用中餐

12:30

参观衢州孔庙

14:00

返回浙师大

17:30

人文学院宴请

晚上

自由活动

2005.10.23 返程

我校举行恭贺蒋风先生八十华诞暨儿童文学学科发展学术研讨会

陈仁伟

10月21日上午,我校举行恭贺蒋风先生八十华诞暨儿童文学学科发展学术研讨会。校党委书记李鲁、副书记梅新林到会祝贺。国内外儿童文学界著名作家、理论家纷纷发来贺电。

李鲁代表学校向蒋风先生八十华诞表示衷心的祝贺,并赠送寿礼。梅新林高度评价了蒋风先生几十年来为儿童文学事业和学校发展所做的突出贡献。他希望借此机会,对蒋风先生的办学思想和学术贡献作一次认真的总结和深入的探讨,使大家能更好地继承和发扬蒋风先生对事业的执着精神和勇于开拓的创业精神,为我国儿童文学事业的发展继续做出贡献,同时也希望校友们为母校的儿童文学事业的未来发展献计献策,多提宝贵意见和建议。

儿童文学界泰斗,我校原校长蒋风先生对学校为自己举行这次庆祝会表示感谢,并讲述了自己的人生感悟和创作经验。

在随后的学术研讨会上,蒋风先生的同事、学生围绕"中国儿童文学学科发展的历史、现状与未来""浙江师范大学儿童文学学科建设的历史与经验"等主题先后做了发言。

据悉,继获得宋庆龄儿童文学特殊贡献奖、台湾杨唤儿童文学奖、省鲁迅文艺奖突出成就奖等重要荣誉后,蒋风先生又被推选为第十届国际儿童文学格林奖六名候选人之一。

在蒋风老师八十寿辰聚会上的发言

汤　锐

首先，我要感谢母校，给我们提供了这样一个与师长欢聚的机会，也体现了浙江师大对儿童文学学科的重视，这对于我们从事儿童文学、儿童文化工作的人来说都是一个鼓舞。

蒋风老师是新中国第一位培养儿童文学研究生的导师，对于儿童文学学科建设有着奠基的意义，这些学生毕业之后，星火燎原一般把儿童文学学科的种子撒向全国各地。如今浙江师大已经成为中国儿童文学学科科研重镇之一，蒋老师有着不可磨灭的重要贡献。

在此，我们对于恩师带领我们走上学术之途，取得今天的成绩，表示深深的感谢。

作为学生，我们从蒋老师身上学到的首先是一种对事业的执着、热爱，尤其是在今天市场经济背景下，诱惑颇多，儿童文学学科的发展，是需要一种执着精神的。如今，蒋风先生八十高龄还在勤奋地为儿童文学奔走操劳，组织全国儿童文学讲习班，等等，实在令人钦佩，是我们学习的榜样。

作为学生，我们还从蒋老师身上学到一种广引博收的学术眼界、科研态度，这对于中国儿童文学学科建设是非常重要的。因为中国儿童文学理论研究起步较晚，在20世纪80年代以前一直受到两个方面的影响，即前苏联的教育工具论模式以及作家的经验谈模式，使中国的儿童文学理论在很长的时间里一直难以走向成熟，所以开放的学术态度对于摸索学科发展道路是非常必要的。在今天，我们也还是应该保持这种开放的姿态。

我再谈谈关于中国儿童文学学科发展的一点想法。

中国儿童文学学科的萌芽是在20世纪20年代，历经80多年，数代人的努力耕耘，从20年代周作人的《儿童文学小论》、赵景深的《童话研究》、吕伯攸的《儿童文学研究》等开始，经过三四十年代战乱的洗礼，五六十年代陈伯吹、贺宜及蒋风等老一辈儿童文学家们的建设，到70年代鲁兵、浦漫汀、张美妮等，以及80年代儿童文学新潮中年轻的理论家们……儿童文学学科从点点滴滴的感想、经验谈、小学语文教案式等等形式逐渐发展到今天涉及多种文体并融会了社会学、文艺学、心理学、教育学、语言学等多种学科理论，体系越来越完备、话语越来越丰富的一门相当成熟的基础理论学科。而且，今天的儿童文学学科充满学术创造的活力，越来越显示出其在文化研究、文艺学研究、儿童学研究等方面的独特价值。应当说，儿童文学就像一座富有的矿藏，过去开采者甚少，开采工具也相对单一和落后。而今天，越来越多的研究者正在广泛吸取国内外文艺学、文化学、社会学、心理学、人类学等多种理论话语和研究方法，不断更新我们的理论开采工具，学科的发展空间得到了进一步的深入拓展，这座宝藏的魅力和文化价值正在日益凸现。

但是在儿童文学学科发展当中，还存在一些问题：

一、当今儿童文学学科的一些年轻学子较多地把目光集中于理论话语的表面，或者甚至玩炫工具的新颖，而相对冲淡了对儿童文学内在本质的深入挖掘。尤其是一些研究生在写论文的时候，主要精力只在生吞活剥一些陌生的、新颖的外来理论话语上，只是把原有的儿童文学理论概念换一套新的术语，却忽略了深入开掘儿童文学之本质以及挖掘新的价值点。这种趋向在一门年轻学科的发展中虽属不可避免，但是我们应保持清醒的头脑，毕竟真正的学术深度在于研究者所思考的问题是否深刻，而不在于表述文字的艰涩难懂。思考应在原有的基础上深入一步，而不是换一套词汇去复述原先的概念。我们要运用先进的理论工具，而不是沉迷于新术语的迷宫不能自拔。

二、儿童文学学科的发展应该和着时代的脉动，应该走在前沿，这样才能更有活力。譬如20世纪80年代，儿童文学理论与当时的“新潮”儿童文学创作密切互动，理论的探索几乎与创作上的实验同步，息息相关。理论家们紧密追踪观察最新的创作动向，及时总结归纳创作中的经验教训，甚至引领创作。例如1987年由年轻理论家们发出的“塑造民族性格”的呼吁，以及对于“热闹派童话”的得失褒贬，都对当时儿童文学创作的主流观念起到了巨大的推动作用，同时也促进了理论自身的反省、蜕变，促进了理论的发展，增强了学科的活力与朝气。而今天的儿童文学理论在某种程度上过于学院化，与儿童文学创作界比较疏远，这是应当注意的。

三、儿童文学理论研究还应该面向中国儿童文学的大环境去开辟一些新的研究领域，尤其是应用型的领域，比如儿童文学与出版、儿童文学作品的推广，等等。又比如，几年来持续不衰的哈里·波特热对中国儿童文学的冲击和影响，目前的评论和阐释其实是远远不够的。哈里·波特的意义不仅仅提示我们儿童对什么样的作品感兴趣，而且揭示了产业化时代儿童文学的经济学命运，这需要我们的研究者对中国的文化消费现状以及正在兴起的文化产业运动有一定的了解和敏感。此外近几年青春文学的走红、儿童文学出版界的造畅销书运动方兴未艾，都与这种文化产业兴起的大背景有直接关系。再比如，近两年一些新型的童书传播方式，如妈妈书友会或类似的民间组织，越来越受到社会的关注，少儿出版社尤其重视它，这种现象说明什么？它与儿童文学这种文体自古以来的传播方式有什么内在的联系？等等。

新的时代环境提出了许多新的有待研究的课题，儿童文学理论在一定程度上应该走出象牙塔，不仅为创作服务，也要为出版服务，为优秀作品的推广服务，与儿童文学实践的发展形成良好的互动。

总之，我们的儿童文学学科发展到今天，作为一门课程已经是站稳了脚跟，但是怎样让这门学科更加深入、更加丰富，在社会生活中发挥更大的作用，让基础理论与应用理论齐头并进，还需要更多人的努力，这种努力最终会不断地扩大和提升儿童文学学科发展的平台。

最后我再一次衷心祝愿蒋风老师健康长寿，衷心祝愿我们的儿童文学事业万古长青！

2005 年 10 月

八十华诞 阳光事业：全国儿童文学学者齐集金华

王 健

蒋风，生于1925年，国立英士大学毕业，曾任《申报》记者、国新社特约记者；浙江师院、杭州大学、浙江师范大学讲师、副教授、教授；日本大阪国际儿童文学馆客座研究员。他为中国儿童文学研究会创会人，历任中国儿童文学研究会顾问，全国师范院校儿童文学研究会名誉会长，中国教育家协会理事，中国作家协会会员，金华市作家协会名誉主席，国际儿童文学研究会第一名中国籍会员，亚洲儿童文学研究会共同会长，世界华人文学学会名誉顾问，国际格林奖第十届评委。

主要著作有《儿童文学概论》、《儿童文学漫笔》、《儿童文学史论》、《儿童诗谭》等；主编有《中国现代儿童文学史》、《中国当代儿童文学史》、《中国儿童文学史》、《中国儿童文学大系》（理论卷、诗歌卷）、《世界著名童话鉴赏辞典》、《世界儿童文学事典》、《儿童文学原理》、《儿童文学教程》、《幼儿文学教程》、《玩具论》、《中国儿童文学作家评传丛书》等。

曾获中国图书奖、冰心优秀儿童图书奖、儿童文学人才培养与建设一等奖、全国艺术科学国家重点研究一等奖、浙江省社会科学优秀专著一等奖、曾宪梓奖、杨唤儿童文学特殊贡献奖、宋庆龄儿童文学首届特殊贡献奖、浙江省人民政府鲁迅文艺奖突出贡献奖、浙江省关心下一代先进个人等奖项，并获得浙江省人民政府颁发的“优秀少年儿童工作者”荣誉称号，享受国务院发给的特殊津贴。曾多次应邀赴美、日、韩、新、马以及我国的港、澳、台地区讲学，参加很多国际学术会议，小传和著作先后被100多种中外名人录、辞典收录。

昨天上午，数十名毕业于浙师大儿童文学专业的历届硕士研究生回到母校，为他们的导师蒋风教授庆祝八十华诞。这些毕业生已经成为支撑中国儿童文学界的主要力量，所以，这个生日会又成了一个中国儿童文学学术研讨会。

庆祝会由浙师大人文学院院长张先亮主持，浙师大党委书记李鲁代表师大向蒋风教授送上了祝寿礼物，副书记梅新林介绍了蒋风教授从事儿童文学研究60年来的成就和贡献，对他创建中国第一个儿童文学研究机构——浙江师范学院儿童文学研究所，在中国第一个招收儿童文学硕士研究生，培养了吴其南、王泉根、汤锐、方卫平、汤素兰、韩进、杨佃青等一批著名的青年学者、作家给予了高度评价，更对蒋风教授离休后免费招收非学历儿童文学研究生，创建中国儿童文学研究中心，主编《儿童文学信息》报和开展丰富活跃的国际儿童文学交流深表敬佩。梅新林说，目前，全国儿童已近4亿人，对于这一庞大群体展开系统和深入的学术研究，促进他们的茁壮成长和社会的和谐发展，是时代的迫切需要，也是学界的重大使命。为此，学校决定组建浙江师范大学儿童研究院，目的是通过重组学术资源、拓展研究领域、推出系列精品、培养优秀人才，使之成为浙师大和金华最具特色优势、最具学术影响力与知名度的学术品牌。

海外和国外很多儿童文学学者也给蒋风教授发来了贺电。

汤锐：多出孩子喜欢的图书和动漫

别看名字很阳刚，其实汤锐是一位柔美的女性，她是蒋风教授带的第二届研究生。虽然她在北京工作，她和母校保持着非常密切的联系，经常与浙师大儿童文学研究所的方卫平教授等人进行学术探讨。她当过高校教师，她的专著《现代儿童文学本体论》曾获普通高校第二届人文社科研究成果二等奖。她也搞过创作，现在具体做的是出版，任中国连环画出版社总编辑、编审。汤锐说，如今流行的不少儿童卡通、动漫等大多是盗版的，这就是为什么很多人提出流行的儿童卡通、动漫一方面吸引了孩子，另一方面又存在着许多问题的原因。去年，中国连环画出版社从日本引进了《网球王子》动漫，是中国正式从日本引进的第一套动漫，以体育题材为主，内容健康，形式活泼，到市场上很受读者席团的欢迎。这是对盗版电子读物的一次宣战，就是要告诉读者、告诉家长，选择正规渠道的图书和电子刊物更安全，质量更有保障。她还主持了“青少年口袋书”工程，出版了近30本孩子喜闻乐见的图书。她说，中国有3亿多儿童，多出孩子喜欢的图书和动漫，是中国出版界的责任。

杨佃青：儿童文学对当父亲很有好处

杨佃青是福建少儿出版社第二编辑室主任，很多孩子不知道他的真名，但对他在报纸杂志上的笔名“杨火虫”和在网上的网名“大嘴鸭”非常熟悉，他有时自己创作童话故事，有时撰写网络评论，文采飞扬。

在家里，他是一个好父亲。当然，因为工作忙，他也没有时间多陪女儿，但是与女儿在一起的时候，他就常给女儿讲故事，讲得非常动听，并且，他对女儿采取了更为随意和放任的教育方式，强调无意识学习。他说，这和他是儿童文学方向的硕士研究生很有关系。

他说，中国儿童文学繁荣阶段有三个：五四时期、“十七年”以及新时期，它的繁荣有两个标志，那就是国外儿童文学作品的大量引进和思想解放。他认为，搞儿童文学就是要发现儿童、解放儿童，儿童文学的发展史就是儿童的解放史，中国传统文化缺乏对儿童的尊重，发展到今天，社会经济已经有条件让更多的人把目光投向提高精神文化生活，投向教育，儿童文学事业就会有更大的发展。

汤素兰：搞儿童文学是一件幸福的事

汤素兰长得很甜美，是个真正意义上的美女作家，她是湖南人，1988年考入浙江师范大学中文系儿童文学研究所，1991年毕业，获硕士学位。现在是湖南少年儿童出版社文学编辑，一级作家。她是中国作家协会会员、民进中央委员，创作以童话为主，也写小说、写文学评论。出版有长篇童话《小朵朵和大魔法师》、《小朵朵和半个巫婆》、《寻找快乐岛》，短篇童话集《奶奶和小鬼》,系列童话《笨狼的故事》、《笨狼画画》等。

汤素兰说,她对浙师大很有感情,在这里读书3年学到了很多东西。那时候,生活条件还不够好,研究生没有宿舍,蒋风老师就腾出书房给她住。她是湖南人,爱吃辣,韦苇老师还专门给她做了辣椒酱。她在师大读书期间就开始尝试儿童文学创作,写童话,后来就越写越多。现在正在写的是一部《校园三部曲》,她笑着对记者说,这本书是写给男孩子看的,很幽默,很阳光,而且相信女孩子也一定会喜欢。

她说,如今的孩子受视觉媒体的影响很大,但她还是特别希望做父母的能引导孩子多读些好书。为了写好当代的孩子,写出当代孩子爱读的书,做好《少年作文辅导》的主编,汤素兰经常要到学校、幼儿园体验生活。她还告诉记者,儿子的成长给了她很多的帮助,"可以说我是和儿子一起成长",因为自己学的是儿童文学,所以儿子从小接触了大量很好的儿童读物,五六岁就能够独立阅读了,基本没有经历识字的难关。儿子的成长给了她很多灵感,她的创作和学术研究也对儿子很有帮助。想到这些,汤素兰说:"搞儿童文学是一件幸福的事情。"

记者问她所出版的书中有没有特别满意的,她说,是一本纪实的小说《陕北女娃》,写的是陕北贫困山区21个女孩的生活故事,因为这本书,引来人们帮助当地捐建了一所希望小学,该书还被中宣部选为向青少年推荐的百部好书之一。

温州师范学院的吴其南教授代表蒋风教授的弟子们发言,评价蒋风教授在儿童文学史上做出了开拓性的贡献。

蒋风教授激动地说,他活到80岁,这是第一次过生日,人生短暂,时间非常宝贵,人过生日可能就是出于对时间、生命的珍惜,那么就要更珍惜时间,谁能俘虏时间,谁就能胜利。他说,他常常这样告诫自己,这样鼓励学生,学生们在儿童文学领域里取得了成就,反过来对自己也是一个激励,"我的生命不能苍白",因为这个动力,让他在离休之后也不敢休息,继续在儿童文学事业上耕耘。儿童文学事业是阳光事业,他感到,投身其中很快乐。

吴其南:培养儿童绝不能放弃读书

吴其南是蒋风教授的开门弟子,被师弟、师妹们称为“大师兄”,他是我省安吉人,1979 年考入浙师大读儿童文学研究生,毕业后先留校任教,后调到温州师院,曾任人文学院院长。吴其南教授是中国作家协会会员,中国中外文艺理论研究会会员,已出版《中国童话史》、《代际冲突与文化选择》、《童话的诗学》、《现实 · 文本 · 文本间性》等著作,另有数十万字论文发表。他曾主持一项浙江省社会科学规划课题,科研成果曾获浙江省哲学社会科学优秀成果奖二等奖、温州市哲学社会科学优秀成果奖一等奖等多种奖项。

吴其南看上去是那种温柔敦厚型的人,为人处世非常低调,很谦虚,但是学问却做得非常扎实。他告诉记者,他也搞成人文学,但始终没有放弃过儿童文学,发表的论文也特别偏重儿童文学。因为,他觉得,社会很需要儿童文学。现在,全国每个省份都有少儿出版社,而且每家少儿出版社效益都比较好,说明当今已经有更多的父母意识到了孩子教育的重要性,意识到要用好的儿童文学作品去引导孩子,社会的发展对儿童文学的发展有了切实的需求。针对当代儿童的特点,他刚交出了一部书稿——《当代少儿文学代表性作家作品研究》,有 30 万字,明年出版。他还特别把目光投向了大众传媒对儿童的影响,他说,传媒正在消释成人和儿童的界限,这是不能回避的事实,作为一名理论研究者,必须关注和跟踪这些现象。

但吴其南还是特别强调在传媒世界里引导儿童读好书的意义,他说,语言刺激的是人的思维,图像刺激的是人的感觉,要培养出具有创新思维的孩子,绝不能放弃读书。

王泉根:儿童文学是儿童读物的核心

北京师范大学文学院教授、博士生导师,中国儿童文学研究中心主任王泉根是绍兴上虞人,他虽然在北京生活了多年,但交谈中仍然可以听出绍兴乡音。他是蒋风教授的第二届研究生,1984 年毕业于浙江师范大学中文系,获文学硕士学位。这位蒋教授的得意弟子，在毕业6年之后，以在儿童文学界的突出成就从讲师破格晋升为教授，2001年成为我国儿童文学界的另一位博导，开始招收海内外的儿童文学博士生；2003年，在全国首招科幻文学研究生。现在，他还是国家社会科学基金中国文学评审组专家、中国作家协会儿童文学委员会委员、亚洲儿童文学学会副会长，他的主要著作《现代中国儿童文学主潮》、《儿童文学审美指令》、《论文学研究会的“儿童文学运动”》以及《中国姓氏的文化解剖》等，在国内外都有深远的影响。他的论著曾获得国家图书提名奖，首届与第3届中国高校人文社会科学研究优秀成果奖二等奖，他个人还获得过台湾杨唤儿童文学特殊贡献奖。

王泉根教授对在浙师大读硕士研究生的三年生活非常难忘，他说，他是带着课题考上师大研究生的，他在读中文本科的时候就发现文学研究会的很多成员都关注和研究过儿童文学，进了师大，他就紧紧咬住这个课题不放，毕业的时候，就完成了《论文学研究会的“儿童文学运动”》和其他几本专著。这样的成绩是怎么来的？除了导师的教诲之外，他每天一大早都提着一壶开水、带着几个馒头进图书资料室读书直到晚上熄灯才出来的情景，让很多师兄弟还记忆犹新。

王泉根说，社会非常需要儿童文学，这方面的研究生非常好找工作。2004年，经国家批准，儿童文学已经成为与现当代文学、外国文学、古典文学等平级的二级学科，发展的空间更大了。它是一门跨学科的窗口学科，与社会生活的联系特别紧密，一个儿童的成长，除了家庭、学校的影响之外，最深刻地影响儿童的是什么？是儿童传媒文化，其核心是儿童读物，而儿童文学又是儿童读物的核心。他特别希望，有更多的人能在大学阶段接触到儿童文学，有儿童文学的最基本概念，那么对中国一系列和儿童有关的事业都是非常有意义的，就是对做父母也是很有帮助的。

现在，王泉根最想做的事情是要把国外重要儿童文学理论书翻译过来，与国际接轨。他还将组织出版三套科幻文学丛书，希望对中国儿童界产生一些影响。

《金华日报》，2005年10月22日

蒋风在儿童文学领域创造多个全国第一

夏积山

蒋风，浙江师范大学原校长、教授，1925 年生于金华。

他 1952 年开始从事儿童文学教学与研究工作，是新中国儿童文学教育工作的拓荒者，是第一批走上儿童文学讲坛的大学教师之一。1978 年 10 月，他在浙师院创建了全国第一个儿童文学研究机构——儿童文学研究室，建立了全国第一个专业儿童文学资料室，同时，在全国第一个招收儿童文学硕士研究生，培养了一批知名的青年学者。

1980 年 6 月，他第一个发起创办的中国儿童文学研究会在北京成立，并被推选为第一副理事长。1982 年 9 月，他创办了第一期全国幼师、普师儿童文学师资进修班，培养了一大批儿童文学师资，成立了全国幼师、普师儿童文学研究会，后发展成为全国师范院校儿童文学研究会，被选为永久会长。

1994 年 8 月离休后，他创办中国第一个民间儿童文学研究机构——中国儿童文学研究中心，首创非学历研究生模式，免费招收非学历儿童文学研究生，学员遍及包括港、台地区在内的全国各地和新加坡、马来西亚等国。

蒋风著作等身，《中国儿童文学讲话》、《中国现代儿童文学史》、《中国当代儿童文学史》、《儿童文学概论》、《儿童文学事典》等都在学界有巨大的影响。

蒋风 1986 年被国际儿童文学研究会吸收为第一位中国籍会员；2004 年，再次当选为亚洲儿童文学学会共同会长，是国际格林奖评委中唯一一位中国评委，获得了很多重要的奖项，是著名儿童文学理论家、教育家。

《金华日报》，2005 年 6 月 11 日

蒋风教授八十寿辰贺词贺信

日本著名儿童文学家、日本圣和大学博导鸟越信教授贺词

值此蒋风老师迎来八十华诞之际，由衷地表示祝贺！我第一次见到蒋风老师是在1986年为纪念大阪国际儿童文学馆创办而举行的国际儿童文学研讨会上。之后近20年来，常常有幸见到他。其中多数是在儿童文学研讨会上，此外我还去蒋风老师当年工作的浙江师大讲过学。蒋风老师也曾来我工作的大阪国际儿童文学馆当过客座研究员。我们谈得很多，我受益匪浅。特别不可思议的是，蒋风老师在他本人之外也给予我很多的帮助。比如，我在中国各地遇上过许多蒋风老师的弟子，这使我深深体会到了桃李满天下这句话的含义。祝愿蒋风老师长寿，为中日儿童文学的交流做出进一步的贡献，并一如既往地指导、鞭策我们。

2005年10月20日

亚洲儿童文学学会共同会长，韩国儿童文学学会会长李在彻教授贺信

恭祝蒋风老师八十华诞！蒋风老师是亚洲最杰出的儿童文学研究家。我一直将把蒋风老师介绍给全世界的儿童文学工作者为己任。我记得蒋夫人比蒋风老师年轻10来岁。所以蒋风老师应该拿出胜过夫人的勇气来，过得更健康、更长寿！

日本北海道儿童文学会会长笠原肇教授贺电

祝贺蒋风老师八十华诞！对蒋风老师长年对儿童文学的研究和普及所做的贡献表示敬意。愿蒋风老师生命之树长青。

日本圣和大学儿童文学博士杨汝贤贺电

恭祝蒋风老师八十华诞！蒋风老师是儿童文学工作者的典范、教育工作者的楷模、金华人的骄傲。我由衷地感谢蒋风老师多年来的教导和关心。祝愿蒋风老师健康长寿！

日本中国儿童文学研究学者翻译家中由美子贺信

蒋风先生：

值此蒋风先生八十大寿喜庆之际，谨致热烈的祝贺，遥祝先生寿比南山。

先生长年从事儿童文学事业，披荆斩棘，克服了重重困难，为儿童文学的发展做出了不少贡献，其历程是值得钦佩的。先生主编的《中国现代儿童文学史》、《中国当代儿童文学史》等书籍以及《儿童文学信息》报，这些都是我们了解中国儿童文学不可缺少的重要资料之一。我作为一个日本的中国儿童文学翻译家向蒋风先生表示由衷的感谢。

获悉"蒋风儿童文学学术研讨会"今天开幕，我衷心希望研讨会获得圆满成功。

中由美子敬上

2005 年 10 月 20 日

蒋风先生是一棵枝繁叶茂的大树，遮荫着我国儿童文学的春天。

谨以此语，喜贺蒋风先生八十大寿。

圣野

2005 年 10 月 20 日于上海

上海社会科学院文学研究所贺信

蒋风先生：

您好！

在桂子飘香的金秋十月，迎来了您的八十诞辰！祝贺您健康长寿！

您在我国儿童文学学科领域里辛勤耕耘了六十多个春秋，硕果累累，为我国儿童文学事业做出了突出贡献！在此向您表示崇高的敬意和衷心的祝贺！

祝浙江师范大学儿童文学学科发展学术研讨会圆满成功！

潘颂德恭贺

2005 年 10 月 20 日

文如东海长流水

寿比南山不老松

祝贺蒋风同志八十寿诞

蛟川白丁鲁克左笔书

2005 年于上海

蒋风先生大安：

新报收到，谢谢！先生高寿八十，笔耕不辍，硕果累累，诲人不倦，一往情深，请接受我的衷心祝福！又得知您被评为 2005 年度全国关心下一代先进工作者，这更是我们儿童文学工作者的骄傲，祝贺！

愿先生康健，快乐，丰收！

北董

2006 年 1 月 27 日

贺蒋风老师八十大寿联

吾师八轶棘路蓝缕濯旧启新学致连东之富

弟子七中缵绪祖述辉照光明更继高节之余

乙酉金秋吉日弟子阎春来敬呈文华书

蒋风老师：

您好。

大连一别，一晃又是三个年头了，十分感谢您的教育之恩，更感谢您的关怀之情。

回想 1984 年在浙师大进修时，我为能做您的一名学生而感到骄傲。您的渊博学识，对儿童文学执着的热爱，丰富着我们，并感染着我们。您是中国儿童文学当之无愧的教育家和理论家，您把毕生精力都献给儿童文学事业。活跃在中国今天儿童文学论坛上的王泉根、汤锐、吴其南、方卫平等都是你带出的研究生，中国今天儿童文学事业的蓬勃发展，有您不可磨灭的功劳。

您给我们上课时还不满 60 岁，一晃您已是 80 岁的老人。80 岁是耄耋之年，正该是颐养天年的时候，而您却仍在为中国儿童文学的发展孜孜不倦，仍在为国际间的儿童文学交流奔波，这在中国儿童文学史上很难找出第二个人！您的为人，您的学识，您对事业的奉献永远是我的榜样！

值此您 80 大寿之际，让我——一个曾是您的学生、一个儿童文学作家——衷心祝愿：永远有一颗童心，永远精力旺盛，永远与时俱进！祝春节快乐，阖家幸福！

您的学生　滕毓旭

2006 年 1 月 23 日于大连

我从一个很美很美的梦中醒来
听到嘀嗒嘀嗒嘀嗒的声音
啊，詹姆斯和大仙桃一起出发了
萤火虫穿戴最最隆重
喔，八十支生日蜡烛也抵不过我尾巴顶端那盏耀眼的灯
蜘蛛抹了粉涂了口红
蚯蚓的红领结也很神气

九星瓢虫在后边着急大叫
我掉了两颗星有谁瞧见啦?
四十二条腿的蜈蚣最拖拖拉拉
可是我从半夜就起来系鞋带啦
老蚱蜢趁机抓紧调了调它头顶上的两根
琴弦准不准
蜈蚣下巴上淌着仙桃汁
开始引吭高歌——
生日晚宴吃什么?
喏,喏,喏
只要咬上仙桃一小口
千般美味宁可都不要
嘀嗒嘀嗒嘀嗒……
我们的下巴一起淌着詹姆斯的大仙桃汁
来来回回、反反复复一个甜甜的句子
生日快乐　生日快乐　生日快乐……
亲爱的蒋风小朋友!

辫子姐姐　雨君
于上海遥贺
蒋风先生八十寿辰

敬贺蒋风教授八十华诞

八十华诞同喜庆,
桃李满苑丰收景。
杏坛巍,不老松,
旗帜高扬千里行。
童心闪烁亮九州,
昭示后学勤奋进。

心宇尚存未圆梦，
化雨春风迎晚晴。

学生　董复光敬贺

2005 年 10 月

蒋风眼中的云和

林钊辉　练礼佳

在云和的日子

1925年，蒋风出生在金华一个小学教员家庭，兄妹五人，由于家境贫寒，他未能按部就班读书，只断断续续念了3年小学、3年中学。1942年，怀着对文学的深深热爱，蒋风就读于济南大学中文系。1943年因经济拮据，蒋风只好放弃在读的济南大学中文系，考入国立英士大学（在云和小顺），同年暑假来到了云和小顺。

抗战期间，云和市场日常生活用品、主副食品供不应求，物价昂贵。云和随迁人员激增，过境军队供给频繁，缺粮情况更加严重。由于粮食严重缺乏、物价波动、官员贪污等现象，本是学生的口粮能分到学生手上的已少之又少，除了部分家境富裕的学生可以到学院附近打几顿牙祭，一般学生都只能按到手的口粮过日子。蒋风为省着吃，到手的口粮一日分两餐，两餐吃的都是稀饭。晚上住宿，与来自全国各地的数百名学生一起挤在小顺铁工厂车间搭起的上下铺过夜。当时穿的是草鞋，点的是汽灯，过着十分清苦的生活。年轻的蒋风在那段艰苦的日子里发愤读书，虽然因贫困放弃读中文专业，改读英士大学学农业，但他从没有放弃对文学的深深热爱，深夜忍受着饥寒交迫，点着汽灯看书。随着日寇的入侵，云和也处在动荡之中。1944年，国立英士大学迁至泰顺。蒋风告别了云和。

那时的云和小顺，在年轻的蒋风眼里，是一个荒凉的小村庄。小顺距云和县城虽只15公里左右，蒋风却未曾到过。所以，当问起蒋风先生对云和的印象时，蒋老回答说除了荒凉一片，没有留下什么印象，就是他唯一的印象。

看云和变迁

60 年的流金岁月，德高望重的蒋风先生，因“中国玩具企业发展论坛”在云和隆重举行，受邀再回到这片他曾停驻过的土地。一切都变了！在蒋老眼中，当年那种荒凉如驿站的山城，如今已是小县大城，高楼矗立。

城东大道、浮云溪畔、元和广场、文化中心的市政建设在他面前绽放出一个崭新的城市面貌。尤其是工业园区，那一片片厂区里，制造出的一件件童话般的木制玩具，居然在短短几十年里打响了全国，甚至全球的知名度。这让蒋老感慨万分。

谈起他对我县木制玩具产业的感受，他说，云和是一个只有十万左右人口的小县城。可以说是一个很小的小地方，这么小的一个小区域、小县城，经过几十年的变迁，居然能以木制玩具产业打响全国，甚至全球的知名度很不容易，政府提倡的产业工作做得很到位。为企业服务，县主要领导能带队去各地帮助寻找木材，做到这样，说明领导对企业的高度重视，能这样做的政府很不容易；不足之处是，木制玩具产业的科技含量低，企业主自我满足于忙忙碌碌地接订单，缺乏自主意识，缺少时代的危机感，这将使整个县经济产生不稳定状况。尤其，在 WTO 进入中国以来，关税取消后，竞争随之加剧的今天，不提高一种主导产业的科技含量，以后本地的经济会更不稳定；同时，希望我县的木制玩具产业能突破现有的瓶颈，真正成为一个阳光产业，使其越做越大、越做越好、越做越强。

祝福云和

从没印象到深怀感慨，蒋风先生表达了对云和的无限眷恋。站在文化中心论坛席前，蒋风先生满怀激情地给我们讲述着小费米玩陀螺，玩具对孩子成长的重大意义，玩具观的大改变，带动玩具产业的大发展，当今中国玩具企业总的形势，浙江玩具业发展战略思考……顺着蒋风先生的视线，在我们眼前，也仿佛呈现出一片蓝图：60 年的岁月变迁，在云和这片土地上，已发生了翻天覆地的变化，云和木制玩具产业已在全国甚至全球都打开了一定的知名度，遥想将来，再过10年或20年，云和的木制玩具产业经过企业主与政府的互动努力，代代接棒，将成为家喻户晓的一种阳光产业。

就像他提起的那句英国谚语：当运气向你微笑的时候，赶快拥抱她！对我省玩具业来说，命运之神已在向你们招手，如不及时抓住这个机会，“天予不取”，“时不再来”！命运之神绝不会第二次来叩响你的门扉。

2005年9月13日

小女孩黎黎的困惑：写诗真的没用吗

赵如芳

"你写什么诗啊，小学时还可以玩玩，到了初中哪里还有空来写？"

"写诗有什么用啊，即便当了诗人又能怎样？现在诗人又没出息。"

这是爱诗的小女孩黎黎（化名）从班主任和妈妈的口中得到的"训导"。为此，已经写了上百篇诗歌的黎黎困惑了：写诗真的没用吗？以后还要写吗？

诗美熏陶，最好的教育

亚洲儿童文学学会共同会长蒋风闻知黎黎的遭遇后，非常痛心："写诗怎么会没用呢？写诗能帮助小孩学好语文，因为诗歌要求有丰富的想象力，要有情感，语言要精练。可以说，诗写得好的小孩，语文不会差。另外，诗歌还有助于小孩的品德培养，因为它讲究真善美，能让小孩分清是非和美丑恶，受到美的熏陶。从这个角度讲，诗美的熏陶，是最好的教育。"

市青少年宫文科体部部长任雪岭说："诗歌比较自由，不像作文那样有许多条条框框，这更符合孩子的心理需求，孩子有了心事，不一定要长篇大论地写出来，也许用几句简短的诗，更能表露情感。可以说，诗歌是孩子精神食粮的一部分。"

"美国诗人福罗斯德说：'什么叫诗？诗就是读的时候让人愉快，读过之后让人变得聪明起来。'我觉得这话很有道理。一个一年级的小孩写的《小树的眼睛》：'散步的时候/我看见小树上/长了许多小芽芽/那是小树的眼睛/在看春天的风景。'小孩写出了这么美妙的东西，你能说它没用？"蒋风说。

呐喊与现实

诗歌曾经随着整个文艺界的边缘化一直遭人冷落，三四年前的高考作文还不允许写诗歌，但现在情况发生了变化，高考作文允许写诗歌了，而且有两个学生因为写得好而得了满分，在新编的语文教材中，诗歌的比例在增加。

诗歌教学逐渐受到重视，但在我市形势仍不容乐观。

蒋风说他这几年都在呐喊，希望学校重视学生的诗歌创作和诗歌教育："我呐喊过了，但不一定能让所有的人都听到，而且听到的人也不一定就能接受。前年我到六七个学校讲课，我希望它们都成立诗社，但好像都没有。"

据蒋风说，我市有诗社的学校并不多，市区某所小学有一个，现在逐渐冷了下来，做得好的要数永康龙川小学了，那里每个语文老师都开展了诗歌教学，还出了《儿童诗选集》，现在那些学生的诗歌写得很好了。

问及诗歌教学不被重视的原因，蒋风说首先是语文教学的问题："语文老师、班主任要有正确的教学观，像那个班主任，竟然不让孩子写诗，这些保守僵化的观念，束缚了小孩学习语文的积极性。还有的老师认为当诗人没出息，但教小孩写诗，不是一定要培养他们将来当诗人，诗人也不是培养出来的，让他们写诗，是给他们一个诗美的熏陶。"

蒋风说："诗歌教学不被重视，还与学校领导有关，永康龙川小学之所以搞得好，就是因为校长觉得诗歌教学不错；还有一个原因是骨干的缺乏，没有诗歌教学的骨干来推动，诗歌教学也不能很好地开展下去。"

《金华晚报》，2005 年 1 月 5 日

附：

《小女孩黎黎的困惑：写诗真的没用吗》后续报道

爱诗歌没有错

赵如芳

上周本报刊登了《小女孩黎黎的困惑：写诗真的没用吗》的文章后，不少读者打来电话，诉说他们的感慨。

市区某中学的一位女孩说，当年她也和黎黎一样喜爱诗歌，买了好多诗集，有时为了舒婷等人的一首诗，能琢磨一个星期，也曾有感而发地写了一些得意之作，但随着年级的升高，妈妈不让她写了，说怕占用"正课"的学习时间。同学们知道她写诗后，就觉得她这个人怪怪的，弄得她挺不自在，一度失落，现在看到蒋风爷爷提倡写诗后，备受鼓舞。

有位不愿透露姓名的热心读者说，他一直都在关心诗歌对人的影响，曾经搜集过这方面的例子，仅金华本地就有不少，他愿意把这些例子提供给晚报，让更多的人知道。

例一：义乌的方兴东，是"中国十佳新锐人物"之一，他从本科到博士，学的都不是IT，但却在偶遇IT之后，成为中国IT领域的带头人。当记者问他成功的奥秘在哪里时，他说："我是个诗歌爱好者，从大学入学开始我就是学校诗社的骨干，从上大学的第一天到考上博士，这么多年，我一直未停止过诗歌创作，诗培养了我的创新意识和创新思维品质。"

例二：诗集《旅途中》的作者远郇是金华福临门大酒店的主人。他一边经营酒店，一边开办位于北京的文化公司，一边写诗。他说："诗使我拥有一片宁静的精神家园，使我不会像有些人那样，拥有了日益丰富的物质生活后，却荒芜了自己的精神家园，为无法回归而感到痛苦。"

例三：获得第一位全球华人热爱生命文学创作奖的吴导，曾就读于金华环城小学，他的获奖作品就是他学龄前创作并出版的两本诗集。吴导写诗没有刻意地追求，是一种纯自然的表现，他的经历又一次印证了"孩子是天生的诗人”的观点，表明孩子的诗是生命与世界的直接对话，孩子的成长离不开诗。

环城小学鲁兵诗社指导老师、参加国家“十五”规划重点课题中的《儿童诗社与素质教育》研究的程丽萍也打来电话，说她正在做一个《童诗教育是实施素质教育的有效渠道》的课题，她说童诗教育有着美育的功能，是以语言为载体的思维训练，儿童诗创作可以培养学生的创造品质，是最好的语言实践活动等。她这个课题，是建立在多年的实践经验、现实的例子和名家的研究基础上的，希望这个课题能够引起教育部门对童诗教育的重视。

《金华晚报》

蒋风教授的《清晨》入选香港小学语文教材

近日，浙江师范大学蒋风教授接到中国作家协会作家权益保障委员会的通知，他的儿童诗《清晨》被香港教育出版社选入《今日中国语文》一书，作为小学语文教材使用，即将正式出版。

此前蒋风的著作《幼儿文学与幼儿心理》曾于1984年7月被安徽教育出版社选入幼儿师范试用课本《儿童文学》；1987年11月，又被人民教育出版社选入幼儿师范学校课本《阅读与写作》，作为教材使用，一直沿用至今。

蒋教授近年创作的《清晨》，曾被收入内蒙古少年儿童出版社出版的《新新好童诗》。这首短诗语言凝练，清新优美，想象丰富，极富童趣，且朗朗上口：

清晨，我从一个很美很美的梦中醒来。
仿佛听到嘀嗒嘀嗒的喇叭声……
啊！窗外的牵牛花开啦！
它在催我赶快上学去啦！

《金华日报》，2005年5月30日

一辈子结缘儿童文学

——《少年儿童故事报·少年作家版》对话著名儿童文学家蒋风

申屠家杰

编者按:在浙江省首届少年作家代表大会暨第三届浙江省小作家代表大会上,不仅全省300多名小作家们齐聚一堂,共同构筑文学梦想,还来了许多闻名文学领域的大朋友,其中就有深受小作家敬爱的著名儿童文学家蒋风爷爷。蒋风爷爷是我们浙江省少年作家协会的名誉会长,自从《少年儿童故事报·少年作家版》创刊以来,他一直是热心读者,关心着这份报纸的发展。大会期间,我们和蒋风爷爷进行了愉快的对话。

记者:在您10多岁的时候是否就对文学特别感兴趣,有没有想到会从事文学工作?

蒋风:我很早就对文学产生兴趣,一辈子都和儿童文学结缘,有三件事情对我的影响特别大。第一件事,我上小学四年级的时候,上海《儿童杂志》举办了"全国儿童作文比赛",我的作文《北山游记》得了第10名,受到很大的鼓舞。

第二件事,激发我写作责任感的是上世纪40年代后期,《申报》报道了一则消息,3个孩子因为沉迷于武侠小说,到峨眉山飞身跳崖了。到现在我都记得这则报道,它对我触动很大,我觉得应该为孩子做点事。

第三件事是与老师的引导有关。我的一位小学老师叫斯紫辉。她是数学老师,但每周都给我们开一节故事课。

有一次开主题班会,斯老师还用亚米契斯《爱的教育》中的人物为班里的同学命名。我的同学一个个都被命名了,我却没有被命名到,当时委屈得几乎掉泪了。斯老师发现了,下课后把我叫到办公室,"检讨"自己粗心大意,忘了给我命名了,郑重地在《爱的教育》这本书上题字,把书送给了我。

记者:那如何去培养自己的文学兴趣,在这方面得到发展?

蒋风:最重要的是兴趣,兴趣是最好的老师。培养兴趣的方法多种多样,比如老师多讲故事,树立信心向刊物投稿。

近两年,我都在教小学生写诗,从省内一直发展到马来西亚等东南亚地区。孩子是天生的诗人,写诗是引导他们走上文学道路的很好的途径。诗歌反映美,使孩子在美的熏陶下健康成长。诗歌写作要求语言精练。诗好,作文肯定好。

记者:您怎么看待少年作家成名?

蒋风:文学的目的是陶冶人的心性,使人成为有修养的人、好人。教写作的目的绝不是培养作家、诗人,而是通过活泼的学习形式掌握语言。要成为作家,首先要具备一定的生活阅历。

《少年儿童故事报》,2005 年 9 月 3 日试刊第 9 期

2006 年

金华蒋风扬名韩国首尔

李 艳

8 月 30 日晚，记者在浙师大宿舍见到我国著名儿童文学理论家蒋风教授时，他刚刚从韩国载誉归来。8 月 21—25 日，第二届世界儿童文学大会暨第八届亚洲儿童文学大会在韩国首都首尔隆重召开，来自世界各地的 400 多名儿童文学家、学者齐聚一堂。在此次大会上，蒋风获得了唯一一个儿童文学理论贡献奖。

照片上了大会会徽

贡献奖由韩国第一个儿童文学博士、亚洲儿童文学大会会长李在彻颁发，并宣读颁奖词：蒋风先生是代表中国儿童文学研究学界的学者，曾任浙江师范大学教授，已出版了《儿童文学概论》(1980)、《中国现代儿童文学史》(1987)、《世界儿童文学事典》(1992)、《幼儿文学概论》(2005)等，把中国儿童文学理论提升到世界级的水平，其贡献获亚洲儿童文学界之具体肯定，特此给予理论贡献奖。蒋风在国内外儿童文学界享有较高的知名度。此次，他的照片还和其他几位荣获儿童文学大奖的学者一起印在了大会会徽上，很是瞩目。

1990 年夏天，李在彻筹备召开韩日儿童文学研讨会，邀请蒋风出席当观察员。蒋风对李在彻说："你既然请我当观察员，还不如扩大规模开个东亚或亚洲儿童文学大会。"李在彻听了觉得很有道理，当年便召开了第一届亚洲儿童文学大会。可遗憾的是，发起者蒋风却未能参加。当时，中韩还没有建交，赴韩签证得到日本东京或香港办理。层层审批足足花了蒋风 3 个月的时间，他还没来得及赶到东京或香港办签证，大会就已开幕了。

本届大会的主题是“向往和平的儿童文学”，81 岁高龄的蒋风提交了题为《和平，儿童文学的永恒主题》的论文，并在大会上做了长达 20 分钟的阐述：“今天的儿童是主宰未来世界的新一代主人，所以赋予儿童们必需的良知、智慧和精神力量，使之日后能开创一个世界永久和平的新时代，是人类为缔造一个富有希望的美好明天所做的伟大的准备。”

蒋风的观点与大会的主旨有着惊人的相似。在大会人手一册的书的扉页上写着这样几句话：儿童是我们的明天，也是未来。为了人类共同的和平与福祉，今天我们所未尽的理想，寄托于他们。

对中外“罗琳”细细点评

如果问当今世界上谁的儿童文学作品最畅销，自然首推英国女作家 J. K. 罗琳撰写的系列魔幻文学作品《哈利·波特》。这部有关少年历险经历的小说一经出版，便迷倒了世界各地的儿童和他们的父母，全球销量已达 3000 万册。如果问中国谁的儿童文学最畅销，毫无疑问首推眼下炙手可热的儿童文学作家杨红樱。在近两年的儿童文学畅销书榜上，杨红樱的作品占了一半。杨红樱的《女生日记》、《男生日记》、《五三班的坏小子》、《漂亮老师与坏小子》等作品深受孩子们喜爱。她的新作《淘气包马小跳》系列小说更是风靡了中小学校园，首发即达 120 万册，有学生亲切地称杨红樱为“中国的罗琳妈妈”。

中外“罗琳”的作品，蒋风都认真拜读了。令他忧虑的是，现在的儿童文学几乎变成了快餐文学的代名词，快乐儿童文学被人狭隘、错误地理解成了轻松文学。

“杨红樱本来是很有才气的，早期的作品像《女生日记》等写得挺不错的，很有文学气息。可后来的一些作品，像《淘气包马小跳》等迎合了孩子的心理，只讲趣味，文学性不够。”蒋风说，一个人的精力有限，不可能源源不断无限期地写作。一些当红作家被这个出版社约稿，那个出版社约稿，很容易被出版社牵着鼻子走，几个系列一起写，根本出不了精品。“《哈利·波特》

从某种意义上说,也迎合了孩子的心理,商业炒作味道重了一些。儿童文学界有一种观点,认为一部作品受小孩、大人欢迎必将成为经典。我看未必,日本的漫画,大人、小孩都喜欢,但你能说它是经典吗?”“不过,《哈利·波特》还是有它的成功之处,想象力丰富,将作家的想象和古代的魔法结合起来,描写了当代学生的生活,作者正是通过这个抓住了孩子的心。”在蒋风看来,一部优秀的儿童文学作品必须具备四性:首先要有文学性,其次要有儿童性,第三要有趣味性,第四要有教育性。文学性是第一位的,后面的三性都要服从于文学性,通过美感完成一部作品的创作。

永远保持一颗童心

蒋风是国际儿童文学研究会第一名中国籍会员,为我国儿童文学走向世界做出了卓越的贡献。去年,蒋风 80 大寿时,诗人圣野发来贺电:“蒋风先生是一棵枝繁叶茂的大树,遮荫着我国儿童文学的春天。”头发花白的蒋风至今仍保留着一颗童心。

3 年前,78 岁高龄的蒋风仍满含童心创作了一篇童趣盎然的作品。那天早上醒来,他看到对面人家阳台上的牵牛花开得正艳,马路上孩子们蹦蹦跳跳地背着书包上学去。突然,他的灵感来了,题为《清晨》的美文跃然纸上:清晨,我从一个很美很美的梦中醒来。仿佛听到嘀嗒嘀嗒的喇叭声……啊,窗外的牵牛花开啦!它在催我赶快上学去啦。去年,《清晨》被收录入香港《今日中国语文》小学教材。

蒋风早年创作的《给,永远比拿愉快》至今仍被当作人民教育出版社出版的小学四年级语文教材:

> 有一年,高尔基在意大利的一个岛上休养。他 10 岁的儿子跟着妈妈来岛上看望爸爸。儿子在爸爸住的院子里栽了好些花,不久,就和妈妈一起回家去了。
>
> 第二年春天,儿子栽下的花开了。高尔基看着窗外怒放的鲜花,心里很高兴,就给儿子写了一封信。

高尔基在信中说，儿子，你走了，可是你栽的花留了下来。我望着它们，心里想，我的好儿子在岛上留下了一样美好的东西——鲜花。如果你不管在什么时候，什么地方，留给人们的都是美好的东西，像鲜花啦，好的思想啦，还有对你的美好回忆啦，你的生活该是多么愉快啊！那时候，你会感到所有的人都需要你。要知道，给，永远比拿愉快。

《给，永远比拿愉快》还被新加坡教育部选入《中学华文》。

浙江省第五届鲁迅文学奖突出成就奖、宋庆龄儿童文学特殊奖，等等，如今又加上一个世界儿童文学理论贡献奖，戴在蒋风头上的桂冠和荣誉数不胜数，他却从不恃才傲物。每次见他，他都像孩子似的微笑着。正如一位诗人给蒋风写的一首诗中写道："他的微笑是天真的，来自他深爱的孩子们的脸庞。"

《金华日报》，2006年9月1日

呵护3亿儿童的健康成长

——全国高校首家儿童文化研究院开张

胡国洪

10月2日下午,在一群小朋友的载歌载舞中,浙师大西北角一座古色古香的小楼前,“儿童文化研究院”牌子上的红布揭开,也揭开了浙师大儿童文化研究的崭新一页。“为3亿儿童的健康成长创造更多的空间!”国内首个儿童文化研究院,在这里正式宣告成立。

浙师大校长梅新林为儿童文化研究院名誉院长蒋风教授颁发聘书,为兼职教授任溶溶、梅子涵、吴其南、孙建江颁发了聘书。梅新林在讲话中说,希望儿童文化研究院所有研究人员以此为契机,紧跟时代步伐,深入儿童世界,创新观念方法,拓宽研究领域,多出研究成果,努力打造“中国儿童研究第一院”。

从上世纪80年代中期以来,浙江师范大学儿童文学学科就一直被国内外同行公认为“儿童文学人才培养的重要基地”、“中国儿童文学研究的学术重镇”,被日本学者称为“中国儿童文学研究中心”。他们创下了很多的国内第一:在高校中第一个招收儿童文学研究生,第一个成立培养本科层次专业人才的儿童文学系,最早建立了系统的儿童文学课程体系,出版了我国当代儿童文学学科相关领域的著作,形成了在国内外儿童文学界广有影响的学术群体。

学科奠基人、原浙江师范大学校长蒋风教授,是国际儿童文学研究会第一名中国籍会员,国际格林奖(奖励在国际上具有影响力的儿童文学学者的国际性奖项)唯一的中国评委。日前,在第二届世界儿童文学大会暨第八届亚洲儿童文学大会上,蒋风获得了唯一一个儿童文学理论贡献奖。蒋风是中国儿童文学研究会创始人之一,他还是宋庆龄儿童文学奖首次设立的特殊贡献奖获得者,为我国儿童文学走向世界做出了卓越贡献。

浙江师范大学在迎来50华诞之际,整合学校教育、艺术、心理等学科资源,正式成立了国内首个儿童文化研究院。成立后的儿童文化研究院将根据学校自身的学科传统和优势,直面当前儿童生活和教育面临的焦点问题,结合国家关于加强未成年人思想道德建设的有关要求,按照儿童文学、媒介与儿童成长研究、儿童文化产业、儿童成长与道德发展四个方向进行力量重组,资源整合,努力打造成中国高校"儿童研究第一院"。研究院拟设立由台湾著名儿童文学作家桂文亚女士提供经费的"思想猫"儿童文学奖学金,以培养、鼓励儿童文学研究新人。

"十一五"期间,儿童文学研究院还将围绕中国当代儿童的生存与发展现实,结合当前儿童领域的研究现状,推出一批重大课题,进行全国招标。另据了解,浙师大还将筹建国际儿童文学馆,计划于2007年挂牌。

《金华日报》,2006年10月4日

打造中国高校儿童研究第一院

——浙师大建成国内首家儿童文化研究院

李根荣　钱　媛

10月2日，在国内高校中最早开始招收儿童文学研究生的浙师大，又迈出了历史性的一步——成立国内首家儿童文化研究院。

从20世纪80年代中期以来，浙师大儿童文学学科一直被国内外同行公认为“儿童文学人才培养的重要基地”、“中国儿童文化研究的学术重镇”，20多年来，该学科在中国儿童文学理论的拓荒者——蒋风教授的带领下，执着前行，创下了多个国内第一：1978年最早开始在国内高校中酝酿恢复儿童文学选修课程；1979年第一个开始招收儿童文学研究生，最早建立系统的儿童文学课程体系；1987年出版学术界第一部《中国现代儿童文学史》；1991年出版第一部《中国当代儿童文学史》；1993年出版中国第一部《中国儿童文学理论批评史》；1999年建立大陆第一家台湾儿童读物资料中心；2003年创办中国高校中第一个儿童文学系；2004年创办中国高校第一份儿童文学和儿童文化研究的学术性丛刊《中国儿童文化》。

在全世界越来越关注儿童、关注儿童教育的现实背景下，浙师大立足儿童文学学科优势和特色，组建了国内首个儿童文化研究院，将着眼于当前儿童生活和教育面临的焦点问题，结合加强未成年人思想道德建设的有关要求，按照儿童文学、媒介与儿童成长研究、儿童文化产业、儿童成长与道德发展四个方向进行研究开发，致力于将儿童研究中心打造成国内高校儿童研究第一院。据悉，浙师大还将筹建国际儿童文学馆，计划于2007年挂牌。

《金华晚报》，2006年10月4日

蒋风爷爷寄语小朋友们

大肚熊

今年的暑假里，大肚熊坐了好长时间的火车，到浙江金华，参加了由蒋风爷爷主持的“全国儿童文学讲习班”。

蒋风爷爷是著名的作家，更是世界知名的儿童文学研究专家。蒋爷爷多年来都在从事儿童文学的创作、研究和教学。蒋爷爷曾经担任浙江师范大学的校长、教授，写下了许多本关于儿童文学研究的著作。说来真有趣，蒋爷爷还写过一本专门研究儿童玩具的书，叫《玩具论》。蒋爷爷退休后，被许多小学生诗社聘为顾问。直到今天，已经80多岁的蒋爷爷，还经常和小朋友们在一起讨论写作呢。这样一位老爷爷，你难道会不喜欢吗？

那几天，大肚熊就住在浙师大附小的学生宿舍里，天天到礼堂听讲，乖乖地当了一个星期的好学生。短短几天中，幸福的大肚熊深深地爱上了这位令人尊敬的老爷爷。蒋爷爷高兴地为本报题词，勉励小朋友们要敢于坚持走自己的路。这不，我把蒋爷爷的问候也带给了大家呢！

本期选了蒋爷爷的短诗和散文，请大家欣赏。

这样一个美妙的清晨，你该会带着怎样的心情去上学呀？

清晨

蒋风

清晨，我从一个很美很美的梦中醒来，
仿佛听到嘀嗒嘀嗒的喇叭声……
啊，窗外的喇叭花开啦！

它在催我赶快上学去啦！

（本诗被选入香港教育出版社小学语文教科书《今日中国语文》）

冬天来到了，你期待下一场大雪吗？请我们在蒋爷爷的散文《银色的冬天》里，一起去寻访那银色的世界吧！

银色的冬天

蒋风

瑞雪

嗬，好大的雪！

雪花已整整飘了一夜，早晨打开窗户一看，还在纷纷扬扬漫天飞舞……

山是银色的山，树是银色的树。

大地白茫茫的一片。绿色的麦苗不见了，赭色的阡（qiān）陌（mò）不见了，潺（chán）潺的小溪不见了，凸（tū）凹（āo）不平的沟壑也不见了。

村那头走过来一位乐呵呵的老汉，踩着银白色的村道，脚下发出吱咯吱咯的响声。老汉的须眉本来已经花白，经雪花一盖，简直像个童话里的圣诞老人。

"瑞雪兆丰年啊，明年一定是个好年景！"

老汉脸上流溢出一股无法抑制的喜悦。

这时，我的脑海里忽然浮现出童年时代的梦境：

在那玉宇琼（qióng）楼的仙国里，住着一位丰收老人，白眉、白须、白头发，他总是喜欢在大雪纷飞的时刻，乘上一辆熠熠闪光的白色的马车，巡（xún）行在粉妆玉砌（qì）的银色世界里，给人们送来欢乐和幸福……

雪后

日光从云缝里钻了出来，金光耀眼，把整个银色天地照耀得分外璀(cǔi)璨(càn)夺目。

村里的广场上，一群孩子在冰天雪地里玩得真起劲，有的在堆雪人，有的在打雪仗，喧闹的喊叫声，欢快的嬉笑声，为这寒冬的天地骤(zhòu)增了无限春意。

村边的小溪旁，流水仍在叮咚着，树枝仿佛裹(guǒ)上了一层玻璃，树梢挂着闪闪发光的雪花。两个穿着大红滑雪衣的姑娘，背着照相机，正在寻找着美，寻觅春的踪迹，大概想把她俩青春的梦境，永远留在镜头里。你看，那位苹果脸的姑娘，在她那水灵灵的眼珠里，就蕴(yùn)藏着一个童话般的意境。另一位瓜子脸的姑娘，颈上飘着一条绯红绯红的围巾，在白皑(ái)皑的雪地里，显得格外引人注目，为这冰天雪地增添了一抹春色。

是啊，雪刚停，春姑娘就悄悄来临。不信，请看村子尽头的小山坡上，迎春花不声不响地正在悄悄开放……（选自蒋风《未圆的梦》）

《小学生学习报》，2006 年 11 月 1 日

说艾青，说得还不够

——金华籍诗人艾青逝世十周年纪念

杜羽丰

也许，我们是最善于遗忘的。因为遗忘使得我们可以心无旁骛地奔向远方。

然而，有些人，我们是永远不能忘记的，比如十年前的5月5日逝去的我们的同乡——诗人艾青。

这是一个"宁愿失败于艺术，却不要失败于思想"的金华人，他的诗歌在上世纪30年代成了一个民族和时代的代言。

直到今天还需要怀念艾青，是因为他在作品中所体现的思想与情感，已经成了我们民族思想与精神的一部分。在更多的时候，怀念是为了传承。

各地举行纪念活动

金华，艾青的故乡。

5月8日，市教育、文化等部门专门开了一个纪念座谈会。5月12日，艾青中学举办了一场近300名师生参加的诗歌朗诵会。艾青纪念馆还在浙江师范大学、塔石小学等地举办了艾青生平回顾展、纪念艾青逝世十周年的专题讲座等一系列纪念活动。

金华诗人飞沙，特意在这个时候再版其力作《追踪艾青》，以示怀念。

相对于金华，北京的声音更大。

5月10日，"人民的诗人——艾青逝世十周年纪念会"在国务院机关老干部活动中心隆重举行。艾青的夫人高瑛女士，文学艺术界有关领导和知名人士，艾青生前好友贺敬之、翟泰丰、高占祥、李瑛、绿原、文怀沙、高洪波、吉狄马加、韩作荣、叶延滨、李小雨、雷抒雁、宗鄂等，以及国务院机关离退休干部代表,首都新闻界近300人出席纪念会。

中国作协党组成员、书记处书记、中国诗歌学会副会长吉狄马加首先宣读了中国作协党组书记、副主席金炳华为纪念会发来的贺信。金炳华在贺信中说,艾青同志是一位坚定的共产主义战士,一生热爱党、热爱祖国、热爱人民,为我国文学事业的发展繁荣付出了毕生心血。他以极大的热忱关心国家前途、民族命运,执着追求光明,自觉表现时代,用手中的笔吹起反帝、反封建和中华民族解放的战歌,唱响社会主义新生活的赞歌。艾青同志是当之无愧的时代歌者、民族的诗人、人民的诗人。

吉狄马加在发言中也谈到,艾青同志的诗歌创作,真实而又深刻地反映了我国民主革命和社会主义建设时期的巨大变革,堪称时代的史诗。艾青同志已经离开了我们,但他为时代立言、为人民歌唱的诗魂将永远与这片他所深爱的土地同在!《诗刊》社主编叶延滨、国学大师文怀沙先生等发言,深切缅怀艾青献身诗歌、追求真理的光彩人生。纪念会还通过诗歌朗诵、创作书画作品等形式,表达了对艾青的深情追思和怀念之情。

打开网络,在“谷歌”搜索“纪念诗人艾青逝世十周年”,可以找到13500多条信息。在艾青曾经工作了15年的新疆石河子市,当地政府部门举行了隆重的纪念活动。在上海等地,小范围的诗歌爱好者纪念聚会也不少。

说艾青,说得还不够

原浙江师范大学校长蒋风教授:艾青是诗界泰斗,是时代的歌手,是伟大的诗人。之所以称其为伟大的诗人,是因为他的痛苦和幸福,深深扎根于社会和历史的土壤,他因此成为社会、时代以及人类的代表和喉舌。艾青是金华人,是金华的骄傲。金华有艾青故居、艾青铜像、艾青公园、艾青纪念馆。艾青逝世十周年之际,我们好像遗忘了诗人。北京为他举办了大型纪念活动,而金华作为故乡,除了一个小型纪念座谈会,却不太听到怀念的声音。蒋风认为,金华不能也不应遗忘这位伟大的人民的儿子。

金华诗人飞沙:我自1982年起便追踪和研究艾青。人们对艾青诗歌文本和诗歌精神的关注太不够了。审视艾青漫长的创作历程,可以看到各种流派风格对他的影响，他不断求索，借鉴其他艺术资源，丰富与更新自己的语言实践。他写于反右之前的寓言《画鸟的猎人》甚至有荒诞主义的味道。说艾青是真正的先锋诗人，一点也没有乱戴帽子。他在很多时候是以诗歌领时代风气之先的。在经历了“新旧社会两重天”的现代文学大家中，没有哪一位像艾青一样，始终如一地一直努力把诗歌当成艺术来对待。同时，艾青又能天才地把人道与人性的灵魂贯注于字里行间，成就了他“大诗歌”的事业。飞沙坚持认为，在当今这个诗人们普遍以逃避为光荣的时代，艾青的“大师姿态”，特别具有警策意义。

艾青简介：

艾青(1910—1996)，现当代诗人。原名蒋海澄，金东区傅村镇畈田蒋人。自幼由一位贫苦农妇养育到5岁回家。1928年入杭州国立西湖艺术学院绘画系。翌年赴法国勤工俭学。1932年初回国，在上海加入中国左翼美术家联盟，从事革命文艺活动，不久被捕，在狱中写了不少诗。其中的《大堰河——我的保姆》发表后引起轰动，一举成名。

抗日战争爆发后，艾青在汉口、重庆等地投入抗日救亡运动，任《文艺阵地》编委、育才学校文学系主任等职。

中华人民共和国成立后，艾青任《人民文学》副主编、全国文联委员等职。从1936年起，艾青出版诗集达20部以上，还著有论文集《诗论》、《新文艺论集》、《艾青谈诗》，以及散文集和译诗集各一本。他的作品被译成十多种文字在国外出版。

在中国新诗发展史上，艾青是我国现实主义诗人的杰出代表，是具有广泛影响的世界诗坛巨匠，他为我国诗歌文艺事业的繁荣和发展献出了毕生的精力和热情，被智利诗人聂鲁达称为“中国诗坛泰斗”。1985年，法国授予艾青文学艺术最高勋章。

追思鲁兵

——一位从金华走出去的儿童文学家

杜羽丰

也许是鲁兵生前一直非常低调，也许是对儿童文学作者群缺乏了解，对鲁兵的怀念只能从一本书开始，它就是著名的《365夜故事》，鲁兵是该书主编。在20世纪80年代，那个孩子很多、故事很少的时期，它曾经陪伴无数孩子度过童年。这本书的发行量，迄今为止，高达380万套，堪称出版界的一个神话。

今年1月，上海《新民晚报》一个周刊曾在头版刊发专稿，纪念为少年儿童编著一辈子的作家鲁兵。4月10日，浙江师范大学儿童文学研究所和该校儿童文学系联合举办了“追思鲁兵先生”座谈会。

一个童心永驻的大孩子

据与鲁兵既是老乡又是同学和同事的著名作家圣野回忆，鲁兵小时候，就喜欢玩水玩泥巴，他写的一本《泥巴孩子》，写的就是他玩泥巴的童年生活，其中有一篇散文，题为《从水里提上来的朋友》，生动地记述了他跳到水塘里捉鱼摸虾的情景。在小学里，鲁兵是个爱爬树的小猴子，因为他手脚灵活，谁也爬不过他，后来他回母校浙江金华师范附小访问时，曾去找他爬过的那棵大树。

更可贵的是，即使在枪林弹雨中，鲁兵依旧童心未泯。

新中国成立前夕，他满怀激情投奔浙东的革命游击队。在游击队里，他一边行军，一边编战地情报，把自己写成从山上奔下来的很快活的一匹马。他又先后参加了进军大西南的战斗和抗美援朝，在又黑又湿的坑道里，鲁兵除了编写大量的坑道快板诗以外，还写了《朝鲜小姑娘》、《十五发子弹》等战地故事，寄给国内的儿童报刊发表。

朝鲜回来后，他又想念起孩子们，于是向部队老首长打了申请报告。被获准来少年儿童出版社做起小朋友的大朋友。

他编的“五四”以来一系列的有关理论、作品、史料的一套珍贵的蓝皮书丛书，他编的《365 夜》系列丛书、《中国幼儿文学集成》和当代名家经典童话系列丛书……已成为当代中国儿童文学的经典。

面对挫折从未气馁

鲁兵从部队转业到少年儿童出版社后，从 1956 年下半年开始，主编《小朋友》。他除了约请张乐平、特伟、黄永玉、黄胄等著名画家为刊物作画外，还选登齐白石、徐悲鸿、丰子恺等大师的作品。

为了孩子们能得到美的享受和陶冶，他毅然向当时受到不公正待遇的一些画家，如关良、林风眠等组稿；他还利用出差机会，搜寻具有民族风格和乡土气息的民间艺术，使天津杨柳青年画、无锡惠山泥人、色彩斑斓的京剧脸谱等，也常刊于《小朋友》的封面、封底。

可惜好景不长。1957 年 11 月，因为在《小朋友》第 21 期上刊登了一组带有童话色彩的连环画，讲一个小女孩爱护小老鼠的趣事，竟被人在报上点名批评，由此引发起一场“老鼠风波”。鲁兵因此于 1958 午 1 月下放农村，不久又转往工厂，几起几落，历经磨难。

然而鲁兵面对挫折从未气馁，下放中依旧坚持儿童文学创作。十年浩劫过后的 1978 年元旦，少年儿童出版社重新挂牌，鲁兵被任命为低幼读物编辑室主任，一上任，他马上便投入紧张工作。

为了解决十年浩劫导致的稿源危机，鲁兵同其他编辑经过调查研究，决定把作者工作的重点转移到幼儿园老师方面，提出“选题从幼儿园来，作者从幼儿园来”的方针。鲁兵和编辑们深入到各幼儿园，组织起全市性的幼儿园教师创作学习班，进行耐心而艰苦的培训。经过一年多的细致工作，一批从未写过文学作品的教师，终于在写作上取得成绩。他们创作的作品既有生活气息，又寓教育意义，而且切合孩子们的实际，显出新鲜、活泼、生动、有趣的艺术特色，仅低幼编辑室就为他们出版了几十种。他们的作品还在全国许多低幼文学的刊物上发表，有的教师还参加了作家协会。

铸造儿童文学界传奇

在深入幼儿园当中，鲁兵听到有的老师反映：许多年轻父母每天忙于工作，很少读书，而年幼的娃娃们听故事的兴趣越来越浓烈。但哪儿有那么多故事来满足孩子“贪得无厌”的需求呢？不少年轻父母甚至希望幼儿园能提供一些材料。这件事引起了鲁兵的思考。

孩子喜欢听故事，是天下皆知的。前不久有人出国参观，回来曾说外国有专供父母给孩子讲故事的书，一天讲一个故事。鲁兵灵机一动，马上和编辑室的全体人员商量，何不编辑一部大型幼儿故事集，以满足孩子和为之焦急的父母。鲁兵将其取名为《365 夜》。

经过大家多次遴选与反复研究，最后从数千篇古今备选作品中确定了 365 篇。其中有产生于原始社会的神话，有公元前 6 世纪的伊索寓言和我国先秦寓言，还有流传了无数年代的民间故事以及古典作家的佳作。鲁兵明确指出：“这些故事是人类智慧的结晶，历千百年而依然光彩照人。不知道《夸父逐日》、《精卫填海》，也不知道《小红帽》、《灰姑娘》，只能是个缺乏起码的文化教养的人。”最重的工作放在了鲁兵面前——对这 365 篇作品进行加工、改编。首先，有些采撷自古籍中的神话故事，若不进行改编，孩子们根本无法听懂。譬如《山海经》中的《夸父逐日》是不足 50 字的古文，要编成一则适合幼儿听的故事，仅仅翻译成白话文是不行的，必须充实其内容、丰富其细节，花上心力进行再创作，才能达到目的。于是，鲁兵把它扩展到 600 余字，不只注重对人物形象的塑造，还模拟孩子的美好想法增述了夸父逐日的缘由，最后又把原文的“弃其杖，化为邓林”七字，演化成两节文字，述其神异，让人读后余味无穷。

这部 70 万字的幼儿读物，终于在 1980 年 10 月和次年 7 月分册先后问世。成为 1981 年的畅销书，而且经久不衰，逐年重印，至今累计印数已达 380 多万套，铸造了儿童文学界的传奇。在这之后，鲁兵又主编了《365 夜儿歌》和《365 夜谜语》，印数也都超过了 100 万册。这样，“365 夜”就有了故事、儿歌和谜语三个集子，形成系列，这不但给父母们提供了丰富的讲述材料，更引导孩子们进入一个宽广的天地。

对故乡金华的关爱一刻未停

鲁兵对自己的母校是一往情深的，在金华师范附小的校史展览室里，陈列着鲁兵赠送的1000 多本书，称之为鲁兵专柜。

浙江师范大学老校长蒋风教授说，鲁兵先生是幼儿文学的倡导者，他与该校有着深远的关系。浙江师范大学儿童文学研究所的前身“儿童文学研究室”建立时曾在全国范围内聘请了八位特约研究员，其中就有鲁兵先生。鲁兵先生特别关心该所的成长，生前就表示愿把自己的藏书捐赠给即将建立的浙江师范大学国际儿童文学馆。前不久他们收到了赠书，都是各位作家的签名赠书，非常珍贵。

《金华晚报》，2006 年 4 月 20 日

2007年

和平:儿童文学的永恒主题

蒋　风

一、和平是人类共同的愿望

和平与战争的反复交替构成一部人类文明发展史。除了少数别有用心的好战分子,对广大人民来说,战争意味着流离失所、生灵涂炭、恐怖死亡、瘟疫流行……它不仅是手执武器的人互相残杀,更多的是平民百姓的灾难。经历两次世界大战及无数次地区性的大小战争,还有恐怖主义者制造的数不尽的暴行,和平成了人类最朴实的追求,是世界各国人民共同的心愿。中国著名诗人绿原写过一首诗《小时候》:

小时候,
我不认识字,
妈妈就是图书馆。
我读着妈妈——

有一天,
这世界太平了:
人会飞……
小麦从雪地里出来……
钱都没有用……

金子用来做房屋的砖，
钞票用来糊纸鹞，
银币用来漂水纹……

我要做一个流浪的少年，
带着一只镀金的苹果，
一只银发的蜡烛，
和一只从埃及国飞来的红鹤，
旅行童话，
去向糖果城的公主求婚……

但是，妈妈说：
“现在你必须工作。”

诗人笔下描绘的，就是孩子视野中的和平世界，也是绝大多人对和平的企盼。有一天，这世界太平了，如果人会飞，钱都没有用处，那样的世界该多美好啊！带着象征着梦想的金苹果、银蜡烛和红鹤，在和平的世界上旅行，到处自由地走，想走多远走多远，想到哪里到哪里。这是每个孩子的向往，也是许多大人梦寐以求的。可惜，在还不太平的今天，这是一个梦。所以，“妈妈说：‘现在你必须工作。’”也就是说，争取人类和平的实现，还有待于大家努力工作。

二、张扬“童真”世界的必要

人类对和平的呼唤，不仅为了消灭那个张开血盆大口吞噬千千万万生灵、毁灭成千上万城市乡村的那个战争恶魔，为人民争取一个安定的生活环境，更重要的是要为代表人类未来命运的年轻一代打造一个健康成长的生态环境。

是和平而不是战争，才是一个理想的生存方式。我们很难设想一个到处充满暴力、残杀、流血的世界能让人感到是美满的。在人类社会里，少年儿童是弱势的群体，一遇到战争的灾难，他们首当其冲。作为成年人，我们有更多的责任和义务争取和平、维护和平，为孩子们打造一个不受战争暴力侵害的健康成长的生存环境，让他们在一个美好的和平环境中好好学习，茁壮成长。这对我们儿童文学工作者来说，也是一项神圣的使命。

其实，全人类的心灵深处都存在一种“童真”的质素，这种质素在孩子那里是天然的，而在成人那里也是可以还原的，只要他的天良不曾泯灭。和平的世界就是一个童真的世界。正如法国著名诗人保尔法的诗《围绕全世界的圆圈舞》中所描绘的一样：

如果世界上的姑娘都愿意手拉着手，她们可以联成一个大圈子，围绕着海洋。

如果世界上的小伙子都愿意当水手，他们可以用他们的小船，在波涛上架起一座美丽的桥梁。

这样，我们就可以联成一个围绕全世界的大圆圈，如果世界上的人都来挽手歌唱。

（罗大岗译）

诗人激情澎湃的诗句，热情洋溢地抒发了一个美好的理想。他希望全世界的人都和平友好地相处，像手拉手跳圆圈舞一样。这不正是有良知的儿童文学家用自己的笔在启迪孩子的心灵深处那天然的“童真”闪光，同时也呼唤全世界成人埋藏在心灵深处的那份“童真”早日还原。

尽管和平不是唾手可得的，但儿童文学家都应有维护世界和平这份神圣的使命感，大家都来努力张扬“童真”世界，打造一种和平文化，不论是儿童还是大人，让人人都能感受到和平总是高尚美好的。

三、儿童文学对维护和平的特殊意义

在许多场合我都曾强调：儿童文学是人生最早的教科书。在童年时代阅读过的第一本书往往会决定一个人的人生观和价值观。而且，童年时代接触的每一本书，都好像给孩子们打开了一扇窗户。人的知识多寡决定着一个人观察世界的窗户大小。我们对世事的看法和待人接物的态度，大部分取决于我们童年时代无意识地从周围环境吸取来的见解和感情，当然也包括童年时代随意拿到的每一本书，尤其是富有文学魅力的儿童读物。在儿童文学中许多经受历史和社会检验的优秀篇章中，文学性强、格调高洁、闪耀着思想和艺术光彩的作品，相信一定会让孩子对战争与和平的认识获得感性的理解。我想就我所阅读过的作品中略举一二来说明儿童文学对维护永久和平的独特意义。

1. 牢记昨天的战争

战争曾给人类带来数不尽的不幸和灾难。不说太远的战祸悲剧，单从20世纪爆发的第一次世界大战来说，整个欧洲和非洲、西亚、远东部分地区都弥漫了战火硝烟和死亡的阴影，多达15亿人卷入战争的旋涡，造成3000多万人伤亡，无数财产受损。第二次世界大战则有61个国家和地区参战，17亿人被卷入战争，死亡军民高达9000万人，经济损失4万亿美元。这两场大悲剧虽已渐渐远去，但战争的伤痕，至今尚未能愈合。其中日本对中国进行的侵略战争，更是一个难以愈合的伤疤。在中国儿童文学中留下了像《雨来没有死》（管桦）、《西流水的孩子们》（周而复）、《杨司令的少先队》（郭墟）、《小马倌和大皮靴叔叔》（颜一烟）、《“铁道游击队”的小队员们》（刘知侠）、《小兵张嘎》（徐光耀）、《我和小荣》（刘真）等，都已成了中国儿童文学名著，使年轻一代认识到战争的残酷和侵略者无视人性的血腥屠杀的凶残面目。这也使我想起了石川达三的《活着的兵》，这本书详尽地描写了日军对中国老百姓进行屠杀的悲惨情景，深深地给我留下伤痛的记忆。战火虽然没有在日本国土上发生，但战争给日本人民带来的灾难也是深重的。如岩崎京子的《穿越火墙的山羊》、长崎源之助的《彦次》、公西佑行的《一棵赤杨树的故事》、松谷美代子的《两个小意达》、安藤美纪夫的《小巷里的虹》、四方晨的《立止，巴利肯分队》等，从各个角度描绘了战争带给人民的灾难以及战争带给儿童心灵的震撼。壶井荣的《二十四只眼睛》，虽以反战为主题，但并没有直白地去描写战争的罪恶，而是以战争这一黑暗时代为背景，大石老师与十二个孩子悲欢离合的艰难生活，唤起读者感情上的共鸣。

要是从世界范围看，以反战为主题的优秀儿童文学作品真是不胜枚举。但我还是想在有限的篇幅内举前苏联诗人鲍罗杜林的一首短诗《刽子手……》"刽子手……/充满了绝望神情的眼神/孩子在坑里恳求怜悯/'叔叔啊/别埋得太深/要不妈妈会找不到我们'"。多么触目惊心的法西斯活埋孩子的凶残场面啊，读过后每位读者都永远不会忘记的。这些举不完的优秀作品，都说明让孩子牢记昨天的战争，带给广大人民的灾难，对人性、对人类文明的进程是多么必要。

2. 维护今天的和平

今天的儿童是主宰未来世界的新的一代主人，所以赋予儿童们以必需的良知、智慧和精神力量，使之日后能开创一个世界永久和平的新时代，是人类为缔造一个富有希望的美好明天所做的伟大的准备。可是今天仍处在种种矛盾、分歧、对立、分裂的世界，是摆在人们面前的一个严峻挑战。要消灭人类的种种偏见，要弥合族群、国家间的敌对感，最有效的办法，还是要从孩子开始，让他们从小就能看到我们周围世界的美和伟大的东西。因此这和我们儿童文学作者有着十分密切的关系，应该用我们的笔让少年儿童形象地感受到以下这些人生哲理。

(1)珍惜生命

和平是人类对生命做出的最伟大贡献。人最宝贵的东西是生命，生命属于我们只有一次。我们要让孩子从小就懂得珍惜生命。人生不满百，人在这个世界上只能存在很短一段时间。一个人匆匆来到这个世上，又匆匆离开了这个世界。这短暂的几十年，却用来互相仇恨、互相残杀，这是太不值得、太不可思议了。泰戈尔在他的诗中写道："生命只是荷叶上的一颗露珠。"我想聪明的孩子会从中领悟到：要学会充分利用生命，不要错过美好幸福的日子。长大之后，他们也就不会轻率地跟随穷兵黩武的侵略者，为他去卖命了。

(2)向往美好

美好的一切都是力量。它会显示出独有的魅力，令人向往。向往美好，就会向往和平。比利时著名诗人卡莱姆的《一二三四五》是一首儿歌：

一、二、三、四、五，
五大洲的美好说不完。
红、白、黄、蓝，
铜矿、铁矿、银矿，
空气、水和大阳，
城市，河流，群山，
劳动，欢乐，甜蜜的梦幻，
孩子的希望就是别打仗！

（韦苇译）

多么简洁朴素的诗句，却给孩子们讲了一个多么深刻的哲理。

（3）与人为善

在一切道德品质中，善良的本性在世界上是最需要的。俄罗斯作家高尔基在他的名著《我的大学》中写道："我们的灵魂需要糖的营养。这糖就是善良。"善良就是人类精神世界上空的太阳，照到哪里哪里就亮。比利时诗人卡莱姆还曾为孩子们写过一首题为《善良》的诗：

要是苹果只有一个，
它准装不满大家的提篮。
要是苹果树只有一棵，
挂苹果的树杈也准覆不满一园。
然而一个人，要是他把
心灵的善良分给大家，
那就到处都会有明丽的光，
就像甜甜的果儿挂满了果园！

（韦苇译）

中国传统道德历来提倡与人为善，在民间童话故事中常常有表达善与恶的主题，且总是善战胜恶。我国的教育实践证明，从小受到与人为善的道德教育,长大之后必然会把与人为善作为人际关系的准则。到了与人为善深入每个人的心灵的那一天,天下也就太平了。

(4)学会宽容

根据中国传统道德标准衡量,能与人为善者就是“仁者”,而“仁者爱人”、“仁者爱万物”、“惟宽可以容人,惟厚可以载物”,所以学会宽容,使孩子们懂得关心自己的同时也要关心他人。中国民间童话故事中有不少此类主题的优秀篇章。世界儿童文学经典宝库中更是俯首可拾。例如《安徒生童话》中的《两座海岛》告诉小读者:人类自古以来就是在互相依存的条件下繁衍生息的,因此人从小学会宽容,建立与人为善的人际关系非常重要。安徒生的另一篇童话《布片》则告诉小读者:每个人都有着自己的优势和不足。在人与人交往中,要相互尊重、相互了解,才能学会宽容,看到别人的长处,取长补短。又如《格林童话》,也有不少这类主题的篇章,《蝴蝶》就是一篇。它告诉小读者,世界上没有十全十美的东西,人也是如此。人与人相处,无论是选择情侣还是结交朋友,都不能对别人求全责备,要学会宽容。

珍惜生命,向往美好,与人为善,学会宽容等都是人类维护今天和平的必备品德。从上述随手拈来的一些例子也足可证明,自古至今的优秀儿童文学作品的魅力正在通过艺术传递人与人要和谐相处的理念。因此,再次郑重提出希望和平能成为儿童文学永恒的主题。

四、和平,儿童文学永恒的主题

其实,全世界儿童文学家早已形成一种共识:世界上一切事物是具有相互依赖的共生性的。何况人是有感情的动物,更应友好相处。人类社会应该是和平而不是暴力,才是人类最好的生存方式。我们不可设想一个永远充满暴力与流血的社会还能让人们感到生活的幸福。记得第26届IBBY大会早就考虑到用儿童图书来传播和平主题,帮助孩子学会和谐地与自然、与人相处。大会安排六项议程,每项议程都将目标定在“和平”上,提出“和平”是世界儿童文学的一个紧迫而重大的主题,让儿童图书能把维护“和平”这一理念深入到世界各个角落的儿童心灵。来自世界各国的儿童文学作家、画家、儿童电影导演，从各自角度在会上做了精彩的报告，如美国琼·格拉沙和斯洛伐克梅特卡·科迪盖尔的《通过儿童文学透视和平的未来》、印度吉安特·那利卡的《文学界的和平观——过去和现在》、斯里兰卡帕德玛·埃迪瑞车赫的《暴力与和平的形象》、印度伊拉·萨克赛娜的《对付暴力——图书可以帮助儿童吗?》、阿根廷克里斯蒂娜·庇萨罗和英国克瑞斯·丝韦尔的《当代儿童文学中的非暴力空间》、日本大友思麻和希腊卡拿特索里·梅尼的《溪流中的岛屿——有助于在全球范围内保留自身特色的文学》、美国摩里恩·瓦特的《超越所有障碍的儿童文学》等，都站在维护世界永久和平的坚定立场上，以广阔的胸怀呼唤和平，谴责暴力和战争，代表全世界儿童工作者和儿童文学家表达了企盼和平的心声。

热爱孩子的儿童文学作家们从自己良知出发，把反对战争、暴力，维护世界持久和平当作自己神圣的使命，用创作实践为孩子们服务。例如在第二次世界大战期间，反法西斯战争日趋激烈的年代，印度著名作家克里山·钱达尔就改变过去一向以描写爱情和艺术为主题而着力反映反法西斯斗争的现实，童话《倒长的树》就是在这样的背景下写成的。日本著名作家松谷美代子的《两个小意达》则把战争与和平这样一个关系着人类命运的重大题材引入儿童生活中，教育小读者珍惜和平美好的生活。法国著名作家莫里斯更以他亲身参加戴高乐将军领导的法国解放阵线工作获得的对战争切身体验写成长篇童话《蒂托——一个绿指头的男孩》，是他作为作家对当今世界人类前途和命运问题的一次发言，借主人公的嘴，发出这样的呼唤："战争真是可怕的怪物，一个人会像失去一块手帕一样在战争中丢掉自己的祖国。""失去祖国还不是最不幸的。最不幸的是母亲失去了儿子，人失去了胳膊失去了腿。在战争中，人不可能什么也不失去。而军火商却从打仗的双方赚钱。"在二战过去不久，人类渴望着持久的和平和安宁的生活，作家用这样充满理想主义而又诗意葱茏的童话表达人们内心的祈愿。

够了，我想不用再举、不必再举更多的作品，已经可以雄辩地说明，和平是儿童文学中一个重大的主题，一个永恒的主题。最后，我想用奥地利作家瑞那特·韦尔斯的一首诗《读错，听错，弄错》结束我的发言：

当我读到白人射杀黑人孩子的时候，
一定是我读错了；
当我听到坦克碾过乡村，
而里面的人们却以为春天已经到来的时候，
一定是我听错了；
当我看到屠杀印第安人，
而他们却相信“谁耕种的土地属于谁”的政府公告时，
一定是我弄错了。
难道在这个世界上人们必须闭上眼睛才能看到和平，
堵上耳朵才能听到和平吗？

在这首小诗中，我已看到一个崇高的灵魂，从这所有有良知的举动中透露出来，和平美好的明天就像田野里的花朵，在明媚的阳光下绽开。

本文为蒋风教授于2006年在韩国举行的第二届世界儿童文学大会上的发言。载《浙江师范大学学报》2007年第3期

他又从韩国捧回世界殊荣

——记离而不休的蒋风教授

郑振乾

众所周知，蒋风教授，浙江师范大学原校长，系当代中国著名儿童文学家、理论家、国际格林奖评委，是新中国儿童文学领域的奠基人之一。他在中国儿童文学理论研究、创作上做出了独特的贡献，有七个第一：

第一批走上新中国高校儿童文化教学岗位的开拓者之一；

在中国第一个建立了儿童文学研究机构——浙江师范学院儿童文学研究室（后改为浙江师范大学儿童文学研究所，2006 年 10 月改为浙江师范大学儿童文学研究院，蒋风教授被聘为该院名誉院长）；

是全国高校中第一个招收儿童文学硕士研究生的导师；

出版了新中国第一本系统的儿童文学理论专著《儿童文学概论》；

编著出版了第一部中国儿童文学史《中国现代儿童文学史》；

蒋风主编、1988 年出版的《中国儿童文学大系理论》卷一、卷二，是我国“五四”以来第一部作者最多、容量最大、最系统的中国儿童文学大系理论卷；

蒋风教授是国际儿童文学研究会在中国吸收的第一个会员。

蒋风教授是亚洲儿童文学研究会共同会长、世界华文文学学会名誉顾问、中国儿童文学研究会副会长、全国师范院校儿童文学研究会名誉会长、中国作家协会会员、金华市作家协会名誉主席、浙江省老教授学会名誉副会长，是浙江省第五届鲁迅文学奖突出成就奖、宋庆龄儿童文学特殊贡献奖获得者，浙江省关心下一代先进工作者（2004 年）、全国关心下一代先进工作者（2005 年）。

去年 8 月 21 日至 25 日，蒋风教授出席在韩国首都首尔市隆重召开的第二届世界儿童文学大会暨第八届亚洲儿童文学大会，来自世界各国的 300 多名儿童文学家欢聚一堂。这次大会的主题是“向往和平的儿童文学”，在这次大会上蒋风教授送交的论文是《和平，儿童文学的永恒主题》，与大会的主题完全一致。蒋风还在大会上做了长达20分钟的演讲论述，他精辟地指出：“今天的儿童是主宰未来世界的新一代主人，所以赋予儿童们必需的良知、智慧和精神力量，使之日后能开创一个世界永久和平的新时代，是人类为缔造一个富有希望的美好明天所做的伟大的准备。”

在这次大会上，蒋风获得了唯一的一个儿童文学理论贡献奖。这个贡献奖由韩国第一个儿童文学博士、亚洲儿童文学大会会长李在彻代表世界儿童文学大会颁发，并宣读了以下颁奖词：“蒋风先生是代表中国儿童文学研究学界的学者，曾任浙江师范大学教授、校长，已出版了《儿童文学概论》（1980 年）、《中国现代儿童文学史》（1987 年）、《世界儿童文学事典》（1992 年）、《幼儿文学概论》（2005 年）等，把中国儿童文学理论提升到世界级的水平，其贡献获亚洲儿童文学界的集体肯定，特此给予理论贡献奖。”

由于蒋风在国内外儿童文学界享有较高的知名度和声誉，因此这次他的照片和名字与其他八位荣获儿童文学研究等奖的学者照片、名字一起印在了大会会徽上。大会将会徽悬挂于大门进口，会后又专门赠送给蒋风教授留念。因为蒋风是金华人，因此这个世界殊荣为中国争光，这是炎黄子孙的光荣，也是金华人民的光荣！

蒋风教授今年已 82 岁高龄，是 1994 年离休的老教授、老学者。但他离而不休，10 多年来，童心不泯，至今仍在忙碌着他的伟大事业——儿童文学。他离休后，经有关部门批准即在金华成立了中国儿童文学研究中心，办了一份《儿童文学信息》小报，由著名老诗人臧克家题写了报名。该报从 1995 年至今已出版 30 多期。中国儿童文学研究中心一成立，除了办一份《儿童文学信息》报外，就开始面向全国招收两年制非学历儿童文学研究生，招生对象年龄、性别、国别不限，凡具有大学文化程度而有志于儿童文学事业者均可报考。经初试、复试合格即可录取，经两年修完六门规定的研究生课程，撰写结业论文，合格者准予结业。这个招生信息一传开，报名者十分踊跃，1996 年第一届学员 39 名很快即招满。学习方法按课程计划自学为主，每年暑假举行一次面授，除蒋风教授亲自授课外，还请国内知名教授和儿童文学作家讲课，配合学员相互交流谈体会、学员提问教授回答等形式，深受学员欢迎。学员来自浙江、北京、河北、江西、广东、新疆等地，大多数第一次来，有的参加过多次学习，最多的已达 8 次。实践表明，蒋风的非学历儿童文学研究生的教学工程是成功的。

蒋风教授办学严谨，讲究质量，严格执行教学计划，对学员的自学情况做一丝不苟的考查，凡不合格者一律不予结业。如 1996 年招生的第一届 37 名学员中，两年后拿到结业证书的只有 8 人，没有结业者给予继续学习，直到合格结业为止。1996 年招生之后，蒋风教授为了满足海峡两岸、亚太地区广大莘莘学子的要求，连续招生，到目前已招了 11 届，共有学员 300 多人，其中海外学员有 50 多人，目前已结业学员 40 多人。

据笔者所知，他从 1986 年以来就有一个未圆的梦，梦想在中国建立第一个国际儿童文学馆。笔者曾以《永恒的"童心"和希望——记中国著名的儿童文学家蒋风教授》为题，发表在香港《中外名牌》杂志 2001 年 7—8 月合刊上，向四方呼吁支援在中国建立国际儿童文学馆，圆蒋风这个未圆的梦。蒋教授说："1986 年，我应邀到日本大阪出席一个小型的儿童文学国际研究会议，与会者仅 20 人，却代表了 17 个国家，这次国际学术会议是在风景秀丽的大阪国际儿童文学馆召开的。大阪国际儿童文学馆是经日本早稻田大学儿童文学教授鸟越信先生倡议，并把他一生收藏的数万册图书，以及数以亿计的各种资料捐给大阪府，大阪府便选定吹田市的千里万博公园内，出资数亿日元修建的。这样一来不仅鸟越信教授耗费一生心血收集的儿童文学资料得以很好地保存，传之千古，而且公之于世，可以发挥最大的效益，造福于民。当时与会的 17 个国家 20 名代表差不多都向我建议，中国是一个大国，有 3 亿多儿童，也应该建立一个这样的儿童文学馆作为儿童文学研究中心，开展国际交流，繁荣发展关系到下一代健康成长的儿童文学事业。这给了我很好的启发，1986 年从日本归来后，我便为此奔波，在中国成立一个儿童文学馆，最好也是一个国际儿童文学馆。这样，我就不用操心日后我毕生搜集的图书资料被当废纸处理掉，更可使这些资料发挥最大的作用。"这个美梦已做 20 多年了，蒋风教授说："我深信，我的梦一定会实现。"如今这个美梦怎样呢？浙师大在庆祝校庆 50 年华诞时，发出喜讯说 2007 年浙师大将正式挂牌成立国际儿童文学馆。我对蒋风教授说:“您20多年的美梦终将实现了。您的万册儿童文学图书和资料可以有永久保藏之库了。”他微笑着。

2005年蒋风教授80寿辰时,著名儿童诗人圣野从上海发来贺电说:“蒋风先生是一棵枝繁叶茂的大树,遮荫着我国儿童文学的春天。”

《金华政协》,2007年第2期

蒋风：在“光荣的荆棘路”上

叶　辉

他是中国著名儿童文学理论家，创建了全国第一个儿童文学研究所；“文革”后，他第一个在我国高校恢复儿童文学课程，招收了全国第一个儿童文学硕士研究生；他撰写了新中国第一部《儿童文学概论》，新中国第一部《儿童文学史》，编著了“五四”以来第一部最系统的《中国儿童文学大系·理论卷》；他是国际格林奖九位评委中唯一的中国评委；他获得过国际儿童文学奖唯一的理论奖；离休后，他一个人创建了中国儿童文学研究中心，免费招收了300多位非学历儿童文学研究生；一个人创办了一份报纸……

2007年5月25日，一个普通的日子。对于浙江师范大学前校长蒋风教授来说，这却是一个极不平常的日子。

国际儿童文学馆揭牌仪式在浙江师范大学举行。

依然挺拔的身躯，依然坚定的步伐，依然深情而专注的目光，83岁的蒋风教授缓步向那块红绸走去。在那红绸的下面，有他20多年的期盼和追求；那不懈追求的路，是他和同事用坚实的脚步踩出来的。此时，他的视线越过眼前的红绸，穿越半个世纪的时空，飘向那渺远的过去……

《爱的教育》使他爱上了儿童文学

蒋风1925年出生在浙江金华一个小学教师之家。祖父蒋莲僧是当地有名的画家，与黄宾虹、张大千、徐悲鸿都有交谊。外祖父是前清举人。然而，到他父亲这一代，蒋家却已家道中落，穷困潦倒。

家贫，连书都读不起，小学和中学12年，他是断断续续用6年读完的。逆境砥砺了他的意志，从小他便形成不屈不挠的个性。

影响他命运的时刻是入学后开始的。

他第一次跨入校门就直接插班上三年级。也就在此时，他第一次见到数学老师斯紫辉。一袭旗袍，衬托着如柳身材；满脸笑意，洋溢着亲切与慈祥。当美丽温婉的老师用她甜美的声音开始讲课时，蒋风就喜欢上了她。斯紫辉是著名儿童教育家斯霞的堂姐，她教的是数学，却每周要给学生上一节故事课，故事的内容来自《爱的教育》一书。

学期结束，斯老师专门召开命名主题班会，用书中的人物来命名好学生，于是他们班里有了勤劳的裘里亚，正直的卡隆，勇敢的马尔柯……

蒋风的心悬起来了，他期待着老师对自己的命名。

然而没有，老师一直没提到他的名字。

一股深深的委屈在他心中升腾，他咬紧牙关才没使那滴不轻弹的男儿泪落下来。

在准备离开时余光一扫的一瞥间，斯老师蓦然发现了自己的疏忽，她一愣，随之脸上便阳光朗照："蒋风，你跟我来。"

拖着沉重的步伐，他来到老师的宿舍。

"老师实在太粗心了。"斯老师的声音里充满了柔和的爱意，"我怎么把你给忘了呢？其实你比裘里亚更勤劳，比卡隆更正直，比马尔柯更勇敢。这样吧，老师把自己最心爱的书，这本《爱的教育》送给你，弥补老师的过失吧。"说着，她掏出笔，在扉页上题写了一行字："不要怕做平凡的人，但要永远记住，让自己那颗平凡的心，随时闪现出不平凡的光彩来。"

所有的委屈都烟消云散，手捧老师的书，泪水终于夺眶而出。

从此，这本书成为他毕生的珍宝，老师的题词也成为他终生的信条。

就这样，他爱上了儿童文学。

少年时代，蒋风便参加了"中华民族解放先锋队"，并成了地下小交通员。1942 年，他考上暨南大学中文系，却因无力承担学费于次年改考公费的英士大学。1943 年，他的儿童文学处女作《落水的鸭子》发表。

毕业后，他任《申报》驻浙江记者，并继续儿童文学创作。就在此时，他从《申报》上看到一则消息：3 个少年看了荒诞的连环画，结伴到四川峨眉山修仙学道，最后跳崖身亡。这一惨剧震撼了蒋风的心，他深感儿童文学对塑造少年儿童的人格和心灵实在太重要,决心献身儿童文学事业。

中国儿童文学的拓荒者

“20 世纪将是儿童的世纪。”瑞典思想家爱伦·坡说。但解放初期的中国儿童文学界却满眼寂寞。

蒋风却已投身到儿童文学创作和研究中。他先后在金华的文化馆和中学工作,边工作边创作。此时他已参加金华文协并出任主席。

20 世纪 50 年代初,我国部分师范院校开始设立儿童文学课程。1956 年,蒋风被调到浙江师范学院教授儿童文学课,成为我国第一批从事儿童文学教学和研究的拓荒者。

没有现成的教材,只能自己编。他搜罗古今中外有关资料,并在教学中对这些资料爬罗剔抉,刮垢磨光。三载寂寞讲台,他的讲稿汇成《中国儿童文学讲话》一书,于 1959 年出版。

短短两年!此书一版再版连印 3 次,印数 4 万余册。

接着,他和人合编了《儿童文学参考资料》内部版。然而不久,高校推行“学制要缩短,课程要精简”方针,刚起步的儿童文学课程被精简。蒋风只得忍痛与儿童文学告别,改做现代文学教学。但他仍利用业余时间继续研究,“文革”前出版了《鲁迅论儿童教育与儿童文学》一书。

更大的灾难随着史无前例的“文革”降临,他成了反动学术权威、白专道路的典型而被关进了牛棚。牛棚里,他仍偷偷建构了《儿歌浅谈》一书,“文革”后方得以出版。

“我的生命不能苍白”

1978 年深秋,蒋风登上了西去的列车。浩劫度过,阴霾消散,但他心里仍充满焦虑。中国 3 亿多儿童嗷嗷待哺,可环顾神州,儿童无书可读,精神贫血。

正因此,教育部、国家出版局、文化部、团中央、全国文联等部委联合举行全国首届儿童读物出版工作会议。蒋风欣然赴会。与会代表呼吁:儿童读物严重落后的状况必须尽快改变；高校必须尽快恢复儿童文学课；高校应尽快招收儿童文学研究生。

会议期间，主席团成员之一的严文井又召开了一次小型座谈会，陈伯吹、贺宜、金近、包蕾、鲁兵等七八位中国儿童文学界的权威，还有蒋风，共同商议编写《儿童文学概论》事宜。

任务最终落到了蒋风肩上。

从庐山回来，蒋风就像个高速的陀螺不停旋转。在浙江师范学院领导的支持下，在全国高校中，他第一个恢复儿童文学课；他创建了全国第一个儿童文学研究室，并招收了全国第一个儿童文学硕士研究生吴其南；建立起全国第一个儿童文学专业资料室。

1980 年，他的专著，新中国第一本《儿童文学概论》出版，马上赢得一片叫好声。此书接连再版，还获得浙江省社会科学优秀成果专著一等奖，全国首届儿童文学理论优秀专著奖。

在他主持下，儿童文学硕士研究生的系列教材陆续出版：《儿童文学教程》、《中国现代儿童文学史》、《中国当代儿童文学史》、《外国儿童文学史概述》……

经过蒋风多年的苦心经营，浙江师范大学已成为中国儿童文学学术重镇。

1984 年，蒋风被任命为浙江师范学院院长。此后 4 年，他只能利用零碎时间来继续自己心爱的儿童文学研究。

1988 年，校长届满，他终于卸下肩头重任，又可以全力投入到心爱的事业中去了。

一个人的大学和一个人的报纸

1994 年，蒋风已年届离休。根据规定，他停止招收研究生，并办理了离休手续。

办完手续，他的心突然空落落的。离开心爱的儿童文学研究，他感到生命将失去意义。

于是,他创办了中国儿童文学研究中心,这是中国第一个民间儿童文学研究中心。儿童文学需要人才,自己已不能再招收研究生了,怎么办?他灵感顿生:何不招收非学历研究生,免费培养儿童文学人才呢!

蒋风免费招收非学历研究生的消息传开,马上有来自全国各地的许多人前来报名。首届研究生共招收39人。

1996年,首届非学历研究生开课了。蒋风招收非学历研究生宽进严出,教学采用函授的形式,但每年暑假面授一次。学员必须在两年时间里学完6门课程。每月做一次作业,每学年完成一篇论文,合格者发给结业证书。12年来,他共招收了358名学员,但发出去的结业证书却只有40多张。

学员大都是慕名而来的。他们中已出现一批名震儿童文学界的佼佼者:沈阳师大马力教授,香港中文大学教师、作家孙慧玲,湖州师院的应玲素以及儿童文学作家韦娅、袁银波、冶军、吕丽娜、谢然子、谭小乔、谢乐军、安武林等。在学员中,来自港台、东南亚的就有30多人。

培养非学历研究生一开始,蒋风就发现自己疲于应付。几十名学员经常来电来信向他求教,他实在没有精力每信必复。

办一份报纸,把学员需要解答的问题在报纸上公布,这样就可以节约时间和精力!

1995年6月,蒋风创办的《儿童文学信息》面世了。

这是一份四开小报,第一版是国内外有关儿童文学的信息;第二版选登优秀学员的作业;第三版每期介绍一个儿童文学作家和作品;第四版是小学生的作品。

报纸风风火火办起来了,从组稿、选稿、编辑、设计版面、送印、校对、清样到邮寄,全是他一个人干。每期3500份全部免费赠送给学员和有关单位,其中500份是寄到国外和港台地区的。

报纸一年出4期,每期要花费他一个月时间;办报费用全是从他的离休工资中开支,每期要花去他大约两个月的工资。曾是小学教师、校长的夫人开始反对,后来发现,当自己把报纸定期送到自己服务过的小学时,竟大受欢迎。从此,她也主动承担起校对和邮寄等任务。

蒋风曾打算在20世纪末停止招生,停办报纸,但学员殷切的要求使他无法拒绝。他只好表示，只要身体许可，他就坚持办下去。

早在1987年，蒋风就被吸收为国际儿童文学学会会员，他是该学会第一位中国籍会员；1998年，他又成为国际格林奖九个评委中唯一的中国评委。

2005年，国际格林奖第十届评选中，经层层推荐，蒋风被列入6名候选人之一，但最后以排名第二与获奖擦肩而过。

可是在另一世界奖项——2006年第二届世界儿童文学大会上，蒋风被授予唯一的儿童文学理论贡献奖。

今年春天，国际格林奖第十一届评选又开始了，蒋风再度进入前6名候选人之列，今年秋天将会评出最后结果。

得奖固然是喜事，但对80多岁的老教授来说，更使他揪心的是萦绕在心头20年的梦，那是一个在中国创建国际儿童文学馆的梦。

为了心中的一个梦想

1986年，日本大阪国际儿童文学馆，来自17个国家的20位代表在此召开儿童文学国际研究会议。

蒋风作为中国唯一的代表参加会议。他得知，这个馆是由日本早稻田大学儿童文学教授鸟越信提议，于1984年建成的，鸟越信还把自己毕生收集的儿童文学资料全部捐献给文学馆。这使他顿生羡慕之情。他想：如果中国也能建这样一个儿童文学馆，那该多好！

回到国内，蒋风便开始为此奔走号呼，并在媒体上发出倡议。他表示：如果这个馆建成，他可以把自己收藏的一万册图书资料全部捐献给儿童文学馆。

为了这个梦，他整整奔波了20年，并非无人呼应。他的倡议在儿童文学界引起强烈反响，苏州、扬州等十多个城市也纷纷向他发出邀请，表示可以商议设立这个机构。蒋风也奔波于这些城市间，但都因为各种原因无法落实。如许多城市都表示要把儿童文学馆放在儿童图书馆里。对此，他不同意。他认为，儿童文学馆主要是收藏儿童文学文献，对象以儿童文学研究工作者为主，也有部分对孩子开放，与图书馆有区别。他最担心的是，因为不懂或不重视儿童文学书刊,珍贵的儿童文学图书资料会被当作废品处理掉,这样的例子并不是没有发生过。

必须有一个单独的馆才行。

为此,他提出的条件是:独立建筑物;要有专门的编制。

事情就这样拖下来了。

几十年苦心经营,浙江师范大学的儿童文学研究成就卓著,蒋风培养的研究生吴其南、王泉根、汤锐、方卫平、潘延、韩进等已成为中国儿童文学的知名专家。

2005 年,中国第一个高校儿童文化研究院在浙江师范大学成立。研究院由方卫平教授挂帅,有 10 位儿童文学教授,6 名副教授,2 位讲师,还外聘了 4 位兼职教授。至此,建立国际儿童文学馆的条件渐趋成熟。

"蒋风教授是中国儿童文学事业杰出的开创者和活动家,他建立国际儿童文学馆的倡议应该付诸实施。"浙江师范大学校长梅新林说。

于是,浙师大决定腾出红楼,作为国际儿童文学馆,并由蒋风担任首任馆长。

2007 年 5 月中旬,文学馆开馆前夕,蒋风把自己半个多世纪积累下来的一万多册儿童文学图书悉数捐赠给儿童文学馆。

安徒生说过,儿童文学的路是"光荣而充满荆棘的路"。半个多世纪了,蒋风走过的路绝不平坦,但是,这确是一条光荣的路,为了 3.7 亿儿童的期盼,他始终不渝地努力着。

《光明日报》,2007 年 6 月 6 日

国际格林奖提名首位华人蒋风

——皓首穷经为童颜

邢梦华　何攀毅

中新社3月5日电　我国著名儿童文学理论家蒋风近日再获国际儿童文学大奖格林奖提名，是该奖项被提名的首位华人。

国际格林奖，同国际安徒生奖一道被誉为两大世界性儿童文学的最高奖项。与国际安徒生奖着重鼓励儿童文学作家与画家不同的是，国际格林奖更注重对那些在儿童文学的理论与普及等方面做出突出贡献的个人进行奖励。该奖每两年评选一次，每次只有一人获选。在该奖设立的20年间，只有10位为世界儿童文学事业做过特殊贡献的个人获此殊荣。据悉，中国学者、浙江师范大学前任校长蒋风教授曾于上届获得该奖提名，本届是他第二次被提名。

此心长存忧患意

从新中国建立初期就开始讲授儿童文学课的蒋风教授可谓是我国儿童文学界的一位先行者。他不但出版了填补空白性质的《中国儿童文学讲话》、《中国现代儿童文学史》、《玩具论》等著作，更于去年受聘为国内首家中国儿童文化研究院名誉院长。然而当记者向他提起这些光辉往事的时候，蒋风教授竟不无忧虑的感叹："现在儿童文学的理论研究还发展太慢，我们能做的只是很少的一部分而已。"他谈到欧美、日本的儿童文学"政府支持，孩子爱看"，而我们的繁荣儿童文学往往只停留于口头。如何让我们的孩子都能看到具有自己民族特色的、满蕴着真善美的儿童文学，这还有很长的一段路要走。

"孩子是最纯洁的，关键是我们给他什么东西。"当谈到现在很多孩子越来越多的沉迷于游戏、漫画时，蒋风教授如是说，"我们的很多地方现在还没有专门的‘文学基金’来鼓励儿童文学的出版，一方面是好作品出版难，另一方面是小读者看好书难。我们堂堂人口十几亿、文明数千载的大国应该为孩子多做些事情。”

乐而不知老将至

针对我国儿童文学的现状，蒋风教授在离休后主持创办了名为“中国儿童文学研究中心”的民间研究机构，并开始他至今不断地免费带非学历儿童文学研究生的历程。为了繁荣儿童文学的理论研究，蒋风教授常年义务招收非学历的儿童文学研究生，只要热爱儿童文学、想为之做点事的人，不论年龄、国籍，蒋教授一律招收。而为保证学术上的严谨态度，蒋教授坚持宽进严出，迄今招揽的300多学员，他只给40多人颁发了结业证书。

为了与自己的研究生保持联系，更为了交流儿童文学研究的成果，蒋风教授还自费在家里办起了名为《儿童文学信息》的报纸。这份全由他一人编、校、印的报纸每期3500份均免费发放给学员及儿童文学界人士。此外，蒋教授还常到各地小学教孩子们写诗办报。谈至此他认真地对记者说：“我们的孩子现在是在一种很‘西化’的环境中成长的，教他们写诗能够让他们学会体悟中华语言的奥妙，也能培养他们的一种审美情趣。我是把这项工作当成一种事业的。”

一笑虚名尽随风

作为国际格林奖唯一华人评委、亚洲儿童文学学会共同会长、世界华文文学会名誉顾问、首位被国际格林奖提名的华人，等等，蒋风教授已经拥有了太多太多的荣誉，然而他对于这些奖项却看得很淡。

“其实得不得这个奖对我来说已经不重要了，关键是想为我们国家的儿童文学事业多做点实事。”在采访的最后，蒋风教授用朴素的话语表达了他对我国儿童文学事业一生孜孜不倦的追求。

2007年3月5日

白首甘契阔　皓首为童颜

——采访两度国际格林奖提名人:蒋风

浙江师范大学新闻中心

背景:日前,我国著名儿童文学理论家蒋风喜获国际儿童文学大奖格林奖提名,这是老人继2005年第十届格林奖首次被提名后,第二次被提名了。同时他也是获得该奖项提名的首位华人。

国际格林奖,同国际安徒生奖一起被誉为两大世界性儿童文学的最高奖项。与重在鼓励儿童文学作家与画家的国际安徒生奖不同的是,国际格林奖更注重对那些在儿童文学的理论与普及等方面做出突出贡献的个人。该奖每两年评选一次,每次全世界范围内只有一人获选。在该奖设立的20年间,只有10位为世界儿童文学事业做过特殊贡献的个人获此殊荣。今年在500多人中挑出的6位候选人中,蒋风教授名列第二。

4月仲春,一个和煦的下午,我代表校新闻中心去蒋风教授家里采访老人。临叩门前,念及自己不过是初出茅庐后生小辈,所面对的却是文苑泰斗学界执牛耳者,不禁心有惴惴焉。正忐忑间,蒋风教授已开门恭候多时,鹤发童颜,和蔼可亲,童心不泯又不失长者风范,不禁叫我想起曾看到一位诗人给老人的赠言:“他的微笑是天真的,来自他深爱的孩子们的脸庞。”我那忐忑之心便去了大半,自我介绍后便在客厅坐定,开始我们的剪灯夜话——蒋风教授在儿童文学领域耕耘60余年,桃李满天下,堪称我国儿童文学界的一位先行者和集大成者。如1959年出版发行的《中国儿童文学讲话》一书,以及新中国成立之后我国第一部儿童文学理论著作《儿童文学概论》等,许多创新性举措以及所取得的成就在很大程度上填补了我国在这一学科上的空白。回首这前进的一路,美景亦有,风雨亦有,抚今追昔,感慨万千。

耕耘六秩，桃李芬芳

我从新中国建立初期就开始讲授儿童文学课，主要是受到“学习苏联”的时代召唤，当时开设这门课程的院校屈指可数，儿童文学在大学里可以说是“小儿科”。因为早年写过儿童文学作品，省教育厅就要求我顶替吕漠野先生，与任明耀先生合作在浙江师院（即后来的杭州大学）开设儿童文学课。就这样，我成为新中国第一批走上大学儿童文学讲坛的拓荒者之一，从儿童文学创作转向理论研究。

这是一门年轻学科，没有现成的教材，除了从前苏联译介过来的点滴资料外，什么参考书也没有。我白手起家，从中外文学遗产中点点滴滴搜寻、整理、积累，整整花了两年时间完成了一本十分粗糙的“儿童文学教材”。其中关于中国儿童文学部分，整理成《中国儿童文学讲话》一书，于 1959 年出版，出版不到两个月便售罄，后又连印四次，被学术界认为是“一本中国儿童文学史的雏形”。随后和任明耀先生合编《儿童文学参考资料》，完成《鲁迅论儿童教育和儿童文学》等书。

但是后来“文革”开始了，只留下八个样板戏。儿童文学才抽出嫩芽便遭到扼杀，大学里的儿童文学课也被精简了，这种状况一直持续到 1978 年。当“文革”十年浩劫结束后，儿童文学园地一片荒芜。针对少年儿童生活里出现的严重书荒，1978 年，全国首届少年儿童出版工作座谈会在庐山召开，提出师范院校应恢复开设儿童文学课，有条件的学校可以招收儿童文学硕士研究生等建议。当时的人民文学出版社社长严文井，专门召集陈伯吹、鲁兵、贺宜、金近和我开了个小会，商议编写系统的《儿童文学概论》，并让我承担这一任务。于是回校后，在征得学校领导的同意后，在一无人力、二无资金、三无设备的情况下，我在中文系恢复开设儿童文学课，同时以讲师的身份招收儿童文学硕士生；另一方面积极筹建全国第一个儿童文学研究室和儿童文学专业资料室，并着手编写新中国第一本《儿童文学概论》。

随后，我发动并组织北京师大、华中师大等合作编写儿童文学教材，并亲自主持编写了儿童文学硕士研究生系列教材——《儿童文学教程》、《儿童文学原理》、《中国现代儿童文学史》、《中国当代儿童文学史》等，特别是后两部文学史影响较大，至今仍被不少院校选作教材。

1978 年起，我还带了 10 届 20 余名儿童文学研究生，他们毕业后活跃在儿童文学界，成为国内的儿童文学理论骨干，如吴其南、王泉根、汤锐、方卫平、潘延、韩进等。1988 年首次全国儿童文学理论评奖，6 名获奖者中有 4 名是我的学生；第十届国际儿童文学学术会议上，有 5 名学生论文入选交流。沈芬是我招收的非学历儿童文学研究生，在参加学习后开始科学童话写作，如今已出了一套科学童话集，不久前还在全国科普创作评奖中获得大奖。看到年轻的儿童文学家一步步成长，余心甚慰啊！

1982 年，在教育部和省文教厅、院领导的支持下，我积极筹办全国首期幼师、普师儿童文学师资进修班，后又举行了两期，学员遍及 25 个省市，共 140 人，把儿童文学的学术种子撒向全国，后来以进修学员为基础成立了全国师范院校儿童文学研究会。面对新形势、新需要，去年浙师大在儿童文学研究会基础上，整合学校教育、艺术、心理等学科资源，日前正式成立了国内首个儿童文化研究院，做强做大儿童文化研究，为 3 亿儿童的健康成长创造更多的空间。

1984 年，虽身兼浙江师范大学校长之职，但在行政工作和教学工作的闲暇之余，我仍潜心徜徉于心爱的儿童文学园地，坚持著述，笔耕不辍。迄今已创作了 200 多万字的各类儿童文学作品，出版了 30 多部儿童文学教育方面的专著和 3 卷大辞典。儿童文学是一门年轻的学科，至今还处于拓荒阶段，为了它的繁荣，需要一批批新人努力耕耘。自 1962 年我主持浙江作协儿童文学小组的 30 年间，发现新人、培养新人是第一位的工作。浙江省一批顶尖的儿童文学作家如冰波、谢华、夏辇生、屠再华、龚泽华、王铨美、李想、赵海虹……最初的舞台就是儿童文学创委会每年暑假期间的笔会。许多人对我大做难登大雅之堂的“小儿科”不理解，但是师者，传道授业解惑也，看到儿童文学的艺苑一派锦绣，后生可畏，是我最大的快乐。

任何一门学科的发展，都离不开中外交流，有交流才能进步，有交流才会发展。1987 年，我邀请日本儿童文学著名学者鸟越信教授来师大为研究生讲授《日本儿童文学史》课程，这在当时是人们想都不敢想的事。1990 年，在我的建议下，亚洲儿童文学研究会成立。1993 年 2 月我应聘到日本国际儿童文学馆担任专家级客座研究员，做为期半年的研究。近 20 年来，我先后 20 多次应邀赴美、日、韩、新、马等国家和我国港、澳、台地区访问讲学或出席国际学术会议，曾先后在香港大学、香港中文大学、韩国檀国大学、台湾台东师院、马来西亚社会大学讲学。2003 年 12 月，我再度应邀赴马来西亚，在吉隆坡、彭亨、关丹、槟城、新山、诗巫、古晋等地做全国巡回演讲。

老骥伏枥，壮心不已

1994 年我离休了。然而当时觉得自己身体健康，思维能力不减当年，不想就此终老家中，希望在有生之年，再为儿童文学事业为学校为社会奉献一点余热。当时恳请学校准许我推迟离休，无奈制度如山，我只好服从。然而却一直不曾真正放下过我心爱的儿童文学，反而倒比退休前更忙了。

1994 年下半年我便单枪匹马筹建一个民办研究机构——中国儿童文学研究中心，专门招收免费的非学历儿童文学研究生，因此吸引了世界各地大量热爱儿童文学人士。说起这个如今广为教育部门所用的名词“非学历研究生”，还是我首创的呢！当时我完全凭着对儿童文学的满腔热情，旨在传播和扩大这一领域并培养后起人才，并没有办法给那些毕业学员颁发学历证书，受“非农业户口”这个词语的启发便创造了这个“非学历”词语。

在教学上我坚持宽进严出的原则，只要你热爱儿童文学都可以来学，主要是根据我提供的材料和教学指导，以自学为主。原本我打算每年面授两次，寒暑假各一次。但是由于国人的春节观念根深蒂固，寒假那次就只好省去。面授时长一周，几十个人集中在一起，其间也请其他一些名家来讲座。修完 6 门课程，完成作业，最后通过结业论文答辩便发给结业证书。第一届就招了 39 名，至今已举办了 12 届，前后一共招收学员 300 多人，他们中间有来自中国内地、港台、新加坡、马来西亚和日本等不同国家和地区。香港大学儿童文学高级讲师兼作家孙慧玲、香港某幼儿园园长叶俊声，也穿越千山万水，鸿雁求学。看着这些热情洋溢的信件，我备受鼓舞，热爱儿童文学的还是大有人在！

然而由于影响范围扩大和学员的逐年增多，很多信函纷至沓来，考虑到更方便联系函授学员，也为了让大家了解蒋风还在密切关注着儿童文学，我又自费办了一份《儿童文学信息》报，免费赠送给学员与有关单位和个人，至今已出36期。从组稿、改稿、编辑、送印、发排、校对、清样，一直到一份份封进信封、贴上邮票、投入邮箱，全部是靠我一双手，往往要忙上两三个月时间。每期3000至3500份，要花费我一至两个月的离休工资。虽然有人曾劝我不要做这些傻事，好好在家颐养天年不好吗？然而“大智和大愚，相距咫尺远”，我与儿童文学，不离不弃，相伴60年，为之贡献一分绵薄之力，既是自应有份，更是甘之如饴。

此外，如何使小朋友在接受文学熏陶的同时，健康地发展情感，也是我离休后关注的主要课题。遥想起当初自己就是为了孩子们的健康成长和发展才走上儿童文学道路，匆匆半个多世纪，弹指一挥间，觉得自己所做的仍只是杯水车薪，这一使命任重道远，是我们儿童文学界人士永恒的目标和主旨所在。

现在的小学生普遍存在害怕写作文讨厌写作文的情况，究其根源，是因为写不出东西，而写不出东西恰恰是由于想象力没有被调动起来。记得早在1985年大阪国际儿童文学会议上就有学者提出当代儿童远离书本，而沉迷漫画动画。后来进入90年代后我国也出现了这一状况，漫画、电视纵然比通过文字吸收更直观和便捷，但是长此以往会削弱孩子们的想象力，从而导致缺乏创造力。美国诗人福罗斯德说：“什么叫诗？诗就是读的时候让人愉快，读过之后让人变得聪明起来。”因此我想，假如小学生一开始便接触诗歌，接受诗美熏陶，便能充分开发其想象力和创造力，所以从上个世纪90年代开始，我从金华起步，先后在金华少儿图书馆、金师附小、金华市青少年宫，举办了“蒋风爷爷教你学写诗”系列讲座，继而扩大到省内、国内其他省份、香港、直至马来西亚的华人孩子中播撒诗歌的种子。

同时，我还在儿童报刊开辟了《蒋爷爷教你学写诗》、《儿童诗点评》等专栏连载，让更多的孩子热爱诗，学习写诗，并在诗美的影响下成为一个德智体美全面发展的人才。所以看似退休，其实有时比在职时还忙碌。仅去年一年，我便为10多本儿童文学相关领域的作品写序，如小学师生们出版的

《苗圃》、《诗意校园》、《童年在线》、《诗花绽放》等。

人的一生是很短的,短暂的岁月要求我们好好领会生活的进程。在我从事儿童文学创作、教学、研究的岁月中,在这条光荣的荆棘路上,我将一步一步奋然前行,尽我所能继续这拓荒的一路。记得安徒生在给朋友的信中写道:"我现在要开始写小孩子们看的童话了,你要知道,我在争取未来的一代。"常以此自勉。

蒋老之风,山高水长

我从事儿童文学创作研究这么多年,却始终夙愿未了——在胜利街的家中,一共三间房,其中两间都是书。我家里唯一的珍藏,就是这一万多册儿童读物和相关的资料,包括和国内外著名的儿童文学作家来往的信函,其中可以说是凝结了我毕生的心血和精力。我不忍心这些收藏散失了,一直想给它找一个妥善的出路。

我曾经想把它送给一家图书馆,但又怕一般的图书馆日后会把它当作没有收藏价值的"小人书"处理掉。这些书籍资料非常珍贵,其中有一些图书资料在国内外已很难找得到了,如光绪末年孙毓修编纂的我国第一本童话《无猫国》,如今纸页都已经发黄变脆,不搞儿童文学这一行,确实当废纸都不值,但研究儿童文学历史,它却是一份十分珍贵的资料。

近 20 年来我一直在为创建"中国儿童文学馆"而奔波。这念头起始于 1986 年 8 月,我应邀赴日本参加"儿童文学国际研究会议",会议在大阪国际儿童文学馆举行。这个馆是经日本早稻田大学儿童文学教授鸟越信先生倡议并把所有的藏书、资料捐献,由当地政府斥巨资修建的。当时与会者都向我建议,中国有 3 亿多儿童,应该建一个中国儿童文学馆。自此我便打算,若真能建成此馆,首先捐献自己省吃俭用积攒的 10 多万元、陆续购买和收集珍藏的一万余册儿童文学书籍,以及数以万计的有关资料和我与国内外知名儿童文学学者的来往信件。之后我开始努力奔走,先后在扬州、苏州、杭州、金华、绍兴、台州、合肥、西安、福州等地做过努力,但各地都以将我所捐献的书分属于当地儿童图书馆为前提。但是我的大部分藏书是关于儿童文学理论研究的，目的也在于收藏文献和学术交流的“文学馆”，并不是提供儿童阅读资料的“图书馆”。而且隶属于该地的图书馆，一旦江山易主，我的藏书最终还是会被吞没。所以独立建馆和独立的编制是我最后的“底线”。

后记：年逾古稀的学界泰斗不遗余力为祖国儿童教育事业奔走呼号，老先生为儿童文学鞠躬尽瘁的高风亮节不禁教人为之动容，可敬更可叹，相信老人的夙愿终有一日能圆满，届时，不仅将是中国儿童文学之幸，也是世界儿童文学之幸！

2007 年

我国首个国际儿童文学馆揭牌

张谷风

本报讯 昨天上午,国内第一个国际儿童文学馆和大陆第一个台湾儿童读物中心在浙江师范大学揭牌。李建树、周锐、孙健江、桂文亚等来自全国各地,包括香港、台湾地区,以及东南亚、美国和澳洲的儿童文学专家都亲临现场。40多位金华当地的民工子弟学校小朋友成为开馆后的首批读者。

蒋风:21年的梦圆了

青砖红瓦的红楼,是浙师大最早的建筑之一。昨日,浙师大校长梅新林教授和83岁的儿童文学界老前辈、原浙师大校长蒋风一起,揭开了"国际儿童文学馆"牌上的红绸。从此首个国际儿童文学馆有了有形的"家园"。

蒋风是浙江师范大学儿童文学学科的奠基人,是国际儿童文学研究会第一名中国籍会员,国际格林奖唯一的中国评委,是宋庆龄儿童文学奖、台湾杨唤儿童文学奖、浙江省鲁迅文艺奖特殊贡献奖获得者。

从1986年赴日本参加儿童文学国际研究会议,看到大阪国际儿童文学馆以来,蒋风就萌生了在中国创建国际儿童文学馆的想法。

昨天,蒋风非常激动:"我做了21年的梦圆了。"他捐献了首批藏书5000多册,并欣然出任国际儿童文学馆馆长。

桂文亚:10年情缘关爱儿童

我国儿童阅读现状不容乐观。有关统计表明,我国未成年人儿童读物拥有量在全世界排名第68位。也正因此,浙江师范大学的这一举动得到了众多专家、学者的关注和支持。

台湾著名儿童文学作家桂文亚来了。她把收藏了近30年的三毛、林海音、余光中等作家的亲笔手稿,1000多张图片光碟和两岸儿童文学交流的资料,赠送给了首个国际儿童文学馆。

她说:"非常感谢这个儿童文学馆的成立,我终于给这些珍贵的文稿资料找到了一个永久的归宿。"

其实,因为儿童文学,桂文亚和浙师大已结缘近10年。有感于浙师大儿童文学研究的深厚积淀和丰硕成果,桂文亚女士10年不间断捐献台湾儿童文学图书近7000册。刚成立的国际儿童文学馆为此特设了我国台湾儿童读物资料中心。

已故著名儿童文学作家鲁兵先生的家属,孙建江、彭懿等学者、作家也分别捐赠了近千册图书,国际儿童文学馆成立伊始,藏书就达4万多册。

方卫平:为啥芬兰孩子阅读力最强

儿童阅读水平的整体提高有赖于儿童文学人才的培养。据浙师大儿童文化研究院副院长、儿童文学系主任方卫平教授介绍,发达国家普遍在高校设立儿童文学研究和教学体系,以培养本科、硕士、博士生,提升儿童阅读水平。前些年,欧洲曾做过一个关于孩子阅读能力的调查,发现芬兰孩子阅读能力最强,究其原因,是芬兰对儿童教育的高度重视。芬兰全国最主要的8所大学中有7所设有儿童文学系或开设儿童文学课程,阅读儿童文学作品已成为芬兰的一种风气。与此形成强烈反差的是,我国拥有3亿多儿童,是全世界儿童最多的国家,却至今没有设置独立的儿童文学本科专业。

浙师大第一个在全国高校恢复儿童文学课程,创建了第一个儿童文学研究室,在全国第一个开始招收儿童文学研究生,并组织编写出版了一批填补空白的学术专著和教材。2003年,浙师大在我国高校设立了第一个儿童文学系,2006年又整合儿童文学、学前教育、教育学、心理学等学科资源,创立了全国第一个独立的儿童文化研究院。

方卫平表示,国际儿童文学馆成立后将开设儿童阅读区、亲子共读区,并面向公众举办童年阅读、阅读与教育等主题讲座,让更多的小朋友爱看书、看好书。同时,还将依托学校儿童文学研究优势和积淀,开发具有前沿性的课题和研究计划,面向全球招聘儿童文学创作和研究人员,举办全国性的儿童文艺创作评奖,培养儿童文艺创作新人,培养小作家,使国际儿童文学馆成为儿童文学资料收藏、国际交流、理论研究的平台。

当天,浙师大还开通了"中国儿童文化研究网"(www. chehc. cn),"关注儿童文化,关爱儿童成长"又有了新窗口。

《钱江晚报》,2007 年 5 月 26 日

载着梦想起航

——记中国第一个国际儿童文学馆的诞生

边　季

2007 年 5 月 25 日，随着一小匹亮丽的红色绸缎飘然落地，中国第一个国际儿童文学馆在浙江师范大学正式揭牌诞生了。尽管是在那样浓郁的兴奋与激动的伴随下，它却一如既往静静地端坐在浙江师范大学一座名唤红楼的古朴清幽的建筑内，仿佛知道它自己的使命，就是这样安静踏实地守护和支撑起儿童文学的一片天空。

而它要承担的责任，也真的不轻；它准备要走的路，也真的很远。

一

在中国建立一个国际儿童文学馆的设想，最初是由原浙江师大校长、著名儿童文学学者，也是国际格林奖唯一的中国评委蒋风先生提出的。

1986 年，蒋风应邀出席在日本大阪举办的“儿童文学国际研究会议”，当时的 20 名与会者分别来自 17 个国家，他们差不多都向蒋风提出了这样的建议：中国是一个大国，有 3 亿多儿童，应该建立一个儿童文学馆作为儿童文学的研究中心，开展国际交流，促进儿童文学繁荣、发展，为下一代健康成长的儿童文学事业做贡献。

儿童文学界的人都知道，国际上重要的儿童文学研究机构，均有著名的儿童图书馆作为其学术支撑和研究平台，其中最为著名的是德国的慕尼黑国际青少年图书馆。慕尼黑国际青少年图书馆由德籍犹太人叶拉·莱普曼女士（Jella Lepman）于 1949 年创立。图书馆的任务是收集世界各地的少儿书籍，进行编目，并且把书本提供给儿童和成年人阅读，借此促进不同文化之间的交流与理解。这里每年还会举办各种活动，以推广和促进童书阅读和出版。该图书馆建立后,获得了联合国的承认,从此全世界各国的儿童出版社纷纷向该馆捐赠图书。在此基础上,叶拉又发起成立了国际青少年读物理事会(IBBY),该会每两年颁发一次安徒生文学奖,还创办了在国际儿童文学界影响深广的会刊——《书鸟》杂志。现在,慕尼黑国际青少年图书馆已经成为国际儿童文学交流的重要中心之一。

1979年,日本早稻田大学的鸟越信教授向大阪府捐赠了其数目巨大的儿童文学藏书。为了使这批捐赠的藏书实现其最大的价值,当时的大阪府决定成立大阪国际儿童文学馆。经过5年的筹备,1984年5月,该国际儿童文学馆在大阪万博纪念公园内正式成立。除了收集大量国际儿童文学作品和研究资料并向阅读者、研究者开放阅览和借阅外,该馆还从事和承担相关的科研项目,每年都会向日本各大学、儿童文学研究者和图书馆员递交一份当年馆内科研成果的说明。作为日本的儿童文学研究中心,大阪国际儿童文学馆也在获得越来越高的国际声誉。

近20余年来,中国的儿童文学创作和研究事业均获得了较大发展,国内原创和译介的少年儿童读物的出版数量逐年递增,中国儿童文学界与国际儿童文学界的交流也在不断增加。中国的儿童文学热切地盼望着与国际儿童文学的真正携手,而当我们面向国际儿童文学的大平台观望和探寻的时候,西方儿童文学界也对中国儿童文学的发展、现状和未来表现出浓厚的兴趣。建立一个中国的国际儿童文学馆,一方面可以更好地搜集和整合国内外儿童文学的创作和研究资源,同时也是作为中国儿童文学面向世界儿童文学并与之对话、交流的重要窗口和平台。

关键是,从哪里开始?

二

2005年,浙江师范大学正式发文成立了国内高校首个儿童文化研究院。应该说,在中国高校的儿童文学学科建设中,浙江师范大学儿童文学学科一直扮演着学术重镇的角色。早在1979年,浙江师范大学在大陆高校中率先开始招收儿童文学硕士研究生,并于同年成立了新时期大陆高校中第一个儿童文学研究机构，稍后又设立了大陆高校第一个儿童文学系。长期的学科建设和学术积淀使该校儿童文学学科一直走在大陆高校同类学科的最前列，并拥有了目前大陆高校藏书资料最为丰富的儿童文学资料馆。儿童文化研究院院址设在学校历史最为悠久、风格最为古典、环境最为清幽的建筑——红楼内，儿童文学资料馆也安居于这里宁静的绿意间。独立的空间，丰富的资料，幽静的环境，对于儿童文学研究来说，这里似乎是天然的居所。儿童文化研究院副院长方卫平教授深知学科创始人蒋风先生的心愿，从建院之初就开始积极筹划国际儿童文学馆的设立事宜。建馆计划得到了浙江师大两任校长的高度重视和支持，对于国际儿童文学馆的各项前期筹备工作，现任校长梅新林和学校给予了极大的关注和支持。

浙江师范大学国际儿童文学馆是以浙江师范大学儿童文学学科现有的图书资料和台湾儿童读物资料中心为基础组建的。浙江师范大学儿童文学学科从创办初期就十分重视图书资料建设，建立了目前国内高校中唯一具有一定规模的专业儿童文学资料室，拥有各类专业书刊约 4 万册，其中儿童文学专业及相关报刊百余种，包括各类国内儿童文学报刊及 10 余种国外知名的儿童文学刊物。自 1999 年秋台湾“好书大家读”童书推广委员会、联合报系文化基金会和民生报向该学科捐赠台湾儿童文学资料后，已陆续收到台湾儿童文学图书近 7 千册，并在此基础上成立了大陆首个台湾儿童读物资料中心。完备的资料建设既为教学工作和学术研究提供了坚实的保障，同时也为浙江师大国际儿童文学馆的建立奠定了深厚的基础。

新时期以来，浙江师范大学一直是国内儿童文学交流的主要中心之一。20 余年来，该学科以雄厚的研究实力、富有特色的研究成果和完备的资料建设，吸引了境内外众多的同行和学子前来交流。该学科先后接待了华东师大、华南师大、东北师大、南京师大、复旦大学、华中师大、北京师大、上海师大、沈阳师大、香港教育学院、台东大学等高校的研究人员、研究生以及国内外其他各类研究人员和作家来所查阅相关的资料。同时，该学科成员也频繁参与儿童文学界的学术会议、评奖，应邀参与各种评审、鉴定、讲学工作；该学科还主办过“海峡两岸儿童文学研讨会”，以及林焕彰、桂文亚、张之路等著名儿童文学作家的创作座谈会。

与此同时，浙江师范大学儿童文学学科也始终保持着与国际儿童文学界的学术联系。蒋风先生以其广泛的影响，先后赴美国、日本、新加坡、韩国、马来西亚以及中国的台湾、香港、澳门等国家和地区讲学和交流。现任儿童文学研究所所长方卫平教授以其个人的影响力，也曾多次出国、及各地区讲学和出席学术会议。由于其学术上的影响力，浙江师大被亚洲同行称为“中国儿童文学研究的学术重镇”、“中国儿童文学研究的中心”。随着该学科影响的不断扩大，近年来国内外儿童文学界人士来访与交流的频率也越来越高，人数越来越多。来自加拿大、日本、马来西亚、新加坡等地的儿童文学作家和学者都曾先后来到浙江师大交流和讲学。2007 年，浙江师范大学儿童文化研究院开始了与意大利马切拉塔大学儿童文学学科的学术联系，并将派遣有关专家出席当年 9 月在意大利召开的国际儿童练习本研究论坛。

正是这些连续、频繁和扎实的国内外学术交流成为了浙江师大成立国际儿童文学馆的重要基础之一。我们相信，浙江师大国际儿童文学馆的建立，必将把中国的儿童文学进一步向着世界打开，也必将为中国儿童文学的发展提供一个更加开阔的平台。

三

浙江师范大学国际儿童文学馆成立后，面临的主要任务是如何加快与国际儿童文学接轨的步伐，按照当代的图书馆建设理念对它进行建设和管理，力求使其在资料收藏、学术交流、理论研究等方面真正具备国际视野，国际儿童文学馆未来的主要工作是：

1、作为国内儿童文学资料收藏的中心，浙江师大国际儿童文学馆将进一步加强馆内儿童文学图书、报刊、音像等资料的搜集和收藏。一方面是加大儿童文学及其相关出版物购买方面的资金投入，另一方面，也通过接收国内外热心于儿童文学事业的人士赠书的方式，增加馆内收藏，并专为达到一定数额的赠书设立以赠书者个人名字命名的“书库”，既表示永久的留念，更可以让更多的儿童文学资料为国内外儿童文学研究者和爱好者所共享。

2、浙江师大儿童文学馆将以成为国内外儿童文学交流的中心为未来工作的主要目标之一。对于馆内的所有藏书，除了向校内儿童文学阅读者和研究者开放借阅外，还将探索如何在合理保护资源的前提下，进一步开放阅览，使其真正成为国内外儿童文学爱好者的共享资源。

3、浙江师大儿童文学馆将定期设计儿童文学研究方面的课题和研究计划，主要依托浙江师大儿童文化研究院的研究力量，以馆内资源为基础，开发具有前沿性和开拓性的话题和课题，出版具有学术价值的研究成果，并进一步探索如何使研究应用和服务于儿童教育和社会发展的实际。

4、浙江师大国际儿童文学馆将致力于走出象牙塔的限制，在促进和推动儿童文学研究的同时，充分发掘和发挥其服务社会的功能。除进行相关的课题研究外，该馆将设计以推动儿童文学阅读为主题的各种连续性或非连续性的活动。馆内将尝试开设儿童阅读区、亲子共读区，由儿童文学专家定期挑选以新书为主的好书上架，推荐儿童独立阅读或者亲子共读，并面向孩子和家长不定期开展以童年阅读、阅读与教育、阅读育儿等为主题的相关讲座，同时尝试把这些讲座向馆外其他地区推广。

5、浙江师大国际儿童文学馆将尝试开辟中国儿童文学作家专区，搜集和展出中国具有代表性的儿童文学作家的作品、生平资料、手迹、题词乃至童年玩具等相关物品，以捕捉中国儿童文学发展的生动痕迹，作为向国内外人士展示中国儿童文学面貌的重要窗口，也希望使之成为爱好儿童文学的孩子和成人们所流连的国际儿童文学馆特色展区。

四

从蒋风先生提出在中国建立国际儿童文学馆的设想到现在，20 年过去了。2007 年 5 月 25 日，蒋风教授应邀受聘为浙江师大国际儿童文学馆首任馆长，并将他的一部分儿童文学藏书捐赠给了新成立的国际儿童文学馆。说起当年为了这一愿望的奔波，蒋先生无限感慨；对于国际儿童文学馆最终能够落户浙江师大，成为该校在新时期以来高校儿童文学研究领域的又一创举，他又感到十分欣慰。他希望新成立的国际儿童文学馆能够蒸蒸日上，真正成为具有国际水准的儿童文学馆，从而将中国的儿童文学进一步推向世界，并为世界儿童文学事业贡献它的力量。

然而，从某种意义上看，对于浙江师大国际儿童文学馆来说，一切才刚刚开了个头。

正如浙江师大儿童文化研究院副院长方卫平教授所说，国际儿童文学馆的建设，是一项长期和艰辛的工程——如何将它真正办成国内领先、国际知名的儿童图书馆？如何以最高的效率全面搜集和征集国内外各种儿童文学出版物并使之迅速转化为儿童文学阅读者、研究者可用的资源？如何在推进馆藏图书资源建设的同时，进行馆内其他方面资源开发的探索？如何在借鉴海外图书馆建设经验的同时，思考和开拓具有自己特色的建设方案？如何凭借这里的资源优势和研究优势，开展具有世界性、前沿性和开拓性的儿童文学研究，使其进入世界儿童文学研究中心的行列，并真正成为世界儿童文学研究不能绕过的存在？所有这些，都是接下去需要持续思考和探索的问题。

但不管怎么说，浙江师大国际儿童文学馆的成立，已经为中国的儿童文学事业开出了又一个新的好头。它的成立既承载着中国儿童文学一直以来的一个梦想，也担负着它接下去的一段重要航程。我们期待在未来的时间里，看到它的不断成熟，不断进步，不断成为令人关注的焦点，并且不断提出于中国乃至世界儿童文学研究具有深远和重要意义的话题和思考。我们相信对一个在世界性的长跑中不断加速的国家和民族来说，它的儿童文学事业，也在走向一个更加辉煌的明天！

《儿童文学信息》，2007 年 5 月 25 日第 36 期

2008年

参加庐山会议

蒋　风

1978年，在我的生命中具有里程碑的意义。记得那年初秋，意外地收到一份邀请我出席当年10月在江西庐山召开会议的通知，使我兴奋不已。这是由国家出版局牵头，会同文化部、教育部、共青团中央、妇联、文联、作协、科协联合召开的全国少年儿童出版工作座谈会，被人们称作文化界的“庐山会议”。

我带着兴奋的心情，乘上西去的列车，经南昌上了庐山。报到之后，才了解这是个盛况空前的大会。

会议针对林彪、“四人帮”长期搞乱了的是非界限，拨乱反正。与会者就怎样肃清流毒，消除余悸，做好少年儿童读物的出版工作提出许多建设性的意见。其中主要的有五条：①少年儿童读物的出版工作应该为新时期少年儿童的健康成长服务；②少年儿童读物要有少儿特点；③读物应该富有知识性；④儿童读物还应有浓郁的趣味性；⑤要提倡读物的题材、体裁多样化。

会议还就加强少年儿童读物出版机构、扩大编辑队伍、发展壮大作者队伍、努力培养儿童文学新人、提高少年儿童报刊的质量和恢复少年儿童读物评奖制度等方面做了认真、细致的讨论，并做了具体的规划和部署。

其中与教育方面有关的：①为了培养儿童读物相关人才，高等院校应尽快恢复开设儿童文学课；②有条件的高校也可招收儿童文学专业硕士研究生；③新中国建立已快30年，连一本系统的儿童文学理论也未曾出版过，急需学者们编著出版一本《儿童文学概论》。

当时作为主席团成员的严文井先生，听了各大组讨论中提出的方方面面意见的汇报，曾专门召集陈伯吹、贺宜、金近、包蕾、鲁兵和我等人开了个小会，商议编写《儿童文学概论》，大家一致推我承担这一任务。

从庐山归来，我向浙江师范学院当年的领导做了汇报。领导认为，庐山会议倡导的举措，我们能做的都可以做，要我发挥优势，大胆地承担起来，并指示我可面向全国引进人才。在一无人力、二无资金、三无设备的情况下，我在中文系恢复开设儿童文学课；在课外开设全校性的儿童文学兴趣小组；并以资深讲师身份招收儿童文学硕士研究生；编写新中国第一本较系统的《儿童文学概论》，同时，积极筹建全国第一个儿童文学研究室，为了保证研究工作顺利开展，我又着手筹建全国高校第一个儿童文学专业资料室。这样，乘着顺风，我及时扯篷，让航船随着满篷风帆快速前行。后来学校任命我为儿童文学研究室主任，主持上述各项工作的开展。单枪匹马是成不了事业的，七八件工作都集中在我这个光杆司令身上，想开展工作，就得有帮手，形成合力。我便瞄准本省浦江农村中学教师黄云生和远在云南边疆开远职工中学的韦苇。由于种种制约，他俩都花了两年时间才调动成功。当年我遇到的困难是不言而喻的，一个人做三五个人的工作，完全凭一种意志的力量，才一一克服过来。

本文为作者参加“《我的1978》纪念改革开放30周年”征文。载《联谊报》，2008年11月8日。

开启儿童心智的金钥匙

——漫谈儿童文学与小学语文教育

蒋　风

蒋风，浙江金华人。国际格林奖评委，亚洲儿童文学学会共同会长，中国儿童文学研究会创始人、顾问，全国师范院校儿童文学研究会名誉会长，中国作协会员，金华市作协名誉主席。曾任浙江师大教授、校长，大阪国际儿童文学馆研究员。从事儿童文学创作、研究、教学60余年，出版专著《中国儿童文学讲话》、《儿童文学概论》、《中国儿童文学史》、《蒋风儿童文学论文选》、《世界儿童文学事典》、《玩具论》等50余种。曾获得中国图书奖、冰心儿童图书奖、儿童文学人才培养一等奖、宋庆龄儿童文学特殊贡献奖、全国关心下一代先进工作者、国际格林奖提名等10多个奖项。曾多次应邀赴美、日、韩、新、马及港台地区讲学，出席国际学术会议。

一、儿童期教育的重要性

儿童是祖国的花朵，民族的命脉，人类的未来。从群体看，儿童的成长是关系着国家、民族、人类兴衰的大事。从个体看，儿童时期是一个人能否健康成长、一生能否获得幸福和前途的重要时期。人类的儿童期不同于其他动物。人类在漫长的进化过程中，较早认识到儿童无论是智力还是体力都未成熟，尚不能独立地生存并应付来自各方面的艰难和险阻，为了帮助儿童掌握独立生存和生活的能力，人类成长需要一个较其他动物更长的儿童期。在进化过程中，人类形成了一个过集体生活的文明社会。每个个体的人进入这样一个文明社会，必须掌握在文明社会中生活所需要的知识和技能。而掌握这些知识和技能需要一个较长的学习、受教育的过程。对这个过程的长短人类也慢慢达成共识，约16年。这就是教育学上所说的儿童期。

在这一阶段,儿童为适应生存和生活必需的言语、智慧、情感、行为、兴趣、个性等,都得在成年人的特别关心和照料下逐渐增长、慢慢成熟起来。这也决定了儿童对双亲和社会其他成年人的依赖性。而且,人类儿童期的可塑性特别大,因为他们的世界观和人生观都尚未形成,人类社会较其他任何动物生活环境更错综复杂,容易“近朱者赤,近墨者黑”。因此,引导和教育对于他们今后的生活道路有着极大的影响和作用。人类不同于其他生物之处,就在于很早就懂得了儿童教育的重要意义。“三岁看老”,教育要从小抓起,要特别重视儿童期的教育。

二、文学是个很好的教育手段

在长期的教育实践中,人类很早就发现文学是个很好的教育手段。例如,产生于公元前的古代印度童话寓言故事集《五卷书》,卷首的序言就这样讲:古代有一个国王有三个蠢笨的儿子。国王要他的丞相调教这三个儿子,但都无能为力。后来一个年长的婆罗门愿承担这项教育任务,并保证在半年之内教会三个王子管理国家的才能。他摒弃传统的教学方法,以最能吸引儿童的动物故事作为教材,取得了很大的成效。由此编成这部流传千古的故事书。又如,古代奴隶主常把《伊索寓言》当作教育自己孩子的教材,当代各国小学语文教育更是大多采用优秀的儿童文学作品作为必读教材,而且,把儿童文学作品看作不可缺少的课外读物。美是文学的本质,而儿童又具有审美的天性。任何一部满蕴美好情感的文学作品来到人们眼前,都会产生一种魅人的力量。儿童文学也一样,它通过语言塑造艺术形象来感化儿童,也有着一种难以抗拒的力量。这是儿童与文学的天然联系。孩子们来到这个世界不久,他们了解的事物不多,睁大着一双好奇的眼睛,急切地想了解周围的世界,他们渴望快快长大,盼望着体验生活、体验人生。成长中的少年儿童对儿童文学有着天然的需要。作品中所描绘的那个丰富多彩的世界,能使他们通过想象去体验新的世界、新的人生的乐趣,让他们获得精神上的愉悦和满足,心理上的和谐与平衡。他们是以一种审美化的方式,去体验作家审美化地表现在作品中的生活。孩子们就这样在快乐地阅读儿童文学作品的过程中，扩大了视野，增长了知识，活跃了思维，拓展了想象，启迪了心智，发展了语言，丰富了情感，陶冶了情操，培养了个性，健全了人格。而这一切都是通过儿童文学作品的美感来作用并完成的。量子力学的创始人、丹麦科学家玻尔就曾向人们说过：瑞典儿童文学家塞尔玛·拉格洛芙的童话《骑鹅旅行记》对他走上科学道路有着深刻的影响。无数的教育实践也证明，儿童文学是启迪儿童心智的一把金钥匙，对儿童身心健康发展有着不可替代、不可忽视的作用。

三、儿童文学在小学语文教育中的地位

语文是人类最重要的交际工具，也是人类文化的重要组成部分。小学阶段是儿童语文素养发展的一个重要阶段，小学语文教育是儿童语文素养形成的基础工程，它更是儿童学好其他课程的基础，且是儿童全面发展和终身发展的基础。小学语文课的多重功能和奠基作用，决定了它在教育学上的重要地位。而儿童文学又因其个性品质天然属于儿童这一特性，决定了它在小学语文教育中牢不可破的地位。儿童对文学的需要是一种天性，它伴随着儿童成长。刚出生不久的婴儿，对节奏明快、韵律和谐的儿歌就很敏感，儿歌能吸引他们的注意，引起他们感觉上的愉悦。随着年龄的增长，幼儿对文学的需求更加积极主动，他们喜欢听故事，喜欢朗诵儿歌和童诗。进入学龄初期的儿童，开始对童话、寓言、生活故事产生浓厚的兴趣。到了小学高年级，少年儿童对文学的爱好更加广泛，科幻小说、神魔小说等成了他们爱不释手的读物，对那些反映他们生活的文学作品有着更强的亲和力。

但凡优秀的儿童文学作品都有一个共同点，就是用儿童的视角去看世界、看儿童、看生活，写世界、写儿童、写生活，轻松、快乐，充满游戏精神，让孩子们喜闻乐见，乐于接受，使他们沉醉其中。儿童欣赏文学偏重直观感受，关注作品中形状、声音、色彩的动态描绘，对新奇的故事情节比较感兴趣，对人物命运更加关心，也易于投入情感，往往忘了自己是个现实中的人，而与作品中的人物同苦乐共悲喜，一旦被作品中的形象所感染，就会全身心地沉浸于那个虚构的世界之中。基于以上这些特征和情况，在小学语文教

育中,无论是阅读教学、作文教学或是口语交际、综合性学习,儿童文学都是个重要角色。《全日制义务教育语文课程标准(实验稿)》在第一学段的阶段目标中强调要让学生“喜欢阅读,感受阅读的乐趣”,要让学生“阅读浅近的童话、寓言、故事”,“诵读儿歌、童谣和浅近的古诗”。随着年级上升,第二学段,要“能初步把握文章的主要内容,体会文章表达的思想感情”,“能复述叙事性作品的大意,初步感受作品中生动的形象和优美的语言,关心作品中人物的命运和喜怒哀乐,与他人交流自己的阅读感受”。到第三学段,“阅读叙事性作品,了解事件梗概,简单描述自己印象最深的场景、人物、细节,说出自己的喜欢、憎恶、崇敬、向往、同情等感受”,“阅读诗歌,大体把握诗意,想象诗歌描述的情境,体会诗人的情感。受到优秀作品的感染和激励,向往和追求美好的理想”。根据课程标准编写出版的小学语文课本和配套的阅读教材无不以优秀的儿童文学作品为主体。儿童文学确实在教材中扮演了一个主要的角色。同时,从语文课程标准对写话、习作的要求看,从“在写话中乐于运用阅读和生活中学到的词语”,到“尝试在习作中运用自己平时积累的语言材料,特别是有新鲜感的语句”,再到“有意识地丰富自己的见闻,珍视个人的独特感受,积累习作素材”,这充分说明阅读是写作的基础。优秀的儿童文学作品都是作家长期观察体验生活的结果,特别值得孩子们好好学习。多读好作品,对他们作文的影响是不言而喻的。因此,儿童文学是小学语文课中作文教学的好助手。小学语文教育不能忽视课外读物的阅读指导。在课外阅读活动中,儿童文学读物无疑也是第一位的。如上所述,儿童文学不仅是开启儿童心智的一把金钥匙,也是小学语文教育中十分重要的一个组成部分,值得我们每一位儿童文学作家、每一位小学语文教师认真对待。

四、新课改背景下的儿童文学

自2001年教育部颁布的《全日制义务教育语文课程标准(实验稿)》实施以来,新课程改革已走过6个年头了。与过去比,儿童乐于接受的儿童文学进入小学语文教材的比重加大了。据著名儿童文学家朱自强教授统计,全国根据新课标编写的小学语文教材中，文学性课文占总课文数的85%左右，除去古代诗歌外，基本上是典型的儿童文学作品，如儿歌、儿童诗、童话、寓言、故事、儿童散文、儿童小说等。还有一些适合儿童心理特点，采用儿童语言撰写的具有儿童文学色彩的作品。不仅数量增加了，质量和品位也提高了。儿童文学大大丰富了语文课堂的资源。这些进入语文教材的作品，都是经过严格筛选，反复斟酌并经过一定时间考验的作品，在小学语文教育领域占据了一个突出的位置。在新课改背景下，儿童文学日益受到社会的重视，被作为一个重要的课程资源得到认识和开发，较多地进入小学语文教材。语文课程标准明确提出："九年义务教育阶段的语文课程，必须面向全体学生，使学生获得基本的语文素养。"同时它也对语文学科的属性给出了明确的规定："语文是最重要的交际工具，是人类文化的重要组成部分。工具性与人文性的统一，是语文课程的基本特点。"因此，作为语文课程核心理念的语文素养，当然也应具有"工具性和人文性统一"的丰富内涵，进入小学语文课程的儿童文学当然也不能背离这一理念和特点。但这究竟怎样在语文教学中贯彻和体现，还有许多课题值得深入探讨，在许多老师的头脑中也不是很明确。例如，今天儿童文学已是语文课程的重要组成部分，而且是占主要位置的部分，这是显而易见的事实。如果它能作为文学课程来组织编排，也是名正言顺的。但它又被纳入母语教育之中，那它该如何体现"工具性和人文性的统一"的丰富内涵呢？

有学者建议：文学教育可以在语文课程框架下寻求更为灵活多样的课程组织形式。如，著名儿童文学家王泉根教授在他的专著《儿童文学与中小学语文教学》中提出以下四种设想：

第一，在语文教学中把文学教育和语言教育结合起来进行，在进行语言教育的同时，注意文学课程目标的完成。

第二，在语文课程中单独设立文学阅读课，例如一周一次。

第三，开设微型课程，每天15～20分钟的阅读课，或者利用早自习或是活动课进行。

第四，把文学教育与其他科目的学习结合起来，例如在综合实践活动中，结合相关主题学习文学作品。

第一种组织形式可以充分利用进入语文课的大量儿童文学资源,也可以体现“工具性和人文性的统一”,但仍有一个如何结合、如何体现的难题,这使不少语文教师感到迷茫。至于后三种方式,实际上还是把文学教育从语文教学中剥离出来,没有达到文学教育和语言教学相结合的要求。

类似的困惑不解决,就必然会影响小学语文教学质量的提高。

五、提高教师的儿童文学素养是当务之急

当儿童文学成为小学语文教材主体之后,自然要求小学语文教师的知识结构中具备比较系统、完整的儿童文学素养。可是,据我了解,接受过儿童文学教育的小学语文教师实在不多。不说中西部地区,即便是比较发达的沿海地区的小学语文教师,尽管学历大多已达到大专程度或以上,由于大部分师范院校的中文专业、初教专业没有开设儿童文学课程,职前既未学过系统的儿童文学知识,职后也没有机会补上这一课,平时又因日常工作忙忙碌碌,很少或很难挤出时间去阅读儿童文学作品。因此,老师们对儿童文学很少了解,阅读量极其有限,甚至远不及学生读得多。不少教师感到指导学生阅读存在一定的困难。

由于缺乏儿童文学知识,有的教师甚至采取传统的教学方法去教文学作品,像庖丁解牛那样把文学作品条分缕析,肢解成零零碎碎的部件。本来文学作品具有整体的生命性、丰富的多义性、鲜活的感受性,需要教师站在儿童的立场,走进儿童的心灵世界,用儿童的心灵去体会,然后把文学作品当作一个整体生命,让学生在阅读课中感受它的旺盛生命力并活在童真中。文学语言本来具有一定的模糊性和含蓄性,可以从多角度去理解,要是把每句文学语言都讲解得清清楚楚,反而会使鲜活的语言僵化,失去了魅人的光彩。文学作品的艺术结构常常留有许多想象的空间,让学生发挥自己丰富的想象力去填补那些“空白”,本来就有多种可能性,老师却要学生给出一个唯一的正确答案,不仅限制了儿童想象力的发挥,也使学生丧失了寻找答案的兴趣,使本来生动有趣的文学课变得枯燥乏味。这些问题的存在原因很多,但都与教师的儿童文学素养深浅有着不可分割的关系。所以,在小学语

文实施新课改的进程中，当务之急是提高教师的儿童文学素养。

解决的主要办法不外两条：

第一，希望全国师范院校和文科专业都能把儿童文学列为选修或必修课。早在 2003 年 9 月 2 日，在《文艺报》上，我就曾呼吁过。

第二，加强小学教师继续教育培训中儿童文学课程的建设。例如，20 世纪 70 年代，台湾地区教育部门每至暑假都为小学教师在各地举办儿童文学研习营，这一做法值得各省教育行政部门借鉴。

《小学语文》，2008 年第 1—2 期（总第 13、14 期）

致桥下彻先生

蒋　风

尊敬的大阪府桥下彻先生：

您好！

最近从贵国儿童文学界朋友们传来的信息获悉：大阪府因经费开支困难，又拟将大阪府立国际儿童文学馆并入大阪府立中心图书馆，为此感到有点震惊。因为前几年曾有类似的决定，因经济困难，大阪府曾考虑停办国际儿童文学馆，使该馆一度陷入风雨飘摇之中，后经世界各国儿童文学界人士一致声援，终于改变了上述决定。事隔数年，如今旧事重提，又拟撤销大阪府立国际儿童文学馆，确实使人感到意外。

作为一名儿童文学工作者，又曾于1993年作为教授级客座研究员在国际儿童文学馆工作过的我，比较了解国际儿童文学馆的情况、历史发展及其存在价值。听到上述消息后，不顾自己仍在病中，想谈点自己的想法。

儿童是人类的未来，儿童文学是儿童健康成长不可或缺的精神食粮。社会有义务、有责任去推广、去研究儿童文学，为孩子们提供更美好的精神食粮。

我十分钦佩鸟越信教授的做法，把他一生收藏的儿童文学资料捐献给大阪府，大阪府又英明地在吹田市千里万博公园创建了世界上第一所国际儿童文学馆，不仅为孩子们提供精神食粮，更重要的是为繁荣儿童文学创作、发展儿童文化创建了一个研究基地，造福全球儿童。20多年来，它已经成为全世界儿童文化界的圣地，每年都有不少儿童文化界的朋友去访问参观，去学习和查找资料，去那里做研究工作。事实证明，大阪国际儿童文学馆，已经成为展示日本文明的一个窗口，这是日本的骄傲，更是大阪的骄傲。所以，大阪府立国际儿童文学馆作为一个专门的儿童文学的资料中心、研究中心和信息中心，不同于一般的图书馆，大阪府应保持国际儿童文学馆的独立性。国际儿童文学馆基金会也应继续维持国际儿童文学馆的运作。

我想，以日本经济的发展水平，以大阪府的财力，维持并发展一个有价值的事业机构，应该还是有一定实力的。

因此，我虽在病中，忍着病痛，要为它呼吁一下：请千万不要撤销大阪国际儿童文学馆，请再三思！

1993年，我从大阪府立国际儿童文学馆做研究工作回到中国，便一直以鸟越信教授为榜样，也想把自己收藏的全部图书资料捐献出来，在中国也建立一所国际儿童文学馆。经过14年的奔走呼吁，最终得到浙江师范大学领导的认可，于2007年成立了浙江师范大学国际儿童文学馆。单从这件事，也反映出大阪府立国际儿童文学馆存在的意义和价值。

请倾听并接受我这个平凡的儿童文学工作者的呼吁声吧！

中国浙江师范大学国际儿童文学馆馆长

2008年3月25日

心系孩童，童心永驻

——记儿童文学不朽之星蒋风教授

孙道慧

教了一辈子儿童文学，至今是否还能保持着一颗童心，80岁的老人微笑着给了我们这样的回答："我给予孩子的，远不如孩子给予我的多。"这就是蒋风老师，我们的儿童文学大使，把一生都献给了孩子，回报给自己的只有那颗永远闪烁着五彩炫光而且永不褪色的童心。

蒋风教授是地地道道的金华人。他于1947年毕业于英士大学农业经济系。历任国际新闻社特约记者，黎江商校教导主任，浙江师范学院、杭州大学、金华师范学校讲师，浙江师范大学校长、教授，儿童文学研究所所长。1943年开始发表作品。1980年加入中国作家协会。著有专著《中国儿童文学讲话》、《儿童文学教程》、《中国当代儿童文学史》、《儿童文学丛谈》、《儿童文学漫笔》，主编《世界著名童话鉴赏辞典》、《新编文史地辞典》等。主编的《世界儿童文学事典》获冰心优秀图书奖，专著《儿童文学概论》获浙江省社会科学优秀成果一等奖及全国儿童文学理论首届评奖优秀专著奖，《中国现代儿童文学史》获全国首届儿童文学理论评奖优秀专著奖。

1994年，在讲台前工作了近50年的蒋老师结束了他的教师生涯，对于像蒋老师这样勤勤恳恳工作的很多教授或老师大部分都会就此画上一个完美的句号，开始他们含饴弄孙的悠闲生活，然而离休对蒋老师来说却是另一种工作形式的开始。离休后他单枪匹马创办中国儿童文学研究中心，任主任，并且义务招收非学历儿童文学研究生，消息一传开，报名的人纷至沓来，第一届就收了39名。现在已经招了十几届学生，一共400多人，学生来自中国内地、港台、新加坡、马来西亚和日本等不同国家和地区。

对于已经离休的教授来说，这样做会不会太累了呢？或许别人是有这样的顾虑，但蒋老师却觉得乐在其中。除了创立了儿童文学研究中心之外，他还自费办了一份《儿童文学信息》，免费赠送给学员和有关单位、个人。从编稿、出报，到邮寄，几乎都是他一个人承担。很多时候，大智和大愚，相距咫尺远。他则以一句"能够为孩子做一些有益的工作就是幸福"向世人表明愚公不愚的道理。

离休后的蒋老师似乎拥有了更多的时间和孩子们待在一起，他常常给孩子们开讲座，教他们写诗。从金华环城小学开始，从省内一直发展到马来西亚等东南亚地区。他认为，现在的作文教学在许多方面限制了孩子的想象力。写诗是一个好方法，它可以培养想象力，诗就是发现生活中的美，再表现出来，而生活中的美是无所不在的。文学的目的就是陶冶人的心性，通过诗歌这种活泼的形式，使孩子产生对美的向往，对生活的认识和美好憧憬。

幸福是什么？"为孩子做一些有益的工作就是幸福"，与孩子们在一起，为他们工作，这就是蒋老师一生追求的最大幸福。

"他的微笑是天真的，来自他深爱的孩子们的脸庞"，是他在给予孩子，还是孩子们赋予了他什么，总之，在大家的眼中，蒋老师确实拥有永远不老的童心。让我们一起为蒋老师喝彩，为儿童文学闪亮之星鼓掌。

《师大老年》，2008 年第 1 期

蒋风和小朋友共话儿童文学

王 博 沁 著

3 月 29 日下午，在浙江师范大学国际儿童文学研究院，我国著名儿童文学理论家蒋风教授和中国小记者站金华分站的小记者们共话儿童文学。

蒋风和孩子们在一起就特别开心，始终乐呵呵的。他说：“我是一个地地道道的金华人、地地道道的教育工作者、地地道道的儿童文学研究者。为什么这么说呢？我出生在金华，成长在金华，工作在金华。我大学刚毕业，由于当时家里穷，为了填饱肚子，母亲替我接下了做小学老师的差事，于是每天挨家挨户吃饭，这样家里就少了一张嘴，小学教师成了我的第一份工作。那时候很穷，全村只有我一个老师，更别说教室了，我们都在村里的大树下上课。一年级到六年级的学生都在一起上课，为了便于管理，我把学生们按年级分别排成六行，从此我便与教育结缘。后来又做过中学和大学的老师，从 1978 年开始带研究生，一辈子都在我热爱的教育战线上工作。”

“我热爱孩子们，只要是孩子的事我就做！现在虽然已经 80 多岁了，因为我太爱你们这些孩子了，所以希望在有生之年，再给孩子们写几本书，给孩子们上几节课，再多为中国的教育事业做点实事，现在我正在整理《蒋风爷爷教你学习儿童诗》，希望对我们下一代的成长成才有帮助。”蒋风说。

交流会上，蒋风面带微笑回答孩子们提出的每个问题。有小朋友问如何才能提高写作能力，蒋风传授了可以让他们写出非常漂亮的文章的“三个法宝”：“第一个法宝是——多读，大家要多阅读各种各样的书籍，丰富头脑，拓展知识面，积累创作素材；第二个法宝是——多练，俗话说熟能生巧，大家平时要多练笔；第三个法宝是——多思考，现在有种现象，同学们在写作时总是过于模仿别人，这样很不好，写作又叫创作，关键要首创，我们要写出自己的心里话，要有自己的想法在里头。”

有小朋友对蒋风这个名字起了浓厚兴趣，问道：“蒋爷爷，您的笔名为什么叫蒋风呢？”

蒋风答：“我原名蒋寿康，笔名是自己起的，意思是就好像一阵风吹过，我希望自己每创作完一个作品，都好像一阵风吹过，接下去从头再来。爷爷给大家讲个居里夫人的故事，当居里夫人获得一个奖项后，她根本就不把这个奖看得很重，甚至把自己的获奖证书给孩子们当玩具，而她自己呢，马上又投入到研究中去了。这个故事告诉我们，人应该淡泊名利，实实在在。在我的一生中，虽然也幸运地获得了一些奖励和荣誉称号，但是每次获奖后，我都把这些当作一种鞭策，从头开始。”

整个交流会上，蒋风教授给小朋友们介绍了自己的成长、求学经历，特别是与儿童文学、与教育结缘并终生相伴的经历。还和小记者们就“如何提高写作能力”、“中国儿童文学现状”、“文学与艺术关系”，“如何克服人生成长中的苦难”等话题进行了交流，并带领小朋友们参观了国际儿童文化研究院。

这次活动让孩子们记忆犹新，有的说：“今天能参加这次活动真的很开心，自己学到了很多知识，开阔了眼界。”还有的说：“蒋风爷爷很亲切，就像外公一样，我很喜欢他！”

《金华日报》，2008年4月1日

蒋风:我不赞成低龄化写作

梅子满

本报讯 近年来,以从新概念作文比赛中脱颖而出的韩寒为开端的低龄化写作浪潮蔚然成风,十几岁甚至更小的孩子出书已成平常事。这一现象遭到了来宁波参加首届中国童诗年会的蒋风抨击:“过早地让孩子出书,不见得是好事。”

三个故事让他爱上儿童文学

曾任浙江师范大学校长的蒋风被誉为“中国儿童文学研究的拓荒者”,今年他已 84 岁高龄。说起自己爱上儿童文学的原因,蒋风给记者讲了三个故事:

在他读小学三年级的时候,班主任每周给学生上一节故事课,故事内容来自《爱的教育》一书,学期结束的时候,老师根据学生的特点,用书中的人物来命名好学生,于是他们班里有了勤劳的裘里亚,正直的卡隆,勇敢的马尔柯,这些同学,蒋风至今记忆犹新;大学毕业后,蒋风曾在《申报》做记者,一天偶然看到一则消息——几个少年看了荒诞的连环画,结伴到四川峨眉山修仙学道,最后跳崖飞升自杀身亡,这事让他痛心不已;第三个故事是他听说的:20 世纪 30 年代,有个小偷从莫斯科地铁里偷得一个箱子,但箱子里面只有一本书《钢铁是怎样炼成的》,结果,这小偷看了此书后幡然悔悟,并给奥斯特洛夫斯基纪念馆写了一封忏悔信,这封信至今还保存在纪念馆里。

这三件事,让蒋风看到了文学对塑造心灵的巨大影响。从此,他与儿童文学事业结了一辈子的缘。

做什么事都贵在坚持

从事儿童文学研究和创作已有60余年的蒋风，一生贡献和荣誉颇多：他创建了全国第一个儿童文学研究所；他“文革”后第一个在我国高校恢复儿童文学课程，招收了全国第一个儿童文学硕士研究生；他撰写了新中国第一部《儿童文学概论》、第一部《儿童文学史》……“我对儿童文学有一股执着的精神，我一直把它当作我的事业来做。”蒋风说。

离休后的蒋风依然在为中国儿童文学贡献自己的余热。他主持创办了名为“中国儿童文学研究中心”的民间研究机构，并开始带非学历儿童文学研究生。只要热爱儿童文学，想为之做点事的人，不论年龄、国籍，他一律招收。这个研究生班举办以来，参加的学员已超过400人。另外，蒋风还在家里自办《儿童文学信息》，这份由他一人编、校、印的报纸一年出4期，每期3500份均免费发放、邮寄给热爱儿童文学的人。“我这一生就做了一件事情，幸好我把它做好了。”言语间，满足欣慰。

不赞成低龄化写作

这几年，全国掀起了一股“低龄化写作”的浪潮，甚至连小学生也写起了长篇小说。身为儿童文学研究领域的权威，蒋风常碰到不少人拿着这类“低龄作品”要求写序作跋。“很多都是老朋友介绍来的，我不好说什么。但我并不赞成这样做。”在蒋风看来，孩子出书虽然无可厚非，但里面的动机却值得深究。“很多家长不过是为了显示自己孩子有出息，而学校也只是想挣个面子罢了。至于它对孩子的成长是好是坏，很难讲。”他坦言，低龄作品能让他眼睛一亮的很少。

“杨红樱被出版社牵着鼻子走”

除了低龄化写作，蒋风对目前儿童文学创作中出现的浮躁之风也深表担忧。他直言，现在不少出版社为了经济效益轻创作、重营销，而一些儿童文学作家也在畅销的泡沫诱惑下，把自己“明星化”，从而降低了创作品位。昨天，他更是指名道姓地“炮轰”现在红得烫手的儿童文学作家杨红樱，“杨红樱现在是被出版社牵着鼻子走，她出了很多畅销书，但它们的艺术水准已经大不如前，肯定流传不下去”。在他看来，比起《女生日记》时的杨红樱，现在的她不过是在“利用自己的聪明编故事”，尽管依然好看，但雷同得仿佛一个模子刻出来的。

《宁波晚报》，2008 年 7 月 15 日

金师附小著名校友的小学生活

王伟文

中国的教育从来没有像今天这样受到人们的普遍重视，但同时，今天的中国教育也面临着从来没有过的危机，尤其是基础教育。我们不得不承认这样一个现实：教育有污染，教育需要环保，教育呼唤"绿色"，需要到现代教育的源头去寻找教育的真谛。

创办于1916年的金师附小，是中国诗坛泰斗、著名诗人艾青的母校。中国工程院院士黄文虎、儿童文学作家鲁兵，儿童文学理论家蒋风、剧作家谭伟、水利专家赵人俊、画家王景芬、人教社原社长马樟根等都曾就读于这所学校。

那么就让我们来看看这些著名校友在金师附小的童年生活吧。

艾青：保卫童年

艾青的童年学习生活是怎样的呢?

小学时代(主要在育德小学期间)的艾青不算是好学生。虽然他能不费力地背书、做完作业，但他经常趁老师不注意的时候溜出去，寻找自己的乐趣。艾青在小学里会画画，也会做一些小的手工艺品，能给当时的现代戏——文明戏画舞台布景，还会制作文房四宝。

在畈田蒋村，在艾青求学的学堂周围，多的是红胶土与小竹林。红胶土有着鲜艳的色彩，还有很强的黏性。小竹林里使艾青神往的，倒不是那一根根长长的修竹，而是一节节裸露着的、在扭曲中天然地成了各种形状的竹根。那时，艾青显然还不知道什么竹雕艺术，但他能凭着一把小刀，把竹节做成小小的水桶或奇形怪状的烟斗。他还能随手将一团红胶土捏成一个人头,脖子下面插上笔套,耳鼻分明,五官俱全。为了使这个泥人头有一点生气,艾青又从家里偷出一支香烟来,吸一口往泥人肚里喷进去,这小泥人的头顿时七窍生烟。他的书包里常常装着竹根与泥人——这些小精灵就这样悄悄地、不动声色地走向他的心灵。

他也常去写生——画农村的风景——那长着小树的山,那盛开着花朵的田野,那会唱歌的小河……

他陶醉在田野的自然风光里。他觉得,那是一种美、一种自由、一种享受。他得到了安慰,以笔下的自然景象,来抚慰自己的心灵。

蒋风:爱的教育

有这样一个故事:

斯紫辉是儿童教育家斯霞的堂姐,她是金师附小一位数学教师,但她每星期要给学生上一堂故事课,故事的内容来自《爱的教育》。学期结束,斯老师专门召开命名主题班会,用书中的人物来命名班上的同学。于是就有了勤劳的裘里亚、正直的卡隆、勇敢的马尔柯……班上一位插班生一直期待老师给自己命名,然而,没有。他咬紧牙关才没使那滴男儿泪落下来。在准备离开教室时眼睛余光一扫,斯老师发现了自己的疏忽,一愣,随之脸上又阳光朗照:“来,你跟我来。”在宿舍里,斯老师诚恳地检讨自己:“老师太粗心了。我怎么把你给忘了呢?其实,你比裘里亚更勤劳,比卡隆更正直,比马尔柯更勇敢。这样吧,老师把自己最心爱的书,这本《爱的教育》送给你,弥补老师的过失吧。”说着,老师掏出笔在扉页上题写了一行字:“不要怕做平凡的人,但要永远记住:让自己那颗平凡的心,随时闪现出不平凡的光彩来。”

这个插班生就是后来成为我国著名儿童文学理论家的蒋风教授。这本书和那句题字一直伴随着他。

鲁兵:为了自由呼吸

儿童文学家鲁兵也是附小的校友。他本名严光化,9 岁上金中附小(今金师附小)高小,1946 年开始儿童文学创作。

鲁兵的作品富有情趣,他说:“儿童诗,或侧重于抒情,或侧重于记趣,或二者交相辉映。”这跟他小时候的教育也是分不开的。

据与鲁兵既是老乡又是同学和同事的著名作家圣野回忆,鲁兵小时候就喜欢玩水玩泥巴,他的一本《泥巴孩子》,写的就是他玩泥巴的童年生活,其中有一篇散文,题为《从水里提上来的朋友》,生动地记述了他跳到水塘里捉鱼摸虾的情景。鲁兵是个爱爬树的小猴子,因为他手脚灵活,谁也爬不过他。后来他回母校访问时,还曾去找当年爬过的那棵大树。

他自己在《绿色的回忆》一文中写道:

“念高小时,我最敬爱的是朱耀庭先生,矮墩墩的个子,一张圆脸老挂着笑容。”“我对美术和创作有浓厚的兴趣,是从他那里来的。”“他拿自己的画给我们看,可是不叫我们临摹,要我们自己动脑筋,于是一个人画一个花样,当然画得不高明,但终究是创作。”

朱先生还经常带学生去写生,小鲁兵以为:“写生就是把所有的东西统统画上去,于是路边的一个大粪池也上了我的画,朱先生看得乐了,好像他没说我什么,可能在他看来,学生的积极性和自由精神是最为重要的。”

虽然跟艾青一样都没有成为画家,但宽松的教育氛围却培养了他自由、独立的精神。而精神的自由是人积极发展的前提,是创造力生长的温床。

学生精神的自由是一条漫长而艰辛的路,愿我们像朱先生一样,多一些宽容,多一些自由……

《金华日报》,2008 年 11 月 15 日

2009 年

《撒播在孩子心田上的歌》序

蒋　风

展现在读者面前的这本儿童诗集，是诗人林乃聪的第四本诗集。原稿是去年年底寄给我的，那时正好我感染了病毒性带状疱疹，发在头部，双眼肿得睁不开，而且刺痛，疱疹经住院治疗虽算痊愈了，但后遗症迁延至今未愈，不能读书写字，一旦用眼便会间断性闪电式的刺痛。因此收到书稿后，一直搁着未曾阅读。作者提的两个要求：①给书稿起个书名；②为这本诗集写篇序，也一直没有完成，内心感到十分歉疚，成了精神上的一个包袱，压在心上十分沉重，比欠人一笔债还要难受。快一年了，越来越难受。最近右眼闪电式刺痛仍折磨着我，但我还是想尽快完成上述两个嘱托。

于是，我忍着痛读完林乃聪的诗稿，我的脑子里很快跳出一个书名：《撒播在孩子心田上的歌》，轻而易举地完成了第一个嘱托。

林乃聪老师是一位热爱诗的小学语文老师，他不仅自己喜爱诗、学诗、读诗、写诗，为了孩子的健康成长，他还热忱地进行童诗教学，孜孜不倦地带领孩子学诗、读诗、写诗，要把诗的种子播撒到孩子的心灵中去。这本诗稿中的 120 首诗，也像一曲曲撒播在孩子心田上的歌，我想终有一天会萌芽、开花、结果的。

读着林乃聪的诗稿，我发现诗人很用心，也很细心地去观察生活，去思考生活，发挥自己的想象，有了自己的发现和领悟才落笔写下来的。读后，感到很新鲜，也很有吸引力。

例如，他写《雨伞》：在家里，它没精打采，“靠在墙壁思考/装深沉/可一旦到了户外/你就来精神/那颗心呀/收不拢/你打开自己/玩得全身水淋淋/或晒得全身滚烫/你全不在乎”。这哪里是写雨伞呀！写得像是一个鲜活的孩子，正如小诗末句点睛之笔“像一年级的我”。想象是丰富的，语言是鲜活的。

他写《花生》也很别致：“脑筋急转弯中/都说你是花的儿子/可一点儿也不漂亮/躲在地底下/不敢出来见人”。更别致的是在童诗中用孩子们也能理解的典故，“那怎么行/赶快出来/给你读《落花生》/就知道自己有多棒”，许地山的名篇《落花生》选在小学语文课本中，每个孩子都读过。这个典故一点不生僻，一读就懂，含义很深，却毫无教训意味。

他写《洒水车》，写得很含蓄，有一种含蓄美，但并不艰涩，每位儿童读者都能读懂，“我就喜欢在街道中/马路上溜达/与我相遇的车子、行人/就一个动作：闪、闪、闪/慢点的/就有一点狼狈/也就多一份开心（仅此一句，就活脱脱地写出一颗活灵活现的童心）/千万别以为我是个坏男孩/专门搞恶作剧”。读到这里准会让儿童读者笑出声来，诗人还要补上一笔，“玩这个游戏/可是你们定的规矩”。读到这里，也许有的孩子在稍作思考后领悟到其中妙趣，更会开怀大笑。

他写童心，有时可以写得不落痕迹，如《把爷爷的那一岁加给我》，“听说/‘年’要来给每个人加岁”，就提出要求，“爷爷已经满头白发/不能再老了/再老我会看不见的/把爷爷的那一岁加给我/这样，我可以快快长大/爷爷又不会悄悄地老去”。诗用孩子自己的语言，表达了一种希望爷爷长命百岁而自己快快长大的美好情感，写得自然、亲切、细腻、动人。

他确实是写童心和童趣的高手，请看他的《路灯下的影子》：“影子在前/我踩踩踩/咦/不见了/我连忙转过身/发现它躲在妈妈的后面/哈哈/影子也有怕我的时候”。诗人仅仅用了八行，把孩子追逐影子的那份傻劲、傻想，写得挺逗，挺有趣，栩栩如生。

林乃聪是位热爱儿童的好教师，也是理解儿童、了解儿童并且为儿童写好诗的诗人，他常常用儿童好奇的眼睛去看待平常都习以为常的事物，却出其不意地写出让人“眼睛一亮”的东西来，不仅把孩子逗乐了，连成人也忍俊不禁。

为了第二个嘱托，写好一篇序，我忍着右眼的刺痛，把乃聪寄来的诗稿，先后读了两三遍，还圈圈点点，做了一点札记，随手写下上面类似的这一些感想，看看也已有两三千字，随意写了一点，就算一篇序吧！我想读者是会原谅我的，作者更会原谅我的。因为我的心是热的。为了不能再让内心这份歉疚拖下去了，我的序是写得不够格的，我的精神压力总算解脱了。聪明的读者即使没有从我的序里得到一星半点的启迪，相信一定会从诗人林乃聪的诗作中得到智慧的。因为"诗是一种智慧"，正如美国著名诗人弗斯特所说的："读起来很愉快，读过之后自己觉得变得聪明起来的，就是诗。"亲爱的读者，你不妨试一试，你读这本诗集有没有感到愉快？读过之后再想一想，自己是否也变得聪明起来了呢？

《今日苍南》，2009 年 1 月 5 日

他仍然在战斗

——记蒋风荣获浙江省和全国关心下一代先进工作者称号的主要事迹

金永礼

我和蒋风兄虽同是金华人，但长时间的接触是在1942年。我们在差不多时间从县区金华翻山越岭来到建阳，投考暨大。由于错过了考期，被迫无奈地参加当时建立的东南联大先修班。我们同住在山上的报庆寺。先修班设在山上，我们吃住也都在山上寺内。寒冬时节，我们裹着三战区发下的棉军衣。三四月间，在山上脱光衣裳边晒太阳，边捉白虱。蒋兄喜欢文学，欢喜写作，并且养成一股执着的脾气。这样过了一段难忘的日子。我们终于熬到读完先修班。1943年同时参加大学入学考试。同年考进了暨大。蒋兄只读了一学期，便回故乡考了英士大学。1947年他与我同一届毕业。

毕业后，我在上海，他却先回乡后去了杭州。1952年起他就选择了以儿童文学为己任，愿意终身为儿童文学事业奔走，呐喊。

1978年，蒋风兄已在浙师大任教多年，也就在这时，他即第一个申请在浙江师院，即今浙江师大成立了“儿童文学研究所”，同年第一个在浙师院招收了儿童文学硕士研究生。1984—1988年蒋风被任命为浙师大校长。1994年离休，退出了大学讲台，理应告老归田，可以安度晚年。可是他心里总放不下他的儿童文学的事业，踌躇再三，1995年终于在金华创建了第一个民间儿童文学机构——儿童文学研究中心，并免费招收了非学历儿童文学研究生。因是非学历，故招收的学员程度相差很大，首届就招了39名。办学条件很差，他一人带39名研究生。办学采取“宽进严出”的方针，每年招一次生，每届学制两年，教学采用函授方法，但每年暑假要面授一次。学员须在两年内学完6门课程，每月交一次作业，每学年完成一篇论文，合格者发给结业证书。到2007年，12年共招收了358名学生，至今发出的结业证书仅40多名。

在这式发给结业证书的40多名学员中，至今已脱颖而出的已有30多人，他们已成为中专校长，大学教授、副教授，儿童文学研究所所长，幼师校长、副校长、教务主任或儿童刊物主编、总编辑等，可谓成绩斐然。如马力，现为沈阳师范大学儿童文学教授，著有《童话学通论》、《东北儿童文学史》等专著；孙慧玲，现为香港大学中文高级讲师；王昆建，现为昆明学院儿童文学研究所所长，著有《儿童文学教程》等；黄洁贞，现为香港教育学院高级讲师，编著香港小学语文教科书；许玉宏，现为包头师院副教授，等等。有的成为幼师或小学教学骨干，如李莹，现为成都幼儿师范副校长；张永锋，现为重庆幼师校长；门修山，现为青岛幼师教务主任；王春燕，现为金师附小副校长，等等。有的成为著名的儿童文学作家，如袁银波、野军、谢军、沈芬、杨明磊、谢然子、金慧乐、李红云、谭小乔、皮朝晖、韦娅（香港）、郑秋萍（马来西亚）、顾鹰、漪然、李姗姗、汤宏英等。有的成为著名的编辑家，如陈苏（《儿童时代》总编辑）、陈炜（希望出版社副总编）、郑益明（《小学生时代》副主编）、李青松（深圳特区教育杂志总编辑）、田春晖（《新少年》副总编辑）等。

这样他既培养了儿童文学的知名教授，又培养了一批儿童文学骨干，撒播了儿童文学的种子，为未来儿童文学的花圃打下了扎实的基础。

研究生班开始，咨询儿童文学的函电立即纷至沓来，在沉思如何应对时，他立即感到办一份《儿童文学信息》报。因为办班开始，教师、招生员、资料员、档案保管员、管理员、事务员等工作均集中在他一身，再加上咨询工作，他根本无法应对，而办一份报纸，可把学员咨询的问题在报纸上公布，这样就可大大节约精力和时间。报纸办成一份四开，第一版是国内外有关儿童文学的信息；第二版选登优秀学员作业；第三版每期介绍一个儿童文学作家和作品；第四版是选登小学生的作品。

报纸办起来了，从组稿、选稿、编辑、设计版面、送印、校对、清样到邮寄，等等，样样一个人干，每期3500份，都是免费的。每期报纸要花费他一个月时间，办报费用全在他自己离休工资内支付，要花去他两个多月工资。他夫人曾是小学教师、校长，开始时反对，后来当她看到这份小报寄到她原来的小学时，竟大受师生们的欢迎，从此她主动承担这办报的任务，如校对、清样、邮寄等事，只要她能做的都做。这样就大大减轻了蒋兄的负担。至今已办了14年,共发了41期报纸。

他除了这两件大事之外,还在办一件大事。这要从1986年说起,那时正是他在浙师大任校长,儿童文学国际研究会议在日本召开。蒋风兄作为国内唯一的代表出席这次会议。与会20位代表从世界各地来到日本大阪国际儿童文学馆开会,原任早稻田大学儿童文学教授的鸟越信先生就是这个馆的创始人。代表们纷纷向蒋兄建议:中国有3亿多儿童,应该有一个中国自己的儿童文学馆。回国后,蒋风兄通过媒体倡议成立"中国儿童文学馆",如馆建成,他可将自己收藏的一万多册图书资料全部捐献出来。他的建议引起儿童文学界的强烈反响。为了圆这个梦想,他整整奔走呼号近20年,如苏州、扬州等10多个城市均表示建馆可以商议。但是他有一个条件,儿童文学馆要有独立研究生和大学本科生。2005年,中国第一个高校儿童文学研究院,终于在浙师大宣告成立。研究院由方卫平教授挂帅,共有10位儿童文学教授、副教授,2名讲师,还外聘了4名兼职教授,这样建馆条件渐趋成熟。于是浙师大决定腾出红楼成立国际儿童文学馆,并且首任馆长由蒋风兄担任。2007年5月,蒋风捐出他全部近万册儿童文学图书资料。为了3.7亿儿童的健康成长,蒋风兄经过了20多年的努力,终于在浙江金华市建立了具有国际性的儿童文学馆。

综上所述,蒋风兄终于在他离休后的10多年时间内,办成了这三件大事。他既耗费了大量精力,也耗费了他离休后大部分工资。这不能不说是不可想象的奇迹,国家和人民给予了他高度的评价和奖励。

我们不说1990年以前的浙江省和全国给予他的多种称号和奖状,就从1990年标起,从他离开浙师大校长说起,他也荣获了10多个称号和奖状。

①1991年11月　第五届中国图书奖

②1993年12月　曾宪梓高等师范院校教师奖

③1993年　第三届冰心优秀儿童图书奖

④1997年11月　全国艺术科学国家重点研究一等奖

⑤1998年9月　蒋风接替已故的陈伯吹,入选由九人组成的国际格林奖评委会,一直至今。并成为国际格林奖第十届、第十一届两次被提名获奖的6名候选人之一

⑥1999 年 6 月　台湾杨唤儿童文学特殊贡献奖

⑦2002 年 8 月　亚洲儿童文学学会会长推戴奖

⑧2003 年 10 月　宋庆龄儿童文学特殊贡献奖

⑨2004 年　浙江省人民政府鲁迅文艺突出贡献奖

⑩2004 年　浙江省关心下一代先进工作者

⑪2005 年 6 月　全国关心下一代先进工作者

⑫2006 年 8 月　世界儿童文学大会儿童文学理论贡献奖

除此之外,他还为帮助贫困学生尽过余力。他出资帮助过金华二中学生郦渭荣从中学到大学毕业,他又帮助外语学院贫困学生吴爱萍从大一到大四毕业。还有他从 1990 年起发表作品 50 多篇,专著 10 多种。他仿佛不知年高,不知疾苦,迎着困难和时间赛跑。如今他仍为儿童文学事业奋斗着、战斗着。

《暨南渝讯》,2009 年 6 月 1 日第 199 期

2010 年

在第十届亚洲儿童文学大会开幕式上的欢迎词

蒋　风

今天是第十届亚洲儿童文学大会开幕的日子，对亚洲儿童文学工作者来说，这是个具有特殊历史意义的喜庆日子，在李在彻教授的倡议下，自1990 年第一届亚洲儿童文学大会在汉城（今首尔）召开算起，已经度过整整 20 个年头了。第十届盛会能在我的故乡金华召开，我备感荣幸。

记得 1990 年春，李在彻教授拟在汉城召开韩日儿童文学讨论会，邀请我以观察员身份出席会议，我当即去函建议，何不将它开成东亚儿童文学讨论会或亚洲儿童文学大会？我这个小小的意见竟被采纳，他立即重发通知，决定将韩日儿童文学讨论会开成第一届亚洲儿童文学大会。20 年后的今天，我能以东道主身份欢迎各位来到我长期工作的浙江师范大学来出席第十届盛会，不能不让我感到格外高兴！中国有句古话："有朋自远方来，不亦乐乎。"正是我此时此刻心情的写照。为此，首先让我代表主办方向各位致以最诚挚的欢迎。

儿童是人类的未来。儿童文学对儿童的成长有着不可估量的作用。随着科技的迅猛发展，今天的世界已成了一个地球村。本届大会的主题是"世界儿童文学视野下的亚洲儿童文学"，旨在通过与会代表的广泛交流，深入探讨新时代文化背景下的亚洲儿童文学的发展，促进各国各地区儿童文学的共同繁荣，使孩子们获得更多更好的优秀作品的滋润，健康成长。这就是本届大会的目的，也是与会代表共同的心愿。

我深信大家都是怀着同样的心愿来参加会议的，一定会在这难得的 5 天里获得预期的效果。20 年来，过去九届大会已经硕果累累，本届大会在继承发展前 9 届大会的基础上,必将取得更加丰硕的成果,从胜利走向胜利。

2010 年 10 月 15 日

在金华市公益小书房启动仪式上的讲话

蒋　风

在金华建立公益小书房是我多年的心愿，今天终于实现了。我很激动，也很高兴。

我积极参加公益小书房活动，是受我一位名叫漪然的非学历儿童文学研究生的感染和启迪。漪然是一位残疾的姑娘，但她身残志不残，不仅自学成才，成为一位非常优秀的童话作家，她还自学外语，成为一位出色的翻译家，至今已出版了几十本书。她不仅自学成才，且热心社会公益事业，建立公益小书房网，在全国各地倡议建立公益小书房，已先后在上海、杭州、北京、长沙等20多座城市建立了公益小书房，得到了万千志愿者参与。我受她的感召，不顾自己年事已高，也积极响应。

我倡议建立公益小书房的目的，主要为了推广阅读。我一辈子从事儿童文学事业，深切地感受到书对一个人的健康成长，有着不可忽视的意义。高尔基的成长就是一个典型。1994年，我离休了，从工作岗位上退下来，我就全身心投入推广儿童文学阅读，希望帮助孩子们从小培养起阅读兴趣和阅读习惯。同时，我也倡导私人藏书公益化，让每本书都发挥最大效益。因此，我把自己全部藏书约两万册捐献给浙江师大创建的全球第二个国际儿童文学馆外，想到我仍因研究需要不时还要买些新书，还订阅数十种期刊，还有一些单位和朋友们赠书赠刊，都要使之发挥最大效用，所以也想以自己绵薄之力，在金华也建立一所公益小书房。

金华公益小书房的筹建，我已奔波了四五年，最后得到金华市青少年宫的赞赏，同意大力支持，提供场地、设备和人力。决定在金华市青少年宫建立金华公益小书房（蒋风儿童文学家庭文库金华市青少年宫流通站），完成了我的一个心愿。

也许有人质疑,金华已有很多的图书馆,藏书都很丰富,有没有必要再建这样一个小书房?我认为虽然图书馆不少,但还不够,希望有更多的私人藏书都拿出来公开流通,也就是把私人藏书公益化,就能更好地营造一个书香社会。

启动金华公益小书房,也是为了营造一个良好的读书氛围,丰富青少年儿童的文化生活。通过公益小书房,我们还计划开展各项活动,如推广亲子阅读、培养故事妈妈、经典儿歌童谣传唱、举办读书节、推荐优秀儿童读物、与作家见面交朋友、组织青少年儿童参与创作活动、参加全国各项作文比赛……进一步激发孩子的阅读兴趣,让他们在一个健康的读书场所里亲近书本,爱上阅读,学会读书;引导他们在读书实践活动中遨游书海,与大师对话,呼吸书香,与好书为友,与经典为伴,为人生奠基,享受读书的乐趣,感受读书的幸福。

我的这份心意,也是在座各位同志共同的心意,让我们共同来为金华公益小书房的健康发展添一块砖、加一片瓦吧!

2010 年

倾听孩子心灵的歌唱

蒋　风

孩子天生就是诗人。

这话一点不假,最近读了《小学生学习报》编辑寄给我的一组童诗,更让我确信不疑。

诗的本质就是发现。孩子永远睁着一双好奇的眼睛去看周围的世界,去发现世界的美。他看夏天:“我的夏天/像个泡泡/在阳光下/五彩斑斓”“和伙伴一起捉知了/躺在摇椅上数星星/在荷塘边听蛙鸣/望着天空看彩虹”。在他的感觉里,夏天多美,多快活啊!过一个夏天就留下一段“美美满满的记忆”!

诗是离不开想象的。没有想象就没有诗。有人说:想象是人的第三只眼睛。孩子的心里都藏着第三只眼睛。他们能看见许多奇妙的事物和意想不到的东西。有着丰富想象力的孩子回答《夏天是什么》的答案,“是奶奶的扇子”,“是爷爷的烟斗”,“是外出打工的妈妈叮咛”,“是爸爸额头上沁出的汗珠子”,“是哥哥打水仗的一声号令”。多么鲜活、多么奇妙、多么独特的想象啊!

写诗要找准独特的视角,发现别人没有发现的东西。如《芭蕉树下》,小诗人就从十分平常的祖孙两代一起乘凉的场景发现了美,奶奶在热浪滚滚的夏夜摇着芭蕉扇,看着“趴在苇席上”的孙子“如醉如痴”,“依旧盯着蚂蚁觅食”,那股浓浓的亲情,不着一字胜似千言万语。

这是童诗,就是孩子心灵的歌唱,请每位读者都来倾听天生诗人的心声吧!

2010 年

永远记在心里的一位老师

蒋　风

1935 年秋季，我以同等学历插班到金华中学附小初三年级，教我们语文课的是徐德春老师，教我们数学课的是斯紫辉老师，他俩是一对年轻夫妇，也是我们班的班主任，他们在我的记忆里留下了深刻的印象。有一件事使得斯老师的形象更为鲜活，永远铭记在我的心上。

那时，斯老师才 20 岁多一点，长得很美，常常穿着一身蓝旗袍，脸上漾着笑容，给人一种亲切、和善的感觉，她讲起课来悦耳动听，同学们都喜爱她，也很尊敬她。

斯老师教了我两年算术，她怎样教算术的，经 70 多年岁月的冲刷，在我记忆里已经模糊了。但有一学期，她给我们班每周安排的一节故事课，却给我留下了终生难忘的印象。她用了整整一个学期，利用故事课给我们讲亚米契斯的《爱的教育》中的故事。由于斯老师很投入，也有感情，每个故事都吸引着全班同学的心。像《小抄写匠》中的裘里亚、《卡隆的母亲》中的卡隆、《万里寻母记》中的马尔柯、《爸爸的看护者》中的西西洛，还有《小石匠》中的那个小石匠，至今仍栩栩如生地活在我的记忆中。每当这些可爱的小主人公形象浮现在我的眼前，就会令我想起《我的女老师》中所描绘的那位衣着朴素，像母亲一样爱护学生的女教师，她正是斯老师的真实写照。虽然时光已过去 70 多年了，但斯老师的那些娓娓动听的故事以及她那美丽的音容笑貌，仍然会时时触动我的心弦。

记得那个学期结束时，斯老师已把《爱的教育》的全部内容讲完了。她又特意布置了一个主题班会，把班上那些学习好、表现好的同学，用《爱的教育》中的一些人物的名字命名，如比较勤快的叫裘里亚、正直的叫卡隆、勇敢的叫马尔柯、善良的叫西西洛……借此激励同学们好好学习，做一个勤劳、勇敢、善良、正直、有道德的人。至今不明白我那学期是学习不好还是表现不佳，当斯老师为一个个同学命名，我却没有被斯老师用书中的人物命名，内心感到十分委屈，两眼噙着泪水，差点掉下来，但一个男孩本能的倔强性格，又令我坚强地承受了这一切。

我从小个子较高，坐在教室的最后一排，没有想到感情上这一点细微变化，却被细心的斯老师发现了。主题班会一结束，她把我叫到办公室，以满蕴感情的口吻说："斯老师太粗心了，今天主题班会上，竟把你忘了。其实，你比裘里亚勤劳、比马尔柯勇敢、比卡隆正直、比西西洛善良，你将来一定能成为一个有用的人。"她一口气给我戴了一大摞高帽子，当年我还不能理解斯老师精湛的教育艺术，但这一大堆表扬的话，却抚慰了一颗感到委屈的幼稚的心。只觉得斯老师还是了解我们的，所有委屈顿时烟消云散。

斯老师接着说："命名大会已经开过，斯老师不可能为你一个人再来开个命名大会。但是老师已想好一个弥补老师过错的办法。"她随手打开她办公桌的抽屉，拿出一本崭新的《爱的教育》来，并在扉页上写上一句鼓励的话："不要怕做一个平凡的人，但要永远记住：让自己那颗平凡的心，随时闪现出不平凡的光彩来。"

"现在，老师把自己最心爱的书《爱的教育》送给你吧！"斯老师题完赠言，就把书递给我。

这本《爱的教育》从此成了一件我最心爱的宝物，不仅时时翻阅，而且一直珍藏到1940年。那年，我家的旧居毁于日本鬼子的一次轰炸，这本心爱之书也化为灰烬。

我常常这样想：今天我身上所有值得肯定的一些性格和品德，或多或少都得益于这本书，也离不开斯老师循循善诱的教诲。

我甚至这样想：我一生从事儿童文学的创作、教学、研究，也和《爱的教育》不无关系，更和斯老师最早的启蒙和指引有着不可分割的联系。

《山西教育》，2010年第1期

第十届亚洲儿童文学大会在金华市隆重举行

朱　慧

10月16日至19日，第十届亚洲儿童文学大会在浙江师范大学图文信息中心举行，与会专家们针对一个个时下热门的儿童文学话题进行了深入热烈的探讨。

金华市市长陈昆忠，浙江省作家协会党组书记、副主席赵和平，浙江师大校长吴锋民，中国作家协会儿童文学委员会副主任、著名儿童文学作家张之路，亚洲儿童文学大会共同会长、浙江师大前校长蒋风，日中儿童文学美术交流东京中心会长中尾明，韩国儿童文学学会会长慎宪绛，亚洲儿童文学大会共同会长、台东大学荣誉教授林文宝等出席开幕式。浙江师大儿童文化研究院院长方卫平教授主持开幕式。

吴锋民代表浙江师大对大会的顺利召开表示祝贺，并简要介绍了浙江师大和儿童文学学科发展的基本情况。吴锋民说，本届亚洲儿童文学大会旨在探讨新的时代背景下亚洲儿童文学的现状与未来，其开阔的国际视野和较高的学术起点，必将进一步增强国内外研究者的学术交流，扩大学术合作，推动儿童文学研究的发展，促进亚洲儿童文化事业的共同繁荣。

陈昆忠在开幕式上代表市政府向来自亚洲各国和地区的儿童文学作家、学者表示热烈欢迎。他说，浙师大的儿童文学学科是在金华这片土地上孕育的，浙师大儿童文学研究所是改革开放以来中国高等院校中成立最早的同类学科研究机构，金华籍儿童文学作家鲁兵、圣野、洪汛涛和学者蒋风等在中国当代儿童文学创作、研究领域具有广泛影响。第十届亚洲儿童文学大会在金华隆重举行，相信能为亚洲儿童文学带来全新的发展机遇，为金华带来一场文化盛宴，更为金华与各国、各地区儿童事业之间搭建起一座紧密的桥梁。

赵和平在致辞中简要介绍了浙籍作家和浙籍儿童文学作家在创作上取得的卓越成就和丰硕成果。他表示,本届大会将为当代儿童文学的创作与研究带来更广阔的视野;为亚洲各地儿童文学事业的发展带来新的面貌;也将为各地之间的文学合作与交流,提供新的契机。

张之路用近年来中国儿童文学创作发行方面的几组数字,与来自各国的宾客分享了中国儿童文学事业取得的可喜成绩。他指出,在中国,老、中、青三代作家都在为儿童文学事业做着不懈的努力。更可喜的是,中国儿童读者的数量在不断增大,儿童阅读的书籍也不断增多,图书阅读推广已蔚然成风。他希望各国各地区的儿童文学要争奇斗艳,互相传递芬芳和微笑,让亚洲儿童文学这个大花园成为守望儿童成长的心灵花园。

蒋风代表主办方在开幕式上致欢迎词。他深情回忆了20年前写信建议举办亚洲儿童文学大会的经过。他说,20年来,过去九届大会已经取得了累累硕果,本届大会在继续发展前九届大会的基础上,必将取得更加丰硕的成果。

中尾明表示,作为一名忠实参加每届亚洲儿童文学大会的日本作家,他之所以坚持不懈的原因是他深信这个会议是有意义、有成效的。同时他也认为,应当不断扩大亚洲儿童文学大会的规模和影响力,让更多国家和地区的儿童文学界人士关注并参与到讨论中来。

慎宪缍指出,亚洲儿童文学大会举办20年来,业界的同仁们做了许多卓越的努力,增强了彼此间的交流与合作,共同克服了儿童文学领域的不少困难和问题,这也是亚洲儿童文学大会成立的主旨。他祝愿亚洲各国和地区的儿童文学事业能更好地发展下去。

林文宝表示,亚洲儿童文学大会从第九届开始由专业的学术机构承办,本届大会更是在拥有深厚学科积淀的浙江师范大学举行,这是"产官学结合"的有效方式,也是大会能够有序经营的重要因素。他祝愿亚洲儿童文学大会能圆满传承、不断发展。

开幕式上,慎宪缍先生和来自马来西亚的作家爱薇女士还分别向主办方赠送了他们精心准备的礼物——记录韩国儿童文学学会发展历程的布帐和精美的艺术挂盘。来自台湾的儿童诗诗人林武宪先生朗诵了他的诗作《在我和你之间》。来自诗人艾青的母校——金华师范附属小学的孩子们送上了活泼可爱的歌舞表演。

据悉,本届大会由浙江师大、中国作家协会儿童文学委员会、浙江省作家协会、金华市人民政府联合主办,外语教学与研究出版社协办,浙江师大儿童文化研究院、儿童文学研究所承办。本届大会的主题为"世界儿童文学视野下的亚洲儿童文学"——以亚洲的视点和经验,来观察世界儿童文学背景下的亚洲儿童文学历史和现状,思考全球化语境下的亚洲各国和地区儿童文学的美学和文化特质,想象亚洲儿童文学发展的趋向和未来。来自中国大陆、香港、台湾以及日本、韩国、马来西亚等国家和地区的近200名作家、学者、出版界人士参加大会开幕式,并围绕大会主题展开7个场次的论坛研讨。或以全球的眼光、东方的视角、比较的方法考察亚洲儿童文学的历史、现状以及不同文化背景下儿童文学之间的传播与相互影响,或以一国、一个地区的儿童文学创作、研究的发展为对象进行梳理和勾勒,或聚集于专题性的理论探讨,或侧重特定文体的美学思考……当这些观察、思考、分析、判断等聚集在第十届亚洲儿童文学大会的时候,大会已经为亚洲儿童文学界的又一次盛会和儿童文学学术嘉年华找到了一个最好的理由和注解。

《浙江日报》记者刘慧眼中的第十届亚洲儿童文学大会

刘　慧

《浙江日报》2010 年 10 月 20 日讯　第十届亚洲儿童文学大会在浙江师范大学开幕。来自中国大陆、香港、台湾和日本、韩国等地的近 200 名作家、学者、画家和出版界人士，相会在金华美丽的芙蓉峰下，以“世界儿童文学视野下的亚洲儿童文学”为主题共同筹划亚洲儿童文学的美好愿景。

亚洲立场和东方视角

全球化的进程不可阻挡，亚洲儿童文学必须放置在国际的视野中才能建立更为清醒的认知。但作为一个文学史研究者，浙江师范大学韦苇教授最关心的问题是，我们亚洲，过去和现在有多少作品，有哪些作品可以去丰富世界儿童文学的宝库，全世界公认的世界儿童文学名著中，譬如说 100 部儿童文学名著中，有没有亚洲作家的作品？

无疑，亚洲儿童文学的现代发展必然受到全球化的影响，但创建自身的民族话语和艺术精神理应成为儿童文学作家和研究者的责任。日本佐藤宗于和霜鸟香从各自不同的角度出发，考察全球化背景下的日本儿童文学，前者通过 20 世纪 90 年代后日本儿童文学的流派来看“亚洲魔幻”的可能性，后者借由具体文本对全球化的战争儿童文学予以思考。中国的斑马则从作家和批评家的双重角度展开叙述，正视中国儿童文学在世界儿童文学高度面前的矮小和缺失。

日本近畿医疗福祉大学教授和田典子指出，当代日本出版的童谣集已经不只是文字和音乐的融合，还是绘画、装帧和编辑意图完美结合的艺术作品，因此，它不再只是孩子们的文化财产，而已经变成整个日本社会的文化财产。当天穿了一件改良韩服的韩国儿童文学学会副会长郑善惠用相同的观察角度，分别对近些年来独树一帜的韩国现代图画书以及韩国创作童话所体现的美学特征进行概括，从一个角度呈现了韩国儿童文学创作的现代美学形态。

的确，现代儿童文学的文体意识已经发生转变，传统体裁的界限渐渐模糊，跨界的新的文学形态正在掀起。韩国首尔教育大学教授黄正铉通过历史的阶段性概括，从创作研究和理论研究两个方面，勾勒了韩国儿童文学的现状及未来。

重新认识中国儿童文学

令浙江师范大学校长吴锋民自豪的是，一直以来，以亚洲儿童文学大会共同会长、著名世界儿童文学作家蒋风教授为核心，具有深厚儿童文学学术传统和积淀的浙江师范大学，利用儿童文学的学科优势，在近 30 年学术累积的基础上开拓疆域，成果斐然。成立了全国首家儿童文化研究院，作为全国首个国际儿童文学馆——浙江师范大学国际儿童文学馆业已揭牌，同时还设立了台湾儿童读物资料中心。两年前，“浙江师范大学儿童文化研究院红楼书系”第一辑、第二辑在少年儿童出版社出版，是 1949 年以来中国当代儿童文学理论界首次系统译介、引进的国外儿童文学研究成果。

“已步入全国儿童文学创作大省的浙江，现已拥有了一大批儿童文学作家。”省作协党委书记赵和平细数道，经常活跃在国内外报刊发表作品的有近百人。至今，浙江已出版儿童文学作品千部以上，仅童话作家赵冰波就有 100 多部作品问世。浙江列入中国百部优秀儿童文学作品的有 5 部。当代儿童文学名篇《小马过河》、《下雨啦》、《快乐的小精灵》、《阿笨猫》等都是出自浙江儿童文学作家的笔下。浙江少年儿童出版社副社长孙建江以一系列的图表和数据，反映了近些年来少儿文学读物令人乐观的发展态势和走向，由此证明浙江儿童文学在当下中国少儿出版业中的特殊地位及其重要意义。

中国作协儿童创作委员会副主任张之路透露，目前中国有五六百家出版社，其中有30多家专业少年儿童出版社，却有530多家出版社在出少儿图书。而儿童文学在少儿图书当中又占有40%的份额。从市场角度来看，这是儿童文学一个相当不错的成绩。

未来的信号和机缘

现代亚洲儿童文学的未来趋势又在哪里？大众传媒时代，儿童文学会不会走向消逝？北京师范大学教授王泉根介绍，1978年改革开放以来，中国"以儿童为主体"，尊重儿童发展和儿童生存的权利，将儿童文学从以成人意志、成人功利目的论为中心转移到以儿童为中心，贴近儿童，走向儿童，这是一个革命性的转变。北京大学教授曹文轩则表达了对当下中国儿童文学写作状态的警醒和担忧，他说我们应该意识到——当我们用尽天下最优美的言词去赞美阅读时，我们却同时面临着泛滥成灾的无意义的、劣质的、蛊惑人心的、使人变得无知和愚昧，甚至使人堕落的书。

"因此读不读书，是一个重要的问题。"马来西亚作家爱薇也从自身的感受出发，讲述了童年与儿童文学的有关话题：它甚至可以被解读为一个国家、一个民族、一个人的文明程度。而读什么书，却是一个更重要的问题。对于儿童来说，这个问题则尤为重要。

"因消费文化所带来文化变革，构成了消费文化语境下儿童文学发展所必须面对的重要课题。消费文化时代使商业图书在图书出版中所占的份额大为增加，童书与儿童文学出版是其中一个重要的构成部分。"浙江师范大学儿童文化研究院院长方卫平说，与此同时消费文化时代也为儿童文学带来了一些前所未有的新问题。

"进入21世纪以来，随着亚洲儿童文学与其他各大洲儿童文学的接触、交流愈益频繁和密切，这种交流所构建起来的两者之间的文学、文化关系也变得日益丰富和复杂。"方卫平说，今天也许已经不存在一个完全封闭、自足的"亚洲儿童文学"的概念，谈论亚洲儿童文学的历史、现状和未来，也早已不是一种封闭和孤立的文学判断和描述，而必然要与它所置身其中的世界儿童文学的大背景融合在一起。

造梦的巨人

——蒋风先生印象

孙 昱

蒋风先生身材高大,我问过他,到底有多高,他说:“一米八一。”当蒋风先生和小朋友们在一起的时候,看起来,真像是一个童话里的巨人。

儿童文学是文学里跟梦的距离最近的,蒋风先生开玩笑地说,他用了一辈子的时间和精力经营着这个造梦园地。想想也真是这么一回事,处于浙江师范大学的儿童文学研究所就是蒋风先生亲手创办的第一个儿童文学研究园地。他跟其他的老师一起培养了一批儿童文学研究的专家和教授。他不但是造梦,而且能把梦想转变成现实,是创造梦、成就梦的巨人,而不是英国作家达尔笔下仅仅只会捉梦的巨人。

蒋风先生应该是中国儿童文学学科当之无愧的奠基人,他像是一座高高的山,站立在儿童文学园地上。他是儿童文学理论家,又是一个教育家,曾任浙江师范大学校长。国际儿童文学界也给了他很高的评价和地位,成了中国第一个格林奖评委。可他却为人平易,待人极为谦和宽厚,在我们晚辈眼中,俨然又成了一个慈和的邻家爷爷。

一棵大树的成长,肯定要经历风雨严寒,蒋风先生也有一个艰难曲折的成长过程。抗日战争胜利后,蒋风先生所在的英士大学迁到温州,通货膨胀,饥民抢米店,民生的苦难常扰得他心潮难平,他就是从那个时候开始写关于民生的报道的,因为写得多,报纸就开始重视这个一腔热血、颇有才气的撰稿人,1947 年,上海老《申报》聘蒋风为驻金华记者。

后来,他还有一段自由撰稿人的生活,他曾谦虚地说,是大学毕业后找不到工作,就写报道混饭吃,其实也是美好的梦想和一种沉重的使命感使然。一直到解放,他写的主要是长篇通讯。

因为激进,蒋风曾被国民党军统列入黑名单,身处乱世,又面临生计无着的困顿和生命的危险，但是他却始终没有停止对未来美好梦想的追求。在“文革”的浩劫里，蒋风先生因为出版过几本学术著作，又被学校当局当作替罪羊推了出来，成了第一批“牛鬼神蛇”，被批斗的岁月，就像一场噩梦。可蒋风先生说，不管在如何压抑的日子里，他从来没有悲观，他曾以背诵唐诗宋词或者童趣盎然的儿歌自乐，渐渐思有所得，便想有朝一日出“牛棚”时写本《儿歌论》。

后来，有了那本四川人民出版社1979年出版的《儿歌浅淡》，它最初构思就来自于压抑痛苦的牛棚岁月里的思考，蒋风先生说，《儿歌浅谈》成了他在“牛鬼神蛇”岁月里最永恒的纪念。

蒋风先生一直以儿童文学教育者的身份出现，也许好多人并不知道，他还是一个热情洋溢的诗人。王嘉良教授和叶志良教授编撰的《战时东南文艺史稿》里提到的战时东南诗坛的以校园诗人为主体的青年诗人群里就有蒋风先生的名字。“蒋风也是暨南大学的青年诗人，此时大多写咏物诗，表达自己的理想或诗的哲理。像《红叶》，‘早晨跑遍秋的山头/摘回一片红枫叶/陪伴我，缀在案头/她以鲜艳的红唇/向窗外蓝天/吹送战斗之歌’。”真没想到，如今德高望重、著作等身的蒋风先生，竟曾经以如此艳丽浪漫的想象，表现出他对新世界的向往与赞美！

他的诗作《桥》：“有了你的启示/人们得着智慧了/你负担起自身的苦难/引人走向幸福的彼岸。”王嘉良教授有这样的评价：“这类咏物小诗，短小隽永，意象美好，不失为表情达意的理想载体。”

直到近期，他也写一些儿童诗，如《清晨》一开始发表在《小学生之友》上，后来被选入香港小学生的教科书。“清晨，我从一个很美很美的梦中醒来/仿佛听到嘀嗒嘀嗒的喇叭声……/啊，窗外的牵牛花开啦！/它在催我赶快上学去啦！”清澈如流，美丽如花，一个美梦的开始。

蒋风老师回忆说：“爱好文学都从诗入手，文学青年十个有九个是写诗的。20岁左右正是诗的年龄。”

确实，有人说，诗是属于青年人，可有一次，我见蒋风先生一边喂小孙女吃饭，一边念着童谣，蒋风先生说，这是我的即兴创作呢！原来诗也不只属于年轻人啊，只要有诗人的质地，他心中的诗永远不老。

蒋风先生经常说，他这一生有三个梦想，当记者、当作家、当教授。三个梦他都实现了，而他最看重的，还是教书育人。他一生最爱的，还是儿童文学事业。1978 年秋天，蒋风先生从庐山出席全国首届儿童读物创作出版工作座谈会归来，带着会议的精神，一连向学校领导打了 7 次报告，终于获得领导的同意，在浙江师范学院恢复开设儿童文学课，创建了中国第一个儿童文学研究机构，同时招收儿童文学研究生，成为中国第一个儿童文学硕士研究生的指导教师。在重重困难下，蒋风先生共招收了十届硕士研究生，为国家培养了一批儿童文学研究人才，如吴其南、王泉根、汤锐、方卫平、汤素兰、潘延、韩进等，他们的成就获得国内外同行的瞩目。日本的一家学术刊物就做过这样的评价："在蒋风教授指导下努力研究的年轻人员已经成为中国儿童文学的中坚力量……这些年轻人，生活在新的时代下，汲取新的知识，不被旧的儿童文学理论所束缚，他们的研究水平是较高的，甚至可以说超过了前辈。"确实如此，蒋风先生从不限制研究生在自己既有理论框架内探索，鼓励他们要青出于蓝而胜于蓝。

蒋风先生曾经说，他的学生王泉根教授和方卫平教授，都是直接从讲师破格直升教授的，言语间都是幸福与自豪。

蒋风先生创办儿童文学研究所后，编撰了新中国第一本较系统的《儿童文学概论》，在课外又开设全校性的儿童文学兴趣小组，培养了今天卓有声誉的一批作家，如周晓波、谢华、何蔚萍、王铨美等。说起自己的儿童文学创作，谢华老师必定会回忆起在师大蒋风老师门下求学的日子，她说，对当时的她来说，蒋风先生的首肯就是她追求的目标，敬仰之意溢于言表。

蒋风先生对儿童文学教育事业，一直有无法割舍的深厚感情。即使他从浙江师范大学退休后，仍然操着旧业，单枪匹马开始在全球范围招收非学历儿童文学研究生，办起"一个人的大学"。这确实不是一件容易的事情。

蒋风先生在接受《金华晚报》采访时候说自己过去的儿童文学研究生有两个遗憾：一个是一个专业课成绩都在 90 分以上的学生，因为英语不过关而被挡在门外，而蒋风先生认为这件事情的过错在自己，因为他不知道对方学的外语是俄语；另一个遗憾是，蒋风先生带了十届研究生，一共只培养了 20 名研究生，数量太少，想多招都不行，上面有规定。

15年来，蒋风先生自己招生、自己批改作业、自己审读论文、自己办报、自己贴钱，招收了400多个非学历儿童文学研究生，其间的辛劳只有他自己知道。而且他本着一个教师的师德，并不会对学生降低要求，仍旧要求学生认真完成他布置的作业，即使很欣赏谁，也从不开后门。

付出的辛苦也终于有了回报，蒋风先生如今桃李满天下，当我们提到某一个人的名字的时候，他往往会有着毫不掩饰的自豪，说："他是我的非学历研究生嘛。"他最高兴的事情就是看到自己的学生取得骄人的成就。

人们都说，蒋风先生有一种很特别的嗜好，只要看到儿童文学的苗子，就会鼓动他们来报考自己的非学历儿童文学研究生。和蒋风先生初识的时候，他也鼓动过我。在青岛开会的时候，蒋风先生发言的时候就顺便做了广告："欢迎在座的编辑们来报考我的非学历儿童文学研究生。"这时候的蒋风先生，真是一个很认真很热情的大学招生部的主任。

诗人圣野先生还为蒋风先生此举写了一首诗歌：

我们的蒋风先生
是一个当代的
带有童话色彩的追日的夸父
他一路风尘仆仆
从没有感觉到疲倦
离开了浙江师范大学
面向中国
面向东南亚
面向一切华人讲华语的地方
他又办起了第二个更大的大学

有一次，在和蒋风先生谈到现在还写不写诗的时候，他很坦然地说："现在诗情没有了。"

事实上，蒋风先生把他更大的热情又注入了对小诗人的培养上。金华少年宫有一个蒋风儿童文学社，蒋风先生亲自去给孩子们上课，教孩子们写童诗。最近出版的《蒋风爷爷教你学写诗》就是当时蒋风先生给少年宫孩子们上童诗课讲稿的合集。

蒋风先生总是深深为他的学生们骄傲，也包括那些小学生们的诗作。蒋风先生拿给我看过一本《童话寓言》刊物，2009 年第 5 期，里面刊登了一组名为《诗意童心》的诗，一共 10 首，作者都是金华市少年宫蒋风文学社的孩子们。

我对其中一首黄博远小朋友的诗《雪》赞叹不绝，蒋风先生听到我夸他的小朋友诗人，神情很是得意，就像作诗的孩子就是他的孙儿孙女。

《雪》是这样写的：是冬天的翅膀/给我带来梦想/我们想着/能到天上看看/是谁/放飞了这美丽的白蝴蝶。

哦，是谁？是谁放飞了这些美丽的诗的蝴蝶啊？是我们敬爱的造梦巨人蒋风先生！

《浙江作家》，2010 年第 1 期

您啊，是奋进的船

——访浙师大校长蒋风

李　野

浙江师范大学校长蒋风与祖国的儿童文学事业结下了不解之缘，“一生淡泊培新秀，半世辛劳育后人”，他的著作与事迹早已广为流传。20 世纪 80 年代的今天，这位年过花甲的学者怎样生活着呢？

不久前，我参加民革浙江省委会在杭州召开的一个会议后，怀着叙旧的心情专程去金华看望这位受人关注的老头。

下车伊始，直奔蒋家。

还是原来的、他自幼生活着的两间老屋，裱糊一番，显得亮堂。外室约十七八平方米，大小两张简易铺，老式方桌加旧三斗桌，所剩空间无几，转个身似乎也不太爽利。里面同样大小一间，我记忆犹新：这是 1948 年至解放前夕这段时间，曾供上山参加党领导的金萧支队的英大同学作为储藏精简下来的行李之用，据他老岳母说，蒋风常住在学校里，每周只回家一次。我揣摩着，他既是忙于工作，恐怕与住房拥挤也不无关系。身为大学校长，连像样一点、宽敞一点的房子也搞不到，恋旧呢，迂腐呢，抑或竟是无能？我茫然。

与老友丁兄总算在师大校长室找到他。久别重逢，彼此都有点激动。他正与一位大约是校图书馆负责人在谈工作，我恰可利用时机从头到脚仔细端详他一番：头发黑多白少，梳理得比以前整齐，面色还是过去那样苍白；穿一件半新的似乎嫌紧了一点的呢子中山装，下身是灰不溜秋的化纤裤子，一双硕大的东北棉胶鞋，有些笨拙。双手不断地摩挲着。

第一次听自己的老友以领导的身份做指示，觉得怪有趣，因为我们过去“两小无猜”，都曾经是旧社会的小公务员、小记者，谁都不会发号施令。怀着新奇，仔细聆听：

“……我校学生3000多人,学校图书馆的人手如真忙不过来,可以动员同学勤工俭学,将临时工的工资给同学作报酬。一举数得。您的意见怎样?可以考虑一下吗?”

“×老师夫妇都是系里的教学骨干,分房应该从优从先考虑。我已经记下了,当作一件大事来抓。不过,要等学校分配房子的时候才能最后决定。您看好不好?”他一面说着,一面用圆珠笔记着,轻轻叩着茶几,

这位同志与校长商议的事大约还很多,看了我们一眼,不好意思地走了。

“做苦行僧了?不怕嫂夫人有意见?”我打着哈哈,摸出烟来,“怎么?老样子,不抽烟?”

“你这家伙也还是老样子,没有变。”他笑着,紧紧握住我与丁兄的手。于是我坐在他身边一张骨瘦如柴的旧沙发上。他为我们沏了茶,一边回答着:“不吸烟,也不喝酒。不瞒你说,我连茶也不喝,只喝点白开水。”似乎有点感叹。

“近来搞点什么学术著作?”对高级知识分子,这样问着套近乎,我觉得最妥帖不过了。谁知竟引起他的牢骚:“哼!还能搞什么学术研究,连撒屙都没有工夫。”他有点无可奈何的样子。一边说,一边气喘吁吁。我听着都觉吃力。关切地问道:“你怎么气喘?得注意点。搞垮了可不行。”

“是吗?你也听到了?你们都听到了?可是我自己不觉得。医师检查过,说是肺气肿。幸亏不吸烟。”他喘了一口气,继续说下去,“当了两年多校长,弄得一身都是病。每天从早到晚,无一时安耽,办公室门关上也不行。”他唠叨着叹苦经。

“组织上正式发表前,我特地赶到杭州,与有关负责同志软磨硬顶了一天,磨不掉,顶不脱,硬是要我当校长。有什么办法?!”

“啊哟,你真傻,不会讲点领导艺术吗?让学校的各级职能部门独立作战,发挥作用。何苦事必躬亲。校长是三头六臂吗?”我在冒充“内行”,实在说服不了他,也不能给他一点什么“灵感”。

“不是在信上告诉过你吗?搞儿童文学,我勉为其难;当领导,我可不是块好料。”他甩出一张“王牌”来抵挡我的责难。

“不过，既然赶着鸭子上架，我也只好舍命陪君子了。我早在1938年就参加了‘民先’，又是个共产党员，我就得为我的信仰奋斗终生，为党的教育事业豁出去了。我一点领导艺术也没有，真的，我不骗你，也不是谦虚。不过，我有一点，就是我自己什么也不争着要，什么都不先为自己考虑。我不要讨个什么便宜。物质愿望我要求很低，我不贪图什么非分的东西。就说吃饭吧，等我工作告一段落，食堂饭菜早已卖完，我就那么汤汤水水地吃一点。我从来不关照食堂为我留菜，食堂一般也不为我留菜。装饱肚皮，蛮好了。所以，不管什么人，假如对我不满意，尽管提意见，不管向哪一级提，我都不怕。因为，一句话：我从不为自己牟私利。”他的情绪有点激动，说出了心中的话，舒了一口气。

我琢磨着，这不正是他的领导艺术吗？不正是作为一个共产党员的高风亮节吗？记得爱因斯坦曾经这样说：“一个人的价值，应当看他贡献什么，而不应当看他取得什么。”蒋风作为党的一名高级知识分子，他的人生价值也正表现在这里，他对社会的物质需求仅仅是吃饱穿暖。

“这就叫作无私才能无畏！”丁兄忍不住插了一句。

“现在你是位大学校长，工资多少？”我换了话题。工资是热门货嘛。

“说来你不信。老工资连补贴130余元，改革后拿到一百六七。美国一个大学校长年薪九万美元，我是他的几分之几？不与美国比，就与金华二中比吧。工资改革后，浙师大平均工资比他们的低，谁能相信？但这是有数据的事实。当然，我也食人间烟火；但专门讲钱，就会想不通，就不是味道了。你说呢？”

东拉西扯了一个多小时，发现不时有人在校长室门外张望，找他的人正多着。我们暂时告退，兴犹未尽。

两天后的一个星期天，冬日的阳光，给人温暖，忘却寒意。我们应邀到蒋家便餐。他的儿子正在杭州自费上大学，因而负担较重。本不想扰他一餐，但盛情难却，正如女主人所说：“几十年不见的老朋友，饭都不吃一餐，说得过去吗？不吃饭，别想以后我们到湖州来看你！”看来吃饭也是对等条件，只能从命。但如挨到吃饭时才去，岂不是为吃而吃，于是早早去了，才上午九时许。

蒋风就着咸菜，扒拉着粥碗，正吃完早餐。桌上放了一堆待发信件，也就是说，他早已起床工作一段时间了。我老实不客气，随手翻了翻，有城市农村，机关学校，也有工厂部队……

“这个蒋风呀，真是书呆子，一点也没有用，什么都做不来，只晓得写，写，写！写不完地写。”女主人唠叨开了，埋怨丈夫不帮着干家务。

“他已经连撒屙都没有工夫了，你难道忍心叫他连放屁都没有时间?”我为老友打抱不平，逗她生气，找点笑料。

女主人被说红了脸，娇嗔地说：“这个蒋风呀，还是老脾气，在家住一天都不安耽。起床后一到9点钟就头颈伸得丝瓜长，探头探脑，望着望着，等邮件。急急忙忙看，又急急忙忙写……总是写不完。”她说着说着，斜睨了老头一眼，充满了深深的理解与爱怜。

我觉着，她所说的正是我记忆中的蒋风的真实形象与风格。我凑着热闹打趣地说：“是的，是的，你说的句句有根据，一点也不假。叫我说呢，蒋风还有三不变……”中途刹车，卖起关子来了。

“啥三不变？你说嘛。”女主人认真追问。

“一是邮件多不变，每天都是一大沓。”夫妇俩点头称是。

“二嘛，写的字仍然像‘蝌蚪文’，潦草得很难辨认，老样子。对吗?”看得出校长先生的脸刷地红了，像小学生受了老师的尅。女主人笑呵呵地问：“三呢?”

“三吗？信比电报还要简洁。如果评选短信，我投蒋风一票。”哄堂大笑。

谈着等吃。吃着又谈。金华名酒“寿生”价廉物美，比过去的“甘生”香醇可口。按照金华习俗，家常饮酒用蓝边饭碗做酒具，每碗半斤，颇有“论碗吃酒肉”的英雄气概。主客微醺，趣话不少，闲话更多，越说越远。我们沐浴在友谊的海洋里。

来了客人，我们趁此告辞。大门外，我不禁再一次提醒女主人：“你以后的主要任务是要督促蒋风劳逸结合，不能无休止地工作。”

“啊哟，你难道不晓得他的脾气？工作起来不要命，说了也不听，我真无能为力。”面对这样的丈夫，这样一个执着追求理想，为了事业玩命干的书呆子,确实很少有能叫他放慢脚步的办法。

“你这人为啥这么没用?吹吹枕头风嘛!”这个玩笑式的结束语很不高明,难登大雅之堂,不过我也只好以此收场了。

归途,我默默吟诵着:

您啊,
是奋进的船,
是远航的船!
愿您驾驭理想的风帆,
永远向前,永远向前!

1986 年 1 月 20 日,2010 年 6 月 1 日修改

蒋风教授学术成就和事迹

蒋风,男,1925 年出生于金华。

1943 年起,蒋风就从事儿童文学创作,孜孜以求,不断求索,成绩斐然,蔚为大观。独著或领衔合著出版:《中国儿童文学讲话》、《儿童文学概论》、《鲁迅论儿童文学教育和儿童文学》、《中国现代儿童文学史》、《中国当代儿童文学史》、《世界著名儿童鉴赏辞典》、《儿童文学原理》、《幼儿文学概论》、《玩具论》,散文集《未圆的梦》,等等,共约 200 余万字,并刊发儿童文学评论多篇。出版专著 28 部,大部分是新中国成立以来的儿童文学理论研究难得的学术成果,合计发行数十万册之多。

浙师大在他任校长期间,开设儿童文学课程,举办儿童文学教师进修班,召开全国儿童文学教学研讨会。他于 1994 年自浙师大离休后,第二次创业,自办民间性"中国儿童文学研究中心",自费创办《儿童文学信息》报,无偿赠送相关单位和个人,每年 4 期,至 2010 年 4 月 30 日已出刊 46 期。据说每期必需费用耗去他一两月的离休工资。同时创办非学历儿童文学研究生班,向大陆和香港、台湾地区及海外招生,每届学期两年,不收学费,书籍、资料、邮费自理。今年已在招收第十五届学员。函授为主,每年暑期集中面授,邀请多位名师讲课,并相互交流研讨。蒋风为国家培养了一大批儿童文学研究人才和高素质教师及儿童文学作家。他学生的学生任教授、副教授、高级教师者众多,我戏称他为当代中国儿童文学的祖师爷。

由于蒋风在儿童文学研究领域所取得的丰硕成果和对社会的巨大贡献,被国际儿童文学学会吸收为第一个中国会员,任亚洲儿童文学学会会长。1998 年国际格林奖改组时被选为九名评委会委员之一。此奖为国际权威奖项,每两年评选一次。2006 年 8 月在韩国首都首尔市举行第二届世界儿童文学大会和第八届亚洲儿童文学大会，由于蒋风所著多部理论文集达到世界级水平，被大会评为理论贡献奖。

蒋风任浙师大校长期间及离休后至今，先后应邀在国内几大城市并远赴香港、台湾地区及美、日、韩、新、马等国讲学，或做全国巡回讲课；并被湖州师范学院等院校聘为客座教授。

创办儿童文学馆，是蒋风教授全心全意梦寐以求的心头大事，奔波呼吁20余年，终于由浙师大鼎力支持，于2007年5月25日创办大陆第一家“浙师大国际儿童文学馆”，蒋风受聘为首任馆长；他个人捐赠藏书两万多册，这是他有生之年得意珍藏的“宝贝”。著名儿童文学作家任溶溶赠书126册，台湾儿童文学作家桂文亚捐赠1231册，丰富了该馆不同品种的收藏。

2009年12月1日《金华日报》创刊60周年之际，评选60年来在金华媒体人眼中“最具影响力人物60人”，包括冯雪峰、艾青、严济慈、吴山明、吴晗、陈望道、施光南、曹聚仁等60名著名人士和知识精英，蒋风赫然在内。说到艾青，他与蒋风是忘年交。至于曹聚仁，1941年曾来金华，蒋风与我两个小鬼以《今日晚报》记者身份去小旅馆采访他，他自称“江湖老马”；我们播发头条新闻，尊其为“江湖老将”。我俩曾合编油印刊物《磷光》，仅两期，被查封。往事历历，记忆犹存。

蒋风一辈子劳碌命，成年累月忙得不亦乐乎，离休后一如既往，唯一的最得力的助手是他夫人卢德芳老师，堪称“行政总监”。

时代发展，他的居房二度乔迁，从蜗居跃进为宽敞大房，鸟枪换大炮。我儿子今年6月上旬出差金华，仅逗留一晚，市区距郊区浙师大丽泽花园较远，因晚间交通问题，未能如愿去拜访前辈，引以为憾。

2010年6月14日

私人藏书公益化,85岁老教授坚持了24年

赵如芳

1月10日下午,金华市公益小书房在市青少年宫启动,看着一群孩子在书海畅游的沉醉模样,发起公益小书房并捐献1500册图书的蒋风露出了欣慰的笑容。

蒋风已记不清这是他第几次捐献个人藏书了,他只记得,将个人藏书公益化,他已坚持了24年。

今年85岁的蒋风,是浙江师范大学的老教授和老校长,同时还是我国儿童文学界的前辈,他出版了新中国成立后第一本系统的儿童文学专著,编著出版了第一部中国儿童文学史,收集有上万册儿童文学方面的书籍。

从1986年起,他就向外传递了要让个人藏书流动起来的想法。此后,他的书进过金华和苏州的青少年宫,进过民工子弟学校,进过人才市场,2007年,他把近两万册藏书捐给国际儿童文学馆。目前,他已基本捐尽所有藏书,家里只剩下40多种期刊,他说,等他看完以后,还要把它们捐出去……

结婚前,吃穿剩下的钱都用来买书

蒋风从小爱书。工作以后,一个月的工资只有几十元,结婚前,除了吃饭穿衣,他的钱都用来买书了。

20世纪50年代,因为经常光顾新华书店,那里的工作人员对蒋风都非常熟悉,一吴姓负责人经常找到他,告诉他有新书来了。一个甲子过去了,吴姓负责人变成了老吴,他的儿子小吴如今在蒋风所住的小区工作,听到蒋风的名字,小吴脱口而出:“你就是经常买书的那个蒋风?我听我爸爸说起过你。”

不仅在本地买，到外地出差，蒋风也是先往书店跑。跑得多了，自然会遇到一些好货。20 世纪 50 年代，蒋风在上海一个旧书店里买到了一本《无猫国》，该书出于清朝末年，是中国第一本童话书，这本书连北京、上海的大图书馆都没能收藏到，足见其珍贵了。

几十年积攒下来，蒋风的书越来越多，后来没地方放，他不得不借来一间房子放书，运书时，部队动用了一个排的人来帮他搬。

丢了几千本书，总结出流通经验

蒋风一直觉得，私人藏书应该公益化，应该拿出来流通。早在 1986 年，他就在报纸上倡议有关部门或机构建立一个国际儿童文学馆，他愿意把他的全部藏书捐献出来。

在国际儿童文学馆还未建成时，20 世纪 90 年代，蒋风自己先把部分藏书送到外面流通。起初，他经验不足，好多书流通到外面后再也没回来。比如他曾送给苏州青少年活动中心 1000 册图书，当时，他的一个研究生在那里工作，后来，这名研究生调离后，书就不见了踪影。

如此事件发生了好几次，但都没有动摇蒋风私人藏书公益化的思想，相反，他从中吸取了教训。去年，他招募一批志愿者把一批书送到市区一所民工子弟学校流通，他和学校约法三章："书的主人是我，如果丢了就要赔偿。"结果，学生们看完以后，所有的书都回到了蒋风手中。

把书送出去流通，肯定要受损。前两年，蒋风把一批书放在市人才市场一培训部流通。一段时间以后，相关负责人找到蒋风，说有些书破损了，蒋风笑笑："没事没事。"

捐了近两万册，再捐 1500 册

2007 年，国际儿童文学馆在浙师大成立，蒋风兑现诺言，捐出了全部藏书——将近两万册。

之后，还有很多儿童文学读物源源不断地进来。读完以后该如何处理？

蒋风又开始思考起来。

几年前，安徽芜湖一名叫漪然的女子来蒋风这里报考非学历儿童文学研究生。漪然是残疾人，但身残志坚，2004 年，她创建了公益小书房网站，免费向孩子、家长提供精神食粮。如今，上海、杭州、长沙等地都有公益小书房。蒋风从中受到感染，他决定也在金华成立一个公益小书房，到时把自己的书捐献进去。

经过几年的奔波，今年 1 月 10 日，金华市公益小书房在市青少年宫正式启动，蒋风向小书房捐赠了 1500 多册书籍，还订阅了数种期刊。在他的带动下，浙中图书、青少年宫文学综合部师生都捐赠了书籍。

"让私人藏书公益化，让书流通起来，才能发挥更大的作用。"蒋风希望有更多的人参与进来。

调查

个人藏书，你会怎样处理？

蒋风的私人藏书公益化的思想，值得后辈称道。穷人家里也有几个值钱的宝贝，在我们这些普通人家里，虽然没有像学者那样堆满屋子的书，但也有一些珍藏多年的书。那些书或是千挑万选甚至排队去买来的，或是人家签好了名字请我们雅正的，或是因获奖而得到的荣誉产品……无论属于哪种情况，那些书都陪伴过我们的心灵，启发过我们的智慧，拓宽过我们的视野，陪伴我们走过了一段段难忘的岁月，有一天，等我们老了，那些生命依然旺盛的书该怎么处理？记者向 17 个人做了小调查。

35% 的人选择留给孩子

洪明：藏书本身就是一种传承，留给孩子吧，要烧要卖就随他了，我看不见了。

倪建梅：把图书留给儿子总比把钱留给儿子好，再说我也没钱留给他，那就给他留些在我生命里发挥过重大作用的书吧。

蒋离自：基本上，这些书怎么处理要问我未来的孩子。

王秋珍：我想我收藏的书籍应该由我的子孙来继续收藏珍惜，最好变成传家宝一样，把书籍当宝贝也是家庭的幸事。

黄旭传：多半可能会留给子女吧。

张美珠：把重要的书编号、贴标签、打目录，再移交给孙子或孙女。我想只有留给子孙后代才有意义，别人哪里知道赠书的人是谁呀？会珍惜吗？

53%的人选择留给家人亲友，如果他们不需要就捐出去

金丰群：如果家人需要，留给家人，如果他们不需要，就捐给图书馆啊之类的。毕竟我们现在看的书都没有多大收藏价值，也不需一直流传下去，回馈给社会，让更多的人用，多少还有点价值。

吴黎君：可以留给自己的子女，也可以送给自己工作过的学校，这样能留个好名声，最有意义是捐给没书却需要书的孩子们。

郭老师：一部分留给孩子，教育类书籍全部送给学校。

张先生：如果小孩不感兴趣的话，就捐给图书馆或者是其他专业机构，我收藏的大部分是专业书籍。

心舞：有身边朋友喜欢的书，可以给他们，其他的可以给图书馆或者是学校。

胡萤洁：我首先会让女儿和一些特别要好的学生挑选，他们剩下的就捐出去。

阿倩：如果有儿女，他们喜欢就留着，他们不要则捐掉。

凌风：留给孩子，有些孩子用不着的话，哪里肯要就捐到哪里吧，总比当废纸卖了强。

叶剑鸿：书少了就算了，留给孩子或亲友，多的话就捐献。

12%选择其他

张根芳：如果儿孙喜欢，就留给他们，如果不喜欢，硬留给他们迟早要毁掉。这样还不如卖给那些喜欢藏书的人。（注：张根芳收藏了四五千本书，其中线装书有千本左右。）

茹海潮：我想我应该会托付给一个值得信赖的人，让这些书尽可能地流传下去，因为，我相信这些书既然值得我收藏，应该是我这一生的所爱，我不希望它因为我的老去而一起毁灭，书的内容可以流传千年……

走访

我市三大图书馆，来捐个人藏书的不多

关于个人藏书的捐赠情况，记者走访了位于我市的浙师大图书馆、严济慈图书馆、少儿图书馆。

据浙师大图书馆一工作人员介绍，来他们这里捐献个人藏书的不多，近3年没有人来捐献过个人藏书。严济慈图书馆一工作人员介绍，来他们这里捐赠的，大多是那些出书人把他们自己写的书送过来，把家里收藏的图书捐赠过来的好像很少。

市少儿图书馆馆长周国良说，来他们这里捐书的人不多，因为书店里有的书他们这里基本上都有，普通人收藏的图书用途不大。当然，如果捐赠的是金华籍人士写的书，他们非常乐意接收，因为这样的地方文献在本土很有意义，他们在考虑成立一个金华籍人士图书陈列室。

感言

能否成立一个常态的爱书赠书机构

在这个社会上，很多人已经像蒋风那样积极献出了个人藏书，这不，图书漂流站里、农村图书室里、山村小学里、民工子弟学校里，那一本本五颜六色的书的背后，或许隐藏着一个人当年获得这本书的欣喜，或许还跳跃着一个人当年挑灯夜读的身影，或许还保存着一个人当年在书上留下的笔记……

但是，很多人的个人藏书未必能像蒋风的个人藏书那样有组织地捐赠，毕竟他的书数量大，专业性也强。普通人捐个人藏书，更多的去处是图书漂流站、农村图书室、山村小学、民工子弟学校……遗憾的是，目前在金华出现过的图书漂流站基本上都不长久，漂了一段时间就戛然而止，无论是在学校里，还是在社会上，而且主办方也不固定。至于农村图书室，大部分也重建设疏管理，书籍的更新也没规律。至于向山村小学、民工子弟学校捐书，也多由民间人士发起，像刮风一样，有一阵没一阵。

可以说，在很大程度上，不是人们不愿意捐，而是不知道该怎么捐，该捐到哪里。这种尴尬无奈，在余秋雨的《藏书忧》中已被阐述得淋漓尽致："当买书者的自然生命消逝之后，这些书就成了一种死灰般的存在，或者成了一群可怜的流浪汉……”

另一方面，在一些边远乡村和民工子弟学校，很多双大眼睛对知识图书的渴望让人难忘。一个月前，记者跟随金华一中的学生来到一民工子弟学校，一名小女孩接过一中学生捐来的一摞书时，当场就高兴得摸了又摸，看了又看。

说到这里，记者不由想起了类似于红十字会的机构，这样的机构是固定的常态的，广为人知的，它把热心人士的善款汇总起来，然后根据需要进行调配，这样，无论是热心人士还是需要救助的人，都不需要像无头苍蝇那样盲目。针对个人藏书，我们是否也可以借鉴这样的机构，成立一个常态化的平台，由一个固定的部门来管理运作，站立在捐书者和需要书的人的中间，这样，作为人类进步阶梯的书，不是可以发挥更大的作用了吗？况且还大大节约了资源。

53%的人可以考虑捐赠，但从走访情况来看，很多人的个人藏书并没有拿出来，这些书会走到哪里？是被妥善保存传阅，还是进入了垃圾桶抑或废品收购站？我们不得而知。希望一个常态的受书赠书机构能尽快成立。

《金华晚报》，2010年1月14日

金师附小兴建“中国童诗博物馆”

方令航

本报讯 “这里就是中国第一座童诗博物馆，分为艾青、蒋风、鲁兵、圣野四大板块，还设有当代童诗展览区、童诗朗诵区等功能性活动区，校园建立国家级的博物馆，不仅是我们附小的事情，也是金华城市软实力的一个重要文化载体。”昨天上午，金师附小校长徐锦生，带着记者参观了该校“中国童诗博物馆”的施工现场，中国当代文学研究会日前已经正式批复金师附小筹建“中国童诗博物馆”，并要求把该馆建成推动素质教育、振兴儿童诗的重要载体。

金华是儿童诗歌的摇篮，金师附小是诗人艾青和蒋风、鲁兵、圣野的母校。去年底蒋风在这里主持全国儿童文学讲习会，参加的同学们评价说：仿佛是在自己心头开了天窗。去年 10 月，金华市第五届未成年人读书节活动期间，金师附小艾青诗社的 42 名学员登台表演了《大堰河——我的保姆》诗歌朗诵。金师附小少先队《基于非智力因素理念下的童诗实践研究》，去年 11 月已经接受了专家组的中期检查，全国少工委副主任傅忠道教授以及省团校副校长吴建明教授、市总辅导员舒珂等专家，都对课题研究中期成果表示了赞赏，并对“中国童诗博物馆”提出了中肯的建议。

《金华晚报》，2010 年 1 月 19 日

《蒋风评传》正式出版

夏积山

浙江师范大学原校长蒋风教授是金华土生土长的著名儿童文学家，曾担任金华市作协主席。近日，浙师大人文学院陈兰村教授经过3年写作，完成了《蒋风评传》一书，并由作家出版社出版。

《蒋风评传》分“童年在金华”、“战时中学”、“流亡大学生”、“走上光荣的荆棘路”、“研究成果冒出来了”、“四年大学校长”、“夕阳正红”、“明天的梦”等10个章节，共23万字。书中描述了蒋风从幼年到85岁的经历。他13岁就当过小学教师，在大学里学过畜牧兽医专业、农业经济专业，当过新闻记者，当过“牛倌”、“猪郎中”，最终却成为著名儿童文学教育家、理论家、活动家。他在国内儿童文学界创造了多个第一。20世纪80年代前后，他第一个招收儿童文学硕士研究生，第一个创建儿童文学研究所，出版第一本系统的《儿童文学概论》、《中国现代儿童文学史》，被聘为国际格林奖唯一的中国籍评委。

蒋风到60岁时，又由一个普通教师被省政府任命为大学校长，还多次应邀赴日本、韩国、新加坡、马来西亚等国家和我国香港、台湾参加国际儿童文学会议或讲学，介绍中国儿童文学。获得了宋庆龄儿童文学奖特殊贡献奖等众多荣誉。

作者与蒋风共事40年，又是邻居，情况熟悉，这次细心采访，精心搜集资料，精心写作，又广泛阅读儿童文学著作，不仅写出了蒋风的生平经历，而且着力写出了蒋风勇于把握自己的命运、敢于面对挫折、善于抓住机遇的鲜明个性与特点。全书结构完整，形象鲜明，语言流畅，叙述生动。

陈兰村教授多年研究传记文学，曾出版过《中国古典传记论稿》、《中国传记文学发展史》、《20世纪中国传记文学论》，还主编《金华历史名人传》

等。浙师大党委书记梅新林教授为本书作序。

《金华日报》,2010 年 5 月 22 日

我要回家

——序蒋风先生《儿童诗谭》

圣 野

诗人郭风的《蝴蝶·豌豆花》，只用了三句话，就把诗人内心的“意”融合在生动活泼的“象”中，亲切地传达给读者了：

一只蝴蝶竹篱外飞进来
豌豆花问蝴蝶，
你是一朵飞起来的花吗？

诗人化身为儿童，用儿童的眼光来观照事物，照亮了灵魂的火花，达到了主客观世界的天衣无缝的契合和交流。

台湾诗人黄基博有一首小诗：

谁是——
没有爸妈的小鸟啊
请你飞下来跟我玩吧！

这首诗的题目叫《寂寞》，全诗仅三句，都没有提到“寂寞”这个词，可它每一句诗，讲的都是寂寞，留给读者以回味无穷的思索。

蒋风先生对王国维先生的境界说，有深刻的理解，所以在他们的诗论集中，做了通俗易懂的非常亲切的阐述和发挥。

蒋风先生想从娃娃自己的角度，来写让娃娃喜欢的切切实实的诗评论，这一诗论集的出版，意义可不同寻常，作为一个诗论工作者，也只有一沉沉到基层去，才能更具体地感知当代娃娃的精神风貌，也只有这样，才能使蒋风大彻大悟，想做一个和娃娃坐在同一条长板凳上的“好娃娃”。高高在上的爷爷消失了，平起平坐的小主人升堂了，这是让小娃娃自己当家做主的非凡的年代，这一关键视角的转变，有点像脱胎换骨，说起来简单，可具体做起来，却是非常的艰难，对蒋风来说，先得剃光自己的胡子，放下教授的架子，到娃娃中去，做一个值得让娃娃们尊敬的真正的知音。这样的角色转换，我在蒋风先生新近编写的一些文论中一篇一篇读到了，感到非常的可喜，他到十几个小学、幼儿园听课、讲课，做了许多地地道道的笔记，他是带着自己的一双耳朵、一对眼睛去深入生活的。他找呀找呀，找到了许多孩子们曾经玩过的趣事和游戏。像“不做跟屁虫”呀、“用鼻子去捕捉美”呀，等等，等等，竟一一被吸收进这位老教授精心打造的新课题中。

这位老教授选中的课题，怎么越来越有趣，越来越幼小了？这样的选题，进入他的论文集，会不会塌掉这位老教授的台？不会！绝对不会！蒋风的视野，已越来越新鲜，越来越求真务实，更贴童诗的本真，我想这应该是，从一个学院式的喜爱引经据典的大学，跳到了另一个生动活泼的童心永驻的大学。

蒋风先生做这些教学实践的最主要的根据地，就在自己的脚下，就在他的童年时代的母校——金师附小，金师附小像一个星光灿烂的童年的梦，从去年夏天起，敲锣打鼓，办起了热气腾腾的中国童诗博物馆，为了圆梦，蒋风先生的诗歌梦，可是越做越甜了，是他用自己的行动在亲切地告诉我：“我要回家！我要回家！”你能告诉我，谁是他的梦中的家吗？

2010 年

《悠悠文缘》序

董宏猷

蒋风先生的文坛回忆录即将出版，嘱我作序，深感荣幸之余，又有些许的忐忑与惶恐。蒋风先生不但是中国儿童文学界德高望重的前辈、著名的儿童文学理论家，而且是浙江师范大学的老校长、著名的教育家。众所周知，浙师大的儿童文学研究机构是中国儿童文学理论研究的重镇，当代许多著名的儿童文学理论家都曾经是浙师大的研究生。其中，有许多大家都曾经是蒋风先生的弟子。用"桃李满天下，栋梁遍寰宇"来颂扬蒋风先生的师德，是恰如其分的。而我虽毕业于师范大学，但不是在浙江；虽然一直勤勤恳恳地在儿童文学的田野上耕耘，但常常因杂务而耽误了许多宝贵的创作时光，而愧对先生。因此，提起笔来，竟有奥运会火炬接力接过火炬时的神圣与激动了。

但我的确又有许多的话想说。

20世纪的90年代，我的长篇梦幻体小说《一百个中国孩子的梦》刚刚出版。一位日本的翻译家正在浙师大访问，想翻译中国儿童文学作家的作品，求教于蒋风先生。先生马上就向他推荐了《一百个中国孩子的梦》。这位日本朋友，就是后来成为我的忘年之交的翻译家野四郎先生。蒋风先生不仅热情地推荐了我的作品，还亲自给我写信，不久又在《文艺报》上发表了为《一百个中国孩子的梦》日译版所写的序言，对《一百个中国孩子的梦》进行了高度的评价。在此之前，除了在开会的时候见过蒋风先生，景仰先生高大而儒雅的学者风范，我和先生没有其他的私交。接到先生的信，看到先生主动为我写的序，我的激动与感动，是可想而知的。"梦"飞扶桑，又跨海峡，在台湾出版，并获奖，与先生的评论与推荐是分不开的。向国外的翻译家推荐一个尚不知名的青年作家的作品，不但热情牵线搭桥，而且主动写序，还在

《文艺报》上发表，这是何等博大的胸襟与爱心！抚今追昔，先生唯才是举的崇高品格，更闪耀着金子般的光辉。

我知道，像我这样的幸运，在蒋风先生的文学生涯中，其实是一种常态。他喜爱他的学生，喜爱年轻人，喜爱在他看来是优秀的或者是具有潜质的作品。这样的常态之于蒋风先生，如同阳光之于大地，春雨之于禾苗，是一件极其自然的事情。然而正惟其自然，正惟其常态，便更彰显了自然与常态的伟大。

很多年前，我曾经读过先生的皇皇巨著《中国现代儿童文学史》与《中国当代儿童文学史》，得知先生在50年代便立志为中国儿童文学立史。60年代初，完成《简史》的初稿。正当修改稿即将出版的时候，“文化大革命”爆发，多年辛辛苦苦积累的资料、卡片、书籍等全部被抄、被毁。他的书稿，也遭受同样的厄运，荡然无存。直到1978年，蒋风先生才重新肩负起这历史使命，含辛茹苦，又是十载，终于主编完成《中国现代儿童文学史》。泱泱数千年之文明古国，始有自己的儿童文学史。一部史书，27万字，竟然耗尽一个人30年的心血，先生的执着与追求，以及锲而不舍的学术品格，真的令人钦佩。蒋风先生后来又主编了《中国当代儿童文学史》，在此书的后记中，先生感慨地说：“中国虽已有五千年的文明史，但是直到1987年，从未出版过儿童文学史。”这真是一个令人震惊且发人深省的现实。中国的文学史，始于清末宣统二年林传甲所著之《中国文学史》；而在此之前，中国的文学史是由外国人来写的，例如日本人的《支那历朝文学史》，1903年由上海中西书局翻译成汉文出版。林传甲之后，各种文学史便如雨后春笋般出版了。不但有各种各样的分类史，而且，其他领域的史书也层出不穷，例如中国的娼妓史。但是，唯独没有儿童文学史。泱泱我中华文明古国，轻视儿童，轻视儿童文学，轻视人之本，竟然到如此地步，这样的文明，便要打很大的折扣。在这样的背景下，先生及其同志们的辛勤努力，实在是具有开创性的，具有历史意义的。它填补的，不仅仅是文学分类史的一个空白，而是中华文明的一个空白。

现在，将风先生又将他的文坛回忆录，一本温馨的散文集，呈献给渴望读到他的新著的读者，真是可喜可贺的事情，蒋风先生所写的文坛师长，都是著名的大师，由先生儒雅地深情道来，渐渐地就不知不觉地进入了那个时代，仿佛陪伴着先生，穿越了时空隧道，与各位大师品茗论道，促膝交谈。那些过去的岁月，变得如此地生动形象，触手可感。先生看似随意的回忆，其实便是一部生动的历史。我尤为感动的，就是先生的深情。我不禁想起了李白的诗句“桃花潭水深千尺，不及汪伦送我情”，“相看两不厌，唯有敬亭山”。这部深情的优美的作品，让我们看到了作为严谨的学者的蒋风先生另外一个侧面，如温馨的、温暖的春风。我曾经沐浴过这样的春风。现在，将会有更多的读者如沐春风，感受君子之交的中国之风的洗礼。

去年秋天，我在武汉再次见到先生，看到先生 80 高龄，仍然是那样神采奕奕，风采依旧，还在为儿童文学事业奔走呼唤，真是既感动又高兴。现在，看到这本回忆录，再次为先生的身健笔健感到由衷的欢喜。借此机会，我要感谢蒋风先生的提携之恩。同时，也祝福先生健康长寿，永葆学术与创作之青春。

2010 年 5 月 29 日于汉白壁斋

2011年

厦门城市学院成立闽台儿童文学研究所

顾　成

11月9日下午,伴随着幼儿园小朋友的欢乐舞蹈和美妙歌声,在现场近300位师生的热烈掌声中,厦门城市学院党委书记潘世平、原浙江师范大学校长蒋风教授一起为厦门城市学院"闽台儿童文学研究所"揭牌。厦门城市学院与台湾的教育学术交流有着"天时、地利、人和"的便利。"闽台儿童文学研究所"的成立,不仅表明了厦门城市学院的高职学前教育研究进入了一个新阶段,而且它对进一步推动两地儿童文学的发展和交流,对拓展两岸儿童文学研究的学科内涵、完善儿童文学研究的学科布局,具有积极的学术建设意义。

被聘为我院"闽台儿童文学研究所"名誉所长的浙江师范大学原校长蒋风教授和被聘为"闽台儿童文学研究所"顾问的台湾著名的儿童文学学者、台湾台东大学人文应用学院原院长林文宝教授专程来厦门参加了揭牌仪式,并分别为近300名师生提供了别具一格的生动的讲座。

厦门城市学院党委副书记代院长刘德发和蒋风教授、林文宝教授分别向大会致辞。"闽台儿童文学研究所"所长陈世明向大会介绍了研究所的工作情况和计划。学院副院长胡全军主持了大会,并宣读了北京师范大学、浙江师范大学等6所高校和研究单位的贺词、贺信。

蒋风教授高兴地说,"闽台儿童文学研究所"在厦门城市学院设立,是全国高职院校的首创。他希望"闽台儿童文学研究所"充分发挥闽台之间的各自优势,积极探索和研究,开展闽台儿童文学研究与相关的民间文化交流活动,促进海峡两岸儿童文学的发展,为培养高素质的人才提供扎实的文学基础。

《儿童文学信息》,2011年1月31日第49期

为了儿童文学繁荣的明天

——关于国际格林奖

蒋　风

小引

自从被聘为国际格林奖评委以来，不断有海内外的朋友问及国际格林奖的性质、意义、内容、评选办法、评委的组成，以及过去的获奖等情况。去年去香港中文大学讲学，也曾有不少朋友对这个奖项十分关注。为此，就我个人所了解的有关内容和情况，做一些介绍。

为了儿童文学的发展

为了儿童文学的发展，关心的人们非常希望它有一个稳固坚实的基础。为了鼓励投身儿童文学研究的人们得到应有的必要的鼓励，由日本大阪国际儿童文学馆和金兰基金会(日本大阪府大手前高等学校同学会)联手创设了这个奖项，时间是在1987年。这正好是格林兄弟诞辰200周年不久(雅谷布·格林1785—1863、威廉·格林1786—1859)，这是一个有纪念意义的年份。这两位出色的民间童话收集者和优秀的童话学者，为世界文化，尤其是儿童文学留下一份极其珍贵的遗产。创设者选定这个世界文化史上熠熠闪光的名字来命名这个有意义的奖项，其影响必将会在今后的世界文化发展，尤其是儿童文学发展的中长时期显现出来。

国际格林奖从1987年开始首次颁奖，以后每两年颁发一次。正好又与每两年一次颁给儿童文学作家与画家各一人的安徒生奖交替进行。安徒生奖已成为世界公认的小诺贝尔文学奖。相信不久的将来，国际格林奖也定会受到世界文化瞩目,成为一种令人尊敬的荣誉。

大阪府大手前高等学校是一所历史悠久的学校,培养了不少英才。为了庆祝母校100周年校庆,该校毕业同学成立一个金兰基金会,并决定用基金创设具有深远历史意义的国际格林奖,主要从世界范围评选在儿童文学研究领域有杰出成就或是对儿童文学研究做出重大贡献者。每两年评选一次,每次一人,奖金100万日元,精致奖杯一件,证书一份。

每届评选是由评委会向世界上著名儿童文学学者广泛征求提名,然后经过慎重研究、筛选,确定候选人名单,提交评委考虑从候选人名单中选定一人,以无记名方式投票决定。

每届获奖者会被邀请到日本出席颁奖大会,由主办单位提供来回旅费。在颁奖大会期间,还要举行一次纪念演讲会。除获奖者发表演讲外,还邀请一位学者做专题讲座。记得1993年举行第四届国际格林奖颁奖大会时,于1993年7月18日在大阪国际儿童文学馆举行纪念演讲会,由获奖者鸟越信教授做了题为《儿童文学研究与专业辞典》的报告。当年我正在国际儿童文学馆担任客座研究员,从事日本儿童文学史研究,有幸被邀请出席颁奖大会和纪念演讲会,并在会上做了《为了孩子,为了未来》的专题演讲,与会者及听众有150多人。

评委会的组成

第一届评委会成员(1987—1998)

克劳斯·道德尔　约翰·沃尔夫冈·歌德大学荣誉教授、国际儿童文学研究会第一任会长(德国)

戈特·克林伯格博士　路特大学荣誉教授、国际儿童文学研究会第二任会长(瑞典)

第乃斯·伊斯卡比特　*NousVoulonslire* 总编辑、国际儿童文学研究会第四任会长(法国)

安娜·S. 麦克劳特　马里兰大学教授、国际儿童文学研究会第五任会长(美国)

伊哥尔·莫雪晓夫　儿童文学学者(俄罗斯)

陈伯吹　儿童文学作家、学者(中国)

猪熊叶子　白百合女子大学教授、日本儿童读物联盟主席(日本)

三宅兴子　梅花女子大学教授、日本英文儿童文学学会会长(日本)

中川正文　日本大阪国际儿童文学馆馆长,日本儿童文学学会会长(日本)

SumitadaJinno　金兰基金会代表

第二届评委会成员(1999—　)

蒋风　浙江师范大学教授、前任校长(中国)

温弗莱德·凯明斯基　科隆大学教授(德国)

玛里亚·梅斯契尔耶柯娃　莫斯科教育大学教授(俄国)

伊莎贝拉·尼莱斯　白莱脱根大学教授(法国)

金伯莱·雷诺兹　英国国立儿童文学研究中心主任(英国)

桑佳·斯芬逊　瑞典儿童文学研究所所长(瑞典)

猪熊叶子　白百合女子大学教授、IBBY 日本分会会长(日本)

谷本正吾　关东学院大学教授、日本英国儿童文学会会长(日本)

中川正文　国际儿童文学馆馆长、日本儿童文学学会会长(日本)

神野澄唯　金兰基金会会长

获得桂冠的十二位学者

1987 年第一届获奖者

克劳斯·道德尔(Klaus Dodererl),文学博士,自 1963 年开始担任约翰·沃尔夫冈·歌德大学教授,并创立歌德大学附属儿童文学研究所。国际儿童文学研究会创始人,第一任会长。著有《今日儿童文学——1964 年的截面分析》(1965)、《儿童文学研究的国际性——问题之所在与方向性》(1969)、《古典儿童文学的批判性考察》(1975)、《儿童画册与入门书——为初学者作文学方面的批判性分析》(1972)、《儿童文学中的美学》(1981)、《为今日儿童所作之童话的变迁与机能》(1981)、《儿童文学事典》四卷

(1983)等。

1989 年第二届获奖者

戈特·克林伯格博士(Dr. Gote Klingberg),路特大学教授,第二任国际儿童文学研究会会长。他通过一系列精确考证和文学材料的检验,完成了16 世纪到 19 世纪瑞典儿童文学的全面评述,通过这些研究活动,他建立了一套儿童文学研究方法。主要著作有《儿童读物翻译者手册》(1986)等。

1991 年第三届获奖者

詹姆士·弗雷泽(J·Fraser),1934 年 4 月 30 日生,美国新泽西州费列·狄更大学教授。曾于 1978—1981 年任国际儿童文学学会第三任会长,主要著作有《儿童图书作家与画家》(1976)、《国会图书馆儿童文化资料》(1987)等,并于 1973 年负责创刊国际性儿童文学杂志《菲德鲁斯》(Phaednis)。此刊名系一著名寓言作家的名字,为促进国际儿童文学的交流做出贡献。

1993 年第四届获奖者

鸟越信,1929 年出生于日本神户市,早稻田大学毕业后,发表了一系列有影响的论文,确立了战后儿童文学论,对战后日本儿童文学的变革和发展发挥了极大作用。1979 年他将自己收藏的 12 万册(份)有关儿童文学资料捐献给大阪府,成为大阪国际儿童文学创建的基础。先后任早稻田大学教授、圣和大学教授、国际儿童文学馆总括专门研究员、业务长等。主要著作有《儿童文学入门》(1962)、《日本儿童文学向导》(1963)、《儿童文学论集》(1964)、《儿童文学和儿童教育》(1965)、《3 岁至 6 岁的画书和童话》(1967)、《日本儿童文学史研究》卷一、卷二(1971、1976)、《儿童的文化、儿童的文学》(1973)、《战后儿童文学的证言》(1978)、《日本儿童文学》(1995)、《儿童文学中的成人们》(1995)等。

1995 年第五届获奖者

丹尼斯·埃斯卡皮博士(Dr. Denise Escarpit),法国波德克斯第三大学教授、国际儿童文学研究会第四任会长。她是法国儿童文学缔造者之一,在国内外参加大量关于儿童文学方向的研究活动。她写于 1979 年的重点论文《穿靴的猫在法国和英国》,大大扩大了儿童文学的研究范围。她主编的

NousVoulonslire(1972)对鼓励和传播儿童文学起到很大作用。1995年她作为国际儿童文学馆客座研究员启动“北欧工程”,主要研究北欧国家最早的儿童读物到90年代的情况与日本儿童文学发展,通过对这些国家儿童文学的比较,建立了一个信息窗口,同时追踪儿童文学在北欧的发展和在日本的发展。

1997年第六届获奖者

西奥多·布鲁格曼博士(Dr. Theodor Brüggemann),出生于德国,在明斯特大学取得博士学位。作为德国儿童文学研究领域的先驱者,他全身心投入于有记载的儿童文学历史研究当中,出版了《儿童及少年文学1498 1950》,*Kommennerter Katalogder Sammlnwng Theodor Bruggemann*(1986,1996),是儿童文学研究领域中极少数的特别有价值的著作。他还积极投身于儿童文学教育事业,开办了关于儿童文学 Padagogische Hochschulekoln 教室(后并入科隆大学)。自1975年以来,他组织了青年学者一起投身于儿童读物的历史变革,主编出版了 *Handbuch zur Kinder-und Jugendliteratur* 四卷,该书借鉴一些历史资料,包括一些社会文化背景知识,充分体现了儿童文学历史研究的理论和方法,为国内外学者提供了世界儿童文学历史变革情况和丰富资料。

1999年第七届获奖者

杰克·齐普斯博士(Dr. Jack Zipes),毕业于美国哥伦比亚大学。1972—1985年任威斯康星大学教授,1986年在佛罗里达大学任教,现任明尼苏达大学教授。《狮子和独角兽》杂志特邀编辑。主要著作有《德国传奇英雄和美国文学》(1971)、《儿童政治剧》(1976)、《破解魔咒》(1979)、《童话和颠倒的艺术》(1982)、《大屠杀的德国人和犹太人》(1987)、《格林兄弟的神奇传说》(1987)、《维多利亚童话:仙女和精灵的演变》(1987)、《格林兄弟:从原始森林到现代社会》(1988)、《美女、野兽和魔法:法国古典童话》(1989)、《魏玛时代的童话和寓言》(1989)、《魔咒:西部文化的神奇童话》(1991)、《独创的讲故事:社区/生活的变革》(1995)等,是一位学识渊博的学者,对儿童文学有全面的了解,尤其对童话的社会历史和格林兄弟著作的研究,取得了卓越的成就。

2001 年第八届获奖者琼·佩洛特士(Dr. Jean Perrot)(法国),第十三巴黎大学教授。

2003 年第九届获奖者彼得·亨特教授(Prof. Peter Hunr)(英国)。

2005 年第十届获奖者玛丽亚·尼古拉耶杰娃博娃(Dr. Maria Nikolαjeva)(瑞典),国际儿童文学研究会会长(1994—1997)。

2007 年第十一届获奖者约翰·史蒂芬兹博士(Dr. John Stephens)(澳大利亚)。

2009 年第十二届获奖者神宫辉夫教授(日本)。

《儿童文学信息》,2011 年

儿歌也是诗

——纪念2011年世界儿歌日

蒋　风

35年前的今天,在比利时召开的一次国际诗歌会议上,聚集了一批令人尊敬的关心孩子、关心下一代健康成长的诗人,为了"关爱儿童、缔造和平、消灭战争、建设家园"的宗旨,他们倡导在全球创建一个特殊的节日,就是把3月21日定为世界儿歌日。

我想起自己幼年时在妈妈怀抱里度过的那些温馨岁月,儿歌带着天籁般的情愫走进我的感情世界,至今耳边仿佛还回荡着母亲那轻声的吟唱:"一颗星,咯咯叮;两颗星,挂油瓶;油瓶漏,好炒豆;豆香,好种秧……"那自然、轻快、委婉的旋律,给我的童年带来无穷的乐趣。

儿歌是一种最普遍的口头文学样式,也是人一生中最早接触的文学样式。它让孩子们获得最早的精神陶冶和知识启蒙。

我离休后为了发挥余热,全身心投入儿童文学的推广活动,做了一件关系年幼一代健康成长的重要工作,就是在海内外提倡童诗教育。要做好这一工作,就应从最幼小的娃娃做起。当浙江师大幼儿园也想开展童诗教育,我就举双手赞成,并愿意尽最大力量参与进去。我曾与该园的老师表示愿意积极参加实验。我一再强调:幼儿园开展童诗教学是一件极具创新意义的事,也是一项十分值得推行的实验。只不过要从实验对象的特点出发,幼儿园的童诗教育要以儿歌为主。其实儿歌也是诗,儿歌比儿童诗更贴近婴幼儿生活。年龄稍大的幼儿如大班幼儿,也可适当扩及儿童诗。儿歌是歌,"歌咏言",音乐性一般比儿童诗要强。它大多押韵,讲究韵律,朗朗上口,易唱易记,且词汇浅显,用词口语化,句式简单,便于幼儿接受、掌握。它的内容大多是快乐的,配合游戏,边玩边唱,极富游戏精神,趣味性强。它是一种歌谣体的诗。儿童诗是诗,"诗言志",它最突出的特点是抒情性,着重表达的是儿童对生活的感受和理解。诗的内容要比儿歌更广泛一点，情感更丰富更细腻一些。儿童诗也讲究音乐性，但它的音乐性体现在诗的内在节奏；诗作者的情感波动决定诗的节奏和韵律。它抒发的感情，不仅有快乐的，也可能有忧伤的、悲愤的；不仅抒发对生活的热爱和对理想的追求，也有抒发对某些生活现象的困惑或思考。它的句式、长短、押韵与否，不受限制，且语言往往带一定的书面语言色彩。它是诗，属于自由体的诗。它追求意象的创造和情感的妥帖传达。所以儿歌和童诗都是儿童诗歌，两者虽有些区别，但没有绝对的界限，且常常相互交融，有的儿童诗常呈现儿歌化，儿歌也常会诗化。两者都是诗。

因此，儿歌也是诗，尤其是优秀的儿歌往往都蕴含着浓浓的诗味。在此不妨随手举个例，如陈伯吹的《摇篮曲》。这是一首地地道道可以唱的儿歌。“风不吹/浪不高/小小的船儿轻轻摇/小宝宝啊要睡觉//风不吹/树不摇/小鸟不飞也不叫/小宝宝啊快睡觉//风不吹/云不飘/蓝蓝的天空静悄悄/小宝宝啊/好好地睡一觉”这是一首艺术性极高的儿歌。作者凭借自己丰富的艺术造诣，用十分浅显而优美的口语化的文字，唱出一种静悄悄、甜蜜蜜的意境。“风不吹”、“浪不高”、“树不摇”、“云不飘”、“小鸟不飞也不叫……”用一个个意象，营造了一个十分静谧安详恬静的梦境，童趣盎然，极富诗情画意。仅此一例足以说明儿歌也是诗。

有一位诗人曾说：“诗的本质就是发现；诗人要永远像婴儿一样，睁大了好奇的眼睛，去看周围的世界，去发现世界的新的美。”发自内心的诗是真正的诗，发自内心的歌也是真正的诗。具有诗情画意的儿歌才能引起幼儿的共鸣，才能赢得幼儿的喜爱。世界儿歌日到来时，正是春天的时候，希望大家都有一个共识：儿歌也是诗。当你想到年幼的一代时，别忘了给他们唱一支春意盎然的歌。

《文学报》，2011 年 5 月 12 日

点一盏心灯照亮道德归路

——评李英报告文学《天长地久》

蒋　风

2010年2月2日晚，钱江都市频道《范大姐帮忙》栏目播出了一条新闻：59年前一位金华被服厂女工被救助，如今，她儿子工森章拿着当年为其捐款的工友名单寻找昔日恩人。随后，金华电视台、《浙中新报》也报道了这一消息。在媒体的帮助下，王森章艰难地找到了昔日恩人，完成了母亲临终时交给他的偿还捐款的遗愿，践行了中国人的信义道德。作家李英得知这个消息后，深入采访，写下了报告文学《天长地久——一个跨越半个世纪的感恩故事》，以朴实的文字讲述了这个感恩故事。《天长地久》荣获《中国作家》金秋笔会全国征文一等奖，在《文学界·中国报告文学》2010年第12期发表后，引起社会各界的广泛关注。这个故事虽没有嫦娥飞天那么心旷神怡，也没有上海世博会那么波澜壮阔，却同样撼人心魄。这作品是对经济浪潮中丢失的道德观念的拯救，必将引导人们的精神回归传统的高地。

中华民族是礼仪之邦，我们的传统美德是崇尚信义，宽厚待人。生活中，受人滴水之恩，涌泉相报，更是人之常情。中国人民，对于背信弃义、忘恩负义之徒，历来是最为痛恨、最为唾弃的。在我国传统文学作品、戏剧艺术、经典著作、传说故事中，有很多反映“信义”的篇章。何以李英的一篇《天长地久》能让人感受到灵魂的震撼？说来原因很简单：在这个市场化转型期的时代，传统道德观念的缺失，导致整个社会价值体系紊乱。一位知名的作家不无遗憾地写道：不知从什么时候起，在中国960万平方千米的国土上，夜幕降临后那一盏一盏曾照彻整个民族灵魂的试验室的灯、寒窗苦读的灯、漫漫风雪中国境哨卡上的灯以及千千万万普通人家曾照亮美丽爱情与美丽亲情的灯，在人们的心底逐渐暗淡下去。文应合时而作，尤其是报告文学。李英的《天长地久》以深情的书写，呼唤道德的回归，呼唤人心的向善，如同一盏心灯，为读者照亮道德回归之路。

王森章报恩的故事是个个案，而李英通过《天长地久》把这个个案塑造成了一个榜样、一种精神，起到了劝世、普世、启世的作用。王森章践行信义历程的曲折和艰辛感人肺腑。但他的信义并不是天生的，而是来源于他年轻时接受的教育，来源于母亲临终时的嘱托，来源于传统的道德观念。他母亲生病时，32 位工友慷慨解囊，扶危济困，也是道德观念的必然表现。王森章在寻找 32 位恩人的同时，也感受到了传统道德观念强大的生命力。于是，最先找到的 12 位工友及其后人把王森章报恩的钱委托金华电视台记者捐给社会上最需要帮助的困难群体，让 59 年前的爱心像接力棒一样一棒一棒传下去。老厂长章会晨的女儿自己掏出 500 元钱，和 500 元答谢金一起捐给青海玉树灾区；工友王志林的儿子王建中将 1000 元答谢金捐给青海玉树灾区；于是，我们认识了蒋春泉老人，知道了他感恩的故事和爱心捐款的故事……作者在讲述王森章报恩的故事的同时，也在为传统道德的复兴呐喊："正是因为有许许多多像 32 位工友那样的感动之举，正是因为有许许多多像王森章一样懂得感恩的人，才使得我们这个世界在平凡中有着更多的温暖。"

一个民族是要有点精神的。传统的民族精神、价值体系和道德观念是我们生存的"根"，社会主义核心价值体系则是这支根上绽放的"花朵"。文以载道，在任何时代，道德价值总是文学与生活之间最为有力的联系纽带，是决定文学向审美的精神高层迈进的一个最为重要的现实基础，人们可以忽视文学的娱乐价值，远离文学的政治色彩，但决不会放弃文学的道德内质。李英的《天长地久》所践行的正是这一"文学的道德价值"，也正是因为有了这个"神"，才使得《天长地久》的报告文学价值得到了充分的显现。《天长地久》是一篇形神兼备的优秀报告文学作品。李英的语言流畅，极见功力，充分应用了影视蒙太奇手法和绘画中的工笔技法，使得整个故事跌宕起伏，却又不失朴实自然，形式和内容高度契合。

王森章报恩的故事感动了许多人，我相信这每一次感动，都是一次心灵的洗礼，都是传统道德观念的一次复苏和升华。

2011 年 1 月 18 日

奉献无驿站　智慧耀桑榆

——记原校长蒋风离休后的故事

王菁华

蒋风，离休前任浙师大校长、教授。在职期间，工作兢兢业业，开拓创新，为浙师大发展做出了巨大的贡献。1994年离休以后，蒋教授离休不离教书育人，不离研究做学问，不离海内外新老高朋间学术交流，充分发挥自己的优势，一如既往地在儿童文学的普及发展中发挥自己的光和热。

老马奋蹄无驿站，志在千里有作为。

离休后，蒋教授一直致力于推广儿童文学的普及发展。自1994年开始，每年免费招收非学历儿童文学研究生，至今已招16届，累计500多人，培养了一大批儿童文学教学、研究、创作人才。为了便于儿童文学交流，自1995年起，蒋教授又自费创办《儿童文学信息》报，免费赠送给全国儿童文学相关单位和个人。与此同时，蒋教授17年如一日始终坚持儿童文学创作教学研究，先后出版专著《中国现代儿童文学史》、《世界儿童文学事典》、《儿童文学概论》、《玩具论》（增订版）等。其中《玩具论》（增订版）曾获得较高的评价和荣誉。

蒋教授一直非常关注与国际间的交流，倡导创建国际儿童文学图书馆，并在落成后，捐出自己的所有藏书。积极推动国内儿童文学与世界各国之间的交流合作，先后出席多届亚洲儿童文学大会、1994年海峡两岸儿童文学研讨会、1997世界华人文学研讨会等各种国际交流会议。

有赤诚的丹心，有执着的付出，蒋教授离休17年来也有许多收获，赢得了很多的荣誉：他曾先后荣获亚洲儿童文学共同会长推戴奖，全国艺术科学重点研究一等奖，台湾第八届杨唤儿童文学奖特殊贡献奖，第六届宋庆龄儿童文学奖新增设的特殊贡献奖，浙江省人民政府鲁迅文艺奖突出贡献奖，第二届世界儿童文学大会暨第八届亚洲儿童文学大会唯一一个儿童文学理论贡献奖;《玩具论》(增订版)最近又荣获中国出版政府奖(图书奖)等20多项奖励。

而今,我们坚信蒋教授还会坚持自己的奉献。因为,对蒋教授,对许许多多和蒋教授一样有作为有抱负的学者来说,坚守奉献就是人生最大的意义。

《老年风采》,2011年第1期

《玩具论》获第二届中国出版政府奖

朱 慧

本报讯 备受瞩目的第二届中国出版政府奖评选结果日前揭晓，我校蒋风教授主编的《玩具论》(修订版)获中国出版政府奖(图书奖)，黄灵庚教授主编的《吕祖谦全集》(16卷)获中国出版政府奖提名奖。

《玩具论》(修订版)由蒋风教授担任主编，20余位校内外专家学者参与撰写。该书对玩具进行了全方位的理论研究，填补了我国玩具研究领域的空白，具有重要的开拓价值和首创意义。

《玩具论》(修订版)是在蒋风教授主编的1996年版《玩具论》的基础上，广泛汲取各方意见，充实最新资料和信息，发挥集体智慧，重新组织撰写而成的。《玩具论》(修订版)分玩具概念、玩具历史、玩具民俗、玩具教育、玩具文化、玩具经济等6编18章，从历史、文化、教育、心理、审美等诸方面出发，运用多学科研究方法，对玩具的产生、作用和发展进行了详尽论述，对玩具理论研究、玩具教育实践、玩具开发、设计、制造及指导玩具消费方面，具有重要的理论价值和参考意义。

中国出版政府奖是国家设立的新闻出版行业的最高奖，2007年首次开奖，每三年评选一次，旨在表彰和奖励优秀出版物、出版单位和个人。该奖项将原国家图书奖、国家期刊奖等多种出版界最高奖项整合、纳入中国出版政府奖评选系列，阵容整齐，规模盛大，是对出版成果的权威展示。中国出版政府奖图书奖作为中国出版政府奖的最重要子项，是中国出版最高荣誉的图书奖之一，也是我国唯一的政府图书奖。

《浙江师大报》，2011年3月31日第202期

与蒋风爷爷聊写诗

“蒋风爷爷,您好！我也想成为一名诗人呢!”

“好啊,我希望金师附小以后能再出几个‘艾青’呢!”

“蒋风爷爷,您认为写好童诗,最重要的是什么?”

“写好童诗,最重要的是想象、情感和语言。”

日前,贾老师收到了一封信,鼓鼓的。打开一看,原来是我们金师附小的校友、著名儿童文学家蒋风爷爷的信。

贾老师说:“同学们,蒋风爷爷给我们的班级诗刊取了名字,叫作《小苗苗》,他还给我们的诗刊题了词,愿意当我们的诗刊顾问呢!”教室里响起了掌声。“他欢迎同学们到他家做客,一起聊聊写诗,你们愿意去吗?”“愿意!”小手林立,教室里一片沸腾。

到蒋风爷爷家那天,我们一路欢欣雀跃。轻轻叩开大门,迎接我们的是精神矍铄、笑容满面的蒋风爷爷。我们毫不拘束地坐在沙发上,开始了与蒋风爷爷的交谈。

在交谈中,我们了解到了蒋风爷爷走上儿童文学研究道路的原因,感受到了他的满腔热情——为了儿童文学的发展,他成立了中国儿童文学研究中心,招收非学历儿童文学研究生;他办了一份《儿童文学信息》报,一个人组稿、绘图,每期都印3800多份,免费赠阅,至今已经坚持了15年;他在小学里推广儿童文学,鼓励孩子们写童诗,希望孩子们能在儿童文学的滋润下健康成长……

“蒋风爷爷,您认为我们这里谁看上去最有可能成为诗人?”

“我又不是看相的,怎么看得出来?”天真的问题可把蒋风爷爷逗笑了,

“不过,只要你们坚持,每个人都有可能成为诗人,有句老话说——坚持就是胜利嘛!”

金师附小教育集团四(2)班小记者联合报道

带队老师:贾淑玮

《金华晚报》,2011 年 5 月 29 日

第十三届国际格林奖揭晓

第十三届国际格林奖颁奖庆典于 12 月 11 日在日本大阪国际交流中心隆重举行。

第十三届国际格林奖获奖者：

蒋风（中国）

评选经过：2010 年 9 月，国际格林奖组委会向全球范围的 400 多位儿童文学方面的专家学者发出征求提名的函件。在回收到来自全球的推荐名单中，挑选出以下 6 位作为候选人。

桑德拉·贝克特（Sondra Beckett）（加拿大）

蒋风（Jiang Feng）（中国）

金伯利·凯·雷诺兹（Kimberley Kay Reynolds）（英国）

李在彻（Jae – CheolRi）（韩国）

朱迪斯·斯特曼（Judith Saltmian）（加拿大）

罗伯塔·塞格林·特瑞兹（Roberxta Seelinger Trites）（美国）

组委会将选票寄给评委会全体评委会议员，要求在 2012 年 2 月 28 日给予回复。

最后由评委会投票选出一人：

蒋风当选

【关于国际格林奖】

1986 年，大阪国际儿童文学馆和金兰基金会联手创设了国际格林奖，希望通过这个奖项为儿童文学研究提供切实有效的帮助。该奖项专门为那些在儿童文学和图画书研究领域有杰出成就，或者是对儿童文学研究做出了重大的贡献和促进作用者所设立，以鼓励那些致力于儿童文学研究的专家和学者。今附上过去 12 届的获奖人名单:德国的克劳斯·道德尔博士(Klaus Doderer)(1987),瑞典的格特·克林伯格博士(Göte Klingberg)(1989),美国的詹姆士·弗雷泽博士(James Fraser)(1991),日本的鸟越信先生(Shin Torigoe)(1993),法国的丹尼斯·埃斯卡皮博士(Denise Escarpit)(1995),德国的西奥多·布鲁格曼博士(Theodor Brü - ggemann)(1997),美国的杰克·齐佩斯博士(Jack Zipes)(1999),法国的吉恩·佩洛特博士(Jean Perrot)(2001),英国的彼得·亨特教授(Peter Hunt)(2003),瑞典的玛丽亚·尼古拉耶杰娃博(Maria Nikolajeva)(2005),澳大利亚的约翰·史蒂芬兹博士(John Stephens)(2007),日本的神宫辉夫教授(Temo Jing)(2009)。

《儿童文学信息》

浙师大原校长蒋风问鼎国际格林奖

李　艳

本报消息　第十三届国际格林奖近日揭晓，浙师大原校长、著名儿童文学理论家蒋风继连续两届获该奖项提名后，问鼎国际格林奖，成为首位获此殊荣的中国人。

蒋风今年86岁，是我国著名儿童文学理论家，他创建了全国第一个儿童文学研究所，第一个在全国高校恢复儿童文学课程，招收了全国第一个儿童文学硕士研究生，撰写了新中国第一部《儿童文学概论》、新中国第一部《儿童文学史》，编著了“五四”以来第一部最系统的《中国儿童文学大系·理论卷》，他在我国儿童文学研究领域树起了一座丰碑。

国际格林奖和国际安徒生奖被誉为儿童文学两大世界性最高奖项。与国际安徒生奖着重鼓励儿童文学作家与画家不同的是，国际格林奖更注重对那些在儿童文学理论与普及等方面做出突出贡献的个人进行奖励。国际格林奖始于1987年，每两年评选一次，每次只有一人获选。在该奖设立的24年间，只有12人获此殊荣。在第十届、第十一届国际格林奖评选中，蒋风曾两次获提名。此前12位获奖得主分别来自德国、法国、美国、日本等国家。

《金华日报》，2011年8月10日

蒋风荣获国际格林奖

刘秀娟

《文艺报》讯　浙江师范大学原校长、儿童文学理论家蒋风，成为第十三届国际儿童文学格林奖的获得者。设立在日本大阪的国际格林奖组委会于12月11日举行了颁奖庆典，蒋风也是获得这一国际奖项的首位华人。

据了解，国际格林奖与国际安徒生奖一起被誉为两大世界性儿童文学的最高奖项。与重在鼓励儿童文学创作的安徒生奖不同，格林奖侧重儿童文学理论研究与推广。设立于1987年的格林奖由大阪国际儿童文学馆主办，每两年评选一次，每次全世界范围内只有一人获选。

评委会认为，今年86岁的蒋风教授是中国儿童文学界的先行者和集大成者，也是一名具有开创性的活动家。他的许多创新性举措以及所取得的成就，不仅填补了中国在这一学科上的空白，使得中国的儿童文学理论研究跻身世界一流水平，并且推动了中国儿童文学整个群体的进步。

中国驻大阪总领事馆刘驰来信

刘　驰

蒋风教授：

您好！

我是驻大阪总领事馆政治文化室的刘驰。

前日有幸与您在大阪相识，深感荣幸。您在大阪获颁国际格林奖是中国人的骄傲，也是我们大阪总领馆的荣誉。

获奖新闻我们已通过当地最大华文媒体《关西华文时报》发出，相信在日本地区的华人华侨都在奔走相告您的佳音。

人民网、新华网、中国新闻网、搜狐网等10余家国内一流媒体已特发消息，相信已形成良好的社会效应，带动更多人关注童话研究事业。

部分新闻链接如下：

人民网：http://world. people. com. cn/CB/157278/16617690. html

新华网：http://world. people. com. cn/GB/157278/16617690. html

中国新闻网：http://www. chinanews/2011/12 - 15/3534904. shtmi

祝您身体健康，万事如意！顺祝新年愉快，阖家团圆！

中华人民共和国驻大阪总领事馆领事随员　刘驰

86岁了为什么还在免费教人写童诗?

——对话中国问鼎格林奖第一人蒋风

郭 婧

第一个问鼎国际格林奖的中国人,是86岁的金华人蒋风,浙师大原校长、著名儿童文学理论家。

蒋风是我国儿童文学界的一位先行者,第一个在全国高校恢复儿童文学课程,第一个在全国招收儿童文学硕士研究生。他编写了填补空白性质的《儿童文学概论》、《中国现代儿童文学史》等著作,把中国儿童文学理论提升到世界级的水平。

今年,是他第三次获得这一奖项的提名,终于不再只是提名了。

昨天早上还在杭州挂点滴的他,开心地说自己已接到通知,受邀于12月11日前往日本大阪领奖,"我一定会去的"。

作为评委他投了自己一票

国际格林奖,1987年创设,正好是格林兄弟200周年诞辰不久(格林兄弟先后出生于1785年和1786年)。

与早前创设的国际安徒生奖一样,每两年评选一次。但与安徒生奖着重鼓励儿童文学作家与画家不同的是,格林奖更注重奖励那些在儿童文学理论与普及等方面做出突出贡献的个人。

"在评选的前一年,组委会会给全球范围的四五百位儿童文学界的学者、专家发去信件,让他们全球提名。"蒋老说,根据提名数及提名人资料,选出6位候选人,再由13至15位评委会成员投票选举当选人。

今年,正好是第十三届国际格林奖。此前12位获奖者分别来自德国、法国、美国、日本等地。

其实，早在第十届、第十一届国际格林奖评选中，蒋风曾两次获得提名。

“两次都是在候选人名单里，排名第二，都没选上。”蒋老说，上一届自己连提名都没有了，没想到这一届又提名上了。从1999年开始一直担任国际格林奖评委的他，很坦率地说：“当然，我还是投了自己一票的。”

最终能当选，他还是有点意外，“之前两次都没选上，我就想过，自己的著作连个翻译本都没有，别人对我的了解肯定是不多的。”

他觉得，这次自己能选上，关键还是中国的影响力，“之前评了十二届，除了两个日本人当选，其他都是欧美人，大家觉得这次该给中国人了”。

他正在做的事

一个人免费办起了研究生班

蒋老打趣地把自己的获奖说成是“轮”上了。

事实上，就像安徒生说的那样——“儿童文学的路是光荣而充满荆棘的”，蒋老为了自己的儿童文学梦，可没少忙活。

86岁这样的高龄，他仍然在免费招收和培养非学历的儿童文学研究生。

早在1994年他已离休，但他没有就此停止播撒儿童文学种子的脚步，创办了国内首家儿童文学研究中心，招收非学历研究生。

“不收学费，只要报名的，都录取，完成我布置的20多份作业，通过答辩，就可以拿到结业证书。”蒋老说，办了十五届，收了400多个非学历研究生，还有来自马来西亚等外国学生，有4个学生比他还要年长。

他办的这个研究生班，没有校址，除了他以外，也没有其他老师。“想要报名的学生，就直接往我金华的家里寄信、打电话，也有发电邮的。”蒋老说，反正想读的学生，总能找到他。

有人“八年抗战”拿到结业证

别看蒋老收学生没门槛，等进了他这个免费的学校，想要拿结业证出去可不容易。

蒋老说，他奉行的是“宽进严出”，虽说结业证没什么实质用处，也绝不能随便发，到目前为止，他发出了40多张。

也就是说，研究生班的结业率才10%。

“很多学生，完不成我布置的作业，主要是在职的，大多时间不够，还有些学生本身文化基础差点，论文水平实在够不上研究生的标准……”蒋老说，有个写儿歌的学生，花了八年时间才拿到证书。

蒋老布置的作业到底有哪些呢？两年内，每月读一本儿童文学作品，写一篇评析；每年写一篇年度论文；两年后，写一篇结业论文并通过答辩。

蒋老设计的答辩会，也与众不同。除了他这唯一的老师外，所有学员都是答辩委员，“一个答辩会，大概有四五十个学员做答辩委员，一起向答辩的学生提问”。

这排场，真让不少学生紧张害怕过，一位比蒋老还年长两岁的学生，本身也是个儿童文学作家，在答辩前紧张得好几晚睡不着。

70岁女学生出了五六本科学童话书

毕业率如此之低，蒋老并不在意。对于蒋老来说，主要是推广播种。

他说，有一年，他在金华武义要开个讲座，想借用一所学校的教室，学校领导提了一个要求，让学校所有的语文老师来旁听。

“我当然同意了，开讲那天来了三四百人，不少老师因为是被要求来的，根本没心思听我讲，气氛乱糟糟的。”蒋老说，当时自己只能忍着气，坚持讲完了课。

然而，就是这次课堂中，有位老师后来开始了儿童文学的创作，写得非常不错，发表了不少作品，“现在笔名叫汤汤”。

“你看，三四百个学生里，能跳出一个来，就很不错啦。”蒋老说，自己还有一个年近70岁的女学生，退休后跟着他学，如今出了五六本科学童话书了，还在全国科普作家大会上得了一等奖。

他正在看的书

最近电影《哈利·波特7》（下）正在热播，问起蒋老，是否也爱看《哈利·波特》,他笑着说,自己只看过前两卷。

"当时,没想到这书会这么火,讲魔法的儿童文学挺多的,《魔戒》就是很经典的一本。"蒋老说,他一开始没觉得《哈利·波特》比《魔戒》好看。后来,《哈利·波特》一本接一本地出,一直这么畅销,他开始改观了,"一本好书是需要经过时间考验的"。

蒋老说,他也看了不少关于《哈利·波特》的专业评析,真正让他折服的是,这本书蕴含了很深的英国文化积淀。

问蒋老《喜羊羊与灰太狼》看过吗,他说,自己没仔细看过,但动画片也算是儿童文学作品。"以前连环画是不算儿童文学的,现在随着传媒形式的发展,动画也被纳入了,安徒生奖还追加评选画家了。"

不过,他特别强调说:"卖得好的书,并不一定是好书,尤其是漫画书。"

他觉得,日本漫画,很多孩子和成人都爱看,但是这些漫画,总是牵扯到男女性爱问题,不适合小孩子看,比如《奥特曼》里有很多暴力的东西,"小孩子是很容易模仿的"。

他深深记得自己当年在《申报》做记者时,一天偶然看到一则消息——几个少年看了荒诞的连环画,结伴到四川峨眉山修仙学道,最后跳崖飞升自杀身亡。

他说,一部好的儿童文学作品,应该是一个人可以从9岁读到90岁的,比如《爱的教育》,他现在仍然愿意读。

蒋老昨天推荐了三本心目中最值得一读的儿童文学作品:《爱的教育》、《寄小读者》和《大林和小林》。

说到《大林和小林》时,坐在沙发上的蒋老,左脚突然脱掉拖鞋,搁到右膝盖上,用手指挠着脚底板,咯咯笑着说:"书里面写,那个小林被抓住,上刑罚,上的就是这个足刑,你说,这多么符合儿童的心理,多么有趣啊。"

《都市快报》,2011年8月11日

儿童文学奖，设立易运作难

金 莹

从事了一辈子的儿童文学研究和推广工作，86 岁的儿童文学理论专家蒋风最近的愿望是，用自己新近获得的国际格林奖 100 万日元奖金，在中国牵头设立一个儿童文学奖，以奖励那些从事儿童文学研究工作的人。

记者了解到，蒋风是第一位问鼎国际格林奖的中国人。作为与被称为“小诺贝尔”的国际安徒生奖齐名的国际格林奖，旨在奖励那些在儿童文学理论与普及等方面做出突出贡献的个人。

在获得这个“第一”之前，作为知名儿童文学理论专家，蒋风已经在我国的儿童文学研究领域创造了多个“第一”的纪录：他创建了全国第一个儿童文学研究所，第一个在全国高校恢复儿童文学课程，招收了全国第一个儿童文学硕士研究生，撰写了新中国第一部《儿童文学概论》、新中国第一部《儿童文学史》，编著了“五四”以来第一部最系统的《中国儿童文学大系 · 理论卷》，等等。

“国际格林奖之前评了十二届，除了两个日本人当选，其他获奖者都是欧美人。近年来中国实力增加，大家觉得这个奖应该颁发给中国人，于是就‘轮到’我了。”在提及获奖原因时，蒋风谦虚地称，此次获奖还有中国影响力增强的因素，所以在他看来，这个奖项并非奖励给他一个人。基于这个原因，老人生出一个念头：他要拿出这笔奖金，在中国设立一个儿童文学奖，奖励那些在儿童文学研究领域工作的人们，也为促进中国儿童文学的繁荣发展尽一点微薄的力量。而此前，国内还没有专门奖励儿童文学研究专家的奖项出现。

其实，蒋风毕生都在用他自称的“微薄的力量”，为儿童文学事业添砖加瓦。早在 1994 年，从浙江师范大学离休时，他就独立创办了国内首家儿童文学研究中心，招收非学历研究生。不收学费，不限学历，无论年龄，只要有志于儿童文学事业的人都可报名参加。在这十多年的时间里，他发现和培养了不少儿童文学的“好苗子”，将许多人领上了儿童文学创作和研究的道路，并一直坚持到今天。

但设立一个文学奖项并非易事。文学奖是一个长期行为，除启动资金外，更符合惯例的做法是由一个或多个单位发起，成立一个基金会，以维持长期运行。100 万日元的奖金显然不能承担这一重任，而成立基金会、独立操作一个文学奖项，这也超出了蒋风的个人能力范围。为此，他开始琢磨着该向哪些单位及个人发出征询意见，希望在他的牵头下，吸引一些对这一奖项有兴趣的集体或单位来操办这一奖项。

蒋风的倡议尚在酝酿和起步阶段。而文学奖设立之后如何维持运行，如何建立奖项的品牌效应和公信度，也是需要慎重考虑的问题。在童书热、大众关注儿童阅读的热潮之下，国内的儿童文学奖项却处在一个相对尴尬的状态。国内主要儿童文学奖项，只有由中国作家协会主办的全国优秀儿童文学奖；由巴金、冰心等老一辈作家在 1986 年倡导发起的宋庆龄儿童文学奖；由雷洁琼、韩素音、葛翠琳共同倡导发起、以冰心冠名的冰心奖，及创办于上海的陈伯吹儿童文学奖。

记者在采访中得知，陈伯吹儿童文学奖创立于 1981 年，到今年已有整整 30 年的历史。作为我国目前连续运行时间最长的文学奖项之一，说起奖项的运行，陈伯吹儿童文学基金会秘书长周基亭还是有不少苦处。他提到一个十分现实的问题：资金。据悉，陈伯吹儿童文学奖的启动资金是陈伯吹老人于 1981 年捐出的 55 万元；在上世纪 80 年代，这笔存款的利息便是一笔不小的资金，可以成为颁发给获奖者的奖金。但进入新世纪以来，这个数目便显得捉襟见肘。后来，陈伯吹儿童文学基金会于 2002 年成立，这一情况才稍有好转。但相对于能获得高度关注的成人文学奖项，鲜少有企业或者单位会将目光投在儿童文学奖项上。

周基亭介绍，陈伯吹儿童文学奖只在成立之初有接受来自社会企业和个人捐助的款项，最大一笔为 50 万，之后一直没有大笔的捐助。而这些捐助还是陈伯吹之子陈佳洱先生四处奔走的结果。资金的缺乏体现在奖项奖金上的窘况：相对于近年来成人文学奖奖金提高，动辄10万、50万的高额度奖励，众多儿童文学大奖还只停留在1、2万的奖金额度，便显得有些可怜巴巴。"陈伯吹儿童文学奖的大奖从上世纪90年代初便是1万元的奖金额度，优秀作品奖则是1000元，十多年来，一直没有变动。1000元的奖励，对现在的作家而言，显然更多只是一份荣誉。"周基亭感慨地说。近年来增设的杰出贡献奖和特别奖等奖项，也在增加这一奖项的成本。但资金问题如不能改善，显然不利于一个奖项的良好发展。同样的，因为资金限制，在陈伯吹儿童文学奖之内再设立新人奖，以奖励新人新作，这些计划都迟迟没有落实。

"文学评奖是个系统工程。一个奖项，应该有权威性，有信誉度，有影响力，才能长盛不衰。"周基亭感慨。而权威性、信誉度、影响力的建立，除了奖项本身的品质坚持，还需要各方因素综合才能形成。如何让儿童文学奖项办起来、办好、办持久，如何吸引更多社会关注目光，是关注儿童文学事业发展的人们思考和努力的方向。

相关链接

国际格林奖与国际安徒生奖被誉为儿童文学两大世界性最高奖项。与国际安徒生奖着重鼓励儿童文学作家与画家不同的是，国际格林奖更注重对那些在儿童文学理论与普及等方面做出突出贡献的个人进行奖励。这一奖项创立于1987年，由日本大阪国际儿童文学馆和金兰基金会（日本大阪府大手前高等学校同学会）联手创立，每两年评选一次。评选方式为在每届评选的前一年，由组委会向全球四五百位儿童文学专家学者发函征询提名；然后根据票数和被提名者的相关资料，选出6名候选人，最终由评委会以无记名投票方式选出一人。在该奖设立的24年间，12位来自德国、法国、美国、日本等国家的儿童文学专家获此殊荣，获奖者多为国际儿童文学研究会历任会长及儿童文学研究领域的权威专家。

《文学报》，2011年9月15日

致蒋风

圣 野

蒋风同志,孩子们的好爷爷:

我已把这份复印件另寄一份给金师附小,希望放大处理,在你的展览室展出,北京的《教育》杂志,也准备刊登这篇故事,并寄出陈发根、鲁守华拍摄的彩照。他们很重视这篇稿件,很快就给鲁守华和陈发根打来了回电,说将于近期刊出。

这是继《爱的教育》之后,新写的《爱的教育》的续篇,亚米契斯的那一份无处不在的大爱精神,将在我们的地球上永远地回荡,祝康健长寿!

圣野

2011 年 9 月 18 日

金师附小的《中国童诗博物馆》里,有蒋风先生的展室,鲁守华的这篇文章为弘扬蒋风先生的大爱精神提供了新的资料。

鲁守华同志:

给蒋风先生寄你的文章时,写了这封短信,建议你在网站上把《爱的教育》再发表一次,并刊发给蒋风先生写的祝贺信,信末点出了你的文章的意义所在,我觉得你作为一个有心人,起到了一个把大爱精神向四方传播的作用。

圣野

2011 年 9 月 18 日

临寄

附：

爱的教育

鲁守华

蒋风先生最近荣获一个大奖——第十三届国际格林奖，成为首次获此殊荣的中国人，年内他将赴日本领奖。

日前，在金华举行的“中国童诗”年会上，蒋风与老诗人圣野喜相逢，他对圣野说：“想把这笔奖金贡献给我国的儿童文学评奖活动，就像当年陈伯吹先生曾经做过的那样。”

蒋风小时候叫蒋寿康，由于家里经济拮据，到上小学三年级的年龄，才走进小学堂读书。

在学校里，教蒋寿康算术的是斯紫辉老师。斯老师是诸暨人，长得美丽端庄，常穿着一件长旗袍，脸上带着微笑。

斯老师爱孩子，她有一套很好的教学方法，经常讲故事给孩子们听，和他们一起做游戏，循循善诱地培养学生良好的性格和品德。

有一个学期，斯老师每周安排一堂故事课，专门给同学们讲意大利作家亚米契斯的名著《爱的教育》，整整讲了一个学期。孩子们为故事中的人物深深感动。

学期结束时，斯老师举行了一个特别的班会，她把班上的许多同学用书中的人物来命名，勤劳的就叫裘里亚，正直的就叫卡隆，善良的就叫西西洛，勇敢的就叫马尔柯……蒋寿康坐在板凳上，他多么希望斯老师也给自己起一个名字啊！可是，不知是他表现不突出，还是其他什么原因，名字一个个报过去了，蒋寿康没有听到斯老师用书中的人物给自己起名，顿时心里感到很委屈，急得眼泪差点掉下来。

班会结束后，同学们的脸上个个绽开笑容，互相叫着刚刚被命名的名字，唯独蒋寿康独自站在一边，郁郁不乐。

斯老师发现蒋寿康的神态不对，她突然意识到自己犯了一个大错误。

于是，斯老师特地请蒋寿康到办公室里，满含歉意地对他说：“你看，都怪老师太粗心了，怎么把你给忘了。可是，现在没法再给你开一个班会啊。其实，你比裘里亚更勤劳、比卡隆更正直、比西西洛更善良、比马尔柯更勇敢。怎么办呢？这样吧，让老师来弥补这个过错吧，老师就把最心爱的《爱的教育》送给你，算是老师给你赔个不是，好吗？”斯老师边说边打开《爱的教育》，并在扉页上写了两句话：“不要怕做平凡的人，但要永远记住：让自己那颗平凡的心，时时刻刻闪现出不平凡的光彩来。”

斯老师题好字后，又对着蒋寿康念了一遍，叮嘱他要做一个好孩子。蒋寿康得到《爱的教育》，脸上立马多云转晴，阳光灿烂，他使劲点着头，向斯老师鞠了一个躬，高兴地回家了。

自从得到斯老师赠送的《爱的教育》，蒋寿康经常在做完功课、帮助母亲做好家务后，拿出来阅读，他一次次被书中感人的情节所打动。阅读《爱的教育》，培养了他的一颗爱心，同时提高了他的写作能力，使他逐步走上了为孩子写作的文学道路。

蒋寿康读四年级那年，上海《儿童杂志》举办了一次全国学生作文比赛，他跃跃欲试写了一篇《北山游记》，获得了第十名。如今，他已是著名儿童文学理论家。

而当年教他的那位斯紫辉老师，就是我国教育界杰出教师斯霞的姐姐。

《新民晚报》，2011 年 9 月 16 日

我和儿童文学的缘分

郑光中

我和儿童文学的缘分，得从读大二的时候说起。

彼时，学校图书馆实行开架借书，学生直接进书库翻检。无意间看到一本《中国儿童文学讲话》。“儿童文学”四个字引起了我的极大好奇心，站在书架边就读起来。谁知道这一读，把我一生的命运跟儿童文学紧紧地捆绑起来。

《讲话》是一本“史略”性质的读物，由江苏文艺出版社出版，作者蒋风。《讲话》认为中国儿童文学始于五四运动时期。

心中暗想，难道此前，中国的儿童就全然没有机会接受文学熏陶吗？越想越觉得此论不妥。于是，运用当时仅有的一点古典文学知识，把《诗经》中的《鏞羽》、乐府中的《枯鱼过河泣》等判定为童话诗；把柳宗元的《三戒》、马中锡的《中山狼传》判定为寓言故事。只恐灵感稍纵即逝，连夜写成《源远流长的中国儿童文学》，还特别加上副标题《与蒋风同志商榷》。

当其时也，蒋风是男是女，是老是少，是何方人氏，我一概不知。由此可见，我年轻时候，是一个不知天高地厚自以为是的家伙。

平心而论，《讲话》对我来说是一本启蒙书。此后我才注意阅读《儿童文学》、《小朋友》等刊物，补偿童年时代的精神缺失，逐渐培养起对儿童文学的兴趣。“文革”十年，唯一可以公开阅读的书只有《鲁迅全集》。在读完全集和先生翻译介绍的西方儿童文学作品后，我发现鲁迅对儿童文学十分重视，其见解精辟独到，在同辈人中鲜有出其右者。说他是中国现代儿童文学奠基人之一，绝不为过。此时，我才开始比较理性地思考儿童文学的社会价值及其艺术特征。才觉得蒋风先生从20世纪50年代初开始，就为中国的儿童文学事业献出全部热情，非常值得敬佩。蒋先生晚年荣获宋庆龄基金会颁发的儿童文学特殊贡献奖是实至名归的。

1982年6月,我有幸参加由文化部少年儿童文化艺术司举办的“西北西南地区儿童文学讲习班”。有来自新疆、陕西、甘肃、宁夏、云南、四川、贵州等省自治区近80名在省级以上报刊发表过作品的中青年作者为学员,请叶君健、陈伯吹、洪汛涛、郭风、葛翠琳、陈模、浦漫汀、蒋风、萧平、黄庆云、任溶溶等全国知名作家和教授专题授课。师生们吃住在成都东郊沙河宾馆,每天上午是专题报告,下午分省区讨论,晚上整理笔记或自由活动。用八个字概括这一段生活:闻道解惑,其乐融融。由一个国家的中央政府部门出钱出力举办如此高规格的儿童文学讲习班,在世界儿童文学发展史上都是绝无仅有的。

前辈们的专题报告都非常精彩、令人难忘。比如,北京师大浦漫汀教授用诗一般的语言,深刻而细腻地分析了安徒生的性格特征和他的童话风格之间的关系,把世界儿童文学的标志性人物,活脱脱地展现在学员们面前。她的讲稿经过整理就是稍后出版的《安徒生简论》一书。此书一经出版,立即受到全国学术界的一致好评。

再比如中国儿童文学界泰斗陈伯吹先生。他一再告诫我们,任何一个儿童文学工作者心中必须有儿童。对儿童的认识越全面、越深刻,成就也随之越大。我多次于晚饭后跟他一起散步谈心。在言及他因提出“童心论”而受到不公正批判的时候,他总是微微一笑,非常淡定,仿佛批判与他无关一样。从陈伯老身上领悟到什么叫大家风范,领悟到一个知识分子应该如何面对社会的误解,这些都是很难从书本上学到的。我还多次跟陈伯老同桌进餐,饭毕前,他总是用少许汤汁将碗中的饭粒一饮而尽,从不浪费一粒粮食。中午用餐人多颇闷热难耐上,而陈伯老总是跟平常一样,衬衣的领口和袖口都扣得严严实实,这种生活细节当然不便询问为什么。我猜想,陈伯老是怀着对农民“汗滴禾下土”的深深敬意来领受一餐一饭的……

在讲习班结束时,我请陈伯老在笔记本上写句临别赠言,他沉思良久,工整端庄地写下一句话:“为孩子们工作是人生的莫大幸福。”

这是陈伯老宝贵的人生经验,也是对我的殷殷期许。此后,我在商品经济的大潮中,虽有东张西望,萌生过改弦易辙的念头,但终究还是坚持行走在儿童文学“光荣的荆棘路”上。1995年夏，在成都幼师召开“全国幼师·普师儿童文学教学研究会第五届年会”。会前，我请陈伯老光临，老人迅即回信说：“一定来。”可惜，时年89岁的陈伯老在临行前突患感冒，家人为他的健康担心拒绝放行，只好于病中寄来贺词聊表心意。

我和蒋风先生也颇有缘分。在讲习班第一次见面时，我显得有些拘谨，没有勇气向他言及“商榷”的事。蒋先生倒是热情邀请我参加同年秋季、经教育部批准的“全国师范学校儿童文学教师培训班”学习。我迟疑不语，蒋先生一下就悟到我的难处。他抽休息时间，到成都幼师拜会了时任支部书记的尤琳同志。1982年秋季开学时，我便坐在了浙江师大的教室里。

浙江师大于1979年在我国高校中最早建成“儿童文学研究室”，给我们上课的蒋风、韦苇、黄云生、吴其南等老师都尽心竭力，严谨不苟，充分展示了江南学者倜傥儒雅、锐意创新的精神风貌。韦苇老师早就准备好厚厚的讲稿，它以地域国别为经，以作家作品为纬，系统完整地揭示了世界儿童文学的发展历史、演进过程，极大地拓展了我的视野，使我明白了儿童文学在世界上究竟是怎么回事。讲稿后经他整理，就是浙江少儿社出版的，洋洋50万言的《世界儿童文学概述》一书。据我阅读所及，此后言及外国儿童文学的许多文章，无不以《概述》为依傍。唯其如此，陈伯吹老人才说这是“一木支大厦”。《概述》代表了中国知识界对世界儿童文学认识的深度和广度。

韦苇老师同时也是一位颇有成就的翻译家和诗人。他的诗人气质与儿童文学的纯真美非常契合。在纷繁的人际交往中，他单纯得像个孩子，毫无心计。因此，他上过很大的当，吃过很大的亏，但赤子之心无怨无悔。此后20多年，我俩一直保持着亦师亦友的关系，彼此都非常珍惜这份难得的缘分。

一个国家儿童文学发展普及的程度，是衡量其社会文明进步程度的不可或缺的重要标尺之一，这是我从鲁迅著作中得来的认识。对此，我坚信不疑。佛家认为宇宙一切事物待缘而起。在儿童文学原野中，我找到了生命里最能吸引自己的东西。面对当下社会的浮躁，我心甘情愿为儿童文学“给力”，尽管我力量太小、太小、太小……

《成都大学报》，2011年5月31日第268期

终生难忘是师恩

方　黄

无论你是白领、高管，还是退休在家享受时光……在我们的人生道路上，我们曾经有一个共同的名字——学生。在第二十七个教师节来临之际，儿童文学泰斗蒋风先生在感怀他小学时代的斯老师。他说：假如我身上有值得肯定的东西，都和这位老师分不开。

人生第一本接触的书，往往决定一个人的人生道路。确实，一位好老师、一本好书，都是人生难得的财富。教师这个职业之所以神圣，师恩之所以难以忘怀，大抵都是因为这个原因。

老师向他道歉，送他一本《爱的教育》

一个午后，在丽泽花园见到了浙师大原校长、著名儿童文学理论家蒋风先生。蒋风先生是第一个问鼎国际格林奖的中国人。86 岁的他，讲起自己小时候的事情依然思路清晰。

回忆起小学时代，蒋风先生马上想到了斯紫辉老师。斯紫辉老师是诸暨人，人长得美丽端庄，常穿着一件长旗袍，脸上带着微笑。斯紫辉教的是算术，她经常给孩子们讲故事。她知道孩子们都有喜欢听故事的天性，于是，就经常用故事来启迪孩子的心智。

有一个学期，斯紫辉老师每星期都安排一节故事课。在故事课上，她给大家念《爱的教育》，念啊念啊，用了一个学期的时间，终于把这本书念完了。

学期结束时，班级里举行了一个特别的班会活动，斯紫辉老师用书中的人物给班上的孩子命名。勤劳的就叫裘里亚，正直的就叫卡隆，善良的就叫西西洛，勇敢的就叫马尔柯……

当然不是全班同学都能够得到这一殊荣，班里有 20 多名同学被老师命名了。坐在凳子上，蒋风多么希望能够听到自己的名字。可是，等到命名班会结束时，蒋风仍然没有听到老师提到他的名字。当时，他感到很委屈，眼泪都在眼眶里打转，但是，男孩子的倔强让他把眼泪咽了回去。

蒋风的这一细微心理变化被斯老师看到了。下课后，斯老师把他叫到办公室里。

斯老师首先向他道歉："斯老师今天太粗心了，在命名大会上居然把你忘记了。其实，你比裘里亚更勤劳，比卡隆更正直，比西西洛更善良，比马尔柯更勇敢。但是，命名班会已经开过了，不能为了你再开一次。老师想了一个办法来弥补这个过错。"

说着，斯老师拿出一本崭新的《爱的教育》，并在扉页上写了一句鼓励的话语。

"我至今也不明白，斯老师为什么不给我命名。是因为我表现不好，还是成绩不好呢?"蒋风先生百思不得其解。

毋庸置疑，这一事件在蒋风先生的成长过程中，起到了无法估量的作用。他说："我身上假如有值得肯定的地方，都和这本书、和斯老师分不开。我从事一辈子儿童文学事业，也与这件事情分不开。"

蒋风眼中的教师：这是最有希望的职业

蒋风第一次当老师是在 13 岁的时候。

1937 年，杭州沦陷后，金华城里人心惶惶。还在上初二的蒋风，跟随家人逃到了北山。在一个叫玲珑岩的地方，他们安顿了下来。

村里有个祠堂，村里的小学就设在祠堂里。本来，这里有一个外地的老师在教书，后来老师走了。没有老师，当地孩子都没有学上了。当时蒋风只有 12 岁，不过个子挺高的。当地人听说蒋风上过中学，就请他到村里当老师。报酬是一个学期 300 斤谷子，吃饭到各家吃。就这样，年仅 13 岁的蒋风成了学校唯一的老师，还兼了"校长"和校工。

如今，蒋风先生的学生数以万计，每年教师节的时候，都会收到很多贺卡。他说,教师是最有希望的职业,培养的是欣欣向荣、充满希望的人,也正因为当老师,教儿童文学,一辈子和孩子接触,他的心里充满了希望。

《金华晚报》,2011 年 9 月 9 日

活在童话里

饶　远

1975 年,广州遇到了百年不遇的严寒。恰是这个冬天,我带着童话处女作《小鲤鱼钓山猫》的提纲,来到广东人民出版社举办的儿童文学创作班,在广州一个招待所里进行修改。

那时,我出乎意料地遇见了久负盛名的童话作家黄庆云女士。从此与童话结缘。

我想结识更多童话作家。1983 年 6 月,机会从天而降。文化部和中国作家协会组织了一个实力雄厚的讲师团来到广州。我第一次认识了陈伯吹、蒋风、洪汛涛、葛翠琳。我的心思全在那位创作了童话《神笔马良》的洪汛涛身上,他当时戴着黑框眼镜,摇着纸扇,一副温文尔雅的风度。

"神笔马良"来到我的身边,是在一个非常特殊的环境里。那时,全国正在浩浩荡荡地向文化开火,我猫在学校教导处的狭窄阁楼里,悄悄地寻找被横扫在那里的布满灰尘的书,有幸看到了洪汛涛先生的《神笔马良》和蒋风先生的《中国儿童文学讲话》。

这两位前辈的名字注入了我的心间,他们成了我日后进行创作和建构人生的楷模,几十年从未忘却。在童话创作上,洪先生更是经常关注我、提示我、鼓励我,让我始终保持旺盛的创作热情。我们韶关市成立儿童文学创作研究会之后,接着又在广东成立了童话作者联谊会,把全省童话作者组织起来进行活动。洪先生听说后非常高兴,说:"我国童话作者自己结社这还是第一次,给童话界带了一个很好的头。如果各地都像广东这样有一支队伍,全国的童话界就能壮大。这是一件好事,也是一件大事,应该写上童话大事纪。"他勉励我们把童话创作推向新的高峰。

我知道他正指导编辑《童话选刊》,把全国(包括港台地区)的童话选出来刊登，便选了韶关4位童话作者的童话作品寄给他，他亲自写了评介文章《童话的"韶关现象"议》，组成了一个地方童话小辑，在《童话选刊》上发表。他说："韶关成了大家瞩目的童话中心，韶关童话研讨会记入了童话史册。韶关和童话结了缘。于是，有人提出，韶关可否称之为'童话之城'。"他的话激励了韶关一大批儿童文学作者。

洪汛涛先生认为，中国童话的发展和繁荣，童话理论和批评是不可缺少的一翼。他建议我在韶关筹办一次全国童话研讨会。于是我奔走联系，得到广东省作家协会儿童文学委员会、中共韶关市委宣传部和韶关市文联的支持，于1989年在韶关成功举办了全国童话研讨会。洪汛涛先生和蒋风先生亲临会议，具体指导。童话名家从祖国的四面八方，来到粤北山城，畅所欲言，探讨童话的理论和创作。会议过程中，我不断跟洪先生交换意见，除了讨论，还组织了一次全国童话书展，并与中小学生热烈隆重地联欢，我还带作家们到狮子岩体验马坝人的原始风味。会后洪先生来信说："这次会很成功。这是童话的成功。"

接着，我和洪汛涛先生又有几次会面。每次见面，我们都异常高兴。我觉得，他不仅是我的老师，也是我的朋友。我们对中国的童话都有说不完的话，都寄予无限的希望。每次分别，我们都依依不舍，想象着下次再见的机会。

我每次出版新书，发表新作，都会给他邮去，请他指教。他都会写信给我，进行评议。洪汛涛先生和蒋风先生都是我加入中国作家协会的介绍人。洪先生几乎看过我在他生前发表的所有童话，他来信谆谆教诲："写童话，一定要创新，要走人家没有走过的路。""要走自己的路"，这激发了我创作新主题、新题材的新童话。我的眼光投射到整个地球村。当他得知我转向写生态环保童话时，来信说："近年你将写作方向转向生态环保，这是世界性的永久性的大主题。"他的评价，更坚定了我继续走这条路的信心和决心。

但人的一生有许多意想不到的曲折和袭击。就在他风平浪静地投入童话事业时，却突然陷进了《神笔马良》案件的纠缠中。我深为他心情的焦虑和体力的消磨、精神的窘境担忧，特别为他的健康担心，一再写信安慰他，要爱惜自己的生命，乐观地处理一切事情。然而，病魔夺走了他的生命，一颗中国童话之星陨落了。恩师的远离，我真是欲哭无泪，心如刀割。

我知道，他的一生，不仅留下了《童话学》，留下了精美的童话作品，留下了《神笔马良》永远光辉的形象，也留下了他对中国童话界的深切期望。遗憾的是，他建议我争取办成的几件事却没有办成，他的远去让我遗憾和痛心。

他热切希望成立一个全国“童话学会”，办起《南国童话》刊物，开办一间“中国童话书屋”，为孩子们多印童话书，在韶关建立“童话城”，开展童话夏令营的活动……

洪汛涛先生的遗愿，只能让新一辈的童话界来实现了。几年前我搬到深圳居住了。深圳有童话节，有童话艺术团，有少儿报刊，有少儿图书馆。深圳完全有条件成为“童话城”。洪先生的在天之灵，一定会高兴。

值此洪汛涛先生逝世10周年之际，我忆起这个在我童话创作之路上给予我许多帮助和支持的导师，除了纪念，更想写出新的童话，以告慰洪先生。

洪汛涛先生，您一直会活在童话里，您将和您的童话形象一起永生。

《文艺报》，2011年10月10日

2012 年

蒋风:国际格林奖得主

国际格林童话奖[①],是与国际安徒生奖并肩的当今世界儿童文学界最权威的奖项。这个奖项由日本大阪国际儿童文学馆主办,注重奖励那些在儿童文学理论研究与普及推广方面做出突出贡献的个人,并且每年只有一名获奖者。去年,国际格林奖终于花落中国。原浙江师范大学校长、著名儿童文学理论家蒋风从全球几百位候选人中脱颖而出,第一次代表中国人站上了这个国际儿童文学奖的最高领奖台。87 岁高龄的蒋风是中国儿童文学的拓荒者,他是第一个在全国高校恢复儿童文学课程的教师,也是第一个在全国招收儿童文学硕士研究生的教师。他撰写的《儿童文学概论》、《中国现代儿童文学史》等著作填补了国内在该领域的空白。这一次获得这个国际大奖,标志着世界儿童文学界认可了中国儿童文学的理论贡献。

上榜理由

中国骄傲,不是飞机大炮,也不是世界第二的 GDP,而是这些在各自领域倾尽一生,不知不觉间超越了世界的人。因为有蒋风,中国有了世界顶尖的儿童文学理论。下一个蒋风,会出现在科学、文学还是计算机领域? 而蒋风告诉我们的是,中国不缺少人才,缺的是纯洁的学术精神。

《宣传半月刊》,2012 年第 1 期(上)

① 注:原文如此,应为“国际格林奖”。

致《宣传半月刊》编辑同志

蒋　风

编辑同志：

你好！

今天收到《宣传半月刊》1月上，翻了一下，你是总编辑，猜想是你寄我的，谢谢。

看到“浙江情怀榜”我竟被列入2011年度十大人物，既感到惊喜，又感到有愧。我这些年只做了一个教师应做的事，竟给了我这么多的荣誉，实在感到受之有愧。仅2011年一年，年初我编著的《玩具论》（增订本）获得最高级别的中国出版政府奖（图书奖）；7月，全国师范院校儿童文学研究会授予中国儿童文学发展特殊贡献奖；12月又去日本领取第十三届国际格林奖。想不到年末还上了“2011年度十大人物”榜，真是喜愧交加。

在《宣传》上的介绍中，有几处稍与事实有误，专此奉告：

一、该奖是“国际格林奖”，而不是“国际格林童话奖”。

二、该奖每两年评一次，在世界范围每两年评选出一人。而不是“每年只有一名获奖者”。

三、“上榜理由”中“因为有蒋风，中国有了世界顶尖的儿童文学理论”。这一评价太过奖了，与事实不符。我首先要声明：在中国，把儿童文学构建成一门学问，有了世界顶尖的儿童文学理论，是成千上万人经过几代的努力的结果，绝不是一个人所能完成的。早在清朝末年就有先驱者在倡导，在努力，经过百余年的孜孜不倦的探索，才会有今天这样的规模和水平。我至多也只是这支浩浩荡荡队伍中的一名小卒而已。

以上三点与事实有出入，不敢掠美，希望借贵刊一角正误，如能刊出，烦请贵刊再寄赠一册留念。

匆此，祝

新春快乐！

蒋风

2012 年 1 月 18 日

又，顺便我也想了解贵刊所发的“浙江情怀榜”的“2011 年度十大创新”和“2011 年度十大人物”绝不是由某几人随意决定的，那么究竟通过什么程序产生的呢？你能告诉我吗？

荆棘路上的引路人

——致蒋风先生

饶　远

在我人生的旅程中，什么路都尝试过了，荆棘丛生的路也印满过我含泪的脚印。在儿童文学创作的长途中，虽然没有经历过强风暴雨，但也是曲折坎坷的。所幸的是在指路牌模糊的时候，遇到了蒋风先生。

那是风雨如磐的岁月。席卷神州的扫“四旧”，把学校所有的书都扫到了教导处的阁楼里。那是低矮漆黑的二楼。没有课可上，没有书可读，对文学的渴望引导我向神秘的地方潜行。我悄悄地从一个小口处，爬了上阁楼去，在旧书堆里，翻到一本《中国儿童文学讲话》。我如获至宝。

在这间小学校里，想写一点儿童文学作品，但没有老师指导，没有童书阅读，对中国的儿童文学也一无所知。好像走在黑暗的沙漠里，突然看到了一盏灯。我借着狭窄天窗的丝丝亮光，如饥似渴地阅读。

一条中国的儿童文学之河呈现眼前，从它的发源，流经的走向，一步步给我上课，那些知名的令我敬仰的儿童文学作家一一浮现，刻写在我20出头的心里。我记住了这本书的作者：蒋风！

可以说，蒋风是我的第一个儿童文学导师。因为他的书，使我产生了对儿童文学的喜好，解答了我一直想知道的疑问。心想：他一定是个博学多才的才子，才写得出这么久远的历史，这么广阔的内容。他像一杆飘动的旗，在我心里跃动。真正见到这位导师，是在文化部和广东省作家协会联合举办的“广东儿童文学讲习班”。风平浪静的1983年6月，我有幸成为学员，坐在广州大都市的一个小礼堂里，听来自北京、上海、浙江等地的中国顶级儿童文学作家评论家的讲座。陈伯吹、洪汛涛、葛翠琳还有一个高高身材、斯文的蒋风！《中国儿童文学讲话》一下子从脑子里跳出来，变成了一艘船，把蒋风先生载到我的面前。啊，这就是蒋风，我真正成了他的学生，我们之间相距如此近!

蒋风先生的浙江口音,高个子形象,亲切的笑容,从此没有离开过我。

1989 年 5 月,我们已经做好了一切准备,吃、住、会场、市领导、与会作家学者,就等两个重量级的人物出现。这一次,是蒋风先生和洪汛涛先生向我们走来。韶关张开了臂膀,为“全国童话研讨会”全身心地服务。

这是一次全国童话作家和评论家的聚会,专心研讨童话。活跃在全国的童话名流,静下心来探讨童话的历史、现在和未来,童话的著述、评论和出版,童话作家的生活、思维和特色——蒋风先生和洪汛涛先生主持会议,引导发言,稳稳地把握方向。会开得顺利,质量高,收获大。

会议结束后,我陪大家游览丹霞山,察看马坝人洞穴,浏览六祖南华寺。蒋风先生兴致勃勃。对粤北的美山秀水的喜爱之情,在笑脸上表露无遗。他回到金华后来信给我,说:“这次到韶关参加童话会,你的事业心和任劳任怨的品质,给我留下极其深刻的印象。任何事业都得有像你这样的热心人才能办好。为了留下去韶关四天的美好印象,因此,希望得到这次会议期间的照片。”

这些话是对我此次服务的打分。我挑选好照片,邮给蒋风先生,心里充满对蒋风先生的敬重。

我出版第三本短篇童话集《巨人的彩色童话》时,写信给蒋风先生请他作序。他热情洋溢地写了对我十分重要的序言。我有幸被蒋风先生列入“被幸运之神送到这条光荣的荆棘路上的人”,他说:“当然,饶远的心灵深处懂得自己崇高的使命,所以在辛勤的创造性劳动中有别人无法分享的幸福。因此,我一边读饶远的童话,一边浮想联翩,仿佛目睹饶远正背着他那支创造牌的魔笔,跋涉在那光荣的荆棘路上,继续做不懈的努力。我深信,总有一天,他的童话作品也会超越时代,走向永恒的。”这篇写于 1990 年 5 月 8 日一尘不染斋灯下的序,深深地打动了我。“不计名利不计得失,默默地为她(儿童文学)做无私的奉献。”不仅是蒋风先生自己的写照,也是照耀我几十年创作和人生的灯塔。蒋风先生,他是我行进在荆棘路上高举火把的引路人!

接着,1990 年 5 月,在昆明举办的“90 年代中国儿童文学展望研讨会”;

7月，在浙江湖州南浔举办“全国童话理论研讨会”；1991年7月在浙江千岛湖举办的全国第二届童话夏令营；邝金鼻作品研讨会；以及1992年8月在广州举办的“中国儿童文学研讨会”，蒋风先生的身影不断出现在我的视野，也不断听到他珍珠般闪亮的发言。

在与蒋风先生的接触中，最难忘的是蒋风先生的“有求必应”。

记得我跟广东通俗文学期刊的主编们参加研讨会时，曾去庆云寺一游，那里的大门上方就书写着“有求必应”四个大字。我想：能做到这四个字的恐怕只有菩萨了。

蒋风先生也是这种菩萨心肠。大约是1991年初，我申请加入中国作家协会，请蒋风先生和洪汛涛先生做介绍人，他们非常乐意。申报材料寄给蒋风先生后，他于1月21日随即写了意见和签字盖章。4月28日，他写信给我，说：“中国作协据说最近通过一批年轻的新会员，我想可能会有你，祝贺你加入全国作协。”

事实上我也是在这个时间(4月5日)被主席团讨论通过，批准加入了中国作家协会。手执鲜红的会员证书，脑子里闪现跋涉在荆棘路上为少年儿童写作的一幕幕，艰辛终于跃上了一个阶梯。我的心里涌起一股对两位先生的感激之情。

广东作协党组副书记、儿童文学创作委员会主任王俊康先生主编的《饶远绿色童话评论集》出版前，我写信给蒋风先生和洪汛涛先生，请他们题词。蒋风先生于1999年3月16日欣然提笔写道：“环保科学本来便是个魅人的天地，你用心血又为她抹上几笔绚丽的色彩，为孩子们创造了一个五光十色的幻想世界。跨进她的门槛，连我这个古稀之年的老人，仿佛也无法抗拒她的魔力——书贺饶远环保童话评论集出版。”蒋风先生的话，一直萦绕在我耳旁，鼓励我在生态环保童话的探索和创作中奋勇前行。

2010年，我申请参加第十届亚洲儿童文学大会，但因患腰椎间盘突出，许多朋友亲人都劝我不要动，但我想起蒋风先生那年在珠海斗门县参加邝金鼻的作品研讨会时，他告诉我一件令我感动不已的事：有一次，他不小心摔了跤，受伤了，但他接到去日本开亚洲儿童文学大会的通知，他不顾伤痛坚持去开会。他为了儿童文学的事业，东奔西走，足迹遍及亚洲大地，出国、讲学、辅导、开会、研究、办报、写书,无怨无悔。蒋风先生的高风亮节激励着我,为了借这个机会认识亚洲作家,特别是渴望会见尤其想念的蒋风、方卫平、周晓波几位在我的童话创作上给予具体评论和指导的老师。我便在儿子饶望的照看下,坐着轮椅、拿着拐杖去赴会。

刚进大会指定的宾馆大厅,碰到了蒋风先生,他紧握着我的手,惊讶地看着我,说:“饶远,你也不年轻了哪!”他的记忆里一定还是中年时代的我的相貌。我望着他满头白发,瘦削的脸,心里也一阵激动,说:“您也比十多年前我见到的您老了不少啊!”

但是,蒋风先生似乎忘记了自己的年龄,他始终忘我地工作着。为了建立“中国儿童文学馆”,他不停地呼号呐喊。我真心希望它的建成,但我属于那种不会弄钱的“哑巴”,只会拿笔写了一篇短文《蒋风教授的宏愿》(发表在 1991 年 4 月 14 日的《韶关日报》),盼望一呼百应,结果令我伤心,也感到对不起蒋风先生——因为我的呐喊微不足道。但受他的影响,我萌生了一个想法:为了让穷困的粤北山区的孩子们多了解中国的童话,记住中国一大批为他们写作的童话家和评论家,我想借故乡的一块宝地,建立一个“中国当代童话名家名作展览室”,我把这个念头告诉蒋风先生,请他写一幅题签。他二话不说写了寄来。我心里感激不尽。但这件事跟他想做的事也许有着同样的命运。

2011 年,我接到蒋风先生一封信,约我把他写给我的和《蒲公英》的题词复印一份给他,他准备出书。这一提议,点亮了我的思路。我何不在这方面学学蒋风老师呢!我决心把我从事儿童文学创作几十年的有用资料集中起来,作为一种历史的见证,作为我这个人曾经在世上生活过的见证,作为留给子孙的一笔财富,特别是作为阅读和研究我创作的人一个参考,我决定出版《饶远创作研究集》等几种资料性质的书。其中,我发现有大量全国作家评论家写给我的亲笔信保存在抽屉里,当然,分量最大的就是蒋风先生和洪汛涛先生的亲笔信。我慢慢翻阅,如获至宝。在全民用电脑的今天,笔写的信多么贵重啊。我把计划告诉蒋风先生,请他担任书信集的主编,他不仅爽快应允,还提笔写了《全国作家评论家给饶远的亲笔信真迹》的书名。

现在,几本创作研究资料的书稿已初成样子。我庆幸这辈子选择了童话，选择了写作。因为写作，因为童话，我认识了蒋风先生和洪汛涛先生，认识了陈伯吹、葛翠琳、黄庆云、金波、樊发稼等一批中国顶级儿童文学作家，认识了张美妮、浦漫汀、王泉根、张锦贻、金燕玉、方卫平等一批中国顶级儿童文学评论家和理论家，还有一大批编辑和文朋诗友。童话和写作的这份收获，比获什么奖更令我高兴。因此，我理解蒋风先生为什么对我这样“有求必应”。蒋风先生对作家、对他的学生处处关照，助其成长，这也是让他高兴的事啊！

蒋风先生，当我还在儿童文学门外的时候，是您的书引导我跨进创作的门槛，踏上了光荣的荆棘路；当我行进在荆棘路上的时候，您像一座灯塔，指引我的航向，满怀信心地前行；当我有了疑难的时候，您总会伸出手，为我解惑排难，清除路上的荆棘，一步一步向儿童文学的高地行进。

蒋风先生，您是我走在荆棘路上的引路人啊！

2012 年 2 月 4 日立春灯下，写于深圳百仕达寓所

从漫漫的觉醒之路走向梦想的明天

——中国儿童文学的过去、现在和未来

蒋　风

一、一个绕不过去的话题

谈到中国儿童文学的过去,有一个绕不过去的话题:中国儿童文学究竟起源于何时? 中国儿童文学界对上述问题回答,有四说:

1.“古已有之”说;

2. 晚清说;

3. 清末民初说;

4.“五四”说;

对这一问题学术界争论不休,至今尚未达成共识。

其实任何一种文化形态的形成,都是个漫长的历史过程,不是一朝一夕的事。很难准确地说它诞生于某年某月某日,它有源有流,有一个演变发展的过程。

早于人类有文字之前,母亲安抚怀中的幼儿随意哼唱的“摇篮歌”,儿童在游戏时自编自唱的童谣,都属于口头儿童文学,也是文学中最早的产品,这种自发的儿童文学虽未有儿童文学的名称,但它确是文学中最纯、最美、最原始的一支“儿童”的“文学”的血亲嫡系。当文字产生之后,逐步开始进入文明时代,人类对于自身存在的思考始终绵延不绝,这其中免不了出现儿童观的模糊表达。譬如老子主张的使“百姓复归于婴儿”的思想、庄子对童年状态的崇拜以及明代李贽的“夫童心者,真心也”等都是对童年状态的思考,并非真正意义上的儿童观,却是儿童文化建立的理论根脉。

在封建文化的包围下,儿童的精神世界长期并未被重视,儿童存在的意

义更多是生命延续的必需，而并非具备了独立人格，这样的状态造就了儿童在相当长的一段时间里，以“小大人”的姿态被认同，缺失了儿童主体的意义。由于落后的儿童观的制约，使真正意义上的儿童文学走了一段漫漫的觉醒之路。

二、漫漫的觉醒之路

从世界范围看，儿童文学的发展都是十分缓慢的。

在生产力低下的社会困境中，人们终日劳作的目的是生存，儿童对于部族来说只是预备生产力，其存在感不在于自然，而是为了一个终极目的，男孩是“潜在的战士”，女孩则是“生育未来战士的工具”，在古希腊罗马的戏剧中，儿童形象都不是活生生的人，仅仅是个道具而已，整个中世纪到文艺复兴晚期，儿童的地位均未改观。当儿童的社会地位无法被认同时，人们更谈不到去关心、研究他们的身心特点和精神需求，更不会特意为了他们去创作文学作品。

这种对于儿童的自觉认识，并在此基础上自成体系的属于儿童的文学，首先出现在世界资本主义发展最早的国家——英国。由于科技发展，物质生活相对比较富裕，18 世纪中叶，英国开创了世界第一家专门的儿童书籍出版社和销售书店，儿童读物借此盛行。在以后的整整两个世纪中，英国的儿童文学都在许多领域取得了为西方各国，乃至世界瞩目的成就。在 18 世纪的启蒙运动中，法国卢梭的儿童观对于法国乃至当时欧洲儿童文学的发展产生了巨大的影响，自此法国儿童文学经历了一个不断丰富和发展的历史过程。北欧的儿童文学在 18 世纪末、19 世纪初诞生了最初的活跃形式“炉边夜话”，这种独特的文化生活方式体现了北欧人的诗意和丰富的想象力，为北欧的儿童提供了丰盈的文学美餐。

西方文明的浪潮随着历史的推进渐渐转向东方。俄罗斯和日本的儿童文学逐渐跟进，虽然起步晚，但却以惊人的速度和较高的起点塑造着各自的文学面貌。日本儿童文学的诞生已属晚者，然而与亚洲、非洲和拉美各国相比，却又是走在了前面的。

儿童文学在中国的发展亦十分缓慢。

中国儿童文学的过去，经历了长达五千年的坎坷路。直到19世纪末，仍处于尚未觉醒的自发的原始状态。

1840年鸦片战争使有五千年文明历史的中国沦为半封建半殖民地，面临着亡国灭种的危险，许多爱国志士、知识分子，开始寻求救国救民之道，他们深感改造国民性的重要，关键在于“人的觉醒”，于是在鸦片战争前后兴起一股改良主义思潮。到1894年中日战争失败，很快发展成如火如荼的要求变革的改良运动，形成了一股势不可挡的力量，以康有为、梁启超为首的改良文学运动，就包括了儿童文学在内，梁启超倡导小说界革命，第一次从理论高度提出了儿童文学在启蒙中的重要作用。接着有黄遵宪、曾志忞等人在儿童诗歌、儿童音乐等方面的倡导，与梁启超相呼应，逐渐认识到儿童文艺对改造中国社会的重大意义，标志着中国儿童文学开始觉醒，一直持续到“五四”新文化运动的兴起。

三、从觉醒跨进自觉的飞跃

1. 五四运动为中国儿童文学揭开新的一页，标志着中国儿童文学史上的新阶段的到来。

这有着以下一些深刻的社会、历史原因：

(1) 人的现代化；

(2) 语言的现代化；

(3) 儿童观的进步；

(4) 普及教育的驱动；

(5) 外国儿童文学的影响。

五四运动高举“民主”、“科学”两面大旗，向封建主义发起猛攻，鼓吹个性解放，要求人格独立，做一个“现代中国人”，实现人的现代化。在这股思潮的驱动下，妇女解放问题和儿童教育问题首先受到新文化运动先驱者的关注，从而促进了儿童观的进步。同时，提倡白话文，反对文言文，也可以说是语言现代化。胡适提倡的白话文运动成为文学大众化的契机。小学教育的大力普及对于开启民智起到了极为重要的推动作用。西学东渐的影响不仅让封闭的古国开始清醒地认识自我,并试图建构着属于本体的精神支架。大量西方儿童文学名著也同时译介到中国来,为中国儿童文学提供了很好的借鉴。中国现代儿童文学起步虽晚,但起点高、发展快。参加创建伴随新文化而诞生的中国现代儿童文学的许多作家,都是学贯中西,有着较高思想和艺术水平的第一流作家,他们自觉地投入到儿童文学运动中来。最早发出"救救孩子"这一口号的是一代文化巨匠鲁迅,他对儿童的理解和爱是深沉的、博大的,他热切地期望着孩子能够"幸福的度日,合理的做人",重视儿童的个性。以发展儿童的个性为目标,新教育观、新文学观便呼之欲出,而这些便与那些活跃在现代文坛的名字紧密联系了起来,鲁迅、周作人、茅盾、冰心、郑振铎、叶圣陶,等等,从理论到创作,都开始了积极的探索和创新,为中国儿童文学的发展奠定了坚实的基础,周作人的《儿童的文学》为中国儿童文学理论的建设进程揭开了最初的一页。

2. **但是,中国儿童文学这条自觉之路走得并不平坦:**

(1)军阀混战,内乱频仍,外患不断,民不聊生,生产落后,物质艰困。

(2)没有能从封建的儿童观中真正解脱出来,因此常在前进中又陷入泥淖。

战乱之中的文学大都成为时代的号角,我们无法以真正的文学身份将它辨认,但战争过后的精神重建却是承前继后的关键时刻,这不仅是对于历史的拾忆,更是对于未来的新一轮开拓。

四、改革开放后的今天

1978 年改革开放至今的 30 多年,是中国社会发展最快变化最大的时期,也是中国儿童文学突飞猛进的时期。中国社会政治文化的深刻变化,带给儿童文学一个快速发展的良机。

1. **初步为儿童文学营造了一个良好的生态环境。**

经济发展给科学技术的提升创造了一个物质条件,印刷技术的提高又为儿童读物的出版创造了必要的条件。经济腾飞必将大幅度改善广大民众的生活，当然也包括儿童文学作家在内，使他们有可能安下心来为提升自己的艺术水平而精心地从事创作。在各种社会消费类型中，以“提高人的素质”为核心的多样化消费成为一大明显的趋势。这一趋势中必然包含以儿童课外阅读为内容的消费。随着父母文化素质的提升，子女的文化教育消费必将随着物质生活的不断改善而大幅度地增长，这当中必然包括高品位的儿童文学读物。

2. 初步形成了一支老中青结合的儿童文学作家队伍

当社会大环境趋于平稳之后，中国儿童文学也获得了重新起步并日渐繁荣的生机。创作队伍的扩大、原创能力的提高都成为儿童文学发展的标志，从严文井、任溶溶、包蕾、鲁兵、圣野、柯岩、金波、孙幼军等到曹文轩、秦文君、张之路、董宏猷、常新港、刘先平、沈石溪等再到彭学军，汤素兰、保冬妮、殷健灵、薛涛、张洁、格日勒其木格·黑鹤、汤汤，等等，这支老中青三代结合的队伍为我们的儿童文学注入了无限的新生活力，从最初的开拓者到探索者，无论是致力于精神家园的寻求和守望还是致力于唯美、诗意、狂欢世界的塑造，这许多或者成熟或者稍显稚嫩的探索形成了一个极为崭新的局面。在文字的世界中，儿童文学正以其特有的姿态走出属于自己的步伐。

3. 儿童文学作家的创新意识加强，回归文学，回归儿童

改革开放的30年里，儿童文学发生了深刻的艺术变革。不仅仅在题材方面有了新开掘，表现手法也越来越多样化，最重要的一点，就是儿童文学的主体性发生了根本性的位移和转变，从80年代作家的启蒙主义立场，到90年代的个性化艺术，到新世纪“以读者为中心”的写作取向，儿童文学的内在性品质虽然经受考验却一直得以保持甚至飞跃。

4. 中小学语文的文学性加强，重视课外阅读

中国的小学语文教材，从清末民初开始，具备艺术性、趣味性和语文教育价值的儿童史学就取代了封建私塾的《四书》、《五经》这些儒家经典，以及《三字经》、《百家姓》、《千字文》、《幼学琼林》等蒙学读物。许多中国现当代儿童文学作家的作品被选入中小学语文教材。随着素质教育改革的深入贯彻，以中外经典儿童文学作品为主的课外阅读读物备受孩子们的青睐。

5. 儿童文学向多媒体渗透、扩展

随着信息时代的到来,文字与媒体、图画相继产生了交集,电子书的出现让纸质文本似乎沦为了“多余的负担”,其便捷的视觉呈现效果的确能够给人以全新的感受,但文字的魅力与纸张之间有着不可割裂的联系,无可置疑的是,信息时代为儿童文学的传播带来了新的渠道,使得儿童文学的社会影响不可小觑。

6. 全社会都意识到儿童文学对年轻一代成长具有重大意义。

儿童文学是儿童的精神食粮,影响儿童的健康成长及精神世界的构建。全社会都意识到了儿童文学对儿童成长的巨大意义。中国政府重视儿童的发展,在许多大城市都建有儿童图书馆,并在近年来向农村延伸;儿童文学出版业欣欣向荣,童书在中国图书市场上占有很大份额;儿童文学作家人才辈出,一些成人文学作家也热心地为儿童创作;家长们主动参与到孩子的成长中来,为孩子买童书,陪伴孩子读图画书。

五、中国儿童文学的明天

不久前,中国共产党十七届六中全会提出建设文化大国、文化强国,并号召要创作出更多无愧于历史、无愧于时代、无愧于下一代的优秀作品。在政府正在花大力气推动社会主义文化建设大发展大繁荣的历史背景下,作为衡量一个国家一个社会文明程度的儿童文学,当然是一个重大的项目。一个光辉灿烂的前景,已呈现在我们面前。

1. 中国原创儿童文学必将走向繁荣。

中国已经是儿童文学创作与出版的大国,尽管目前我们的儿童文学作品真正进入世界主流市场的还不多。但随着改革开放的步伐加快,原创儿童文学出版的繁荣面貌已露端倪,中国儿童文学走向世界必将实现。如熊磊、熊亮创作的图画书《小石狮》、《灶王爷》、《苏武牧羊》等就很好地继承和发扬了中国的古典元素,让世界看到了富有中国特色的图画书。年轻的儿童文学作家汤汤的鬼故事系列童话《到你心里躲一躲》,就很好地将中国传统的“鬼”题材和许多具有现代特征的元素糅合在一起。黑鹤的动物小说也在近年崛起，为我们展示了少数民族与自然和谐相处的生活方式以及“万物有灵且美”的生态美学。不久的未来，我们将有一批更优秀的原创儿童文学作品呈现在各国儿童的面前。中国原创儿童文学走向繁荣指日可待。

2. **现代化媒介、数字阅读等对传统儿童文学产生的机遇与挑战，也将促进中国儿童文学进一步发展**。

随着时代的进步以及科学技术的发展，新媒介、数字阅读作为一个全新课题对儿童文学既是挑战，也是机遇。

一方面，静态的文本将受到融文字、声音、色彩、动画为一体的动态文本的挑战。由于个人电脑的日益普及，在中国已有为数不少的少年儿童开始由原来静态文本的阅读者转而成为现在动态文本的视听者。

另一方面，单一性文本将受到综合性文本的挑战。我认为，未来的儿童文学要有更强的生命力，必须从内容到形式都要增强儿童阅读的趣味性，从单一文本向综合文本发展。

新媒介与数字阅读冲击的并不是阅读，而只是阅读形式，儿童文学作家创造的独特的高品质的艺术形象才是儿童文学生存的命脉。走向综合，这正是读本儿童文学的一种自我更新与自我完善。我相信以上种种都是可以预期的中国儿童文学的新貌。

3. **对乡土儿童文学的重新挖掘与审视**。

中国的乡土儿童文学一度成为被人遗忘的角落。在城市里，许多80年以后出生的中国孩子对父辈的童年生活不了解，对许多底层的儿童生活不了解，对乡土中国很陌生。当下中国儿童文学倡导的是一种深度写作、责任写作、心灵写作、审美写作。我们的儿童文学作家正直面着中国的现实，书写了许多农村少年儿童严峻生存状态的现实性文学。比如以“农村留守儿童”为题材的儿童文学作品就体现了中国现实的国情。社会转型期的新型乡土儿童文学必将出好作品，为中国原创儿童文学添砖加瓦。

4. **现实型儿童文学与幻想型儿童文学是中国原创儿童文学的两只翅膀，正在向更高更远的方向飞翔**。

就世界范围的现当代原创儿童文学而言，东方的儿童文学以中国为代表，选择的是现实型文学的方向。而西方的儿童文学以欧美为代表，则倾向于幻想型儿童文学。

中国儿童文学界清晰地认识到：原创儿童文学的发展之路一方面要继续坚持不懈地发展现实型儿童文学，同时要将已有的一流作品推向世界，让世界认识、把握中国儿童文学的创作现实与成就；另一方面我们将会大力关注与投入幻想型儿童文学，争取有一个突破，争取生产出具有中国民族特色的一流的原创的幻想型儿童文学。

面对各种挑战和冲击，中国儿童文学的根本出路在于不断提升自身的艺术品质，坚守人文情怀，坚持“以儿童为本位”的儿童观。同时，中国的儿童文学还将继续坚持“百花齐放”的方针，朝着繁荣发展的大道阔步前进。

万花如锦的儿童文学，是亿万中国儿童的梦想，不久的将来，这将不再是梦想，而是实实在在的现实。到那时候，中国儿童文学必将走向亚洲，走向世界！

《国际儿童文学纪要》，2012 年第 25 号

在神笔马良铜像前

蒋　风

在中国，恐怕很少有人不知道“神笔马良”的。马良就是童话《神笔马良》中的主人公。童话的作者，就是孩子们最最喜爱的童话作家之一——洪汛涛。作者洪汛涛的家乡塔山公园里矗立着一座神笔马良的铜像。记得铜像落成那年，我还应邀赶到浦江参加了铜像落成庆典，留下一幅值得珍藏的旧照片。

如今，有“马良之父”美称的洪汛涛离我们远去，已整整10年了。

翻阅旧照片，看到我站在神笔马良铜像前，使我想起了与这位“马良之父”的多年交往。

我最早认识汛涛是他的诗，那是新中国建立以前的事了，一个名叫田野的诗人写的一本《天灯在看你》的诗集。那时年轻，爱好诗，他的诗集里那些揭露旧社会黑暗现实的诗句，激起了一颗年轻的心灵的共鸣。

20世纪50年代，我走上大学的儿童文学的讲台，十分关注儿童文学创作。1956年一本名叫《神笔马良》的民间童话引起我的注意。它把民间故事改写成童话，是一种新的尝试，也是一种成功的创造。这本民族风格的童话马上吸引了我的眼球，成了我讲授儿童文学的生动的例证，而它的作者，就是《天灯在看你》的作者。

我和汛涛初识，是在一个十分偶然的场合，在偶然的机缘中遇上了他。20世纪60年代初，我去少年儿童出版社找鲁兵，在《儿童文学研究》编辑室聊天，进来一个人，他身穿中山装，戴副黑框眼镜，说了点编辑业务上的事就走开了，鲁兵也没给我介绍认识。等那人走开之后，鲁兵问我：“你不认识他吗？他也是金华同乡。他叫洪汛涛。”“哦，是《神笔马良》的作者。”

在我印象中，真正与汛涛相识，已是1980年。他担任第二次全国少年儿童文学创作评奖工作时，由陈子君介绍认识的。1980 年国际儿童节前夕，我应邀去北京参加颁奖典礼。洪汛涛的《神笔马良》荣获一等奖，就在颁奖典礼后，我积极倡议成立的我国第一个儿童文学研究性组织，趁全国儿童文学界都聚会在北京的机会，成立了中国儿童文学研究会。选举陈子君为理事长，我和浦漫汀为副理事长。那天汛涛也应邀出席成立大会，选为理事。此后见面机会就多了，我和汛涛的友谊也与日俱增。

我和汛涛相处时间最多，还是参加文化部少儿司儿童讲习班的讲师团期间，从 1982 年夏天开始，文化部少儿司为了迅速培养儿童文学创作队伍，组织了一个庞大的讲师团，包括严文井、陈伯吹、叶君健、黄庆云、郭风、陈模、任溶溶、葛翠琳、肖平、刘厚明、郑文光、洪汛涛、胡景芳、吴梦起、浦漫汀、蒋风、方仁工、张锦江等 18 人。先后在沈阳举办了东北、华北儿童文学讲习班，在成都举办了西南、西北儿童文学讲习班，在广州举办了广东儿童文学讲习班，在南宁举办了广西儿童文学讲习班，在长沙举办了湖南儿童文学讲习班，在西安举办了全国幼儿文学讲习班和陕西儿童文学讲习班。各个讲习班讲师，都由上述讲师团成员担任，但因本职工作关系，不可能都到，而我和汛涛几乎大都参加，在讲习班期间，有了更多时间相处，因此相互了解更多。

在我主持浙江省作协儿童文学小组及儿童文学创委会和浙江师范大学儿童文学教师进修班期间，有相关活动时，我也常常想到汛涛，请他出席或讲课。如 1984 年春天浙江作协举办童话创作研讨会，我就特别邀请他做了专题发言。

文化部举办的几次全国性的儿童文学会议，如 1984 年 6 月在石家庄召开的全国儿童文学理论研讨会，1985 年 7 月在昆明召开的全国儿童文学理论规划会议，1986 年 5 月在烟台召开的全国儿童文学创作会议，还有各地各部门召开的儿童文学会议。如 1984 年 8 月江西人民出版社在庐山举办儿童文学讲习会。1987 年 11 月希望出版社在北京召开的编辑《中国儿童文学大系》事宜的研讨会。1985 年 5 月中国儿童文学交流会。1990 年 11 月少年儿童出版社举办的“90 上海儿童文学研讨会”。1994 年 2 月浦江举办神笔马良铜像落成典礼，1994 年 11 月金近陈列室落成的纪念活动。1996 年 6 月希望出版社举办的儿童文学笔会,同年 11 月邝金鼻作品研讨会以及《作文周刊》多次举办的小读者夏令营活动。每次都会与汛涛不期而遇,相见甚欢。

当然,最有意义的一次相聚,应该是 1994 年 5 月 28 日至 6 月 2 日的台湾之行了。应台湾海峡两岸儿童文学研究会邀请,去参加“海峡两岸童诗、童话学术研讨会”,会后并作环岛游。为期前后共两周,几乎日日夜夜在一起。这是海峡两岸分隔半个世纪后的破冰之旅,特别兴奋,留下了一段极为美好的回忆,至今回想起来,还会像过电影似的,汛涛这位风度翩翩的著名童话作家,仍不时会浮现脑海。

与汛涛半个多世纪的交往中,最让我感动的一件事是,2000 年夏天,我在金华举办非学历儿童文学研究生面授,一些学员得知我正好是 75 诞辰,要在面授期间给我祝寿。消息不胫而走,在上海的汛涛也听到了,他立即亲笔挥写“文移北斗,寿比南山,春风桃李,一代宗师”16 个大字的寿幛,用快递寄来祝寿。他的过奖,使我感到汗颜;但他这份浓烈的友情,却使我感受到永世不尽的温暖。

2001 年 9 月他心脏病突发猝然辞世时,事先毫无前兆,事发时我正好应邀在外地讲学,也未见到讣告。事后过了很久一段时间,才从发稼处得此噩耗,不仅未能参加追悼会,竟连送个花圈以表哀思也不可能,内心感到十分难受,呜呼,“斯人不重见,将老失知音”,杜甫的诗句浮上心头,久久挥之不去。

故旧凋零,情何以堪。正当我又想起与汛涛相处的那些往事时,接到他公子画千的电话:“今年 9 月是父亲逝世 10 周年的忌辰,家乡要为他举办一个纪念会,并且要在马良小学建立洪汛涛纪念馆,希望您也写点纪念文字,并参加纪念馆落成典礼。”我立即满口应允,于是翻出张 17 年前的老照片,默默审视这张照片,往事不断浮现心头,当我执笔写这篇纪念文字时,我想马良雕像是千古不朽的,作为“马良之父”的洪汛涛也必然会永远活在读者的心里。

《儿童文学纪要》,2012 年第 52 期

蒋风:60载播撒儿童文学火种

徐维欣

2011年12月11日,渐起的西北风带来冬天的气息,不过这个平常的冬日,对我国儿童文学界而言,足以铭记——我国著名儿童文学理论家、浙江师范大学原校长蒋风在日本接过国际格林奖成为该奖项第十三届获奖人,也是首位获此殊荣的中国人。

国际格林奖与国际安徒生奖是当今世界儿童文学界两项最权威的奖项。国际格林奖于1987年,也就是格林兄弟200周年诞辰之后创设。与安徒生奖一样,每两年评选一次。不同的是,安徒生奖着重奖励儿童文学作家和画家,而国际格林奖注重奖励那些在儿童文学理论研究与普及推广方面做出突出贡献的个人,奖项不颁给团体,并且届只有一名获奖者。国际格林奖由日本大阪国际儿童文学馆主办。

在前往日本领奖前,蒋风在家中接受了本报记者采访。他鹤发童颜,和蔼可亲,挺拔的腰板让老人显得精神矍铄。也许因为与儿童文学打了一辈子交道,蒋风依然童心未泯,且不失长者风范。

对于获奖,蒋风坦言已经期待很久——因为这个奖项已两次与他擦肩而过。"2005年、2007年连续两次奖项我都被提名为候选人,可惜在最后时刻没能成为获奖人。"

此次获奖,一了夙愿。"这次我能获奖,说明国际上不仅认可了我个人的儿童文学研究,更是认可了中国在这个领域所做出的贡献。"

回顾60余年儿童文学研究历程,老人一开口便滔滔不绝,饱含深情。

一、《爱的教育》播下文学种子

1925年,蒋风出生在浙江金华一个书香门第,祖父是当地有名的画家,与黄宾虹、张大千、徐悲鸿都有交谊。外祖父是前清举人。只是到了其父亲这一代,家境转为穷困。

贫寒的小学生活磨砺出蒋风不屈不挠的个性,同时对儿童文学热爱的种子也在那时播撒在他心里。"关于儿童文学,我的启蒙老师就是当时教数学的斯紫辉老师。"岁月流逝没有磨灭当年的记忆,可见其在蒋风心中的重要地位。

蒋风当年的班主任徐德春十分热爱文学,而他就是斯老师的丈夫,因此尽管教授的是数学课,但是斯紫辉同样非常钟爱文学。"当时每周有一节故事课,斯老师就给我们讲《爱的故事》,一篇接着一篇。一个学期结束,整本书也就讲完了。"一袭旗袍,满脸笑意,当美丽温婉的老师用她甜美的声音开始讲课时,蒋风已经深深被文学所吸引。

学期结束时,斯紫辉老师专门召开一堂以《爱的教育》为主题的班会。在班会上,斯老师用书中的人物来命名学生。"勤劳的就叫裘里亚,正直的就命名卡隆,如果平时表现勇敢的,老师就叫他马尔柯……"蒋风扳着手指一一道来。

不过,书中的人物毕竟没有那么多,班级中还有许多学生没有被老师命名,这其中就包括蒋风。"当时别提有多委屈了,我觉得自己平时表现也很好,老师怎么着都会给我一个人物名字。"深深的委屈带着泪水涌上眼眶,但是倔强的他觉得"男儿有泪不轻弹",硬生生憋回去了。

"我因为个子高,坐在教室最后一排,没想到,这么一个小细节斯老师都注意到了,但主题班会已快结束,不可能重新再命名。"

斯紫辉在班会过后,把蒋风叫到办公室:"老师实在太粗心了,怎么把你给忘了呢?其实你比裘里亚更勤劳,比卡隆更正直,比马尔柯更勇敢。"一连串的道歉让蒋风心中充满暖意,委屈早已烟消云散。他没有想到,斯老师为了弥补自己的"过失",拉开抽屉,拿出自己最心爱的那本《爱的教育》送给蒋风,并在扉页上写下:"不要怕做平凡的人,但要永远记住:让自己那颗平凡的心,随时闪现出不平凡的光彩来!"

如今想起,蒋风依然饱含深情:"这本书是我毕生的珍宝,老帅的留言也成为我一直坚守的信条。"从《爱的教育》开始,蒋风与儿童文学结下不解之缘。

少年时代，蒋风便参加了“中华民族解放先锋队”，并成了地下小交通员。1942 年，他考上暨南大学中文系，却因无力承担学费而不得不于次年改考公费的英士大学。1943 年，他的儿童文学处女作《落水的鸭子》发表。

二、惨剧促他投身儿童文学创作

因为投身进步运动，蒋风被国民党当局列入黑名单。就在象山解放前一天，他的一位同学被捕后被国民党杀害。

新中国成立后，在清理敌伪档案时，发现了 4 封国民党浙江省主席沈鸿烈与警保处调查室关于调查蒋风的来往密电。此时蒋风才得知，他不仅被列入浙江省 76 名进步人士的黑名单，而且还被军统特务追踪。如果不解放，他的结果也将与进步同学一样。

因为上了黑名单，大学毕业后，蒋风在浙江一直找不到工作。“当时只能给上海的《申报》、《新闻报》等投稿，有些敏感稿件，就直接寄往香港，甚至寄给国际通讯社，以此赚点稿费。”

没想到他写的通讯很受报社重视，不久《申报》聘请他为驻金华记者。“其实工资也没有多少，一月 25 块钱，吃饭紧巴巴的，想要另外存一点，就必须不断地写报道。”

1947 年，《申报》上的一篇报道触动了蒋风，并让他下定决心开始投身儿童文学事业。当时的消息称：3 个小学生看了荒诞连环画，结伴到四川峨眉山修仙学道，最后相继跳崖身亡。

惨剧震撼了蒋风的心，他深感儿童文学对塑造儿童的人格和心灵极其重要。“当时就想，我应该写一点东西让孩子们看，让他们从中受到好的影响。”于是，蒋风开始琢磨儿童文学创作，慢慢地从幼稚走向成熟。

新中国成立初期，蒋风便开始讲授儿童文学课。“当时，开设这门课程的院校屈指可数，儿童文学在大学里是‘小儿科’。”因为早年有创作儿童文学的经验，浙江省教育厅邀请蒋风与任明耀先生合作在浙江师院（即后来的杭州大学）开设儿童文学课。

就这样，蒋风成为新中国第一批走上大学儿童文学讲坛的拓荒者之一。

而由于儿童文学没有任何现成教材，蒋风便由此从儿童文学创作转向理论研究。

“除了从前苏联翻译过来的点滴资料外，什么参考书也没有。我白手起家，从中外文学遗产中点点滴滴搜寻、整理、积累，整整花了两年时间完成了一本十分粗糙的‘儿童文学教材’。其中关于中国儿童文学部分，整理成《中国儿童文学讲话》。”该书出版后连印四次，一上架就售罄，被学术界认为是“中国儿童文学史的雏形”。

三、教书育人，拓荒理论研究领域

“文革”劫难，儿童文学这门刚抽出嫩芽的年轻学科遭到扼杀。浩劫过后，这片本不肥沃的园地更是一片荒芜。面对这一情形，全国首届少年儿童出版工作座谈会在庐山召开，提出师范院校应恢复开设儿童文学课，有条件的学校可以招收儿童文学硕士研究生等建议，从而拉开儿童文学新一轮发展的序幕。

于是，蒋风在一无人力、二无资金、三无设备的情况下，在浙江师院中文系恢复开设了儿童文学课，并以讲师的身份开始招收儿童文学硕士生。

“从 1978 年起，我带了 10 届 20 余名儿童文学研究生，毕业后他们都成为国内的儿童文学理论骨干，如吴其南、王泉根、汤锐、方卫平、潘延、韩进等。1988 年首次全国儿童文学理论评奖，6 名获奖者中有 4 名是我的学生；第十届国际儿童文学学术会议上，我有 5 名学生论文入选交流。沈芬是我退休后招收的非学历儿童文学研究生，在参加学习后开始科学童话写作，如今已出了一套科学童话集，不久前还在全国科普创作评奖中获得大奖。看到年轻的儿童文学家一步步成长，余心甚慰啊！”谈起学生，蒋风眼睛一亮，桃李满园是他最骄傲的成就。

此外，当时的人民文学社社长严文井，专门召集陈伯吹、鲁兵、贺宜、金近和蒋风开了个小会，商议编写系统的《儿童文学概论》。“这一任务最终落到了我的头上。”

就这样，蒋风在课余积极筹建全国第一个儿童文学研究室和儿童文学专业资料室，并着手编写新中国第一本《儿童文学概论》。

"当时我还发动并组织北师大、华中师大等合作编写儿童文学教材，并亲自主持编写了儿童文学硕士研究生系列教材——《儿童文学教程》、《儿童文学原理》、《中国现代儿童文学史》、《中国当代儿童文学史》等，特别是后两部文学史影响较大，至今仍被不少院校选作教材。"回忆当初奋斗岁月，蒋风仍旧豪情不减。

不过，蒋风也坦言，当时的儿童文学很大程度上仍旧把"教育"作为首要任务，导致其真正读者——儿童提不起兴趣。"到了20世纪90年代初，这个领域才有了一次飞跃。"

蒋风对于当时的转折记忆犹新。1986年，儿童文学理论工作研讨会在石家庄举行。当时发着高烧的蒋风原本不准备参加，却架不住主办方盛情邀请，于是抱病参会。"我到的时候，发现鲁兵已经走了，四下打听才知，他是被气跑的。"原来鲁兵此前发表了一篇文章，主题为"儿童文学是教育儿童的文学"，在会议期间引来不少年轻作家的质疑，认为这一"教育工具论"束缚了儿童文学的发展，主题先行的理念让故事受到极大的局限。

几经讨论，大家终于开始认识到儿童文学应该是文学的一个独立分支，文学应该是第一性，其他功能次之。"重新回归文学，继而再回归儿童，于是新的局面从20世纪90年代逐渐开启了。"

四、身退心不休，一人办起"大学"

1994年，到了离休年龄，对于刚摸索出一套培育儿童文学人才经验的蒋风而言，明显"心有不甘"。"我觉得自己身体健康，思维不减当年，不想就此终老家中，有生之年，希望再为儿童文学事业奉献一点余热。"于是，在外人看来早就应该"享受成功琼浆，颐养天年"的蒋风比以前更忙了，他一个人单枪匹马办起了一座"大学"——中国儿童文学研究中心，专门招收免费的非学历儿童文学研究生，因此吸引了世界各地不少热爱儿童文学的人士。

在这个"学校"，他是导师、招生员，又是资料员、档案保管员，唯一一个助手，就是他相濡以沫的老伴。

研究班宽进严出，无论什么国籍、年龄、职业、学历，只要能通过考核标准，都可以来读研究生；研究生班不收学费，只收区区 200 多元（后随着物价上涨改为 400 多元）书费和邮费。学制两年，以自学为主，面授为辅，每年集中面授一次。学员修完 6 门专业课程，完成导师布置的 24 篇作业和 3 篇论文，通过结业论文答辩，方可获得结业证书。

开办中国儿童文学研究中心的消息传开后，各地慕名而来者络绎不绝，第一届就招收了 39 人。从 1995 年至今，已招生 16 届，400 多人被录取。不过由于“蒋校长”的严格要求，能够顺利通过考核最终毕业的只有 40 多人。“他们之中，最长的一个学员用了 8 年时间才完成所有论文，最后毕业，我为他的坚持感到非常佩服。”

随着学员越来越多，来电写信求教让老人感到有些吃力，于是蒋校长拿出自己的退休金创办了每季一期的《儿童文学信息》。他一人身兼组稿、选稿、编辑、画版、送印、校对、清样所有工作，然后一份份封好，写好信封，再送邮局寄出。后来他的夫人卢德芳主动分担了校对和邮寄工作。这份报纸每期印 3000 到 3500 份，不仅是学员们的函授教材，而且给全国各地儿童文学研究者、工作者和爱好者们提供了儿童文学动态、作家作品及评论文章。其中有 500 份寄往国外和港台地区，成为儿童文学对外交流的一个窗口。

办学近 20 年来，通过培养人才，蒋风教授将儿童文学的火种播撒到全国各地，同时也收获了学员“成名”的喜悦。

汤汤，原名汤宏英，原是武义实验小学教师，读了蒋教授的研究班后，试着写童话，结果一发而不可收。她的童话获得冰心儿童文学奖佳作奖、陈伯吹儿童文学奖优秀作品奖、《儿童文学》擂台铜奖……用蒋教授的话说，几乎所有儿童文学大奖她都拿了。

学员阿甲，在网上建起一个童话部落——红泥巴网站，成为首家最受孩子们喜爱、家长教师信任、儿童文学专家和出版者关注的儿童阅读网站……

这样的例子还有很多。正因为教授的严格和学员的“出息”，这个非学历儿童文学研究生教育具有了较高的含金量。

五、设立儿童文学馆，了却多年心愿

除了一个人办起了“大学”，蒋风在耄耋之年还完成了多年的夙愿——中国国际儿童文学馆在他的奔走下于2007年成立。

这个念头缘于1986年的一次国际会议。当时来自17个国家的20位代表在日本参加儿童文学国际研究会议，举办地正是位于大阪的国际儿童文学馆。“那里环境真是没得说，文学馆位于大阪千里万博纪念公园中。旁边就是‘梦之池’，让我很震撼。”

同时，来自其他国家的代表也纷纷问蒋风，中国是否也有这样的文学馆。得知这仍属空白的时候，他们又强烈建议应该在中国建立一个。

于是，蒋风下决心着手准备。呼吁很快就得到了回应——苏州、扬州等十多个城市很快就向他发出邀请，表示可以商量设立这样的机构。不过，奔波于这些城市之间后，蒋风却犹豫了，原因很简单，这些地方都表示儿童文学馆需设立在儿童图书馆里，这与蒋风的设想存在着差距，他认为文学馆主要作用是收藏儿童文学文献，对象以儿童文学研究工作者为主，虽然也有部分可以对孩子开放，但与图书馆明显有区别。就这样，文学馆的设立耽搁下来。

“其实，我还有另外一个担心，因为不懂或不重视儿童文学书刊，珍贵的儿童文学图书资料很容易被当作废品处理掉，这样的例子并不是没有发生过。”蒋风举例说，他的收藏中，有光绪末年孙毓修编纂的我国第一本童话《无猫国》，如今纸页都已经发黄变脆，不搞儿童文学这行，确实当废纸都不值，但对研究者来说，它却是一份十分珍贵的资料。

经过多年努力和协商，蒋风的老东家——浙江师范大学终于助他夙愿得偿。2005年，中国第一个高校儿童文化研究院设在浙江师范大学里，师资力量和经费的保障让文学馆设立的条件成熟。

“蒋风教授是中国儿童文学事业杰出的开创者和活动家，他建立国际儿童文学馆的倡议应该付诸实施。”浙江师范大学校长梅新林当时这样说道。于是，浙师大腾出红楼，开设国际儿童文学馆，并由蒋风担任首任馆长。

说到这里，老人笑得很开心。

六、让中国儿童文学走得更远

国际格林奖的设立是为了促进儿童文学发展,并为儿童文学研究提供切实有效的帮助。作为对儿童文学研究领域做出卓越贡献的专家和学者的奖励,获奖者将获得一笔丰厚的奖金。

蒋风拿到奖项后很激动,在电话中他告诉记者:“因为我不仅是代表我个人,还代表中国人站上了国际儿童文学奖的最高领奖台。这说明中国在儿童文学研究领域有了发言权。”而对于100万日元的奖金,他表示将全部捐出作为启动资金,希望能设立一个儿童文学奖基金,让我国的儿童文学走得更深更远。

七、三次被提名,今朝终圆梦

赴日领奖前,蒋风向记者介绍了国际格林奖最终获得者出炉的整个过程。在每一次评选的前一年,组委会在全球范围向500位儿童文学专家发函征询提名。“这些专家都是他们认可的,当然收集上来的提名可能五花八门,然后由组委会进行筛选,选出6名左右候选人。”

此后,在评选年度,再由来自各国权威学者组成评委会,用无记名投票方式选出最终的获奖者。“我在此之前已经两次被提名,而且每次都在候选人中排名第二,最后与奖项擦肩而过。”

而2009年那一届格林奖,蒋风甚至没有出现在候选人名单中。“说实话,格林奖自设立以来,除了两名日本人,其他获奖者都来自欧美,影响力不在一个等级上啊。”所以,蒋风逐渐从原先的期盼,转入一种淡定的境界。

今年接到组委会的电子邮件,蒋风获知自己再次获得提名。“不过,还是第二。”其他五位候选人分别是加拿大的桑德拉·贝尔特、英国的金伯利·凯·雷诺兹、韩国的李在彻、加拿大的朱迪斯·斯特曼和美国的罗伯塔·特瑞兹。老人爽朗地一笑,因为之前的“经验”,这次他没放心上。

直到最终得知自己终于拿到了第十三届国际格林奖,蒋风反而有些意外:“我以为这次和之前一样呢,没想到评委会最终肯定了我。”评委会的意见显示,当年86岁的蒋风教授是中国儿童文学界的先行者和集大成者,还是一名具有开创性的活动家,他的许多创新性举措以及所取得的成就,不仅填补了中国在这一学科上的空白,使得中国的儿童文学理论研究跻身世界一流水平,并且推动了中国儿童文学整体的进步。

八、儿童文学需现实与想象结合

作为儿童文学理论界的先行者和权威,蒋风对当今我国儿童文学的发展有着自己的认识。“‘文革’前,研究儿童文学理论的人最多不过十来人,创作队伍也算不上庞大,而现在单就在作家协会中从事儿童文学理论研究和创作的就有3000多人。”

人数急剧增多,为何没能再出陈伯吹一样如雷贯耳的名家?蒋风坦言,很大程度上因为儿童文学不被人重视。“当年我在大学中文系工作的时候,就有这样的倾向,认为搞古典文学才有深度,儿童文学不过是小猫小狗,太小儿科了。”

同时,也有不少人认为中国儿童文学还存在很大缺陷,想象力远远不够。“这和我们的传统有关,西方儿童文学偏向幻想型,而我们则是现实型。”蒋老对于前者的指责也不避讳,“以前我们过多地注重讲道理,而忽视对孩子们想象力的培养。”

他认为,现在的小学生普遍存在害怕写作文、讨厌写作文的情况,究其根源,是因为写不出东西,而写不出东西恰恰是由于想象力没有被调动起来。

幸好,这个状况近几年得到很大改善,大家终于开始意识到这一领域的重要性,同时很多年轻作家也开始在作品中注入想象力。儿童文学作家郑渊洁的《皮皮鲁总动员》总共54册,发行量达1050万单册。杨红樱的《淘气包马小跳》和《笑猫日记》两大系列发行3000多万册,销售额达4亿元人民币。在国内文学富豪排行榜上,郑渊洁和杨红樱高居榜首。

对于我国儿童文学的未来,蒋风十分乐观并且信心满满。他表示,无论是现实型或是幻想型,应该像鸟的两个翅膀,“只有两者都羽翼丰满,才能振翅高飞”。这一点,在他此次获奖演讲《从慢慢的觉醒之路走向梦想的明天》中多次被提及。

载《文汇报》,2012 年 1 月 4 日“近距离人物专版第 364 期”,2012 年第 5 期《新华文摘》全文转载

庆祝蒋风教授荣获第十三届国际格林奖座谈会纪要

徐静静等

时间:2012.1.5 上午

地点:红楼二楼会议室

整理者:徐静静、徐超、纪明阳、罗志强、黄芯蕊

主持人:方卫平

方卫平(浙江师范大学儿童文化研究院院长、教授):

最近很多媒体都用很显要的篇幅报道我们浙师大儿童文学学科的创始人、老校长蒋风先生荣获第十三届国际格林奖的这个喜讯。国际格林奖是儿童文学界的最高学术荣誉,蒋风先生也是第一位获得这个奖项的中国人。所以,这个喜讯无论是对我们浙师大儿童文学学科,还是对儿童文化研究院,对中国当代儿童文学学术界,都是一个令人鼓舞的特大喜讯。

为了表达我们喜悦的心情,在新年来临之际,我们院里举办这个庆贺会。我们非常感谢吴校长在百忙之中莅临我们的会议。下面,我们请吴校长致辞。

吴锋民(浙江师范大学校长、教授):

尊敬的蒋老师,我们在座的各位老师、各位同学,大家上午好。非常高兴来参加这个座谈会,其实也是一个庆祝会。因为我们蒋风老校长获得了国际儿童文学界的最高奖项——国际格林奖。

我得知这个消息已经有一段时间了。上回在省里开一个高等教育的座谈会,与会者是全省所有高校的领导,省长、分管教育工作的宣传部长、分管教育的副省长等省领导,我代表我们学校在这个会上做了一个交流发言。

会上选了几家高校发言，我当时就把这个喜讯在会上公布了，而且我特别在会上提到了我们学校的儿童文学研究。

儿童文学是我们学校的传统学科，怎么把它做大、做强、做出更大的影响，能够从儿童文学再往儿童文化，甚至更大的，叫作儿童学这个范围里拓展？怎么巩固儿童文学学科在国内高校的领先地位，使其影响力更大，占据学术研究的制高点？这是我们大家需要思考的问题。

我很希望能够打响儿童学这个品牌。对照来讲，这次我们学位点增列的时候，非洲研究院就提出了一个非洲学的概念，而且围绕这个非洲学，还组织了一些学者发表了一系列文章，有了很好的社会影响力。我也希望在儿童学这个领域里，我们能够占据儿童学这个学术制高点。这是我们在座的各位领导、老师、各位同学要重点思考、谋划的事情。

当然，今天是非常高兴的。我不想讲客套的话。一方面我代表学校对蒋老师获国际格林奖表示衷心的祝贺，也表示衷心的感谢，蒋校长这么多年来在儿童文学领域里兢兢业业的确不容易，而且他还培养了很多儿童文学界的后起之秀。最近听说他要把这次得到的奖金也捐出来，设立一个奖学金，这种高风亮节，是我们学习的楷模。蒋老师是首位获国际格林奖的华人，是我们的骄傲。

我希望大家齐心努力把我们的儿童文化研究院办得更加红火，影响更大。也衷心地祝愿我们的蒋校长，要身体健康，培养更多的儿童文学界的后起之秀，同时也为我们的学术研究做出更多的精品，做出一些有影响的成果。再次感谢各位。

方卫平：谢谢吴校长。自从前年“根叔”李培根在华中科技大学毕业典礼上发表了非常酷的毕业演说，成为网络红人后，我们吴校长会因为刚刚这番发言成为网络红人哦。

吴锋民：成为网络红人会很累。

方卫平：呵呵，刚刚开个玩笑。吴校长的一番讲话表明他对我们学科是非常了解和熟悉的；他代表学校表达了对蒋先生的致意，也站在一个很高的学术视点上，对我们学科建设做了一个很好的指导。我们儿童文学现在作为一个单独的二级学科已经正式通过了，就在今天上午正式认定了。这对我们是一个好消息，但更大的任务还在后面。

目前，我们儿童文化研究院有来自不同学科的博士，希望利用学校的大力支持，能够站在中国儿童文化研究的学术制高点上，更好地推进学科的整体研究。其实儿童学学科在“五四”以后就被提出过。我在20多年前写《中国儿童文学理论批评史》的时候，在浙江图书馆古籍部查到1923年商务印书馆出版过凌冰的《儿童学概论》，在当时儿童学就是一个综合性的学科，但它在1949年以后被忽略掉了。所以，我们怎么样利用学校给我们提供的非常优越的、非常良好的学术特区，把那些历史遗产做很好地消化，更好地进行儿童学研究？我们的责任很重。再次谢谢吴校长。

韦苇（浙江师范大学人文学院教授）：

我认为，若要评价儿童文学学术这点来说，就儿童文学全方位的建树来说，蒋风先生是当之无愧的该得国际格林奖的。

蒋风先生的学术事业跟我本人的人生、学术生涯也有很直接的关系。在我年轻的时候，我喜欢文学，非常想做一名作家，这几乎是我求生的唯一一条出路了。

当时，我被蒋风先生招揽到浙江师范学院，我自己的命运紧紧地和这所大学联系在一起。我要对浙江师范大学感恩，没有蒋先生的眼光，没有蒋先生把我招揽到这里，那我这个文学人生确实就很难想象。至少像今天这样的结果，我就是做一百个梦、做一千个梦、做一万个梦也是不可能梦到的。谢谢大家。

周晓波（浙江师范大学人文学院教授）：

我也是蒋老师的学生，其实我们在座的学生和老师，都是跟蒋老师有关系的。不光是我、方老师都是蒋老师的学生，我们的学生那肯定都是跟蒋老师是有关系的。从另一方面说，蒋老师创办了我们儿童文学研究所，建立了我们的资料室，所以在座的各位都受益于蒋老师开创的，整体的、学术的、资料的积累。我们大家都应该感谢我们的蒋老师。

国际安徒生奖和国际格林奖，在国际地位上是并列的。前者奖励作家作品，后者奖励对儿童文学理论以及儿童文学事业做出贡献的个人。所以，从这个角度看，蒋老师获得国际格林奖应该是实至名归的。

在“文革”之后，恢复了高考，整个文学事业、高教事业逐步走向正轨的时候，蒋老师开辟了我们学校的儿童文学学科，并且招收研究生，创办儿童文学研究所，招揽各地的儿童文学人才，来支撑这个学科。他在这方面花了很大的精力。

要知道，蒋老师当初招第一届儿童文学研究生的时候，当时都还没有评职称，还只是一个讲师。按照规定，讲师本来是不能招研究生的，但是他经过努力，还是争取到了。后来创办儿童文学研究所。他从各地招来儿童文学的人才也是花了很大力气，做了很多努力。在儿童文学学科的建设上，他确实为我们师大的儿童文学学科在全国能够取得很大的影响力做出了巨大贡献。

说起浙师大，人们可能印象最深的就是儿童文学这个学科——这与蒋老师他的首创和后续的一系列努力是分不开的。蒋老师在他离休以后，其实仍然在不断地为儿童文学事业做贡献，包括他这么多年来一直招收非学历儿童文学研究生。凭着他个人的魅力，吸引了全国各地的儿童文学爱好者。其实这个学历对这些学生来说，也没有太大的功利性的意义，但是凭着对儿童文学的那份爱好，凭着对蒋老师的崇拜和信任，他们聚集在了蒋老师的周围。非学历的儿童文学研究生有很多取得比较大的成绩的、有一定全国性的影响的人。

蒋风老师自费创办的《儿童文学信息》报，也是要花很大的精力和财力的。蒋老师对儿童文学事业这种无私的奉献精神是非常值得我们学习的。这次蒋老师获奖，有一笔可观的奖金，他萌生了要建立一个儿童文学奖的念头。这也是我们儿童文学理论研究的一件幸事，其实也是激励我们要将儿童文学理论研究继续下去，要建立更强的信心。蒋老师的那种锲而不舍的精神非常值得我们学习。我在这方面跟蒋老师差距非常大。今后，还要好好地向蒋老师学习，继续为儿童文学研究事业做出一点微薄的贡献。

确实，蒋老师在我成长的道路上，对我的帮助很大。我在浙师大本科学习的时候，就已经受益于蒋老师。也是在我们本科的时候，他就带领我们儿童文学兴趣小组到幼儿园、小学去搞一些活动，来亲近儿童。就是在这样的活动当中，我萌生了对儿童文学的强烈兴趣。本科毕业以后，蒋老师又把我留下来，成为儿童文学研究所的成员，做资料室的管理员。儿童文学资料室刚刚成立的时候，吴其南老师是第一任资料员，那时候的资料室也就一两个书架。我留下来之后，接手了资料室的建设，并且使它初具规模。到我离开资料室的时候已经有一屋子的书了。我们儿童文学学科、研究所是这么一步一步走过来的。为学科的建设，蒋老师也花费了大量的心血，带领着我们研究所的老师们共同来创建、来树立浙师大儿童文学这个品牌。

今天，我们浙师大儿童文学研究所在全国是首屈一指的，而且学校在它的基础上建立了有着相当规模的，独立的儿童文化研究院。其他学校来我校进行交流的人，都非常羡慕我们儿童文化研究院。即使像北京师大、上海师大这些大学，都没有像我们这么优越的条件。我们身在浙师大儿童文化研究院学习，是非常有幸的事情。大家应该在几年当中，不辜负我们的前辈给我们建立的这样一个学科的氛围以及扎实的基础，善于利用这份可贵的资源。无论从哪个角度讲，我都非常感谢蒋老师这么多年来对我的帮助和厚爱。在此，我再一次地感谢蒋老师。向蒋老师鞠躬！

方卫平：我想周老师在回忆到自己的成长史时真的动情了。感谢蒋老师。

郑伟（福建儿童发展职业学院访问学者）：

我们福建的儿童文学实际上跟蒋老师有很深的渊源关系。刚才讲蒋老师的影响有多方面，我可以提供佐证材料。我原来的学校是福州幼儿师范学校，儿童文学作为一门课程在那个学校是有传统的。在80年代的时候我们学校就派了三位老师来参加蒋老师当时办的全国的普师幼师的儿童文学教师进修班。可以说我们学校儿童文学课程的底子就是那个时候留下来的。

2005年，我们学校升为大专学校之后，校领导说高校要搞精品课程。说实在刚开始大家都搞不出来。领导就把这个任务交给了我。我折腾了半年多也没方向。所以2006年年底，我们就来浙师大拜访了蒋老师和方老师。

虽然当时见面的时间很短，但是我跟我的同事从前辈们身上看到了这门学科的意义和价值。回去大概半年多就做出来了精品课程。2008 年，我们学校第一门入选福建省精品课程的就是儿童文学。我们感谢蒋老师给我们的鼓励。当时我们也很羡慕红楼的资料室。后来经过争取我们学校也建立起了自己的资料室。

蒋风：其实我要感谢福建省教育厅。当年我办普师幼师儿童文学教师进修班的时候，福建省教育厅为我们浙师大办班发红头文件，要求全省的普师、幼师都派人到浙师大去进修。这是很难得的。

郑伟：前不久，我们学校要接受教育部评估，在整理校史时发现儿童文学这门课程的早期积累，课程建设都得益于蒋风老师。我们也感谢韦苇老师。精品课程要两个以上教授的鉴定，韦老师不辞辛苦，盖章以后用照片传给我们。真的感谢浙师大。

我来这里读书之后，感觉浙师大儿童文学的气象真的很大。虽然我来才几个月的时间。对浙师大儿童文学的这样一个学科的气势气派深有感受。

钱淑英（浙江师范大学人文学院副教授）：

刚才周晓波老师讲到最后动情时我差点落泪。我真的有点激动。刚才几位发言的老师都是有故事的人。我并未见证过蒋老师的学术历程。但是这位老先生，一个人就像是一棵大树，他支撑着我们整个学科。在这棵树底下我们觉得很有安全感。

对我个人来讲，对蒋老师的感受更多的来自细节。我看到《儿童文学信息》报上有很多学员的文章，一些学校的孩子的作品。蒋老师的这种工作对社会具有很大的影响力。再说蒋老师的儿童文学非学历研究生班，影响力真的很大。我曾经去上过课，当时我看到红泥巴的阿甲先生来了。前不久刚刚开过研讨会的李姗姗说她也是蒋老师非学历研究生班上的学生。我在上海师大读书时的一个访问学者也是非学历研究生班的。我带着儿子去幼儿园报名，园长办公室的老师也是蒋老师班上的。这种影响力与我们闭门做学问不同。

作为年轻的研究者，我要学习蒋老师对学科建设的热情、能力，还有责任感。我想他离休以后做的很多事情，是以个人的影响力，去带动浙师大这样的一个学科。

我经常听到有一些研究生在他们实践的环节、就业的环节受到蒋老师的帮助。最直接应该是我们的静静老师，当时她在金华少年宫上课，是蒋老师推荐的。

蒋老师对我的信任和提携，在不知不觉中帮助我成长，他两次安排我给非学历研究生上课，其实我是胆战心惊的，因为那里有很多能人强人。更让我感动的是，我上课时他会一直坐在下面听，结束的时候还要我把讲课的稿子给他。

记得有一次儿童文学创委会，我的发言中有提到两部新作品，一部是艾登·钱伯斯的《在我坟上起舞》，还有一部是杰奎琳·威尔逊的《手提箱孩子》，是英国的畅销书写作当中是非常有代表性的。蒋老师一直拿着笔记本在记。我讲完了之后他还问我，钱淑英你能不能把那两部作品的作家名字给我写下来。因为外国人名，记得不是很清楚。当时给我很大的触动。在我看来这正是蒋老师的学术的生命力延绵长久的原因。

前几次的研讨会蒋风老师会做很认真地发言，这都给我留下深刻印象。这些细节我都看在眼里，也让我很感动。每次我都会暗暗谴责自己，我会想我应该做得更多。

蒋老师的社会影响力、成就和荣誉其实不是他个人的，我们学校、儿童文化研究院、儿童文学学科、我们个人往往受此恩泽。他使得更多的人相信我们浙师大，相信我们儿童文学学科的学术力量。我们作为后继者，应该更多地去思考今天儿童文学学科靠什么去延续学术生命力。不久前，方老师获得《中国教育报》评选的“2011 年度推动读书十大人物”，这件事也让我很受触动。因为我觉得我们应当更多地从学院走向社会，以扩大儿童文学的社会影响力。在如今推进儿童阅读的时代，我相信优秀的儿童文学是塑造国民素质一大推力。如何将学院的学术气象影响到全社会，对全民素质产生影响？蒋风老师、方卫平老师已经给我们做了一个示范。希望蒋老师的学术生命绵长永久，希望儿童文学学科永远年轻。谢谢大家。

徐静静（浙江师范大学儿童文化研究院老师）：

我是2004年进入浙师大来读儿童文学研究生的。从我读书到工作这七八年的时间里，蒋风老师对我的影响真的非常大。当然，我曾经读过蒋老师很多著作，这对我的儿童文学研究有很大帮助。但我更想说一些生活上的细节。还记得2005年元旦时，我们跟着师姐们去拜访蒋老师和韦老师。在我看来他们都是学术界的老前辈了，但是老先生们居住的条件跟我们现在的年轻人都没法比。房子是多年前的老房子，客厅很小，屋子里几乎都是书。

在我读研究生一年级的下学期，蒋风老师推荐我去金华青少年宫担任"蒋风儿童文学社"的老师。当时我作为刚刚进入儿童文学门槛的新人，积累特别少，要去教四五年级的小朋友们进行儿童文学创作，我其实是很忐忑的。为了做好这份工作，每周我都到资料室借阅一些儿童文学的作品，看相关的理论书，现学现卖，再去上课。这就促使我读了很多儿童文学的作品，并且在上课的过程中，在跟学生交流的过程中，对这些作品有了更深的理解。而这也便促进了我的学习。

在青少年宫上课时，我跟蒋风老师也有了更多的接触。蒋风老师和蔼可亲，平易近人，一位年届八旬的老先生和一群八九岁的孩子们的交流都完全没有障碍。在青少年宫跟蒋老师一起参与读书活动时，我发现小朋友们对蒋风爷爷是非常熟悉，也是非常敬仰的。这也让我感触很深。

时光匆匆，转眼到了2006年年末，我就要毕业了。当时跟蒋老师谈及就业问题时，他热心地说，他要帮我引荐，他不仅带着我去过义乌实验小学试讲，还将我的简历投递到了苏州幼儿高等师范专科学校。苏州的工作很顺利得就定下来了，担任儿童文学专业老师，2007年年初，我开始在那里实习。但同时，我也知晓了蒋老师、方老师要创立国际儿童文学馆的消息，我有机会回来做资料员。在苏州工作的那段时间，毫不夸张地说，我日日夜夜思念金华，这里有熟悉的环境，亲切的老师和更宽广的学术平台。而苏州幼师是一个相对比较宽松的工作环境，对于学术的要求并不高。我想我是一个很懒惰的人，若没有人激励我，我可能就会荒废掉我的专业。所以，斟酌再三，在苏州工作了一个月之后，我回到了金华，做国际儿童文学馆的资料员，我的导师周老师也是从资料员做起的啊。工作的这几年，在这藏书几万册的资料室里，在红楼这个美丽单纯的环境中，我自认我比读研究生时的进步还大，我对儿童文学界有了更多的认识，对儿童文学研究也有了更深刻的理解。当然，我也更加知道自己欠缺太多东西。

在工作中，我明白自己要继续努力读书，沉下心去读书，做研究，才不辜负蒋老师和其他师长们对我的期望。真的感谢蒋老师。谢谢您！

蒋风：我其实应该感谢你。苏州幼师地处苏州这个繁华都市，而且学校是在苏州园林当中的。你放弃苏州幼儿师范高等专科学校的专业老师之位，选择了到浙师大来做资料员。这个选择是很难得的，我要感谢你。

徐静静：我觉得现在的工作环境比苏州更好。有这么多的老师和同学们对我的工作的支持和理解。我在这里工作得很开心。谢谢大家！

韦苇：蒋先生曾引揽很多大家，如叶君健、陈伯吹等到我们学校来讲学，我印象最深的一次是柯岩来讲学的情形。浙江师范学院礼堂全部坐满，走道上都是人。大家听柯岩讲写诗，讲她与儿童文学的关系。场面真是感人。

蒋先生的眼光、气度也表现在他的学术工作和教学工作上。当时儿童文学进修班开课了，文学理论、文学史、幼儿文学、外国儿童文学这几个学术领域都有专门的老师在讲课。这是其他学校所不能企及的。在20世纪八九十年代，浙江师范大学初步完成了儿童文学全面的理论建设，这与蒋先生有很大关系。

如今的全国师范院校儿童文学研究会非常活跃，去年第十三届年会在东北师大召开，竟然有200多人参加。这么盛大的年会要追溯到源头，也是蒋先生开设的儿童文学进修班。

常立（浙江师范大学人文学院副教授）：

首先我祝蒋老师的学术生命常青。我非常喜欢看的动画片《海贼王》里有一段话谈论人的生与死。“人怎样才算真正的死去呢？是心脏被子弹击中的时候吗？不是。是得了不治之症的时候吗？不是。是尝了剧毒的蘑菇，是炸弹爆炸的时候吗？不是。是被人遗忘的时候。”这段话我常在课堂上反复和学生讲。从这个话的角度讲，我觉得蒋老师的学术生命是常青的。

我要算是一个儿童文学的外来者，我不懒，但我一直寻找不到自己的方向。我本科是学计算机的，然后我发现不想干这个。然后考了现当代的研究生，毕业后去出版社又不想干，又到学校里来。之前，我教写作，但我不想去文传学院，后来研究院的方老师收留了我，在我无家可归的时候。

蒋风：你的选择和徐静静一样成功。

常立：为什么选择儿童文学？一方面我肯定是对儿童文学有兴趣，才会向方老师提出申请。另一方面，我觉得以蒋老师为首的开创者们创立的儿童文学基业，我愿意把自己的生命和生活与它联系在一起。

作为儿童文学的研究者和创作者，我想我应该从蒋老师身上学习的东西很多。首先是态度。有些人是为生活做学术的，而蒋老师是把学术当作生活的，这个态度值得我学习。之前我就知道蒋老师自费办进修班，自费办报纸的事情。我在家和媳妇聊天的时候，就说这个太了不起了。我们退休以后，也要过这样的生活。这是真的。

我是个老喜欢自我怀疑的人，如果我不能说服自己，有些事情做到一半我就做不下去了。儿童文学是我以后学术工作的方向。如果我把学术变成生活，它就是一个人内在的追求。这是我觉得我作为一个个体应该努力的方向。

蒋老师经常说的一句话对我很有启发，即“儿童文学是人学”。我愿意永远记住这句话。它应该不断提起，反复提起。因为，在实际生活里，我们遇到太多把儿童文学当作其他工具来运用的。它的最本真的一面，文学性的一面，被工具化了。在当下的文学现实里，这是非常必要重提的一句话。蒋老师在谈到幻想和现实的时候，曾说“文学中的想象和现实就像鸟的一双翅膀”。这跟我的写作观和文学观是非常接近的。所有我喜欢的伟大的不限于儿童文学的作品，都有幻想和现实这一双翅膀。幻想和现实对于文学缺一不可。我觉得这两句讲话，是值得我永远记取的东西。谢谢蒋老师。

林敏杏（浙江师范大学儿童文化研究院老师）：

早在20世纪80年代初，我就听过蒋老师讲课。当时我幼师毕业后分到浙师大幼儿园工作，那时候很年轻，想多学点知识，因为“文革”时期，我们这一代耽误得太多了。那时在浙师大，蒋老师的儿童文学课很有名气。联系旁听的时候蒋老师满口答应。所以，我就从那时候开始接触儿童文学，在幼儿园工作期间，我每天坚持给小朋友读一则幼儿文学作品。后来，蒋老师办全国普师、幼师儿童文学进修班，以及后来的儿童文学助教进修班，我都有参加。还记得蒋老师当浙江师范学院院长的时候，我正好是幼儿园的园长，每年的六一儿童节，都会请蒋老师跟幼儿园的小朋友欢度六一，蒋老师每次都高兴的地参加，给小朋友们讲故事。那时我们都很感动。蒋老师的这份事业心，我们都记在心里。

以至于我还是喜欢儿童文学，也一直想着来儿童文化研究院工作。2011年上半年，我调到研究院来，我真的很开心。我在这里祝蒋老师身体健康，也祝大家新年快乐。

郑伟：我来讲一个蒋老师的小故事吧。我一直想找蒋风老师的《玩具论》，可一直找不着。去拜访蒋老师的时候，我问起这本书，蒋老师告诉我这本书印得很少，就是编的人也没几本。说实话当时非常矛盾，因为蒋老师已经说了这本书非常珍贵，我该不该向他借呢？正在犹豫的时候，蒋老师非常慷慨地说：“如果你有兴趣的话，你拿去吧。”那时候真的非常感动啊。我一定要仔细阅读这本书。谢谢蒋老师。

蒋风（浙江师范大学教授）：

今天我带着喜悦的心情参加这个会议。来这里开会之前10分钟，金华市文联主席带着一群人到我家里祝贺，他们的特地祝贺也出乎我意外，也算是一件喜事。所以今天对我来说是双喜临门。大家说的话，听得我脸都有点发红了，哈哈。

韦苇老师说这份荣誉，我是当之无愧的。但我认为我是受之有愧。我一辈子从事儿童文学，真正接触儿童文学是20世纪40年代我读大学的时候。正式从事儿童文学是在新中国成立以后走上教学岗位。我虽然做了点工作，但我认为那是很平凡很平凡的工作。

作为一名教师，我写过一些儿童文学作品，教授过儿童文学的课程，这是理所当然的。唯一值得肯定的是我在接受任何一份工作的时候,都是兢兢业业的,想尽办法做好它。

大家知道儿童文学在我们中国经常被称为“小儿科”,所以刚从事这份工作时,我一直把自己当作丑小鸭。在大阪领奖时我也讲到,我说我有点受宠若惊,本来一直都是个丑小鸭,今天突然变成白天鹅了?!

刚刚钱淑英说我这个荣誉不是我个人的,是我们集体的,是我们浙师大儿童文学这个集体的,或者再提高一点呢,是我们中国的。因为格林奖评了20多年了,评了十三届,以前全是西方人,只有两个例外。一个是鸟越信,他是筹办大阪国际儿童文学馆的,而这个奖又是由国际儿童文学馆来操办的,所以他获得了第五届国际格林奖。当时我刚好在国际儿童文学馆工作,我还做过第十二届国际格林奖的纪念演讲。第十二届我是6名候选人之一,排在第二,当时排在第一的是一个日本人,叫神宫辉夫,他对日本儿童文学理论也是有贡献的,结果那一届是神宫辉夫获奖。第十届和第十一届我都被列为6个候选人之一,都是排在第二,都没有评上。所以去年年初的时候第十三届国际格林奖评委会叫我补充评奖材料,我没有补充,我想这一届应该还是把我做陪衬的。因为国际格林奖的每一届评委会有十三个评委,三分之二是西方人,三分之一是日本人,加一个中国人。中国评委本来是陈伯吹先生,他过世之后,聘我担任。第十三届国际格林奖,我是第三次作为候选人。我认为,西方人对我没有多少了解,所以投票肯定是处于弱势的。直到2011年7月,评委会通知我,说我获得了第十三届国际格林奖,12月11号要在日本大阪举行颁奖典礼。

12月10号,我从上海飞往日本。颁奖典礼其实只开了半天,简单而隆重。中国驻大阪总领事馆的副总理事来了,而且大阪府的总监也来了,这出我的意料之外。因为日本和中国很相像,官员要出席会议,证明他们对会议的重视。

回国后,我还收到总领馆的一封信,信中对我的成绩做了高度评价,我也感到很意外。会议半天之后,有三天自由活动时间,他们征询我的意见,我说我哪里都不想去,唯一想去的地方就是原来的大阪国际儿童文学馆。

我参观了大阪国际儿童文学馆位于千里万博公园的旧址,有点感伤,因为这所文学馆是大阪府在接受鸟越信教授的全部藏书之后专门设计建造的，现在空在那里。千里万博公园相当于上海世博会的世博园，当初在大阪的千里举办世博会，会后改建成了万博公园。大阪国际儿童文学馆在搬迁之前，鸟越信曾抗争过大阪府取消国际儿童文学馆的行为，但因为近年来日本经济下滑，政府财政困难，最终文学馆被并到大阪府的中央图书馆。

几经周折后，最终决定，把原来的国际儿童文学馆并到大阪府的府立中央图书馆，但藏书单独上架。但是，当时在文学馆的30多个工作人员，被裁掉了大半，现在很多业务无法继续开展。我也参观了新大阪国际儿童文学馆。

刚刚大家对我的评价太高了，我的功劳实际上没有大家说的那么大。我只不过做了自己应该做的事情，所以我到现在为止还是把自己当作一个丑小鸭！谢谢大家！

方卫平：蒋老师的答词让我们领略到了前辈的风范。我想今天老师们同学们表达的情谊都是真实的，我记得在蒋老师创作六十周年的时候金华市作协为他举办过一个活动。当时我也参加了。我当时发言说：蒋老师在他的专业生涯里，在新世纪儿童文学理论和事业的开拓过程中，有很多方面是值得我们晚辈学习和继承的。

有一些方面我记忆深刻。比如说，蒋老师敢想人们不敢想的事情，敢做我们认为做不到的事情。他想到了也做到了，这样一种精神对我的启发和影响蛮大的。

说实在的，今天我们已经坐在这棵大树下乘凉了，我们感受不到事业开拓阶段的艰难，点点滴滴，但冷嘲热讽、不屑挖苦等我却听到很多。我20世纪80年代后期留校，90年代初在中文系工作时的感觉就是这样的。

开始的时候我讲到儿童文学，大家都是不屑的，真的，后来大家慢慢接受了。的确，儿童文学是很珍贵的事业，也是很有趣的事业。我可能不会像蒋老师那样把它看得多么崇高，我个人认为它就是一个事业，但是我很热爱这个事业。这也是我进入这个领域慢慢感受到的。

我觉得这个领域和其他领域的事业是一样的，但是它很有意思，非常有意思，而且还有一点，进入这个领域要做出一点成绩是不容易的。其实在任何一个领域要做出一点成绩来都是不容易的。不同学科的价值是不可以轻易去比高低的，它具有不可比性。

所以我们今天从事儿童文学研究，要学习蒋老师那种坚韧，对这个事业的价值的认定。我跟很多同事同学们讲，来浙师大从事儿童文学是蛮温暖的一件事，学校上上下下对这个事业是很支持的。我觉得换了任何一个学校，都做不到这么重视儿童文学。

所以为什么外面来的老师和同学一到红楼这里眼睛都直了，都发绿了（笑声）。他们真的是感觉到我们浙师大儿童文学的不一样。我经常陪客人到红楼来，他们说我心怦怦跳啊，我震撼啊，我说你坚强一点（笑声）。

今天我们既要认识到蒋老师开创这个事业的艰难，也要认识到我们身上的压力。其实压力也是很大的，怎么样把这份事业做得漂亮做得有价值，在蒋老师奠定的、开拓的基础上，把浙师大的学术事业，把这样一个和我们生命联系在一起的共同的事业做好，我们还有很多事情要做的。最后，我们感谢蒋老师，也祝福蒋老师。希望在新的一年，蒋老师有更多的快乐。今天双喜临门，以后每天都有很多喜事。

我想的最多还是希望您身体能够健康。您多保重，跟师母能够在丽泽这样一个美丽的花园里多走走。我们祝福蒋老师长寿快乐，继续给我们学科、给老师们同学们更多的滋养。也感谢老师们同学们的参与。

蒋风:给书以生命

林婷婷

百余册图书、期刊整齐地排列成三面书架,窗边古朴的书桌上零散地放着几本杂志和一盏台灯,蒋风老师的书房并不像想象中的书盈四壁、浩如烟海,其简净之容让我有些意外。原来一生以书为伴的蒋老,藏书早已达两万多册,但大部分已经捐出,如今家里只剩这个书房。

书是文人生命的禅堂,对蒋老而言,书籍与他的生命紧密相系。86 岁高龄的蒋老谈起藏书时,像个孩子般微笑着。"记得是小学时,高尔基的自传体三部曲刚被译成中文,在杂志上连载,教语文的徐老师就拆下来装订成册给我们看。"那时的小蒋风一下子就被阿廖沙的故事吸引了,每天抱着书看得如痴如醉。从此,书籍变成生命中的不可或缺,也引领他走上了儿童文学这条"光荣而充满荆棘"的道路。

旧书店是每个爱书之人的符号,泡旧书店是蒋老最快乐的事。当年一个月工资只有几十元,除了日常开销,他的钱全用来买书了。一次到上海出差,蒋老发现了一家不错的旧书店,于是便一头扎了进去,一待就是一整天。书店不大,但都是 3 米多高到房顶的书架,他第一层开始,直至攀上梯子爬到最高处,生怕错过一本好书,蒋老最珍爱的《无猫国》,就是在那里淘到的。这书出版于清朝宣统年间,是中国第一本童话书,就连北京、上海的大图书馆都没能收藏到,足见其珍贵。多年前,蒋老在一家旧书店淘书时,还意外地发现了自己小时候用过的一本书,书的扉页还留有自己的签名和印章。他惊喜万分,现在回想起来,蒋老仍笑着说不可思议,这就是书的轮回吧。

几十年的日积月累,三个书房都被装得满满当当,好似小型图书馆一般,几乎囊括了所有与儿童文学有关的书籍,还有中国第一本《儿童文学概论》、《叶圣陶童话选》和《木偶戏》等珍本,甚至有些已是孤本。搬家时,部队动用了一个排的人来帮他搬书。

然而蒋老渐渐发现，藏书虽多，大都也只能被堆在书房里。在蒋老眼中，每本书都是孩子，它能感受到你的抚摸和温度，它会和你交流，分享喜悦哀伤，会陪你一起慢慢成长。只有让书在手中翻动时，它才会灵动而富有生命。

于是，私人藏书公益化的构想开始在他的头脑中萌芽。1986 年，他开始传递让个人藏书流动起来的想法。直到 2007 年，国际儿童文学馆在师大成立，蒋老兑现了诺言，也实现了愿望，将自己半个多世纪积累下来的一万多册儿童读物和相关资料，还有与国内外著名的儿童文学作家的来往信件，悉数捐赠给了儿童文学馆，为师大的儿童文学研究提供了许多珍贵的研究资料。

新的书依然源源不断地来到蒋老的书房，蒋老又思考起来。在学生的启发下，他想，如果在金华建立一个公益小书房，自己的书就可以有个好归宿。经过几年的奔波，金华市公益小书房终于在市青少年宫启动了，他一下捐赠了 1500 多册书，还订了数十种期刊。每当看到孩子们沉浸在公益小书房的图书世界里，露出灿烂的笑容，蒋老的心里就暖暖的。这不就是书的温度吗？这就是书的新生命。

他的书不仅走进了青少年宫，还走进了民工子弟学校，走进了人才市场……在蒋老的带动下，浙中图书、青少年宫文学综合部也纷纷捐赠书籍。“只有让书流动起来，才能发挥它的作用，书才能活起来。”他已记不清是第几次捐献个人藏书了，而将个人藏书公益化，他坚持了 25 年。

爱书主人捧书伏案而读，是一种生活，已至耄耋之年的蒋老仍沉浸于书的禅堂，他读懂了书的轮回，也更懂得赋予书新鲜的生命。

《浙江师大报》，2012 年 3 月 15 日

蒋风:做个寻找诗意的引路人

琚红征

“那年,那月,那壶小的半月池/古藤依旧/爬啊,绕啊/一直到天上的月亮……”这是刊发在中国儿童文学研究中心《儿童文学信息》上的一则小学生短诗片段。

小学生作品在这份报纸上占有固定版面,这是一方诗意的栖息地,一台儿童文学梦想的播种机。蒋风说:“诗歌对人的影响是一辈子的,爱诗的人长大后不会做坏事。”

蒋风其人,大名远播。他是浙江师范大学前校长,儿童文学理论家,国际格林奖获得者。业内称其为中国儿童文学界的先行者和集大成者,一名具有开创性的活动家。他离而不休,一个人创建了中国儿童文学研究中心,一个人办了这份报纸,一个人招收了500多位非学历儿童文学研究生……

“我一生都爱书,从小就喜欢书。一个人的成长,他最早接触的那本书,往往起到决定性的作用。”蒋风如是说。

那些细语犹在耳旁

4月25日下午3时,记者前往丽泽花园蒋风寓所采访。先生很随和,也健谈。

这是一套宽敞的居所,视线开阔。小区前方有一个未名池塘,春天的风带着水汽穿过客厅,让人心情很放松。86岁的蒋风穿着蓝灰色牛仔裤、同色系的竖条纹衬衫和外套,显得精神很好。

“小时候,零花钱就用在买书上。工作后,实行薪级工资了,除了吃饭,余下的钱也基本上是买书。”蒋风笑着补充,“那时,我还没结婚呢。”以至于后来，新华书店只要有新书到，头一个询问他是否需要购买。

蒋风说："我的兴趣主要是文学，最初的影响要归结到母亲。"蒋风出生在金华一个小学教师之家。祖父蒋莲僧是当地有名的画家，与黄宾虹、张大千、徐悲鸿都有交谊。外祖父是前清举人。然而，到他父亲一代，家道中落，穷困潦倒。

"那时，父亲一直在外谋生，家里全凭母亲操持。她没有上过学，因为外祖爷办过私塾，她也认得一些字。"在蒋风的印象中，母亲就生活在诗词中。"母亲可以背几百首唐诗宋词。春天时，催我们醒来，'春眠不觉晓，处处闻啼鸟'，这样的句子，脱口而出。她还要我们跟着背。"

而另一个令他印象深刻的人，便是斯紫辉老师。"那时，她应该也刚刚师范毕业吧，很年轻……"蒋风的记忆里，第一次见到老师，她一袭旗袍，衬托着如柳身材，满脸笑意，洋溢着亲切与慈祥。

斯紫辉是著名儿童教育家斯霞的堂姐。她教的是数学，却每周要给学生上一节故事课，故事的内容来自《爱的教育》一书。学期结束，斯老师专门召开命名主题班会，用书中的人物来命名好学生，于是他们班里有了勤劳的裘里亚，正直的卡隆，勇敢的马尔柯……

然而，老师一直没提到他的名字。蒋风说，那时他个子高，坐在教室最后。班里有50多个学生，老师命名了20多个，没提到他其实蛮正常，但失望是难免的……

细心的斯老师竟然在人群中发现了蒋风失望的表情。她带着笑说："蒋风，你跟我来。"拖着沉重的步伐，他来到老师的宿舍。

"老师实在太粗心了。"斯老师的声音里充满了柔和的爱意，"我怎么把你给忘了呢？其实，你比裘里亚更勤劳，比卡隆更正直，比马尔柯更勇敢。这样吧，老师把自己最心爱的书，这本《爱的教育》送给你，弥补老师的过失吧。"说着，她掏出笔，在扉页上题写了一行字："不要怕做平凡的人，但要永远记住：让自己那颗平凡的心，随时闪现出不平凡的光彩来。"

斯紫辉的丈夫徐德春当时教语文，他给蒋风的影响也很大。徐老师知道蒋风爱写作，就把平时从杂志上剪下来的高尔基三部曲装订成册，送给他阅读。蒋风说："后来，与徐老师一直保持联系，斯老师新中国成立后支教东北,从此没有见过面。”

“斯老师是在东北去世的,死的时候应该年纪也不大。”70 多年后的今天,蒋风回忆起老师的点点滴滴,无声地叹了一口气。他拿出斯老师的照片,这是去年才托斯老师的儿子翻拍来的。照片上,一位戴着眼镜的年轻女教师,温和地微笑着。蒋风说:“这就是她当年的样子,一点没有居高临下的感觉,很自然……我一辈子走儿童文学这条路与斯老师的教育是分不开的。”

思想性和艺术性相融合的才是好书

读书、爱书、写书、导书……蒋风一辈子与书结缘,难舍难分。

走进他的书房,满眼皆书。他的书桌,非常简单,没有任何装饰品,除了一盏灯,便是横七竖八的书籍。倚墙的两排书柜里,满满当当全是书。

他的老伴说:“他一天到晚就离不开书桌,在家也像上班似的。吃饭也不用动手,盛好了接过来就吃。天气好,偶尔散散步。电视也不看,除了新闻联播和天气预报之外。”

“我毕竟已到耄耋之年,不可能像年轻人一样去拼搏。”蒋风说,“在有限的余生,尽自己的努力,多做对社会有益的事。”除了带非学历研究生和办报,只要找上门来,对社会有益的事他都会去做。而推广儿童阅读和诗歌教育,是他有意识要抓的两件大事。

“现在时间太宝贵了!”蒋风感叹道。他认为儿童也一样,面对信息爆炸的时代,如何去芜存菁,有效阅读至关重要。他说,现在一天印出来的书,一个人也许几辈子都读不完。加上网络传播的信息,更加使人无所适从。“培养对书的兴趣,养成读书的习惯,对一个人的成长很重要。”同时,他觉得自己作为一名教师,做好读书指导非常重要,要把最有用、最有益、最有帮助的书推荐给读者。

“什么是好书呢?”“简单地说,就是思想性和艺术性相融合的书。”蒋风认为,时代在变,审美观也存在代沟的问题。现在的儿童喜欢看动漫,因为省力,不用思考。他说,读图和读书是有区别的。通过读书,可以让脑子将抽象的文字重新组合,等于是再次创作,有利于思维的锻炼。

“美感是有区别的。”蒋风说,人生总是需要寻找一个寄托。有些老年人喜欢搓麻将,寻找快感。快感也是美感的一种,但是属于浅层次的。而读书,或写书,做有益于社会的事,学会与人分享,便能找到深层次的美感。

读书,还面临着读什么?蒋风觉得应该读经典。能够成为经典,是经过时间和读者筛选的。好的书,经典的书,是有意境和诗意的。他说,每个作家都有自己的人生观。选择写怎样的书,是他的自由,但选书的人就要慎重。日前,蒋风正在主编一套根据1933年商务印书馆出版的《小学生文库》重编的同名书籍。他说,通过精中选精,把对今天孩子还有用的作品选出来。

1986年,蒋风作为中国唯一的代表参加了在日本举行的儿童文学国际研究会议。会址国际儿童文学馆处于大阪最美的千里万博公园梦之池畔,这里曾是世博会的举办地。“太美了,那个地方。”蒋风如此感叹。2007年5月中旬,经过20多年的努力,在浙师大最美的建筑——红楼内中国国际儿童文学馆终于开馆。他把自己半个多世纪积累下来的1万多册儿童文学图书悉数捐出。

“我还有一个梦想,就是个人藏书公益化。”他说,这样做的目的就是让书流通起来,让更多的孩子读到好书。“我家里还有2000多册书,还想在金华市区建一个新馆呢,不知道能不能实现。”这位一辈子献身儿童文学的老人仍这样美好地畅想着……

《金华日报》,2012年4月28日

蒋风儿童家庭文库流通站在莘畈启用

月映红

本报讯 6月29日，莘畈小学第六届感恩节暨蒋风儿童家庭文库流通站启用仪式举行。87岁的原浙江师范大学校长、国际格林奖首位华人获奖者——蒋风，来到这里为山区孩子送来了5000元的儿童书籍。

当天，孩子们用文艺演出的形式“感恩”。他们唱起了获得浙江省“幸福多一点”活动总冠军的歌曲，表演了参加金华市“我们的节日——纪念屈原”经典诵读比赛二等奖的节目，跳起了在婺城区国学汇报演出中获二等奖的舞蹈，把最好的节目回赠给蒋风爷爷，也对父母、学校、社会各界关心他们的人表达感激之情。

莘畈小学二年级的学生徐慧手捧着蒋风爷爷送来的新书，迫不及待地在烈日底下看了起来。“父母在城里打工，半个月左右才回来一趟，平时都住校，晚上就爱在校图书室里看课外书。”她说，很感谢蒋爷爷，感谢学校，因为在这里，她学到了很多，很开心。看到山区的孩子如此懂事，蒋风很是感动，又为孩子们现场讲起了故事，并表示，要让他的藏书“活”起来，让更多的孩子享受读书的乐趣。

《今日婺城》，2012年7月2日

蒋风家庭文库流通站汤溪始发

叶　骏

上周末，由著名儿童文学家、国际格林奖得主、原浙江师范大学校长蒋风创立的“蒋风家庭文库流通站”，从婺城区汤溪镇始发，给当地不少孩子的课外阅读增添了一抹亮色。蒋风表示，接下来流通站还会在金西一带开展活动，并将陆续到罗埠、洋埠、莘畈、箬阳等地送书下乡。

周末，汤溪镇城隍庙游人不少，因为蒋风家庭文库流通站的开通，又平添了几分文化味。11 月 10 日下午，记者在现场看到，流通站就设在城隍庙的大堂内，由两排桌子拼成展台，上面放满了图书，桌边还放着长凳，供人坐下来阅读。由于下雨天冷，流通站的“顾客”不是很多，三三两两，略显冷清。家住附近的 10 岁女孩刘美惠和同伴，当天上午过来看书之后，下午又赶过来找书看，只见她挑了一本《会飞的孩子》看得颇为入神。有游客看到这样的流通站后，觉得很有意义，虽然没时间坐下来认真看书，却对蒋风的“义举”表示感动。

据负责现场维护的浙师大志愿者总队有关负责人介绍，下周末，流通站还会留在汤溪城隍庙等候读者。昨天因为天气较好，来汤溪镇城隍庙的人也多了，蒋风家庭文库流通站也被更多人所知晓。这次到汤溪的蒋风藏书共有 1192 册，以儿童文学类为主，包括不少名家名著，如蒋风主编、海豚出版社出版的“经典怀旧”书系，像《大林和小林》、《小坡的生日》、《忆》、《文明国》等，也有很多少儿刊物，像《童话世界》、《童话王国》、《故事大王》等。汤溪小学有个老师带着自己的孩子来看书，并和志愿者们进行了长时间的交流，也对流通站更好地开展提出了不少建议。

蒋风因为有事，没能亲临流通站现场。在电话里，蒋风告诉记者，一个人的私人藏书往往利用率不高，考虑到自己买的大多数是儿童文学的书，他才有了将这些书流通利用起来的想法。因为他受邀担任金西九峰文化研究院院长，这次就特意将自己的家庭藏书送到金西这边，希望为这边农村的孩子做点事。

今年87岁的蒋风介绍，他这辈子一共收藏了两万多册图书，现在看到喜欢的书还会买，其中大部分是和儿童文学相关的。早在20世纪80年代，他就有送书于人的经历，曾给金华青少年宫、莘畈小学等单位送过书，前几年他还将一万多册藏书捐给浙师大儿童文化研究院，其中不少是比较专业的、理论性的儿童文学类图书。可是书放在高校里，能看到的人也很有限，他希望社会上有更多的人能和他分享阅读之乐。这次，他整理了一小部分书作为“蒋风家庭文库流通站”的开始，虽然这样流通阅读有所限制，但还是能让更多的农村孩子读到好书，享受读书的乐趣。

说到这，蒋风说他一直有个想法，就是如何让私人藏书公益化。他说，捐书是好，但可能会碰到管理不善、使用率不高等情况，而流通站图书的所有权还在自己手上，有关方面对图书的流通、保管可能会更珍惜更用心。他现在手头还有近万册家庭藏书，只要有人愿意妥善保管、流通，他就愿意在一些地方设立流通站点——比较固定的那种，更方便孩子们阅读。

的确，私人藏书公益化是很有意义的事情，但如何公益化，如何让私人藏书更好地发挥其社会效应，也是值得探讨的话题。开设图书流通站毕竟需要有专人管理、维护，要是长期开展，人力等方面可能难以为继；而在学校、乡镇等地设相对固定的图书室（馆），则需要社会有识之士的大力配合，需要相关方面的用心管理。2007年4月，武义籍著名戏剧研究专家吴双连的家属将先生的4000册藏书捐给武义县图书馆，完成了吴老“叶落归根”的一个心愿。图书馆也给吴双连的珍贵藏书设立了专柜，供有关人士查阅。

不过，整体而言，社会上私人向图书馆捐书的情况还很不多见。金华市图书馆馆长周国良告诉记者，前不久他们馆接到了金东区的文化人张根芳的捐赠书单，张根芳私藏的一批古籍等好书这几天就会进驻图书馆。张根芳的想法是，这些书放在家里利用率太低，放到图书馆还能与人共享，即使自己要用，也可以到图书馆借阅。但是，有张根芳这种想法的人是极少数，社会上个人向图书馆捐私家藏书也还很少，还没有形成一定的规模。有时候,倒是一些图书作者乐于向图书馆推荐自己的著作。

周国良表示,很多人可能都不知道公共图书馆还有接纳私人捐赠这一块内容,而图书馆也不大可能为此做太多宣传与“广告”。

《金华日报》,2012 年 11 月 12 日

清明时节悲痛忆鸟越

蒋　风

春节后的一个初春下午，我尚沉浸在欢乐的节日氛围中，想到好些天没有打开电子信箱了，应该把电脑打开看看。意想不到的是，首先跳进眼帘的竟是一条令人悲痛不已的信息："蒋风先生：春节好！好久没有联系了，你们都好吗？我刚接到朋友的电话，她说鸟越先生 2 月 14 日去世了。因为他的家属一直拒绝对外联系，大家都不知道鸟越先生末期情况如何。据报纸报道说：'他因衰老而去世，享年 83 岁。'今就简此。祝您两位身体健康！中由美子 2.17。"

尽管生老病死是不可抗拒的自然规律，但当一个友人去世，都会令人悲痛，感到逝者身上具有某种不可言传、唯他独有的优秀品质，因而他的去世，成为一种无法弥补的失落。看了短信后，我就沉浸在深深的哀痛之中……

其实，早就听说鸟越信教授因病住院，却因路途遥远无法前去探望。前年 11 月，我去日本大阪领取国际格林奖时，我便下决心要在紧凑的行程中挤出一天半日去看看他，并特地把行程增加一天。所以，一下飞机便迫不及待地向前来接机的日本朋友成实朋子和浅野法子打听鸟越信先生的信息。遗憾的是她俩都不太了解，只十分笼统地说，听说鸟越信先生不在大阪，因病在东京住院治疗。

在大阪领奖期间，有一系列活动：领奖庆典、纪念演讲、接待采访、和朋友们参观大阪国际儿童文学馆旧址和新馆……我不断地向熟悉的朋友打听鸟越的信息，结果都差不多。我的心愿未能完成，带着种种遗憾离开大阪回国。

去年 8 月，机会又来了，第十一届亚洲儿童文学大会在东京召开。我又把行程增添一天，我以为到东京就一定能见到鸟越先生。可是，我问遍了每一位日本儿童文学界的朋友，都说很久没见到他了，只知道他因病住院，但因家里人不愿他与外界联系，从不让友人前去探望，所以也不知道他在哪家医院治疗。我想与久违的鸟越一叙的心愿又落空了。

我带着一份与老朋友再见的茫然期待回国。本杰明·惠奇科特说："一切期待都包含着某种痛苦。"确实是至理名言。何况我的期待是茫然的，明知最后也是会成为泡影的。这对一个有近半个世纪友谊的人来说，真是痛心的煎熬啊！

我是20世纪70年代末认识鸟越信教授的。当年我倡议在浙江师院创建中国第一个儿童文学研究机构，得到领导认可和组织的批准。筹建之初，迫切想了解全球儿童文学研究方方面面的情况。偶然在一本日本儿童文学杂志上看到了介绍鸟越信先生在儿童文学上的学术造诣的文章，便千方百计打听到他的通讯地址，冒昧地给他写了一封航空信，向他请教。喜出望外的是，很快收到他的回信，从此成了深交的好朋友，时有书信的往来探讨儿童文学的问题。直到1986年8月，我应邀去日本东京出席IBBY召开的东京大会，鸟越先生亲自到成田国际机场接我，才第一次见面，此后便经常有机会在国际学术会议见面。一年以后，我以校长身份邀请他到浙江师大来讲学十天，为我的儿童文学研究生讲授《日本儿童文学发展史》，他欣然应允，并主动提出，不仅不收讲课费，连来回国际旅费也自掏腰包。这份深情厚谊真是永世难以忘怀的。

在我记忆里还有一件最深刻的事，是1993年鸟越信先生荣获第4届国际格林奖，他是欧美学者以外第一个获此殊荣的亚洲人。我被邀请以《为了孩子，为了未来》为题做颁奖纪念演讲。我以崇敬的心情，对他的一生为了孩子的健康成长，为了儿童文学的进步繁荣，为了人类美好的未来的奉献精神，表示深深的敬意。

40多年的交往，40多年的情谊，40多年的往事……一幕幕像过电影似的浮现在脑海，历历在目，恍如昨日，但俱往矣，想到这里，不禁潸然泪下。

鸟越信先生走了……

2013年2月14日的天空坠落了一颗星星，儿童文学界失去一位毕生奋力耕耘的园丁。他的为人，他的事业，令我们永远怀念！

《儿童文学信息》，2013 年第 58 期

附：

鸟越信教授介绍

日本著名儿童文学家鸟越信教授，2013 年 2 月 14 日逝世于东京，享年 83 岁。

鸟越信教授 1929 年生于日本神户市，在福冈读完中学。1954 年毕业于早稻田大学国文科。1953 年 6 月，与古田足日、神宫辉夫、山中恒等以早稻田大学童话会名义发表了《集结在少年文学的旗舰下》一文，批判了根据童话精神创作的童话和生活童话，主张走以近代的小说精神为内核的少年文学之路。这份由鸟越信执笔具有里程碑意义的“宣言”，引起日本文化界广泛关注和争论。早大毕业后鸟越信进岩波书店工作，又与古田足石、神宫辉夫、山中恒等创办《小伙伴》，发表了一系列有影响的论文，确立了战后儿童文学论，对战后日本儿童文学的变革和发展起了极大作用。

此后辞去岩波书店工作，历任东京学艺大学讲师、早稻田大学教授、大阪府立国际儿童文学馆总括专门研究员，直到退休。

在鸟越信的倡议和推动下才有大阪国际儿童文学馆的创建。1979 年国际儿童年，他将自己毕生收藏的十二万册（份）儿童文学图书资料无偿捐献给大阪府，成为大阪府创建国际儿童文学馆的基础。

鸟越信的儿童文学理论著作有《儿童文学入门》、《儿童文学向导》、《儿童文学论集》、《儿童文学和文学教育》、《3—6 岁的图画书和童话》，《日本儿童文学史研究》（卷一、卷二）、《儿童的文化、儿童的文学》、《战后儿童文学的证言》、《日本儿童文学史年表》（卷一、卷二）、《日本儿童文学事典》、《世界名著中的小主人翁》等，对日本儿童文学的繁荣发展起到难以估量的作用。

1993 年他荣获第四届国际格林奖。他献身儿童文学事业睥一生，显示他人生的意义和生命的全部价值。

他离开了，他的为人令我们永远怀念，他的事业永垂不朽！

《儿童文学信息》，2013 年第 58 期

关于亚洲儿童文学大会

蒋　风

一、缘起

1989年,韩国儿童文学学会会长、韩国首尔檀国大学儿童文学教授李在彻博士,计划在1990年在韩国首都汉城(今首尔)召开第一届韩日儿童文学研讨会,邀请我以观察员身份出席会议。我当即去函建议:既然邀请我这个既非韩国人也非日本人的人参加韩日儿童文学研讨会,何不将会议改成亚洲儿童文学研讨会或东亚儿童文学研讨会,这样岂不更符合实际。李在彻博士欣然接受了我的建议,并发函正式邀请我出席第一届亚洲儿童文学大会。我便寄去论文和简历、照片等材料。但当时中韩尚未建交,出国手续特别繁琐,且须赶往香港或东京韩国大使馆办理签证。最后,我终因来不及办理签证而未能出席,但已作为中方的首席代表被列入会议文件,论文也以书面形式在大会宣读。自1990年第一届亚洲儿童文学大会开始,此后每隔两年一届的会议,我都申请出席,只第五届和第九届大会在台湾台北举行,因政治原因及外事纪律,未能出席。

二、历届大会情况

第一届大会:1990年8月9日—8月12日在韩国汉城举行。大会主题:21世纪儿童读物的展望。出席代表有日、韩、中三国共42人。

第二届大会:1993年8月28日—8月30日在日本宗像举行。大会主题:从亚洲视点看儿童文学的新风貌。出席代表有日、中、韩、马四国代表共50余人。

第三届大会:1995年11月2日—11月7日在中国上海举行。大会主题:经济腾飞给儿童文学带来什么?出席代表有中(包括港台)、日、韩、菲、泰等国代表共100多人。

第四届大会:1997年8月4日—8月7日在韩国汉城举行。大会主题:世界儿童文学之现在与未来。

①西方儿童文学与东方(中、日、韩)儿童文学

②艺术的儿童文学与大众的儿童文学

③21世纪后期产业社会与儿童文学

④对人类来说,儿童文学到底是什么?

本届大会邀请了世界儿童文学界权威学者(包括德、法、瑞典、美、芬、以色列、波兰、列塔亚尼亚、南非、马、俄、捷等)10多人,因此成了首届世界儿童文学大会。出席代表近200人。

第五届大会:1999年8月8日—8月12日在中国台北举行。大会主题:回顾亚洲儿童文学的第一个世纪。

①电子媒体与21世纪亚洲儿童文学;

②世纪交替的亚洲儿童文学观察;

③21世纪亚洲儿童文学展望

会上颁发了交流奖3人(李在彻、四方晨、李仁晓),翻译奖7人(中由美子、仲村修、宣勇、任溶溶、潘人木、叶君健、岭月)。与会代表近200人,但中国内地代表未出席。

第六届大会:2002年8月21日—8月25日在中国大连举行。大会主题:和平发展与新世纪儿童文学。出席大会代表200余人,除来自中(包括港台)、日、韩三国外,还有黎巴嫩、马来西亚、越南、哈萨克斯坦、新加坡、泰国、蒙古等国代表。

第七届大会:2004年8月4日—8月9日在日本名古屋举行。大会主题:探讨亚洲儿童读物的未来——为了共生时代的孩子们。出席大会代表近200人。

第八届大会暨第二届世界儿童文学大会:2006年8月21日—8月25日在韩国首尔举行。大会主题:向往和平的儿童文学。

①从生态学观点透视儿童文学

②幻想童话的展望与未来

③追求共存的儿童文学

④儿童文学的多样化

来自世界各国代表300多人,会上为对儿童文学事业做出杰出贡献者颁发了奖牌:中国蒋风(儿童文学理论贡献奖)、中国台湾赵天仪(儿童文学研究奖)、日本西田良子(儿童文学研究奖)、中国台湾林焕彰(儿童文学交流奖)、中国赵郁秀(儿童文学交流奖)、日本畑中圭一(儿童文学贡献奖)、德国道特尔(儿童文学贡献奖)、法国培罗(儿童文学贡献奖)、韩国李在彻(儿童文学贡献奖)。

第九届大会:2008年7月27日—7月31日在中国台湾台东市举行。大会主题:"土·土·土":生态、全球化和主体性

①亚洲的儿童文学与生态文学

②全球化的趋势对亚洲儿童文学的影响

③儿童文学发展的在地化与主体性

④儿童文学的自然书写与生态伦理

⑤从土地伦理思考儿童文学的未来

⑥人与自然的共生:动画及漫画作品的生态化议题

出席大会来自中国、韩国、日本各地100余人代表。

第十届大会:2010年10月15日—10月9日在中国浙江金华浙江师范大学举行,来自中、日、韩各国130人与会。大会主题:世界儿童文学视野下的亚洲儿童文学。

①世界儿童文学视野下的亚洲(各国、各地区)儿童文学现状反思:从世界儿童文学的视角考察亚洲各个国家、地区儿童文学的发展现状;在世界性的层面上对亚洲(各国、各地区)儿童文学的现状做出描述和思考

②世界儿童文学视野下的亚洲(各国、各地区)儿童文学美学反思:从世界儿童文学的视角考察亚洲各个国家、地区儿童文学的美学现状;在世界性的层面上对亚洲(各国、各地区)儿童文学美学的特质、价值、未来方向等做出描述和思考

③学科交叉视野下的亚洲(各国、各地区)儿童文学创作与研究:从跨学科的角度切入儿童文学的理论研究与实际应用研究,探讨学科交叉视野下儿童文学创作、研究领域的新课题

④亚洲（各国、各地区）儿童文学的对外翻译、传播与影响研究：探讨亚洲各国、各地区之间儿童文学的翻译、传播与影响；以西方儿童文学影响亚洲的现象为背景，探讨亚洲（各国、各地区）儿童文学及其美学在西方的传播和影响

⑤金融危机与亚洲（各国、各地区）儿童文学的现在和未来：探讨金融危机对于亚洲（各国、各地区）儿童文学发展的影响，思考这一背景下亚洲（各国、各地区）儿童文学的出路和发展契机

⑥全球文化交流与交融背景下的亚洲（各国、各地区）儿童文学走向：探讨全球文化交流与交融背景下，亚洲（各国，各地区）儿童文学如何在继承和发扬本国（本地区）儿童文学传统的同时，与国际儿童文学实现文学、美学上的平等对话与对接

⑦文化产业背景下的亚洲（各国、各地区）儿童文学走向：探讨当前文化产业的发展对亚洲（各国、各地区）儿童文学的影响，以及文化产业背景下亚洲儿童文学的发展走向

第十一届大会：2012 年 8 月 22 日—25 日在日本东京青山学院大学举行，所到各地代表 200 多人。大会主题：面向亚洲儿童文学的未来。具体讨论：

1. 探究儿童文学与地域文化的关系

2. 地球环境保护和儿童文学理想状态的思考

3. 围绕儿童的现状和儿童文学关系的思考

4. 关于童书翻译的思考

5. 关于传媒和儿童文学的思考

《儿童文学信息》，2013 年 12 月 20 日第 61 期

蒋风:阅读对一个人有着不可估量的影响

吴美萍

眼前的蒋风,鹤发童颜,和蔼可亲,已是耄耋之年却眼不花耳不聋,思维清晰,一说起儿童文学眼睛里就闪着特别的光芒,笑容里带着童真。

"一本书足以改变一个人的命运。"

1925年,蒋风出生在一个文化之家。祖父蒋莲僧是当地有名的画家,与黄宾虹、张大千、徐悲鸿都有交谊,外祖父是前清举人。然而,到了他父亲一代,蒋家却已家道中落,穷困潦倒。

家贫,连书都读不起,蒋风断断续续用6年的时间读完了小学和中学,而影响他命运的那件事就发生在他刚入学的时候。第一次跨入校门就直接插班读三年级,当时蒋风有位老师叫斯紫辉,虽然是教数学的,却在每周安排一节故事课,故事的内容就来自意大利作家亚米契斯所写的《爱的教育》。斯老师花了一个学期把这本书里的主要故事都讲了,到了期末的时候开了一个命名班会,用书中的人物来命名班里表现优秀的学生,于是就有了勤劳的裘里亚、正直的卡隆、勇敢的马尔柯、善良的西西洛……

直到下课的铃声响起,十分期待的蒋风还是没有听到自己的名字,感到非常委屈的他几乎要掉下眼泪来,但小男孩的倔强好强总算没有让他哭出声来。虽然坐在最后一排,但他感情上的细微变化还是被斯老师察觉了,"蒋风,你跟我来。"斯老师把他叫进了办公室,"斯老师要跟你检讨,今天实在太粗心了,怎么把你给忘了呢?其实,你比裘里亚更勤劳,比卡隆更正直,比马尔柯更勇敢,比西西洛更善良!"说着,斯老师打开办公室的抽屉,从里面拿出了一本书,这本书就是《爱的教育》:"这样吧,斯老师把自己最心爱的一本书送给你，请你原谅老师！”接过书，小蒋风的委屈情绪马上烟消云散了，斯老师还在书的扉页上提了一句话：“不要怕做平凡的人，但要永远记住：让自己那颗平凡的心，随时闪现出不平凡的光彩来。”

“我原是学农的，却走上了儿童文学的创作道路，可以说，是这件事，这位老师，这本书改变了我一生的命运。”蒋风对这件事心怀感恩，也明白了一个道理：“爱因斯坦受《自然科学通俗故事》的启发走上科学之路；受儒勒·凡尔纳科幻小说《从地球到月球》的影响，俄罗斯有‘火箭之父’称号的齐奥尔科夫斯基从小就迷上了探索太空；潜水艇的发明者西蒙·莱克在他的自传中说，‘儒勒·凡尔纳是我一生事业的总指导’……这样的例子举不胜举，可见，书，特别是儿童文学对一个人的影响是无法估量的。”

“要孩子们爱上读书，要先培养阅读兴趣”

离开教坛，蒋风的儿童文学教育之路没有停止。离休之后，他创建了中国儿童文学研究中心，免费招收了500多位非学历儿童文学研究生，越来越多的人在他的影响下，走上了儿童文学创作的道路。但蒋风却发现近年来，受电子媒体或是升学压力的影响，有越来越多的孩子不爱看书了。

每天饭后去邻近的浙江师范大学附属中学校园内散步是蒋风多年的习惯。“在过去，晚饭前后这段时间，运动场上都是玩耍的孩子，校园里充满了欢声笑语，如今的操场空无一人，大家都安静地坐在教室里学习。”蒋风既心痛又无奈，“孩子们的天性已经被一双无形的手掐住，更别说还有时间看一些课外书了。”“兴趣是最好的老师，要孩子们爱上读书，要先培养他们的阅读兴趣。”从孩子的心理特点出发，蒋风在儿童阅读习惯培养上想了不少点子。4月25日，他启程前往武义实验小学，把“蒋风爷爷送生日礼物”系列活动带到了武义。这是个不定期举行的活动，为每所前往学校内当月生日的孩子送上一份生日礼物，这份特殊的礼物就是一本图书。“每次去送书，就觉得自己像‘圣诞老人’一样，看着孩子们高兴的脸，就觉得特别满足。”蒋风笑着说：“孩子们对突然收到的图书肯定特别爱惜，自然也会仔细阅读，这样我的目的就基本达到了。一个人的阅读兴趣不是一出生就有的，而是需要外在一些助力和刺激来引导，来培养。”

“‘私人藏书公益化’是我正在推广的阅读理念”

“从工作开始，我每个月的工资都是用来买书的，对我来说，这辈子所有的也是仅有的财富，就是两万多册的藏书。我这个年龄了，又是一名普通老百姓，这些年把儿童文学研究放在了一边，转而投身推广阅读的工作上，第一件事就是把我的藏书拿出来，让这些书发挥更大的作用。”

上世纪80年代，很多社会教育机构没有图书室，连简单的阅览室也没有，蒋风就当即捐了几千多册私人藏书给其中两个社会教育机构，帮助成立了简单的阅览室。过了四五年后，他再回来看，发现阅览室已被废弃，当初捐的书也不翼而飞，问了当时的工作人员，没有一个人说得出书的下落。

“我还是坚持送，但是这一次我不能‘白送’，我要送得有凭有据。”蒋风列了个书单，并要求跟对方签订协议，“这些书是交给你们保管，我要保留所有权，如果你们阅览室关了，可要把书一本不少地还给我，少了就要赔。”蒋风此举就是希望大家把书重视和利用起来，直到现在，每次送书他还一直采取这种形式。

蒋风将自己的藏书一部分捐赠给浙江师范大学图书馆，剩余的部分则通过“蒋风儿童文学家庭文库流通站”，采取流动阅读的形式，让更多的孩子读到好书，享受读书的乐趣。截至目前，已经为民工子弟学校、浙江艺术人才培养网、理想培训部、莘畈小学等多方送去近四千册流动图书。

蒋风举办流通站活动的真谛在于“私人藏书公益化”，“捐书是好，但可能会碰到管理不善、使用率不高等情况，而流通站图书的所有权还在自己手上，有关方面对图书的流通、保管可能会更珍惜更用心。”从婺城区汤溪镇始发，接下来流通站还会继续在金西一带开展活动，并将陆续到罗埠、洋埠、莘畈、箬阳等地送书下乡，给当地不少孩子的课外阅读增添一抹亮色。蒋风说：“不光我自己在做，我也呼吁社会上更多的人把看过的私人藏书拿出来跟大家一起分享，让知识流动起来。”

《今日婺城》，2013年4月26日

丢失的童真何处寻

——专访儿童文学泰斗蒋风

陈淳戈

本报《佳友民情快车帮儿童圆梦》系列报道见报后，引起了儿童文学泰斗蒋风先生的关注。

蒋风曾任浙江师范大学校长，是国际格林奖评委、亚洲儿童文学学会共同会会长、全国师范院校儿童文学研究会名誉会长、荣获国际格林奖的首位华人。就目前儿童文学缺少精品的问题，他接受了本报佳友民情工作站记者的专访。

儿童文学缺乏活力

自 1943 年以来，蒋风撰写并出版了 40 多本儿童文学研究作品。88 岁高龄的他，仍没有停止创作，目前有《新编儿童文学教程》、《幼儿文学作品选读》、《浙江剪纸艺术研究》3 部作品即将问世。

除了写书，蒋老嗜好买书，他拥有与儿童文学相关的藏书两万余册，并一直身体力行“私人藏书公益化”。

2006 年，浙江师范大学将校内的红楼打造成了蒋老心目中的国际儿童文学馆。2012 年，他和浙江师范大学志愿者总队合作，正式开启“蒋风儿童文学家庭文库流通站”活动，并在金华各学校设点。

蒋老的设想得到了初步实现，但他说，私人藏书公益化的道路还很长，同时，我国的儿童文学缺乏活力。“除了让更多孩子阅读到好作品之外，更重要的是，希望国际儿童文学馆能承载起儿童文学爱好者研究交流的功能。毕竟，如果没有充实和积淀，儿童文学很难进步。”

“快餐式”读物让人忧

当下的儿童文学，令蒋老担忧：日渐严重的“快餐式”儿童文学现象，恐怕对孩子们有害无益。蒋老说，自改革开放以来，中国的儿童文学发展很快，涌现出一大批优秀的儿童文学作家，但也面临着市场化的问题。对于出版机构来说，他们要生存，就得靠销量来创造利润，这就导致了市面上儿童读物良莠不齐的现象。

蒋老认为，从培养孩子健康成长的角度出发，需要有渠道来告诉孩子和家长，哪些作品是好的儿童文学作品。

离休后的这些年，蒋老一直致力于中国儿童文学研究，免费招收非学历儿童文学研究生。“我希望通过这种方式，培养出一批以传播正确的儿童文学理念为己任、真正以创作为目的的儿童文学创作者和研究人员。”

蒋风坚信，将有越来越多的人，会为了儿童文学的正向发展而不断努力，不断弥补眼下文化界存在的缺憾。“大家会越来越意识到，孩子们的基础培养是最重要的。认识到这一点，儿童文学也就会重归纯真。”

当代儿歌呼唤经典

蒋风发现，现在的孩子们传唱的儿歌依然是几十年前的老经典，儿歌创作缺少创新。“而且，新涌现的儿歌普遍存在太过教条的问题。”

“儿歌创作，重在纯真，儿童文学也一样，只有真心从孩子的角度出发去创作，重童真、童趣、童味，才能创作出新的经典。”蒋风说，比如，陈伯吹写的《摇篮曲》，意境和音韵都很美，又很浅显，母亲轻声细语娓娓道来，给孩子带来的是爱的享受。

在接受记者采访时，蒋老特地为小朋友们创作了一首新儿歌《小蜗牛》，“儿童节到了，希望自己的星星之火，能给孩子们带去些许乐趣”。

别说我小，我能背着房子到处跑！

别说我慢，我花三天时间能走一米三！
别看我不起眼，我跟兔子赛跑荣获冠军呐！
请你猜猜看，伊索爷爷为什么要给我发奖杯？

《浙江日报》，2013 年 5 月 30 日

文脉——浙江文化名人访谈录(五十三)

屠晨昕

蒋风:童心仁爱

还没走到四楼,就听到一位老先生的声音:“是《钱江晚报》的记者同志吗?”

抬头一望,房门开了,88 岁的蒋风从门口探出头来,身材高大,腰板笔直。

蒋风,保持了一辈子的童心。

曾经当过浙江师范大学校长的蒋风,还有一个身份是儿童文学理论家和教育家。

在业内,他被称为“中国儿童文学界的开拓者之一”。

在与儿童文学相伴的 60 余载里,他撰写了新中国第一部《儿童文学概论》、第一部《儿童文学史》;

在“文革”后,他第一个在国内高校恢复儿童文学课程;

他还是国际儿童文学学会第一位中国籍会员,是国际格林奖唯一的中国评委;

2011 年 12 月 11 日,他还成为了第一个捧回国际格林奖的中国人。

这些“第一个”,足以展现蒋风在中国儿童文学界的地位。而这些“第一个”,几乎都是他一个人的奋斗。

每天饭后,去邻近的浙江师范大学附属中学校园散步,是蒋风多年的习惯。

“在过去,晚饭前后这段时间,运动场上都是玩耍的孩子,充满欢声笑语。如今的操场空无一人,因为他们都坐在教室里复习。"

蒋风摇摇头:"孩子的天性,被一双无形的手掐住,更别说还有时间看一些课外书了。"

尽管已经88岁了,蒋风还整天琢磨着怎么培养孩子们的阅读兴趣。

今年4月25日,他去了武义实验小学,进行一场"蒋风爷爷送生日礼物"活动。

只要有空,他就会前往联系好的学校,给当月过生日的孩子送上一本图书,作为礼物。

"每次去送书,都会觉得自己像圣诞老人一样。"蒋风笑着说,"看着孩子们高兴的脸,我就觉得特别满足,孩子们对突然收到的图书肯定特别爱惜,自然会仔细阅读的。"

儿童文学要让孩子感受到爱

曾经,儿童文学理论研究这样的"小儿科",在中国十分边缘化。

蒋风却认准这条安徒生口中"充满光荣和荆棘的道路",一条路走到黑,最终柳暗花明。

出生于耕读之家的蒋风,祖父蒋莲僧是金华有名的画家,与黄宾虹是发小,外祖父是前清举人。然而,到父亲这一代却家道中落,母亲典当了自己的衣服,才为他付上学费。

逆境,让蒋风形成不屈不挠的个性。于是,诞生了一个又一个"爱的故事"。(以下记者简称"记",蒋风简称"蒋")

【初爱】捧着《爱的教育》,他哭了

数学老师斯紫辉每周给学生上一节故事课,故事都出自亚米契斯(意大利人,著名儿童文学家)的儿童文学名著《爱的教育》。

记:您研究了一辈子的儿童文学,最初是怎么喜欢上的?

蒋:我的数学老师斯紫辉,是儿童教育家斯霞的堂姐,一位美丽温婉的女老师。

她每周给学生上一节故事课，故事都出自亚米契斯的儿童文学名著《爱的教育》。

一次班会，斯老师用书中的人物来命名好学生，有勤劳的裘里亚，正直的卡隆，勇敢的马尔柯，我很期待，可她一直没提到我。当时我很委屈，眼泪差点掉下来。

斯老师看到了，班会结束后，她把我叫到办公室，她说："老师实在太粗心了，怎么把你给忘了啊？其实，你比裘里亚更勤劳，比卡隆更正直，比马尔柯更勇敢。这样吧，老师把自己最心爱的书，这本《爱的教育》送给你，弥补老师的过失吧！"

她还在扉页上题字："不要怕做平凡的人，但要永远记住：让自己那颗平凡的心，随时闪现出不平凡的光彩来。"

我捧着书就哭了，就这样爱上了儿童文学。

记：这本《爱的教育》您还留着吗？

蒋：可惜，在日本飞机轰炸时，这本书在金华老家被烧掉了，后来我又买了一本，保存至今，时不时就翻出读一个故事。

记：除了《爱的教育》，还有哪些儿童文学作品影响过您？

蒋：我特别爱看高尔基的自传三部曲，我能从中获得强烈共鸣。高尔基小时候家里穷困潦倒，被迫走上社会，我也一样，做过各种杂活。我非常渴望上大学，曾经为省钱走了一个月的路去上大学，和《我的大学》里的阿廖沙很像。

【情切】一个人的大学、一个人的报纸

他一个人办起了中国儿童文学研究中心，专门招收免费的非学历儿童文学研究生，他既是导师、招生员，又是资料员、档案保管员。

记：您是学农的，第一份工作是记者，后来是如何走上了儿童文学教育的道路的？

蒋：1945 年抗战胜利后，我写了第一篇儿童文学作品《落水的鸭子》，讽刺当时落网的汉奸，发表在台州的《青年日报》上。

不过，那时还没有想吃儿童文学这碗饭。

在解放战争中，我投身进步运动，结果被写进黑名单，找工作到处碰壁，我就给报纸写文章。

1947年，《申报》看中我，聘我当驻金华记者。

1948年，我从《申报》上看到一则消息，说三个少年看了武侠小说的连环画，结伴到四川峨眉山修仙学道，最后自以为成仙能飞升了，跳崖身亡了。

当时我就感到，儿童文学对塑造孩子的人格和心灵太重要了。我应该写一点东西让孩子们看，让他们从中受到好的影响。于是，我开始琢磨儿童文学创作和教育。

记：您是新中国儿童文学的拓荒者之一，建国之初就在浙江师院（即后来的杭州大学）开设儿童文学课。

蒋：那时儿童文学在大学里是“小儿科”，没有现成教材，我只好从儿童文学创作转向理论研究。

除了从前苏联翻译过来的点滴资料外，什么参考书也没有。我就白手起家，从中外文学遗产中一点点搜寻、整理，花了两年时间完成了一本教材。其中关于中国的部分整理成《中国儿童文学讲话》。这本书出版后连印四次，一上架就售罄，当时实在是太缺了。

记：您退休后办了个免费的学校，招收儿童文学研究生，很有传奇色彩。当时为什么会有这个想法？

蒋：1994年12月从浙师院离休，当时我刚摸索出一套培育儿童文学研究生的经验，有些不甘心。

因为我身体健康，思维也不减当年，我就想，在家也可以上课嘛。所以，我一个人办起了中国儿童文学研究中心，专门招收免费的非学历儿童文学研究生。

我既是导师、招生员，又是资料员、档案保管员，唯一的助手就是老伴。

记：您的学校，谁都可以上吗？

蒋：只要你报名就录取，国籍、年龄、职业概不限，不收学费，只收200多元书费和邮费。后来物价涨了，改到400元。

1995年第一年就招了39人，至今有500多人被录取，还有来自马来西亚等国外学生，有4个学生比我年纪还大。

来报名上学的，多数人是学着玩，也有成才的。

有个年近七旬的女学生，如今出了五六本科学童话书，还在全国科普作家大会上得了一等奖。

记：听说您还办了一份儿童文学方面的报纸？

蒋：因为学生太多，经常来电来信向我求教，我应付不过来。

我当过记者嘛，就想到办一份报纸，把要向学生解答的问题登在报上，可以节约很多时间和精力。

于是，1995 年，我办起了《儿童文学信息》，组稿、选稿、编辑、设计版面、送印、校对、清样到邮寄，全是我一个人干。

每期 3500 份报纸，全部免费赠给学员和有关单位，有 500 份还是寄往海外和港台地区。

报纸一年出 4 期，每期要花一个月时间筹备。办一期报纸，要花掉我两个月工资。

记：一个人办了学校还要办报纸，得投入非常多的精力财力，家里人支持吗？

蒋：我老伴一开始反对。后来，她发现这份报纸在她工作过的学校大受欢迎，就改变了态度，帮我做起了校对和邮寄工作。

1999 年时，我本打算停止招生、办报，实在太累了。可是学生们都求我不要停，所以，只要身体许可，我就会坚持下去。

【思索】我们老是喜欢说大道理，想象力不够

有的出版社为了卖书，把一些儿童文学作家包装成明星，作品好像是一个框框里出来的。

记：从事了这么多年的儿童文学理论与教育，您觉得这个领域最大的变化是什么？

蒋："文革"前，研究儿童文学理论的人不过十来人，作家队伍也不大，而现在单在作协里从事儿童文学理论研究和创作的就有 3000 多人。孩子们可看的作品太多了。

以前连环画是不算儿童文学的，现在连动画也被纳入儿童文学的范畴

了，安徒生奖还追加评选画家了。

记：您觉得现在国内的儿童文学创作有什么问题存在吗？

蒋：想象力远远不够。西方儿童文学偏向幻想型，而我们则是现实型，老是喜欢讲大道理。

现在的小学生普遍害怕、讨厌写作文，写不出东西，就是因为想象力没法被调动起来。

而且，有的出版社为了卖书，把一些儿童文学作家包装成明星。

比如杨红樱，她早期的《女生日记》很有文学才气、很有创造性，拍成电影大受孩子们欢迎，可后来就被出版商牵着鼻子走，新作都好像是从一个框框里出来似的。虽然好看，但都在重复自己，没有创新，跳不出来了。

记：而且近年来，受电子媒体和升学压力的影响，越来越多的孩子不爱看书了，您怎么看？

蒋：现在小孩子的选择太多了，分辨不出良莠。你看现在的孩子，张嘴就是“好死了”，“快活死了”，词汇非常贫乏。因此，儿童文学工作者首先要引导孩子爱上读书。在我的晚年，我要尽最大的努力，把我收藏的好书送到喜欢看书的人手上。

他人眼中

他不会用电脑，办报全用笔和纸

讲述人：卢德芳，蒋风的夫人

我的爱人蒋风，是一个生活十分简单、随意的人。

他的生活十分有规律，夏天五六点起床，冬天七点起床。早饭后，以前他会去小区晨练，现在不去了，忙“工作”了。

中午，他会午休一个多小时，晚上六点吃完晚饭，会到边上的浙师大附中散步。七点之前一定回来，因为要看《新闻联播》。

在办报纸期间，每天他要在书桌旁上七八个小时的“班”，和上班族差不多。而且，他不会用电脑，全用纸和笔。

他不抽烟不喝酒，特别喜欢吃水果，西瓜、苹果、香蕉、梨，来者不拒。

除了儿童文学，他的兴趣爱好不多，不种花、不养鱼，就是喜欢看报纸，比如《文艺报》、《钱江晚报》、《金华日报》等。

他脾气挺好的，遇到什么烦恼、不平，都是自己排解，不会太纠结，逆耳之言也不太当回事。

他得过疱疹，留下后遗症，眼睛旁边一碰就疼，梳头碰着了也疼，我有个同事也得了这病，后来整个人几乎都瘫掉了。可他呢，天天忙于阅读、上课、编报纸，用充实的工作来淡忘疼痛。

《钱江晚报》，2013 年 6 月 28 日“人文”C1、C2、C4 版

该怎样看待杨红樱？

赵如芳

杨红樱为什么会这样红？在签售会现场，很多家长摇头，这到底是一个怎样的人物，弄得孩子们如此狂热？也有家长担忧，觉得孩子们还是多看中外名著比较好。

究竟该怎样看待杨红樱？记者采访了我市两位儿童文学评论家。

蒋风，首位获得国际格林奖的中国人、国际格林奖评委，他说："在儿童文学评论界，对杨红樱有这样的看法，认为她很有文学才能，写的人物非常符合孩子们的口味，她的走红与她当过小学老师，熟悉儿童生活、了解儿童心理有关。但是，她成名以后，不知是不是约稿的出版社太多还是其他缘故，因为一个人的时间精力总是有限的，儿童文学也是一种创造，而她的作品好像是在原有基础上加工变化的，缺乏创新精神，有点自我重复，不少评论界人士觉得有点遗憾。"

方卫平，浙江师范大学儿童文化研究院院长，关注杨红樱现象已有多年。他说，杨红樱的作品很受小读者欢迎，她的作品贴近当代儿童的生活与心理，有故事性，有幽默感，写出了鲜活的人物，而我国的传统儿童文学在这方面还有点欠缺。方卫平说，在业内，大家对杨红樱的看法不一，有的对她评价很高，有的对她全盘否定，"全盘否定的看法，我认为有些过了，因为她的作品还是有可圈可点的地方。"

《金华晚报》，2013 年 3 月 22 日